EXTRAORDINARY TALES

Edgar Allan Poe
French translation by
Charles Baudelaire

BILINGUAL EDITION

Original texts and translations are in public domain
French translations by Charles Baudelaire from 1856

Cover : The facts in the case of M. Valdemar
Byam Shaw 1909

Portrait of Edgar Allan Poe - Unknown Author 1849
Restored by Yann Forget and Adam Cuerden
Derived from File: Edgar Allan Poe, circa 1849, restored.jpg
originally from http://www.getty.edu/art/gettyguide/artObjectDetails?artobj=39406

Reproduction rights reserved

Obscura Éditions © 2020

ABOUT THIS EDITION

For this bilingual edition, the original texts and their translations have been aligned so that the corresponding paragraphs appear side by side. Line breaks can shift the beginning of a paragraph in order to better maintain a correspondence of content between the pages in the original English language, and the French translation.

Good reading.

Table of Contents

The Murders in the Rue Morgue	2
The Purloined Letter	86
The Gold Bug	134
The Balloon-Hoax	228
The Unparalleled Adventure of One Hans Pfaall	262
MS. Found in a Bottle	366
A Descent into the Maelström	394
The Facts in the Case of M. Valdemar	436
Mesmeric Revelation	462
A Tale of the Ragged Mountains	492
Morella	520
Ligeia	536
Metzengerstein	574
Bonus (french only) : Edgar Poe, sa vie et ses œuvres *Preface by Charles Baudelaire*	597

The Murders in the Rue Morgue

1841

Double assassinat dans la rue Morgue

Edgar Allan Poe

What song the Syrens sang, or what name Achilles assumed when he hid himself among women, although puzzling questions, are not beyond all conjecture.

Sir Thomas Browne.

The mental features discoursed of as the analytical, are, in themselves, but little susceptible of analysis. We appreciate them only in their effects. We know of them, among other things, that they are always to their possessor, when inordinately possessed, a source of the liveliest enjoyment. As the strong man exults in his physical ability, delighting in such exercises as call his muscles into action, so glories the analyst in that moral activity which disentangles. He derives pleasure from even the most trivial occupations bringing his talent into play. He is fond of enigmas, of conundrums, of hieroglyphics; exhibiting in his solutions of each a degree of acumen which appears to the ordinary apprehension præternatural. His results, brought about by the very soul and essence of method, have, in truth, the whole air of intuition.

The faculty of re-solution is possibly much invigorated by mathematical study, and especially by that highest branch of it which, unjustly, and merely on account of its retrograde operations, has been called, as if par excellence, analysis. Yet to calculate is not in itself to analyse. A chess-player, for example, does the one without effort at the other. It follows that the game of chess, in its effects upon mental character, is greatly misunderstood. I am not now writing a treatise, but simply prefacing a somewhat peculiar narrative by observations very much at random; I will, therefore, take occasion to assert that

Charles Baudelaire

> Quelle chanson chantaient les sirènes ? quel nom Achille avait-il pris, quand il se cachait parmi les femmes ? – Questions embarrassantes, il est vrai, mais qui ne sont pas situées au delà de toute conjecture.
>
> Sir Thomas Browne.

Les facultés de l'esprit qu'on définit par le terme *analytiques* sont en elles-mêmes fort peu susceptibles d'analyse. Nous ne les apprécions que par leurs résultats. Ce que nous en savons, entre autres choses, c'est qu'elles sont pour celui qui les possède à un degré extraordinaire une source de jouissances des plus vives. De même que l'homme fort se réjouit dans son aptitude physique, se complaît dans les exercices qui provoquent les muscles à l'action, de même l'analyse prend sa gloire dans cette activité spirituelle dont la fonction est de débrouiller. Il tire du plaisir même des plus triviales occasions qui mettent ses talents en jeu. Il raffole des énigmes, des rébus, des hiéroglyphes ; il déploie dans chacune des solutions une puissance de perspicacité qui, dans l'opinion vulgaire, prend un caractère surnaturel. Les résultats, habilement déduits par l'âme même et l'essence de sa méthode, ont réellement tout l'air d'une intuition.

Cette faculté de *résolution* tire peut-être une grande force de l'étude des mathématiques, et particulièrement de la très-haute branche de cette science, qui, fort improprement et simplement en raison de ses opérations rétrogrades, a été nommée l'analyse, comme si elle était l'analyse par excellence. Car, en somme, tout calcul n'est pas en soi une analyse. Un joueur d'échecs, par exemple, fait fort bien l'un sans l'autre. Il suit de là que le jeu d'échecs, dans ses effets sur la nature spirituelle, est fort mal apprécié. Je ne veux pas écrire ici un traité de l'analyse, mais simplement mettre en tête d'un récit passablement singulier, quelques observations jetées tout à fait à l'abandon et qui lui serviront de préface. Je prends donc cette occasion de proclamer

the higher powers of the reflective intellect are more decidedly and more usefully tasked by the unostentatious game of draughts than by a the elaborate frivolity of chess. In this latter, where the pieces have different and bizarre motions, with various and variable values, what is only complex is mistaken (a not unusual error) for what is profound. The attention is here called powerfully into play. If it flag for an instant, an oversight is committed resulting in injury or defeat. The possible moves being not only manifold but involute, the chances of such oversights are multiplied; and in nine cases out of ten it is the more concentrative rather than the more acute player who conquers. In draughts, on the contrary, where the moves are unique and have but little variation, the probabilities of inadvertence are diminished, and the mere attention being left comparatively unemployed, what advantages are obtained by either party are obtained by superior acumen. To be less abstract—Let us suppose a game of draughts where the pieces are reduced to four kings, and where, of course, no oversight is to be expected. It is obvious that here the victory can be decided (the players being at all equal) only by some recherché movement, the result of some strong exertion of the intellect. Deprived of ordinary resources, the analyst throws himself into the spirit of his opponent, identifies himself therewith, and not unfrequently sees thus, at a glance, the sole methods (sometime indeed absurdly simple ones) by which he may seduce into error or hurry into miscalculation.

Whist has long been noted for its influence upon what is termed the calculating power; and men of the highest order of intellect have been known to take an apparently unaccountable delight in it, while eschewing chess as frivolous. Beyond doubt there is nothing of a similar nature so greatly tasking the faculty of analysis. The best chess-player in Christendom may be little more than the best player of chess; but proficiency in whist implies capacity for success in all those more important undertakings where mind struggles with mind.

que la haute puissance de la réflexion est bien plus activement et plus profitablement exploitée par le modeste jeu de dames que par toute la laborieuse futilité des échecs. Dans ce dernier jeu, où les pièces sont douées de mouvements divers et bizarres, et représentent des valeurs diverses et variées, la complexité est prise — erreur fort commune — pour de la profondeur. L'attention y est puissamment mise en jeu. Si elle se relâche d'un instant, on commet une erreur, d'où il résulte une perte ou une défaite. Comme les mouvements possibles sont, non-seulement variés, mais inégaux en *puissance*, les chances de pareilles erreurs sont très-multipliées ; et dans neuf cas sur dix, c'est le joueur le plus attentif qui gagne et non pas le plus habile. Dans les dames, au contraire, où le mouvement est simple dans son espèce et ne subit que peu de variations, les probabilités d'inadvertance sont beaucoup moindres, et l'attention n'étant pas absolument et entièrement accaparée, tous les avantages remportés par chacun des joueurs ne peuvent être remportés que par une perspicacité supérieure. Pour laisser là ces abstractions, supposons un jeu de dames où la totalité des pièces soit réduite à quatre *dames*, et où naturellement il n'y ait pas lieu de s'attendre à des étourderies. Il est évident qu'ici la victoire ne peut être décidée, — les deux parties étant absolument égales, — que par une tactique habile, résultat de quelque puissant effort de l'intellect. Privé des ressources ordinaires, l'analyste entre dans l'esprit de son adversaire, s'identifie avec lui, et souvent découvre d'un seul coup d'œil l'unique moyen — un moyen quelquefois absurdement simple — de l'attirer dans une faute ou de le précipiter dans un faux calcul.

On a longtemps cité le whist pour son action sur la faculté du calcul ; et on a connu des hommes d'une haute intelligence qui semblaient y prendre un plaisir incompréhensible et dédaigner les échecs comme un jeu frivole. En effet, il n'y a aucun jeu analogue qui fasse plus travailler la faculté de l'analyse. Le meilleur joueur d'échecs de la chrétienté ne peut guère être autre chose que le meilleur joueur d'échecs ; mais la force au whist implique la puissance de réussir dans toutes les spéculations bien autrement importantes où l'esprit

Edgar Allan Poe

When I say proficiency, I mean that perfection in the game which includes a comprehension of all *the sources whence legitimate advantage may be derived. These are not only manifold but multiform, and lie frequently among recesses of thought altogether inaccessible to the ordinary understanding. To observe attentively is to remember distinctly; and, so far, the concentrative chess-player will do very well at whist; while the rules of Hoyle (themselves based upon the mere mechanism of the game) are sufficiently and generally comprehensible. Thus to have a retentive memory, and to proceed by "the book," are points commonly regarded as the sum total of good playing. But it is in matters beyond the limits of mere rule that the skill of the analyst is evinced. He makes, in silence, a host of observations and inferences. So, perhaps, do his companions; and the difference in the extent of the information obtained, lies not so much in the validity of the inference as in the quality of the observation. The necessary knowledge is that of* what *to observe. Our player confines himself not at all; nor, because the game is the object, does he reject deductions from things external to the game. He examines the countenance of his partner, comparing it carefully with that of each of his opponents. He considers the mode of assorting the cards in each hand; often counting trump by trump, and honor by honor, through the glances bestowed by their holders upon each. He notes every variation of face as the play progresses, gathering a fund of thought from the differences in the expression of certainty, of surprise, of triumph, or of chagrin. From the manner of gathering up a trick he judges whether the person taking it can make another in the suit. He recognises what is played through feint, by the air with which it is thrown upon the table. A casual or inadvertent word; the accidental dropping or turning of a card, with the accompanying anxiety or carelessness in regard to its concealment; the counting of the tricks, with the order of their arrangement; embarrassment, hesitation, eagerness or trepidation—all afford, to his apparently intuitive perception, indications of the true state of affairs. The first two or three rounds having been played, he is in full possession of the contents of each hand, and thenceforward puts down his cards with as absolute a precision of purpose as if the rest of the party had*

lutte avec l'esprit. Quand je dis la force, j'entends cette perfection dans le jeu qui comprend l'intelligence de tous les cas dont on peut légitimement faire son profit. Ils sont non-seulement divers, mais complexes, et se dérobent souvent dans des profondeurs de la pensée absolument inaccessibles à une intelligence ordinaire. Observer attentivement, c'est se rappeler distinctement ; et, à ce point de vue, le joueur d'échecs capable d'une attention très-intense jouera fort bien au whist, puisque les règles de Hoyle, basées elles-mêmes sur le simple mécanisme du jeu, sont facilement et généralement intelligibles. Aussi, avoir une mémoire fidèle et procéder d'après le livre sont des points qui constituent pour le vulgaire le *summum* du bien jouer. Mais c'est dans les cas situés au-delà de la règle que le talent de l'analyste se manifeste ; il fait en silence une foule d'observations et de déductions. Ses partenaires en font peut-être autant ; et la différence d'étendue dans les renseignements ainsi acquis ne gît pas tant dans la validité de la déduction que dans la qualité de l'observation. L'important, le principal est de savoir ce qu'il faut observer. Notre joueur ne se confine pas dans son jeu, et, bien que ce jeu soit l'objet actuel de son attention, il ne rejette pas pour cela les déductions qui naissent d'objets étrangers au jeu. Il examine la physionomie de son partenaire, il la compare soigneusement avec celle de chacun de ses adversaires. Il considère la manière dont chaque partenaire distribue ses cartes ; il compte souvent, grâce aux regards que laissent échapper les joueurs satisfaits, les atouts et les *honneurs*, un à un. Il note chaque mouvement de la physionomie, à mesure que le jeu marche, et recueille un capital de pensées dans les expressions variées de certitude, de surprise, de triomphe ou de mauvaise humeur. À la manière de ramasser une levée, il devine si la même personne en peut faire une autre dans la suite. Il reconnaît ce qui est joué par feinte à l'air dont c'est jeté sur la table. Une parole accidentelle, involontaire, une carte qui tombe, ou qu'on retourne par hasard, qu'on ramasse avec anxiété ou avec insouciance ; le compte des levées et l'ordre dans lequel elles sont rangées ; l'embarras, l'hésitation, la vivacité, la trépidation, — tout est pour lui symptôme, diagnostic, tout rend compte à cette perception, — intuitive en apparence, — du véritable état des choses.

turned outward the faces of their own.

The analytical power should not be confounded with ample ingenuity; for while the analyst is necessarily ingenious, the ingenious man is often remarkably incapable of analysis. The constructive or combining power, by which ingenuity is usually manifested, and to which the phrenologists (I believe erroneously) have assigned a separate organ, supposing it a primitive faculty, has been so frequently seen in those whose intellect bordered otherwise upon idiocy, as to have attracted general observation among writers on morals. Between ingenuity and the analytic ability there exists a difference far greater, indeed, than that between the fancy and the imagination, but of a character very strictly analogous. It will be found, in fact, that the ingenious are always fanciful, and the truly *imaginative never otherwise than analytic.*

The narrative which follows will appear to the reader somewhat in the light of a commentary upon the propositions just advanced.

Residing in Paris during the spring and part of the summer of 18..., I there became acquainted with a Monsieur C. Auguste Dupin. This young gentleman was of an excellent—indeed of an illustrious family, but, by a variety of untoward events, had been reduced to such poverty that the energy of his character succumbed beneath it, and he ceased to bestir himself in the world, or to care for the retrieval of his fortunes. By courtesy of his creditors, there still remained in his possession a small remnant of his patrimony; and, upon the income arising from this, he managed, by means of a rigorous economy, to procure the necessaries of life, without troubling himself about its superfluities. Books, indeed, were his sole luxuries, and in Paris these are easily obtained.

Charles Baudelaire

Quand les deux ou trois premiers tours ont été faits, il possède à fond le jeu qui est dans chaque main, et peut dès lors jouer ses cartes en parfaite connaissance de cause, comme si tous les autres joueurs avaient retourné les leurs.

La faculté d'analyse ne doit pas être confondue avec la simple ingéniosité ; car, pendant que l'analyste est nécessairement ingénieux, il arrive souvent que l'homme ingénieux est absolument incapable d'analyse. La faculté de combinaison, ou constructivité, par laquelle se manifeste généralement cette ingéniosité, et à laquelle les phrénologues — ils ont tort, selon moi, — assignent un organe à part, — en supposant qu'elle soit une faculté primordiale, a paru dans des êtres dont l'intelligence était limitrophe de l'idiotie, assez souvent pour attirer l'attention générale des écrivains psychologistes. Entre l'ingéniosité et l'aptitude analytique, il y a une différence beaucoup plus grande qu'entre l'imaginative et l'imagination, mais d'un caractère rigoureusement analogue. En somme, on verra que l'homme ingénieux est toujours plein d'imaginative, et que l'homme *vraiment* imaginatif n'est jamais autre chose qu'un analyste.

Le récit qui suit sera pour le lecteur un commentaire lumineux des propositions que je viens d'avancer.

Je demeurais à Paris, — pendant le printemps et une partie de l'été de 18.., — et j'y fis la connaissance d'un certain C. Auguste Dupin. Ce jeune gentleman appartenait à une excellente famille, une famille illustre même ; mais, par une série d'événements malencontreux, il se trouva réduit à une telle pauvreté, que l'énergie de son caractère y succomba, et qu'il cessa de se pousser dans le monde et de s'occuper du rétablissement de sa fortune. Grâce à la courtoisie de ses créanciers, il resta en possession d'un petit reliquat de son patrimoine ; et, sur la rente qu'il en tirait, il trouva moyen, par une économie rigoureuse, de subvenir aux nécessités de la vie, sans s'inquiéter autrement des superfluités. Les livres étaient véritablement son seul luxe, et à Paris on se les procure facilement.

Edgar Allan Poe

Our first meeting was at an obscure library in the Rue Montmartre, where the accident of our both being in search of the same very rare and very remarkable volume, brought us into closer communion. We saw each other again and again. I was deeply interested in the little family history which he detailed to me with all that candor which a Frenchman indulges whenever mere self is his theme. I was astonished, too, at the vast extent of his reading; and, above all, I felt my soul enkindled within me by the wild fervor, and the vivid freshness of his imagination. Seeking in Paris the objects I then sought, I felt that the society of such a man would be to me a treasure beyond price; and this feeling I frankly confided to him. It was at length arranged that we should live together during my stay in the city; and as my worldly circumstances were somewhat less embarrassed than his own, I was permitted to be at the expense of renting, and furnishing in a style which suited the rather fantastic gloom of our common temper, a time-eaten and grotesque mansion, long deserted through superstitions into which we did not inquire, and tottering to its fall in a retired and desolate portion of the Faubourg St. Germain.

Had the routine of our life at this place been known to the world, we should have been regarded as madmen—although, perhaps, as madmen of a harmless nature. Our seclusion was perfect. We admitted no visitors. Indeed the locality of our retirement had been carefully kept a secret from my own former associates; and it had been many years since Dupin had ceased to know or be known in Paris. We existed within ourselves alone.

It was a freak of fancy in my friend (for what else shall I call it?) to be enamored of the Night for her own sake; and into this bizarrerie, *as into all his others, I quietly fell; giving myself up to his wild whims with a perfect* abandon. *The sable divinity would not herself dwell with us always; but we could counterfeit her presence. At the first*

Charles Baudelaire

Notre première connaissance se fit dans un obscur cabinet de lecture de la rue Montmartre, par ce fait fortuit que nous étions tous deux à la recherche d'un même livre, fort remarquable et fort rare ; cette coïncidence nous rapprocha. Nous nous vîmes toujours de plus en plus. Je fus profondément intéressé par sa petite histoire de famille, qu'il me raconta minutieusement avec cette candeur et cet abandon, — ce sans-façon du *moi*, — qui est le propre de tout Français quand il parle de ses propres affaires. Je fus aussi fort étonné de la prodigieuse étendue de ses lectures, et par-dessus tout je me sentis l'âme prise par l'étrange chaleur et la vitale fraîcheur de son imagination. Cherchant dans Paris certains objets qui faisaient mon unique étude, je vis que la société d'un pareil homme serait pour moi un trésor inappréciable, et dès lors je me livrai franchement à lui. Nous décidâmes enfin que nous vivrions ensemble tout le temps de mon séjour dans cette ville ; et, comme mes affaires étaient un peu moins embarrassées que les siennes, je me chargeai de louer et de meubler, dans un style approprié à la mélancolie fantasque de nos deux caractères, une maisonnette antique et bizarre que des superstitions dont nous ne daignâmes pas nous enquérir avaient fait déserter, — tombant presque en ruine, et située dans une partie reculée et solitaire du faubourg Saint-Germain.

Si la routine de notre vie dans ce lieu avait été connue du monde, nous eussions passé pour deux fous, — peut-être pour des fous d'un genre inoffensif. Notre réclusion était complète ; nous ne recevions aucune visite. Le lieu de notre retraite était resté un secret — soigneusement gardé — pour mes anciens camarades ; il y avait plusieurs années que Dupin avait cessé de voir du monde et de se répandre dans Paris. Nous ne vivions qu'entre nous.

Mon ami avait une bizarrerie d'humeur, — car comment définir cela ? — c'était d'aimer la nuit pour l'amour de la nuit ; la nuit était sa passion ; et je tombai moi-même tranquillement dans cette bizarrerie, comme dans toutes les autres qui lui étaient propres, me laissant aller au courant de toutes ses étranges originalités avec un parfait abandon. La noire divinité ne pouvait pas toujours demeurer avec nous ; mais

dawn of the morning we closed all the messy shutters of our old building; lighting a couple of tapers which, strongly perfumed, threw out only the ghastliest and feeblest of rays. By the aid of these we then busied our souls in dreams—reading, writing, or conversing, until warned by the clock of the advent of the true Darkness. Then we sallied forth into the streets arm in arm, continuing the topics of the day, or roaming far and wide until a late hour, seeking, amid the wild lights and shadows of the populous city, that infinity of mental excitement which quiet observation can afford.

At such times I could not help remarking and admiring (although from his rich ideality I had been prepared to expect it) a peculiar analytic ability in Dupin. He seemed, too, to take an eager delight in its exercise—if not exactly in its display—and did not hesitate to confess the pleasure thus derived. He boasted to me, with a low chuckling laugh, that most men, in respect to himself, wore windows in their bosoms, and was wont to follow up such assertions by direct and very startling proofs of his intimate knowledge of my own. His manner at these moments was frigid and abstract; his eyes were vacant in expression; while his voice, usually a rich tenor, rose into a treble which would have sounded petulantly but for the deliberateness and entire distinctness of the enunciation. Observing him in these moods, I often dwelt meditatively upon the old philosophy of the Bi-Part Soul, and amused myself with the fancy of a double Dupin—the creative and the resolvent.

Let it not be supposed, from what I have just said, that I am detailing any mystery, or penning any romance. What I have described in the Frenchman, was merely the result of an excited, or perhaps of a diseased intelligence. But of the character of his remarks at the periods in question an example will best convey the idea.

nous en faisions la contrefaçon. Au premier point du jour, nous fermions tous les lourds volets de notre masure, nous allumions une couple de bougies fortement parfumées, qui ne jetaient que des rayons très-faibles et très-pâles. Au sein de cette débile clarté, nous livrions chacun notre âme à ses rêves, nous lisions, nous écrivions, ou nous causions, jusqu'à ce que la pendule nous avertît du retour de la véritable obscurité. Alors, nous nous échappions à travers les rues, bras dessus bras dessous, continuant la conversation du jour, rôdant au hasard jusqu'à une heure très-avancée, et cherchant à travers les lumières désordonnées et les ténèbres de la populeuse cité ces innombrables excitations spirituelles que l'étude paisible ne peut pas donner.

Dans ces circonstances, je ne pouvais m'empêcher de remarquer et d'admirer, — quoique la riche idéalité dont il était doué eût dû m'y préparer, — une aptitude analytique particulière chez Dupin. Il semblait prendre un délice âcre à l'exercer, — peut-être même à l'étaler, — et avouait sans façon tout le plaisir qu'il en tirait. Il me disait à moi, avec un petit rire tout épanoui, que bien des hommes avaient pour lui une fenêtre ouverte à l'endroit de leur cœur, et d'habitude il accompagnait une pareille assertion de preuves immédiates et des plus surprenantes, tirées d'une connaissance profonde de ma propre personne. Dans ces moments-là, ses manières étaient glaciales et distraites ; ses yeux regardaient dans le vide, et sa voix, — une riche voix de ténor, habituellement, — montait jusqu'à la voix de tête ; c'eût été de la pétulance, sans l'absolue délibération de son parler et la parfaite certitude de son accentuation. Je l'observais dans ses allures, et je rêvais souvent à la vieille philosophie de *l'âme double*, — je m'amusais à l'idée d'un Dupin double, — un Dupin créateur et un Dupin analyste.
Qu'on ne s'imagine pas, d'après ce que je viens de dire, que je vais dévoiler un grand mystère ou écrire un roman. Ce que j'ai remarqué dans ce singulier Français était simplement le résultat d'une intelligence surexcitée, — malade peut-être. Mais un exemple donnera une meilleure idée de la nature de ses observations à l'époque dont il s'agit.

Edgar Allan Poe

We were strolling one night down a long dirty street in the vicinity of the Palais Royal. Being both, apparently, occupied with thought, neither of us had spoken a syllable for fifteen minutes at least. All at once Dupin broke forth with these words:

"He is a very little fellow, that's true, and would do better for the Théâtre des Variétés."

"There can be no doubt of that," I replied unwittingly, and not at first observing (so much had I been absorbed in reflection) the extraordinary manner in which the speaker had chimed in with my meditations. In an instant afterward I recollected myself, and my astonishment was profound.

"Dupin," said I, gravely, "this is beyond my comprehension. I do not hesitate to say that I am amazed, and can scarcely credit my senses. How was it possible you should know I was thinking of... ?" Here I paused, to ascertain beyond a doubt whether he really knew of whom I thought.

—"of Chantilly," said he, "why do you pause? You were remarking to yourself that his diminutive figure unfitted him for tragedy."

This was precisely what had formed the subject of my reflections. Chantilly was a quondam cobbler of the Rue St. Denis, who, becoming stage-mad, had attempted the rôle of Xerxes, in Crébillon's tragedy so called, and been notoriously Pasquinaded for his pains.

"Tell me, for Heaven's sake," I exclaimed, "the method—if method there is—by which you have been enabled to fathom my soul in this matter." In fact I was even more startled than I would have been willing to express.

"It was the fruiterer," replied my friend, "who brought you to the conclusion that the mender of soles was not of sufficient height for

Charles Baudelaire

Une nuit, nous flânions dans une longue rue sale, avoisinant le Palais-Royal. Nous étions plongés chacun dans nos propres pensées, en apparence du moins, et, depuis près d'un quart d'heure, nous n'avions pas soufflé une syllabe. Tout à coup Dupin lâcha ces paroles :

— C'est un bien petit garçon, en vérité ; et il serait mieux à sa place au théâtre des Variétés.

— Cela ne fait pas l'ombre d'un doute, répliquai-je sans y penser et sans remarquer d'abord, tant j'étais absorbé, la singulière façon dont l'interrupteur adaptait sa parole à ma propre rêverie.

Une minute après, je revins à moi, et mon étonnement fut profond.

— Dupin, dis-je très-gravement, voilà qui passe mon intelligence. Je vous avoue, sans ambages, que j'en suis stupéfié et que j'en peux à peine croire mes sens. Comment a-t-il pu se faire que vous ayez deviné que je pensais à… ? Mais je m'arrêtai pour m'assurer indubitablement qu'il avait réellement deviné à qui je pensais.

— À Chantilly ? dit-il ; pourquoi vous interrompre ? Vous faisiez en vous-même la remarque que sa petite taille le rendait impropre à la tragédie.

C'était précisément ce qui faisait le sujet de mes réflexions. Chantilly était un ex-savetier de la rue Saint-Denis qui avait la rage du théâtre, et avait abordé le rôle de Xerxès dans la tragédie de Crébillon ; ses prétentions étaient dérisoires : on en faisait des gorges chaudes.

— Dites-moi, pour l'amour de Dieu ! la méthode — si méthode il y a — à l'aide de laquelle vous avez pu pénétrer mon âme, dans le cas actuel ! En réalité, j'étais encore plus étonné que je n'aurais voulu le confesser.

— C'est le fruitier, répliqua mon ami, qui vous a amené à cette conclusion que le raccommodeur de semelles n'était pas de taille à

Edgar Allan Poe

Xerxes et id genus omne."

"The fruiterer!—you astonish me—I know no fruiterer whomsoever."

"The man who ran up against you as we entered the street—it may have been fifteen minutes ago."

I now remembered that, in fact, a fruiterer, carrying upon his head a large basket of apples, had nearly thrown me down, by accident, as we passed from the Rue C—— into the thoroughfare where we stood; but what this had to do with Chantilly I could not possibly understand.

There was not a particle of charlâtanerie about Dupin. "I will explain," he said, "and that you may comprehend all clearly, we will first retrace the course of your meditations, from the moment in which I spoke to you until that of the rencontre with the fruiterer in question. The larger links of the chain run thus—Chantilly, Orion, Dr. Nichols, Epicurus, Stereotomy, the street stones, the fruiterer."

There are few persons who have not, at some period of their lives, amused themselves in retracing the steps by which particular conclusions of their own minds have been attained. The occupation is often full of interest and he who attempts it for the first time is astonished by the apparently illimitable distance and incoherence between the starting-point and the goal. What, then, must have been my amazement when I heard the Frenchman speak what he had just spoken, and when I could not help acknowledging that he had spoken the truth. He continued:

"We had been talking of horses, if I remember aright, just before leaving the Rue C... . This was the last subject we discussed. As we crossed into this street, a fruiterer, with a large basket upon his head, brushing quickly past us, thrust you upon a pile of paving stones

jouer Xerxès et tous les rôles de ce genre.

— Le fruitier ! vous m'étonnez ! je ne connais de fruitier d'aucune espèce.

— L'homme qui s'est jeté contre vous, quand nous sommes entrés dans la rue, il y a peut-être un quart d'heure.

Je me rappelai alors qu'en effet un fruitier, portant sur sa tête un grand panier de pommes, m'avait presque jeté par terre par maladresse, comme nous passions de la rue C… dans l'artère principale où nous étions alors. Mais quel rapport cela avait-il avec Chantilly ? Il m'était impossible de m'en rendre compte.

Il n'y avait pas un atome de charlatanerie dans mon ami Dupin. — Je vais vous expliquer cela, dit-il, et, pour que vous puissiez comprendre tout très-clairement, nous allons d'abord reprendre la série de vos réflexions, depuis le moment dont je vous parle jusqu'à la rencontre du fruitier en question. Les anneaux principaux de la chaîne se suivent ainsi : *Chantilly, Orion, le docteur Nichols, Épicure, la stéréotomie, les pavés, le fruitier.*

Il est peu de personnes qui ne se soient amusées, à un moment quelconque de leur vie, à remonter le cours de leurs idées et à rechercher par quels chemins leur esprit était arrivé à de certaines conclusions. Souvent cette occupation est pleine d'intérêt, et celui qui l'essaye pour la première fois est étonné de l'incohérence et de la distance, immense en apparence, entre le point de départ et le point d'arrivée. Qu'on juge donc de mon étonnement quand j'entendis mon Français parler comme il avait fait, et que je fus contraint de reconnaître qu'il avait dit la pure vérité. Il continua :

— Nous causions de chevaux — si ma mémoire ne me trompe pas — juste avant de quitter la rue C… Ce fut notre dernier thème de conversation. Comme nous passions dans cette rue-ci, un fruitier, avec un gros panier sur la tête, passa précipitamment devant nous,

collected at a spot where the causeway is undergoing repair. You stepped upon one of the loose fragments, slipped, slightly strained your ankle, appeared vexed or sulky, muttered a few words, turned to look at the pile, and then proceeded in silence. I was not particularly attentive to what you did; but observation has become with me, of late, a species of necessity.

"You kept your eyes upon the ground—glancing, with a petulant expression, at the holes and ruts in the pavement, (so that I saw you were still thinking of the stones,) until we reached the little alley called Lamartine, which has been paved, by way of experiment, with the overlapping and riveted blocks. Here your countenance brightened up, and, perceiving your lips move, I could not doubt that you murmured the word 'stereotomy,' a term very affectedly applied to this species of pavement. I knew that you could not say to yourself 'stereotomy' without being brought to think of atomies, and thus of the theories of Epicurus; and since, when we discussed this subject not very long ago, I mentioned to you how singularly, yet with how little notice, the vague guesses of that noble Greek had met with confirmation in the late nebular cosmogony, I felt that you could not avoid casting your eyes upward to the great nebula in Orion, and I certainly expected that you would do so. You did look up; and I was now assured that I had correctly followed your steps. But in that bitter tirade upon Chantilly, which appeared in yesterday's 'Musée,' the satirist, making some disgraceful allusions to the cobbler's change of name upon assuming the buskin, quoted a Latin line about which we have often conversed. I mean the line

Perdidit antiquum litera sonum

Charles Baudelaire

vous jeta sur un tas de pavés amoncelés dans un endroit où la voie est en réparation. Vous avez mis le pied sur une des pierres branlantes ; vous avez glissé, vous vous êtes légèrement foulé la cheville ; vous avez paru vexé, grognon ; vous avez marmotté quelques paroles ; vous vous êtes retourné pour regarder le tas, puis vous avez continué votre chemin en silence. Je n'étais pas absolument attentif à tout ce que vous faisiez ; mais, pour moi, l'observation est devenue, de vieille date, une espèce de nécessité.

"Vos yeux sont restés attachés sur le sol, — surveillant avec une espèce d'irritation les trous et les ornières du pavé (de façon que je voyais bien que vous pensiez toujours aux pierres), jusqu'à ce que nous eussions atteint le petit passage qu'on nomme le passage Lamartine[1], où l'on vient de faire l'essai du pavé de bois, un système de blocs unis et solidement assemblés. Ici votre physionomie s'est éclaircie, j'ai vu vos lèvres remuer, et j'ai deviné, à n'en pas douter, que vous vous murmuriez le mot *stéréotomie*, un terme appliqué fort prétentieusement à ce genre de pavage. Je savais que vous ne pouviez pas dire stéréotomie sans être induit à penser aux atomes, et de là aux théories d'Épicure ; et, comme dans la discussion que nous eûmes, il n'y a pas longtemps, à ce sujet, je vous avais fait remarquer que les vagues conjectures de l'illustre Grec avaient été confirmées singulièrement, sans que personne y prît garde, par les dernières théories sur les nébuleuses et les récentes découvertes cosmogoniques, je sentis que vous ne pourriez pas empêcher vos yeux de se tourner vers la grande nébuleuse d'Orion ; je m'y attendais certainement. Vous n'y avez pas manqué, et je fus alors certain d'avoir strictement emboîté le pas de votre rêverie. Or, dans cette amère boutade sur Chantilly, qui a paru hier dans *le Musée*, l'écrivain satirique, en faisant des allusions désobligeantes au changement de nom du savetier quand il a chaussé le cothurne, citait un vers latin dont nous avons souvent causé. Je veux parler du vers :

Perdidit antiquum littera prima sonum.

I had told you that this was in reference to Orion, formerly written Urion; and, from certain pungencies connected with this explanation, I was aware that you could not have forgotten it. It was clear, therefore, that you would not fail to combine the two ideas of Orion and Chantilly. That you did combine them I saw by the character of the smile which passed over your lips. You thought of the poor cobbler's immolation. So far, you had been stooping in your gait; but now I saw you draw yourself up to your full height. I was then sure that you reflected upon the diminutive figure of Chantilly. At this point I interrupted your meditations to remark that as, in fact, he was a very little fellow—that Chantilly—he would do better at the Théâtre des Variétés."

Not long after this, we were looking over an evening edition of the Gazette des Tribunaux, *when the following paragraphs arrested our attention.*

"Extraordinary Murders.—This morning, about three o'clock, the inhabitants of the Quartier St. Roch were aroused from sleep by a succession of terrific shrieks, issuing, apparently, from the fourth story of a house in the Rue Morgue, known to be in the sole occupancy of one Madame L'Espanaye, and her daughter Mademoiselle Camille L'Espanaye. After some delay, occasioned by a fruitless attempt to procure admission in the usual manner, the gateway was broken in with a crowbar, and eight or ten of the neighbors entered accompanied by two gendarmes. *By this time the cries had ceased; but, as the party rushed up the first flight of stairs, two or more rough voices in angry contention were distinguished and seemed to proceed from the upper part of the house. As the second landing was reached, these sounds, also, had ceased and everything remained perfectly quiet. The party spread themselves and hurried from room to room. Upon arriving at a large back chamber in the fourth story, (the door of which, being found locked, with the key inside, was forced open,) a spectacle presented itself which struck every one present not less with horror than with astonishment.*

Charles Baudelaire

Je vous avais dit qu'il avait trait à Orion, qui s'écrivait primitivement Urion ; et, à cause d'une certaine acrimonie mêlée à cette discussion, j'étais sûr que vous ne l'aviez pas oubliée. Il était clair, dès lors, que vous ne pouviez pas manquer d'associer les deux idées d'Orion et de Chantilly. Cette association d'idées, je la vis au style du sourire qui traversa vos lèvres. Vous pensiez à l'immolation du pauvre savetier. Jusque-là, vous aviez marché courbé en deux, mais alors je vous vis vous redresser de toute votre hauteur. J'étais bien sûr que vous pensiez à la pauvre petite taille de Chantilly. C'est dans ce moment que j'interrompis vos réflexions pour vous faire remarquer que c'était un pauvre petit avorton que ce Chantilly, et qu'il serait bien mieux à sa place au théâtre des Variétés.

Peu de temps après cet entretien, nous parcourions l'édition du soir de la *Gazette des tribunaux*, quand les paragraphes suivants attirèrent notre attention :

"Double assassinat des plus singuliers. — Ce matin, vers trois heures, les habitants du quartier Saint-Roch furent réveillés par une suite de cris effrayants, qui semblaient venir du quatrième étage d'une maison de la rue Morgue, que l'on savait occupée en totalité par une dame l'Espanaye et sa fille, mademoiselle Camille l'Espanaye. Après quelques retards causés par des efforts infructueux pour se faire ouvrir à l'amiable, la grande porte fut forcée avec une pince, et huit ou dix voisins entrèrent, accompagnés de deux gendarmes. Cependant, les cris avaient cessé ; mais, au moment où tout ce monde arrivait pêle-mêle au premier étage, on distingua deux fortes voix, peut-être plus, qui semblaient se disputer violemment et venir de la partie supérieure de la maison. Quand on arriva au second palier, ces bruits avaient également cessé, et tout était parfaitement tranquille. Les voisins se répandirent de chambre en chambre. Arrivés à une vaste pièce située sur le derrière, au quatrième étage, et dont on força la porte qui était fermée, avec la clef en dedans, ils se trouvèrent en face d'un spectacle qui frappa tous les assistants d'une terreur non moins grande que leur étonnement.

"The apartment was in the wildest disorder—the furniture broken and thrown about in all directions. There was only one bedstead; and from this the bed had been removed, and thrown into the middle of the floor. On a chair lay a razor, besmeared with blood. On the hearth were two or three long and thick tresses of grey human hair, also dabbled in blood, and seeming to have been pulled out by the roots. Upon the floor were found four Napoleons, an ear-ring of topaz, three large silver spoons, three smaller of métal d'Alger, *and two bags, containing nearly four thousand francs in gold. The drawers of a* bureau, *which stood in one corner were open, and had been, apparently, rifled, although many articles still remained in them. A small iron safe was discovered under the* bed *(not under the bedstead). It was open, with the key still in the door. It had no contents beyond a few old letters, and other papers of little consequence.*

"Of Madame L'Espanaye no traces were here seen; but an unusual quantity of soot being observed in the fire-place, a search was made in the chimney, and (horrible to relate!) the corpse of the daughter, head downward, was dragged therefrom; it having been thus forced up the narrow aperture for a considerable distance. The body was quite warm. Upon examining it, many excoriations were perceived, no doubt occasioned by the violence with which it had been thrust up and disengaged. Upon the face were many severe scratches, and, upon the throat, dark bruises, and deep indentations of finger nails, as if the deceased had been throttled to death.

"After a thorough investigation of every portion of the house, without farther discovery, the party made its way into a small paved yard in the rear of the building, where lay the corpse of the old lady, with her throat so entirely cut that, upon an attempt to raise her, the head fell off. The body, as well as the head, was fearfully mutilated—the former so much so as scarcely to retain any semblance of humanity.

Charles Baudelaire

"La chambre était dans le plus étrange désordre ; les meubles brisés et éparpillés dans tous les sens. Il n'y avait qu'un lit, les matelas en avaient été arrachés et jetés au milieu du parquet. Sur une chaise, on trouva un rasoir mouillé de sang ; dans l'âtre, trois longues et fortes boucles de cheveux gris, qui semblaient avoir été violemment arrachées avec leurs racines. Sur le parquet gisaient quatre napoléons, une boucle d'oreille ornée d'une topaze, trois grandes cuillers d'argent, trois plus petites en métal d'Alger, et deux sacs contenant environ quatre mille francs en or. Dans un coin, les tiroirs d'une commode étaient ouverts et avaient sans doute été mis au pillage, bien qu'on y ait trouvé plusieurs articles intacts. Un petit coffret de fer fut trouvé sous la literie (non pas sous le bois de lit) ; il était ouvert, avec la clef dans la serrure. Il ne contenait que quelques vieilles lettres et d'autres papiers sans importance.

"On ne trouva aucune trace de madame l'Espanaye ; mais on remarqua une quantité extraordinaire de suie dans le foyer ; on fit une recherche dans la cheminée, et — chose horrible à dire ! — on en tira le corps de la demoiselle, la tête en bas, qui avait été introduit de force et poussé par l'étroite ouverture jusqu'à une distance assez considérable. Le corps était tout chaud. En l'examinant, on découvrit de nombreuses excoriations, occasionnées sans doute par la violence avec laquelle il y avait été fourré et qu'il avait fallu employer pour le dégager. La figure portait quelques fortes égratignures, et la gorge était stigmatisée par des meurtrissures noires et de profondes traces d'ongles, comme si la mort avait eu lieu par strangulation.

"Après un examen minutieux de chaque partie de la maison, qui n'amena aucune découverte nouvelle, les voisins s'introduisirent dans une petite cour pavée, située sur le derrière du bâtiment. Là gisait le cadavre de la vieille dame, avec la gorge si parfaitement coupée, que, quand on essaya de le relever, la tête se détacha du tronc. Le corps, aussi bien que la tête, était terriblement mutilé, et celui-ci à ce point qu'il gardait à peine une apparence humaine.

Edgar Allan Poe

"To this horrible mystery there is not as yet, we believe, the slightest clew."

The next day's paper had these additional particulars.

"The Tragedy in the Rue Morgue.—Many individuals have been examined in relation to this most extraordinary and frightful affair. [The word 'affaire' has not yet, in France, that levity of import which it conveys with us,] "but nothing whatever has transpired to throw light upon it. We give below all the material testimony elicited.

"Pauline Dubourg, *laundress,* deposes that she has known both the deceased for three years, having washed for them during that period. The old lady and her daughter seemed on good terms—very affectionate towards each other. They were excellent pay. Could not speak in regard to their mode or means of living. Believed that Madame L. told fortunes for a living. Was reputed to have money put by. Never met any persons in the house when she called for the clothes or took them home. Was sure that they had no servant in employ. There appeared to be no furniture in any part of the building except in the fourth story.

"Pierre Moreau, *tobacconist,* deposes that he has been in the habit of selling small quantities of tobacco and snuff to Madame L'Espanaye for nearly four years. Was born in the neighborhood, and has always resided there. The deceased and her daughter had occupied the house in which the corpses were found, for more than six years. It was formerly occupied by a jeweller, who under-let the upper rooms to various persons. The house was the property of Madame L. She became dissatisfied with the abuse of the premises by her tenant, and moved into them herself, refusing to let any portion. The old lady was childish. Witness had seen the daughter some five or six times during

"Toute cette affaire resta un horrible mystère, et jusqu'à présent on n'a pas encore découvert, que nous sachions, le moindre fil conducteur."

Le numéro suivant portait ces détails additionnels :

"Le drame de la rue Morgue. — Bon nombre d'individus ont été interrogés relativement à ce terrible et extraordinaire événement, mais rien n'a transpiré qui puisse jeter quelque jour sur l'affaire. Nous donnons ci-dessous les dépositions obtenues :

"Pauline Dubourg, blanchisseuse, dépose qu'elle a connu les deux victimes pendant trois ans, et qu'elle a blanchi pour elles pendant tout ce temps. La vieille dame et sa fille semblaient en bonne intelligence, — très-affectueuses l'une envers l'autre. C'étaient de bonnes *payes*. Elle ne peut rien dire relativement à leur genre de vie et à leurs moyens d'existence. Elle croit que madame l'Espanaye disait la bonne aventure pour vivre. Cette dame passait pour avoir de l'argent de côté. Elle n'a jamais rencontré personne dans la maison, quand elle venait rapporter ou prendre le linge. Elle est sûre que ces dames n'avaient aucun domestique à leur service. Il lui a semblé qu'il n'y avait de meubles dans aucune partie de la maison, excepté au quatrième étage.

"Pierre Moreau, marchand de tabac, dépose qu'il fournissait habituellement madame l'Espanaye, et lui vendait de petites quantités de tabac, quelquefois en poudre. Il est né dans le quartier et y a toujours demeuré. La défunte et sa fille occupaient depuis plus de six ans la maison où l'on a trouvé leurs cadavres. Primitivement elle était habitée par un bijoutier, qui sous-louait les appartements supérieurs à différentes personnes. La maison appartenait à madame l'Espanaye. Elle s'était montrée très-mécontente de son locataire, qui endommageait les lieux ; elle était venue habiter sa propre maison, refusant d'en louer une seule partie. La bonne dame était en enfance. Le témoin a vu la fille cinq ou six fois dans l'intervalle de ces six

the six years. The two lived an exceedingly retired life—were reputed to have money. Had heard it said among the neighbors that Madame L. told fortunes—did not believe it. Had never seen any person enter the door except the old lady and her daughter, a porter once or twice, and a physician some eight or ten times.

"Many other persons, neighbors, gave evidence to the same effect. No one was spoken of as frequenting the house. It was not known whether there were any living connexions of Madame L. and her daughter. The shutters of the front windows were seldom opened. Those in the rear were always closed, with the exception of the large back room, fourth story. The house was a good house—not very old.

"*Isidore Musèt, gendarme, deposes* that he was called to the house about three o'clock in the morning, and found some twenty or thirty persons at the gateway, endeavoring to gain admittance. Forced it open, at length, with a bayonet—not with a crowbar. Had but little difficulty in getting it open, on account of its being a double or folding gate, and bolted neither at bottom not top. The shrieks were continued until the gate was forced—and then suddenly ceased. They seemed to be screams of some person (or persons) in great agony—were loud and drawn out, not short and quick. Witness led the way up stairs. Upon reaching the first landing, heard two voices in loud and angry contention—the one a gruff voice, the other much shriller—a very strange voice. Could distinguish some words of the former, which was that of a Frenchman. Was positive that it was not a woman's voice. Could distinguish the words 'sacré' and 'diable.' The shrill voice was that of a foreigner. Could not be sure whether it was the voice of a man or of a woman. Could not make out what was said, but believed the language to be Spanish. The state of the room and of the bodies was described by this witness as we described them yesterday.

années. Elles menaient toutes deux une vie excessivement retirée ; elles passaient pour avoir de quoi. Il a entendu dire chez les voisins que madame l'Espanaye disait la bonne aventure ; il ne le croit pas. Il n'a jamais vu personne franchir la porte, excepté la vieille dame et sa fille, un commissionnaire une ou deux fois, et un médecin huit ou dix.

"Plusieurs autres personnes du voisinage déposent dans le même sens. On ne cite personne comme ayant fréquenté la maison. On ne sait pas si la dame et sa fille avaient des parents vivants. Les volets des fenêtres de face s'ouvraient rarement. Ceux de derrière étaient toujours fermés, excepté aux fenêtres de la grande arrière-pièce du quatrième étage. La maison était une assez bonne maison, pas trop vieille.

"Isidore Muset, gendarme, dépose qu'il a été mis en réquisition, vers trois heures du matin, et qu'il a trouvé à la grande porte vingt ou trente personnes qui s'efforçaient de pénétrer dans la maison. Il l'a forcée avec une baïonnette et non pas avec une pince. Il n'a pas eu grand'peine à l'ouvrir, parce qu'elle était à deux battants et n'était verrouillée ni par en haut, ni par en bas. Les cris ont continué jusqu'à ce que la porte fût enfoncée, puis ils ont soudainement cessé. On eût dit les cris d'une ou de plusieurs personnes en proie aux plus vives douleurs ; des cris très-hauts, très-prolongés, — non pas des cris brefs, ni précipités. Le témoin a grimpé l'escalier. En arrivant au premier palier, il a entendu deux voix qui se discutaient très-haut et très-aigrement ; — l'une, une voix rude, l'autre beaucoup plus aiguë, une voix très-singulière. Il a distingué quelques mots de la première, c'était celle d'un Français. Il est certain que ce n'est pas une voix de femme. Il a pu distinguer les mots *sacré* et *diable*. La voix aiguë était celle d'un étranger. Il ne sait pas précisément si c'était une voix d'homme ou de femme. Il n'a pu deviner ce qu'elle disait, mais il présume qu'elle parlait espagnol. Ce témoin rend compte de l'état de la chambre et des cadavres dans les mêmes termes que nous l'avons fait hier.

"*Henri Duval, a neighbor, and by trade a silver-smith, deposes that he was one of the party who first entered the house. Corroborates the testimony of Musèt in general. As soon as they forced an entrance, they reclosed the door, to keep out the crowd, which collected very fast, notwithstanding the lateness of the hour. The shrill voice, this witness thinks, was that of an Italian. Was certain it was not French. Could not be sure that it was a man's voice. It might have been a woman's. Was not acquainted with the Italian language. Could not distinguish the words, but was convinced by the intonation that the speaker was an Italian. Knew Madame L. and her daughter. Had conversed with both frequently. Was sure that the shrill voice was not that of either of the deceased.*

"*... Odenheimer, restaurateur. This witness volunteered his testimony. Not speaking French, was examined through an interpreter. Is a native of Amsterdam. Was passing the house at the time of the shrieks. They lasted for several minutes—probably ten. They were long and loud—very awful and distressing. Was one of those who entered the building. Corroborated the previous evidence in every respect but one. Was sure that the shrill voice was that of a man—of a Frenchman. Could not distinguish the words uttered. They were loud and quick—unequal—spoken apparently in fear as well as in anger. The voice was harsh—not so much shrill as harsh. Could not call it a shrill voice. The gruff voice said repeatedly* 'sacré,' 'diable,' *and once* 'mon Dieu.'

Jules Mignaud, *banker, of the firm of Mignaud et Fils, Rue Deloraine. Is the elder Mignaud. Madame L'Espanaye had some property. Had opened an account with his banking house in the spring of the year — (eight years previously). Made frequent deposits in small sums. Had checked for nothing until the third day before her death, when she took out in person the sum of 4000 francs. This sum was paid in gold, and a clerk went home with the money.*

"Henri Duval, un voisin, et orfèvre de son état, dépose qu'il faisait partie du groupe de ceux qui sont entrés les premiers dans la maison. Confirme généralement le témoignage de Muset. Aussitôt qu'ils se sont introduits dans la maison, ils ont refermé la porte pour barrer le passage à la foule qui s'amassait considérablement, malgré l'heure plus que matinale. La voix aiguë, à en croire le témoin, était une voix d'Italien. À coup sûr, ce n'était pas une voix française. Il ne sait pas au juste si c'était une voix de femme ; cependant, cela pourrait bien être. Le témoin n'est pas familiarisé avec la langue italienne ; il n'a pu distinguer les paroles, mais il est convaincu d'après l'intonation que l'individu qui parlait était un Italien. Le témoin a connu madame l'Espanaye et sa fille. Il a fréquemment causé avec elles. Il est certain que la voix aiguë n'était celle d'aucune des victimes.

"Odenheimer, restaurateur. Ce témoin s'est offert de lui-même. Il ne parle pas français, et on l'a interrogé par le canal d'un interprète. Il est né à Amsterdam. Il passait devant la maison au moment des cris. Ils ont duré quelques minutes, dix minutes peut-être. C'étaient des cris prolongés, très-hauts, très-effrayants, — des cris navrants. Odenheimer est un de ceux qui ont pénétré dans la maison. Il confirme le témoignage précédent, à l'exception d'un seul point. Il est sûr que la voix aiguë était celle d'un homme, — d'un Français. Il n'a pu distinguer les mots articulés. On parlait haut et vite, — d'un ton inégal, — et qui exprimait la crainte aussi bien que la colère. La voix était âpre, plutôt âpre qu'aiguë. Il ne peut appeler cela précisément une voix aiguë. La grosse voix dit à plusieurs reprises : *Sacré, — diable,* — et une fois : *Mon Dieu !*

"Jules Mignaud, banquier, de la maison Mignaud et fils, rue Deloraine. Il est l'aîné des Mignaud. Madame l'Espanaye avait quelque fortune. Il lui avait ouvert un compte dans sa maison, huit ans auparavant, au printemps. Elle a souvent déposé chez lui de petites sommes d'argent. Il ne lui a rien délivré jusqu'au troisième jour avant sa mort, où elle est venue lui demander en personne une somme de quatre mille francs. Cette somme lui a été payée en or, et un commis a été chargé de la lui porter chez elle.

"Adolphe Le Bon, *clerk to Mignaud et Fils, deposes that on the day in question, about noon, he accompanied Madame L'Espanaye to her residence with the 4000 francs, put up in two bags. Upon the door being opened, Mademoiselle L. appeared and took from his hands one of the bags, while the old lady relieved him of the other. He then bowed and departed. Did not see any person in the street at the time. It is a bye-street—very lonely.*

"William Bird, *tailor, deposes that he was one of the party who entered the house. Is an Englishman. Has lived in Paris two years. Was one of the first to ascend the stairs. Heard the voices in contention. The gruff voice was that of a Frenchman. Could make out several words, but cannot now remember all. Heard distinctly 'sacré' and 'mon Dieu.' There was a sound at the moment as if of several persons struggling—a scraping and scuffling sound. The shrill voice was very loud—louder than the gruff one. Is sure that it was not the voice of an Englishman. Appeared to be that of a German. Might have been a woman's voice. Does not understand German.*

"Four of the above-named witnesses, being recalled, deposed that the door of the chamber in which was found the body of Mademoiselle L. was locked on the inside when the party reached it. Every thing was perfectly silent—no groans or noises of any kind. Upon forcing the door no person was seen. The windows, both of the back and front room, were down and firmly fastened from within. A door between the two rooms was closed, but not locked. The door leading from the front room into the passage was locked, with the key on the inside. A small room in the front of the house, on the fourth story, at the head of the passage was open, the door being ajar. This room was crowded with old beds, boxes, and so forth. These were carefully removed and searched. There was not an inch of any portion of the house which was not carefully searched. Sweeps were sent up and down the chimneys. The house was a four story one, with garrets* (mansardes).

Charles Baudelaire

"Adolphe Lebon, commis chez Mignaud et fils, dépose que, le jour en question, vers midi, il a accompagné madame l'Espanaye à son logis, avec les quatre mille francs, en deux sacs. Quand la porte s'ouvrit, mademoiselle l'Espanaye parut, et lui prit des mains l'un des deux sacs, pendant que la vieille dame le déchargeait de l'autre. Il les salua et partit. Il n'a vu personne dans la rue en ce moment. C'est une rue borgne, très-solitaire.

"William Bird, tailleur, dépose qu'il est un de ceux qui se sont introduits dans la maison. Il est Anglais. Il a vécu deux ans à Paris. Il est un des premiers qui ont monté l'escalier. Il a entendu les voix qui se disputaient. La voix rude était celle d'un Français. Il a pu distinguer quelques mots, mais il ne se les rappelle pas. Il a entendu distinctement *sacré* et *mon Dieu*. C'était en ce moment un bruit comme de plusieurs personnes qui se battent, — le tapage d'une lutte et d'objets qu'on brise. La voix aiguë était très-forte, plus forte que la voix rude. Il est sûr que ce n'était pas une voix d'Anglais. Elle lui sembla une voix d'Allemand ; peut-être bien une voix de femme. Le témoin ne sait pas l'allemand.

"Quatre des témoins ci-dessus mentionnés ont été assignés de nouveau, et ont déposé que la porte de la chambre où fut trouvé le corps de mademoiselle l'Espanaye était fermée en dedans quand ils y arrivèrent. Tout était parfaitement silencieux ; ni gémissements, ni bruits d'aucune espèce. Après avoir forcé la porte, ils ne virent personne. Les fenêtres, dans la chambre de derrière et dans celle de face, étaient fermées et solidement assujetties en dedans. Une porte de communication était fermée, mais pas à clef. La porte qui conduit de la chambre du devant au corridor était fermée à clef, et la clef en dedans ; une petite pièce sur le devant de la maison, au quatrième étage, à l'entrée du corridor, ouverte, et la porte entre-bâillée ; cette pièce, encombrée de vieux bois de lit, de malles, etc. On a soigneusement dérangé et visité tous ces objets. Il n'y a pas un pouce d'une partie quelconque de la maison qui n'ait été soigneusement visité. On a fait pénétrer des ramoneurs dans les cheminées. La maison est à quatre étages avec des mansardes. Une trappe qui donne

A trap-door on the roof was nailed down very securely—did not appear to have been opened for years. The time elapsing between the hearing of the voices in contention and the breaking open of the room door, was variously stated by the witnesses. Some made it as short as three minutes—some as long as five. The door was opened with difficulty.

"Alfonzo Garcio, *undertaker, deposes that he resides in the Rue Morgue. Is a native of Spain. Was one of the party who entered the house. Did not proceed up stairs. Is nervous, and was apprehensive of the consequences of agitation. Heard the voices in contention. The gruff voice was that of a Frenchman. Could not distinguish what was said. The shrill voice was that of an Englishman—is sure of this. Does not understand the English language, but judges by the intonation.*

"Alberto Montani, *confectioner, deposes that he was among the first to ascend the stairs. Heard the voices in question. The gruff voice was that of a Frenchman. Distinguished several words. The speaker appeared to be expostulating. Could not make out the words of the shrill voice. Spoke quick and unevenly. Thinks it the voice of a Russian. Corroborates the general testimony. Is an Italian. Never conversed with a native of Russia.*

"*Several witnesses, recalled, here testified that the chimneys of all the rooms on the fourth story were too narrow to admit the passage of a human being. By 'sweeps' were meant cylindrical sweeping brushes, such as are employed by those who clean chimneys. These brushes were passed up and down every flue in the house. There is no back passage by which any one could have descended while the party proceeded up stairs. The body of Mademoiselle L'Espanaye was so firmly wedged in the chimney that it could not be got down until four or five of the party united their strength.*

sur le toit était condamnée et solidement fermée avec des clous ; elle ne semblait pas avoir été ouverte depuis des années. Les témoins varient sur la durée du temps écoulé entre le moment où l'on a entendu les voix qui se disputaient et celui où l'on a forcé la porte de la chambre. Quelques-uns l'évaluent trop court, deux ou trois minutes, — d'autres, cinq minutes. La porte ne fut ouverte qu'à grand'peine.

"Alfonso Garcio, entrepreneur des pompes funèbres, dépose qu'il demeure rue Morgue. Il est né en Espagne. Il est un de ceux qui ont pénétré dans la maison. Il n'a pas monté l'escalier. Il a les nerfs très-délicats, et redoute les conséquences d'une violente agitation nerveuse. Il a entendu les voix qui se disputaient. La grosse voix était celle d'un Français. Il n'a pu distinguer ce qu'elle disait. La voix aiguë était celle d'un Anglais, il en est bien sûr. Le témoin ne sait pas l'anglais, mais il juge d'après l'intonation.

"Alberto Montani, confiseur, dépose qu'il fut des premiers qui montèrent l'escalier. Il a entendu les voix en question. La voix rauque était celle d'un Français. Il a distingué quelques mots. L'individu qui parlait semblait faire des remontrances. Il n'a pas pu deviner ce que disait la voix aiguë. Elle parlait vite et par saccades. Il l'a prise pour la voix d'un Russe. Il confirme en général les témoignages précédents. Il est Italien ; il avoue qu'il n'a jamais causé avec un Russe.

"Quelques témoins, rappelés, certifient que les cheminées dans toutes les chambres, au quatrième étage, sont trop étroites pour livrer passage à un être humain. Quand ils ont parlé de ramonage, ils voulaient parler de ces brosses en forme de cylindres dont on se sert pour nettoyer les cheminées. On a fait passer ces brosses du haut au bas dans tous les tuyaux de la maison. Il n'y a sur le derrière aucun passage qui ait pu favoriser la fuite d'un assassin, pendant que les témoins montaient l'escalier. Le corps de mademoiselle l'Espanaye était si solidement engagé dans la cheminée, qu'il a fallu, pour le retirer, que quatre ou cinq des témoins réunissent leurs forces.

"Paul Dumas, *physician, deposes that he was called to view the bodies about day-break. They were both then lying on the sacking of the bedstead in the chamber where Mademoiselle L. was found. The corpse of the young lady was much bruised and excoriated. The fact that it had been thrust up the chimney would sufficiently account for these appearances. The throat was greatly chafed. There were several deep scratches just below the chin, together with a series of livid spots which were evidently the impression of fingers. The face was fearfully discolored, and the eye-balls protruded. The tongue had been partially bitten through. A large bruise was discovered upon the pit of the stomach, produced, apparently, by the pressure of a knee. In the opinion of M. Dumas, Mademoiselle L'Espanaye had been throttled to death by some person or persons unknown. The corpse of the mother was horribly mutilated. All the bones of the right leg and arm were more or less shattered. The left tibia much splintered, as well as all the ribs of the left side. Whole body dreadfully bruised and discolored. It was not possible to say how the injuries had been inflicted. A heavy club of wood, or a broad bar of iron—a chair—any large, heavy, and obtuse weapon would have produced such results, if wielded by the hands of a very powerful man. No woman could have inflicted the blows with any weapon. The head of the deceased, when seen by witness, was entirely separated from the body, and was also greatly shattered. The throat had evidently been cut with some very sharp instrument—probably with a razor.*

"Alexandre Etienne, *surgeon, was called with M. Dumas to view the bodies. Corroborated the testimony, and the opinions of M. Dumas.*

"Nothing farther of importance was elicited, although several other persons were examined. A murder so mysterious, and so perplexing in all its particulars, was never before committed in Paris—if indeed a murder has been committed at all. The police are entirely at fault—an unusual occurrence in affairs of this nature. There is not, however, the

Charles Baudelaire

"Paul Dumas, médecin, dépose qu'il a été appelé au point du jour pour examiner les cadavres. Ils gisaient tous les deux sur le fond de sangle du lit dans la chambre où avait été trouvée mademoiselle l'Espanaye. Le corps de la jeune dame était fortement meurtri et excorié. Ces particularités s'expliquent suffisamment par le fait de son introduction dans la cheminée. La gorge était singulièrement écorchée. Il y avait, juste au-dessous du menton, plusieurs égratignures profondes, avec une rangée de taches livides, résultant évidemment de la pression des doigts. La face était affreusement décolorée, et les globes des yeux sortaient de la tête. La langue était coupée à moitié. Une large meurtrissure se manifestait au creux de l'estomac, produite, selon toute apparence, par la pression d'un genou. Dans l'opinion de M. Dumas, mademoiselle l'Espanaye avait été étranglée par un ou par plusieurs individus inconnus. Le corps de la mère était horriblement mutilé. Tous les os de la jambe et du bras gauche plus ou moins fracassés ; le tibia gauche brisé en esquilles, ainsi que les côtes du même côté. Tout le corps affreusement meurtri et décoloré. Il était impossible de dire comment de pareils coups avaient été portés. Une lourde massue de bois ou une large pince de fer, une arme grosse, pesante et contondante aurait pu produire de pareils résultats, et encore, maniée par les mains d'un homme excessivement robuste. Avec n'importe quelle arme, aucune femme n'aurait pu frapper de tels coups. La tête de la défunte, quand le témoin la vit, était entièrement séparée du tronc, et, comme le reste, singulièrement broyée. La gorge évidemment avait été tranchée avec un instrument très-affilé, très-probablement un rasoir.

"Alexandre Étienne, chirurgien, a été appelé en même temps que M. Dumas pour visiter les cadavres ; il confirme le témoignage et l'opinion de M. Dumas.

"Quoique plusieurs autres personnes aient été interrogées, on n'a pu obtenir aucun autre renseignement d'une valeur quelconque. Jamais assassinat si mystérieux, si embrouillé, n'a été commis à Paris, si toutefois il y a eu assassinat. — La police est absolument déroutée, — cas fort usité dans les affaires de cette nature. Il est vraiment

shadow of a clew apparent."

The evening edition of the paper stated that the greatest excitement still continued in the Quartier St. Roch—that the premises in question had been carefully re-searched, and fresh examinations of witnesses instituted, but all to no purpose. A postscript, however, mentioned that Adolphe Le Bon had been arrested and imprisoned—although nothing appeared to criminate him, beyond the facts already detailed.

Dupin seemed singularly interested in the progress of this affair—at least so I judged from his manner, for he made no comments. It was only after the announcement that Le Bon had been imprisoned, that he asked me my opinion respecting the murders.

I could merely agree with all Paris in considering them an insoluble mystery. I saw no means by which it would be possible to trace the murderer.

"We must not judge of the means," said Dupin, "by this shell of an examination. The Parisian police, so much extolled for acumen, *are cunning, but no more. There is no method in their proceedings, beyond the method of the moment. They make a vast parade of measures; but, not unfrequently, these are so ill adapted to the objects proposed, as to put us in mind of Monsieur Jourdain's calling for his* robe-de-chambre—pour mieux entendre la musique. *The results attained by them are not unfrequently surprising, but, for the most part, are brought about by simple diligence and activity. When these qualities are unavailing, their schemes fail. Vidocq, for example, was a good guesser and a persevering man. But, without educated thought, he erred continually by the very intensity of his investigations. He impaired his vision by holding the object too close. He might see, perhaps, one or two points with unusual clearness, but*

impossible de retrouver le fil de cette affaire."

L'édition du soir constatait qu'il régnait une agitation permanente dans le quartier Saint-Roch ; que les lieux avaient été l'objet d'un second examen, que les témoins avaient été interrogés de nouveau, mais tout cela sans résultat. Cependant, un post-scriptum annonçait qu'Adolphe Lebon, le commis de la maison de banque, avait été arrêté et incarcéré, bien que rien dans les faits déjà connus ne parût suffisant pour l'incriminer.

Dupin semblait s'intéresser singulièrement à la marche de cette affaire, autant, du moins, que j'en pouvais juger par ses manières, car il ne faisait aucun commentaire. Ce fut seulement après que le journal eut annoncé l'emprisonnement de Lebon qu'il me demanda quelle opinion j'avais relativement à ce double meurtre.

Je ne pus que lui confesser que j'étais comme tout Paris, et que je le considérais comme un mystère insoluble. Je ne voyais aucun moyen d'attraper la trace du meurtrier.

— Nous ne devons pas juger des moyens possibles, dit Dupin, par une instruction embryonnaire. La police parisienne, si vantée pour sa pénétration, est très-rusée, rien de plus. Elle procède sans méthode, elle n'a pas d'autre méthode que celle du moment. On fait ici un grand étalage de mesures, mais il arrive souvent qu'elles sont si intempestives et si mal appropriées au but, qu'elles font penser à M. Jourdain, qui demandait *sa robe de chambre — pour mieux entendre la musique*. Les résultats obtenus sont quelquefois surprenants, mais ils sont, pour la plus grande partie, simplement dus à la diligence et à l'activité. Dans le cas où ces facultés sont insuffisantes, les plans ratent. Vidocq, par exemple, était bon pour deviner ; c'était un homme de patience ; mais sa pensée n'étant pas suffisamment éduquée, il faisait continuellement fausse route, par l'ardeur même de ses investigations. Il diminuait la force de sa vision en regardant l'objet de trop près. Il pouvait peut-être voir un ou deux points avec une netteté singulière, mais, par le fait même de son procédé, il

in so doing he, necessarily, lost sight of the matter as a whole. Thus there is such a thing as being too profound. Truth is not always in a well. In fact, as regards the more important knowledge, I do believe that she is invariably superficial. The depth lies in the valleys where we seek her, and not upon the mountain-tops where she is found. The modes and sources of this kind of error are well typified in the contemplation of the heavenly bodies. To look at a star by glances—to view it in a side-long way, by turning toward it the exterior portions of the retina (more susceptible of feeble impressions of light than the interior), is to behold the star distinctly—is to have the best appreciation of its lustre—a lustre which grows dim just in proportion as we turn our vision fully upon it. A greater number of rays actually fall upon the eye in the latter case, but, in the former, there is the more refined capacity for comprehension. By undue profundity we perplex and enfeeble thought; and it is possible to make even Venus herself vanish from the firmanent by a scrutiny too sustained, too concentrated, or too direct.

"As for these murders, let us enter into some examinations for ourselves, before we make up an opinion respecting them. An inquiry will afford us amusement," [I thought this an odd term, so applied, but said nothing] "and, besides, Le Bon once rendered me a service for which I am not ungrateful. We will go and see the premises with our own eyes. I know G..., the Prefect of Police, and shall have no difficulty in obtaining the necessary permission."

The permission was obtained, and we proceeded at once to the Rue Morgue. This is one of those miserable thoroughfares which intervene between the Rue Richelieu and the Rue St. Roch. It was late in the afternoon when we reached it; as this quarter is at a great distance from that in which we resided. The house was readily found; for there were still many persons gazing up at the closed shutters, with an objectless curiosity, from the opposite side of the way. It was an

perdait l'aspect de l'affaire prise dans son ensemble. Cela peut s'appeler le moyen d'être trop profond. La vérité n'est pas toujours dans un puits. En somme, quant à ce qui regarde les notions qui nous intéressent de plus près, je crois qu'elle est invariablement à la surface. Nous la cherchons dans la profondeur de la vallée : c'est au sommet des montagnes que nous la découvrirons. On trouve dans la contemplation des corps célestes des exemples et des échantillons excellents de ce genre d'erreur. Jetez sur une étoile un rapide coup d'œil, regardez-la obliquement, en tournant vers elle la partie latérale de la rétine (beaucoup plus sensible à une lumière faible que la partie centrale), et vous verrez l'étoile distinctement ; vous aurez l'appréciation la plus juste de son éclat, éclat qui s'obscurcit à proportion que vous dirigez votre point de vue en plein sur elle. Dans le dernier cas, il tombe sur l'œil un plus grand nombre de rayons ; mais, dans le premier, il y a une réceptibilité plus complète, une susceptibilité beaucoup plus vive. Une profondeur outrée affaiblit la pensée et la rend perplexe ; et il est possible de faire disparaître Vénus elle-même du firmament par une attention trop soutenue, trop concentrée, trop directe.

"Quant à cet assassinat, faisons nous-mêmes un examen avant de nous former une opinion. Une enquête nous procurera de l'amusement (je trouvai cette expression bizarre, appliquée au cas en question, mais je ne dis mot) ; et, en outre, Lebon m'a rendu un service pour lequel je ne veux pas me montrer ingrat. Nous irons sur les lieux, nous les examinerons de nos propres yeux. Je connais G…, le préfet de police, et nous obtiendrons sans peine l'autorisation nécessaire.

L'autorisation fut accordée, et nous allâmes tout droit à la rue Morgue. C'est un de ces misérables passages qui relient la rue Richelieu à la rue Saint-Roch. C'était dans l'après-midi, et il était déjà tard quand nous y arrivâmes, car ce quartier est situé à une grande distance de celui que nous habitions. Nous trouvâmes bien vite la maison, car il y avait une multitude de gens qui contemplaient de l'autre côté de la rue les volets fermés, avec une curiosité badaude.

ordinary Parisian house, with a gateway, on one side of which was a glazed watch-box, with a sliding panel in the window, indicating a loge de concierge. Before going in we walked up the street, turned down an alley, and then, again turning, passed in the rear of the building—Dupin, meanwhile examining the whole neighborhood, as well as the house, with a minuteness of attention for which I could see no possible object.

Retracing our steps, we came again to the front of the dwelling, rang, and, having shown our credentials, were admitted by the agents in charge. We went up stairs—into the chamber where the body of Mademoiselle L'Espanaye had been found, and where both the deceased still lay. The disorders of the room had, as usual, been suffered to exist. I saw nothing beyond what had been stated in the Gazette des Tribunaux. Dupin scrutinized every thing—not excepting the bodies of the victims. We then went into the other rooms, and into the yard; a gendarme accompanying us throughout. The examination occupied us until dark, when we took our departure. On our way home my companion stepped in for a moment at the office of one of the daily papers.

I have said that the whims of my friend were manifold, and that *Je les ménagais:*—for this phrase there is no English equivalent. It was his humor, now, to decline all conversation on the subject of the murder, until about noon the next day. He then asked me, suddenly, if I had observed any thing peculiar *at the scene of the atrocity.*

There was something in his manner of emphasizing the word "peculiar," which caused me to shudder, without knowing why.

"No, *nothing* peculiar," I said; "nothing more, at least, than we both saw stated in the paper."

Charles Baudelaire

C'était une maison comme toutes les maisons de Paris, avec une porte cochère, et sur l'un des côtés une niche vitrée avec un carreau mobile, représentant la loge du concierge. Avant d'entrer, nous remontâmes la rue, nous tournâmes dans une allée, et nous passâmes ainsi sur les derrières de la maison. Dupin, pendant ce temps, examinait tous les alentours, aussi bien que la maison, avec une attention minutieuse dont je ne pouvais pas deviner l'objet.

Nous revînmes sur nos pas vers la façade de la maison ; nous sonnâmes, nous montrâmes notre pouvoir, et les agents nous permirent d'entrer. Nous montâmes jusqu'à la chambre où on avait trouvé le corps de mademoiselle l'Espanaye, et où gisaient encore les deux cadavres. Le désordre de la chambre avait été respecté, comme cela se pratique en pareil cas. Je ne vis rien de plus que ce qu'avait constaté la *Gazette des tribunaux*. Dupin analysait minutieusement toutes choses, sans en excepter les corps des victimes. Nous passâmes ensuite dans les autres chambres, et nous descendîmes dans les cours, toujours accompagnés par un gendarme. Cet examen dura fort longtemps, et il était nuit quand nous quittâmes la maison. En retournant chez nous, mon camarade s'arrêta quelques minutes dans les bureaux d'un journal quotidien.

J'ai dit que mon ami avait toute sorte de bizarreries, et que je les ménageais (car ce mot n'a pas d'équivalent en anglais). Il entrait maintenant dans sa fantaisie de se refuser à toute conversation relativement à l'assassinat, jusqu'au lendemain à midi. Ce fut alors qu'il me demanda brusquement si j'avais remarqué quelque chose de *particulier* sur le théâtre du crime.

Il y eut dans sa manière de prononcer le mot *particulier* un accent qui me donna le frisson sans que je susse pourquoi.

— Non, rien de particulier, dis-je, rien autre, du moins, que ce que nous avons lu tous deux dans le journal.

"The Gazette," he replied, "has not entered, I fear, into the unusual horror of the thing. But dismiss the idle opinions of this print. It appears to me that this mystery is considered insoluble, for the very reason which should cause it to be regarded as easy of solution—I mean for the outré *character of its features. The police are confounded by the seeming absence of motive—not for the murder itself—but for the atrocity of the murder. They are puzzled, too, by the seeming impossibility of reconciling the voices heard in contention, with the facts that no one was discovered up stairs but the assassinated Mademoiselle L'Espanaye, and that there were no means of egress without the notice of the party ascending. The wild disorder of the room; the corpse thrust, with the head downward, up the chimney; the frightful mutilation of the body of the old lady; these considerations, with those just mentioned, and others which I need not mention, have sufficed to paralyze the powers, by putting completely at fault the boasted* acumen, *of the government agents. They have fallen into the gross but common error of confounding the unusual with the abstruse. But it is by these deviations from the plane of the ordinary, that reason feels its way, if at all, in its search for the true. In investigations such as we are now pursuing, it should not be so much asked 'what has occurred,' as 'what has occurred that has never occurred before.' In fact, the facility with which I shall arrive, or have arrived, at the solution of this mystery, is in the direct ratio of its apparent insolubility in the eyes of the police."*

I stared at the speaker in mute astonishment.

"I am now awaiting," continued he, looking toward the door of our apartment—"I am now awaiting a person who, although perhaps not the perpetrator of these butcheries, must have been in some measure implicated in their perpetration. Of the worst portion of the crimes committed, it is probable that he is innocent. I hope that I am right in this supposition; for upon it I build my expectation of reading the

— La *Gazette*, reprit-il, n'a pas, je le crains, pénétré l'horreur insolite de l'affaire. Mais laissons là les opinions niaises de ce papier. Il me semble que le mystère est considéré comme insoluble, par la raison même qui devrait le faire regarder comme facile à résoudre, — je veux parler du caractère excessif sous lequel il apparaît. Les gens de police sont confondus par l'absence apparente de motifs légitimant, non le meurtre en lui-même, mais l'atrocité du meurtre. Ils sont embarrassés aussi par l'impossibilité apparente de concilier les voix qui se disputaient avec ce fait qu'on n'a trouvé en haut de l'escalier d'autre personne que mademoiselle l'Espanaye, assassinée, et qu'il n'y avait aucun moyen de sortir sans être vu des gens qui montaient l'escalier. L'étrange désordre de la chambre, — le corps fourré, la tête en bas, dans la cheminée, — l'effrayante mutilation du corps de la vieille dame, — ces considérations, jointes à celles que j'ai mentionnées et à d'autres dont je n'ai pas besoin de parler, ont suffi pour paralyser l'action des agents du ministère et pour dérouter complètement leur perspicacité si vantée. Ils ont commis la très-grosse et très-commune faute de confondre l'extraordinaire avec l'abstrus. Mais c'est justement en suivant ces déviations du cours ordinaire de la nature que la raison trouvera son chemin, si la chose est possible, et marchera vers la vérité. Dans les investigations du genre de celle qui nous occupe, il ne faut pas tant se demander comment les choses se sont passées, qu'étudier en quoi elles se distinguent de tout ce qui est arrivé jusqu'à présent. Bref, la facilité avec laquelle j'arriverai, — ou je suis déjà arrivé, — à la solution du mystère, est en raison directe de son insolubilité apparente aux yeux de la police.

Je fixai mon homme avec un étonnement muet.

— J'attends maintenant, continua-t-il en jetant un regard sur la porte de notre chambre, j'attends un individu qui, bien qu'il ne soit peut-être pas l'auteur de cette boucherie, doit se trouver en partie impliqué dans sa perpétration. Il est probable qu'il est innocent de la partie atroce du crime. J'espère ne pas me tromper dans cette hypothèse ; car c'est sur cette hypothèse que je fonde l'espérance de déchiffrer

entire riddle. I look for the man here—in this room—every moment. It is true that he may not arrive; but the probability is that he will. Should he come, it will be necessary to detain him. Here are pistols; and we both know how to use them when occasion demands their use."

I took the pistols, scarcely knowing what I did, or believing what I heard, while Dupin went on, very much as if in a soliloquy. I have already spoken of his abstract manner at such times. His discourse was addressed to myself; but his voice, although by no means loud, had that intonation which is commonly employed in speaking to some one at a great distance. His eyes, vacant in expression, regarded only the wall.

"That the voices heard in contention," he said, "by the party upon the stairs, were not the voices of the women themselves, was fully proved by the evidence. This relieves us of all doubt upon the question whether the old lady could have first destroyed the daughter and afterward have committed suicide. I speak of this point chiefly for the sake of method; for the strength of Madame L'Espanaye would have been utterly unequal to the task of thrusting her daughter's corpse up the chimney as it was found; and the nature of the wounds upon her own person entirely preclude the idea of self-destruction. Murder, then, has been committed by some third party; and the voices of this third party were those heard in contention. Let me now advert—not to the whole testimony respecting these voices—but to what was peculiar in that testimony. Did you observe any thing peculiar about it?"

I remarked that, while all the witnesses agreed in supposing the gruff voice to be that of a Frenchman, there was much disagreement in regard to the shrill, or, as one individual termed it, the harsh voice.

l'énigme entière. J'attends l'homme ici, — dans cette chambre, — d'une minute à l'autre. Il est vrai qu'il peut fort bien ne pas venir, mais il y a quelques probabilités pour qu'il vienne. S'il vient, il sera nécessaire de le garder. Voici des pistolets, et nous savons tous deux à quoi ils servent quand l'occasion l'exige.

Je pris les pistolets, sans trop savoir ce que je faisais, pouvant à peine en croire mes oreilles, — pendant que Dupin continuait, à peu près comme dans un monologue. J'ai déjà parlé de ses manières distraites dans ces moments-là. Son discours s'adressait à moi ; mais sa voix, quoique montée à un diapason fort ordinaire, avait cette intonation que l'on prend d'habitude en parlant à quelqu'un placé à une grande distance. Ses yeux, d'une expression vague, ne regardaient que le mur.

— Les voix qui se disputaient, disait-il, les voix entendues par les gens qui montaient l'escalier n'étaient pas celles de ces malheureuses femmes, — cela est plus que prouvé par l'évidence. Cela nous débarrasse pleinement de la question de savoir si la vieille dame aurait assassiné sa fille et se serait ensuite suicidée. Je ne parle de ce cas que par amour de la méthode ; car la force de madame l'Espanaye eût été absolument insuffisante pour introduire le corps de sa fille dans la cheminée, de la façon où on l'a découvert ; et la nature des blessures trouvées sur sa propre personne exclut entièrement l'idée de suicide. Le meurtre a donc été commis par des tiers, et les voix de ces tiers sont celles qu'on a entendues se quereller. Permettez-moi maintenant d'appeler votre attention, — non pas sur les dépositions relatives à ces voix, — mais sur ce qu'il y a de *particulier* dans ces dépositions. Y avez-vous remarqué quelque chose de particulier ?

— Je remarquai que, pendant que tous les témoins s'accordaient à considérer la grosse voix comme étant celle d'un Français, il y avait un grand désaccord relativement à la voix aiguë, ou, comme l'avait définie un seul individu, à la voix âpre.

"That was the evidence itself," said Dupin, "but it was not the peculiarity of the evidence. You have observed nothing distinctive. Yet there was something to be observed. The witnesses, as you remark, agreed about the gruff voice; they were here unanimous. But in regard to the shrill voice, the peculiarity is—not that they disagreed—but that, while an Italian, an Englishman, a Spaniard, a Hollander, and a Frenchman attempted to describe it, each one spoke of it as that of a foreigner. *Each is sure that it was not the voice of one of his own countrymen. Each likens it—not to the voice of an individual of any nation with whose language he is conversant—but the converse. The Frenchman supposes it the voice of a Spaniard, and 'might have distinguished some words* had he been acquainted with the Spanish.' *The Dutchman maintains it to have been that of a Frenchman; but we find it stated that* 'not understanding French this witness was examined through an interpreter.' *The Englishman thinks it the voice of a German, and* 'does not understand German.' *The Spaniard 'is sure' that it was that of an Englishman, but 'judges by the intonation' altogether,* 'as he has no knowledge of the English.' *The Italian believes it the voice of a Russian, but* 'has never conversed with a native of Russia.' *A second Frenchman differs, moreover, with the first, and is positive that the voice was that of an Italian; but,* not being cognizant of that tongue, is, like the Spaniard, 'convinced by the intonation.' *Now, how strangely unusual must that voice have really been, about which such testimony as this could have been elicited!—in whose* tones, even, denizens of the five great divisions of Europe could recognise nothing familiar! You will say that it might have been the voice of an Asiatic—of an African. Neither Asiatics nor Africans abound in Paris; but, without denying the inference, I will now merely call your attention to three points. The voice is termed by one witness 'harsh rather than shrill.' It is represented by two others to have been 'quick and* unequal.' *No words—no sounds resembling words—were by any witness mentioned as distinguishable.*

Charles Baudelaire

— Cela constitue l'évidence, dit Dupin, mais non la particularité de l'évidence. Vous n'avez rien observé de distinctif ; — cependant il y avait *quelque chose* à observer. Les témoins, remarquez-le bien, sont d'accord sur la grosse voix ; là-dessus, il y a unanimité. Mais relativement à la voix aiguë, il y a une particularité, — elle ne consiste pas dans leur désaccord, — mais en ceci que, quand un Italien, un Anglais, un Espagnol, un Hollandais, essayent de la décrire, chacun en parle comme d'une voix d'*étranger,* chacun est sûr que ce n'était pas la voix d'un de ses compatriotes. Chacun la compare, non pas à la voix d'un individu dont la langue lui serait familière, mais justement au contraire. Le Français présume que c'était une voix d'Espagnol, et il *aurait pu distinguer quelques mots s'il était familiarisé avec l'espagnol.* Le Hollandais affirme que c'était la voix d'un Français ; mais il est établi que le témoin, ne sachant pas le français, a été interrogé par le canal d'un interprète. L'Anglais pense que c'était la voix d'un Allemand, et *il n'entend pas l'allemand.* L'Espagnol est *positivement sûr* que c'était la voix d'un Anglais, mais il en juge uniquement par l'intonation, car *il n'a aucune connaissance de l'anglais.* L'Italien croit à une voix de Russe, mais *il n'a jamais causé avec une personne native de Russie.* Un autre Français, cependant, diffère du premier, et il est certain que c'était une voix d'Italien ; mais, n'ayant pas la connaissance de cette langue, il fait comme l'Espagnol, *il tire sa certitude de l'intonation.* Or, cette voix était donc bien insolite et bien étrange, qu'on ne pût obtenir à son égard que de pareils témoignages ? Une voix dans les intonations de laquelle des citoyens des cinq grandes parties de l'Europe n'ont rien pu reconnaître qui leur fût familier ! Vous me direz que c'était peut-être la voix d'un Asiatique ou d'un Africain. Les Africains et les Asiatiques n'abondent pas à Paris ; mais, sans nier la possibilité du cas, j'appellerai simplement votre attention sur trois points. Un témoin dépeint la voix ainsi : *plutôt âpre qu'aiguë.* Deux autres en parlent comme d'une voix *brève et saccadée.* Ces témoins n'ont distingué aucune parole, — aucun son ressemblant à des paroles.

"I know not," continued Dupin, "what impression I may have made, so far, upon your own understanding; but I do not hesitate to say that legitimate deductions even from this portion of the testimony—the portion respecting the gruff and shrill voices—are in themselves sufficient to engender a suspicion which should give direction to all farther progress in the investigation of the mystery. I said 'legitimate deductions;' but my meaning is not thus fully expressed. I designed to imply that the deductions are the sole proper ones, and that the suspicion arises inevitably from them as the single result. What the suspicion is, however, I will not say just yet. I merely wish you to bear in mind that, with myself, it was sufficiently forcible to give a definite form—a certain tendency—to my inquiries in the chamber.

"Let us now transport ourselves, in fancy, to this chamber. What shall we first seek here? The means of egress employed by the murderers. It is not too much to say that neither of us believe in præternatural events. Madame and Mademoiselle L'Espanaye were not destroyed by spirits. The doers of the deed were material, and escaped materially. Then how? Fortunately, there is but one mode of reasoning upon the point, and that mode must lead us to a definite decision. Let us examine, each by each, the possible means of egress. It is clear that the assassins were in the room where Mademoiselle L'Espanaye was found, or at least in the room adjoining, when the party ascended the stairs. It is then only from these two apartments that we have to seek issues. The police have laid bare the floors, the ceilings, and the masonry of the walls, in every direction. No secret issues could have escaped their vigilance. But, not trusting to their eyes, I examined with my own. There were, then, no secret issues. Both doors leading from the rooms into the passage were securely locked, with the keys inside. Let us turn to the chimneys. These, although of ordinary width for some eight or ten feet above the hearths, will not admit, throughout their extent, the body of a large cat. The impossibility of

"Je ne sais pas, continua Dupin, quelle impression j'ai pu faire sur votre entendement ; mais je n'hésite pas à affirmer qu'on peut tirer des déductions légitimes de cette partie même des dépositions, — la partie relative aux deux voix, — la grosse voix et la voix aiguë — très-suffisantes en elles-mêmes pour créer un soupçon qui indiquerait la route dans toute investigation ultérieure du mystère. J'ai dit : déductions légitimes, mais cette expression ne rend pas complètement ma pensée. Je voulais faire entendre que ces déductions sont les seules convenables, et que ce soupçon en surgit inévitablement comme le seul résultat possible. Cependant, de quelle nature est ce soupçon, je ne vous le dirai pas immédiatement. Je désire simplement vous démontrer que ce soupçon était plus que suffisant pour donner un caractère décidé, une tendance positive à l'enquête que je voulais faire dans la chambre.

"Maintenant, transportons-nous en imagination dans cette chambre. Quel sera le premier objet de notre recherche ? Les moyens d'évasion employés par les meurtriers. Nous pouvons affirmer, — n'est-ce pas, — que nous ne croyons ni l'un ni l'autre aux événements surnaturels ? Mesdames l'Espanaye n'ont pas été assassinées par les esprits. Les auteurs du meurtre étaient des êtres matériels, et ils ont fui matériellement. Or, comment ? Heureusement, il n'y a qu'une manière de raisonner sur ce point, et cette manière nous conduira à une conclusion positive. Examinons donc un à un les moyens possibles d'évasion. Il est clair que les assassins étaient dans la chambre où l'on a trouvé mademoiselle l'Espanaye, ou au moins dans la chambre adjacente quand la foule a monté l'escalier. Ce n'est donc que dans ces deux chambres que nous avons à chercher des issues. La police a levé les parquets, ouvert les plafonds, sondé la maçonnerie des murs. Aucune issue secrète n'a pu échapper à sa perspicacité. Mais je ne me suis pas fié à ses yeux, et j'ai examiné avec les miens ; il n'y a réellement pas d'issue secrète. Les deux portes qui conduisent des chambres dans le corridor étaient solidement fermées et les clefs en dedans. Voyons les cheminées. Celles-ci, qui sont d'une largeur ordinaire jusqu'à une distance de huit ou dix pieds au-dessus du foyer, ne livreraient pas au delà un passage suffisant à un gros chat.

egress, by means already stated, being thus absolute, we are reduced to the windows. Through those of the front room no one could have escaped without notice from the crowd in the street. The murderers must have passed, then, through those of the back room. Now, brought to this conclusion in so unequivocal a manner as we are, it is not our part, as reasoners, to reject it on of apparent impossibilities. It is only left for us to prove that these apparent 'impossibilities' are, in reality, not such.

"There are two windows in the chamber. One of them is unobstructed by furniture, and is wholly visible. The lower portion of the other is hidden from view by the head of the unwieldy bedstead which is thrust close up against it. The former was found securely fastened from within. It resisted the utmost force of those who endeavored to raise it. A large gimlet-hole had been pierced in its frame to the left, and a very stout nail was found fitted therein, nearly to the head. Upon examining the other window, a similar nail was seen similarly fitted in it; and a vigorous attempt to raise this sash, failed also. The police were now entirely satisfied that egress had not been in these directions. And, therefore, it was thought a matter of supererogation to withdraw the nails and open the windows.

"My own examination was somewhat more particular, and was so for the reason I have just given—because here it was, I knew, that all apparent impossibilities must be proved to be not such in reality.

"I proceeded to think thus—à posteriori. The murderers did escape from one of these windows. This being so, they could not have refastened the sashes from the inside, as they were found fastened;—the consideration which put a stop, through its obviousness, to the scrutiny of the police in this quarter. Yet the sashes were fastened. They must, then, have the power of fastening themselves. There was no escape from this conclusion. I stepped to

Charles Baudelaire

L'impossibilité de la fuite, du moins par les voies ci-dessus indiquées, étant donc absolument établie, nous en sommes réduits aux fenêtres. Personne n'a pu fuir par celles de la chambre du devant sans être vu par la foule du dehors. Il a donc fallu que les meurtriers s'échappassent par celles de la chambre de derrière. Maintenant, amenés, comme nous le sommes, à cette conclusion par des déductions aussi irréfragables, nous n'avons pas le droit, en tant que raisonneurs, de la rejeter en raison de son apparente impossibilité. Il ne nous reste donc qu'à démontrer que cette impossibilité apparente n'existe pas en réalité.

"Il y a deux fenêtres dans la chambre. L'une des deux n'est pas obstruée par l'ameublement, et est restée entièrement visible. La partie inférieure de l'autre est cachée par le chevet du lit, qui est fort massif et qui est poussé tout contre. On a constaté que la première était solidement assujettie en dedans. Elle a résisté aux efforts les plus violents de ceux qui ont essayé de la lever. On avait percé dans son châssis, à gauche, un grand trou avec une vrille, et on y trouva un gros clou enfoncé presque jusqu'à la tête. En examinant l'autre fenêtre, on y a trouvé fiché un clou semblable ; et un vigoureux effort pour lever le châssis n'a pas eu plus de succès que de l'autre côté. La police était dès lors pleinement convaincue qu'aucune fuite n'avait pu s'effectuer par ce chemin. Il fut donc considéré comme superflu de retirer les clous et d'ouvrir les fenêtres.

"Mon examen fut un peu plus minutieux, et cela par la raison que je vous ai donnée tout à l'heure. C'était le cas, je le savais, où il fallait démontrer que l'impossibilité n'était qu'apparente.

"Je continuai à raisonner ainsi, — à posteriori. — Les meurtriers s'étaient évadés par l'une de ces fenêtres. Cela étant, ils ne pouvaient pas avoir réassujetti les châssis en dedans, comme on les a trouvés ; considération qui, par son évidence, a borné les recherches de la police dans ce sens-là. Cependant, ces châssis étaient bien fermés. Il faut donc qu'ils puissent se fermer d'eux-mêmes. Il n'y avait pas moyen d'échapper à cette conclusion. J'allai droit à la fenêtre non

the unobstructed casement, withdrew the nail with some difficulty and attempted to raise the sash. It resisted all my efforts, as I had anticipated. A concealed spring must, I now know, exist; and this corroboration of my idea convinced me that my premises at least, were correct, however mysterious still appeared the circumstances attending the nails. A careful search soon brought to light the hidden spring. I pressed it, and, satisfied with the discovery, forbore to upraise the sash.

"I now replaced the nail and regarded it attentively. A person passing out through this window might have reclosed it, and the spring would have caught—but the nail could not have been replaced. The conclusion was plain, and again narrowed in the field of my investigations. The assassins must *have escaped through the other window. Supposing, then, the springs upon each sash to be the same, as was probable, there* must *be found a difference between the nails, or at least between the modes of their fixture. Getting upon the sacking of the bedstead, I looked over the head-board minutely at the second casement. Passing my hand down behind the board, I readily discovered and pressed the spring, which was, as I had supposed, identical in character with its neighbor. I now looked at the nail. It was as stout as the other, and apparently fitted in the same manner—driven in nearly up to the head.*

"You will say that I was puzzled; but, if you think so, you must have misunderstood the nature of the inductions. To use a sporting phrase, I had not been once 'at fault.' The scent had never for an instant been lost. There was no flaw in any link of the chain. I had traced the secret to its ultimate result,—and that result was the nail. *It had, I say, in every respect, the appearance of its fellow in the other window; but this fact was an absolute nullity (conclusive us it might seem to be) when compared with the consideration that here, at this point, terminated the clew. 'There* must *be something wrong,' I said, 'about the nail.' I touched it; and the head, with about a quarter of an inch of*

bouchée, je retirai le clou avec quelque difficulté, et j'essayai de lever le châssis. Il a résisté à tous mes efforts, comme je m'y attendais. Il y avait donc, j'en étais sûr maintenant, un ressort caché ; et ce fait, corroborant mon idée, me convainquit au moins de la justesse de mes prémisses, quelque mystérieuses que m'apparussent toujours les circonstances relatives aux clous. Un examen minutieux me fit bientôt découvrir le ressort secret. Je le poussai, et, satisfait de ma découverte, je m'abstins de lever le châssis.

"Je remis alors le clou en place et l'examinai attentivement. Une personne passant par la fenêtre pouvait l'avoir refermée, et le ressort aurait fait son office ; mais le clou n'aurait pas été replacé. Cette conclusion était nette et rétrécissait encore le champ de mes investigations. Il fallait que les assassins se fussent enfuis par l'autre fenêtre. En supposant donc que les ressorts des deux croisées fussent semblables, comme il était probable, il fallait cependant trouver une différence dans les clous, ou au moins dans la manière dont ils avaient été fixés. Je montai sur le fond de sangle du lit, et je regardai minutieusement l'autre fenêtre par-dessus le chevet du lit. Je passai ma main derrière, je découvris aisément le ressort, et je le fis jouer ; — il était, comme je l'avais deviné, identique au premier. Alors, j'examinai le clou. Il était aussi gros que l'autre, et fixé de la même manière, enfoncé presque jusqu'à la tête.

"Vous direz que j'étais embarrassé ; mais, si vous avez une pareille pensée, c'est que vous vous êtes mépris sur la nature de mes inductions. Pour me servir d'un terme de jeu, je n'avais pas commis une seule faute ; je n'avais pas perdu la piste un seul instant ; il n'y avait pas une lacune d'un anneau à la chaîne. J'avais suivi le secret jusque dans sa dernière phase, et cette phase, c'était le clou. Il ressemblait, dis-je, sous tous les rapports, à son voisin de l'autre fenêtre ; mais ce fait, quelque concluant qu'il fût en apparence, devenait absolument nul, en face de cette considération dominante, à savoir que là, à ce clou, finissait le fil conducteur. Il faut, me dis-je, qu'il y ait dans ce clou quelque chose de défectueux. Je le touchai, et la tête, avec un petit morceau de la tige, un quart de pouce environ,

the shank, came off in my fingers. The rest of the shank was in the gimlet-hole where it had been broken off. The fracture was an old one (for its edges were incrusted with rust), and had apparently been accomplished by the blow of a hammer, which had partially imbedded, in the top of the bottom sash, the head portion of the nail. I now carefully replaced this head portion in the indentation whence I had taken it, and the resemblance to a perfect nail was complete—the fissure was invisible. Pressing the spring, I gently raised the sash for a few inches; the head went up with it, remaining firm in its bed. I closed the window, and the semblance of the whole nail was again perfect.

"The riddle, so far, was now unriddled. The assassin had escaped through the window which looked upon the bed. Dropping of its own accord upon his exit (or perhaps purposely closed), it had become fastened by the spring; and it was the retention of this spring which had been mistaken by the police for that of the nail,—farther inquiry being thus considered unnecessary.

"The next question is that of the mode of descent. Upon this point I had been satisfied in my walk with you around the building. About five feet and a half from the casement in question there runs a lightning-rod. From this rod it would have been impossible for any one to reach the window itself, to say nothing of entering it. I observed, however, that the shutters of the fourth story were of the peculiar kind called by Parisian carpenters *ferrades*—a kind rarely employed at the present day, but frequently seen upon very old mansions at Lyons and Bourdeaux. They are in the form of an ordinary door, (a single, not a folding door) except that the lower half is latticed or worked in open trellis—thus affording an excellent hold for the hands. In the present instance these shutters are fully three feet and a half broad. When we saw them from the rear of the house, they were both about half open—that is to say, they stood off at right angles from the wall. It is probable that the police, as well as myself, examined the back of the tenement; but, if so, in looking at these *ferrades* in the line of their breadth (as they must have done), they did

me resta dans les doigts. Le reste de la tige était dans le trou, où elle s'était cassée. Cette fracture était fort ancienne, car les bords étaient incrustés de rouille, et elle avait été opérée par un coup de marteau, qui avait enfoncé en partie la tête du clou dans le fond du châssis. Je rajustai soigneusement la tête avec le morceau qui la continuait, et le tout figura un clou intact ; la fissure était inappréciable. Je pressai le ressort, je levai doucement la croisée de quelques pouces ; la tête du clou vint avec elle, sans bouger de son trou. Je refermai la croisée, et le clou offrit de nouveau le semblant d'un clou complet.

"Jusqu'ici l'énigme était débrouillée. L'assassin avait fui par la fenêtre qui touchait au lit. Qu'elle fût retombée d'elle-même après la fuite ou qu'elle eût été fermée par une main humaine, elle était retenue par le ressort, et la police avait attribué cette résistance au clou ; aussi toute enquête ultérieure avait été jugée superflue.

"La question, maintenant, était celle du mode de descente. Sur ce point, j'avais satisfait mon esprit dans notre promenade autour du bâtiment. À cinq pieds et demi environ de la fenêtre en question court une chaîne de paratonnerre. De cette chaîne, il eût été impossible à n'importe qui d'atteindre la fenêtre, à plus forte raison, d'entrer. Toutefois, j'ai remarqué que les volets du quatrième étage étaient du genre particulier que les menuisiers parisiens appellent ferrades, genre de volets fort peu usité aujourd'hui, mais qu'on rencontre fréquemment dans de vieilles maisons de Lyon et de Bordeaux. Ils sont faits comme une porte ordinaire (porte simple, et non pas à double battant), à l'exception que la partie inférieure est façonnée à jour et treillissée, ce qui donne aux mains une excellente prise. Dans le cas en question, ces volets sont larges de trois bons pieds et demi. Quand nous les avons examinés du derrière de la maison, ils étaient tous les deux ouverts à moitié, c'est-à-dire qu'ils faisaient angle droit avec le mur. Il est présumable que la police a examiné comme moi les derrières du bâtiment ; mais, en regardant ces ferrades dans le sens de leur largeur (comme elle les a vues inévitablement), elle n'a sans

not perceive this great breadth itself, or, at all events, failed to take it into due consideration. In fact, having once satisfied themselves that no egress could have been made in this quarter, they would naturally bestow here a very cursory examination. It was clear to me, however, that the shutter belonging to the window at the head of the bed, would, if swung fully back to the wall, reach to within two feet of the lightning-rod. It was also evident that, by exertion of a very unusual degree of activity and courage, an entrance into the window, from the rod, might have been thus effected.—By reaching to the distance of two feet and a half (we now suppose the shutter open to its whole extent) a robber might have taken a firm grasp upon the trellis-work. Letting go, then, his hold upon the rod, placing his feet securely against the wall, and springing boldly from it, he might have swung the shutter so as to close it, and, if we imagine the window open at the time, might even have swung himself into the room.

"I wish you to bear especially in mind that I have spoken of a very unusual degree of activity as requisite to success in so hazardous and so difficult a feat. It is my design to show you, first, that the thing might possibly have been accomplished:—but, secondly and chiefly, I wish to impress upon your understanding the very extraordinary—the almost præternatural character of that agility which could have accomplished it.

"You will say, no doubt, using the language of the law, that 'to make out my case,' I should rather undervalue, than insist upon a full estimation of the activity required in this matter. This may be the practice in law, but it is not the usage of reason. My ultimate object is only the truth. My immediate purpose is to lead you to place in juxtaposition, that very unusual activity of which I have just spoken with that very peculiar shrill (or harsh) and unequal voice, about whose nationality no two persons could be found to agree, and in whose utterance no syllabification could be detected."

At these words a vague and half-formed conception of the meaning of Dupin flitted over my mind. I seemed to be upon the verge of

doute pas pris garde à cette largeur même, ou du moins elle n'y a pas attaché l'importance nécessaire. En somme, les agents, quand il a été démontré pour eux que la fuite n'avait pu s'effectuer de ce côté, ne leur ont appliqué qu'un examen succinct. Toutefois, il était évident pour moi que le volet appartenant à la fenêtre située au chevet du lit, si on le supposait rabattu contre le mur, se trouverait à deux pieds de la chaîne du paratonnerre. Il était clair aussi que, par l'effort d'une énergie et d'un courage insolites, on pouvait, à l'aide de la chaîne, avoir opéré une invasion par la fenêtre. Arrivé à cette distance de deux pieds et demi (je suppose maintenant le volet complètement ouvert), un voleur aurait pu trouver dans le treillage une prise solide. Il aurait pu dès lors, en lâchant la chaîne, en assurant bien ses pieds contre le mur et en s'élançant vivement, tomber dans la chambre, et attirer violemment le volet avec lui de manière à le fermer, — en supposant, toutefois, la fenêtre ouverte en ce moment-là.

"Remarquez bien, je vous prie, que j'ai parlé d'une énergie très-peu commune, nécessaire pour réussir dans une entreprise aussi difficile, aussi hasardeuse. Mon but est de vous prouver d'abord que la chose a pu se faire, — en second lieu et principalement, d'attirer votre attention sur le caractère très-extraordinaire, presque surnaturel, de l'agilité nécessaire pour l'accomplir.

"Vous direz sans doute, en vous servant de la langue judiciaire, que, pour donner ma preuve à fortiori, je devrais plutôt sous-évaluer l'énergie nécessaire dans ce cas que réclamer son exacte estimation. C'est peut-être la pratique des tribunaux, mais cela ne rentre pas dans les us de la raison. Mon objet final, c'est la vérité. Mon but actuel, c'est de vous induire à rapprocher cette énergie tout à fait insolite de cette voix si particulière, de cette voix aiguë (ou âpre), de cette voix saccadée, dont la nationalité n'a pu être constatée par l'accord de deux témoins, et dans laquelle personne n'a saisi de mots articulés, de syllabisation.
À ces mots, une conception vague et embryonnaire de la pensée de Dupin passa dans mon esprit. Il me semblait être sur la limite de la

comprehension without power to comprehend—men, at times, find themselves upon the brink of remembrance without being able, in the end, to remember. My friend went on with his discourse.

"You will see," he said, "that I have shifted the question from the mode of egress to that of ingress. It was my design to convey the idea that both were effected in the same manner, at the same point. Let us now revert to the interior of the room. Let us survey the appearances here. The drawers of the bureau, it is said, had been rifled, although many articles of apparel still remained within them. The conclusion here is absurd. It is a mere guess—a very silly one—and no more. How are we to know that the articles found in the drawers were not all these drawers had originally contained? Madame L'Espanaye and her daughter lived an exceedingly retired life—saw no company—seldom went out—had little use for numerous changes of habiliment. Those found were at least of as good quality as any likely to be possessed by these ladies. If a thief had taken any, why did he not take the best—why did he not take all? In a word, why did he abandon four thousand francs in gold to encumber himself with a bundle of linen? The gold was abandoned. Nearly the whole sum mentioned by Monsieur Mignaud, the banker, was discovered, in bags, upon the floor. I wish you, therefore, to discard from your thoughts the blundering idea of motive, engendered in the brains of the police by that portion of the evidence which speaks of money delivered at the door of the house. Coincidences ten times as remarkable as this (the delivery of the money, and murder committed within three days upon the party receiving it), happen to all of us every hour of our lives, without attracting even momentary notice. Coincidences, in general, are great stumbling-blocks in the way of that class of thinkers who have been educated to know nothing of the theory of probabilities—that theory to which the most glorious objects of human research are indebted for the most glorious of illustration. In the present instance, had the gold been gone, the fact of its delivery three days before would have formed something more than a coincidence. It would have been corroborative of this idea of

compréhension sans pouvoir comprendre ; comme les gens qui sont quelquefois sur le bord du souvenir, et qui cependant ne parviennent pas à se rappeler. Mon ami continua son argumentation :

— Vous voyez, dit-il, que j'ai transporté la question du mode de sortie au mode d'entrée. Il était dans mon plan de démontrer qu'elles se sont effectuées de la même manière et sur le même point. Retournons maintenant dans l'intérieur de la chambre. Examinons toutes les particularités. Les tiroirs de la commode, dit-on, ont été mis au pillage, et cependant on y a trouvé plusieurs articles de toilette intacts. Cette conclusion est absurde ; c'est une simple conjecture, — une conjecture passablement niaise, et rien de plus. Comment pouvons-nous savoir que les articles trouvés dans les tiroirs ne représentent pas tout ce que les tiroirs contenaient ? Madame l'Espanaye et sa fille menaient une vie excessivement retirée, ne voyaient pas le monde, sortaient rarement, avaient donc peu d'occasions de changer de toilette. Ceux qu'on a trouvés étaient au moins d'aussi bonne qualité qu'aucun de ceux que possédaient vraisemblablement ces dames. Et, si un voleur en avait pris quelques-uns, pourquoi n'aurait-il pas pris les meilleurs, — pourquoi ne les aurait-il pas tous pris ? Bref, pourquoi aurait-il abandonné les quatre mille francs en or pour s'empêtrer d'un paquet de linge ? L'or a été abandonné. La presque totalité de la somme désignée par le banquier Mignaud a été trouvée sur le parquet, dans les sacs. Je tiens donc à écarter de votre pensée l'idée saugrenue d'un intérêt, idée engendrée dans le cerveau de la police par les dépositions qui parlent d'argent délivré à la porte même de la maison. Des coïncidences dix fois plus remarquables que celle-ci (la livraison de l'argent et le meurtre commis trois jours après sur le propriétaire) se présentent dans chaque heure de notre vie sans attirer notre attention, même une minute. En général, les coïncidences sont de grosses pierres d'achoppement dans la route de ces pauvres penseurs mal éduqués qui ne savent pas le premier mot de la théorie des probabilités, théorie à laquelle le savoir humain doit ses plus glorieuses conquêtes et ses plus belles découvertes. Dans le cas présent, si l'or avait disparu, le fait qu'il avait été délivré trois jours auparavant créerait quelque chose de plus qu'une coïncidence. Cela

motive. But, under the real circumstances of the case, if we are to suppose gold the motive of this outrage, we must also imagine the perpetrator so vacillating an idiot as to have abandoned his gold and his motive together.

"Keeping now steadily in mind the points to which I have drawn your attention—that peculiar voice, that unusual agility, and that startling absence of motive in a murder so singularly atrocious as this—let us glance at the butchery itself. Here is a woman strangled to death by manual strength, and thrust up a chimney, head downward. Ordinary assassins employ no such modes of murder as this. Least of all, do they thus dispose of the murdered. In the manner of thrusting the corpse up the chimney, you will admit that there was something excessively outré—something altogether irreconcilable with our common notions of human action, even when we suppose the actors the most depraved of men. Think, too, how great must have been that strength which could have thrust the body up *such an aperture so forcibly that the united vigor of several persons was found barely sufficient to drag it down!*

"Turn, now, to other indications of the employment of a vigor most marvellous. On the hearth were thick tresses—very thick tresses—of grey human hair. These had been torn out by the roots. You are aware of the great force necessary in tearing thus from the head even twenty or thirty hairs together. You saw the locks in question as well as myself. Their roots (a hideous sight!) were clotted with fragments of the flesh of the scalp—sure token of the prodigious power which had been exerted in uprooting perhaps half a million of hairs at a time. The throat of the old lady was not merely cut, but the head absolutely severed from the body: the instrument was a mere razor. I wish you also to look at the brutal *ferocity of these deeds. Of the bruises upon the body of Madame L'Espanaye I do not speak. Monsieur Dumas, and his worthy coadjutor Monsieur Etienne, have pronounced that*

corroborerait l'idée d'intérêt. Mais, dans les circonstances réelles où nous sommes placés, si nous supposons que l'or a été le mobile de l'attaque, il nous faut supposer ce criminel assez indécis et assez idiot pour oublier à la fois son or et le mobile qui l'a fait agir.

"Mettez donc bien dans votre esprit les points sur lesquels j'ai attiré votre attention, — cette voix particulière, cette agilité sans pareille, et cette absence frappante d'intérêt dans un meurtre aussi singulièrement atroce que celui-ci. — Maintenant, examinons la boucherie en elle-même. Voilà une femme étranglée par la force des mains, et introduite dans une cheminée, la tête en bas. Des assassins ordinaires n'emploient pas de pareils procédés pour tuer. Encore moins cachent-ils ainsi les cadavres de leurs victimes. Dans cette façon de fourrer le corps dans la cheminée, vous admettrez qu'il y a quelque chose d'excessif et de bizarre, — quelque chose d'absolument inconciliable avec tout ce que nous connaissons en général des actions humaines, même en supposant que les auteurs fussent les plus pervertis des hommes. Songez aussi quelle force prodigieuse il a fallu pour pousser ce corps dans une pareille ouverture, et l'y pousser si puissamment, que les efforts réunis de plusieurs personnes furent à peine suffisants pour l'en retirer.

"Portons maintenant notre attention sur d'autres indices de cette vigueur merveilleuse. Dans le foyer, on a trouvé des mèches de cheveux, — des mèches très-épaisses de cheveux gris. Ils ont été arrachés avec leurs racines. Vous savez quelle puissante force il faut pour arracher seulement de la tête vingt ou trente cheveux à la fois. Vous avez vu les mèches en question aussi bien que moi. À leurs racines grumelées — affreux spectacle ! — adhéraient des fragments de cuir chevelu, — preuve certaine de la prodigieuse puissance qu'il a fallu déployer pour déraciner peut-être cinq cent mille cheveux d'un seul coup. Non-seulement le cou de la vieille dame était coupé, mais la tête absolument séparée du corps ; l'instrument était un simple rasoir. Je vous prie de remarquer cette férocité bestiale. Je ne parle pas des meurtrissures du corps de madame l'Espanaye ; M. Dumas et son honorable confrère, M. Étienne, ont affirmé qu'elles avaient été

Edgar Allan Poe

they were inflicted by some obtuse instrument; and so far these gentlemen are very correct. The obtuse instrument was clearly the stone pavement in the yard, upon which the victim had fallen from the window which looked in upon the bed. This idea, however simple it may now seem, escaped the police for the same reason that the breadth of the shutters escaped them—because, by the affair of the nails, their perceptions had been hermetically sealed against the possibility of the windows having ever been opened at all.

"If now, in addition to all these things, you have properly reflected upon the odd disorder of the chamber, we have gone so far as to combine the ideas of an agility astounding, a strength superhuman, a ferocity brutal, a butchery without motive, a grotesquerie *in horror absolutely alien from humanity, and a voice foreign in tone to the ears of men of many nations, and devoid of all distinct or intelligible syllabification. What result, then, has ensued? What impression have I made upon your fancy?"*

I felt a creeping of the flesh as Dupin asked me the question. "A madman," I said, "has done this deed—some raving maniac, escaped from a neighboring Maison de Santé.*"*

"In some respects," he replied, "your idea is not irrelevant. But the voices of madmen, even in their wildest paroxysms, are never found to tally with that peculiar voice heard upon the stairs. Madmen are of some nation, and their language, however incoherent in its words, has always the coherence of syllabification. Besides, the hair of a madman is not such as I now hold in my hand. I disentangled this little tuft from the rigidly clutched fingers of Madame L'Espanaye. Tell me what you can make of it."

"Dupin!" I said, completely unnerved; "this hair is most unusual—this is no human *hair."*

produites par un instrument contondant ; et en cela ces messieurs furent tout à fait dans le vrai. L'instrument contondant a été évidemment le pavé de la cour sur laquelle la victime est tombée de la fenêtre qui donne sur le lit. Cette idée, quelque simple qu'elle apparaisse maintenant, a échappé à la police par la même raison qui l'a empêchée de remarquer la largeur des volets ; parce que, grâce à la circonstance des clous, sa perception était hermétiquement bouchée à l'idée que les fenêtres eussent jamais pu être ouvertes.

"Si maintenant, — subsidiairement, — vous avez convenablement réfléchi au désordre bizarre de la chambre, nous sommes allés assez avant pour combiner les idées d'une agilité merveilleuse, d'une férocité bestiale, d'une boucherie sans motif, d'une grotesquerie dans l'horrible absolument étrangère à l'humanité, et d'une voix dont l'accent est inconnu à l'oreille d'hommes de plusieurs nations, d'une voix dénuée de toute syllabisation distincte et intelligible. Or, pour vous, qu'en ressort-il ? Quelle impression ai-je faite sur votre imagination ?

Je sentis un frisson courir dans ma chair quand Dupin me fit cette question. — Un fou, dis-je, aura commis ce meurtre, — quelque maniaque furieux échappé à une maison de santé du voisinage.

— Pas trop mal, répliqua-t-il, votre idée est presque applicable. Mais les voix des fous, même dans leurs plus sauvages paroxysmes, ne se sont jamais accordées avec ce qu'on dit de cette singulière voix entendue dans l'escalier. Les fous font partie d'une nation quelconque, et leur langage, pour incohérent qu'il soit dans les paroles, est toujours syllabifié. En outre, le cheveu d'un fou ne ressemble pas à celui que je tiens maintenant dans ma main. J'ai dégagé cette petite touffe des doigts rigides et crispés de madame l'Espanaye. Dites-moi ce que vous en pensez.

— Dupin ! dis-je, complètement bouleversé, ces cheveux sont bien extraordinaires, — ce ne sont pas là des cheveux humains !

"I have not asserted that it is," said he; "but, before we decide this point, I wish you to glance at the little sketch I have here traced upon this paper. It is a facsimile *drawing* of what has been described in one portion of the testimony as 'dark bruises, and deep indentations of finger nails,' upon the throat of Mademoiselle L'Espanaye, and in another, (by Messrs. Dumas and Etienne,) as a 'series of livid spots, evidently the impression of fingers.'

"You will perceive," continued my friend, spreading out the paper upon the table before us, "that this drawing gives the idea of a firm and fixed hold. There is no slipping apparent. Each finger has retained—possibly until the death of the victim—the fearful grasp by which it originally imbedded itself. Attempt, now, to place all your fingers, at the same time, in the respective impressions as you see them."

I made the attempt in vain.

"We are possibly not giving this matter a fair trial," he said. "The paper is spread out upon a plane surface; but the human throat is cylindrical. Here is a billet of wood, the circumference of which is about that of the throat. Wrap the drawing around it, and try the experiment again."

I did so; but the difficulty was even more obvious than before. "This," I said, "is the mark of no human hand."

"Read now," replied Dupin, "this passage from Cuvier."

It was a minute anatomical and generally descriptive account of the large fulvous Ourang-Outang of the East Indian Islands. The gigantic stature, the prodigious strength and activity, the wild ferocity, and the imitative propensities of these mammalia are sufficiently well known to all. I understood the full horrors of the murder at once.

— Je n'ai pas affirmé qu'ils fussent tels, dit-il ; mais, avant de nous décider sur ce point, je désire que vous jetiez un coup d'œil sur le petit dessin que j'ai tracé sur ce bout de papier. C'est un fac-similé qui représente ce que certaines dépositions définissent les meurtrissures noirâtres et les profondes marques d'ongles trouvées sur le cou de mademoiselle l'Espanaye, et que MM. Dumas et Étienne appellent une série de taches livides, évidemment causées par l'impression des doigts.

— Vous voyez, continua mon ami en déployant le papier sur la table, que ce dessin donne l'idée d'une poigne solide et ferme. Il n'y a pas d'apparence que les doigts aient glissé. Chaque doigt a gardé, peut-être jusqu'à la mort de la victime, la terrible prise qu'il s'était faite, et dans laquelle il s'est moulé. Essayez maintenant de placer tous vos doigts, en même temps, chacun dans la marque analogue que vous voyez.

J'essayai, mais inutilement.

— Il est possible, dit Dupin, que nous ne fassions pas cette expérience d'une manière décisive. Le papier est déployé sur une surface plane, et la gorge humaine est cylindrique. Voici un rouleau de bois dont la circonférence est à peu près celle d'un cou. Étalez le dessin tout autour, et recommencez l'expérience.

J'obéis ; mais la difficulté fut encore plus évidente que la première fois. — Ceci, dis-je, n'est pas la trace d'une main humaine.

— Maintenant, dit Dupin, lisez ce passage de Cuvier.

C'était l'histoire minutieuse, anatomique et descriptive, du grand orang-outang fauve des îles de l'Inde orientale. Tout le monde connaît suffisamment la gigantesque stature, la force et l'agilité prodigieuses, la férocité sauvage et les facultés d'imitation de ce mammifère. Je compris d'un seul coup tout l'horrible du meurtre.

"The description of the digits," said I, as I made an end of reading, "is in exact accordance with this drawing. I see that no animal but an Ourang-Outang, of the species here mentioned, could have impressed the indentations as you have traced them. This tuft of tawny hair, too, is identical in character with that of the beast of Cuvier. But I cannot possibly comprehend the particulars of this frightful mystery. Besides, there were two voices heard in contention, and one of them was unquestionably the voice of a Frenchman."

"True; and you will remember an expression attributed almost unanimously, by the evidence, to this voice,—the expression, 'mon Dieu!' This, under the circumstances, has been justly characterized by one of the witnesses (Montani, the confectioner,) as an expression of remonstrance or expostulation. Upon these two words, therefore, I have mainly built my hopes of a full solution of the riddle. A Frenchman was cognizant of the murder. It is possible—indeed it is far more than probable—that he was innocent of all participation in the bloody transactions which took place. The Ourang-Outang may have escaped from him. He may have traced it to the chamber; but, under the agitating circumstances which ensued, he could never have re-captured it. It is still at large. I will not pursue these guesses—for I have no right to call them more—since the shades of reflection upon which they are based are scarcely of sufficient depth to be appreciable by my own intellect, and since I could not pretend to make them intelligible to the understanding of another. We will call them guesses then, and speak of them as such. If the Frenchman in question is indeed, as I suppose, innocent of this atrocity, this advertisement which I left last night, upon our return home, at the office of Le Monde, (a paper devoted to the shipping interest, and much sought by sailors,) will bring him to our residence."

He handed me a paper, and I read thus:

— La description des doigts, dis-je, quand j'eus fini la lecture, s'accorde parfaitement avec le dessin. Je vois qu'aucun animal, — excepté un orang-outang, et de l'espèce en question, — n'aurait pu faire des marques telles que celles que vous avez dessinées. Cette touffe de poils fauves est aussi d'un caractère identique à celui de l'animal de Cuvier. Mais je ne me rends pas facilement compte des détails de cet effroyable mystère. D'ailleurs, on a entendu deux voix se disputer, et l'une d'elles était incontestablement la voix d'un Français.

— C'est vrai ; et vous vous rappellerez une expression attribuée presque unanimement à cette voix, — l'expression *Mon Dieu !* Ces mots, dans les circonstances présentes, ont été caractérisés par l'un des témoins (Montani, le confiseur) comme exprimant un reproche et une remontrance. C'est donc sur ces deux mots que j'ai fondé l'espérance de débrouiller complètement l'énigme. Un Français a eu connaissance du meurtre. Il est possible, — il est même plus que probable qu'il est innocent de toute participation à cette sanglante affaire. L'orang-outang a pu lui échapper. Il est possible qu'il ait suivi sa trace jusqu'à la chambre, mais que, dans les circonstances terribles qui ont suivi, il n'ait pu s'emparer de lui. L'animal est encore libre. Je ne poursuivrai pas ces conjectures, je n'ai pas le droit d'appeler ces idées d'un autre nom, puisque les ombres de réflexions qui leur servent de base sont d'une profondeur à peine suffisante pour être appréciées par ma propre raison, et que je ne prétendrais pas qu'elles fussent appréciables pour une autre intelligence. Nous les nommerons donc des conjectures, et nous ne les prendrons que pour telles. Si le Français en question est, comme je le suppose, innocent de cette atrocité, cette annonce que j'ai laissée hier au soir, pendant que nous retournions au logis, dans les bureaux du journal le Monde (feuille consacrée aux intérêts maritimes, et très-recherchée par les marins), l'amènera chez nous.

Il me tendit un papier, et je lus :

Edgar Allan Poe

Caught—In the Bois de Boulogne, early in the morning of the... inst., (*the morning of the murder*), a very large, tawny Ourang-Outang of the Bornese species. The owner, (who is ascertained to be a sailor, belonging to a Maltese vessel,) may have the animal again, upon identifying it satisfactorily, and paying a few charges arising from its capture and keeping. Call at No..., Rue..., Faubourg St. Germain—au troisiême.

"How was it possible," I asked, "that you should know the man to be a sailor, and belonging to a Maltese vessel?"

"I do not know it," said Dupin. "I am not sure of it. Here, however, is a small piece of ribbon, which from its form, and from its greasy appearance, has evidently been used in tying the hair in one of those long queues of which sailors are so fond. Moreover, this knot is one which few besides sailors can tie, and is peculiar to the Maltese. I picked the ribbon up at the foot of the lightning-rod. It could not have belonged to either of the deceased. Now if, after all, I am wrong in my induction from this ribbon, that the Frenchman was a sailor belonging to a Maltese vessel, still I can have done no harm in saying what I did in the advertisement. If I am in error, he will merely suppose that I have been misled by some circumstance into which he will not take the trouble to inquire. But if I am right, a great point is gained. Cognizant although innocent of the murder, the Frenchman will naturally hesitate about replying to the advertisement—about demanding the Ourang-Outang. He will reason thus:—'I am innocent; I am poor; my Ourang-Outang is of great value—to one in my circumstances a fortune of itself—why should I lose it through idle apprehensions of danger? Here it is, within my grasp. It was found in the Bois de Boulogne—at a vast distance from the scene of that butchery. How can it ever be suspected that a brute beast should have done the deed? The police are at fault—they have failed to procure the slightest clew. Should they even trace the animal, it would be impossible to prove me cognizant of the murder, or to implicate me in

avis. — On a trouvé dans le bois de Boulogne, le matin du… courant (c'était le matin de l'assassinat), de fort bonne heure, un énorme orang-outang fauve de l'espèce de Bornéo. Le propriétaire (qu'on sait être un marin appartenant à l'équipage d'un navire maltais) peut retrouver l'animal, après en avoir donné un signalement satisfaisant et remboursé quelques frais à la personne qui s'en est emparée et qui l'a gardé. S'adresser rue....., n°.., faubourg Saint-Germain, au troisième.

— Comment avez-vous pu, demandai-je à Dupin, savoir que l'homme était un marin, et qu'il appartenait à un navire maltais ?

— Je ne le sais pas, dit-il, je n'en suis pas sûr. Voici toutefois un petit morceau de ruban qui, si j'en juge par sa forme et son aspect graisseux, a évidemment servi à nouer les cheveux en une de ces longues queues qui rendent les marins si fiers et si farauds. En outre, ce nœud est un de ceux que peu de personnes savent faire, excepté les marins, et il est particulier aux Maltais. J'ai ramassé le ruban au bas de la chaîne du paratonnerre. Il est impossible qu'il ait appartenu à l'une des deux victimes. Après tout, si je me suis trompé en induisant de ce ruban que le Français est marin appartenant à un navire maltais, je n'aurai fait de mal à personne avec mon annonce. Si je suis dans l'erreur, il supposera simplement que j'ai été fourvoyé par quelque circonstance dont il ne prendra pas la peine de s'enquérir. Mais, si je suis dans le vrai, il y a un grand point de gagné. Le Français, qui a connaissance du meurtre, bien qu'il en soit innocent, hésitera naturellement à répondre à l'annonce, — à réclamer son orang-outang. Il raisonnera ainsi : « Je suis innocent ; je suis pauvre ; mon orang-outang est d'un grand prix ; — c'est presque une fortune dans une situation comme la mienne ; — pourquoi le perdrais-je par quelques niaises appréhensions de danger ? Le voilà, il est sous ma main. On l'a trouvé dans le bois de Boulogne, — à une grande distance du théâtre du meurtre. Soupçonnera-t-on jamais qu'une bête brute ait pu faire le coup ? La police est dépistée, — elle n'a pu retrouver le plus petit fil conducteur. Quand même on serait sur la piste de l'animal, il serait impossible de me prouver que j'aie eu connaissance de ce meurtre, ou de m'incriminer en raison de cette

guilt on account of that cognizance. Above all, I am known. The advertiser designates me as the possessor of the beast. I am not sure to what limit his knowledge may extend. Should I avoid claiming a property of so great value, which it is known that I possess, I will render the animal at least, liable to suspicion. It is not my policy to attract attention either to myself or to the beast. I will answer the advertisement, get the Ourang-Outang, and keep it close until this matter has blown over.' "

At this moment we heard a step upon the stairs.

"Be ready," said Dupin, "with your pistols, but neither use them nor show them until at a signal from myself."

The front door of the house had been left open, and the visiter had entered, without ringing, and advanced several steps upon the staircase. Now, however, he seemed to hesitate. Presently we heard him descending. Dupin was moving quickly to the door, when we again heard him coming up. He did not turn back a second time, but stepped up with decision, and rapped at the door of our chamber.

"Come in," said Dupin, in a cheerful and hearty tone.

A man entered. He was a sailor, evidently,—a tall, stout, and muscular-looking person, with a certain dare-devil expression of countenance, not altogether unprepossessing. His face, greatly sunburnt, was more than half hidden by whisker and mustachio. He had with him a huge oaken cudgel, but appeared to be otherwise unarmed. He bowed awkwardly, and bade us "good evening," in French accents, which, although somewhat Neufchatelish, were still sufficiently indicative of a Parisian origin.

"Sit down, my freind," said Dupin. "I suppose you have called about the Ourang-Outang. Upon my word, I almost envy you the possession of him; a remarkably fine, and no doubt a very valuable animal. How

connaissance. Enfin, et avant tout, je suis connu. Le rédacteur de l'annonce me désigne comme le propriétaire de la bête. Mais je ne sais pas jusqu'à quel point s'étend sa certitude. Si j'évite de réclamer une propriété d'une aussi grosse valeur, qui est connue pour m'appartenir, je puis attirer sur l'animal un dangereux soupçon. Ce serait de ma part une mauvaise politique d'appeler l'attention sur moi ou sur la bête. Je répondrai décidément à l'avis du journal, je reprendrai mon orang-outang, et je l'enfermerai solidement jusqu'à ce que cette affaire soit oubliée. »

En ce moment, nous entendîmes un pas qui montait l'escalier.

— Apprêtez-vous, dit Dupin, prenez vos pistolets, mais ne vous en servez pas, — ne les montrez pas avant un signal de moi.

On avait laissé ouverte la porte cochère, et le visiteur était entré sans sonner et avait gravi plusieurs marches de l'escalier. Mais on eût dit maintenant qu'il hésitait. Nous l'entendions redescendre. Dupin se dirigea vivement vers la porte, quand nous l'entendîmes qui remontait. Cette fois, il ne battit pas en retraite, mais s'avança délibérément et frappa à la porte de notre chambre.

— Entrez, dit Dupin d'une voix gaie et cordiale.

Un homme se présenta. C'était évidemment un marin, — un grand, robuste et musculeux individu, avec une expression d'audace de tous les diables qui n'était pas du tout déplaisante. Sa figure, fortement hâlée, était plus qu'à moitié cachée par les favoris et les moustaches. Il portait un gros bâton de chêne, mais ne semblait pas autrement armé. Il nous salua gauchement, et nous souhaita le bonsoir avec un accent français qui, bien que légèrement bâtardé de suisse, rappelait suffisamment une origine parisienne.

— Asseyez-vous, mon ami, dit Dupin ; je suppose que vous venez pour votre orang-outang. Sur ma parole, je vous l'envie presque ; il est remarquablement beau et c'est sans doute une bête d'un grand

Edgar Allan Poe

old do you suppose him to be?"

The sailor drew a long breath, with the air of a man relieved of some intolerable burden, and then replied, in an assured tone:

"I have no way of telling—but he can't be more than four or five years old. Have you got him here?"

"Oh no, we had no conveniences for keeping him here. He is at a livery stable in the Rue Dubourg, just by. You can get him in the morning. Of course you are prepared to identify the property?"

"To be sure I am, sir."

"I shall be sorry to part with him," said Dupin.

"I don't mean that you should be at all this trouble for nothing, sir," said the man. "Couldn't expect it. Am very willing to pay a reward for the finding of the animal—that is to say, any thing in reason."

"Well," replied my friend, "that is all very fair, to be sure. Let me think!—what should I have? Oh! I will tell you. My reward shall be this. You shall give me all the information in your power about these murders in the Rue Morgue."

Dupin said the last words in a very low tone, and very quietly. Just as quietly, too, he walked toward the door, locked it and put the key in his pocket. He then drew a pistol from his bosom and placed it, without the least flurry, upon the table.

The sailor's face flushed up as if he were struggling with suffocation. He started to his feet and grasped his cudgel, but the next moment he fell back into his seat, trembling violently, and with the countenance of death itself. He spoke not a word. I pitied him from the bottom of my heart.

prix. Quel âge lui donnez-vous bien ?

Le matelot aspira longuement, de l'air d'un homme qui se trouve soulagé d'un poids intolérable, et répliqua d'une voix assurée :

— Je ne saurais trop vous dire ; cependant, il ne peut guère avoir plus de quatre ou cinq ans. Est-ce que vous l'avez ici ?

— Oh ! non ; nous n'avions pas de lieu commode pour l'enfermer. Il est dans une écurie de manège près d'ici, rue Dubourg. Vous pourrez l'avoir demain matin. Ainsi vous êtes en mesure de prouver votre droit de propriété ?
— Oui, monsieur, certainement.

— Je serais vraiment peiné de m'en séparer, — dit Dupin.

— Je n'entends pas, dit l'homme, que vous ayez pris tant de peine pour rien ; je n'y ai pas compté. Je payerai volontiers une récompense à la personne qui a retrouvé l'animal, une récompense raisonnable s'entend.

— Fort bien, répliqua mon ami, tout cela est fort juste, en vérité. Voyons, — que donneriez-vous bien ? Ah ! je vais vous le dire. Voici quelle sera ma récompense : vous me raconterez tout ce que vous savez relativement aux assassinats de la rue Morgue.

Dupin prononça ces derniers mots d'une voix très-basse et fort tranquillement. Il se dirigea vers la porte avec la même placidité, la ferma, et mit la clef dans sa poche. Il tira alors un pistolet de son sein, et le posa sans le moindre émoi sur la table.

La figure du marin devint pourpre, comme s'il en était aux agonies d'une suffocation. Il se dressa sur ses pieds et saisit son bâton ; mais, une seconde après, il se laissa retomber sur son siège, tremblant violemment et la mort sur le visage. Il ne pouvait articuler une parole. Je le plaignais du plus profond de mon cœur.

"My friend," said Dupin, in a kind tone, "you are alarming yourself unnecessarily—you are indeed. We mean you no harm whatever. I pledge you the honor of a gentleman, and of a Frenchman, that we intend you no injury. I perfectly well know that you are innocent of the atrocities in the Rue Morgue. It will not do, however, to deny that you are in some measure implicated in them. From what I have already said, you must know that I have had means of information about this matter—means of which you could never have dreamed. Now the thing stands thus. You have done nothing which you could have avoided—nothing, certainly, which renders you culpable. You were not even guilty of robbery, when you might have robbed with impunity. You have nothing to conceal. You have no reason for concealment. On the other hand, you are bound by every principle of honor to confess all you know. An innocent man is now imprisoned, charged with that crime of which you can point out the perpetrator."

The sailor had recovered his presence of mind, in a great measure, while Dupin uttered these words; but his original boldness of bearing was all gone.

"So help me God," said he, after a brief pause, "I will tell you all I know about this affair;—but I do not expect you to believe one half I say—I would be a fool indeed if I did. Still, I am innocent, and I will make a clean breast if I die for it."

What he stated was, in substance, this. He had lately made a voyage to the Indian Archipelago. A party, of which he formed one, landed at Borneo, and passed into the interior on an excursion of pleasure. Himself and a companion had captured the Ourang-Outang. This companion dying, the animal fell into his own exclusive possession. After great trouble, occasioned by the intractable ferocity of his captive during the home voyage, he at length succeeded in lodging it safely at his own residence in Paris, where, not to attract toward himself the unpleasant curiosity of his neighbors, he kept it carefully

— Mon ami, dit Dupin d'une voix pleine de bonté, vous vous alarmez sans motif, — je vous assure. Nous ne voulons vous faire aucun mal. Sur mon honneur de galant homme et de Français, nous n'avons aucun mauvais dessein contre vous. Je sais parfaitement que vous êtes innocent des horreurs de la rue Morgue. Cependant, cela ne veut pas dire que vous n'y soyez pas quelque peu impliqué. Le peu que je vous ai dit doit vous prouver que j'ai eu sur cette affaire des moyens d'information dont vous ne vous seriez jamais douté. Maintenant, la chose est claire pour nous. Vous n'avez rien fait que vous ayez pu éviter, — rien, à coup sûr, qui vous rende coupable. Vous auriez pu voler impunément ; vous n'avez même pas été coupable de vol. Vous n'avez rien à cacher ; vous n'avez aucune raison de cacher quoi que ce soit. D'un autre côté, vous êtes contraint par tous les principes de l'honneur à confesser tout ce que vous savez. Un homme innocent est actuellement en prison, accusé du crime dont vous pouvez indiquer l'auteur.

Pendant que Dupin prononçait ces mots, le matelot avait recouvré, en grande partie, sa présence d'esprit ; mais toute sa première hardiesse avait disparu.

— Que Dieu me soit en aide ! dit-il après une petite pause, — je vous dirai tout ce que je sais sur cette affaire ; mais je n'espère pas que vous en croyiez la moitié, — je serais vraiment un sot, si je l'espérais ! Cependant, je suis innocent, et je dirai tout ce que j'ai sur le cœur, quand même il m'en coûterait la vie.

Voici en substance ce qu'il nous raconta : il avait fait dernièrement un voyage dans l'archipel indien. Une bande de matelots, dont il faisait partie, débarqua à Bornéo et pénétra dans l'intérieur pour y faire une excursion d'amateurs. Lui et un de ses camarades avaient pris l'orang-outang. Ce camarade mourut, et l'animal devint donc sa propriété exclusive, à lui. Après bien des embarras causés par l'indomptable férocité du captif pendant la traversée, il réussit à la longue à le loger sûrement dans sa propre demeure à Paris, et, pour ne pas attirer sur lui-même l'insupportable curiosité des voisins, il avait

secluded, until such time as it should recover from a wound in the foot, received from a splinter on board ship. His ultimate design was to sell it.

Returning home from some sailors' frolic on the night, or rather in the morning of the murder, he found the beast occupying his own bedroom, into which it had broken from a closet adjoining, where it had been, as was thought, securely confined. Razor in hand, and fully lathered, it was sitting before a looking-glass, attempting the operation of shaving, in which it had no doubt previously watched its master through the key-hole of the closet. Terrified at the sight of so dangerous a weapon in the possession of an animal so ferocious, and so well able to use it, the man, for some moments, was at a loss what to do. He had been accustomed, however, to quiet the creature, even in its fiercest moods, by the use of a whip, and to this he now resorted. Upon sight of it, the Ourang-Outang sprang at once through the door of the chamber, down the stairs, and thence, through a window, unfortunately open, into the street.

The Frenchman followed in despair; the ape, razor still in hand, occasionally stopping to look back and gesticulate at its pursuer, until the latter had nearly come up with it. It then again made off. In this manner the chase continued for a long time. The streets were profoundly quiet, as it was nearly three o'clock in the morning. In passing down an alley in the rear of the Rue Morgue, the fugitive's attention was arrested by a light gleaming from the open window of Madame L'Espanaye's chamber, in the fourth story of her house. Rushing to the building, it perceived the lightning rod, clambered up with inconceivable agility, grasped the shutter, which was thrown fully back against the wall, and, by its means, swung itself directly upon the headboard of the bed. The whole feat did not occupy a minute. The shutter was kicked open again by the Ourang-Outang as it entered the room.

soigneusement enfermé l'animal, jusqu'à ce qu'il l'eût guéri d'une blessure au pied qu'il s'était faite à bord avec une esquille. Son projet, finalement, était de le vendre.

Comme il revenait, une nuit, ou plutôt un matin, — le matin du meurtre, — d'une petite orgie de matelots, il trouva la bête installée dans sa chambre à coucher ; elle s'était échappée du cabinet voisin, où il la croyait solidement enfermée. Un rasoir à la main et toute barbouillée de savon, elle était assise devant un miroir, et essayait de se raser, comme sans doute elle l'avait vu faire à son maître en l'épiant par le trou de la serrure. Terrifié en voyant une arme si dangereuse dans les mains d'un animal aussi féroce, parfaitement capable de s'en servir, l'homme, pendant quelques instants, n'avait su quel parti prendre. D'habitude, il avait dompté l'animal, même dans ses accès les plus furieux, par des coups de fouet, et il voulut y recourir cette fois encore. Mais, en voyant le fouet, l'orang-outang bondit à travers la porte de la chambre, dégringola par les escaliers, et, profitant d'une fenêtre ouverte par malheur, il se jeta dans la rue.

Le Français, désespéré, poursuivit le singe ; celui-ci, tenant toujours son rasoir d'une main, s'arrêtait de temps en temps, se retournait, et faisait des grimaces à l'homme qui le poursuivait, jusqu'à ce qu'il se vît près d'être atteint, puis il reprenait sa course. Cette chasse dura ainsi un bon bout de temps. Les rues étaient profondément tranquilles, et il pouvait être trois heures du matin. En traversant un passage derrière la rue Morgue, l'attention du fugitif fut attirée par une lumière qui partait de la fenêtre de madame l'Espanaye, au quatrième étage de sa maison. Il se précipita vers le mur, il aperçut la chaîne du paratonnerre, y grimpa avec une inconcevable agilité, saisit le volet, qui était complètement rabattu contre le mur, et, en s'appuyant dessus, il s'élança droit sur le chevet du lit. Toute cette gymnastique ne dura pas une minute. Le volet avait été repoussé contre le mur par le bond que l'orang-outang avait fait en se jetant dans la chambre.

Edgar Allan Poe

The sailor, in the meantime, was both rejoiced and perplexed. He had strong hopes of now recapturing the brute, as it could scarcely escape from the trap into which it had ventured, except by the rod, where it might be intercepted as it came down. On the other hand, there was much cause for anxiety as to what it might do in the house. This latter reflection urged the man still to follow the fugitive. A lightning rod is ascended without difficulty, especially by a sailor; but, when he had arrived as high as the window, which lay far to his left, his career was stopped; the most that he could accomplish was to reach over so as to obtain a glimpse of the interior of the room. At this glimpse he nearly fell from his hold through excess of horror. Now it was that those hideous shrieks arose upon the night, which had startled from slumber the inmates of the Rue Morgue. Madame L'Espanaye and her daughter, habited in their night clothes, had apparently been occupied in arranging some papers in the iron chest already mentioned, which had been wheeled into the middle of the room. It was open, and its contents lay beside it on the floor. The victims must have been sitting with their backs toward the window; and, from the time elapsing between the ingress of the beast and the screams, it seems probable that it was not immediately perceived. The flapping-to of the shutter would naturally have been attributed to the wind.

As the sailor looked in, the gigantic animal had seized Madame L'Espanaye by the hair, (which was loose, as she had been combing it,) and was flourishing the razor about her face, in imitation of the motions of a barber. The daughter lay prostrate and motionless; she had swooned. The screams and struggles of the old lady (during which the hair was torn from her head) had the effect of changing the probably pacific purposes of the Ourang-Outang into those of wrath. With one determined sweep of its muscular arm it nearly severed her head from her body. The sight of blood inflamed its anger into phrenzy. Gnashing its teeth, and flashing fire from its eyes, it flew upon the body of the girl, and imbedded its fearful talons in her throat, retaining its grasp until she expired. Its wandering and wild glances fell at this moment upon the head of the bed, over which the

Cependant, le matelot était à la fois joyeux et inquiet. Il avait donc bonne espérance de ressaisir l'animal, qui pouvait difficilement s'échapper de la trappe où il s'était aventuré, et d'où on pouvait lui barrer la fuite. D'un autre côté il y avait lieu d'être fort inquiet de ce qu'il pouvait faire dans la maison. Cette dernière réflexion incita l'homme à se remettre à la poursuite de son fugitif. Il n'est pas difficile pour un marin de grimper à une chaîne de paratonnerre ; mais, quand il fut arrivé à la hauteur de la fenêtre, située assez loin sur sa gauche, il se trouva fort empêché ; tout ce qu'il put faire de mieux fut de se dresser de manière à jeter un coup d'œil dans l'intérieur de la chambre. Mais ce qu'il vit lui fit presque lâcher prise dans l'excès de sa terreur. C'était alors que s'élevaient les horribles cris qui, à travers le silence de la nuit, réveillèrent en sursaut les habitants de la rue Morgue. Madame l'Espanaye et sa fille, vêtus de leurs toilettes de nuit, étaient sans doute occupées à ranger quelques papiers dans le coffret de fer dont il a été fait mention, et qui avait été traîné au milieu de la chambre. Il était ouvert, et tout son contenu était éparpillé sur le parquet. Les victimes avaient sans doute le dos tourné à la fenêtre ; et, à en juger par le temps qui s'écoula entre l'invasion de la bête et les premiers cris, il est probable qu'elles ne l'aperçurent pas tout de suite. Le claquement du volet a pu être vraisemblablement attribué au vent.

Quand le matelot regarda dans la chambre, le terrible animal avait empoigné madame l'Espanaye par ses cheveux qui étaient épars et qu'elle peignait, et il agitait le rasoir autour de sa figure, en imitant les gestes d'un barbier. La fille était par terre, immobile ; elle s'était évanouie. Les cris et les efforts de la vieille dame, pendant lesquels les cheveux lui furent arrachés de la tête, eurent pour effet de changer en fureur les dispositions probablement pacifiques de l'orang-outang. D'un coup rapide de son bras musculeux, il sépara presque la tête du corps. La vue du sang transforma sa fureur en frénésie. Il grinçait des dents, il lançait du feu par les yeux. Il se jeta sur le corps de la jeune personne, il lui ensevelit ses griffes dans la gorge, et les y laissa jusqu'à ce qu'elle fût morte. Ses yeux égarés et sauvages tombèrent en ce moment sur le chevet du lit, au-dessus duquel il put apercevoir

face of its master, rigid with horror, was just discernible. The fury of the beast, who no doubt bore still in mind the dreaded whip, was instantly converted into fear. Conscious of having deserved punishment, it seemed desirous of concealing its bloody deeds, and skipped about the chamber in an agony of nervous agitation; throwing down and breaking the furniture as it moved, and dragging the bed from the bedstead. In conclusion, it seized first the corpse of the daughter, and thrust it up the chimney, as it was found; then that of the old lady, which it immediately hurled through the window headlong.

As the ape approached the casement with its mutilated burden, the sailor shrank aghast to the rod, and, rather gliding than clambering down it, hurried at once home—dreading the consequences of the butchery, and gladly abandoning, in his terror, all solicitude about the fate of the Ourang-Outang. The words heard by the party upon the staircase were the Frenchman's exclamations of horror and affright, commingled with the fiendish jabberings of the brute.

I have scarcely anything to add. The Ourang-Outang must have escaped from the chamber, by the rod, just before the break of the door. It must have closed the window as it passed through it. It was subsequently caught by the owner himself, who obtained for it a very large sum at the Jardin des Plantes. Le Bon was instantly released, upon our narration of the circumstances (with some comments from Dupin) at the bureau of the Prefect of Police. This functionary, however well disposed to my friend, could not altogether conceal his chagrin at the turn which affairs had taken, and was fain to indulge in a sarcasm or two, about the propriety of every person minding his own business.

"Let him talk," said Dupin, who had not thought it necessary to reply. "Let him discourse; it will ease his conscience. I am satisfied with having defeated him in his own castle. Nevertheless, that he failed in

la face de son maître, paralysée par l'horreur. La furie de la bête, qui sans aucun doute se souvenait du terrible fouet, se changea immédiatement en frayeur. Sachant bien qu'elle avait mérité un châtiment, elle semblait vouloir cacher les traces sanglantes de son action, et bondissait à travers la chambre dans un accès d'agitation nerveuse, bousculant et brisant les meubles à chacun de ses mouvements, et arrachant les matelas du lit. Finalement, elle s'empara du corps de la fille, et le poussa dans la cheminée, dans la posture où elle fut trouvée, puis de celui de la vieille dame qu'elle précipita la tête la première à travers la fenêtre.

Comme le singe s'approchait de la fenêtre avec son fardeau tout mutilé, le matelot épouvanté se baissa, et, se laissant couler le long de la chaîne sans précautions, il s'enfuit tout d'un trait jusque chez lui, redoutant les conséquences de cette atroce boucherie, et, dans sa terreur, abandonnant volontiers tout souci de la destinée de son orang-outang. Les voix entendues par les gens de l'escalier étaient ses exclamations d'horreur et d'effroi mêlées aux glapissements diaboliques de la bête.

Je n'ai presque rien à ajouter. L'orang-outang s'était sans doute échappé de la chambre par la chaîne du paratonnerre, juste avant que la porte fût enfoncée. En passant par la fenêtre, il l'avait évidemment refermée. Il fut rattrapé plus tard par le propriétaire lui-même, qui le vendit pour un bon prix au Jardin des plantes. Lebon fut immédiatement relâché, après que nous eûmes raconté toutes les circonstances de l'affaire, assaisonnées de quelques commentaires de Dupin, dans le cabinet même du préfet de police. Ce fonctionnaire, quelque bien disposé qu'il fût envers mon ami, ne pouvait pas absolument déguiser sa mauvaise humeur en voyant l'affaire prendre cette tournure, et se laissa aller à un ou deux sarcasmes sur la manie des personnes qui se mêlaient de ses fonctions.

— Laissez-le parler, dit Dupin, qui n'avait pas jugé à propos de répliquer. Laissez-le jaser, cela allégera sa conscience. Je suis content de l'avoir battu sur son propre terrain. Néanmoins, qu'il n'ait pas pu

the solution of this mystery, is by no means that matter for wonder which he supposes it; for, in truth, our friend the Prefect is somewhat too cunning to be profound. In his wisdom is no stamen. *It is all head and no body, like the pictures of the Goddess Laverna,—or, at best, all head and shoulders, like a codfish. But he is a good creature after all. I like him especially for one master stroke of cant, by which he has attained his reputation for ingenuity. I mean the way he has 'de nier ce qui est, et d'expliquer ce qui n'est pas[1].'"*

Note :

1. Rousseau, Nouvelle Héloïse

débrouiller ce mystère, il n'y a nullement lieu de s'en étonner, et cela est moins singulier qu'il ne le croit ; car, en vérité, notre ami le préfet est un peu trop fin pour être profond. Sa science n'a pas de base. Elle est tout en tête et n'a pas de corps, comme les portraits de la déesse Laverna, — ou, si vous aimez mieux, tout en tête et en épaules, comme une morue. Mais, après tout, c'est un brave homme. Je l'adore particulièrement pour un merveilleux genre de cant auquel il doit sa réputation de génie. Je veux parler de sa manie de nier ce qui est, et d'expliquer ce qui n'est pas[2].

Note :

1. Ai-je besoin d'avertir à propos de la rue Morgue, du passage Lamartine, etc., qu'Edgar Poe n'est jamais venu à Paris ? — C. B.

2. Rousseau, Nouvelle Héloïse. — E. A. P.

The Purloined Letter

1845

La Lettre volée

Edgar Allan Poe

Nil sapientiae odiosius acumine nimio.

SENECA

At Paris, just after dark one gusty evening in the autumn of 18..., I was enjoying the twofold luxury of meditation and a meerschaum, in company with my friend C. Auguste Dupin, in his little back library, or book-closet, au troisiême, No. 33, Rue Dunôt, Faubourg St. Germain. *For one hour at least we had maintained a profound silence; while each, to any casual observer, might have seemed intently and exclusively occupied with the curling eddies of smoke that oppressed the atmosphere of the chamber. For myself, however, I was mentally discussing certain topics which had formed matter for conversation between us at an earlier period of the evening; I mean the affair of the Rue Morgue, and the mystery attending the murder of Marie Rogêt. I looked upon it, therefore, as something of a coincidence, when the door of our apartment was thrown open and admitted our old acquaintance, Monsieur G..., the Prefect of the Parisian police.*

We gave him a hearty welcome; for there was nearly half as much of the entertaining as of the contemptible about the man, and we had not seen him for several years. We had been sitting in the dark, and Dupin now arose for the purpose of lighting a lamp, but sat down again, without doing so, upon G.'s saying that he had called to consult us, or rather to ask the opinion of my friend, about some official business which had occasioned a great deal of trouble.

"If it is any point requiring reflection," observed Dupin, as he forebore to enkindle the wick, "we shall examine it to better purpose in the dark."
"That is another of your odd notions," said the Prefect, who had a fashion of calling every thing "odd" that was beyond his comprehension, and thus lived amid an absolute legion of "oddities."

Charles Baudelaire

Nil sapientiae odiosius acumine nimio.

SÉNÈQUE

J'étais à Paris en 18… Après une sombre et orageuse soirée d'automne, je jouissais de la double volupté de la méditation et d'une pipe d'écume de mer, en compagnie de mon ami Dupin, dans sa petite bibliothèque ou cabinet d'étude, rue Dunot, n° 33, au troisième, faubourg Saint-Germain. Pendant une bonne heure, nous avions gardé le silence ; chacun de nous, pour le premier observateur venu, aurait paru profondément et exclusivement occupé des tourbillons frisés de fumée qui chargeaient l'atmosphère de la chambre. Pour mon compte, je discutais en moi-même certains points, qui avaient été dans la première partie de la soirée l'objet de notre conversation ; je veux parler de l'affaire de la rue Morgue, et du mystère relatif à l'assassinat de Marie Roget[1]. Je rêvais donc à l'espèce d'analogie qui reliait ces deux affaires, quand la porte de notre appartement s'ouvrit et donna passage à notre vieille connaissance, à M. G…, le préfet de police de Paris.

Nous lui souhaitâmes cordialement la bienvenue ; car l'homme avait son côté charmant comme son côté méprisable, et nous ne l'avions pas vu depuis quelques années. Comme nous étions assis dans les ténèbres, Dupin se leva pour allumer une lampe ; mais il se rassit et n'en fit rien, en entendant G… dire qu'il était venu pour nous consulter, ou plutôt pour demander l'opinion de mon ami relativement à une affaire qui lui avait causé une masse d'embarras.

- Si c'est un cas qui demande de la réflexion, observa Dupin, s'abstenant d'allumer la mèche, nous l'examinerons plus convenablement dans les ténèbres.
- Voilà encore une de vos idées bizarres, dit le préfet, qui avait la manie d'appeler bizarres toutes les choses situées au delà de sa compréhension, et qui vivait ainsi au milieu d'une immense légion de bizarreries.

"Very true," said Dupin, as he supplied his visitor with a pipe, and rolled towards him a comfortable chair.

"And what is the difficulty now?" I asked. "Nothing more in the assassination way, I hope?"

"Oh no; nothing of that nature. The fact is, the business is very simple indeed, and I make no doubt that we can manage it sufficiently well ourselves; but then I thought Dupin would like to hear the details of it, because it is so excessively odd."

"Simple and odd," said Dupin.

"Why, yes; and not exactly that, either. The fact is, we have all been a good deal puzzled because the affair is so simple, and yet baffles us altogether."

"Perhaps it is the very simplicity of the thing which puts you at fault," said my friend.

"What nonsense you *do talk!*" replied the Prefect, laughing heartily.

"Perhaps the mystery is a little *too plain,*" said Dupin.

"Oh, good heavens! who ever heard of such an idea?"

"A little too self evident."

"Ha! ha! ha!—ha! ha! ha!—ho! ho! ho!" roared our visitor, profoundly amused, "oh, Dupin, you will be the death of me yet!"

"And what, after all, is the matter on hand?" I asked.

Charles Baudelaire

- C'est, ma foi, vrai ! dit Dupin en présentant une pipe à notre visiteur, et roulant vers lui un excellent fauteuil.

- Et maintenant, quel est le cas embarrassant ? demandai-je. j'espère bien que ce n'est pas encore dans le genre assassinat.

- Oh ! non. Rien de pareil. Le fait est que l'affaire est vraiment très-simple, et je ne doute pas que nous ne puissions nous en tirer fort bien nous mêmes ; mais j'ai pensé que Dupin ne serait pas fâché d'apprendre les détails de cette affaire, parce qu'elle est excessivement *bizarre*.

- Simple et bizarre, dit Dupin.

- Mais oui ; et cette expression n'est pourtant pas exacte ; l'un ou l'autre, si vous aimez mieux. Le fait est que nous avons été tous là-bas fortement embarrassés par cette affaire ; car, toute simple qu'elle est, elle nous déroute complètement.

- Peut-être est-ce la simplicité même de la chose qui vous induit en erreur, dit mon ami.

- Quel non-sens nous dites-vous là ! répliqua le préfet, en riant de bon cœur.

- Peut-être le mystère est-il un peu *trop* clair, dit Dupin.

- Oh ! bonté du ciel ! qui a jamais ouï parler d'une idée pareille.

- Un peu *trop* évident.

- Ha ! ha ! – ha ! ha ! – oh ! oh ! criait notre hôte, qui se divertissait profondément. Oh ! Dupin, vous me ferez mourir de joie, voyez-vous.

- Et enfin, demandai-je, quelle est la chose en question ?

"Why, I will tell you," replied the Prefect, as he gave a long, steady and contemplative puff, and settled himself in his chair. "I will tell you in a few words; but, before I begin, let me caution you that this is an affair demanding the greatest secrecy, and that I should most probably lose the position I now hold, were it known that I confided it to any one."

"Proceed," said I.

"Or not," said Dupin.

"Well, then; I have received personal information, from a very high quarter, that a certain document of the last importance, has been purloined from the royal apartments. The individual who purloined it is known; this beyond a doubt; he was seen to take it. It is known, also, that it still remains in his possession."

"How is this known?" asked Dupin.

"It is clearly inferred," replied the Prefect, "from the nature of the document, and from the non-appearance of certain results which would at once arise from its passing out of the robber's possession;—that is to say, from his employing it as he must design in the end to employ it."

"Be a little more explicit," I said.

"Well, I may venture so far as to say that the paper gives its holder a certain power in a certain quarter where such power is immensely valuable." The Prefect was fond of the cant of diplomacy.

"Still I do not quite understand," said Dupin.

"No? Well; the disclosure of the document to a third person, who shall be nameless, would bring in question the honor of a personage

Charles Baudelaire

- Mais, je vous la dirai, répliqua le préfet, en lâchant une longue, solide et contemplative bouffée de fumée et s'établissant dans son fauteuil. Je vous la dirai en peu de mots. Mais, avant de commencer, laissez-moi vous avertir que c'est une affaire qui demande le plus grand secret, et que je perdrais très-probablement le poste que j'occupe, si l'on savait que je l'ai confiée à qui que ce soit.

- Commencez, dis-je.

- Ou ne commencez pas, dit Dupin.

- C'est bien ; je commence. J'ai été informé personnellement, et en très-haut lieu, qu'un certain document de la plus grande importance avait été soustrait dans les appartements royaux. On sait quel est l'individu qui l'a volé ; cela est hors de doute ; on l'a vu s'en emparer. On sait aussi que ce document est toujours en sa possession.

- Comment sait-on cela ? demanda Dupin.

- Cela est clairement déduit de la nature du document et de la non-apparition de certains résultats qui surgiraient immédiatement s'il sortait des mains du voleur ; en d'autres termes, s'il était employé en vue du but que celui-ci doit évidemment se proposer.

- Veuillez être un peu plus clair, dis-je.

- Eh bien, j'irai jusqu'à vous dire que ce papier confère à son détenteur un certain pouvoir dans un certain lieu où ce pouvoir est d'une valeur inappréciable. Le préfet raffolait du *cant* diplomatique.

- Je continue à ne rien comprendre, dit Dupin.

- Rien, vraiment ? Allons ! Ce document, révélé à un troisième personnage, dont je tairai le nom, mettrait en question l'honneur

of most exalted station; and this fact gives the holder of the document an ascendancy over the illustrious personage whose honor and peace are so jeopardized."

"But this ascendancy," I interposed, "would depend upon the robber's knowledge of the loser's knowledge of the robber. Who would dare..."

"The thief," said G..., "is the Minister D..., who dares all things, those unbecoming as well as those becoming a man. The method of the theft was not less ingenious than bold. The document in question — a letter, to be frank — had been received by the personage robbed while alone in the royal boudoir. During its perusal she was suddenly interrupted by the entrance of the other exalted personage from whom especially it was her wish to conceal it. After a hurried and vain endeavor to thrust it in a drawer, she was forced to place it, open as it was, upon a table. The address, however, was uppermost, and, the contents thus unexposed, the letter escaped notice. At this juncture enters the Minister D... . His lynx eye immediately perceives the paper, recognises the handwriting of the address, observes the confusion of the personage addressed, and fathoms her secret. After some business transactions, hurried through in his ordinary manner, he produces a letter somewhat similar to the one in question, opens it, pretends to read it, and then places it in close juxtaposition to the other. Again he converses, for some fifteen minutes, upon the public affairs. At length, in taking leave, he takes also from the table the letter to which he had no claim. Its rightful owner saw, but, of course, dared not call attention to the act, in the presence of the third personage who stood at her elbow. The minister decamped; leaving his own letter—one of no importance—upon the table."

"Here, then," said Dupin to me, "you have precisely what you demand to make the ascendancy complete—the robber's knowledge of the loser's knowledge of the robber."

d'une personne du plus haut rang ; et voilà ce qui donne au détenteur du document un ascendant sur l'illustre personne dont l'honneur et la sécurité sont ainsi mis en péril.

- Mais cet ascendant, interrompis-je, dépend de ceci : le voleur sait-il que la personne volée connaît son voleur ? Qui oserait… ?

"Le voleur," dit G…," c'est D…, qui ose tout ce qui est indigne d'un homme, aussi bien que ce qui est digne de lui. Le procédé du vol a été aussi ingénieux que hardi. Le document en question, une lettre, pour être franc, a été reçu par la personne volée pendant qu'elle était seule dans le boudoir royal. Pendant qu'elle le lisait, elle fut soudainement interrompue par l'entrée de l'illustre personnage à qui elle désirait particulièrement le cacher. Après avoir essayé en vain de le jeter rapidement dans un tiroir, elle fut obligée de le déposer tout ouvert sur une table. La lettre, toutefois, était retournée, la suscription en dessus, et, le contenu étant ainsi caché, elle n'attira pas l'attention. Sur ces entrefaites arriva le ministre D… Son œil de lynx perçoit immédiatement le papier, reconnaît l'écriture de la suscription, remarque l'embarras de la personne à qui elle était adressée, et pénètre son secret. Après avoir traité quelques affaires, expédiées tambour battant, à sa manière habituelle, il tire de sa poche une lettre à peu près semblable à la lettre en question, l'ouvre, fait semblant de la lire, et la place juste à côté de l'autre. Il se remet à causer, pendant un quart d'heure environ, des affaires publiques. À la longue, il prend congé, et met la main sur la lettre à laquelle il n'a aucun droit. La personne volée le vit, mais, naturellement, n'osa pas attirer l'attention sur ce fait, en présence du troisième personnage qui était à son côté. Le ministre décampa, laissant sur la table sa propre lettre, une lettre sans importance.

- Ainsi, dit Dupin en se tournant à moitié vers moi, voilà précisément le cas demandé pour rendre l'ascendant complet : le voleur sait que la personne volée connaît son voleur.

"Yes," replied the Prefect; "and the power thus attained has, for some months past, been wielded, for political purposes, to a very dangerous extent. The personage robbed is more thoroughly convinced, every day, of the necessity of reclaiming her letter. But this, of course, cannot be done openly. In fine, driven to despair, she has committed the matter to me."

"Than whom," said Dupin, amid a perfect whirlwind of smoke, "no more sagacious agent could, I suppose, be desired, or even imagined."

"You flatter me," replied the Prefect; "but it is possible that some such opinion may have been entertained."

"It is clear," said I, "as you observe, that the letter is still in possession of the minister; since it is this possession, and not any employment of the letter, which bestows the power. With the employment the power departs."

"True," said G...; "and upon this conviction I proceeded. My first care was to make thorough search of the minister's hotel; and here my chief embarrassment lay in the necessity of searching without his knowledge. Beyond all things, I have been warned of the danger which would result from giving him reason to suspect our design."

"But," said I, "you are quite au fait in these investigations. The Parisian police have done this thing often before."

"O yes; and for this reason I did not despair. The habits of the minister gave me, too, a great advantage. He is frequently absent from home all night. His servants are by no means numerous. They sleep at a distance from their master's apartment, and, being chiefly Neapolitans, are readily made drunk. I have keys, as you know, with which I can open any chamber or cabinet in Paris. For three months

Charles Baudelaire

- Oui, répliqua le préfet, et, depuis quelques mois, il a été largement usé, dans un but politique, de l'empire conquis par ce stratagème, et jusqu'à un point fort dangereux. La personne volée est de jour en jour plus convaincue de la nécessité de retirer sa lettre. Mais, naturellement, cela ne peut pas se faire ouvertement. Enfin, poussée au désespoir, elle m'a chargé de la commission.

- Il n'était pas possible, je suppose, dit Dupin dans une auréole de fumée, de choisir ou même d'imaginer un agent plus sagace.

- Vous me flattez, répliqua le préfet ; mais il est bien possible qu'on ait conçu de moi quelque opinion de ce genre.

- Il est clair, dis-je, comme vous l'avez remarqué, que la lettre est toujours entre les mains du ministre ; puisque c'est le fait de la possession et non l'usage de la lettre qui crée l'ascendant. Avec l'usage, l'ascendant s'évanouit.

- C'est vrai, dit G..., et c'est d'après cette conviction que j'ai marché. Mon premier soin a été de faire une recherche minutieuse à l'hôtel du ministre ; et, là, mon principal embarras fut de chercher à son insu. Par-dessus tout, j'étais en garde contre le danger qu'il y aurait eu à lui donner un motif de soupçonner notre dessein.

- Mais, dis-je, vous êtes tout à fait à votre affaire, dans ces espèces d'investigations. La police parisienne a pratiqué la chose plus d'une fois.

- Oh ! sans doute ; – et c'est pourquoi j'avais bonne espérance. Les habitudes du ministre me donnaient d'ailleurs un grand avantage. Il est souvent absent de chez lui toute la nuit. Ses domestiques ne sont pas nombreux. Ils couchent à une certaine distance de l'appartement de leur maître, et, comme ils sont Napolitains avant tout, ils mettent de la bonne volonté à se laisser enivrer. J'ai, comme vous savez, des clefs avec lesquelles je puis ouvrir toutes les chambres et tous les

a night has not passed, during the greater part of which I have not been engaged, personally, in ransacking the D... Hotel. My honor is interested, and, to mention a great secret, the reward is enormous. So I did not abandon the search until I had become fully satisfied that the thief is a more astute man than myself. I fancy that I have investigated every nook and corner of the premises in which it is possible that the paper can be concealed."

"But is it not possible," I suggested, "that although the letter may be in possession of the minister, as it unquestionably is, he may have concealed it elsewhere than upon his own premises?"

"This is barely possible," said Dupin. "The present peculiar condition of affairs at court, and especially of those intrigues in which D... is known to be involved, would render the instant availability of the document — its susceptibility of being produced at a moment's notice—a point of nearly equal importance with its possession."

"Its susceptibility of being produced?" said I.

"That is to say, of being destroyed," said Dupin.

"True," I observed; "the paper is clearly then upon the premises. As for its being upon the person of the minister, we may consider that as out of the question."

"Entirely," said the Prefect. "He has been twice waylaid, as if by footpads, and his person rigorously searched under my own inspection."

"You might have spared yourself this trouble," said Dupin. "D..., I presume, is not altogether a fool, and, if not, must have anticipated these waylayings, as a matter of course."

cabinets de Paris. Pendant trois mois, il ne s'est pas passé une nuit, dont je n'aie employé la plus grande partie à fouiller, en personne, l'hôtel D… Mon honneur y est intéressé, et, pour vous confier un grand secret, la récompense est énorme. Aussi je n'ai abandonné les recherches que lorsque j'ai été pleinement convaincu que le voleur était encore plus fin que moi. Je crois que j'ai scruté tous les coins et recoins de la maison dans lesquels il était possible de cacher un papier.

- Mais ne serait-il pas possible, insinuai-je, que, bien que la lettre fût au pouvoir du ministre, – elle y est indubitablement, – il l'eût cachée ailleurs que dans sa propre maison ?

- Cela n'est guère possible, dit Dupin. La situation particulière, actuelle, des affaires de la cour, spécialement la nature de l'intrigue dans laquelle D… a pénétré, comme on sait, font de l'efficacité immédiate du document, – de la possibilité de le produire à la minute, – un point d'une importance presque égale à sa possession.

- La possibilité de le produire ? dis-je.

- Ou, si vous aimez mieux, de l'annihiler, dit Dupin.

- C'est vrai, remarquai-je. Le papier est donc évidemment dans l'hôtel. Quant au cas où il serait sur la personne même du ministre, nous le considérons comme tout à fait hors de question.

- Absolument, dit le préfet. Je l'ai fait arrêter deux fois par de faux voleurs, et sa personne a été scrupuleusement fouillée sous mes propres yeux.

- Vous auriez pu vous épargner cette peine, dit Dupin. D… n'est pas absolument fou, je présume, et dès lors il a dû prévoir ces guets-apens comme choses naturelles.

Edgar Allan Poe

"Not altogether *a fool*," said G., "but then he's *a poet*, which I take to be only one remove from a fool."

"True," said Dupin, after a long and thoughtful whiff from his meerschaum, "although I have been guilty of certain doggrel myself."

"Suppose you detail," said I, "the particulars of your search."

"Why the fact is, we took our time, and we searched *every* where. I have had long experience in these affairs. I took the entire building, room by room; devoting the nights of a whole week to each. We examined, first, the furniture of each apartment. We opened every possible drawer; and I presume you know that, to a properly trained police agent, such a thing as a *secret* drawer is impossible. Any man is a dolt who permits a 'secret' drawer to escape him in a search of this kind. The thing is so plain. There is a certain amount of bulk—of space—to be accounted for in every cabinet. Then we have accurate rules. The fiftieth part of a line could not escape us. After the cabinets we took the chairs. The cushions we probed with the fine long needles you have seen me employ. From the tables we removed the tops."

"Why so?"

"Sometimes the top of a table, or other similarly arranged piece of furniture, is removed by the person wishing to conceal an article; then the leg is excavated, the article deposited within the cavity, and the top replaced. The bottoms and tops of bedposts are employed in the same way."

"But could not the cavity be detected by sounding?" I asked.

Charles Baudelaire

- Pas *absolument* fou, c'est vrai, dit G…, toutefois, c'est un poëte, ce qui, je crois, n'en est pas fort éloigné.

- C'est vrai, dit Dupin, après avoir longuement et pensivement poussé la fumée de sa pipe d'écume, bien que je me sois rendu moi-même coupable de certaine rapsodie.

- Voyons, dis-je, racontez-nous les détails précis de votre recherche.

- Le fait est que nous avons pris notre temps, et que nous avons cherché *partout*. J'ai une vieille expérience de ces sortes d'affaires. Nous avons entrepris la maison de chambre en chambre ; nous avons consacré à chacune les nuits de toute une semaine. Nous avons d'abord examiné les meubles de chaque appartement. Nous avons ouvert tous les tiroirs possibles ; et je présume que vous n'ignorez pas que, pour un agent de police bien dressé, un tiroir *secret* est une chose qui n'existe pas. Tout homme qui, dans une perquisition de cette nature, permet à un tiroir secret de lui échapper est une brute. La besogne est si facile ! Il y a dans chaque pièce une certaine quantité de volumes et de surfaces dont on peut se rendre compte. Nous avons pour cela des règles exactes. La cinquième partie d'une ligne ne peut pas nous échapper. Après les chambres, nous avons pris les sièges. Les coussins ont été sondés avec ces longues et fines aiguilles que vous m'avez vu employer. Nous avons enlevé les dessus des tables.

- Et pourquoi ?

- Quelquefois le dessus d'une table ou de toute autre pièce d'ameublement analogue est enlevé par une personne qui désire cacher quelque chose ; elle creuse le pied de la table ; l'objet est déposé dans la cavité, et le dessus replacé. On se sert de la même manière des montants d'un lit.

- Mais ne pourrait-on pas deviner la cavité par l'auscultation ? demandai-je.

"By no means, if, when the article is deposited, a sufficient wadding of cotton be placed around it. Besides, in our case, we were obliged to proceed without noise."

"But you could not have removed—you could not have taken to pieces all articles of furniture in which it would have been possible to make a deposit in the manner you mention. A letter may be compressed into a thin spiral roll, not differing much in shape or bulk from a large knitting needle, and in this form it might be inserted into the rung of a chair, for example. You did not take to pieces all the chairs?"

"Certainly not; but we did better—we examined the rungs of every chair in the hotel, and, indeed the jointings of every description of furniture, by the aid of a most powerful microscope. Had there been any traces of recent disturbance we should not have failed to detect it instantly. A single grain of gimlet dust, for example, would have been as obvious as an apple. Any disorder in the glueing—any unusual gaping in the joints—would have sufficed to insure detection."

"I presume you looked to the mirrors, between the boards and the plates, and you probed the beds and the bed clothes, as well as the curtains and carpets."

"That of course; and when we had absolutely completed every particle of the furniture in this way, then we examined the house itself. We divided its entire surface into compartments, which we numbered, so that none might be missed; then we scrutinized each individual square inch throughout the premises, including the two houses immediately adjoining, with the microscope, as before."

"The two houses adjoining!" I exclaimed; "you must have had a great deal of trouble."

"We had; but the reward offered is prodigious!"

- Pas le moins du monde, si, en déposant l'objet, on a eu soin de l'entourer d'une bourre de coton suffisante. D'ailleurs, dans notre cas, nous étions obligés de procéder sans bruit.

- Mais vous n'avez pas pu défaire, – vous n'avez pas pu démonter toutes les pièces d'ameublement dans lesquelles on aurait pu cacher un dépôt de la façon dont vous parlez. Une lettre peut être roulée en une spirale très-mince, ressemblant beaucoup par sa forme et son volume à une grosse aiguille à tricoter, et être ainsi insérée dans un bâton de chaise, par exemple. Avez-vous démonté toutes les chaises ?

- Non, certainement, mais nous avons fait mieux, nous avons examiné les bâtons de toutes les chaises de l'hôtel, et même les jointures de toutes les pièces de l'ameublement, à l'aide d'un puissant microscope. S'il y avait eu la moindre trace d'un désordre récent, nous l'aurions infailliblement découvert à l'instant. Un seul grain de poussière causée par la vrille, par exemple, nous aurait sauté aux yeux comme une pomme. La moindre altération dans la colle, – un simple bâillement dans les jointures aurait suffi pour nous révéler la cachette.

- Je présume que vous avez examiné les glaces entre la glace et le planchéiage, et que vous avez fouillé les lits et les courtines des lits, aussi bien que les rideaux et les tapis.

- Naturellement ; et quand nous eûmes absolument passé en revue tous les articles de ce genre, nous avons examiné la maison elle-même. Nous avons divisé la totalité de sa surface en compartiments, que nous avons numérotés, pour être sûrs de n'en omettre aucun ; nous avons fait de chaque pouce carré l'objet d'un nouvel examen au microscope, et nous y avons compris les deux maisons adjacentes.

- Les deux maisons adjacentes ! m'écriai-je ; vous avez dû vous donner bien du mal.

- Oui, ma foi ! mais la récompense offerte est énorme.

"You include the grounds about the houses?"

"All the grounds are paved with brick. They gave us comparatively little trouble. We examined the moss between the bricks, and found it undisturbed."

"You looked among D...'s papers, of course, and into the books of the library?"

"Certainly; we opened every package and parcel; we not only opened every book, but we turned over every leaf in each volume, not contenting ourselves with a mere shake, according to the fashion of some of our police officers. We also measured the thickness of every book cover, with the most accurate admeasurement, and applied to each the most jealous scrutiny of the microscope. Had any of the bindings been recently meddled with, it would have been utterly impossible that the fact should have escaped observation. Some five or six volumes, just from the hands of the binder, we carefully probed, longitudinally, with the needles."

"You explored the floors beneath the carpets?"

"Beyond doubt. We removed every carpet, and examined the boards with the microscope."

"And the paper on the walls?"

"Yes."

"You looked into the cellars?"

"We did."

"Then," I said, "you have been making a miscalculation, and the letter is not upon the premises, as you suppose."

– Dans les maisons, comprenez-vous le sol ?

– Le sol est partout pavé de briques. Comparativement, cela ne nous a pas donné grand mal. Nous avons examiné la mousse entre les briques, elle était intacte.

– Vous avez sans doute visité les papiers de D…, et les livres de la bibliothèque ?

– Certainement ; nous avons ouvert chaque paquet et chaque article ; nous n'avons pas seulement ouvert les livres, mais nous les avons parcourus feuillet par feuillet, ne nous contentant pas de les secouer simplement comme font plusieurs de nos officiers de police. Nous avons aussi mesuré l'épaisseur de chaque reliure avec la plus exacte minutie, et nous avons appliqué à chacune la curiosité jalouse du microscope. Si l'on avait récemment inséré quelque chose dans une des reliures, il eût été absolument impossible que le fait échappât à notre observation. Cinq ou six volumes qui sortaient des mains du relieur ont été soigneusement sondés longitudinalement avec les aiguilles.

– Vous avez exploré les parquets, sous les tapis ?

– Sans doute. Nous avons enlevé chaque tapis, et nous avons examiné les planches au microscope.

– Et les papiers des murs ?

– Aussi.

– Vous avez visité les caves ?

– Nous avons visité les caves.

– Ainsi, dis-je, vous avez fait fausse route, et la lettre n'est pas dans l'hôtel, comme vous le supposiez.

Edgar Allan Poe

"I fear you are right there," said the Prefect. "And now, Dupin, what would you advise me to do?"

"To make a thorough re-search of the premises."

"That is absolutely needless," replied G.... . "I am not more sure that I breathe than I am that the letter is not at the Hotel."

"I have no better advice to give you," said Dupin. "You have, of course, an accurate description of the letter?"

"Oh yes!" — And here the Prefect, producing a memorandum book proceeded to read aloud a minute account of the internal, and especially of the external appearance of the missing document. Soon after finishing the perusal of this description, he took his departure, more entirely depressed in spirits than I had ever known the good gentleman before. In about a month afterwards he paid us another visit, and found us occupied very nearly as before. He took a pipe and a chair and entered into some ordinary conversation. At length I said:

"Well, but G..., what of the purloined letter? I presume you have at last made up your mind that there is no such thing as overreaching the Minister?"

"Confound him, say I—yes; I made the re-examination, however, as Dupin suggested—but it was all labor lost, as I knew it would be."

"How much was the reward offered, did you say?" asked Dupin.

"Why, a very great deal—a very liberal reward—I don't like to say how much, precisely; but one thing I will say, that I wouldn't mind giving my individual check for fifty thousand francs to any one who could obtain me that letter. The fact is, it is becoming of more and

Charles Baudelaire

– Je crains que vous n'ayez raison, dit le préfet. Et vous maintenant, Dupin, que me conseillez-vous de faire ?

– Faire une perquisition complète.

– C'est absolument inutile ! répliqua G... Aussi sûr que je vis, la lettre n'est pas dans l'hôtel !

– Je n'ai pas de meilleur conseil à vous donner, dit Dupin. Vous avez, sans doute, un signalement exact de la lettre ?

– Oh ! oui ! Et ici, le préfet, tirant un agenda, se mit à nous lire à haute voix une description minutieuse du document perdu, de son aspect intérieur, et spécialement de l'extérieur. Peu de temps après avoir fini la lecture de cette description, cet excellent homme prit congé de nous, plus accablé et l'esprit plus complètement découragé que je ne l'avais vu jusqu'alors. Environ un mois après, il nous fit une seconde visite, et nous trouva occupés à peu près de la même façon. Il prit une pipe et un siège, et causa de choses et d'autres. À la longue, je lui dis :

– Eh bien, mais, G..., et votre lettre volée ? Je présume qu'à la fin, vous vous êtes résigné à comprendre que ce n'est pas une petite besogne que d'enfoncer le ministre ?

– Que le diable l'emporte ! – J'ai pourtant recommencé cette perquisition, comme Dupin me l'avait conseillé ; mais, comme je m'en doutais, ç'a été peine perdue.

– De combien est la récompense offerte ? vous nous avez dit... demanda Dupin.

– Mais... elle est très-forte... une récompense vraiment magnifique, – je ne veux pas vous dire au juste combien ; mais une chose que je vous dirai, c'est que je m'engagerais bien à payer de ma bourse cinquante mille francs à celui qui pourrait me trouver cette lettre. Le

more importance every day; and the reward has been lately doubled. If it were trebled, however, I could do no more than I have done."

"Why, yes," said Dupin, drawlingly, between the whiffs of his meerschaum, "I really-think, G—, you have not exerted yourself—to the utmost in this matter. You might—do a little more, I think, eh?"

"How?—in what way?'

"Why—puff, puff—you might—puff, puff—employ counsel in the matter, eh?—puff, puff, puff. Do you remember the story they tell of Abernethy?"

"No; hang Abernethy!"

"To be sure! hang him and welcome. But, once upon a time, a certain rich miser conceived the design of spunging upon this Abernethy for a medical opinion. Getting up, for this purpose, an ordinary conversation in a private company, he insinuated his case to the physician, as that of an imaginary individual.

"'We will suppose,' said the miser, 'that his symptoms are such and such; now, doctor, what would you have directed him to take?'

"'Take!' said Abernethy, 'why, take advice, to be sure.'"

"But," said the Prefect, a little discomposed, "I am perfectly willing to take advice, and to pay for it. I would really give fifty thousand francs to any one who would aid me in the matter."

"In that case," replied Dupin, opening a drawer, and producing a check book, "you may as well fill me up a check for the amount mentioned. When you have signed it, I will hand you the letter."

fait est que la chose devient de jour en jour plus urgente, et la récompense a été doublée récemment. Mais, en vérité, on la triplerait, que je ne pourrais faire mon devoir mieux que je l'ai fait.

– Mais... oui..., dit Dupin en traînant ses paroles au milieu des bouffées de sa pipe, je crois... réellement, G..., que vous n'avez pas fait... tout votre possible... vous n'êtes pas allé au fond de la question. Vous pourriez faire... un peu plus, je pense du moins, hein ?

– Comment ? dans quel sens ?

– Mais... (une bouffée de fumée) vous pourriez... (bouffée sur bouffée) – prendre conseil en cette matière, hein ? – (Trois bouffées de fumée.) – Vous rappelez-vous l'histoire qu'on raconte d'Abernethy[2] ?

– Non ! au diable votre Abernethy !

– Assurément ! au diable, si cela vous amuse ! – Or donc, une fois, un certain riche, fort avare, conçut le dessein de soutirer à Abernethy une consultation médicale. Dans ce but, il entama avec lui, au milieu d'une société, une conversation ordinaire, à travers laquelle il insinua au médecin son propre cas, comme celui d'un individu imaginaire.

– Nous supposerons, dit l'avare, que les symptômes sont tels et tels ; maintenant, docteur, que lui conseilleriez-vous de prendre ?

– Que prendre ? dit Abernethy, mais prendre conseil à coup sûr.

– Mais, dit le préfet, un peu décontenancé, je suis tout disposé à prendre conseil, et à payer pour cela. Je donnerais *vraiment* cinquante mille francs à quiconque me tirerait d'affaire.

– Dans ce cas, répliqua Dupin, ouvrant un tiroir et en tirant un livre de mandats, vous pouvez aussi bien me faire un bon pour la somme susdite. Quand vous l'aurez signé, je vous remettrai votre lettre.

I was astounded. The Prefect appeared absolutely thunder stricken. For some minutes he remained speechless and motionless, looking incredulously at my friend with open mouth, and eyes that seemed starting from their sockets; then, apparently recovering himself in some measure, he seized a pen, and after several pauses and vacant stares, finally filled up and signed a check for fifty thousand francs, and handed it across the table to Dupin. The latter examined it carefully and deposited it in his pocket book; then, unlocking an escritoire, *took thence a letter and gave it to the Prefect. This functionary grasped it in a perfect agony of joy, opened it with a trembling hand, cast a rapid glance at its contents, and then, scrambling and struggling to the door, rushed at length unceremoniously from the room and from the house, without having uttered a syllable since Dupin had requested him to fill up the check.*

When he had gone, my friend entered into some explanations.

"The Parisian police," he said, "are exceedingly able in their way. They are persevering, ingenious, cunning, and thoroughly versed in the knowledge which their duties seem chiefly to demand. Thus, when G—— detailed to us his mode of searching the premises at the Hotel D——, I felt entire confidence in his having made a satisfactory investigation—so far as his labors extended."

"So far as his labors extended?" said I.

"Yes," said Dupin. "The measures adopted were not only the best of their kind, but carried out to absolute perfection. Had the letter been deposited within the range of their search, these fellows would, beyond a question, have found it."

I merely laughed—but he seemed quite serious in all that he said.

Je fus stupéfié. Quant au préfet, il semblait absolument foudroyé. Pendant quelques minutes, il resta muet et immobile, regardant mon ami, la bouche béante, avec un air incrédule et des yeux qui semblaient lui sortir de la tête ; enfin, il parut revenir un peu à lui, il saisit une plume, et, après quelques hésitations, le regard ébahi et vide, il remplit et signa un bon de cinquante mille francs, et le tendit à Dupin par-dessus la table. Ce dernier l'examina soigneusement et le serra dans son portefeuille ; puis, ouvrant un pupitre, il en tira une lettre et la donna au préfet. Notre fonctionnaire l'agrippa dans une parfaite agonie de joie, l'ouvrit d'une main tremblante, jeta un coup d'œil sur son contenu, puis, attrapant précipitamment la porte, se rua sans plus de cérémonie hors de la chambre et de la maison, sans avoir prononcé une syllabe depuis le moment où Dupin l'avait prié de remplir le mandat.

Quand il fut parti, mon ami entra dans quelques explications.

– La police parisienne, dit-il, est excessivement habile dans son métier. Ses agents sont persévérants, ingénieux, rusés, et possèdent à fond toutes les connaissances que requièrent spécialement leurs fonctions. Aussi, quand G… nous détaillait son mode de perquisition dans l'hôtel D…, j'avais une entière confiance dans ses talents, et j'étais sûr qu'il avait fait une investigation pleinement suffisante, dans le cercle de sa spécialité.

– Dans le cercle de sa spécialité ? dis-je.

– Oui, dit Dupin ; les mesures adoptées n'étaient pas seulement les meilleures dans l'espèce, elles furent aussi poussées à une absolue perfection. Si la lettre avait été cachée dans le rayon de leur investigation, ces gaillards l'auraient trouvée, cela ne fait pas pour moi l'ombre d'un doute.

Je me contentai de rire ; mais Dupin semblait avoir dit cela fort sérieusement.

Edgar Allan Poe

"The measures, then," he continued, "were good in their kind, and well executed; their defect lay in their being inapplicable to the case, and to the man. A certain set of highly ingenious resources are, with the Prefect, a sort of Procrustean bed, to which he forcibly adapts his designs. But he perpetually errs by being too deep or too shallow, for the matter in hand; and many a schoolboy is a better reasoner than he. I knew one about eight years of age, whose success at guessing in the game of 'even and odd' attracted universal admiration. This game is simple, and is played with marbles. One player holds in his hand a number of these toys, and demands of another whether that number is even or odd. If the guess is right, the guesser wins one; if wrong, he loses one. The boy to whom I allude won all the marbles of the school. Of course he had some principle of guessing; and this lay in mere observation and admeasurement of the astuteness of his opponents. For example, an arrant simpleton is his opponent, and, holding up his closed hand, asks, 'are they even or odd?' Our schoolboy replies, 'odd,' and loses; but upon the second trial he wins, for he then says to himself, 'the simpleton had them even upon the first trial, and his amount of cunning is just sufficient to make him have them odd upon the second; I will therefore guess odd;'—he guesses odd, and wins. Now, with a simpleton a degree above the first, he would have reasoned thus: 'This fellow finds that in the first instance I guessed odd, and, in the second, he will propose to himself, upon the first impulse, a simple variation from even to odd, as did the first simpleton; but then a second thought will suggest that this is too simple a variation, and finally he will decide upon putting it even as before. I will therefore guess even;'—he guesses even, and wins. Now this mode of reasoning in the schoolboy, whom his fellows termed 'lucky,'—what, in its last analysis, is it?"

"It is merely," I said, "an identification of the reasoner's intellect with that of his opponent."

"It is," said Dupin; "and, upon inquiring, of the boy by what means he effected the *thorough identification in which his success consisted,*

– Donc, les mesures, continua-t-il, étaient bonnes dans l'espèce et admirablement exécutées ; elles avaient pour défaut d'être inapplicables au cas et à l'homme en question. Il y a tout un ordre de moyens singulièrement ingénieux qui sont pour le préfet une sorte de lit de Procuste, sur lequel il adapte et garrotte tous ses plans. Mais il erre sans cesse par trop de profondeur ou par trop de superficialité pour le cas en question, et plus d'un écolier raisonnerait mieux que lui. J'ai connu un enfant de huit ans, dont l'infaillibilité au jeu de pair ou impair faisait l'admiration universelle. Ce jeu est simple, on y joue avec des billes. L'un des joueurs tient dans sa main un certain nombre de ses billes, et demande à l'autre : "Pair ou non ?" Si celui-ci devine juste, il gagne une bille ; s'il se trompe, il en perd une. L'enfant dont je parle gagnait toutes les billes de l'école. Naturellement, il avait un mode de divination, lequel consistait dans la simple observation et dans l'appréciation de la finesse de ses adversaires. Supposons que son adversaire soit un parfait nigaud et, levant sa main fermée, lui demande : "Pair ou impair ?" Notre écolier répond : "Impair !" et il a perdu. Mais, à la seconde épreuve, il gagne, car il se dit en lui-même : "Le niais avait mis pair la première fois, et toute sa ruse ne va qu'à lui faire mettre impair à la seconde ; je dirai donc : "Impair !" Il dit : "Impair", et il gagne. Maintenant, avec un adversaire un peu moins simple, il aurait raisonné ainsi : "Ce garçon voit que, dans le premier cas, j'ai dit "Impair", et, dans le second, il se proposera, – c'est la première idée qui se présentera à lui, – une simple variation de pair à impair comme a fait le premier bêta ; mais une seconde réflexion lui dira que c'est là un changement trop simple, et finalement il se décidera à mettre pair comme la première fois. – Je dirai donc : "Pair !" Il dit "Pair" et gagne. Maintenant, ce mode de raisonnement de notre écolier, que ses camarades appellent la chance, – en dernière analyse, qu'est-ce que c'est ?

– C'est simplement, dis-je, une identification de l'intellect de notre raisonnement avec celui de son adversaire.

– C'est cela même, dit Dupin ; et, quand je demandai à ce petit garçon par quel moyen il effectuait cette parfaite identification qui

Edgar Allan Poe

I received answer as follows: 'When I wish to find out how wise, or how stupid, or how good, or how wicked is any one, or what are his thoughts at the moment, I fashion the expression of my face, as accurately as possible, in accordance with the expression of his, and then wait to see what thoughts or sentiments arise in my mind or heart, as if to match or correspond with the expression.' This response of the schoolboy lies at the bottom of all the spurious profundity which has been attributed to Rochefoucault, to La Bougive, to Machiavelli, and to Campanella."

"And the identification," I said, "of the reasoner's intellect with that of his opponent, depends, if I understand you aright, upon the accuracy with which the opponent's intellect is admeasured."

"For its practical value it depends upon this," replied Dupin; "and the Prefect and his cohort fail so frequently, first, by default of this identification, and, secondly, by ill-admeasurement, or rather through non-admeasurement, of the intellect with which they are engaged. They consider only their own ideas of ingenuity; and, in searching for anything hidden, advert only to the modes in which they would have hidden it. They are right in this much—that their own ingenuity is a faithful representative of that of the mass; but when the cunning of the individual felon is diverse in character from their own, the felon foils them, of course. This always happens when it is above their own, and very usually when it is below. They have no variation of principle in their investigations; at best, when urged by some unusual emergency—by some extraordinary reward—they extend or exaggerate their old modes of practice, without touching their principles. What, for example, in this case of D—, has been done to vary the principle of action? What is all this boring, and probing, and sounding, and scrutinizing with the microscope and dividing the surface of the building into registered square inches—what is it all but an exaggeration of the application of the one principle or set of

faisait tout son succès, il me fit la réponse suivante : "Quand je veux savoir jusqu'à quel point quelqu'un est circonspect ou stupide, jusqu'à quel point il est bon ou méchant, ou quelles sont actuellement ses pensées je compose mon visage d'après le sien, aussi exactement que possible, et j'attends alors pour savoir quels pensers ou quels sentiments naîtront dans mon esprit ou dans mon cœur, comme pour s'appareiller et correspondre avec ma physionomie. Cette réponse de l'écolier enfonce de beaucoup toute la profondeur sophistique attribuée à La Rochefoucauld, à La Bruyère, à Machiavel et à Campanella."

— Et l'identification de l'intellect du raisonneur avec celui de son adversaire dépend, si je vous comprends bien, de l'exactitude avec laquelle l'intellect de l'adversaire est apprécié.

— Pour la valeur pratique, c'est en effet la condition, répliqua Dupin, et, si le préfet et toute sa bande se sont trompés si souvent, c'est, d'abord, faute de cette identification, en second lieu, par une appréciation inexacte, ou plutôt par la non-appréciation de l'intelligence avec laquelle ils se mesurent. Ils ne voient que leurs propres idées ingénieuses ; et, quand ils cherchent quelque chose de caché, ils ne pensent qu'aux moyens dont ils se seraient servis pour le cacher. Ils ont fortement raison en cela que leur propre ingéniosité est une représentation fidèle de celle de la foule ; mais, quand il se trouve un malfaiteur particulier dont la finesse diffère, en espèce, de la leur, ce malfaiteur, naturellement, les *roule*. Cela ne manque jamais quand son astuce est au-dessus de la leur, et cela arrive très-fréquemment même quand elle est au-dessous. Ils ne varient pas leur système d'investigation ; tout au plus, quand ils sont incités par quelque cas insolite, — par quelque récompense extraordinaire, — ils exagèrent et poussent à outrance leurs vieilles routines ; mais ils ne changent rien à leurs principes. Dans le cas de D..., par exemple, qu'a-t-on fait pour changer le système d'opération ? Qu'est-ce que c'est que toutes ces perforations, ces fouilles, ces sondes, cet examen au microscope, cette division des surfaces en pouces carrés numérotés ? — Qu'est-ce que tout cela, si ce n'est pas l'exagération, dans son application, d'un des

principles of search, which are based upon the one set of notions regarding human ingenuity, to which the Prefect, in the long routine of his duty, has been accustomed? Do you not see he has taken it for granted that all *men proceed to conceal a letter,—not exactly in a gimlet hole bored in a chair leg—but, at least, in* some *out-of-the-way hole or corner suggested by the same tenor of thought which would urge a man to secrete a letter in a gimlet hole bored in a chair leg? And do you not see also, that such* recherchés *nooks for concealment are adapted only for ordinary occasions, and would be adopted only by ordinary intellects; for, in all cases of concealment, a disposal of the article concealed—a disposal of it in this* recherché *manner,—is, in the very first instance, presumable and presumed; and thus its discovery depends, not at all upon the acumen, but altogether upon the mere care, patience, and determination of the seekers; and where the case is of importance—or, what amounts to the same thing in the policial eyes, when the reward is of magnitude,—the qualities in question have never been known to fail. You will now understand what I meant in suggesting that, had the purloined letter been hidden any where within the limits of the Prefect's examination—in other words, had the principle of its concealment been comprehended within the principles of the Prefect—its discovery would have been a matter altogether beyond question. This functionary, however, has been thoroughly mystified; and the remote source of his defeat lies in the supposition that the Minister is a fool, because he has acquired renown as a poet. All fools are poets; this the Prefect feels; and he is merely guilty of a* non distributio medii *in thence inferring that all poets are fools."*

"But is this really the poet?" I asked. "There are two brothers, I know; and both have attained reputation in letters. The Minister I believe has written learnedly on the Differential Calculus. He is a mathematician, and no poet."

"You are mistaken; I know him well; he is both. As poet and mathematician, he would reason well; as mere mathematician, he

principes ou de plusieurs principes d'investigation, qui sont basés sur un ordre d'idées relatif à l'ingéniosité humaine, et dont le préfet a pris l'habitude dans la longue routine de ses fonctions ? Ne voyez-vous pas qu'il considère comme chose démontrée que *tous* les hommes qui veulent cacher une lettre se servent, – si ce n'est précisément d'un trou fait à la vrille dans le pied d'une chaise, – au moins de quelque trou, de quelque coin tout à fait singulier dont ils ont puisé l'invention dans le même registre d'idées que le trou fait avec une vrille ? Et ne voyez-vous pas aussi que des cachettes aussi *originales* ne sont employées que dans des occasions ordinaires et ne sont adoptées que par des intelligences ordinaires ; car, dans tous les cas d'objets cachés, cette manière ambitieuse et torturée de cacher l'objet est, dans le principe, présumable et présumée ; ainsi, la découverte ne dépend nullement de la perspicacité, mais simplement du soin, de la patience et de la résolution des chercheurs. Mais, quand le cas est important, ou, ce qui revient au même aux yeux de la police, quand la récompense est considérable, on voit toutes ces belles qualités échouer infailliblement. Vous comprenez maintenant ce que je voulais dire en affirmant que, si la lettre volée avait été cachée dans le rayon de la perquisition de notre préfet, – en d'autres termes, si le principe inspirateur de la cachette avait été compris dans les principes du préfet, – il l'eût infailliblement découverte. Cependant, ce fonctionnaire a été complètement mystifié ; et la cause première, originelle, de sa défaite, gît dans la supposition que le ministre est un fou, parce qu'il s'est fait une réputation de poëte. Tous les fous sont poëtes, – c'est la manière de voir du préfet, – et il n'est coupable que d'une fausse distribution du terme moyen, en inférant de là que tous les poëtes sont fous.

– Mais est-ce vraiment le poëte ? demandai-je. Je sais qu'ils sont deux frères, et ils se sont fait tous deux une réputation dans les lettres. Le ministre, je crois, a écrit un livre fort remarquable sur le calcul différentiel et intégral. Il est le mathématicien, et non pas le poëte.

– Vous vous trompez ; je le connais fort bien ; il est poëte et mathématicien. Comme poëte et mathématicien, il a dû raisonner

could not have reasoned at all, and thus would have been at the mercy of the Prefect."

"You surprise me," I said, "by these opinions, which have been contradicted by the voice of the world. You do not mean to set at naught the well-digested idea of centuries. The mathematical reason has long been regarded as the *reason* par excellence."

"'Il y a à parièr,'" *replied Dupin, quoting from Chamfort,* "'que toute idée publique, toute convention reçue est une sottise, car elle a convenue au plus grand nombre.' The mathematicians, I grant you, have done their best to promulgate the popular error to which you allude, and which is none the less an error for its promulgation as truth. With an art worthy a better cause, for example, they have insinuated the term 'analysis' into application to algebra. The French are the originators of this particular deception; but if a term is of any importance—if words derive any value from applicability—then 'analysis' conveys 'algebra' about as much as, in Latin, 'ambitus' implies 'ambition,' 'religio' 'religion,' or 'homines honesti,' a set of honorable men."*

"You have a quarrel on hand, I see," said I, "with some of the algebraists of Paris; but proceed."

"I dispute the availability, and thus the value, of that reason which is cultivated in any especial form other than the abstractly logical. I dispute, in particular, the reason educed by mathematical study. The mathematics are the science of form and quantity; mathematical reasoning is merely logic applied to observation upon form and quantity. The great error lies in supposing that even the truths of what is called *pure algebra, are abstract or general truths. And this error is so egregious that I am confounded at the universality with which it has been received. Mathematical axioms are* not *axioms of general*

juste ; comme simple mathématicien, il n'aurait pas raisonné du tout, et se serait ainsi mis à la merci du préfet.

– Une pareille opinion, dis-je, est faite pour m'étonner ; elle est démentie par la voix du monde entier. Vous n'avez pas l'intention de mettre à néant l'idée mûrie par plusieurs siècles. La raison mathématique est depuis longtemps regardée comme la raison *par excellence*.

– *Il y a à parier*, répliqua Dupin, en citant Chamfort, *que toute idée politique, toute convention reçue est une sottise, car elle a convenu au plus grand nombre*. Les mathématiciens, – je vous accorde cela, – ont fait de leur mieux pour propager l'erreur populaire dont vous parlez, et qui, bien qu'elle ait été propagée comme vérité, n'en est pas moins une parfaite erreur. Par exemple, ils nous ont, avec un art digne d'une meilleure cause, accoutumés à appliquer le terme *analyse* aux opérations algébriques. Les Français sont les premiers coupables de cette tricherie scientifique ; mais, si l'on reconnaît que les termes de la langue ont une réelle importance, – si les mots tirent leur valeur de leur application, – oh ! alors, je concède qu'*analyse* traduit *algèbre* à peu près comme en latin *ambitus* signifie *ambition* ; *religio*, religion ; ou *homines honesti*, la classe des gens honorables.

– Je vois, dis-je, que vous allez vous faire une querelle avec un bon nombre d'algébristes de Paris ; – mais continuez.

– Je conteste la validité, et conséquemment les résultats d'une raison cultivée par tout procédé spécial autre que la logique abstraite. Je conteste particulièrement le raisonnement tiré de l'étude des mathématiques. Les mathématiques sont la science des formes et des qualités ; le raisonnement mathématique n'est autre que la simple logique appliquée à la forme et à la quantité. La grande erreur consiste à supposer que les vérités qu'on nomme *purement* algébriques sont des vérités abstraites ou générales. Et cette erreur est si énorme, que je suis émerveillé de l'unanimité avec laquelle elle est accueillie. Les axiomes mathématiques ne sont pas des axiomes d'une

*truth. What is true of relation—of form and quantity—is often grossly false in regard to morals, for example. In this latter science it is very usually un*true *that the aggregated parts are equal to the whole. In chemistry also the axiom fails. In the consideration of motive it fails; for two motives, each of a given value, have not, necessarily, a value when united, equal to the sum of their values apart. There are numerous other mathematical truths which are only truths within the limits of relation. But the mathematician argues, from his* finite *truths, through habit, as if they were of an absolutely general applicability—as the world indeed imagines them to be. Bryant, in his very learned 'Mythology,' mentions an analogous source of error, when he says that 'although the Pagan fables are not believed, yet we forget ourselves continually, and make inferences from them as existing realities.' With the algebraists, however, who are Pagans themselves, the 'Pagan fables' are believed, and the inferences are made, not so much through lapse of memory, as through an unaccountable addling of the brains. In short, I never yet encountered the mere mathematician who could be trusted out of equal roots, or one who did not clandestinely hold it as a point of his faith that* x^2+px *was absolutely and unconditionally equal to* q. *Say to one of these gentlemen, by way of experiment, if you please, that you believe occasions may occur where* x^2+px *is not altogether equal to* q, *and, having made him understand what you mean, get out of his reach as speedily as convenient, for, beyond doubt, he will endeavor to knock you down.*

"I mean to say," continued Dupin, while I merely laughed at his last observations, "that if the Minister had been no more than a mathematician, the Prefect would have been under no necessity of giving me this check. I know him, however, as both mathematician and poet, and my measures were adapted to his capacity, with

vérité générale. Ce qui est vrai d'un rapport de forme ou de quantité est souvent une grosse erreur relativement à la morale, par exemple. Dans cette dernière science, il est très-communément faux que la somme des fractions soit égale au tout. De même en chimie, l'axiome a tort. Dans l'appréciation d'une force motrice, il a également tort ; car deux moteurs, chacun étant d'une puissance donnée, n'ont pas nécessairement, quand ils sont associés, une puissance égale à la somme de leurs puissances prises séparément. Il y a une foule d'autres vérités mathématiques qui ne sont des vérités que dans des limites de *rapport*. Mais le mathématicien argumente incorrigiblement d'après ses *vérités finies*, comme si elles étaient d'une application générale et absolue, – valeur que d'ailleurs le monde leur attribue. Bryant, dans sa très-remarquable *Mythologie*, mentionne une source analogue d'erreurs, quand il dit que, bien que personne ne croie aux fables du paganisme, cependant nous nous oublions nous-mêmes sans cesse au point d'en tirer des déductions, comme si elles étaient des réalités vivantes. Il y a d'ailleurs chez nos algébristes, qui sont eux-mêmes des païens, de certaines fables païennes auxquelles on ajoute foi, et dont on a tiré des conséquences, non pas tant par une absence de mémoire que par un incompréhensible trouble du cerveau. Bref, je n'ai jamais rencontré de pur mathématicien en qui on pût avoir confiance en dehors de ses racines et de ses équations ; je n'en ai pas connu un seul qui ne tînt pas clandestinement pour article de foi que $x2 + px$ est absolument et inconditionnellement égal à q. Dites à l'un de ces messieurs, en matière d'expérience, si cela vous amuse, que vous croyez à la possibilité de cas où $x2 + px$ ne serait pas absolument égal à q ; et, quand vous lui aurez fait comprendre ce que vous voulez dire, mettez-vous hors de sa portée et le plus lestement possible ; car, sans aucun doute, il essayera de vous assommer.

« Je veux dire, continua Dupin, pendant que je me contentais de rire de ses dernières observations, que, si le ministre n'avait été qu'un mathématicien, le préfet n'aurait pas été dans la nécessité de me souscrire ce billet. Je le connaissais pour un mathématicien et un poëte, et j'avais pris mes mesures en raison de sa capacité, et en

reference to the circumstances by which he was surrounded. I knew him as a courtier, too, and as a bold intriguant. Such a man, I considered, could not fail to be aware of the ordinary policial modes of action. He could not have failed to anticipate—and events have proved that he did not fail to anticipate—the waylayings to which he was subjected. He must have foreseen, I reflected, the secret investigations of his premises. His frequent absences from home at night, which were hailed by the Prefect as certain aids to his success, I regarded only as ruses, to afford opportunity for thorough search to the police, and thus the sooner to impress them with the conviction to which G——, in fact, did finally arrive—the conviction that the letter was not upon the premises. I felt, also, that the whole train of thought, which I was at some pains in detailing to you just now, concerning the invariable principle of policial action in searches for articles concealed—I felt that this whole train of thought would necessarily pass through the mind of the Minister. It would imperatively lead him to despise all the ordinary nooks of concealment. He could not, I reflected, be so weak as not to see that the most intricate and remote recess of his hotel would be as open as his commonest closets to the eyes, to the probes, to the gimlets, and to the microscopes of the Prefect. I saw, in fine, that he would be driven, as a matter of course, to simplicity, if not deliberately induced to it as a matter of choice. You will remember, perhaps, how desperately the Prefect laughed when I suggested, upon our first interview, that it was just possible this mystery troubled him so much on account of its being so very self-evident."

"Yes," said I, "I remember his merriment well. I really thought he would have fallen into convulsions."

"The material world," continued Dupin, "abounds with very strict analogies to the immaterial; and thus some color of truth has been given to the rhetorical dogma, that metaphor, or simile, may be made to strengthen an argument, as well as to embellish a description. The principle of the vis inertiæ, for example, seems to be identical in physics and metaphysics. It is not more true in the former, that a large

tenant compte des circonstances où il se trouvait placé. Je savais que c'était un homme de cour et un intrigant déterminé. Je réfléchis qu'un pareil homme devait indubitablement être au courant des pratiques de la police. Évidemment, il devait avoir prévu – et l'événement l'a prouvé – les guets-apens qui lui ont été préparés. Je me dis qu'il avait prévu les perquisitions secrètes dans son hôtel. Ces fréquentes absences nocturnes que notre bon préfet avait saluées comme des adjuvants positifs de son futur succès, je les regardais simplement comme des ruses pour faciliter les libres recherches de la police et lui persuader plus facilement que la lettre n'était pas dans l'hôtel. Je sentais aussi que toute la série d'idées relatives aux principes invariables de l'action policière dans le cas de perquisition, – idées que je vous expliquerai tout à l'heure, non sans quelque peine, – je sentais, dis-je, que toute cette série d'idées avait dû nécessairement se dérouler dans l'esprit du ministre.

« Cela devait impérativement le conduire à dédaigner toutes les cachettes vulgaires. Cet homme-là ne pouvait être assez faible pour ne pas deviner que la cachette la plus compliquée, la plus profonde de son hôtel, serait aussi peu secrète qu'une antichambre ou une armoire pour les yeux, les sondes, les vrilles et les microscopes du préfet. Enfin je voyais qu'il avait dû viser nécessairement à la simplicité, s'il n'y avait pas été induit par un goût naturel. Vous vous rappelez sans doute avec quels éclats de rire le préfet accueillit l'idée que j'exprimai dans notre première entrevue, à savoir que si le mystère l'embarrassait si fort, c'était peut-être en raison de son absolue simplicité.

– Oui, dis-je, je me rappelle parfaitement son hilarité. Je croyais vraiment qu'il allait tomber dans des attaques de nerfs.

– Le monde matériel, continua Dupin, est plein d'analogies exactes avec l'immatériel, et c'est ce qui donne une couleur de vérité à ce dogme de rhétorique, qu'une métaphore ou une comparaison peut fortifier un argument aussi bien qu'embellir une description. Le principe de la force d'inertie, par exemple, semble identique dans les deux natures, physique et métaphysique ; un gros corps est plus

body is with more difficulty set in motion than a smaller one, and that its subsequent momentum is commensurate with this difficulty, than it is, in the latter, that intellects of the vaster capacity, while more forcible, more constant, and more eventful in their movements than those of inferior grade, are yet the less readily moved, and more embarrassed and full of hesitation in the first few steps of their progress. Again: have you ever noticed which of the street signs, over the shop-doors, are the most attractive of attention?"

"I have never given the matter a thought," I said.

"There is a game of puzzles," he resumed, "which is played upon a map. One party playing requires another to find a given word—the name of town, river, state or empire—any word, in short, upon the motley and perplexed surface of the chart. A novice in the game generally seeks to embarrass his opponents by giving them the most minutely lettered names; but the adept selects such words as stretch, in large characters, from one end of the chart to the other. These, like the over largely lettered signs and placards of the street, escape observation by dint of being excessively obvious; and here the physical oversight is precisely analogous with the moral inapprehension by which the intellect suffers to pass unnoticed those considerations which are too obtrusively and too palpably self evident. But this is a point, it appears, somewhat above or beneath the understanding of the Prefect. He never once thought it probable, or possible, that the Minister had deposited the letter immediately beneath the nose of the whole world, by way of best preventing any portion of that world from perceiving it.

"But the more I reflected upon the daring, dashing, and discriminating ingenuity of D——; upon the fact that the document must always have been at hand, if he intended to use it to good purpose; and upon the decisive evidence, obtained by the Prefect, that it was not hidden within the limits of that dignitary's ordinary search—the more satisfied I became that, to conceal this letter, the

difficilement mis en mouvement qu'un petit, et sa quantité de mouvement est en proportion de cette difficulté ; voilà qui est aussi positif que cette proposition analogue : les intellects d'une vaste capacité, qui sont en même temps plus impétueux, plus constants et plus accidentés dans leur mouvement que ceux d'un degré inférieur, sont ceux qui se meuvent le moins aisément, et qui sont les plus embarrassés d'hésitation quand ils se mettent en marche. Autre exemple : avez-vous jamais remarqué quelles sont les enseignes de boutique qui attirent le plus l'attention ?

– Je n'ai jamais songé à cela, dis-je.

– Il existe, reprit Dupin, un jeu de divination, qu'on joue avec une carte géographique. Un des joueurs prie quelqu'un de deviner un mot donné, un nom de ville, de rivière, d'État ou d'empire, enfin un mot quelconque compris dans l'étendue bigarrée et embrouillée de la carte. Une personne novice dans le jeu cherche en général à embarrasser ses adversaires en leur donnant à deviner des noms écrits en caractères imperceptibles ; mais les adeptes du jeu choisissent des mots en gros caractères qui s'étendent d'un bout de la carte à l'autre. Ces mots-là, comme les enseignes et les affiches à lettres énormes, échappent à l'observateur par le fait même de leur excessive évidence ; et, ici, l'oubli matériel est précisément analogue à l'inattention morale d'un esprit qui laisse échapper les considérations trop palpables, évidentes jusqu'à la banalité et l'importunité. Mais c'est là un cas, à ce qu'il semble, un peu au-dessus ou au-dessous de l'intelligence du préfet. Il n'a jamais cru probable ou possible que le ministre eût déposé sa lettre juste sous le nez du monde entier, comme pour mieux empêcher un individu quelconque de l'apercevoir.

« Mais plus je réfléchissais à l'audacieux, au distinctif et brillant esprit de D…, – à ce fait qu'il avait dû toujours avoir le document sous la main, pour en faire immédiatement usage, si besoin était, – et à cet autre fait que, d'après la démonstration décisive fournie par le préfet, ce document n'était pas caché dans les limites d'une perquisition ordinaire et en règle, – plus je me sentais convaincu que

Edgar Allan Poe

Minister had resorted to the comprehensive and sagacious expedient of not attempting to conceal it at all.

"Full of these ideas, I prepared myself with a pair of green spectacles, and called one fine morning, quite by accident, at the Ministerial hotel. I found D—— at home, yawning, lounging, and dawdling, as usual, and pretending to be in the last extremity of ennui. He is, perhaps, the most really energetic human being now alive—but that is only when nobody sees him.

"To be even with him, I complained of my weak eyes, and lamented the necessity of the spectacles, under cover of which I cautiously and thoroughly surveyed the whole apartment, while seemingly intent only upon the conversation of my host.

"I paid especial attention to a large writing-table near which he sat, and upon which lay confusedly, some miscellaneous letters and other papers, with one or two musical instruments and a few books. Here, however, after a long and very deliberate scrutiny, I saw nothing to excite particular suspicion.

"At length my eyes, in going the circuit of the room, fell upon a trumpery fillagree card-rack of pasteboard, that hung dangling by a dirty blue ribbon, from a little brass knob just beneath the middle of the mantel-piece. In this rack, which had three or four compartments, were five or six visiting cards and a solitary letter. This last was much soiled and crumpled. It was torn nearly in two, across the middle—as if a design, in the first instance, to tear it entirely up as worthless, had been altered, or stayed, in the second. It had a large black seal, bearing the D—— cipher very conspicuously, and was addressed, in a diminutive female hand, to D——, the minister, himself. It was thrust carelessly, and even, as it seemed, contemptuously, into one of the uppermost divisions of the rack.

le ministre, pour cacher sa lettre, avait eu recours à l'expédient le plus ingénieux du monde, le plus large, qui était de ne pas même essayer de la cacher.

« Pénétré de ces idées, j'ajustai sur mes yeux une paire de lunettes vertes, et je me présentai un beau matin, comme par hasard, à l'hôtel du ministre. Je trouve D... chez lui, bâillant, flânant, musant, et se prétendant accablé d'un suprême ennui. D... est peut-être l'homme le plus réellement énergique qui soit aujourd'hui, mais c'est seulement quand il est sûr de n'être vu de personne.

« Pour n'être pas en reste avec lui, je me plaignais de la faiblesse de mes yeux et de la nécessité de porter des lunettes. Mais, derrière ces lunettes, j'inspectais soigneusement et minutieusement tout l'appartement, en faisant semblant d'être tout à la conversation de mon hôte.

« Je donnai une attention spéciale à un vaste bureau auprès duquel il était assis, et sur lequel gisaient pêle-mêle des lettres diverses et d'autres papiers, avec un ou deux instruments de musique et quelques livres. Après un long examen, fait à loisir, je n'y vis rien qui pût exciter particulièrement mes soupçons.
« À la longue, mes yeux, en faisant le tour de la chambre, tombèrent sur un misérable porte-cartes, orné de clinquant, et suspendu par un ruban bleu crasseux à un petit bouton de cuivre au-dessus du manteau de la cheminée. Ce porte-cartes, qui avait trois ou quatre compartiments, contenait cinq ou six cartes de visite et une lettre unique. Cette dernière était fortement salie et chiffonnée. Elle était presque déchirée en deux par le milieu, comme si on avait eu d'abord l'intention de la déchirer entièrement, ainsi qu'on fait d'un objet sans valeur ; mais on avait vraisemblablement changé d'idée. Elle portait un large sceau noir avec le chiffre de D... très en évidence, et était adressée au ministre lui-même. La suscription était d'une écriture de femme très-fine. On l'avait jetée négligemment, et même, à ce qu'il semblait, assez dédaigneusement dans l'un des compartiments supérieurs du porte-cartes.

"No sooner had I glanced at this letter, than I concluded it to be that of which I was in search. To be sure, it was, to all appearance, radically different from the one of which the Prefect had read us so minute a description. Here the seal was large and black, with the D—— cipher; there it was small and red, with the ducal arms of the S—— family. Here, the address, to the Minister, diminutive and feminine; there the superscription, to a certain royal personage, was markedly bold and decided; the size alone formed a point of correspondence. But, then, the radicalness *of these differences, which was excessive; the dirt; the soiled and torn condition of the paper, so inconsistent with the* true *methodical habits of D——, and so suggestive of a design to delude the beholder into an idea of the worthlessness of the document; these things, together with the hyper-obtrusive situation of this document, full in the view of every visitor, and thus exactly in accordance with the conclusions to which I had previously arrived; these things, I say, were strongly corroborative of suspicion, in one who came with the intention to suspect.*

"I protracted my visit as long as possible, and, while I maintained a most animated discussion with the Minister upon a topic which I knew well had never failed to interest and excite him, I kept my attention really riveted upon the letter. In this examination, I committed to memory its external appearance and arrangement in the rack; and also fell, at length, upon a discovery which set at rest whatever trivial doubt I might have entertained. In scrutinizing the edges of the paper, I observed them to be more chafed *than seemed necessary. They presented the* broken *appearance which is manifested when a stiff paper, having been once folded and pressed with a folder, is refolded in a reversed direction, in the same creases or edges which had formed the original fold. This discovery was sufficient. It was clear to me that the letter had been turned, as a glove, inside out, re-directed, and re-sealed. I bade the Minister good morning, and took my departure at once, leaving a gold snuff box upon the table.*

« À peine eus-je jeté un coup d'œil sur cette lettre, que je conclus que c'était celle dont j'étais en quête. Évidemment elle était, par son aspect, absolument différente de celle dont le préfet nous avait lu une description si minutieuse. Ici, le sceau était large et noir avec le chiffre de D… ; dans l'autre, il était petit et rouge, avec les armes ducales de la famille S… Ici, la suscription était d'une écriture menue et féminine ; dans l'autre, l'adresse, portant le nom d'une personne royale, était d'une écriture hardie, décidée et caractérisée ; les deux lettres ne se ressemblaient qu'en un point, la dimension. Mais le caractère excessif de ces différences, fondamentales en somme, la saleté, l'état déplorable du papier, fripé et déchiré, qui contredisaient les véritables habitudes de D…, si méthodique, et qui dénonçaient l'intention de dérouter un indiscret en lui offrant toutes les apparences d'un document sans valeur, – tout cela, en y ajoutant la situation imprudente du document mis en plein sous les yeux de tous les visiteurs et concordant ainsi exactement avec mes conclusions antérieures, – tout cela, dis-je, était fait pour corroborer décidément les soupçons de quelqu'un venu avec le parti pris du soupçon.

« Je prolongeai ma visite aussi longtemps que possible, et tout en soutenant une discussion très-vive avec le ministre sur un point que je savais être pour lui d'un intérêt toujours nouveau, je gardais invariablement mon attention braquée sur la lettre. Tout en faisant cet examen, je réfléchissais sur son aspect extérieur et sur la manière dont elle était arrangée dans le porte-cartes, et à la longue je tombai sur une découverte qui mit à néant le léger doute qui pouvait me rester encore. En analysant les bords du papier, je remarquai qu'ils étaient plus éraillés que *nature*. Ils présentaient l'aspect cassé d'un papier dur, qui, ayant été plié et foulé par le couteau à papier, a été replié dans le sens inverse, mais dans les mêmes plis qui constituaient sa forme première. Cette découverte me suffisait. Il était clair pour moi que la lettre avait été retournée comme un gant, repliée et recachetée. Je souhaitai le bonjour au ministre, et je pris soudainement congé de lui, en oubliant une tabatière en or sur son bureau.

"The next morning I called for the snuff-box, when we resumed, quite eagerly, the conversation of the preceding day. While thus engaged, however, a loud report, as if of a pistol, was heard immediately beneath the windows of the hotel, and was succeeded by a series of fearful screams, and the shoutings of a terrified mob. D... rushed to a casement, threw it open, and looked out. In the meantime, I stepped to the card-rack took the letter, put it in my pocket, and replaced it by a fac-simile, (so far as regards externals,) which I had carefully prepared at my lodgings—imitating the D... cipher, very readily, by means of a seal formed of bread.

"The disturbance in the street had been occasioned by the frantic behavior of a man with a musket. He had fired it among a crowd of women and children. It proved, however, to have been without ball, and the fellow was suffered to go his way as a lunatic or a drunkard. When he had gone, D... came from the window, whither I had followed him immediately upon securing the object in view. Soon afterwards I bade him farewell. The pretended lunatic was a man in my own pay."

"But what purpose had you," I asked, "in replacing the letter by a fac-simile? Would it not have been better, at the first visit, to have seized it openly, and departed?"

"D...," replied Dupin, "is a desperate man, and a man of nerve. His hotel, too, is not without attendants devoted to his interests. Had I made the wild attempt you suggest, I might never have left the Ministerial presence alive. The good people of Paris might have heard of me no more. But I had an object apart from these considerations. You know my political prepossessions. In this matter, I act as a partisan of the lady concerned. For eighteen months the Minister has had her in his power. She has now him in hers—since, being unaware that the letter is not in his possession, he will proceed with his exactions as if it was. Thus will he inevitably commit himself, at once, to his political destruction. His downfall, too, will not be

« Le matin suivant, je vins pour chercher ma tabatière, et nous reprîmes très-vivement la conversation de la veille. Mais, pendant que la discussion s'engageait, une détonation très-forte, comme un coup de pistolet, se fit entendre sous les fenêtres de l'hôtel, et fut suivie des cris et des vociférations d'une foule épouvantée. D… se précipita vers une fenêtre, l'ouvrit, et regarda dans la rue. En même temps, j'allai droit au porte-cartes, je pris la lettre, je la mis dans ma poche, et je la remplaçai par une autre, une espèce de *fac-simile* (quant à l'extérieur) que j'avais soigneusement préparé chez moi, – en contrefaisant le chiffre de D… à l'aide d'un sceau de mie de pain.

« Le tumulte de la rue avait été causé par le caprice insensé d'un homme armé d'un fusil. Il avait déchargé son arme au milieu d'une foule de femmes et d'enfants. Mais comme elle n'était pas chargée à balle, on prit ce drôle pour un lunatique ou un ivrogne, et on lui permit de continuer son chemin. Quand il fut parti, D… se retira de la fenêtre, où je l'avais suivi immédiatement après m'être assuré de la précieuse lettre. Peu d'instants après, je lui dis adieu. Le prétendu fou était un homme payé par moi.

– Mais quel était votre but, demandai-je à mon ami, en remplaçant la lettre par une contrefaçon ? N'eût-il pas été plus simple, dès votre première visite, de vous en emparer, sans autres précautions, et de vous en aller ?

– D…, répliqua Dupin, est capable de tout, et, de plus, c'est un homme solide. D'ailleurs, il a dans son hôtel des serviteurs à sa dévotion. Si j'avais fait l'extravagante tentative dont vous parlez, je ne serais pas sorti vivant de chez lui. Le bon peuple de Paris n'aurait plus entendu parler de moi. Mais, à part ces considérations, j'avais un but particulier. Vous connaissez mes sympathies politiques. Dans cette affaire, j'agis comme partisan de la dame en question. Voilà dix-huit mois que le ministre la tient en son pouvoir. C'est elle maintenant qui le tient, puisqu'il ignore que la lettre n'est plus chez lui, et qu'il va vouloir procéder à son chantage habituel. Il va donc infailliblement opérer lui-même et du premier coup sa ruine politique. Sa chute ne

more precipitate than awkward. It is all very well to talk about the facilis descensus Averni; but in all kinds of climbing, as Catalani said of singing, it is far more easy to get up than to come down. In the present instance I have no sympathy—at least no pity—for him who descends. He is that monstrum horrendum, an unprincipled man of genius. I confess, however, that I should like very well to know the precise character of his thoughts, when, being defied by her whom the Prefect terms 'a certain personage' he is reduced to opening the letter which I left for him in the card-rack."

"How? did you put any thing particular in it?"

"Why—it did not seem altogether right to leave the interior blank—that would have been insulting. D..., at Vienna once, did me an evil turn, which I told him, quite good humoredly, that I should remember. So, as I knew he would feel some curiosity in regard to the identity of the person who had outwitted him, I thought it a pity not to give him a clue. He is well acquainted with my MS., and I just copied into the middle of the blank sheet the words—

"'...............Un dessein si funeste,
S'il n'est digne d'Atrée, est digne de Thyeste.

They are to be found in Crébillon's 'Atrée.'"

sera pas moins précipitée que ridicule. On parle fort lestement du *facilis descensus Averni* ; mais en matière d'escalades, on peut dire ce que la Catalani disait du chant : il est plus facile de monter que de descendre. Dans le cas présent, je n'ai aucune sympathie, pas même de pitié pour celui qui va descendre. D..., c'est le vrai *monstrum horrendum*, – un homme de génie sans principes. Je vous avoue, cependant, que je ne serais pas fâché de connaître le caractère exact de ses pensées, quand, mis au défi par celle que le préfet appelle *une certaine personne*, il sera réduit à ouvrir la lettre que j'ai laissée pour lui dans son porte-cartes.

– Comment ! est-ce que vous y avez mis quelque chose de particulier ?

– Eh mais ! il ne m'a pas semblé tout à fait convenable de laisser l'intérieur en blanc, – cela aurait eu l'air d'une insulte. Une fois, à Vienne, D... m'a joué un vilain tour, et je lui dis d'un ton tout à fait gai que je m'en souviendrais. Aussi, comme je savais qu'il éprouverait une certaine curiosité relativement à la personne par qui il se trouvait joué, je pensai que ce serait vraiment dommage de ne pas lui laisser un indice quelconque. Il connaît fort bien mon écriture, et j'ai copié tout au beau milieu de la page blanche ces mots :

.... Un dessein si funeste,
S'il n'est digne d'Atrée, est digne de Thyeste.

Vous trouverez cela dans l'*Atrée* de Crébillon.

Note :

1. Encore un meurtre dont Dupin refait l'instruction. — *Le Double Assassinat dans la rue Morgue, le Mystère de Marie Roget* et *la Lettre volée* font une espèce de trilogie. — C. B.

2. Médecin anglais très-célèbre et très-excentrique. — C. B.

The Gold Bug

1843

Le Scarabée d'or

Edgar Allan Poe

What ho! what ho! this fellow is dancing mad! He hath been bitten by the Tarantula.

All in the Wrong.

MANY years ago, I contracted an intimacy with a Mr. William Legrand. He was of an ancient Huguenot family, and had once been wealthy; but a series of misfortunes had reduced him to want. To avoid the mortification consequent upon his disasters, he left New Orleans, the city of his forefathers, and took up his residence at Sullivan's Island, near Charleston, South Carolina.

This Island is a very singular one. It consists of little else than the sea sand, and is about three miles long. Its breadth at no point exceeds a quarter of a mile. It is separated from the mainland by a scarcely perceptible creek, oozing its way through a wilderness of reeds and slime, a favorite resort of the marsh hen. The vegetation, as might be supposed, is scant, or at least dwarfish. No trees of any magnitude are to be seen. Near the western extremity, where Fort Moultrie stands, and where are some miserable frame buildings, tenanted, during summer, by the fugitives from Charleston dust and fever, may be found, indeed, the bristly palmetto; but the whole island, with the exception of this western point, and a line of hard, white beach on the seacoast, is covered with a dense undergrowth of the sweet myrtle, so much prized by the horticulturists of England. The shrub here often attains the height of fifteen or twenty feet, and forms an almost impenetrable coppice, burdening the air with its fragrance.

In the inmost recesses of this coppice, not far from the eastern or more remote end of the island, Legrand had built himself a small hut, which he occupied when I first, by mere accident, made his acquaintance. This soon ripened into friendship—for there was much in the recluse to excite interest and esteem. I found him well educated,

Charles Baudelaire

Oh ! oh ! qu'est-ce que cela ? Ce garçon a une folie dans les jambes ? Il a été mordu par la tarentule.

(Tout de travers.)

Il y a quelques années, je me liai intimement avec un M. William Legrand. Il était d'une ancienne famille protestante, et jadis il avait été riche ; mais une série de malheurs l'avait réduit à la misère. Pour éviter l'humiliation de ses désastres, il quitta la Nouvelle-Orléans, la ville de ses aïeux, et établit sa demeure dans l'île de Sullivan, près Charleston, dans la Caroline du Sud.

Cette île est des plus singulières. Elle n'est guère composée que de sable de mer et a environ trois milles de long. En largeur, elle n'a jamais plus d'un quart de mille. Elle est séparée du continent par une crique à peine visible, qui filtre à travers une masse de roseaux et de vase, rendez-vous habituel des poules d'eau. La végétation, comme on peut le supposer, est pauvre, ou, pour ainsi dire, naine. On n'y trouve pas d'arbres d'une certaine dimension. Vers l'extrémité occidentale, à l'endroit où s'élèvent le fort Moultrie et quelques misérables bâtisses de bois habitées pendant l'été par les gens qui fuient les poussières et les fièvres de Charleston, on rencontre, il est vrai, le palmier nain sétigère ; mais toute l'île, à l'exception de ce point occidental et d'un espace triste et blanchâtre qui borde la mer, est couverte d'épaisses broussailles de myrte odoriférant, si estimé par les horticulteurs anglais. L'arbuste y monte souvent à une hauteur de quinze ou vingt pieds ; il y forme un taillis presque impénétrable et charge l'atmosphère de ses parfums.

Au plus profond de ce taillis, non loin de l'extrémité orientale de l'île, c'est-à-dire de la plus éloignée, Legrand s'était bâti lui-même une petite hutte, qu'il occupait quand, pour la première fois et par hasard, je fis sa connaissance. Cette connaissance mûrit bien vite en amitié, – car il y avait, certes, dans le cher reclus, de quoi exciter l'intérêt et

with unusual powers of mind, but infected with misanthropy, and subject to perverse moods of alternate enthusiasm and melancholy. He had with him many books, but rarely employed them. His chief amusements were gunning and fishing, or sauntering along the beach and through the myrtles, in quest of shells or entomological specimens;—his collection of the latter might have been envied by a Swammerdamm. In these excursions he was usually accompanied by an old negro, called Jupiter, who had been manumitted before the reverses of the family, but who could be induced, neither by threats nor by promises, to abandon what he considered his right of attendance upon the footsteps of his young "Massa Will." It is not improbable that the relatives of Legrand, conceiving him to be somewhat unsettled in intellect, had contrived to instil this obstinacy into Jupiter, with a view to the supervision and guardianship of the wanderer.

The winters in the latitude of Sullivan's Island are seldom very severe, and in the fall of the year it is a rare event indeed when a fire is considered necessary. About the middle of October, 18—, there occurred, however, a day of remarkable chilliness. Just before sunset I scrambled my way through the evergreens to the hut of my friend, whom I had not visited for several weeks—my residence being, at that time, in Charleston, a distance of nine miles from the Island, while the facilities of passage and re-passage were very far behind those of the present day. Upon reaching the hut I rapped, as was my custom, and getting no reply, sought for the key where I knew it was secreted, unlocked the door and went in. A fine fire was blazing upon the hearth. It was a novelty, and by no means an ungrateful one. I threw off an overcoat, took an arm-chair by the crackling logs, and awaited patiently the arrival of my hosts.

Soon after dark they arrived, and gave me a most cordial welcome. Jupiter, grinning from ear to ear, bustled about to prepare some marsh-hens for supper. Legrand was in one of his fits—how else shall

l'estime. Je vis qu'il avait reçu une forte éducation, heureusement servie par des facultés spirituelles peu communes, mais qu'il était infecté de misanthropie et sujet à de malheureuses alternatives d'enthousiasme et de mélancolie. Bien qu'il eût chez lui beaucoup de livres, il s'en servait rarement. Ses principaux amusements consistaient à chasser et à pêcher, ou à flâner sur la plage et à travers les myrtes, en quête de coquillages et d'échantillons entomologiques ; – sa collection aurait pu faire envie à un Swammerdam1. Dans ces excursions, il était ordinairement accompagné par un vieux nègre nommé Jupiter, qui avait été affranchi avant les revers de la famille, mais qu'on n'avait pu décider, ni par menaces ni par promesses, à abandonner son jeune *massa Will* ; il considérait comme son droit de le suivre partout. Il n'est pas improbable que les parents de Legrand, jugeant que celui-ci avait la tête un peu dérangée, se soient appliqués à confirmer Jupiter dans son obstination, dans le but de mettre une espèce de gardien et de surveillant auprès du fugitif.

Sous la latitude de l'île de Sullivan, les hivers sont rarement rigoureux, et c'est un événement quand, au déclin de l'année, le feu devient indispensable. Cependant, vers le milieu d'octobre 18.., il y eut une journée d'un froid remarquable. Juste avant le coucher du soleil, je me frayais un chemin à travers les taillis vers la hutte de mon ami, que je n'avais pas vu depuis quelques semaines ; je demeurais alors à Charleston, à une distance de neuf milles de l'île, et les facilités pour aller et revenir étaient bien moins grandes qu'aujourd'hui. En arrivant à la hutte, je frappai selon mon habitude, et, ne recevant pas de réponse, je cherchai la clef où je savais qu'elle était cachée, j'ouvris la porte et j'entrai. Un beau feu flambait dans le foyer. C'était une surprise, et, à coup sûr, une des plus agréables. Je me débarrassai de mon paletot, – je traînai un fauteuil auprès des bûches pétillantes, et j'attendis patiemment l'arrivée de mes hôtes.

Peu après la tombée de la nuit, ils arrivèrent et me firent un accueil tout à fait cordial. Jupiter, tout en riant d'une oreille à l'autre, se donnait du mouvement et préparait quelques poules d'eau pour le souper. Legrand était dans une de ses *crises* d'enthousiasme ; – car de

Edgar Allan Poe

I term them?—of enthusiasm. He had found an unknown bivalve, forming a new genus, and, more than this, he had hunted down and secured, with Jupiter's assistance, a scarabæus which he believed to be totally new, but in respect to which he wished to have my opinion on the morrow.

"And why not to-night?" I asked, rubbing my hands over the blaze, and wishing the whole tribe of scarabœi at the devil.

"Ah, if I had only known you were here!" said Legrand, "but it's so long since I saw you; and how could I foresee that you would pay me a visit this very night of all others? As I was coming home I met Lieutenant G..., from the fort, and, very foolishly, I lent him the bug; so it will be impossible for you to see it until the morning. Stay here to-night, and I will send Jup down for it at sunrise. It is the loveliest thing in creation!"

"What?—sunrise?"

"Nonsense! no!—the bug. It is of a brilliant gold color—about the size of a large hickory-nut—with two jet black spots near one extremity of the back, and another, somewhat longer, at the other. The antennæ are—"

"Dey ain't no tin in him, Massa Will, I keep a tellin on you," here interrupted Jupiter; "de bug is a goole bug, solid, ebery bit of him, inside and all, sep him wing—neber feel half so hebby a bug in my life."

"Well, suppose it is, Jup," replied Legrand, somewhat more earnestly, it seemed to me, than the case demanded, "is that any reason for your letting the birds burn? The color"—here he turned to me—"is really almost enough to warrant Jupiter's idea. You never saw a more

quel autre nom appeler cela ? Il avait trouvé un bivalve inconnu, formant un genre nouveau, et, mieux encore, il avait chassé et attrapé, avec l'assistance de Jupiter, un scarabée qu'il croyait tout à fait nouveau et sur lequel il désirait avoir mon opinion le lendemain matin.

– Et pourquoi pas ce soir ? demandai-je en me frottant les mains devant la flamme, et envoyant mentalement au diable toute la race des scarabées.

– Ah ! si j'avais seulement su que vous étiez ici, dit Legrand ; mais il y a si longtemps que je ne vous ai vu ! Et comment pouvais-je deviner que vous me rendriez visite justement cette nuit ? En revenant au logis, j'ai rencontré le lieutenant G…, du fort, et très-étourdiment je lui ai prêté le scarabée ; de sorte qu'il vous sera impossible de le voir avant demain matin. Restez ici cette nuit, et j'enverrai Jupiter le chercher au lever du soleil. C'est bien la plus ravissante chose de la création !

– Quoi ? le lever du soleil ?

– Eh non ! que diable ! – le scarabée. Il est d'une brillante couleur d'or, – gros à peu près comme une grosse noix, avec deux taches d'un noir de jais à une extrémité du dos, et une troisième, un peu plus allongée, à l'autre. Les antennes sont…

– Il n'y a pas du tout d'étain sur lui[1], massa Will, je vous le parie, interrompit Jupiter ; le scarabée est un scarabée d'or, d'or massif, d'un bout à l'autre, dedans et partout, excepté les ailes ; – je n'ai jamais vu de ma vie un scarabée à moitié aussi lourd.

– C'est bien, mettons que vous ayez raison, Jup, répliqua Legrand un peu plus vivement, à ce qu'il me sembla, que ne le comportait la situation, est-ce une raison pour laisser brûler les poules ? La couleur de l'insecte, – et il se tourna vers moi, – suffirait en vérité à rendre plausible l'idée de Jupiter. Vous n'avez jamais vu un éclat métallique

brilliant metallic lustre than the scales emit—but of this you cannot judge till to-morrow. In the mean time I can give you some idea of the shape." Saying this, he seated himself at a small table, on which were a pen and ink, but no paper. He looked for some in a drawer, but found none.

"Never mind," said he at length, "this will answer;" and he drew from his waistcoat pocket a scrap of what I took to be very dirty foolscap, and made upon it a rough drawing with the pen. While he did this, I retained my seat by the fire, for I was still chilly. When the design was complete, he handed it to me without rising. As I received it, a loud growl was heard, succeeded by a scratching at the door. Jupiter opened it, and a large Newfoundland, belonging to Legrand, rushed in, leaped upon my shoulders, and loaded me with caresses; for I had shown him much attention during previous visits. When his gambols were over, I looked at the paper, and, to speak the truth, found myself not a little puzzled at what my friend had depicted.

"Well!" I said, after contemplating it for some minutes, "this is a strange scarabæus, I must confess: new to me: never saw anything like it before—unless it was a skull, or a death's-head—which it more nearly resembles than anything else that has come under my observation."

"A death's-head!" echoed Legrand.—"Oh—yes—well, it has something of that appearance upon paper, no doubt. The two upper black spots look like eyes, eh? and the longer one at the bottom like a mouth— and then the shape of the whole is oval."

"Perhaps so," said I; "but, Legrand, I fear you are no artist. I must wait until I see the beetle itself, if I am to form any idea of its personal appearance."

"Well, I don't know," said he, a little nettled, "I draw tolerably— should *do it at least—have had good masters, and flatter myself that I

plus brillant que celui de ses élytres ; mais vous ne pourrez en juger que demain matin. En attendant, j'essayerai de vous donner une idée de sa forme. Tout en parlant, il s'assit à une petite table sur laquelle il y avait une plume et de l'encre, mais pas de papier. Il chercha dans un tiroir, mais n'en trouva pas.

– N'importe, dit-il à la fin, cela suffira. Et il tira de la poche de son gilet quelque chose qui me fit l'effet d'un morceau de vieux vélin fort sale, et il fit dessus une espèce de croquis à la plume. Pendant ce temps, j'avais gardé ma place auprès du feu, car j'avais toujours très-froid. Quand son dessin fut achevé, il me le passa, sans se lever. Comme je le recevais de sa main, un fort grognement se fit entendre, suivi d'un grattement à la porte. Jupiter ouvrit, et un énorme terre-neuve, appartenant à Legrand, se précipita dans la chambre, sauta sur mes épaules et m'accabla de caresses ; car je m'étais fort occupé de lui dans mes visites précédentes. Quand il eut fini ses gambades, je regardai le papier, et pour dire la vérité, je me trouvai passablement intrigué par le dessin de mon ami.

– Oui ! dis-je après l'avoir contemplé quelques minutes, c'est là un étrange scarabée, je le confesse ; il est nouveau pour moi ; je n'ai jamais rien vu d'approchant, à moins que ce ne soit un crâne ou une tête de mort, à quoi il ressemble plus qu'aucune autre chose qu'il m'ait jamais été donné d'examiner.

– Une tête de mort ! répéta Legrand. Ah ! oui, il y a un peu de cela sur le papier, je comprends. Les deux taches noires supérieures font les yeux, et la plus longue, qui est plus bas, figure une bouche, n'est-ce pas ? D'ailleurs la forme générale est ovale…

– C'est peut-être cela, dis-je ; mais je crains, Legrand, que vous ne soyez pas très-artiste. J'attendrai que j'aie vu la bête elle-même, pour me faire une idée quelconque de sa physionomie.

– Fort bien ! Je ne sais comment cela se fait, dit-il, un peu piqué, je dessine assez joliment, ou du moins je le devrais, – car j'ai eu de bons

am not quite a blockhead."

"But, my dear fellow, you are joking then," said I, "this is a very passable skull—indeed, I may say that it is a very excellent *skull*, according to the vulgar notions about such specimens of physiology—and your scarabæus must be the queerest scarabæus in the world if it resembles it. Why, we may get up a very thrilling bit of superstition upon this hint. I presume you will call the bug *scarabæus caput hominis*, or something of that kind—there are many similar titles in the Natural Histories. But where are the antennæ you spoke of?"

"The antennæ!" said Legrand, who seemed to be getting unaccountably warm upon the subject; "I am sure you must see the antennæ. I made them as distinct as they are in the original insect, and I presume that is sufficient."

"Well, well," I said, "perhaps you have—still I don't see them;" and I handed him the paper without additional remark, not wishing to ruffle his temper; but I was much surprised at the turn affairs had taken; his ill humor puzzled me—and, as for the drawing of the beetle, there were positively no antennae *visible*, and the whole did bear a very close resemblance to the ordinary cuts of a death's-head.

He received the paper very peevishly, and was about to crumple it, apparently to throw it in the fire, when a casual glance at the design seemed suddenly to rivet his attention. In an instant his face grew violently red—in another excessively pale. For some minutes he continued to scrutinize the drawing minutely where he sat. At length he arose, took a candle from the table, and proceeded to seat himself upon a sea chest in the farthest corner of the room. Here again he made an anxious examination of the paper, turning it in all directions. He said nothing, however, and his conduct greatly astonished me; yet

maîtres, et je me flatte de n'être pas tout à fait une brute.

– Mais alors, mon cher camarade, dis-je, vous plaisantez ; ceci est un crâne fort passable, je puis même dire que c'est un crâne parfait, d'après toutes les idées reçues relativement à cette partie de l'ostéologie, et votre scarabée serait le plus étrange de tous les scarabées du monde, s'il ressemblait à ceci. Nous pourrions établir là-dessus quelque petite superstition naissante. Je présume que vous nommerez votre insecte *scarabaeus caput hominis*, ou quelque chose d'approchant ; il y a dans les livres d'histoire naturelle beaucoup d'appellations de ce genre. – Mais où sont les antennes dont vous parliez ?

– Les antennes ! dit Legrand, qui s'échauffait inexplicablement ; vous devez voir les antennes, j'en suis sûr. Je les ai faites aussi distinctes qu'elles le sont dans l'original, et je présume que cela est bien suffisant.

– À la bonne heure, dis-je ; mettons que vous les ayez faites ; toujours est-il vrai que je ne les vois pas. Et je lui tendis le papier, sans ajouter aucune remarque, ne voulant pas le pousser à bout ; mais j'étais fort étonné de la tournure que l'affaire avait prise ; sa mauvaise humeur m'intriguait, – et, quant au croquis de l'insecte, il n'y avait positivement pas d'antennes visibles, et l'ensemble ressemblait, à s'y méprendre, à l'image ordinaire d'une tête de mort.

Il reprit son papier d'un air maussade, et il était au moment de le froisser, sans doute pour le jeter dans le feu, quand, son regard étant tombé par hasard sur le dessin, toute son attention y parut enchaînée. En un instant, son visage devint d'un rouge intense, puis excessivement pâle. Pendant quelques minutes, sans bouger de sa place, il continua à examiner minutieusement le dessin. À la longue, il se leva, prit une chandelle sur la table, et alla s'asseoir sur un coffre, à l'autre extrémité de la chambre. Là, il recommença à examiner curieusement le papier, le tournant dans tous les sens. Néanmoins, il ne dit rien, et sa conduite me causait un étonnement

Edgar Allan Poe

I thought it prudent not to exacerbate the growing moodiness of his temper by any comment. Presently he took from his coat pocket a wallet, placed the paper carefully in it, and deposited both in a writing desk, which he locked. He now grew more composed in his demeanor; but his original air of enthusiasm had quite disappeared. Yet he seemed not so much sulky as abstracted. As the evening wore away he became more and more absorbed in reverie, from which no sallies of mine could arouse him. It had been my intention to pass the night at the hut, as I had frequently done before, but, seeing my host in this mood, I deemed it proper to take leave. He did not press me to remain, but, as I departed, he shook my hand with even more than his usual cordiality.

It was about a month after this (and during the interval I had seen nothing of Legrand) when I received a visit, at Charleston, from his man, Jupiter. I had never seen the good old negro look so dispirited, and I feared that some serious disaster had befallen my friend.

"Well, Jup," said I, "what is the matter now?—how is your master?"

"Why, to speak the troof, massa, him not so berry well as mought be."

"Not well! I am truly sorry to hear it. What does he complain of?"

"Dar! dat's it!—him neber plain of notin—but him berry sick for all dat."

"Very sick, Jupiter!—why didn't you say so at once? Is he confined to bed?"

"No, dat he aint!—he aint find nowhar—dat's just whar de shoe pinch—my mind is got to be berry hebby 'bout poor Massa Will."

extrême ; mais je jugeai prudent de n'exaspérer par aucun commentaire sa mauvaise humeur croissante. Enfin, il tira de la poche de son habit un portefeuille, y serra soigneusement le papier, et déposa le tout dans un pupitre qu'il ferma à clef. Il revint dès lors à des allures plus calmes, mais son premier enthousiasme avait totalement disparu. Il avait l'air plutôt concentré que boudeur. À mesure que la soirée s'avançait, il s'absorbait de plus en plus dans sa rêverie, et aucune de mes saillies ne put l'en arracher. Primitivement, j'avais eu l'intention de passer la nuit dans la cabane, comme j'avais déjà fait plus d'une fois ; mais, en voyant l'humeur de mon hôte, je jugeai plus convenable de prendre congé. Il ne fit aucun effort pour me retenir ; mais, quand je partis, il me serra la main avec une cordialité encore plus vive que de coutume.

Un mois environ après cette aventure, – et durant cet intervalle je n'avais pas entendu parler de Legrand, – je reçus à Charleston une visite de son serviteur Jupiter. Je n'avais jamais vu le bon vieux nègre si complètement abattu, et je fus pris de la crainte qu'il ne fût arrivé à mon ami quelque sérieux malheur.

– Eh bien, Jup, dis-je, quoi de neuf ? Comment va ton maître ?

– Dame ! pour dire la vérité, massa, il ne va pas aussi bien qu'il devrait.

– Pas bien ! Vraiment je suis navré d'apprendre cela. Mais de quoi se plaint-il ?

– Ah ! voilà la question ! Il ne se plaint jamais de rien, mais il est tout de même bien malade.

– Bien malade, Jupiter ! – Eh ! que ne disais-tu cela tout de suite ? Est-il au lit ?
– Non, non, il n'est pas au lit ! Il n'est bien nulle part ; – voilà justement où le soulier me blesse ; – j'ai l'esprit très-inquiet au sujet du pauvre massa Will.

Edgar Allan Poe

"Jupiter, I should like to understand what it is you are talking about. You say your master is sick. Hasn't he told you what ails him?"

"Why, massa, taint worf while for to git mad about de matter—Massa Will say noffin at all aint de matter wid him—but den what make him go about looking dis here way, wid he head down and he soldiers up, and as white as a gose? And den he keep a syphon all de time—"

"Keeps a what, Jupiter?"

"Keeps a syphon wid de figgurs on de slate—de queerest figgurs I ebber did see. Ise gittin to be skeered, I tell you. Hab for to keep mighty tight eye pon him noovers. Todder day he gib me slip fore de sun up and was gone de whole ob de blessed day. I had a big stick ready cut for to gib him deuced good beating when he did come—but Ise sich a fool dat I hadn't de heart arter all—he looked so berry poorly."

"Eh?—what?—ah yes!—upon the whole I think you had better not be too severe with the poor fellow—don't flog him, Jupiter—he can't very well stand it—but can you form no idea of what has occasioned this illness, or rather this change of conduct? Has anything unpleasant happened since I saw you?"

"No, massa, dey aint bin noffin onpleasant since den—'twas fore den I'm feared—'twas de berry day you was dare."

"How? what do you mean."

"Why, massa, I mean de bug—dare now."

"The what?"

– Jupiter, je voudrais bien comprendre quelque chose à tout ce que tu me racontes là. Tu dis que ton maître est malade. Ne t'a-t-il pas dit de quoi il souffre ?

– Oh ! massa, c'est bien inutile de se creuser la tête. Massa Will dit qu'il n'a absolument rien ; – mais, alors, pourquoi donc s'en va-t-il, deçà et delà, tout pensif, les regards sur son chemin, la tête basse, les épaules voûtées, et pâle comme une oie ? Et pourquoi donc fait-il toujours et toujours des chiffres ?

– Il fait quoi, Jupiter ?

– Il fait des chiffres avec des signes sur une ardoise, – les signes les plus bizarres que j'aie jamais vus. Je commence à avoir peur, tout de même. Il faut que j'aie toujours un œil braqué sur lui, rien que sur lui. L'autre jour, il m'a échappé avant le lever du soleil, et il a décampé pour toute la sainte journée. J'avais coupé un bon bâton exprès pour lui administrer une correction de tous les diables quand il reviendrait : mais je suis si bête, que je n'en ai pas eu le courage ; il a l'air si malheureux !

– Ah ! vraiment ! – Eh bien, après tout, je crois que tu as mieux fait d'être indulgent pour le pauvre garçon. Il ne faut pas lui donner le fouet, Jupiter ; – il n'est peut-être pas en état de le supporter. – Mais ne peux-tu pas te faire une idée de ce qui a occasionné cette maladie, ou plutôt ce changement de conduite ? Lui est-il arrivé quelque chose de fâcheux depuis que je vous ai vus ?

– Non, massa, il n'est rien arrivé de fâcheux *depuis* lors, – mais *avant* cela, – oui, – j'en ai peur, – c'était le jour même que vous étiez là-bas.

– Comment ? que veux-tu dire ?

– Eh ! massa, je veux parler du scarabée, voilà tout.

– Du quoi ?

Edgar Allan Poe

"De bug—I'm berry sartain dat Massa Will bin bit somewhere bout de head by dat goole-bug."

"And what cause have you, Jupiter, for such a supposition?"

"Claws enuff, massa, and mouff, too. I nebber did see sich a deuced bug—he kick and he bite ebery ting what cum near him. Massa Will cotch him fuss, but had for to let him go gin mighty quick, I tell you—den was de time he must ha got de bite. I didn't like de look ob de bug mouff, myself, no how, so I would n't take hold ob him wid my finger, but I cotch him wid a piece ob paper dat I found. I rap him up in de paper and stuff a piece of it in he mouff—dat was de way."

"And you think, then, that your master was really bitten by the beetle, and that the bite made him sick?"

"I do n't think noffin about it—I nose it. What make him dream 'bout de goole so much, if taint cause he bit by the goole-bug? Ise heered bout dem goole-bugs fore dis."

"But how do you know he dreams about gold?"

"How I know? why, 'cause he talk about it in he sleep—dat's how I nose."

"Well, Jup, perhaps you are right; but to what fortunate circumstance am I to attribute the honor of a visit from you to-day?"

"What de matter, massa?"

"Did you bring any message from Mr. Legrand?"

"No, massa, I bring dis here pissel;" and here Jupiter handed me a note which ran thus:

– Du scarabée… – Je suis sûr que massa Will a été mordu quelque part à la tête par ce scarabée d'or.

– Et quelle raison as-tu, Jupiter, pour faire une pareille supposition ?

– Il a bien assez de pinces pour cela, massa, et une bouche aussi. Je n'ai jamais vu un scarabée aussi endiablé ; – il attrape et mord tout ce qui l'approche. Massa Will l'avait d'abord attrapé, mais il l'a bien vite lâché, je vous assure ; – c'est alors, sans doute, qu'il a été mordu. La mine de ce scarabée et sa bouche ne me plaisaient guère, certes ; – aussi je ne voulus pas le prendre avec mes doigts ; mais je pris un morceau de papier, et j'empoignai le scarabée dans le papier ; je l'enveloppai donc dans le papier, avec un petit morceau de papier dans la bouche ; – voilà comment je m'y pris.

– Et tu penses donc que ton maître a été réellement mordu par le scarabée, et que cette morsure l'a rendu malade ?

– Je ne pense rien du tout, – je le sais[2]. Pourquoi donc rêve-t-il toujours d'or, si ce n'est parce qu'il a été mordu par le scarabée d'or ? J'en ai déjà entendu parler, de ces scarabées d'or.

– Mais comment sais-tu qu'il rêve d'or ?

– Comment je le sais ? parce qu'il en parle, même en dormant ; – voilà comment je le sais.

– Au fait, Jupiter, tu as peut-être raison ; mais à quelle bienheureuse circonstance dois-je l'honneur de ta visite aujourd'hui ?

– Que voulez-vous dire, massa ?

– M'apportes-tu un message de M. Legrand ?

– Non, massa, je vous apporte une lettre que voici. Et Jupiter me tendit un papier où je lus :

Edgar Allan Poe

"My Dear

Why have I not seen you for so long a time? I hope you have not been so foolish as to take offense at any little brusquerie *of mine; but no, that is improbable.*

Since I saw you I have had great cause for anxiety. I have something to tell you, yet scarcely know how to tell it, or whether I should tell it at all.

I have not been quite well for some days past, and poor old Jup annoys me, almost beyond endurance, by his well-meant attentions. Would you believe it?—he had prepared a huge stick, the other day, with which to chastise me for giving him the slip, and spending the day, solus, *among the hills on the main land. I verily believe that my ill looks alone saved me a flogging.*

I have made no addition to my cabinet since we met.

If you can, in any way, make it convenient, come over with Jupiter. Do come. I wish to see you to-night, *upon business of importance. I assure you that it is of the* highest *importance.*

Ever yours,
William Legrand."

There was something in the tone of this note which gave me great uneasiness. Its whole style differed materially from that of Legrand. What could he be dreaming of? What new crotchet possessed his excitable brain? What "business of the highest importance" could he possibly have to transact? Jupiter's account of him boded no good. I dreaded lest the continued pressure of misfortune had, at length,

Charles Baudelaire

"Mon cher,

Pourquoi donc ne vous ai-je pas vu depuis si longtemps ? J'espère que vous n'avez pas été assez enfant pour vous formaliser d'une petite brusquerie de ma part ; mais non, – cela est par trop improbable.

Depuis que je vous ai vu, j'ai eu un grand sujet d'inquiétude. J'ai quelque chose à vous dire, mais à peine sais-je comment vous le dire. Sais-je même si je vous le dirai ?

Je n'ai pas été tout à fait bien depuis quelques jours, et le pauvre vieux Jupiter m'ennuie insupportablement par toutes ses bonnes intentions et attentions. Le croiriez-vous ? Il avait, l'autre jour, préparé un gros bâton à l'effet de me châtier, pour lui avoir échappé et avoir passé la journée, seul, au milieu des collines, sur le continent. Je crois vraiment que ma mauvaise mine m'a seule sauvé de la bastonnade.

Je n'ai rien ajouté à ma collection depuis que nous nous sommes vus.

Revenez avec Jupiter si vous le pouvez sans trop d'inconvénients. *Venez, venez*. Je désire vous voir ce soir pour affaire grave. Je vous assure que c'est de *la plus haute importance*.

Votre tout dévoué,
WILLIAM LEGRAND."

Il y avait dans le ton de cette lettre quelque chose qui me causa une forte inquiétude. Ce style différait absolument du style habituel de Legrand. À quoi diable rêvait-il ? Quelle nouvelle lubie avait pris possession de sa trop excitable cervelle ? Quelle affaire de *si haute importance* pouvait-il avoir à accomplir ? Le rapport de Jupiter ne présageait rien de bon ; je tremblais que la pression continue de l'infortune n'eût, à la longue, singulièrement dérangé la raison de

fairly unsettled the reason of my friend. Without a moment's hesitation, therefore, I prepared to accompany the negro.

Upon reaching the wharf, I noticed a scythe and three spades, all apparently new, lying in the bottom of the boat in which we were to embark.

"What is the meaning of all this, Jup?" I inquired.

"Him syfe, massa, and spade."

"Very true; but what are they doing here?"

"Him de syfe and de spade what Massa Will sis pon my buying for him in de town, and de debbils own lot of money I had to gib for em."

"But what, in the name of all that is mysterious, is your 'Massa Will' going to do with scythes and spades?"

"Dat's more dan I know, and debbil take me if I don't b'lieve 'tis more dan he know too. But it's all cum ob de bug."

Finding that no satisfaction was to be obtained of Jupiter, whose whole intellect seemed to be absorbed by "de bug," I now stepped into the boat, and made sail. With a fair and strong breeze we soon ran into the little cove to the northward of Fort Moultrie, and a walk of some two miles brought us to the hut. It was about three in the afternoon when we arrived. Legrand had been awaiting us in eager expectation. He grasped my hand with a nervous empressement which alarmed me and strengthened the suspicions already entertained. His countenance was pale even to ghastliness, and his deep-set eyes glared with unnatural luster. After some inquiries respecting his health, I asked him, not knowing what better to say, if he had yet obtained the scarabæus *from Lieutenant G... .*

mon ami. Sans hésiter un instant, je me préparai donc à accompagner le nègre.

En arrivant au quai, je remarquai une faux et trois bêches, toutes également neuves, qui gisaient au fond du bateau dans lequel nous allions nous embarquer.

– Qu'est-ce que tout cela signifie, Jupiter ? demandai-je.

– Ça, c'est une faux, massa, et des bêches.

– Je le vois bien ; mais qu'est-ce que tout cela fait ici ?

– Massa Will m'a dit d'acheter pour lui cette faux et ces bêches à la ville, et je les ai payées bien cher ; cela nous coûte un argent de tous les diables.

– Mais au nom de tout ce qu'il y a de mystérieux, qu'est-ce que ton massa Will a à faire de faux et de bêches ?

– Vous m'en demandez plus que je ne sais ; lui-même, massa, n'en sait pas davantage ; le diable m'emporte si je n'en suis pas convaincu. Mais tout cela vient du scarabée.

Voyant que je ne pouvais tirer aucun éclaircissement de Jupiter dont tout l'entendement paraissait absorbé par le scarabée, je descendis dans le bateau et je déployai la voile. Une belle et forte brise nous poussa bien vite dans la petite anse au nord du fort Moultrie, et, après une promenade de deux milles environ, nous arrivâmes à la hutte. Il était à peu près trois heures de l'après-midi. Legrand nous attendait avec une vive impatience. Il me serra la main avec un empressement nerveux qui m'alarma et renforça mes soupçons naissants. Son visage était d'une pâleur spectrale, et ses yeux, naturellement fort enfoncés, brillaient d'un éclat surnaturel. Après quelques questions relatives à sa santé, je lui demandai, ne trouvant rien de mieux à dire, si le lieutenant G… lui avait enfin rendu son scarabée.

"Oh, yes," he replied, coloring violently, "I got it from him the next morning. Nothing should tempt me to part with that scarabæus. Do you know that Jupiter is quite right about it?"

"In what way?" I asked, with a sad foreboding at heart.

"In supposing it to be a bug of real gold." He said this with an air of profound seriousness, and I felt inexpressibly shocked.

"This bug is to make my fortune," he continued, with a triumphant smile; "to reinstate me in my family possessions. Is it any wonder, then, that I prize it? Since Fortune has thought fit to bestow it upon me, I have only to use it properly, and I shall arrive at the gold of which it is the index. Jupiter, bring me that scarabæus!"

"What! de bug, massa? I'd rudder not go fer trubble dat bug—you mus' git him for your own self." Hereupon Legrand arose, with a grave and stately air, and brought me the beetle from a glass case in which it was enclosed. It was a beautiful scarabæus, and, at that time, unknown to naturalists—of course a great prize in a scientific point of view. There were two round black spots near one extremity of the back, and a long one near the other. The scales were exceedingly hard and glossy, with all the appearance of burnished gold. The weight of the insect was very remarkable, and, taking all things into consideration, I could hardly blame Jupiter for his opinion respecting it; but what to make of Legrand's concordance with that opinion, I could not, for the life of me, tell.

"I sent for you," said he, in a grandiloquent tone, when I had completed my examination of the beetle, "I sent for you that I might have your counsel and assistance in furthering the views of Fate and of the bug..."

– Oh ! oui, répliqua-t-il en rougissant beaucoup ; je le lui ai repris le lendemain matin. Pour rien au monde je ne me séparerais de ce scarabée. Savez-vous bien que Jupiter a tout à fait raison à son égard ?

– En quoi ? demandai-je avec un triste pressentiment dans le cœur.

– En supposant que c'est un scarabée d'or véritable. Il dit cela avec un sérieux profond, qui me fit indiciblement mal.

– Ce scarabée est destiné à faire ma fortune, continua-t-il avec un sourire de triomphe, à me réintégrer dans mes possessions de famille. Est-il donc étonnant que je le tienne en si haut prix ? Puisque la Fortune a jugé bon de me l'octroyer, je n'ai qu'à en user convenablement, et j'arriverai jusqu'à l'or dont il est l'indice. Jupiter, apporte-le-moi.

– Quoi ? le scarabée, massa ? J'aime mieux n'avoir rien à démêler avec le scarabée ; vous saurez bien le prendre vous-même. Là-dessus, Legrand se leva avec un air grave et imposant, et alla me chercher l'insecte sous un globe de verre où il était déposé. C'était un superbe scarabée, inconnu à cette époque aux naturalistes, et qui devait avoir un grand prix au point de vue scientifique. Il portait à l'une des extrémités du dos deux taches noires et rondes, et à l'autre une tache de forme allongée. Les élytres étaient excessivement durs et luisants et avaient positivement l'aspect de l'or bruni. L'insecte était remarquablement lourd, et, tout bien considéré, je ne pouvais pas trop blâmer Jupiter de son opinion ; mais que Legrand s'entendît avec lui sur ce sujet, voilà ce qu'il m'était impossible de comprendre, et, quand il se serait agi de ma vie, je n'aurais pas trouvé le mot de l'énigme.

– Je vous ai envoyé chercher, dit-il d'un ton magnifique, quand j'eus achevé d'examiner l'insecte, je vous ai envoyé chercher pour vous demander conseil et assistance dans l'accomplissement des vues de la Destinée et du scarabée…

"My dear Legrand," I cried, interrupting him, "you are certainly unwell, and had better use some little precautions. You shall go to bed, and I will remain with you a few days, until you get over this. You are feverish and—"

"Feel my pulse," said he.

I felt it, and, to say the truth, found not the slightest indication of fever.

"But you may be ill and yet have no fever. Allow me this once to prescribe for you. In the first place go to bed. In the next—"

"You are mistaken," he interposed, "I am as well as I can expect to be under the excitement which I suffer. If you really wish me well, you will relieve this excitement."

"And how is this to be done?"

"Very easily. Jupiter and myself are going upon an expedition into the hills, upon the mainland, and, in this expedition, we shall need the aid of some person in whom we can confide. You are the only one we can trust. Whether we succeed or fail, the excitement which you now perceive in me will be equally allayed."

"I am anxious to oblige you in any way," I replied; "but do you mean to say that this infernal beetle has any connection with your expedition into the hills?"

"It has."

"Then, Legrand, I can become a party to no such absurd proceeding."

– Mon cher Legrand, m'écriai-je en l'interrompant, vous n'êtes certainement pas bien, et vous feriez beaucoup mieux de prendre quelques précautions. Vous allez vous mettre au lit, et je resterai auprès de vous quelques jours, jusqu'à ce que vous soyez rétabli. Vous avez la fièvre, et…

– Tâtez mon pouls, dit-il.

Je le tâtai, et, pour dire la vérité, je ne trouvai pas le plus léger symptôme de fièvre.

– Mais vous pourriez bien être malade sans avoir la fièvre. Permettez-moi, pour cette fois seulement, de faire le médecin avec vous. Avant toute chose, allez vous mettre au lit. Ensuite…

– Vous vous trompez, interrompit-il ; je suis aussi bien que je puis espérer de l'être dans l'état d'excitation que j'endure. Si réellement vous voulez me voir tout à fait bien, vous soulagerez cette excitation.

– Et que faut-il faire pour cela ?

– C'est très facile. Jupiter et moi, nous partons pour une expédition dans les collines, sur le continent, et nous avons besoin de l'aide d'une personne en qui nous puissions absolument nous fier. Vous êtes cette personne unique. Que notre entreprise échoue ou réussisse, l'excitation que vous voyez en moi maintenant sera également apaisée.

– J'ai le vif désir de vous servir en toute chose, répliquai-je ; mais prétendez-vous dire que cet infernal scarabée ait quelque rapport avec votre expédition dans les collines ?

– Oui, certes.

– Alors, Legrand, il m'est impossible de coopérer à une entreprise aussi parfaitement absurde.

Edgar Allan Poe

"I am sorry—very sorry—for we shall have to try it by ourselves."

"Try it by yourselves! The man is surely mad!—but stay!—how long do you propose to be absent?"

"Probably all night. We shall start immediately, and be back, at all events, by sunrise."

"And will you promise me, upon your honor, that when this freak of yours is over, and the bug business (good God!) settled to your satisfaction, you will then return home and follow my advice implicitly, as that of your physician?"

"Yes; I promise; and now let us be off, for we have no time to lose."

With a heavy heart I accompanied my friend. We started about four o'clock—Legrand, Jupiter, the dog, and myself. Jupiter had with him the scythe and spades—the whole of which he insisted upon carrying—more through fear, it seemed to me, of trusting either of the implements within reach of his master, than from any excess of industry or complaisance. His demeanor was dogged in the extreme, and "dat deuced bug" were the sole words which escaped his lips during the journey. For my own part, I had charge of a couple of dark lanterns, while Legrand contented himself with the scarabæus, which he carried attached to the end of a bit of whipcord; twirling it to and fro, with the air of a conjurer, as he went. When I observed this last, plain evidence of my friend's aberration of mind, I could scarcely refrain from tears. I thought it best, however, to humor his fancy, at least for the present, or until I could adopt some more energetic measures with a chance of success. In the meantime I endeavored, but all in vain, to sound him in regard to the object of the expedition. Having succeeded in inducing me to accompany him, he seemed unwilling to hold conversation upon any topic of minor importance, and to all my questions vouchsafed no other reply than "we shall see!"

– J'en suis fâché, – très-fâché, – car il nous faudra tenter l'affaire à nous seuls.

– À vous seuls ! Ah ! le malheureux est fou, à coup sûr ! – Mais voyons, combien de temps durera votre absence ?

– Probablement toute la nuit. Nous allons partir immédiatement, et, dans tous les cas, nous serons de retour au lever du soleil.

– Et vous me promettez, sur votre honneur, que ce caprice passé, et l'affaire du scarabée – bon Dieu ! – vidée à votre satisfaction, vous rentrerez au logis, et que vous y suivrez exactement mes prescriptions, comme celles de votre médecin ?

– Oui, je vous le promets ; et maintenant partons, car nous n'avons pas de temps à perdre.
J'accompagnai mon ami, le cœur gros. À quatre heures, nous nous mîmes en route, Legrand, Jupiter, le chien et moi. Jupiter prit la faux et les bêches ; il insista pour s'en charger, plutôt, à ce qu'il me parut, par crainte de laisser un de ces instruments dans la main de son maître que par excès de zèle et de complaisance. Il était d'ailleurs d'une humeur de chien, et ces mots : *Damné scarabée !* furent les seuls qui lui échappèrent tout le long du voyage. J'avais, pour ma part, la charge de deux lanternes sourdes ; quant à Legrand, il s'était contenté du scarabée, qu'il portait attaché au bout d'un morceau de ficelle, et qu'il faisait tourner autour de lui, tout en marchant, avec des airs de magicien. Quand j'observais ce symptôme suprême de démence dans mon pauvre ami, je pouvais à peine retenir mes larmes. Je pensai toutefois qu'il valait mieux épouser sa fantaisie, au moins pour le moment, ou jusqu'à ce que je pusse prendre quelques mesures énergiques avec chance de succès. Cependant, j'essayais, mais fort inutilement, de le sonder relativement au but de l'expédition. Il avait réussi à me persuader de l'accompagner, et semblait désormais peu disposé à lier conversation sur un sujet d'une si maigre importance. À toutes mes questions, il ne daignait répondre que par un « Nous verrons bien ! ».

We crossed the creek at the head of the island by means of a skiff, and, ascending the high grounds on the shore of the mainland, proceeded in a northwesterly direction, through a tract of country excessively wild and desolate, where no trace of a human footstep was to be seen. Legrand led the way with decision; pausing only for an instant, here and there, to consult what appeared to be certain landmarks of his own contrivance upon a former occasion.

In this manner we journeyed for about two hours, and the sun was just setting when we entered a region infinitely more dreary than any yet seen. It was a species of table land, near the summit of an almost inaccessible hill, densely wooded from base to pinnacle, and interspersed with huge crags that appeared to lie loosely upon the soil, and in many cases were prevented from precipitating themselves into the valleys below, merely by the support of the trees against which they reclined. Deep ravines, in various directions, gave an air of still sterner solemnity to the scene.

The natural platform to which we had clambered was thickly overgrown with brambles, through which we soon discovered that it would have been impossible to force our way but for the scythe; and Jupiter, by direction of his master, proceeded to clear for us a path to the foot of an enormously tall tulip tree, which stood, with some eight or ten oaks, upon the level, and far surpassed them all, and all other trees which I had then ever seen, in the beauty of its foliage and form, in the wide spread of its branches, and in the general majesty of its appearance. When we reached this tree, Legrand turned to Jupiter, and asked him if he thought he could climb it. The old man seemed a little staggered by the question, and for some moments made no reply. At length he approached the huge trunk, walked slowly around it, and examined it with minute attention. When he had completed his scrutiny, he merely said:

Charles Baudelaire

Nous traversâmes dans un esquif la crique à la pointe de l'île, et, grimpant sur les terrains montueux de la rive opposée, nous nous dirigeâmes vers le nord-ouest, à travers un pays horriblement sauvage et désolé, où il était impossible de découvrir la trace d'un pied humain. Legrand suivait sa route avec décision, s'arrêtant seulement de temps en temps pour consulter certaines indications qu'il paraissait avoir laissées lui-même dans une occasion précédente.

Nous marchâmes ainsi deux heures environ, et le soleil était au moment de se coucher quand nous entrâmes dans une région infiniment plus sinistre que tout ce que nous avions vu jusqu'alors. C'était une espèce de plateau au sommet d'une montagne affreusement escarpée, couverte de bois de la base au sommet, et semée d'énormes blocs de pierre qui semblaient éparpillés pêle-mêle sur le sol et dont plusieurs se seraient infailliblement précipités dans les vallées inférieures sans le secours des arbres contre lesquels ils s'appuyaient. De profondes ravines irradiaient dans diverses directions et donnaient à la scène un caractère de solennité plus lugubre.

La plate-forme naturelle sur laquelle nous étions grimpés était si profondément encombrée de ronces, que nous vîmes bien que, sans la faux, il nous eût été impossible de nous frayer un passage. Jupiter, d'après les ordres de son maître, commença à nous éclaircir un chemin jusqu'au pied d'un tulipier gigantesque qui se dressait, en compagnie de huit ou dix chênes, sur la plate-forme, et les surpassait tous, ainsi que tous les arbres que j'avais vus jusqu'alors, par la beauté de sa forme et de son feuillage, par l'immense développement de son branchage et par la majesté générale de son aspect. Quand nous eûmes atteint cet arbre, Legrand se tourna vers Jupiter, et lui demanda s'il se croyait capable d'y grimper. Le pauvre vieux parut légèrement étourdi par cette question, et resta quelques instants sans répondre. Cependant, il s'approcha de l'énorme tronc, en fit lentement le tour et l'examina avec une attention minutieuse. Quand il eut achevé son examen, il dit simplement :

Edgar Allan Poe

"Yes, massa, Jup climb any tree he ebber see in he life."

"Then up with you as soon as possible, for it will soon be too dark to see what we are about."

"How far mus' go up, massa?" inquired Jupiter.

"Get up the main trunk first, and then I will tell you which way to go—and here—stop! take this beetle with you."

"De bug, Massa Will!—de goole-bug!" cried the negro, drawing back in dismay—"what for mus tote de bug way up de tree?—d—n if I do!"

"If you are afraid, Jup, a great big negro like you, to take hold of a harmless little dead beetle, why you can carry it up by this string—but, if you do not take it up with you in some way, I shall be under the necessity of breaking your head with this shovel."

"What de matter now, massa?" said Jup, evidently shamed into compliance; "always want for to raise fuss wid old nigger. Was only funnin anyhow. Me feered de bug! what I keer for de bug?" Here he took cautiously hold of the extreme end of the string, and, maintaining the insect as far from his person as circumstances would permit, prepared to ascend the tree.

In youth, the tulip tree, or Liriodendron tulipiferum, *the most magnificent of American foresters, has a trunk peculiarly smooth, and often rises to a great height without lateral branches; but, in its riper age, the bark becomes gnarled and uneven, while many short limbs make their appearance on the stem. Thus the difficulty of ascension, in the present case, lay more in semblance than in reality. Embracing the huge cylinder, as closely as possible, with his arms and knees,*

– Oui, massa ; Jup n'a pas vu d'arbre où il ne puisse grimper.

– Alors, monte ; allons, allons ! et rondement ! car il fera bientôt trop noir pour voir ce que nous faisons.

– Jusqu'où faut-il monter, massa ? demanda Jupiter.

– Grimpe d'abord sur le tronc, et puis je te dirai quel chemin tu dois suivre. – Ah ! un instant ! – prends ce scarabée avec toi.

– Le scarabée, massa Will ! – le scarabée d'or ! cria le nègre reculant de frayeur ; pourquoi donc faut-il que je porte avec moi ce scarabée sur l'arbre ? Que je sois damné si je le fais !

– Jup, si vous avez peur, vous, un grand nègre, un gros et fort nègre, de toucher à un petit insecte mort et inoffensif, eh bien, vous pouvez l'emporter avec cette ficelle ; – mais, si vous ne l'emportez pas avec vous d'une manière ou d'une autre, je serai dans la cruelle nécessité de vous fendre la tête avec cette bêche.

– Mon Dieu ! qu'est-ce qu'il y a donc, massa ? dit Jup, que la honte rendait évidemment plus complaisant ; il faut toujours que vous cherchiez noise à votre vieux nègre. C'est une farce, voilà tout. Moi, avoir peur du scarabée ! je m'en soucie bien, du scarabée ! Et il prit avec précaution l'extrême bout de la corde, et, maintenant l'insecte aussi loin de sa personne que les circonstances le permettaient, il se mit en devoir de grimper à l'arbre.

Dans sa jeunesse, le tulipier, ou *liriodendron tulipiferum*, le plus magnifique des forestiers américains, a un tronc singulièrement lisse et s'élève souvent à une grande hauteur, sans pousser de branches latérales ; mais quand il arrive à sa maturité, l'écorce devient rugueuse et inégale, et de petits rudiments de branches se manifestent en grand nombre sur le tronc. Aussi l'escalade, dans le cas actuel, était beaucoup plus difficile en apparence qu'en réalité. Embrassant de son mieux l'énorme cylindre avec ses bras et ses genoux,

seizing with his hands some projections, and resting his naked toes upon others, Jupiter, after one or two narrow escapes from falling, at length wriggled himself into the first great fork, and seemed to consider the whole business as virtually accomplished. The risk of the achievement was, in fact, now over, although the climber was some sixty or seventy feet from the ground.

"Which way mus' go now, Massa Will?" he asked.

"Keep up the largest branch—the one on this side," said Legrand.

The negro obeyed him promptly, and apparently with but little trouble; ascending higher and higher, until no glimpse of his squat figure could be obtained through the dense foliage which enveloped it. Presently his voice was heard in a sort of halloo.

"How much fudder is got to go?"

"How high up are you?" asked Legrand.

"Ebber so fur," replied the negro; "can see de sky fru de top oh de tree."

"Never mind the sky, but attend to what I say. Look down the trunk and count the limbs below you on this side. How many limbs have you passed?"

"One, two, tree, four, fibe—I done pass fibe big limb, massa, pon dis side."

"Then go one limb higher."

In a few minutes the voice was heard again, announcing that the seventh limb was attained.

empoignant avec les mains quelques-unes des pousses, appuyant ses pieds nus sur les autres, Jupiter, après avoir failli tomber une ou deux fois, se hissa à la longue jusqu'à la première grande fourche, et sembla dès lors regarder la besogne comme virtuellement accomplie. En effet, le risque principal de l'entreprise avait disparu, bien que le brave nègre se trouvât à soixante ou soixante-dix pieds du sol.

– De quel côté faut-il que j'aille maintenant, massa Will ? demanda-t-il.

– Suis toujours la plus grosse branche, celle de ce côté, dit Legrand.

Le nègre lui obéit promptement, et apparemment sans trop de peine ; il monta, monta toujours plus haut, de sorte qu'à la fin sa personne rampante et ramassée disparut dans l'épaisseur du feuillage ; il était tout à fait invisible. Alors, sa voix lointaine se fit entendre ; il criait :

– Jusqu'où faut-il monter encore ?

– À quelle hauteur es-tu ? demanda Legrand.

– Si haut, si haut, répliqua le nègre, que je peux voir le ciel à travers le sommet de l'arbre.

– Ne t'occupe pas du ciel, mais fais attention à ce que je te dis. Regarde le tronc, et compte les branches au-dessus de toi, de ce côté. Combien de branches as-tu passées ?

– Une, deux, trois, quatre, cinq ; – j'ai passé cinq grosses branches, massa, de ce côté-ci.

– Alors monte encore d'une branche.

Au bout de quelques minutes, sa voix se fit entendre de nouveau. Il annonçait qu'il avait atteint la septième branche.

"Now, Jup," cried Legrand, evidently much excited, "I want you to work your way out upon that limb as far as you can. If you see anything strange let me know."

By this time what little doubt I might have entertained of my poor friend's insanity was put finally at rest. I had no alternative but to conclude him stricken with lunacy, and I became seriously anxious about getting him home. While I was pondering upon what was best to be done, Jupiter's voice was again heard.

"Mos feered for to ventur pon dis limb berry far—tis dead limb putty much all de way."

"Did you say it was a *dead* limb, Jupiter?" cried Legrand in a quavering voice.

"Yes, massa, him dead as de door-nail—done up for sartin—done departed dis here life."

"What in the name of heaven shall I do?" asked Legrand, seemingly in the greatest distress.

"Do!" said I, glad of an opportunity to interpose a word, "why come home and go to bed. Come now!—that's a fine fellow. It's getting late, and, besides, you remember your promise."

"Jupiter," cried he, without heeding me in the least, "do you hear me?"

"Yes, Massa Will, hear you ebber so plain."

"Try the wood well, then, with your knife, and see if you think it *very* rotten."

– Maintenant, Jup, cria Legrand, en proie à une agitation manifeste, il faut que tu trouves le moyen de t'avancer sur cette branche aussi loin que tu pourras. Si tu vois quelque chose de singulier, tu me le diras.

Dès lors, les quelques doutes que j'avais essayé de conserver relativement à la démence de mon pauvre ami disparurent complètement. Je ne pouvais plus ne pas le considérer comme frappé d'aliénation mentale, et je commençai à m'inquiéter sérieusement des moyens de le ramener au logis. Pendant que je méditais sur ce que j'avais de mieux à faire, la voix de Jupiter se fit entendre de nouveau.

– J'ai bien peur de m'aventurer un peu loin sur cette branche ; – c'est une branche morte presque dans toute sa longueur.

– Tu dis bien que c'est une branche morte, Jupiter ? cria Legrand d'une voix tremblante d'émotion.

– Oui, massa, morte comme un vieux clou de porte, c'est une affaire faite, – elle est bien morte, tout à fait sans vie.

– Au nom du ciel, que faire ? demanda Legrand, qui semblait en proie à un vrai désespoir.

– Que faire ? dis-je, heureux de saisir l'occasion pour placer un mot raisonnable : retourner au logis et nous aller coucher. Allons, venez ! – Soyez gentil, mon camarade. – Il se fait tard, et puis souvenez-vous de votre promesse.

– Jupiter, criait-il, sans m'écouter le moins du monde, m'entends-tu ?

– Oui, massa Will, je vous entends parfaitement.

– Entame donc le bois avec ton couteau, et dis-moi si tu le trouves bien pourri.

"Him rotten, massa, sure nuff," replied the negro in a few moments, "but not so berry rotten as mought be. Mought venture out leetle way pon de limb by myself, dat's true."

"By yourself!—what do you mean?"

"Why, I mean de bug. 'Tis berry *hebby* bug. Spose I drop him down fuss, an den de limb won't break wid just de weight of one nigger."

"You infernal scoundrel!" cried Legrand, apparently much relieved, "what do you mean by telling me such nonsense as that? As sure as you drop that beetle I'll break your neck. Look here, Jupiter, do you hear me?"

"Yes, massa, needn't hollo at poor nigger dat style."

"Well! now listen!—if you will venture out on the limb as far as you think safe, and not let go the beetle, I'll make you a present of a silver dollar as soon as you get down."

"I'm gwine, Massa Will—deed I is," replied the negro very promptly—"mos out to the eend now."

"Out to the end!" here fairly screamed Legrand; "do you say you are out to the end of that limb?"

"Soon be to de eend, massa—o-o-o-o-oh! Lor-gol-a-marcy! what is dis here pon de tree?"

"Well!" cried Legrand, highly delighted, "what is it?"

"Why 'taint noffin but a skull—somebody bin lef him head up de tree, and de crows done gobble ebery bit ob de meat off."

– Pourri, massa, assez pourri, répliqua bientôt le nègre, mais pas aussi pourri qu'il pourrait l'être. Je pourrais m'aventurer un peu plus sur la branche, mais moi seul.

– Toi seul ! – qu'est-ce que tu veux dire ?

– Je veux parler du scarabée. Il est bien lourd, le scarabée. Si je le lâchais d'abord, la branche porterait bien, sans casser, le poids d'un nègre tout seul.

– Infernal coquin ! cria Legrand, qui avait l'air fort soulagé, quelles sottises me chantes-tu là ? Si tu laisses tomber l'insecte, je te tords le cou. Fais-y attention, Jupiter ; – tu m'entends, n'est-ce pas ?

– Oui, massa, ce n'est pas la peine de traiter comme ça un pauvre nègre.

– Eh bien, écoute-moi, maintenant ! Si tu te hasardes sur la branche aussi loin que tu pourras le faire sans danger et sans lâcher le scarabée, je te ferai cadeau d'un dollar d'argent aussitôt que tu seras descendu.

– J'y vais, massa Will, – m'y voilà, répliqua lestement le nègre, je suis presque au bout.

– Au bout ! cria Legrand, très-radouci. Veux-tu dire que tu es au bout de cette branche ?

– Je suis bientôt au bout, massa. – oh ! oh ! oh ! Seigneur Dieu ! miséricorde ! qu'y a-t-il sur l'arbre ?

– Eh bien, cria Legrand, au comble de la joie, qu'est-ce qu'il y a ?

– Eh ! ce n'est rien qu'un crâne ; – quelqu'un a laissé sa tête sur l'arbre, et les corbeaux ont becqueté toute la viande.

"A skull, you say!—very well,—how is it fastened to the limb?— what holds it on?"

"Sure nuff, massa; mus look. Why dis berry curious sarcumstance, pon my word—dare's a great big nail in de skull, what fastens ob it on to de tree."

"Well now, Jupiter, do exactly as I tell you—do you hear?"

"Yes, massa."

"Pay attention, then—find the left eye of the skull."

"Hum! hoo! dat's good! why dey ain't no eye lef at all."

"Curse your stupidity! do you know your right hand from your left?"

"Yes, I knows dat—knows all about dat—'tis my lef hand what I chops de wood wid."

"To be sure! you are left-handed; and your left eye is on the same side as your left hand. Now, I suppose, you can find the left eye of the skull, or the place where the left eye has been. Have you found it?"

Here was a long pause. At length the negro asked:

"Is de lef eye of de skull pon de same side as de lef hand of de skull too?—cause de skull aint got not a bit ob a hand at all—nebber mind! I got de lef eye now—here de lef eye! what mus do wid it?"

"Let the beetle drop through it, as far as the string will reach—but be careful and not let go your hold of the string."

– Un crâne, dis-tu ? – Très-bien ! – Comment est-il attaché à la branche ? – qu'est-ce qui le retient ?

– Oh ! il tient bien ; – mais il faut voir. – Ah ! c'est une drôle de chose, sur ma parole ; – il y a un gros clou dans le crâne, qui le retient à l'arbre.

– Bien ! maintenant, Jupiter, fais exactement ce que je vais te dire ; – tu m'entends ?

– Oui, massa.

– Fais bien attention ! – trouve l'œil gauche du crâne.

– Oh ! oh ! voilà qui est drôle ! Il n'y a pas d'œil gauche du tout.

– Maudite stupidité ! Sais-tu distinguer ta main droite de ta main gauche ?

– Oui, je sais, – je sais tout cela ; ma main gauche est celle avec laquelle je fends le bois.

– Sans doute, tu es gaucher ; et ton œil gauche est du même côté que ta main gauche. Maintenant, je suppose, tu peux trouver l'œil gauche du crâne, ou la place où était l'œil gauche. As-tu trouvé ?

Il y eut ici une longue pause. Enfin, le nègre demanda :

– L'œil gauche du crâne est aussi du même côté que la main gauche du crâne ? – Mais le crâne n'a pas de mains du tout ! – Cela ne fait rien ! j'ai trouvé l'œil gauche, – voilà l'œil gauche ! Que faut-il faire, maintenant ?

– Laisse filer le scarabée à travers, aussi loin que la ficelle peut aller ; mais prends bien garde de lâcher le bout de la corde.

Edgar Allan Poe

"All dat done, Massa Will; mighty easy ting for to put de bug fru de hole—look out for him dare below!"

During this colloquy no portion of Jupiter's person could be seen; but the beetle, which he had suffered to descend, was now visible at the end of the string, and glistened, like a globe of burnished gold, in the last rays of the setting sun, some of which still faintly illumined the eminence upon which we stood. The scarabæus *hung quite clear of any branches, and, if allowed to fall, would have fallen at our feet. Legrand immediately took the scythe, and cleared with it a circular space, three or four yards in diameter, just beneath the insect, and, having accomplished this, ordered Jupiter to let go the string and come down from the tree.*

Driving a peg, with great nicety, into the ground, at the precise spot where the beetle fell, my friend now produced from his pocket a tape measure. Fastening one end of this at that point of the trunk of the tree which was nearest the peg, he unrolled it till it reached the peg and thence further unrolled it, in the direction already established by the two points of the tree and the peg, for the distance of fifty feet—Jupiter clearing away the brambles with the scythe. At the spot thus attained a second peg was driven, and about this, as a center, a rude circle, about four feet in diameter, described. Taking now a spade himself, and giving one to Jupiter and one to me, Legrand begged us to set about digging as quickly as possible.

To speak the truth, I had no especial relish for such amusement at any time, and, at that particular moment, would willingly have declined it; for the night was coming on, and I felt much fatigued with the exercise already taken; but I saw no mode of escape, and was fearful of disturbing my poor friend's equanimity by a refusal. Could I have depended, indeed, upon Jupiter's aid, I would have had no hesitation in attempting to get the lunatic home by force; but I was too well assured of the old negro's disposition, to hope that he would assist me, under any circumstances, in a personal contest with his master. I

Charles Baudelaire

– Voilà qui est fait, massa Will ; c'était chose facile de faire passer le scarabée par le trou ; – tenez, voyez-le descendre.

Pendant tout ce dialogue, la personne de Jupiter était restée invisible ; mais l'insecte qu'il laissait filer apparaissait maintenant au bout de la ficelle, et brillait comme une boule d'or bruni aux derniers rayons du soleil couchant, dont quelques-uns éclairaient encore faiblement l'éminence où nous étions placés. Le scarabée en descendant émergeait des branches, et, si Jupiter l'avait laissé tomber, il serait tombé à nos pieds. Legrand prit immédiatement la faux et éclaircit un espace circulaire de trois ou quatre yards de diamètre, juste au-dessous de l'insecte, et, ayant achevé cette besogne, ordonna à Jupiter de lâcher la corde et de descendre de l'arbre.

Avec un soin scrupuleux, mon ami enfonça dans la terre une cheville, à l'endroit précis où le scarabée était tombé, et tira de sa poche un ruban à mesurer. Il l'attacha par un bout à l'endroit du tronc de l'arbre qui était le plus près de la cheville, le déroula jusqu'à la cheville et continua ainsi à le dérouler dans la direction donnée par ces deux points, – la cheville et le tronc, – jusqu'à la distance de cinquante pieds. Pendant ce temps, Jupiter nettoyait les ronces avec la faux. Au point ainsi trouvé, il enfonça une seconde cheville, qu'il prit comme centre, et autour duquel il décrivit grossièrement un cercle de quatre pieds de diamètre environ. Il s'empara alors d'une bêche, en donna une à Jupiter, une à moi, et nous pria de creuser aussi vivement que possible.

Pour parler franchement, je n'avais jamais eu beaucoup de goût pour un pareil amusement, et, dans le cas présent, je m'en serais bien volontiers passé ; car la nuit s'avançait, et je me sentais passablement fatigué de l'exercice que j'avais déjà pris ; mais je ne voyais aucun moyen de m'y soustraire, et je tremblais de troubler par un refus la prodigieuse sérénité de mon pauvre ami. Si j'avais pu compter sur l'aide de Jupiter, je n'aurais pas hésité à ramener par la force notre fou chez lui ; mais je connaissais trop bien le caractère du vieux nègre pour espérer son assistance, dans le cas d'une lutte personnelle avec

made no doubt that the latter had been infected with some of the innumerable Southern superstitions about money buried, and that his fantasy had received confirmation by the finding of the scarabæus, *or, perhaps, by Jupiter's obstinacy in maintaining it to be "a bug of real gold." A mind disposed to lunacy would readily be led away by such suggestions—especially if chiming in with favorite preconceived ideas—and then I called to mind the poor fellow's speech about the beetle's being "the index of his fortune." Upon the whole, I was sadly vexed and puzzled, but, at length, I concluded to make a virtue of necessity—to dig with a good will, and thus the sooner to convince the visionary, by ocular demonstration, of the fallacy of the opinion he entertained.*

The lanterns having been lit, we all fell to work with a zeal worthy a more rational cause; and, as the glare fell upon our persons and implements, I could not help thinking how picturesque a group we composed, and how strange and suspicious our labors must have appeared to any interloper who, by chance, might have stumbled upon our whereabouts.

We dug very steadily for two hours. Little was said; and our chief embarrassment lay in the yelpings of the dog, who took exceeding interest in our proceedings. He, at length, became so obstreperous that we grew fearful of his giving the alarm to some stragglers in the vicinity;—or, rather, this was the apprehension of Legrand;— for myself, I should have rejoiced at any interruption which might have enabled me to get the wanderer home. The noise was, at length, very effectually silenced by Jupiter, who, getting out of the hole with a dogged air of deliberation, tied the brute's mouth up with one of his suspenders, and then returned, with a grave chuckle, to his task.

son maître et dans n'importe quelle circonstance. Je ne doutais pas que Legrand n'eût le cerveau infecté de quelqu'une des innombrables superstitions du Sud relatives aux trésors enfouis, et que cette imagination n'eût été confirmée par la trouvaille du scarabée, ou peut-être même par l'obstination de Jupiter à soutenir que c'était un scarabée d'or véritable. Un esprit tourné à la folie pouvait bien se laisser entraîner par de pareilles suggestions, surtout quand elles s'accordaient avec ses idées favorites préconçues ; puis je me rappelais le discours du pauvre garçon relativement au scarabée, *indice de sa fortune !* Par-dessus tout, j'étais cruellement tourmenté et embarrassé ; mais enfin je résolus de faire contre mauvaise fortune bon cœur et bêcher de bonne volonté, pour convaincre mon visionnaire le plus tôt possible, par une démonstration oculaire, de l'inanité de ses rêveries.

Nous allumâmes les lanternes, et nous attaquâmes notre besogne avec un ensemble et un zèle dignes d'une cause plus rationnelle ; et, comme la lumière tombait sur nos personnes et nos outils, je ne pus m'empêcher de songer que nous composions un groupe vraiment pittoresque, et que, si quelque intimes était tombé par hasard au milieu de nous, nous lui serions apparus comme faisant une besogne bien étrange et bien suspecte.

Nous creusâmes ferme deux heures durant. Nous parlions peu. Notre principal embarras était causé par les aboiements du chien, qui prenait un intérêt excessif à nos travaux. À la longue, il devint tellement turbulent, que nous craignîmes qu'il ne donnât l'alarme à quelques rôdeurs du voisinage, – ou, plutôt, c'était la grande appréhension de Legrand, – car, pour mon compte, je me serais réjoui de toute interruption qui m'aurait permis de ramener mon vagabond à la maison. À la fin, le vacarme fut étouffé, grâce à Jupiter, qui, s'élançant hors du trou avec un air furieusement décidé, musela la gueule de l'animal avec une de ses bretelles et puis retourna à sa tâche avec un petit rire de triomphe très-grave.

Edgar Allan Poe

When the time mentioned had expired, we had reached a depth of five feet, and yet no signs of any treasure became manifest. A general pause ensued, and I began to hope that the farce was at an end. Legrand, however, although evidently much disconcerted, wiped his brow thoughtfully and recommenced. We had excavated the entire circle of four feet diameter, and now we slightly enlarged the limit, and went to the farther depth of two feet. Still nothing appeared. The gold-seeker, whom I sincerely pitied, at length clambered from the pit, with the bitterest disappointment imprinted upon every feature, and proceeded, slowly and reluctantly, to put on his coat, which he had thrown off at the beginning of his labor. In the meantime I made no remark. Jupiter, at a signal from his master, began to gather up his tools. This done, and the dog having been unmuzzled, we turned in profound silence toward home.

We had taken, perhaps, a dozen steps in this direction, when, with a loud oath, Legrand strode up to Jupiter, and seized him by the collar. The astonished negro opened his eyes and mouth to the fullest extent, let fall the spades, and fell upon his knees.

"You scoundrel!" said Legrand, hissing out the syllables from between his clenched teeth—"you infernal black villain!—speak, I tell you!—answer me this instant, without prevarication!—which—which is your left eye?"

"Oh, my golly, Massa Will! aint dis here my lef eye for sartain?" roared the terrified Jupiter, placing his hand upon his right organ of vision, and holding it there with a desperate pertinacity, as if in immediate, dread of his master's attempt at a gouge.

"I thought so!—I knew it! hurrah!" vociferated Legrand, letting the negro go and executing a series of curvets and caracols, much to the astonishment of his valet, who, arising from his knees, looked, mutely, from his master to myself, and then from myself to his master.

Les deux heures écoulées, nous avions atteint une profondeur de cinq pieds, et aucun indice de trésor ne se montrait. Nous fîmes une pause générale, et je commençai à espérer que la farce touchait à sa fin. Cependant Legrand, quoique évidemment très-déconcerté, s'essuya le front d'un air pensif et reprit sa bêche. Notre trou occupait déjà toute l'étendue du cercle de quatre pieds de diamètre ; nous entamâmes légèrement cette limite, et nous creusâmes encore de deux pieds. Rien n'apparut. Mon chercheur d'or, dont j'avais sérieusement pitié, sauta enfin du trou avec le plus affreux désappointement écrit sur le visage, et se décida, lentement et comme à regret, à reprendre son habit qu'il avait ôté avant de se mettre à l'ouvrage. Pour moi, je me gardai bien de faire aucune remarque. Jupiter, à un signal de son maître, commença à rassembler les outils. Cela fait, et le chien étant démuselé, nous reprîmes notre chemin dans un profond silence.

Nous avions peut-être fait une douzaine de pas, quand Legrand, poussant un terrible juron, sauta sur Jupiter et l'empoigna au collet. Le nègre stupéfait ouvrit les yeux et la bouche dans toute leur ampleur, lâcha les bêches et tomba sur les genoux.

– Scélérat ! criait Legrand en faisant siffler les syllabes entre ses dents, infernal noir ! gredin de noir ! – parle, te dis-je ! – réponds-moi à l'instant, et surtout ne prévarique pas ! – Quel est, quel est ton œil gauche ?

– Ah ! miséricorde, massa Will ! n'est-ce pas là, pour sûr, mon œil gauche ? rugissait Jupiter épouvanté, plaçant sa main sur l'organe *droit* de la vision, et l'y maintenant avec l'opiniâtreté du désespoir, comme s'il eût craint que son maître ne voulût le lui arracher.

– Je m'en doutais ! – je le savais bien ! hourra ! vociféra Legrand, en lâchant le nègre et en exécutant une série de gambades et de cabrioles, au grand étonnement de son domestique, qui, en se relevant, promenait, sans mot dire, ses regards de son maître à moi et de moi à son maître.

"Come! we must go back," said the latter, "the game's not up yet;" and he again led the way to the tulip tree.

"Jupiter," said he, when we reached its foot, "come here! was the skull nailed to the limb with the face outward, or with the face to the limb?"

"De face was out, massa, so dat de crows could get at de eyes good, widout any trouble."

"Well, then, was it this eye or that through which you dropped the beetle?"—here Legrand touched each of Jupiter's eyes.

"'Twas dis eye, massa—de lef eye—jis as you tell me," and here it was his right eye that the negro indicated.

"That will do—we must try it again."

Here my friend, about whose madness I now saw, or fancied that I saw, certain indications of method, removed the peg which marked the spot where the beetle fell, to a spot about three inches to the westward of its former position. Taking, now, the tape measure from the nearest point of the trunk to the peg, as before, and continuing the extension in a straight line to the distance of fifty feet, a spot was indicated, removed, by several yards, from the point at which we had been digging.

Around the new position a circle, somewhat larger than in the former instance, was now described, and we again set to work with the spade. I was dreadfully weary, but, scarcely understanding what had occasioned the change in my thoughts, I felt no longer any great aversion from the labor imposed. I had become most unaccountably interested—nay, even excited. Perhaps there was something, amid all

– Allons, il nous faut retourner, dit celui-ci ; la partie n'est pas perdue. Et il reprit son chemin vers le tulipier.

– Jupiter, dit-il quand nous fûmes arrivés au pied de l'arbre, viens ici ! Le crâne est-il cloué à la branche avec la face tournée à l'extérieur ou tournée contre la branche ?

– La face est tournée à l'extérieur, massa, de sorte que les corbeaux ont pu manger les yeux sans aucune peine.

– Bien. Alors, est-ce par cet œil-ci ou par celui-là que tu as fait couler le scarabée ? Et Legrand touchait alternativement les deux yeux de Jupiter.

– Par cet œil-ci, massa, – par l'œil gauche, – juste comme vous me l'aviez dit. Et c'était encore son œil droit qu'indiquait le pauvre nègre.

– Allons, allons ! il nous faut recommencer.

Alors, mon ami, dans la folie duquel je voyais maintenant, ou croyais voir certains indices de méthode, reporta la cheville qui marquait l'endroit où le scarabée était tombé, à trois pouces vers l'ouest de sa première position. Étalant de nouveau son cordeau du point le plus rapproché du tronc jusqu'à la cheville, comme il avait déjà fait, et continuant à l'étendre en ligne droite à une distance de cinquante pieds, il marqua un nouveau point éloigné de plusieurs yards de l'endroit où nous avions précédemment creusé.

Autour de ce nouveau centre, un cercle fut tracé, un peu plus large que le premier, et nous nous mîmes derechef à jouer de la bêche. J'étais effroyablement fatigué ; mais, sans me rendre compte de ce qui occasionnait un changement dans ma pensée, je ne sentais plus une aussi grande aversion pour le labeur qui m'était imposé. Je m'y intéressais inexplicablement ; je dirai plus, je me sentais excité. Peut-être y avait-il dans toute l'extravagante conduite de Legrand un

the extravagant demeanor of Legrand—some air of forethought, or of deliberation, which impressed me. I dug eagerly, and now and then caught myself actually looking, with something that very much resembled expectation, for the fancied treasure, the vision of which had demented my unfortunate companion. At a period when such vagaries of thought most fully possessed me, and when we had been at work perhaps an hour and a half, we were again interrupted by the violent howlings of the dog. His uneasiness, in the first instance, had been, evidently, but the result of playfulness or caprice, but he now assumed a bitter and serious tone. Upon Jupiter's again attempting to muzzle him, he made furious resistance, and, leaping into the hole, tore up the mold frantically with his claws. In a few seconds he had uncovered a mass of human bones, forming two complete skeletons, intermingled with several buttons of metal, and what appeared to be the dust of decayed woollen. One or two strokes of a spade upturned the blade of a large Spanish knife, and, as we dug farther, three or four loose pieces of gold and silver coin came to light.

At sight of these the joy of Jupiter could scarcely be restrained, but the countenance of his master wore an air of extreme disappointment. He urged us, however, to continue our exertions, and the words were hardly uttered when I stumbled and fell forward, having caught the toe of my boot in a large ring of iron that lay half buried in the loose earth.

We now worked in earnest, and never did I pass ten minutes of more intense excitement. During this interval we had fairly unearthed an oblong chest of wood, which, from its perfect preservation and wonderful hardness, had plainly been subjected to some mineralizing process—perhaps that of the Bi-chloride of mercury. This box was three feet and a half long, three feet broad, and two and a half feet deep. It was firmly secured by bands of wrought iron, riveted, and

certain air délibéré, une certaine allure prophétique qui m'impressionnait moi-même. Je bêchais ardemment et de temps à autre je me surprenais cherchant, pour ainsi dire, des yeux, avec un sentiment qui ressemblait à de l'attente, ce trésor imaginaire dont la vision avait affolé mon infortuné camarade. Dans un de ces moments où ces rêvasseries s'étaient plus singulièrement emparées de moi, et comme nous avions déjà travaillé une heure et demie à peu près, nous fûmes de nouveau interrompus par les violents hurlements du chien. Son inquiétude, dans le premier cas, n'était évidemment que le résultat d'un caprice ou d'une gaieté folle ; mais, cette fois, elle prenait un ton plus violent et plus caractérisé. Comme Jupiter s'efforçait de nouveau de le museler, il fit une résistance furieuse, et, bondissant dans le trou, il se mit à gratter frénétiquement la terre avec ses griffes. En quelques secondes, il avait découvert une masse d'ossements humains, formant deux squelettes complets et mêlés de plusieurs boutons de métal, avec quelque chose qui nous parut être de la vieille laine pourrie et émiettée. Un ou deux coups de bêche firent sauter la lame d'un grand couteau espagnol ; nous creusâmes encore, et trois ou quatre pièces de monnaie d'or et d'argent apparurent éparpillées.

À cette vue, Jupiter put à peine contenir sa joie, mais la physionomie de son maître exprima un affreux désappointement. Il nous supplia toutefois de continuer nos efforts, et à peine avait-il fini de parler que je trébuchai et tombai en avant ; la pointe de ma botte s'était engagée dans un gros anneau de fer qui gisait à moitié enseveli sous un amas de terre fraîche.

Nous nous remîmes au travail avec une ardeur nouvelle ; jamais je n'ai passé dix minutes dans une aussi vive exaltation. Durant cet intervalle, nous déterrâmes complètement un coffre de forme oblongue, qui, à en juger par sa parfaite conservation et son étonnante dureté, avait été évidemment soumis à quelque procédé de minéralisation, – peut-être au bichlorure de mercure. Ce coffre avait trois pieds et demi de long, trois de large et deux et demi de profondeur. Il était solidement maintenu par des lames de fer forgé,

Edgar Allan Poe

forming a kind of open trelliswork over the whole. On each side of the chest, near the top, were three rings of iron—six in all—by means of which a firm hold could be obtained by six persons. Our utmost united endeavors served only to disturb the coffer very slightly in its bed. We at once saw the impossibility of removing so great a weight. Luckily, the sole fastenings of the lid consisted of two sliding bolts. These we drew back—trembling and panting with anxiety. In an instant, a treasure of incalculable value lay gleaming before us. As the rays of the lanterns fell within the pit, there flashed upward a glow and a glare, from a confused heap of gold and of jewels, that absolutely dazzled our eyes.

I shall not pretend to describe the feelings with which I gazed. Amazement was, of course, predominant. Legrand appeared exhausted with excitement, and spoke very few words. Jupiter's countenance wore, for some minutes, as deadly a pallor as it is possible, in the nature of things, for any negro's visage to assume. He seemed stupefied—thunderstricken. Presently he fell upon his knees in the pit, and burying his naked arms up to the elbows in gold, let them there remain, as if enjoying the luxury of a bath. At length, with a deep sigh, he exclaimed, as if in a soliloquy:

"And dis all cum of de goole-bug! de putty goole-bug! de poor little goole-bug, what I boosed in that sabage kind oh style! Ain't you shamed oh yourself, nigger?—answer me dat!"

It became necessary, at last, that I should arouse both master and valet to the expediency of removing the treasure. It was growing late, and it behooved us to make exertion, that we might get everything housed before daylight. It was difficult to say what should be done, and much time was spent in deliberation—so confused were the ideas of all. We, finally, lightened the box by removing two thirds of its contents, when we were enabled, with some trouble, to raise it from the hole. The articles taken out were deposited among the brambles,

rivées et formant tout autour une espèce de treillage. De chaque côté du coffre, près du couvercle, étaient trois anneaux de fer, six en tout, au moyen desquels six personnes pouvaient s'en emparer. Tous nos efforts réunis ne réussirent qu'à le déranger légèrement de son lit. Nous vîmes tout de suite l'impossibilité d'emporter un si énorme poids. Par bonheur, le couvercle n'était retenu que par deux verrous que nous fîmes glisser, – tremblants et pantelants d'anxiété. En un instant, un trésor d'une valeur incalculable s'épanouit, étincelant, devant nous. Les rayons des lanternes tombaient dans la fosse, et faisaient jaillir d'un amas confus d'or et de bijoux des éclairs et des splendeurs qui nous éclaboussaient positivement les yeux.

Je n'essayerai pas de décrire les sentiments avec lesquels je contemplais ce trésor. La stupéfaction, comme on peut le supposer, dominait tous les autres. Legrand paraissait épuisé par son excitation même, et ne prononça que quelques paroles. Quant à Jupiter, sa figure devint aussi mortellement pâle que cela est possible à une figure de nègre. Il semblait stupéfié, foudroyé. Bientôt il tomba sur ses genoux dans la fosse, et plongeant ses bras nus dans l'or jusqu'au coude, il les y laissa longtemps, comme s'il jouissait des voluptés d'un bain. Enfin, il s'écria avec un profond soupir, comme se parlant à lui-même :

– Et tout cela vient du scarabée d'or ? Le joli scarabée d'or ! le pauvre petit scarabée d'or que j'injuriais, que je calomniais ! N'as-tu pas honte de toi, vilain nègre ? – hein, qu'as-tu à répondre ?

Il fallut que je réveillasse, pour ainsi dire, le maître et le valet, et que je leur fisse comprendre qu'il y avait urgence à emporter le trésor. Il se faisait tard, et il nous fallait déployer quelque activité, si nous voulions que tout fût en sûreté chez nous avant le jour. Nous ne savions quel parti prendre, et nous perdions beaucoup de temps en délibérations, tant nous avions les idées en désordre. Finalement nous allégeâmes le coffre en enlevant les deux tiers de son contenu, et nous pûmes enfin, mais non sans peine encore, l'arracher de son trou. Les objets que nous en avions tirés furent déposés parmi les ronces, et

and the dog left to guard them, with strict orders from Jupiter neither, upon any pretense, to stir from the spot, nor to open his mouth until our return. We then hurriedly made for home with the chest; reaching the hut in safety, but after excessive toil, at one o'clock in the morning. Worn out as we were, it was not in human nature to do more immediately. We rested until two, and had supper; starting for the hills immediately afterwards, armed with three stout sacks, which, by good luck, were upon the premises. A little before four we arrived at the pit, divided the remainder of the booty, as equally as might be, among us, and, leaving the holes unfilled, again set out for the hut, at which, for the second time, we deposited our golden burdens, just as the first faint streaks of the dawn gleamed from over the treetops in the east.

We were now thoroughly broken down; but the intense excitement of the time denied us repose. After an unquiet slumber of some three or four hours' duration, we arose, as if by preconcert, to make examination of our treasure.

The chest had been full to the brim, and we spent the whole day, and the greater part of the next night, in a scrutiny of its contents. There had been nothing like order or arrangement. Everything had been heaped in promiscuously. Having assorted all with care, we found ourselves possessed of even vaster wealth than we had at first supposed. In coin there was rather more than four hundred and fifty thousand dollars—estimating the value of the pieces, as accurately as we could, by the tables of the period. There was not a particle of silver. All was gold of antique date and of great variety—French, Spanish, and German money, with a few English guineas, and some counters, of which we had never seen specimens before. There were several very large and heavy coins, so worn that we could make

confiés à la garde du chien, à qui Jupiter enjoignit strictement de ne bouger sous aucun prétexte, et de ne pas même ouvrir la bouche jusqu'à notre retour. Alors, nous nous mîmes précipitamment en route avec le coffre, nous atteignîmes la hutte sans accident, mais après une fatigue effroyable et à une heure du matin. Épuisés comme nous l'étions, nous ne pouvions immédiatement nous remettre à la besogne, c'eût été dépasser les forces de la nature. Nous nous reposâmes jusqu'à deux heures, puis nous soupâmes ; enfin nous nous remîmes en route pour les montagnes, munis de trois gros sacs que nous trouvâmes par bonheur dans la hutte. Nous arrivâmes un peu avant quatre heures à notre fosse, nous nous partageâmes aussi également que possible le reste du butin, et, sans nous donner la peine de combler le trou, nous nous remîmes en marche vers notre case, où nous déposâmes pour la seconde fois nos précieux fardeaux, juste comme les premières bandes de l'aube apparaissaient à l'est, au-dessus de la cime des arbres.

Nous étions absolument brisés ; mais la profonde excitation actuelle nous refusa le repos. Après un sommeil inquiet de trois ou quatre heures, nous nous levâmes, comme si nous nous étions concertés, pour procéder à l'examen du trésor.

Le coffre avait été rempli jusqu'aux bords, et nous passâmes toute la journée et la plus grande partie de la nuit suivante à inventorier son contenu. On n'y avait mis aucune espèce d'ordre ni d'arrangement ; tout y avait été empilé pêle-mêle. Quand nous eûmes fait soigneusement un classement général, nous nous trouvâmes en possession d'une fortune qui dépassait tout ce que nous avions supposé. Il y avait en espèces plus de 450 000 dollars, – en estimant la valeur des pièces aussi rigoureusement que possible d'après les tables de l'époque. Dans tout cela, pas une parcelle d'argent. Tout était en or de vieille date et d'une grande variété : monnaies française, espagnole et allemande, quelques guinées anglaises, et quelques jetons dont nous n'avions jamais vu aucun modèle. Il y avait plusieurs pièces de monnaie, très-grandes et très-lourdes, mais si usées, qu'il nous fut impossible de déchiffrer les inscriptions. Aucune

nothing of their inscriptions. There was no American money. The value of the jewels we found more difficulty in estimating. There were diamonds—some of them exceedingly large and fine—a hundred and ten in all, and not one of them small; eighteen rubies of remarkable brilliancy;—three hundred and ten emeralds, all very beautiful; and twenty-one sapphires, with an opal. These stones had all been broken from their settings and thrown loose in the chest. The settings themselves, which we picked out from among the other gold, appeared to have been beaten up with hammers, as if to prevent identification. Besides all this, there was a vast quantity of solid gold ornaments;—nearly two hundred massive finger and ears rings;—rich chains—thirty of these, if I remember;—eighty-three very large and heavy crucifixes;—five gold censers of great value;—a prodigious golden punch bowl, ornamented with richly chased vine leaves and Bacchanalian figures; with two sword handles exquisitely embossed, and many other smaller articles which I cannot recollect. The weight of these valuables exceeded three hundred and fifty pounds avoirdupois; and in this estimate I have not included one hundred and ninety-seven superb gold watches; three of the number being worth each five hundred dollars, if one. Many of them were very old, and as timekeepers valueless; the works having suffered, more or less, from corrosion—but all were richly jeweled and in cases of great worth. We estimated the entire contents of the chest, that night, at a million and a half of dollars; and upon the subsequent disposal of the trinkets and jewels (a few being retained for our own use), it was found that we had greatly undervalued the treasure.

When, at length, we had concluded our examination, and the intense excitement of the time had, in some measure, subsided, Legrand, who saw that I was dying with impatience for a solution of this most extraordinary riddle, entered into a full detail of all the circumstances connected with it.

monnaie américaine. Quant à l'estimation des bijoux, ce fut une affaire un peu plus difficile. Nous trouvâmes des diamants, dont quelques-uns très beaux et d'une grosseur singulière, – en tout, cent dix, dont pas un n'était petit ; dix-huit rubis d'un éclat remarquable ; trois cent dix émeraudes toutes très-belles ; vingt et un saphirs et une opale. Toutes ces pierres avaient été arrachées de leurs montures et jetées pêle-mêle dans le coffre. Quant aux montures elles-mêmes, dont nous fîmes une catégorie distincte de l'autre or, elles paraissaient avoir été broyées à coups de marteau comme pour rendre toute reconnaissance impossible. Outre tout cela, il y avait une énorme quantité d'ornements en or massif ; – près de deux cents bagues ou boucles d'oreilles massives ; de belles chaînes, au nombre de trente, si j'ai bonne mémoire ; quatre-vingt-trois crucifix très-grands et très-lourds ; cinq encensoirs d'or d'un grand prix ; un gigantesque bol à punch en or, orné de feuilles de vigne et de figures de bacchantes largement ciselées ; deux poignées d'épées merveilleusement travaillées, et une foule d'autres articles plus petits et dont j'ai perdu le souvenir. Le poids de toutes ces valeurs dépassait trois cent cinquante livres ; et dans cette estimation j'ai omis cent quatre-vingt dix-sept montres d'or superbes, dont trois valaient chacune cinq cents dollars. Plusieurs étaient très-vieilles, et sans aucune valeur comme pièces d'horlogerie, les mouvements ayant plus ou moins souffert de l'action corrosive de la terre ; mais toutes étaient magnifiquement ornées de pierreries, et les boîtes étaient d'un grand prix. Nous évaluâmes cette nuit le contenu total du coffre à un million et demi de dollars ; et, lorsque plus tard nous disposâmes des bijoux et des pierreries, – après en avoir gardé quelques-uns pour notre usage personnel, – nous trouvâmes que nous avions singulièrement sous-évalué le trésor.

Lorsque nous eûmes enfin terminé notre inventaire et que notre terrible exaltation fut en grande partie apaisée, Legrand, qui voyait que je mourais d'impatience de posséder la solution de cette prodigieuse énigme, entra dans un détail complet de toutes les circonstances qui s'y rapportaient.

Edgar Allan Poe

"You remember," said he, "the night when I handed you the rough sketch I had made of the scarabæus. You recollect, also, that I became quite vexed at you for insisting that my drawing resembled a death's-head. When you first made this assertion I thought you were jesting; but afterwards I called to mind the peculiar spots on the back of the insect, and admitted to myself that your remark had some little foundation in fact. Still, the sneer at my graphic powers irritated me—for I am considered a good artist—and, therefore, when you handed me the scrap of parchment, I was about to crumple it up and throw it angrily into the fire."

"The scrap of paper, you mean," said I.

"No; it had much of the appearance of paper, and at first I supposed it to be such, but when I came to draw upon it, I discovered it at once to be a piece of very thin parchment. It was quite dirty, you remember. Well, as I was in the very act of crumpling it up, my glance fell upon the sketch at which you had been looking, and you may imagine my astonishment when I perceived, in fact, the figure of a death's-head just where, it seemed to me, I had made the drawing of the beetle. For a moment I was too much amazed to think with accuracy. I knew that my design was very different in detail from this—although there was a certain similarity in general outline. Presently I took a candle, and seating myself at the other end of the room, proceeded to scrutinize the parchment more closely. Upon turning it over, I saw my own sketch upon the reverse, just as I had made it. My first idea, now, was mere surprise at the really remarkable similarity of outline—at the singular coincidence involved in the fact that, unknown to me, there should have been a skull upon the other side of the parchment, immediately beneath my figure of the scarabæus, and that this skull, not only in outline, but in size, should so closely resemble my drawing. I say the singularity of this coincidence absolutely stupefied

– Vous vous rappelez, dit-il, le soir où je vous fis passer la grossière esquisse que j'avais faite du scarabée. Vous vous souvenez aussi que je fus passablement choqué de votre insistance à me soutenir que mon dessin ressemblait à une tête de mort. La première fois que vous lâchâtes cette assertion, je crus que vous plaisantiez ; ensuite je me rappelai les taches particulières sur le dos de l'insecte, et je reconnus en moi-même que votre remarque avait en somme quelque fondement. Toutefois, votre ironie à l'endroit de mes facultés graphiques m'irritait, car on me regarde comme un artiste fort passable ; aussi, quand vous me tendîtes le morceau de parchemin, j'étais au moment de le froisser avec humeur et de le jeter dans le feu.

– Vous voulez parler du morceau de *papier*, dis-je.

– Non, cela avait toute l'apparence du papier, et, moi-même, j'avais d'abord supposé que c'en était ; mais, quand je voulus dessiner dessus, je découvris tout de suite que c'était un morceau de parchemin très-mince. Il était fort sale, vous vous le rappelez. Au moment même où j'allais le chiffonner, mes yeux tombèrent sur le dessin que vous aviez regardé, et vous pouvez concevoir quel fut mon étonnement quand j'aperçus l'image positive d'une tête de mort à l'endroit même où j'avais cru dessiner un scarabée. Pendant un moment, je me sentis trop étourdi pour penser avec rectitude. Je savais que mon croquis différait de ce nouveau dessin par tous ses détails, bien qu'il y eût une certaine analogie dans le contour général. Je pris alors une chandelle, et, m'asseyant à l'autre bout de la chambre, je procédai à une analyse plus attentive du parchemin. En le retournant, je vis ma propre esquisse sur le revers, juste comme je l'avais faite. Ma première impression fut simplement de la surprise ; il y avait une analogie réellement remarquable dans le contour, et c'était une coïncidence singulière que ce fait de l'image d'un crâne, inconnue à moi, occupant l'autre côté du parchemin immédiatement au-dessous de mon dessin du scarabée, – et d'un crâne qui ressemblait si exactement à mon dessin, non seulement par le contour, mais aussi par la dimension. Je dis que la singularité de cette coïncidence me stupéfia positivement pour un instant. C'est l'effet

me for a time. This is the usual effect of such coincidences. The mind struggles to establish a connection—a sequence of cause and effect—and, being unable to do so, suffers a species of temporary paralysis. But, when I recovered from this stupor, there dawned upon me gradually a conviction which startled me even far more than the coincidence. I began distinctly, positively, to remember that there had been no drawing upon the parchment, when I made my sketch of the scarabæus. I became perfectly certain of this; for I recollected turning up first one side and then the other, in search of the cleanest spot. Had the skull been then there, of course I could not have failed to notice it. Here was indeed a mystery which I felt it impossible to explain; but, even at that early moment, there seemed to glimmer, faintly, within the most remote and secret chambers of my intellect, a glow-wormlike conception of that truth which last night's adventure brought to so magnificent a demonstration. I arose at once, and putting the parchment securely away, dismissed all further reflection until I should be alone.

"When you had gone, and when Jupiter was fast asleep, I betook myself to a more methodical investigation of the affair. In the first place I considered the manner in which the parchment had come into my possession. The spot where we discovered the scarabæus was on the coast of the mainland, about a mile eastward of the island, and but a short distance above high-water mark. Upon my taking hold of it, it gave me a sharp bite, which caused me to let it drop. Jupiter, with his accustomed caution, before seizing the insect, which had flown toward him, looked about him for a leaf, or something of that nature, by which to take hold of it. It was at this moment that his eyes, and mine also, fell upon the scrap of parchment, which I then supposed to be paper. It was lying half buried in the sand, a corner sticking up. Near the spot where we found it, I observed the remnants of the hull of what appeared to have been a ship's longboat. The wreck seemed to have been there for a very great while, for the resemblance to boat timbers could scarcely be traced.

ordinaire de ces sortes de coïncidences. L'esprit s'efforce d'établir un rapport, une liaison de cause à effet, – et, se trouvant impuissant à y réussir, subit une espèce de paralysie momentanée. Mais, quand je revins de cette stupeur, je sentis luire en moi par degrés une conviction qui me frappa bien autrement encore que cette coïncidence. Je commençai à me rappeler distinctement, positivement, qu'il n'y avait aucun dessin sur le parchemin quand j'y fis mon croquis du scarabée. J'en acquis la parfaite certitude ; car je me souvins de l'avoir tourné et retourné en cherchant l'endroit le plus propre. Si le crâne avait été visible, je l'aurais infailliblement remarqué. Il y avait réellement là un mystère que je me sentais incapable de débrouiller ; mais, dès ce moment même, il me sembla voir prématurément poindre une faible lueur dans les régions les plus profondes et les plus secrètes de mon entendement, une espèce de ver luisant intellectuel, une conception embryonnaire de la vérité, dont notre aventure de l'autre nuit nous a fourni une si splendide démonstration. Je me levai décidément, et serrant soigneusement le parchemin, je renvoyai toute réflexion ultérieure jusqu'au moment où je pourrais être seul.

"Quand vous fûtes parti et quand Jupiter fut bien endormi, je me livrai à une investigation un peu plus méthodique de la chose. Et d'abord je voulus comprendre de quelle manière ce parchemin était tombé dans mes mains. L'endroit où nous découvrîmes le scarabée était sur la côte du continent, à un mille environ à l'est de l'île, mais à une petite distance au-dessus du niveau de la marée haute. Quand je m'en emparai, il me mordit cruellement, et je le lâchai. Jupiter, avec sa prudence accoutumée, avant de prendre l'insecte, qui s'était envolé de son côté, chercha autour de lui une feuille ou quelque chose d'analogue, avec quoi il pût s'en emparer. Ce fut en ce moment que ses yeux et les miens tombèrent sur le morceau de parchemin, que je pris alors pour du papier. Il était à moitié enfoncé dans le sable, avec un coin en l'air. Près de l'endroit où nous le trouvâmes, j'observai les restes d'une coque de grande embarcation, autant du moins que j'en pus juger. Ces débris de naufrage étaient là probablement depuis longtemps, car à peine pouvait-on y trouver la physionomie d'une charpente de bateau.

"Well, Jupiter picked up the parchment, wrapped the beetle in it, and gave it to me. Soon afterwards we turned to go home, and on the way met Lieutenant G——. I showed him the insect, and he begged me to let him take it to the fort. Upon my consenting, he thrust it forthwith into his waistcoat pocket, without the parchment in which it had been wrapped, and which I had continued to hold in my hand during his inspection. Perhaps he dreaded my changing my mind, and thought it best to make sure of the prize at once—you know how enthusiastic he is on all subjects connected with Natural History. At the same time, without being conscious of it, I must have deposited the parchment in my own pocket.

"You remember that when I went to the table, for the purpose of making a sketch of the beetle, I found no paper where it was usually kept. I looked in the drawer, and found none there. I searched my pockets, hoping to find an old letter, when my hand fell upon the parchment. I thus detail the precise mode in which it came into my possession, for the circumstances impressed me with peculiar force.

"No doubt you will think me fanciful—but I had already established a kind of connexion. I had put together two links of a great chain. There was a boat lying upon a seacoast, and not far from the boat was a parchment—not a paper—with a skull depicted upon it. You will, of course, ask 'where is the connection?' I reply that the skull, or death's-head, is the well-known emblem of the pirate. The flag of the death's-head is hoisted in all engagements.

"I have said that the scrap was parchment, and not paper. Parchment is durable—almost imperishable. Matters of little moment are rarely consigned to parchment; since, for the mere ordinary purposes of drawing or writing, it is not nearly so well adapted as paper. This reflection suggested some meaning—some relevancy—in the death's-

Charles Baudelaire

"Jupiter ramassa donc le parchemin, enveloppa l'insecte et me le donna. Peu de temps après, nous reprîmes le chemin de la hutte, et nous rencontrâmes le lieutenant G… Je lui montrai l'insecte, et il me pria de lui permettre de l'emporter au fort. J'y consentis, et il le fourra dans la poche de son gilet sans le parchemin qui lui servait d'enveloppe, et que je tenais toujours à la main pendant qu'il examinait le scarabée. Peut-être eut-il peur que je ne changeasse d'avis, et jugea-t-il prudent de s'assurer d'abord de sa prise ; vous savez qu'il est fou d'histoire naturelle et de tout ce qui s'y rattache. Il est évident qu'alors, sans y penser, j'ai remis le parchemin dans ma poche.

"Vous vous rappelez que, lorsque je m'assis à la table pour faire un croquis du scarabée, je ne trouvai pas de papier à l'endroit où on le met ordinairement. Je regardai dans le tiroir, il n'y en avait point. Je cherchai dans mes poches, espérant trouver une vieille lettre, quand mes doigts rencontrèrent le parchemin. Je vous détaille minutieusement toute la série de circonstances qui l'ont jeté dans mes mains ; car toutes ces circonstances ont singulièrement frappé mon esprit.

"Sans aucun doute, vous me considérerez comme un rêveur, – mais j'avais déjà établi une espèce de connexion. J'avais uni deux anneaux d'une grande chaîne. Un bateau échoué à la côte, et non loin de ce bateau un parchemin, – *non pas un papier*, – portant l'image d'un crâne. Vous allez naturellement me demander où est le rapport ? Je répondrai que le crâne ou la tête de mort est l'emblème bien connu des pirates. Ils ont toujours, dans tous leurs engagements, hissé le pavillon à tête de mort.

"Je vous ai dit que c'était un morceau de parchemin et non pas de papier. Le parchemin est une chose durable, presque impérissable. On confie rarement au parchemin des documents d'une minime importance, puisqu'il répond beaucoup moins bien que le papier aux besoins ordinaires de l'écriture et du dessin. Cette réflexion m'induisit à penser qu'il devait y avoir dans la tête de mort quelque

head. I did not fail to observe, also, the form of the parchment. Although one of its corners had been, by some accident, destroyed, it could be seen that the original form was oblong. It was just such a slip, indeed, as might have been chosen for a memorandum—for a record of something to be long remembered, and carefully preserved."

"But," I interposed, "you say that the skull was not upon the parchment when you made the drawing of the beetle. How then do you trace any connection between the boat and the skull—since this latter, according to your own admission, must have been designed (God only knows how or by whom) at some period subsequent to your sketching the scarabæus?"

"Ah, hereupon turns the whole mystery; although the secret, at this point, I had comparatively little difficulty in solving. My steps were sure, and could afford but a single result. I reasoned, for example, thus: When I drew the scarabæus, there was no skull apparent upon the parchment. When I had completed the drawing I gave it to you, and observed you narrowly until you returned it. You, therefore, did not design the skull, and no one else was present to do it. Then it was not done by human agency. And nevertheless it was done.

"At this stage of my reflections I endeavored to remember, and did remember, with entire distinctness, every incident which occurred about the period in question. The weather was chilly (oh rare and happy accident!), and a fire was blazing upon the hearth. I was heated with exercise and sat near the table. You, however, had drawn a chair close to the chimney. Just as I placed the parchment in your hand, and as you were in the act of inspecting it, Wolf, the Newfoundland, entered, and leaped upon your shoulders. With your left hand you caressed him and kept him off, while your right, holding the parchment, was permitted to fall listlessly between your knees,

rapport, quelque sens singulier. Je ne faillis pas non plus à remarquer la forme du parchemin. Bien que l'un des coins eût été détruit par quelque accident, on voyait bien que la forme primitive était oblongue. C'était donc une de ces bandes qu'on choisit pour écrire, pour consigner un document important, une note qu'on veut conserver longtemps et soigneusement.

– Mais, interrompis-je, vous dites que le crâne n'était pas sur le parchemin quand vous y dessinâtes le scarabée. Comment donc pouvez-vous établir un rapport entre le bateau et le crâne, – puisque ce dernier, d'après votre propre aveu, a dû être dessiné – Dieu sait comment ou par qui ! – postérieurement à votre dessin du scarabée ?

– Ah ! c'est là-dessus que roule tout le mystère ; bien que j'aie eu comparativement peu de peine à résoudre ce point de l'énigme. Ma marche était sûre, et ne pouvait me conduire qu'à un seul résultat. Je raisonnais ainsi, par exemple : quand je dessinai mon scarabée, il n'y avait pas trace de crâne sur le parchemin ; quand j'eus fini mon dessin, je vous le fis passer, et je ne vous perdis pas de vue que vous ne me l'eussiez rendu. Conséquemment ce n'était pas vous qui aviez dessiné le crâne, et il n'y avait là aucune autre personne pour le faire. Il n'avait donc pas été créé par l'action humaine ; et cependant, il était là, sous mes yeux !

"Arrivé à ce point de mes réflexions, je m'appliquai à me rappeler et je me rappelai en effet, et avec une parfaite exactitude, tous les incidents survenus dans l'intervalle en question. La température était froide, – oh ! l'heureux, le rare accident ! – et un bon feu flambait dans la cheminée. J'étais suffisamment réchauffé par l'exercice, et je m'assis près de la table. Vous, cependant, vous aviez tourné votre chaise tout près de la cheminée. Juste au moment où je vous mis le parchemin dans la main, et comme vous alliez l'examiner, Wolf, mon terre-neuve, entra et vous sauta sur les épaules. Vous le caressiez avec la main gauche, et vous cherchiez à l'écarter, en laissant tomber nonchalamment votre main droite, celle qui tenait le parchemin, entre

and in close proximity to the fire. At one moment I thought the blaze had caught it, and was about to caution you, but, before I could speak, you had withdrawn it, and were engaged in its examination. When I considered all these particulars, I doubted not for a moment that heat had been the agent in bringing to light, upon the parchment, the skull which I saw designed upon it. You are well aware that chemical preparations exist, and have existed time out of mind, by means of which it is possible to write upon either paper or vellum, so that the characters shall become visible only when subjected to the action of fire. Zaffre, digested in aqua regia, and diluted with four times its weight of water, is sometimes employed; a green tint results. The regulus of cobalt, dissolved in spirit of niter, gives a red. These colors disappear at longer or shorter intervals after the material written upon cools, but again become apparent upon the reapplication of heat.

"I now scrutinized the death's-head with care. Its outer edges— the edges of the drawing nearest the edge of the vellum—were far more distinct than the others. It was clear that the action of the caloric had been imperfect or unequal. I immediately kindled a fire, and subjected every portion of the parchment to a glowing heat. At first, the only effect was the strengthening of the faint lines in the skull; but, upon persevering in the experiment, there became visible, at the corner of the slip, diagonally opposite to the spot in which the death's-head was delineated, the figure of what I at first supposed to be a goat. A closer scrutiny, however, satisfied me that it was intended for a kid."

"Ha! ha!" said I, "to be sure I have no right to laugh at you—a million and a half of money is too serious a matter for mirth—but you are not about to establish a third link in your chain—you will not find any especial connection between your pirates and a goat—pirates, you know, have nothing to do with goats; they appertain to the farming interest."

vos genoux et tout près du feu. Je crus un moment que la flamme allait l'atteindre, et j'allais vous dire de prendre garde ; mais avant que j'eusse parlé vous l'aviez retiré, et vous vous étiez mis à l'examiner. Quand j'eus bien considéré toutes ces circonstances, je ne doutai pas un instant que la chaleur n'eût été l'agent qui avait fait apparaître sur le parchemin le crâne dont je voyais l'image. Vous savez bien qu'il y a – il y en a eu de tout temps – des préparations chimiques, au moyen desquelles on peut écrire sur du papier ou sur du vélin des caractères qui ne deviennent visibles que lorsqu'ils sont soumis à l'action du feu. On emploie quelquefois le safre, digéré dans l'eau régale et délayé dans quatre fois son poids d'eau ; il en résulte une teinte verte. Le régule de cobalt dissous dans l'esprit de nitre donne une couleur rouge. Ces couleurs disparaissent plus ou moins longtemps après que la substance sur laquelle on a écrit s'est refroidie, mais reparaissent à volonté par application nouvelle de la chaleur.

"J'examinai alors la tête de mort avec le plus grand soin. Les contours extérieurs, c'est-à-dire les plus rapprochés du bord du vélin, étaient beaucoup plus distincts que les autres. Évidemment l'action du calorique avait été imparfaite ou inégale. J'allumai immédiatement du feu, et je soumis chaque partie du parchemin à une chaleur brûlante. D'abord, cela n'eut d'autre effet que de renforcer les lignes un peu pâles du crâne ; mais, en continuant l'expérience, je vis apparaître, dans un coin de la bande, au coin diagonalement opposé à celui où était tracée la tête de mort, une figure que je supposai d'abord être celle d'une chèvre. Mais un examen plus attentif me convainquit qu'on avait voulu représenter un chevreau.

– Ah ! ah ! dis-je, je n'ai certes pas le droit de me moquer de vous ; – un million et demi de dollars ! c'est chose trop sérieuse pour qu'on en plaisante ; – mais vous n'allez pas ajouter un troisième anneau à votre chaîne ; vous ne trouverez aucun rapport spécial entre vos pirates et une chèvre ; – les pirates, vous le savez, n'ont rien à faire avec les chèvres. – Cela regarde les fermiers.

Edgar Allan Poe

"But I have just said that the figure was not that of a goat."

"Well, a kid then—pretty much the same thing."

"Pretty much, but not altogether," said Legrand. "You may have heard of one Captain Kidd. I at once looked upon the figure of the animal as a kind of punning or hieroglyphical signature. I say signature; because its position upon the vellum suggested this idea. The death's-head at the corner diagonally opposite, had, in the same manner, the air of a stamp, or seal. But I was sorely put out by the absence of all else—of the body to my imagined instrument—of the text for my context."

"I presume you expected to find a letter between the stamp and the signature."

"Something of that kind. The fact is, I felt irresistibly impressed with a presentiment of some vast good fortune impending. I can scarcely say why. Perhaps, after all, it was rather a desire than an actual belief;—but do you know that Jupiter's silly words, about the bug being of solid gold, had a remarkable effect upon my fancy? And then the series of accidents and coincidents—these were so very extraordinary. Do you observe how mere an accident it was that these events should have occurred upon the sole day of all the year in which it has been, or may be sufficiently cool for fire, and that without the fire, or without the intervention of the dog at the precise moment in which he appeared, I should never have become aware of the death's-head, and so never the possessor of the treasure?"

"But proceed—I am all impatience."

"Well; you have heard, of course, the many stories current—the thousand vague rumors afloat about money buried, somewhere upon

Charles Baudelaire

– Mais je viens de vous dire que l'image n'était pas celle d'une chèvre.

– Bon ! va pour un chevreau ; c'est presque la même chose.

– Presque, mais pas tout à fait, dit Legrand. – Vous avez entendu parler peut-être d'un certain capitaine Kidd. Je considérai tout de suite la figure de cet animal comme une espèce de signature logogriphique ou hiéroglyphique (*kid*, chevreau). Je dis signature, parce que la place qu'elle occupait sur le vélin suggérait naturellement cette idée. Quant à la tête de mort placée au coin diagonalement opposé, elle avait l'air d'un sceau, d'une estampille. Mais je fus cruellement déconcerté par l'absence du reste, – du corps même de mon document rêvé, – du texte de mon contexte.

– Je présume que vous espériez trouver une lettre entre le timbre et la signature.

– Quelque chose comme cela. Le fait est que je me sentais comme irrésistiblement pénétré du pressentiment d'une immense bonne fortune imminente. Pourquoi ? Je ne saurais trop le dire. Après tout, peut-être était-ce plutôt un désir qu'une croyance positive ; – mais croiriez-vous que le dire absurde de Jupiter, que le scarabée était en or massif, a eu une influence remarquable sur mon imagination ? Et puis cette série d'accidents et de coïncidences était vraiment si extraordinaire ! Avez-vous remarqué tout ce qu'il y a de fortuit là-dedans ? Il a fallu que tous ces événements arrivassent le seul jour de toute l'année où il a pu faire assez froid pour nécessiter du feu ; et, sans ce feu et sans l'intervention du chien au moment précis où il a paru, je n'aurais jamais eu connaissance de la tête de mort et n'aurais jamais possédé ce trésor.

– Allez, allez, je suis sur des charbons.

– Eh bien, vous avez donc connaissance d'une foule d'histoires qui courent, de mille rumeurs vagues relatives aux trésors enfouis

the Atlantic coast, by Kidd and his associates. These rumors must have had some foundation in fact. And that the rumors have existed so long and so continuous, could have resulted, it appeared to me, only from the circumstance of the buried treasures still remaining entombed. Had Kidd concealed his plunder for a time, and afterwards reclaimed it, the rumors would scarcely have reached us in their present unvarying form. You will observe that the stories told are all about money-seekers, not about money-finders. Had the pirate recovered his money, there the affair would have dropped. It seemed to me that some accident—say the loss of a memorandum indicating its locality—had deprived him of the means of recovering it, and that this accident had become known to his followers, who otherwise might never have heard that the treasure had been concealed at all, and who, busying themselves in vain, because unguided, attempts to regain it, had given first birth, and then universal currency, to the reports which are now so common. Have you ever heard of any important treasure being unearthed along the coast?"

"Never."

"But that Kidd's accumulations were immense, is well known. I took it for granted, therefore, that the earth still held them; and you will scarcely be surprised when I tell you that I felt a hope, nearly amounting to certainty, that the parchment so strangely found involved a lost record of the place of deposit."

"But how did you proceed?"

"I held the vellum again to the fire, after increasing the heat; but nothing appeared. I now thought it possible that the coating of dirt might have something to do with the failure; so I carefully rinsed the parchment by pouring warm water over it, and, having done this, I placed it in a tin pan, with the skull downward, and put the pan upon a furnace of lighted charcoal. In a few minutes, the pan having

quelque part sur la côte de l'Atlantique, par Kidd et ses associés ? En somme, tous ces bruits devaient avoir quelque fondement. Et si ces bruits duraient depuis si longtemps et avec tant de persistance, cela ne pouvait, selon moi, tenir qu'à un fait, c'est que le trésor enfoui était resté enfoui. Si Kidd avait caché son butin pendant un certain temps et l'avait ensuite repris, ces rumeurs ne seraient pas sans doute venues jusqu'à nous sous leur forme actuelle et invariable. Remarquez que les histoires en question roulent toujours sur des chercheurs et jamais sur des trouveurs de trésors. Si le pirate avait repris son argent, l'affaire en serait restée là. Il me semblait que quelque accident, par exemple la perte de la note qui indiquait l'endroit précis, avait dû le priver des moyens de le recouvrer. Je supposais que cet accident était arrivé à la connaissance de ses compagnons, qui autrement n'auraient jamais su qu'un trésor avait été enfoui, et qui, par leurs recherches infructueuses, sans guide et sans notes positives, avaient donné naissance à cette rumeur universelle et à ces légendes aujourd'hui si communes. Avez-vous jamais entendu parler d'un trésor important qu'on aurait déterré sur la côte ?

– Jamais.

– Or, il est notoire que Kidd avait accumulé d'immenses richesses. Je considérais donc comme chose sûre que la terre les gardait encore ; et vous ne vous étonnerez pas quand je vous dirai que je sentais en moi une espérance, – une espérance qui montait presque à la certitude ; – c'est que le parchemin, si singulièrement trouvé, contiendrait l'indication disparue du lieu où avait été fait le dépôt.

– Mais comment avez-vous fait ?

– J'exposai de nouveau le vélin au feu, après avoir augmenté la chaleur ; mais rien ne parut. Je pensai que la couche de crasse pouvait bien être pour quelque chose dans cet insuccès ; aussi je nettoyai soigneusement le parchemin en versant de l'eau chaude dessus, puis je le plaçai dans une casserole de fer-blanc, le crâne en dessous, et je posai la casserole sur un réchaud de charbons allumés. Au bout de

become thoroughly heated, I removed the slip, and, to my inexpressible joy, found it spotted, in several places, with what appeared to be figures arranged in lines. Again I placed it in the pan, and suffered it to remain another minute. Upon taking it off, the whole was just as you see it now."

Here Legrand, having re-heated the parchment, submitted it to my inspection. The following characters were rudely traced, in a red tint, between the death's-head and the goat:

53‡‡†305))6*;4826)4‡.)4‡);806*;48†8¶60))85;1‡(;:‡*8†83(88)5*†;
46(;88*96*?;8)*‡(;485);5*†2:*‡(;4956*2(5*—4)8¶8*;4069285);)6†
8)4‡‡;1(‡9;48081;8:8‡1;48†85;4)485†528806*81(‡9;48;(88;4(‡?34
;48)4‡;161;:188;‡?;

"But," said I, returning him the slip, "I am as much in the dark as ever. Were all the jewels of Golconda awaiting me upon my solution of this enigma, I am quite sure that I should be unable to earn them."

"And yet," said Legrand, "the solution is by no means so difficult as you might be led to imagine from the first hasty inspection of the characters. These characters, as anyone might readily guess, form a cipher—that is to say, they convey a meaning; but then from what is known of Kidd, I could not suppose him capable of constructing any of the more abstruse cryptographs. I made up my mind, at once, that this was of a simple species—such, however, as would appear, to the crude intellect of the sailor, absolutely insoluble without the key."

"And you really solved it?"

"Readily; I have solved others of an abstruseness ten thousand times greater. Circumstances, and a certain bias of mind, have led me to take interest in such riddles, and it may well be doubted whether

quelques minutes, la casserole étant parfaitement chauffée, je retirai la bande de vélin, et je m'aperçus, avec une joie inexprimable, qu'elle était mouchetée en plusieurs endroits de signes qui ressemblaient à des chiffres rangés en lignes. Je replaçai la chose dans la casserole, et l'y laissai encore une minute, et, quand je l'en retirai, elle était juste comme vous allez la voir.

Ici, Legrand, ayant de nouveau chauffé le vélin, le soumit à mon examen. Les caractères suivants apparaissaient en rouge, grossièrement tracés entre la tête de mort et le chevreau :

53‡‡+305))6*;4826)4‡.)4‡);806*;48+8¶60))85;1‡(;:‡*8+83(88)5*+;
46(;88*96*?;8)*‡(;485);5*+2:*‡(;4956*2(5*–4)8¶8*;
4069285));)6+8)4‡‡1(‡9;48081;8:8‡1;48+85;4)485+528806*81(‡9;4
8;(88;4(‡?34;48)4‡;161;:188;‡?;

— Mais, dis-je, en lui tendant la bande de vélin, je n'y vois pas plus clair. Si tous les trésors de Golconde devaient être pour moi le prix de la solution de cette énigme, je serais parfaitement sûr de ne pas les gagner.

— Et cependant, dit Legrand, la solution n'est certainement pas aussi difficile qu'on se l'imaginerait au premier coup d'œil. Ces caractères, comme chacun pourrait le deviner facilement, forment un chiffre, c'est-à-dire qu'ils présentent un sens ; mais, d'après ce que nous savons de Kidd, je ne devais pas le supposer capable de fabriquer un échantillon de cryptographie bien abstruse. Je jugeai donc tout d'abord que celui-ci était d'une espèce simple, – tel cependant qu'à l'intelligence grossière du marin il dût paraître absolument insoluble sans la clef.

— Et vous l'avez résolu, vraiment ?

— Très-aisément ; j'en ai résolu d'autres dix mille fois plus compliqués. Les circonstances et une certaine inclination d'esprit m'ont amené à prendre intérêt à ces sortes d'énigmes, et il est

Edgar Allan Poe

human ingenuity can construct an enigma of the kind which human ingenuity may not, by proper application, resolve. In fact, having once established connected and legible characters, I scarcely gave a thought to the mere difficulty of developing their import.

"In the present case—indeed in all cases of secret writing—the first question regards the language of the cipher; for the principles of solution, so far, especially, as the more simple ciphers are concerned, depend upon, and are varied by, the genius of the particular idiom. In general, there is no alternative but experiment (directed by probabilities) of every tongue known to him who attempts the solution, until the true one be attained. But, with the cipher now before us, all difficulty was removed by the signature. The pun upon the word 'Kidd' is appreciable in no other language than the English. But for this consideration I should have begun my attempts with the Spanish and French, as the tongues in which a secret of this kind would most naturally have been written by a pirate of the Spanish main. As it was, I assumed the cryptograph to be English.

"You observe there are no divisions between the words. Had there been divisions the task would have been comparatively easy. In such cases I should have commenced with a collation and analysis of the shorter words, and, had a word of a single letter occurred, as is most likely, (a or I, for example,) I should have considered the solution as assured. But, there being no division, my first step was to ascertain the predominant letters, as well as the least frequent. Counting all, I constructed a table thus:

Of the character 8 there are 33.
Of the character ; there are 26.
Of the character 4 there are 19.
Of the character ‡) there are 16.
Of the character * there are 13.

vraiment douteux que l'ingéniosité humaine puisse créer une énigme de ce genre dont l'ingéniosité humaine ne vienne à bout par une application suffisante. Aussi, une fois que j'eus réussi à établir une série de caractères lisibles, je daignai à peine songer à la difficulté d'en dégager la signification.

"Dans le cas actuel, – et, en somme, dans tous les cas d'écriture secrète, – la première question à vider, c'est la *langue* du chiffre : car les principes de solution, particulièrement quand il s'agit des chiffres les plus simples, dépendent du génie de chaque idiome, et peuvent être modifiés. En général, il n'y a pas d'autre moyen que d'essayer successivement, en se dirigeant suivant les probabilités, toutes les langues qui vous sont connues jusqu'à ce que vous ayez trouvé la bonne. Mais, dans le chiffre qui nous occupe, toute difficulté à cet égard était résolue par la signature. Le rébus sur le mot *Kidd* n'est possible que dans la langue anglaise. Sans cette circonstance, j'aurais commencé mes essais par l'espagnol et le français, comme étant les langues dans lesquelles un pirate des mers espagnoles aurait dû le plus naturellement enfermer un secret de cette nature. Mais, dans le cas actuel, je présumai que le cryptogramme était anglais.

"Vous remarquez qu'il n'y a pas d'espaces entre les mots. S'il y avait eu des espaces, la tâche eût été singulièrement plus facile. Dans ce cas, j'aurais commencé par faire une collation et une analyse des mots les plus courts, et, si j'avais trouvé, comme cela est toujours probable, un mot d'une seule lettre, *a* ou *I* (un, je) par exemple, j'aurais considéré la solution comme assurée. Mais, puisqu'il n'y avait pas d'espaces, mon premier devoir était de relever les lettres prédominantes, ainsi que celles qui se rencontraient le plus rarement. Je les comptai toutes, et je dressai la table que voici :

>Le caractère 8 se trouve 33 fois.
>Le caractère ; se trouve 26 fois.
>Le caractère 4 se trouve 19 fois.
>Le ‡ et) se trouvent 16 fois.
>Le caractère * se trouve 13 fois.

Edgar Allan Poe

Of the character 5 there are 12.
Of the character 6 there are 11.
Of the character †1 there are 8.
Of the character 0 there are 6.
Of the character 92 there are 5.
Of the character :3 there are 4.
Of the character ? there are 3.
Of the character ¶ there are 2.
Of the character —. there are 1.

"Now, in English, the letter which most frequently occurs is e. Afterwards, the succession runs thus: a o i d h n r s t u y c f g l m w b k p q x z. E *predominates so remarkably, that an individual sentence of any length is rarely seen, in which it is not the prevailing character.*

"Here, then, we have, in the very beginning, the groundwork for something more than a mere guess. The general use which may be made of the table is obvious—but, in this particular cipher, we shall only very partially require its aid. As our predominant character is 8, we will commence by assuming it as the e of the natural alphabet. To verify the supposition, let us observe if the 8 be seen often in couples—for e is doubled with great frequency in English—in such words, for example, as 'meet,' 'fleet,' 'speed,' 'seen,' 'been,' 'agree,' &c. In the present instance we see it doubled no less than five times, although the cryptograph is brief.

"Let us assume 8, then, as e. Now, of *all* words in the language, 'the' is most usual; let us see, therefore, whether there are not repetitions of any three characters, in the same order of collocation, the last of them being 8. If we discover repetitions of such letters, so arranged, they will most probably represent the word 'the.' Upon inspection, we find no less than seven such arrangements, the characters being ;48. We may, therefore, assume that ; represents t, 4 represents h, and 8

Charles Baudelaire

Le caractère 5 se trouve 12 fois.
Le caractère 6 se trouve 11 fois.
Le + et 1 se trouvent 8 fois.
Le caractère 0 se trouve 6 fois.
Le 9 et 2 se trouvent 5 fois.
Le : et 3 se trouvent 4 fois.
Le caractère ? se trouve 3 fois.
Le caractère ¶ se trouve 2 fois.
Le – et . se trouvent 1 fois.

"Or, la lettre qui se rencontre le plus fréquemment en anglais est e. Les autres lettres se succèdent dans cet ordre : *a o i d h n r s t u y c f g l m w b k p q x z*. *E* prédomine si singulièrement, qu'il est très-rare de trouver une phrase d'une certaine longueur dont il ne soit pas le caractère principal.

"Nous avons donc, tout en commençant, une base d'opérations qui donne quelque chose de mieux qu'une conjecture. L'usage général qu'on peut faire de cette table est évident ; mais, pour ce chiffre particulier, nous ne nous en servirons que très-médiocrement. Puisque notre caractère dominant est 8, nous commencerons par le prendre pour l'e de l'alphabet naturel. Pour vérifier cette supposition, voyons si le 8 se rencontre souvent double ; car l'e se redouble très-fréquemment en anglais, comme par exemple dans les mots : *meet, fleet, speed, seen, been, agree*, etc. Or, dans le cas présent, nous voyons qu'il n'est pas redoublé moins de cinq fois, bien que le cryptogramme soit très-court.

"Donc 8 représentera e. Maintenant, de tous les mots de la langue, *the* est le plus utilisé ; conséquemment, il nous faut voir si nous ne trouverons pas répétée plusieurs fois la même combinaison de trois caractères, ce 8 étant le dernier des trois. Si nous trouvons des répétitions de ce genre, elles représenteront très-probablement le mot *the*. Vérification faite, nous n'en trouvons pas moins de 7; et les caractères sont ;48. Nous pouvons donc supposer que ; représente *t*, que 4 représente *h*, et que 8 représente *e*, – la valeur du dernier se

represents e—the last being now well confirmed. Thus a great step has been taken.

"But, having established a single word, we are enabled to establish a vastly important point; that is to say, several commencements and terminations of other words. Let us refer, for example, to the last instance but one, in which the combination ;48 occurs—not far from the end of the cipher. We know that the ; immediately ensuing is the commencement of a word, and, of the six characters succeeding this 'the,' we are cognizant of no less than five. Let us set these characters down, thus, by the letters we know them to represent, leaving a space for the unknown—

t eeth.

"Here we are enabled, at once, to discard the 'th,' as forming no portion of the word commencing with the first t; since, by experiment of the entire alphabet for a letter adapted to the vacancy, we perceive that no word can be formed of which this th can be a part. We are thus narrowed into

t ee,

and, going through the alphabet, if necessary, as before, we arrive at the word 'tree,' as the sole possible reading. We thus gain another letter, r, represented by (, with the words 'the tree' in juxtaposition.

"Looking beyond these words, for a short distance, we again see the combination ;48, and employ it by way of termination to what immediately precedes. We have thus this arrangement:

the tree ;4(4+?34 the,

or, substituting the natural letters, where known, it reads thus:

trouvant ainsi confirmée de nouveau. Il y a maintenant un grand pas de fait.

"Nous n'avons déterminé qu'un mot, mais ce seul mot nous permet d'établir un point beaucoup plus important, c'est-à-dire les commencements et les terminaisons d'autres mots. Voyons, par exemple, l'avant-dernier cas où se présente la combinaison ;48, presque à la fin du chiffre. Nous savons que le ; qui vient immédiatement après est le commencement d'un mot, et des six caractères qui suivent ce *the,* nous n'en connaissons pas moins de cinq. Remplaçons donc ces caractères par les lettres qu'ils représentent, en laissant un espace pour l'inconnu :

t eeth.

"Nous devons tout d'abord écarter le *th* comme ne pouvant pas faire partie du mot qui commence par le premier *t,* puisque nous voyons, en essayant successivement toutes les lettres de l'alphabet pour combler la lacune, qu'il est impossible de former un mot dont ce *th* puisse faire partie. Réduisons donc nos caractères à :

t ee,

et reprenant de nouveau tout l'alphabet, s'il le faut, nous concluons au mot *tree* (arbre), comme à la seule version possible. Nous gagnons ainsi une nouvelle lettre, *r,* représentée par (, plus deux mots juxtaposés, *the tree* (l'arbre).

"Un peu plus loin, nous retrouvons la combinaison ;48, et nous nous en servons comme de terminaison à ce qui précède immédiatement. Cela nous donne l'arrangement suivant :

the tree ; 4(‡?34 *the,*

ou, en substituant les lettres naturelles aux caractères que nous connaissons,

Edgar Allan Poe

the tree thr+?3h the.

"Now, if, in place of the unknown characters, we leave blank spaces, or substitute dots, we read thus:

the tree thr...h the,

when the word 'through' makes itself evident at once. But this discovery gives us three new letters, o, u, and g, represented by ‡, ?, and 3.

"Looking now, narrowly, through the cipher for combinations of known characters, we find, not very far from the beginning, this arrangement,

83(88, or egree,

which plainly, is the conclusion of the word 'degree,' and gives us another letter, d, represented by †.

"Four letters beyond the word 'degree,' we perceive the combination

;46(;88.

"Translating the known characters, and representing the unknown by dots, as before, we read thus:

th rtee.

an arrangement immediately suggestive of the word 'thirteen,' and again furnishing us with two new characters, i and n, represented by 6 and *.

"Referring, now, to the beginning of the cryptograph, we find the combination,

Charles Baudelaire

the tree thr‡? 3 h the.

Maintenant, si aux caractères inconnus nous substituons des blancs ou des points, nous aurons :

the tree thr... h the,

et le mot *through* (par, à travers) se dégage pour ainsi dire de lui-même. Mais cette découverte nous donne trois lettres de plus, *o*, *u* et *g*, représentées par ‡, ? et 3.

"Maintenant, cherchons attentivement dans le cryptogramme des combinaisons de caractères connus, et nous trouverons, non loin du commencement, l'arrangement suivant :

83(88, ou *egree*,

qui est évidemment la terminaison du mot *degree* (degré), et qui nous livre encore une lettre *d* représentée par †.

"Quatre lettres plus loin que ce mot *degree*, nous trouvons la combinaison :

;46(;88,

dont nous traduisons les caractères connus et représentons l'inconnu par un point ; cela nous donne :

th. rtee,

arrangement qui nous suggère immédiatement le mot *thirteen* (treize), et nous fournit deux lettres nouvelles, *i* et *n*, représentées par 6 et *.

"Reportons-nous maintenant au commencement du cryptogramme, nous trouvons la combinaison :

Edgar Allan Poe
53‡‡†.

"Translating as before, we obtain

.good,

which assures us that the first letter is A, and that the first two words are 'A good.'

"It is now time that we arrange our key, as far as discovered, in a tabular form, to avoid confusion. It will stand thus:

5 represents a
† represents d
8 represents e
3 represents g
4 represents h
6 represents i
* represents n
‡ represents o
(represents r
; represents t

"We have, therefore, no less than eleven of the most important letters represented, and it will be unnecessary to proceed with the details of the solution. I have said enough to convince you that ciphers of this nature are readily soluble, and to give you some insight into the rationale of their development. But be assured that the specimen before us appertains to the very simplest species of cryptograph. It now only remains to give you the full translation of the characters upon the parchment, as unriddled. Here it is:

Charles Baudelaire

53‡‡+.

"Traduisant comme nous avons déjà fait, nous obtenons

.*good,*

ce qui nous montre que la première lettre est un *a*, et que les deux premiers mots sont *a good* (un bon, une bonne).

"Il serait temps maintenant, pour éviter toute confusion, de disposer toutes nos découvertes sous forme de table. Cela nous fera un commencement de clef :

        5 représente *a*
        + représente *d*
        8 représente *e*
        3 représente *g*
        4 représente *h*
        6 représente *i*
        * représente *n*
        ‡ représente *o*
        (représente *r*
        ; représente *t*
        ? représente *u*

Ainsi, nous n'avons pas moins de onze des lettres les plus importantes, et il est inutile que nous poursuivions la solution à travers tous ses détails. Je vous en ai dit assez pour vous convaincre que des chiffres de cette nature sont faciles à résoudre, et pour vous donner un aperçu de l'analyse raisonnée qui sert à les débrouiller. Mais tenez pour certain que le spécimen que nous avons sous les yeux appartient à la catégorie la plus simple de la cryptographie. Il ne me reste plus qu'à vous donner la traduction complète du document, comme si nous avions déchiffré successivement tous les caractères. La voici :

'A good glass in the bishop's hostel in the devil's seat forty-one degrees and thirteen minutes northeast and by north main branch seventh limb east side shoot from the left eye of the death's-head a bee line from the tree through the shot fifty feet out.'"

"But," said I, "the enigma seems still in as bad a condition as ever. How is it possible to extort a meaning from all this jargon about 'devil's seats,' 'death's-heads,' and 'bishop's hostels?'"

"I confess," replied Legrand, "that the matter still wears a serious aspect, when regarded with a casual glance. My first endeavor was to divide the sentence into the natural division intended by the cryptographist."

"You mean, to punctuate it?"

"Something of that kind."

"But how was it possible to effect this?"

"I reflected that it had been a point with the writer to run his words together without division, so as to increase the difficulty of solution. Now, a not over-acute man, in pursuing such an object, would be nearly certain to overdo the matter. When, in the course of his composition, he arrived at a break in his subject which would naturally require a pause, or a point, he would be exceedingly apt to run his characters, at this place, more than usually close together. If you will observe the MS., in the present instance, you will easily detect five such cases of unusual crowding. Acting upon this hint, I made the division thus:

Charles Baudelaire

A good glass in the bishop's hostel in the devil's seat forty-one degrees and thirteen minutes northeast and by north main branch seventh limb east side shoot from the left eye of the death's-head a bee-line from the tree through the shot fifty feet out.
(Un bon verre dans l'hostel de l'évêque dans la chaise du diable quarante et un degrés et treize minutes nord-est quart de nord principale tige septième branche côté est lâchez de l'œil gauche de la tête de mort une ligne d'abeille de l'arbre à travers la balle cinquante pieds au large.)

— Mais, dis-je, l'énigme me paraît d'une qualité tout aussi désagréable qu'auparavant. Comment peut-on tirer un sens quelconque de tout ce jargon de *chaise du diable*, de *tête de mort* et d'*hostel de l'évêque* ?

— Je conviens, répliqua Legrand, que l'affaire a l'air encore passablement sérieux, quand on y jette un simple coup d'œil. Mon premier soin fut d'essayer de retrouver dans la phrase les divisions naturelles qui étaient dans l'esprit de celui qui l'écrivit.

— De la ponctuer, voulez-vous dire ?

— Quelque chose comme cela.

— Mais comment diable avez-vous fait ?

— Je réfléchis que l'écrivain s'était fait une loi d'assembler les mots sans aucune division, espérant rendre ainsi la solution plus difficile. Or, un homme qui n'est pas excessivement fin sera presque toujours enclin, dans une pareille tentative, à dépasser la mesure. Quand, dans le cours de sa composition, il arrive à une interruption de sens qui demanderait naturellement une pause ou un point, il est fatalement porté à serrer les caractères plus que d'habitude. Examinez ce manuscrit, et vous découvrirez facilement cinq endroits de ce genre où il y a pour ainsi dire encombrement de caractères. En me dirigeant d'après cet indice j'établis la division suivante :

'A good glass in the Bishop's hostel in the Devil's seat—forty-one degrees and thirteen minutes—northeast and by north—main branch seventh limb east side—shoot from the left eye of the death's-head—a bee-line from the tree through the shot fifty feet out.'"

"Even this division," said I, "leaves me still in the dark."

"It left me also in the dark," replied Legrand, "for a few days; during which I made diligent inquiry in the neighborhood of Sullivan's Island, for any building which went by the name of the 'Bishop's Hotel;' for, of course, I dropped the obsolete word 'hostel.' Gaining no information on the subject, I was on the point of extending my sphere of search, and proceeding in a more systematic manner, when, one morning, it entered into my head, quite suddenly, that this 'Bishop's Hostel' might have some reference to an old family, of the name of Bessop, which, time out of mind, had held possession of an ancient manor house, about four miles to the northward of the island. I accordingly went over to the plantation, and re-instituted my inquiries among the older negroes of the place. At length one of the most aged of the women said that she had heard of such a place as Bessop's Castle, and thought that she could guide me to it, but that it was not a castle, nor a tavern, but a high rock.

"I offered to pay her well for her trouble, and, after some demur, she consented to accompany me to the spot. We found it without much difficulty, when, dismissing her, I proceeded to examine the place. The 'castle' consisted of an irregular assemblage of cliffs and rocks—one of the latter being quite remarkable for its height as well as for its

Charles Baudelaire

A good glass in the bishop's hostel in the devil's seat – forty-one degrees and thirteen minutes – northeast and by north – main branch seventh limb east side – shoot from the left eye of the death's-head – a bee line from the tree through the shot fifty feet out.
(Un bon verre dans l'hostel de l'évêque dans la chaise du diable – quarante et un degrés et treize minutes – nord-est quart de nord – principale tige septième branche côté est – lâchez de l'œil gauche de la tête de mort – une ligne d'abeille de l'arbre à travers la balle cinquante pieds au large.)

– Malgré votre division, dis-je, je reste toujours dans les ténèbres.

– J'y restai moi-même pendant quelques jours, répliqua Legrand. Pendant ce temps, je fis force recherches dans le voisinage de l'île de Sullivan sur un bâtiment qui devait s'appeler *l'Hôtel de l'Évêque*, car je ne m'inquiétai pas de la vieille orthographe du mot *hostel*. N'ayant trouvé aucun renseignement à ce sujet, j'étais sur le point d'étendre la sphère de mes recherches et de procéder d'une manière plus systématique, quand, un matin, je m'avisai tout à coup que ce *Bishop's hostel* pouvait bien avoir rapport à une vieille famille du nom de Bessop, qui, de temps immémorial, était en possession d'un ancien manoir à quatre milles environ au nord de l'île. J'allai donc à la plantation, et je recommençai mes questions parmi les plus vieux nègres de l'endroit. Enfin, une des femmes les plus âgées me dit qu'elle avait entendu parler d'un endroit comme *Bessop's castle* (château de Bessop), et qu'elle croyait bien pouvoir m'y conduire, mais que ce n'était ni un château, ni une auberge, mais un grand rocher.

"Je lui offris de la bien payer pour sa peine, et, après quelque hésitation, elle consentit à m'accompagner jusqu'à l'endroit précis. Nous le découvrîmes sans trop de difficulté, je la congédiai, et commençai à examiner la localité. Le *château* consistait en un assemblage irrégulier de pics et de rochers, dont l'un était aussi remarquable par sa hauteur que par son isolement et sa configuration

insulated and artificial appearance. I clambered to its apex, and then felt much at a loss as to what should be next done.

"While I was busied in reflection, my eyes fell upon a narrow ledge in the eastern face of the rock, perhaps a yard below the summit upon which I stood. This ledge projected about eighteen inches, and was not more than a foot wide, while a niche in the cliff just above it gave it a rude resemblance to one of the hollow-backed chairs used by our ancestors. I made no doubt that here was the 'devil's-seat' alluded to in the MS., and now I seemed to grasp the full secret of the riddle.

"The 'good glass,' I knew, could have reference to nothing but a telescope; for the word 'glass' is rarely employed in any other sense by seamen. Now here, I at once saw, was a telescope to be used, and a definite point of view, admitting no variation, *from which to use it. Nor did I hesitate to believe that the phrases, 'forty-one degrees and thirteen minutes,' and 'northeast and by north,' were intended as directions for the leveling of the glass. Greatly excited by these discoveries, I hurried home, procured a telescope, and returned to the rock.*

"I let myself down to the ledge, and found that it was impossible to retain a seat upon it except in one particular position. This fact confirmed my preconceived idea. I proceeded to use the glass. Of course, the 'forty-one degrees and thirteen minutes' could allude to nothing but elevation above the visible horizon, since the horizontal direction was clearly indicated by the words, 'northeast and by north.' This latter direction I at once established by means of a pocket compass; then, pointing the glass as nearly at an angle of forty-one degrees of elevation as I could do it by guess, I moved it cautiously up or down, until my attention was arrested by a circular rift or opening in the foliage of a large tree that overtopped its fellows in the

quasi artificielle. Je grimpai au sommet, et, là, je me sentis fort embarrassé de ce que j'avais désormais à faire.

"Pendant que j'y rêvais, mes yeux tombèrent sur une étroite saillie dans la face orientale du rocher, à un yard environ au-dessous de la pointe où j'étais placé. Cette saillie se projetait de dix-huit pouces à peu près, et n'avait guère plus d'un pied de large ; une niche creusée dans le pic juste au-dessus lui donnait une grossière ressemblance avec les chaises à dos concave dont se servaient nos ancêtres. Je ne doutai pas que ce ne fût la *chaise du diable* dont il était fait mention dans le manuscrit, et il me sembla que je tenais désormais tout le secret de l'énigme.

"Le *bon verre*, je le savais, ne pouvait pas désigner autre chose qu'une longue-vue ; car nos marins emploient rarement le mot *glass* dans un autre sens. Je compris tout de suite qu'il fallait ici se servir d'une longue-vue, en se plaçant à un point de vue défini et *n'admettant aucune variation*. Or, les phrases : *quarante et un degrés et treize minutes*, et *nord-est quart de nord*, – je n'hésitai pas un instant à le croire, – devaient donner la direction pour pointer la longue-vue. Fortement remué par toutes ces découvertes, je me précipitai chez moi, je me procurai une longue-vue, et je retournai au rocher.

"Je me laissai glisser sur la corniche, et je m'aperçus qu'on ne pouvait s'y tenir assis que dans une certaine position. Ce fait confirma ma conjecture. Je pensai alors à me servir de la longue-vue. Naturellement, les *quarante et un degrés et treize minutes* ne pouvaient avoir trait qu'à l'élévation au-dessus de l'horizon sensible, puisque la direction horizontale était clairement indiquée par les mots *nord-est quart de nord*. J'établis cette direction au moyen d'une boussole de poche ; puis, pointant, aussi juste que possible par approximation, ma longue-vue à un angle de quarante et un degrés d'élévation, je la fis mouvoir avec précaution de haut en bas et de bas en haut, jusqu'à ce que mon attention fût arrêtée par une espèce de trou circulaire ou de lucarne dans le feuillage d'un grand arbre qui

distance. In the center of this rift I perceived a white spot, but could not, at first, distinguish what it was. Adjusting the focus of the telescope, I again looked, and now made it out to be a human skull.

"Upon this discovery I was so sanguine as to consider the enigma solved; for the phrase 'main branch, seventh limb, east side,' could refer only to the position of the skull upon the tree, while 'shoot from the left eye of the death's-head' admitted, also, of but one interpretation, in regard to a search for buried treasure. I perceived that the design was to drop a bullet from the left eye of the skull, and that a bee-line, or, in other words, a straight line, drawn from the nearest point of the trunk through 'the shot,' (or the spot where the bullet fell,) and thence extended to a distance of fifty feet, would indicate a definite point—and beneath this point I thought it at least possible *that a deposit of value lay concealed.*"

"All this," I said, "is exceedingly clear, and, although ingenious, still simple and explicit. When you left the Bishop's Hotel, what then?"

"Why, having carefully taken the bearings of the tree, I turned homeward. The instant that I left 'the devil's seat,' however, the circular rift vanished; nor could I get a glimpse of it afterwards, turn as I would. What seems to me the chief ingenuity in this whole business, is the fact (for repeated experiment has convinced me it is a fact) that the circular opening in question is visible from no other attainable point of view than that afforded by the narrow ledge upon the face of the rock.

"In this expedition to the 'Bishop's Hotel' I had been attended by Jupiter, who had, no doubt, observed, for some weeks past, the abstraction of my demeanor, and took especial care not to leave me alone. But, on the next day, getting up very early, I contrived to give him the slip, and went into the hills in search of the tree. After much

dominait tous ses voisins dans l'étendue visible. Au centre de ce trou, j'aperçus un point blanc, mais je ne pus pas tout d'abord distinguer ce que c'était. Après avoir ajusté le foyer de ma longue-vue, je regardai de nouveau, et je m'assurai enfin que c'était un crâne humain.

"Après cette découverte qui me combla de confiance, je considérai l'énigme comme résolue ; car la phrase : *principale tige, septième branche, côté est*, ne pouvait avoir trait qu'à la position du crâne sur l'arbre, et celle-ci : *lâchez de l'œil gauche de la tête de mort*, n'admettait aussi qu'une interprétation, puisqu'il s'agissait de la recherche d'un trésor enfoui. Je compris qu'il fallait laisser tomber une balle de l'œil gauche du crâne et qu'une ligne d'abeille, ou, en d'autres termes, une ligne droite, partant du point le plus rapproché du tronc, et s'étendant, *à travers la balle*, c'est-à-dire à travers le point où tomberait la balle, indiquerait l'endroit précis, – et sous cet endroit je jugeai qu'il était pour le moins possible qu'un dépôt précieux fût encore enfoui.

– Tout cela, dis-je, est excessivement clair, et tout à la fois ingénieux, simple et explicite. Et, quand vous eûtes quitté l'hôtel de *l'Évêque*, que fîtes-vous ?

– Mais, ayant soigneusement noté mon arbre, sa forme et sa position, je retournai chez moi. À peine eus-je quitté *la chaise du Diable*, que le trou circulaire disparut, et, de quelque côté que je me tournasse, il me fut désormais impossible de l'apercevoir. Ce qui me paraît le chef-d'œuvre de l'ingéniosité dans toute cette affaire, c'est ce fait (car j'ai répété l'expérience et me suis convaincu que c'est un fait), que l'ouverture circulaire en question n'est visible que d'un seul point, et cet unique point de vue, c'est l'étroite corniche sur le flanc du rocher.

"Dans cette expédition à l'hôtel de *l'Évêque* j'avais été suivi par Jupiter, qui observait sans doute depuis quelques semaines mon air préoccupé, et mettait un soin particulier à ne pas me laisser seul. Mais, le jour suivant, je me levai de très-grand matin, je réussis à lui échapper, et je courus dans les montagnes à la recherche de mon

toil I found it. When I came home at night my valet proposed to give me a flogging. With the rest of the adventure I believe you are as well acquainted as myself."

"I suppose," said I, "you missed the spot, in the first attempt at digging, through Jupiter's stupidity in letting the bug fall through the right instead of through the left eye of the skull."

"Precisely. This mistake made a difference of about two inches and a half in the 'shot'—that is to say, in the position of the peg nearest the tree; and had the treasure been beneath the 'shot,' the error would have been of little moment; but 'the shot,' together with the nearest point of the tree, were merely two points for the establishment of a line of direction; of course the error, however trivial in the beginning, increased as we proceeded with the line, and by the time we had gone fifty feet, threw us quite off the scent. But for my deep-seated impressions that treasure was here somewhere actually buried, we might have had all our labor in vain."

"But your grandiloquence, and your conduct in swinging the beetle—how excessively odd! I was sure you were mad. And why did you insist upon letting fall the bug, instead of a bullet, from the skull?"

"Why, to be frank, I felt somewhat annoyed by your evident suspicions touching my sanity, and so resolved to punish you quietly, in my own way, by a little bit of sober mystification. For this reason I swung the beetle, and for this reason I let it fall from the tree. An observation of yours about its great weight suggested the latter idea."

arbre. J'eus beaucoup de peine à le trouver. Quand je revins chez moi à la nuit, mon domestique se disposait à me donner la bastonnade. Quant au reste de l'aventure, vous êtes, je présume, aussi bien renseigné que moi.

– Je suppose, dis-je, que, lors de nos premières fouilles, vous aviez manqué l'endroit par suite de la bêtise de Jupiter, qui laissa tomber le scarabée par l'œil droit du crâne au lieu de le laisser filer par l'œil gauche.

– Précisément. Cette méprise faisait une différence de deux pouces et demi environ relativement à *la balle*, c'est-à-dire à la position de la cheville près de l'arbre ; si le trésor avait été sous l'endroit marqué par *la balle*, cette erreur eût été sans importance ; mais *la balle* et le point le plus rapproché de l'arbre étaient deux points ne servant qu'à établir une ligne de direction ; naturellement, l'erreur, fort minime au commencement, augmentait en proportion de la longueur de la ligne, et, quand nous fûmes arrivés à une distance de cinquante pieds, elle nous avait totalement dévoyés. Sans l'idée fixe dont j'étais possédé, qu'il y avait positivement là, quelque part, un trésor enfoui, nous aurions peut-être bien perdu toutes nos peines.

– Mais votre emphase, vos attitudes solennelles, en balançant le scarabée ! – quelles bizarreries ! Je vous croyais positivement fou. Et pourquoi avez-vous absolument voulu laisser tomber du crâne votre insecte, au lieu d'une balle ?

– Ma foi ! pour être franc, je vous avouerai que je me sentais quelque peu vexé par vos soupçons relativement à l'état de mon esprit, et je résolus de vous punir tranquillement, à ma manière, par un petit brin de mystification froide. Voilà pourquoi je balançais le scarabée, et voilà pourquoi je voulus le faire tomber du haut de l'arbre. Une observation que vous fîtes sur son poids singulier me suggéra cette dernière idée.

Edgar Allan Poe

"Yes, I perceive; and now there is only one point which puzzles me. What are we to make of the skeletons found in the hole?"

"That is a question I am no more able to answer than yourself. There seems, however, only one plausible way of accounting for them—and yet it is dreadful to believe in such atrocity as my suggestion would imply. It is clear that Kidd—if Kidd indeed secreted this treasure, which I doubt not—it is clear that he must have had assistance in the labor. But this labor concluded, he may have thought it expedient to remove all participants in his secret. Perhaps a couple of blows with a mattock were sufficient, while his coadjutors were busy in the pit; perhaps it required a dozen—who shall tell?"

— Oui, je comprends ; et maintenant il n'y a plus qu'un point qui m'embarrasse. Que dirons-nous des squelettes trouvés dans le trou ?

— Ah ! c'est une question à laquelle je ne saurais pas mieux répondre que vous. Je ne vois qu'une manière plausible de l'expliquer, – et mon hypothèse implique une atrocité telle que cela est horrible à croire. Il est clair que Kidd, – si c'est bien Kidd qui a enfoui le trésor, ce dont je ne doute pas, pour mon compte, – il est clair que Kidd a dû se faire aider dans son travail. Mais, la besogne finie, il a pu juger convenable de faire disparaître tous ceux qui possédaient son secret. Deux bons coups de pioche ont peut-être suffi, pendant que ses aides étaient encore occupés dans la fosse ; il en a peut être fallu une douzaine. – Qui nous le dira ?

Note :

1. La prononciation du mot *antennæ* fait commettre une méprise au nègre, qui croit qu'il est question d'étain : *Dey aint no tin in him.* Calembour intraduisible. Le nègre parlera toujours dans une espèce de patois anglais, que le patois nègre français n'imiterait pas mieux que le bas normand ou le breton ne traduirait l'irlandais. En se rappelant les orthographes figuratives de Balzac, on se fera une idée de ce que ce moyen un peu *physique* peut ajouter de pittoresque et de comique, mais j'ai dû renoncer à m'en servir, faute d'équivalent. — C.B.

2. Calembour. *I nose* pour *I know*. — *Je le sens* pour *Je le sais*. — C.B.

The Balloon-Hoax

1844

Le Canard au ballon

Edgar Allan Poe

[A㎱TOUNDING NEWS BY EXPRESS, VIA NORFOLK!—THE ATLANTIC CROSSED IN THREE DAYS! SIGNAL TRIUMPH OF MR. MONCK MASON'S FLYING MACHINE!— ARRIVAL AT SULLIVAN'S ISLAND, NEAR CHARLESTON, S.C., OF MR. MASON, MR. ROBERT HOLLAND, MR. HENSON, MR. HARRISON AINSWORTH, AND FOUR OTHERS, IN THE STEERING BALLOON, "VICTORIA," AFTER A PASSAGE OF SEVENTY-FIVE HOURS FROM LAND TO LAND! FULL PARTICULARS OF THE VOYAGE!

The subjoined jeu d'esprit with the preceding heading in magnificent capitals, well interspersed with notes of admiration, was originally published, as matter of fact, in the "New-York Sun," a daily newspaper, and therein fully subserved the purpose of creating indigestible aliment for the quid-nuncs during the few hours intervening between a couple of the Charleston mails. The rush for the "sole paper which had the news," was something beyond even the prodigious; and, in fact, if (as some assert) the "Victoria" did not absolutely accomplish the voyage recorded, it will be difficult to assign a reason why she should not have accomplished it.]

The great problem is at length solved! The air, as well as the earth and the ocean, has been subdued by science, and will become a common and convenient highway for mankind. The Atlantic has been actually crossed in a Balloon! *and this too without difficulty—without any great apparent danger—with thorough control of the machine—and in the inconceivably brief period of seventy-five hours from shore to shore! By the energy of an agent at Charleston, S.C., we are enabled to be the first to furnish the public with a detailed account of this most extraordinary voyage, which was performed between Saturday, the 6th instant, at 11, A.M., and 2, P.M., on Tuesday, the 9th instant, by Sir Everard Bringhurst; Mr. Osborne, a*

Charles Baudelaire

ÉTONNANTES NOUVELLES PAR EXPRÈS, VIA NORFOLK ! — L'ATLANTIQUE TRAVERSÉE EN TROIS JOURS !! — TRIOMPHE SIGNALÉ DE LA MACHINE VOLANTE DE M. MONCK MASON !!! — ARRIVÉE À L'ÎLE DE SULLIVAN, PRÈS CHARLESTON, S. C., DE MM. MASON, ROBERT HOLLAND, HENSON, HARRISON AINSWORTH, ET DE QUATRE AUTRES PERSONNES, PAR LE BALLON DIRIGEABLE VICTORIA, APRÈS UNE TRAVERSÉE DE SOIXANTE-CINQ HEURES D'UN CONTINENT À L'AUTRE !!! — DÉTAILS CIRCONSTANCIÉS DU VOYAGE !!!!!

Le jeu d'esprit ci-dessous, avec l'en-tête qui précède en magnifiques capitales, soigneusement émaillé de points d'admiration, fut publié primitivement, comme un fait positif, dans le *New-York Sun*, feuille périodique, et y remplit complètement le but de fournir un aliment indigeste aux insatiables badauds durant les quelques heures d'intervalle entre deux courriers de Charleston. La cohue qui se fit pour se disputer *le seul journal qui eût les nouvelles* fut quelque chose qui dépasse même le prodige ; et, en somme, si, comme quelques-uns l'affirment, le VICTORIA n'a pas absolument accompli la traversée en question, il serait difficile de trouver une raison quelconque qui l'eût empêché de l'accomplir.

Le grand problème est à la fin résolu ! L'air, aussi bien que la terre et l'Océan, a été conquis par la science, et deviendra pour l'humanité une grande voie commune et commode. L'Atlantique vient d'être traversé en ballon ! et cela, sans trop de difficultés, – sans grand danger apparent, – avec une machine dont on est absolument maître, – et dans l'espace inconcevablement court de soixante-cinq heures d'un continent à l'autre ! Grâce à l'activité d'un correspondant de Charleston, nous sommes en mesure de donner les premiers au public un récit détaillé de cet extraordinaire voyage, qui a été accompli, – du samedi 6 du courant, à quatre heures du matin, au mardi 9 du courant, à deux heures de l'après-midi, – par sir Everard Bringhurst,

nephew of Lord Bentinck's; Mr. Monck Mason and Mr. Robert Holland, the well-known æronauts; Mr. Harrison Ainsworth, author of "Jack Sheppard," &c.; and Mr. Henson, the projector of the late unsuccessful flying machine—with two seamen from Woolwich—in all, eight persons. The particulars furnished below may be relied on as authentic and accurate in every respect, as, with a slight exception, they are copied verbatim *from the joint diaries of Mr. Monck Mason and Mr. Harrison Ainsworth, to whose politeness our agent is also indebted for much verbal information respecting the balloon itself, its construction, and other matters of interest. The only alteration in the MS. received, has been made for the purpose of throwing the hurried account of our agent, Mr. Forsyth, in a connected and intelligible form.*

THE BALLOON.

Two very decided failures, of late—those of Mr. Henson and Sir George Cayley—had much weakened the public interest in the subject of aerial navigation. Mr. Henson's scheme (which at first was considered very feasible even by men of science,) was founded upon the principle of an inclined plane, started from an eminence by an extrinsic force, applied and continued by the revolution of impinging vanes, in form and number resembling the vanes of a windmill. But, in all the experiments made with models at the Adelaide Gallery, it was found that the operation of these fans not only did not propel the machine, but actually impeded its flight. The only propelling force it ever exhibited, was the mere impetus *acquired from the descent of the inclined plane; and this* impetus *carried the machine farther when the vanes were at rest, than when they were in motion—a fact which sufficiently demonstrates their inutility; and in the absence of the propelling, which was also the* sustaining *power, the whole fabric would necessarily descend. This consideration led Sir George Cayley to think only of adapting a propeller to some machine having of itself*

M. Osborne, un neveu de lord Bentinck, MM. Monck Mason et Robert Holland, les célèbres aéronautes, M. Harrison Ainsworth, auteur de *Jack Sheppard*, etc., M. Henson, inventeur du malheureux projet de la dernière machine volante, – et deux marins de Woolwich, – en tout huit personnes. Les détails fournis ci-dessous peuvent être considérés comme parfaitement authentiques et exacts sous tous les rapports, puisqu'ils sont, à une légère exception près, copiés mot à mot d'après les journaux réunis de MM. Monck Mason et Harrison Ainsworth, à la politesse desquels notre agent doit également bon nombre d'explications verbales relativement au ballon lui-même, à sa construction, et à d'autres matières d'un haut intérêt. La seule altération dans le manuscrit communiqué a été faite dans le but de donner au récif hâtif de notre agent, M. Forsyth, une forme suivie et intelligible.

LE BALLON.

Deux insuccès notoires et récents – ceux de M. Henson et de sir George Cayley – avaient beaucoup amorti l'intérêt du public relativement à la navigation aérienne. Le plan de M. Henson (qui fut d'abord considéré comme très-praticable, même par les hommes de science) était fondé sur le principe d'un plan incliné, lancé d'une hauteur par une force intrinsèque créée et continuée par la rotation de palettes semblables, en forme et en nombre, aux ailes d'un moulin à vent. Mais, dans toutes les expériences qui furent faites avec des modèles à l'*Adelaïde-Gallery*, il se trouva que l'opération de ces ailes, non seulement ne faisait pas avancer la machine, mais empêchait positivement son vol. La seule force propulsive qu'elle ait jamais montrée fut le simple mouvement acquis par la descente du plan incliné ; et ce mouvement portait la machine plus loin quand les palettes étaient au repos que quand elles fonctionnaient, – fait qui démontrait suffisamment leur inutilité ; et, en l'absence du propulseur, qui lui servait en même temps d'appui, toute la machine devait nécessairement descendre vers le sol. Cette considération induisit sir George Cayley à ajuster un propulseur à une machine qui

an independent power of support—in a word, to a balloon; the idea, however, being novel, or original, with Sir George, only so far as regards the mode of its application to practice. He exhibited a model of his invention at the Polytechnic Institution. The propelling principle, or power, was here, also, applied to interrupted surfaces, or vanes, put in revolution. These vanes were four in number, but were found entirely ineffectual in moving the balloon, or in aiding its ascending power. The whole project was thus a complete failure.

It was at this juncture that Mr. Monck Mason (whose voyage from Dover to Weilburg in the balloon, "Nassau," occasioned so much excitement in 1837,) conceived the idea of employing the principle of the Archimedean screw for the purpose of propulsion through the air—rightly attributing the failure of Mr. Henson's scheme, and of Sir George Cayley's, to the interruption of surface in the independent vanes. He made the first public experiment at Willis's Rooms, but afterwards removed his model to the Adelaide Gallery.

Like Sir George Cayley's balloon, his own was an ellipsoid. Its length was thirteen feet six inches—height, six feet eight inches. It contained about three hundred and twenty cubic feet of gas, which, if pure hydrogen, would support twenty-one pounds upon its first inflation, before the gas has time to deteriorate or escape. The weight of the whole machine and apparatus was seventeen pounds—leaving about four pounds to spare. Beneath the centre of the balloon, was a frame of light wood, about nine feet long, and rigged on to the balloon itself with a network in the customary manner. From this framework was suspended a wicker basket or car.

The screw consists of an axis of hollow brass tube, eighteen inches in length, through which, upon a semi-spiral inclined at fifteen degrees, pass a series of a steel wire radii, two feet long, and thus projecting a foot on either side. These radii are connected at the outer extremities by two bands of flattened wire—the whole in this manner forming the

aurait en elle-même la force de se soutenir, – en un mot, à un ballon. L'idée, néanmoins, n'était nouvelle ou originale, chez sir George, qu'en ce qui regardait le mode d'application pratique. Il exhiba un modèle de son invention à l'Institution polytechnique. La force motrice, ou principe propulseur, était, ici encore, attribuée à des surfaces non continues ou ailes tournantes. Ces ailes étaient au nombre de quatre ; mais il se trouva qu'elles étaient totalement impuissantes à mouvoir le ballon ou à aider sa force ascensionnelle. Tout le projet, dès lors, n'était plus qu'un *four* complet.

Ce fut dans cette conjoncture que M. Monck Mason (dont le voyage de Douvres à Weilburg sur le ballon *le Nassau* excita un si grand intérêt en 1837) eut l'idée d'appliquer le principe de la vis d'Archimède au projet de la navigation aérienne, attribuant judicieusement l'insuccès des plans de M. Henson et de sir George Cayley à la non-continuité des surfaces dans l'appareil des roues. Il fit sa première expérience publique à *Willis's Rooms*, puis plus tard porta son modèle à l'*Adelaïde-Gallery*.

Comme le ballon de sir George Cayley, le sien était un ellipsoïde. Sa longueur était de treize pieds six pouces, sa hauteur de six pieds huit pouces. Il contenait environ trois cent vingt pieds cubes de gaz, qui, si c'était de l'hydrogène pur, pouvaient supporter vingt et une livres aussitôt après qu'il était enflé, avant que le gaz n'eût eu le temps de se détériorer ou de fuir. Le poids de toute la machine et de l'appareil était de dix-sept livres, – donnant ainsi une économie de quatre livres environ. Au centre du ballon, en dessous, était une charpente de bois fort léger, longue d'environ neuf pieds, et attachée au ballon par un réseau de l'espèce ordinaire. À cette charpente était suspendue une corbeille ou nacelle d'osier.

La vis consiste en un axe formé d'un tube de cuivre creux, long de six pouces, à travers lequel, sur une spirale inclinée à un angle de quinze degrés, passe une série de rayons de fil d'acier, longs de deux pieds et se projetant d'un pied de chaque côté. Ces rayons sont réunis à leurs extrémités externes par deux lames de fil métallique aplati, – le tout

framework of the screw, which is completed by a covering of oiled silk cut into gores, and tightened so as to present a tolerably uniform surface. At each end of its axis this screw is supported by pillars of hollow brass tube descending from the hoop. In the lower ends of these tubes are holes in which the pivots of the axis revolve. From the end of the axis which is next the car, proceeds a shaft of steel, connecting the screw with the pinion of a piece of spring machinery fixed in the car. By the operation of this spring, the screw is made to revolve with great rapidity, communicating a progressive motion to the whole. By means of the rudder, the machine was readily turned in any direction. The spring was of great power, compared with its dimensions, being capable of raising forty-five pounds upon a barrel of four inches diameter, after the first turn, and gradually increasing as it was wound up. It weighed, altogether, eight pounds six ounces. The rudder was a light frame of cane covered with silk, shaped somewhat like a battledoor, and was about three feet long, and at the widest, one foot. Its weight was about two ounces. It could be turned flat, and directed upwards or downwards, as well as to the right or left; and thus enabled the æronaut to transfer the resistance of the air which in an inclined position it must generate in its passage, to any side upon which he might desire to act; thus determining the balloon in the opposite direction.

This model (which, through want of time, we have necessarily described in an imperfect manner,) was put in action at the Adelaide Gallery, where it accomplished a velocity of five miles per hour; although, strange to say, it excited very little interest in comparison with the previous complex machine of Mr. Henson—so resolute is the world to despise anything which carries with it an air of simplicity. To accomplish the great desideratum of æerial navigation, it was very generally supposed that some exceedingly complicated application must be made of some unusually profound principle in dynamics.

formant ainsi la charpente de la vis, qui est complétée par un tissu de soie huilée, coupée en pointes et tendue de manière à présenter une surface passablement lisse. Aux deux bouts de son axe, cette vis est surmontée par des montants cylindriques de cuivre descendant du cerceau. Aux bouts inférieurs de ces tubes sont des trous dans lesquels tournent les pivots de l'axe. Du bout de l'axe qui est le plus près de la nacelle part une flèche d'acier qui relie la vis à une machine à levier fixée à la nacelle. Par l'opération de ce ressort, la vis est forcée et tournée avec une grande rapidité, communiquant à l'ensemble un mouvement de progression. Au moyen du gouvernail, la machine pouvait aisément s'orienter dans toutes les directions. Le levier était d'une grande puissance, comparativement à sa dimension, pouvant soulever un poids de quarante-cinq livres sur un cylindre de quatre pouces de diamètre après le premier tour, et davantage à mesure qu'il fonctionnait. Il pesait en tout huit livres six onces. Le gouvernail était une légère charpente de roseau recouverte de soie, façonnée à peu près comme une raquette, de trois pieds de long à peu près et d'un pied dans sa plus grande largeur. Son poids était de deux onces environ. Il pouvait se tourner à plat et se diriger en haut et en bas, aussi bien qu'à droite et à gauche, et donner à l'aéronaute la faculté de transporter la résistance de l'air, qu'il devait, dans une position inclinée, créer sur son passage, du côté sur lequel il désirait agir, déterminant ainsi pour le ballon la direction opposée.

Ce modèle (que, faute de temps, nous avons nécessairement décrit d'une manière imparfaite) fut mis en mouvement dans l'*Adelaïde-Gallery*, où il donna une vélocité de cinq milles à l'heure ; et, chose étrange à dire, il n'excita qu'un mince intérêt en comparaison de la précédente machine compliquée de M. Henson, – tant le monde est décidé à mépriser toute chose qui se présente avec un air de simplicité ! Pour accomplir le grand *desideratum* de la navigation aérienne, on supposait généralement l'application singulièrement compliquée de quelque principe extraordinairement profond de dynamique.

So well satisfied, however, was Mr. Mason of the ultimate success of his invention, that he determined to construct immediately, if possible, a balloon of sufficient capacity to test the question by a voyage of some extent—the original design being to cross the British Channel, as before, in the Nassau balloon. To carry out his views, he solicited and obtained the patronage of Sir Everard Bringhurst and Mr. Osborne, two gentlemen well known for scientific acquirement, and especially for the interest they have exhibited in the progress of ærostation. The project, at the desire of Mr. Osborne, was kept a profound secret from the public—the only persons entrusted with the design being those actually engaged in the construction of the machine, which was built (under the superintendence of Mr. Mason, Mr. Holland, Sir Everard Bringhurst, and Mr. Osborne,) at the seat of the latter gentleman near Penstruthal, in Wales. Mr. Henson, accompanied by his friend Mr. Ainsworth, was admitted to a private view of the balloon, on Saturday last—when the two gentlemen made final arrangements to be included in the adventure. We are not informed for what reason the two seamen were also included in the party—but, in the course of a day or two, we shall put our readers in possession of the minutest particulars respecting this extraordinary voyage.

The balloon is composed of silk, varnished with the liquid gum caoutchouc. It is of vast dimensions, containing more than 40,000 cubic feet of gas; but as coal gas was employed in place of the more expensive and inconvenient hydrogen, the supporting power of the machine, when fully inflated, and immediately after inflation, is not more than about 2500 pounds. The coal gas is not only much less costly, but is easily procured and managed.

For its introduction into common use for purposes of aerostation, we are indebted to Mr. Charles Green. Up to his discovery, the process of inflation was not only exceedingly expensive, but uncertain. Two, and even three days, have frequently been wasted in futile attempts to

Charles Baudelaire

Toutefois, M. Mason était tellement satisfait du récent succès de son invention qu'il résolut de construire immédiatement, s'il était possible, un ballon d'une capacité suffisante pour vérifier le problème par un voyage de quelque étendue ; – son projet primitif était de traverser la Manche comme il avait déjà fait avec le ballon *le Nassau*. Pour favoriser ses vues, il sollicita et obtint le patronage de sir Everard Bringhurst et de M. Osborne, deux gentlemen bien connus par leurs lumières scientifiques et spécialement pour l'intérêt qu'ils ont manifesté pour les progrès de l'aérostation. Le projet, selon le désir de M. Osborne, fut soigneusement caché au public ; – les seules personnes auxquelles il fut confié furent les personnes engagées dans la construction de la machine, qui fut établie sous la surveillance de MM. Mason, Holland, de sir Everard Bringhurst et de M. Osborne, dans l'habitation de ce dernier, près de Penstruthal, dans le pays de Galles. M. Henson, accompagné de son ami M. Ainsworth, fut admis à examiner le ballon samedi dernier, – après les derniers arrangements pris par ces messieurs pour être admis à la participation de l'entreprise. Nous ne savons pas pour quelle raison les deux marins firent aussi partie de l'expédition, – mais dans un délai d'un ou deux jours nous mettrons le lecteur en possession des plus minutieux détails concernant cet extraordinaire voyage.

Le ballon est fait de soie recouverte d'un vernis de caoutchouc. Il est conçu dans de grandes proportions et contient plus de 40 000 pieds cubes de gaz ; mais, comme le gaz de houille a été employé préférablement à l'hydrogène, dont la trop grande force d'expansion a des inconvénients, la puissance de l'appareil, quand il est parfaitement gonflé et aussitôt après son gonflement, n'enlève pas plus de 2 500 livres environ. Non seulement le gaz de houille est moins coûteux, mais on peut se le procurer et le gouverner plus aisément.

L'introduction de ce gaz dans les procédés usuels de l'aérostation est due à M. Charles Green. Avant sa découverte, le procédé du gonflement était non seulement excessivement dispendieux, mais peu sûr. On a souvent perdu deux ou même trois jours en efforts futiles

procure a sufficiency of hydrogen to fill a balloon, from which it had great tendency to escape owing to its extreme subtlety, and its affinity for the surrounding atmosphere. In a balloon sufficiently perfect to retain its contents of coal-gas unaltered, in quality or amount, for six months, an equal quantity of hydrogen could not be maintained in equal purity for six weeks.

The supporting power being estimated at 2500 pounds, and the united weights of the party amounting only to about 1200, there was left a surplus of 1300, of which again 1200 was exhausted by ballast, arranged in bags of different sizes, with their respective weights marked upon them—by cordage, barometers, telescopes, barrels containing provision for a fortnight, water-casks, cloaks, carpet-bags, and various other indispensable matters, including a coffee-warmer, contrived for warming coffee by means of slack-lime, so as to dispense altogether with fire, if it should be judged prudent to do so. All these articles, with the exception of the ballast, and a few trifles, were suspended from the hoop over head. The car is much smaller and lighter, in proportion, than the one appended to the model. It is formed of a light wicker, and is wonderfully strong, for so frail looking a machine. Its rim is about four feet deep. The rudder is also very much larger, in proportion, than that of the model; and the screw is considerably smaller. The balloon is furnished besides, with a grapnel, and a guide-rope; which latter is of the most indispensable importance. A few words, in explanation, will here be necessary for such of our readers as are not conversant with the details of aerostation.

As soon as the balloon quits the earth, it is subjected to the influence of many circumstances tending to create a difference in its weight; augmenting or dimishing its ascending power. For example, there may be a disposition of dew upon the silk, to the extent, even, of several hundred pounds; ballast has then to be thrown out, or the machine may descend. This ballast being discarded, and a clear sunshine evaporating the dew, and at the same time expanding the gas in the silk, the whole will again rapidly ascend. To check this

pour se procurer la quantité suffisante d'hydrogène pour un ballon d'où il avait toujours une tendance à fuir, grâce à son excessive subtilité et à son affinité pour l'atmosphère ambiante. Un ballon assez bien fait pour tenir sa contenance de gaz de houille intacte, en qualité et en quantité, pendant six mois, ne pourrait pas conserver six semaines la même quantité d'hydrogène dans une égale intégrité.

La force du support étant estimée à 2 500 livres, et les poids réunis de cinq individus seulement à 1 200 environ, il restait un surplus de 1 300, dont 1 200 étaient prises par le lest, réparti en différents sacs, dont le poids était marqué sur chacun, – par les cordages, les baromètres, les télescopes, les barils contenant des provisions pour une quinzaine, les barils d'eau, les portemanteaux, les sacs de nuits et divers autres objets indispensables, y compris une cafetière à faire bouillir le café à la chaux, pour se dispenser totalement de feu, si cela était jugé prudent. Tous ces articles, à l'exception du lest et de quelques bagatelles, étaient appendus au cerceau. La nacelle est plus légère et plus petite à proportion que celle qui la représente dans le modèle. Elle est faite d'un osier fort léger, et singulièrement forte pour une machine qui a l'air si fragile. Elle a environ quatre pieds de profondeur. Le gouvernail diffère aussi de celui du modèle en ce qu'il est beaucoup plus large, et que la vis est considérablement plus petite. Le ballon est en outre muni d'un grappin et d'un *guide-rope*, ce dernier étant de la plus indispensable utilité. Quelques mots d'explication seront nécessaires ici pour ceux de nos lecteurs qui ne sont pas versés dans les détails de l'aérostation.

Aussitôt que le ballon quitte la terre, il est sujet à l'influence de mille circonstances qui tendent à créer une différence dans son poids, augmentant ou diminuant sa force ascensionnelle. Par exemple, il y a parfois sur la soie une masse de rosée qui peut aller à quelques centaines de livres ; il faut alors jeter du lest, sinon l'aérostat descendra. Ce lest jeté, et un bon soleil vaporisant la rosée et augmentant la force d'expansion du gaz dans la soie, le tout montera de nouveau très-rapidement. Pour modérer notre ascension, le seul

ascent, the only resource is, (or rather was, until Mr. Green's invention of the guide-rope,) the permission of the escape of gas from the valve; but, in the loss of gas, is a proportionate general loss of ascending power; so that, in a comparatively brief period, the best constructed balloon must necessarily exhaust all its resources, and come to the earth. This was the great obstacle to voyages of length.

The guide-rope remedies the difficulty in the simplest manner conceivable. It is merely a very long rope which is suffered to trail from the car, and the effect of which is to prevent the balloon from changing its level in any material degree. If, for example, there should be a deposition of moisture upon the silk, and the machine begins to descend in consequence, there will be no neccesity for discharging ballast to remedy the increase of weight, for it is remedied, or counteracted, in an exactly just proportion, by the deposit on the ground of just so much of the end of the rope as is necessary. If, on the other hand, any circumstances should cause undue levity, and consequent ascent, this levity is immediately counteracted by the additional weight of rope upraised from the earth. Thus, the balloon can neither ascend or descend, except within very narrow limits, and its resources, either in gas or ballast, remain comparatively unimpaired. When passing over an expanse of water, it becomes necessary to employ small kegs of copper or wood, filled with liquid ballast of a lighter nature than water. These float, and serve all the purposes of a mere rope on land. Another most important office of the guide-rope, is to point out the direction of the balloon. The rope drags, either on land or sea, while the balloon is free; the latter, consequently, is always in advance, when any progress whatever is made: a comparison, therefore, by means of the compass, of the relative positions of the two objects, will always indicate the course. In the same way, the angle formed by the rope with the vertical axis of the machine, indicates the velocity. When there is no angle—in other words, when the rope hangs perpendicularly, the whole apparatus is stationary; but the larger the angle, that is to say, the farther the balloon precedes the end of the rope, the greater the velocity; and the converse.

moyen est (ou plutôt était jusqu'au *guide-rope* inventé par M. Charles Green) la faculté de faire échapper du gaz par une soupape ; mais la perte du gaz impliquait une déperdition proportionnelle de la force d'ascension ; si bien que, dans un laps de temps comparativement très-bref, le ballon le mieux construit devait nécessairement épuiser toutes ses ressources et s'abattre sur le sol. C'était là le grand obstacle aux voyages un peu longs.

Le *guide-rope* remédie à la difficulté de la manière la plus simple du monde. C'est simplement une très-longue corde qu'on laisse traîner hors de la nacelle, et dont l'effet est d'empêcher le ballon de changer de niveau à un degré sensible. Si, par exemple, la soie est chargée d'humidité, et si conséquemment la machine commence à descendre, il n'y a pas de nécessité de jeter du lest pour compenser l'augmentation du poids, car on y remédie ou on la neutralise, dans une proportion exacte, en déposant à terre autant de longueur de corde qu'il est nécessaire. Si, au contraire, quelques circonstances amènent une légèreté excessive et une ascension précipitée, cette légèreté sera immédiatement neutralisée par le poids additionnel de la corde qu'on ramène de terre. Ainsi le ballon ne peut monter ou descendre que dans des proportions très-petites, et ses ressources en gaz et en lest restent à peu près intactes. Quand on passe au-dessus d'une étendue d'eau, il devient nécessaire d'employer de petits barils de cuivre ou de bois remplis d'un lest liquide plus léger que l'eau. Ils flottent et remplissent l'office d'une corde sur la terre. Un autre office très-important du *guide-rope* est de marquer la direction du ballon. La corde drague pour ainsi dire, soit sur terre, soit sur mer, quand le ballon est libre ; ce dernier conséquemment, toutes les fois qu'il marche, est en avance ; ainsi, une appréciation faite, au compas, des positions des deux objets, indiquera toujours la direction. De la même façon, l'angle formé par la corde avec l'axe vertical de la machine indique la vitesse. Quand il n'y a pas d'angle, – en d'autres termes, quand la corde descend perpendiculairement, c'est que la machine est stationnaire ; mais plus l'angle est ouvert, c'est-à-dire plus le ballon est en avance sur le bout de la corde, plus grande est la vitesse ; – et réciproquement.

As the original design was to cross the British Channel, and alight as near Paris as possible, the voyagers had taken the precaution to prepare themselves with passports directed to all parts of the Continent, specifying the nature of the expedition, as in the case of the Nassau voyage, and entitling the adventurers to exemption from the usual formalities of office: unexpected events, however, rendered these passports superfluous.

The inflation was commenced very quietly at daybreak, on Saturday morning, the 6th instant, in the Court-Yard of Weal-Vor House, Mr. Osborne's seat, about a mile from Penstruthal, in North Wales; and at 7 minutes past 11, every thing being ready for departure, the balloon was set free, rising gently but steadily, in a direction nearly South; no use being made, for the first half hour, of either the screw or the rudder. We proceed now with the journal, as transcribed by Mr. Forsyth from the joint MSS. of Mr. Monck Mason, and Mr. Ainsworth. The body of the journal, as given, is in the hand-writing of Mr. Mason, and a P.S. is appended, each day, by Mr. Ainsworth, who has in preparation, and will shortly give the public a more minute, and no doubt, a thrillingly interesting account of the voyage.

THE JOURNAL.

Saturday, April the 6th.—*Every preparation likely to embarrass us, having been made over night, we commenced the inflation this morning at daybreak; but owing to a thick fog, which encumbered the folds of the silk and rendered it unmanageable, we did not get through before nearly eleven o'clock. Cut loose, then, in high spirits, and rose gently but steadily, with a light breeze at North, which bore us in the direction of the British Channel. Found the ascending force greater than we had expected; and as we arose higher and so got clear of the*

Comme le projet des voyageurs, dans le principe, était de traverser le canal de la Manche, et de descendre aussi près de Paris qu'il serait possible, ils avaient pris la précaution de se munir de passeports visés pour toutes les parties du continent, spécifiant la nature de l'expédition comme dans le cas du voyage sur *le Nassau*, et assurant aux courageux aventuriers une dispense des formalités usuelles de bureaux ; mais des événements inattendus rendirent les passeports superflus.

L'opération du gonflement commença fort tranquillement samedi matin, 6 du courant, au point du jour, dans la grande cour de Weal-Vor-House, résidence de M. Osborne, à un mille environ de Penstruthal, dans la Galles du Nord ; et, à onze heures sept minutes, tout étant prêt pour le départ, le ballon fut lâché et s'éleva doucement, mais constamment, dans une direction presque sud. On ne fit point usage, pendant la première demi-heure, de la vis ni du gouvernail. Nous nous servons maintenant du journal, tel qu'il a été transcrit par M. Forsyth d'après les manuscrits réunis de MM. Monck, Mason et Ainsworth. Le corps du journal, tel que nous le donnons, est de la main de M. Mason, et il a été ajouté un post-scriptum ou appendice de M. Ainsworth, qui a en préparation et donnera très-prochainement au public un compte rendu plus minutieux du voyage, et, sans aucun doute, d'un intérêt saisissant.

LE JOURNAL

Samedi, 6 avril. – Tous les préparatifs qui pouvaient nous embarrasser ont été finis cette nuit ; nous avons commencé le gonflement ce matin au point du jour ; mais, par suite d'un brouillard épais qui chargeait d'eau les plis de la soie et la rendait peu maniable, nous ne nous sommes pas élevés avant onze heures à peu près. Alors, nous fîmes tout larguer, dans un grand enthousiasme, et nous nous élevâmes doucement, mais sans interruption, par une jolie brise du nord, qui nous porta dans la direction du canal de la Manche. Nous trouvâmes la force ascensionnelle plus forte que nous ne l'avions espéré, et,

cliffs, and more in the sun's rays, our ascent became very rapid. I did not wish, however, to lose gas at so early a period of the adventure, and so concluded to ascend for the present. We soon ran out our guide-rope; but even when we had raised it clear of the earth, we still went up very rapidly. The balloon was unusually steady, and looked beautifully. In about ten minutes after starting, the barometer indicated an altitude of 15,000 feet.

The weather was remarkably fine, and the view of the subjacent country—a most romantic one when seen from any point,—was now especially sublime. The numerous deep gorges presented the appearance of lakes, on account of the dense vapors with which they were filled, and the pinnacles and crags to the South East, piled in inextricable confusion, resembled nothing so much as the giant cities of eastern fable. We were rapidly approaching the mountains in the South; but our elevation was more than sufficient to enable us to pass them in safety. In a few minutes we soared over them in fine style; and Mr. Ainsworth, with the seamen, were surprised at their apparent want of altitude when viewed from the car, the tendency of great elevation in a balloon being to reduce inequalities of the surface below, to nearly a dead level. At half-past eleven still proceeding nearly South, we obtained our first view of the Bristol Channel; and, in fifteen minutes afterwards, the line of breakers on the coast appeared immediately beneath us, and we were fairly out at sea. We now resolved to let off enough gas to bring our guide-rope, with the buoys affixed, into the water. This was immediately done, and we commenced a gradual descent. In about twenty minutes our first buoy dipped, and at the touch of the second soon afterwards, we remained stationary as to elevation. We were all now anxious to test the efficiency of the rudder and screw, and we put them both into requisition forthwith, for the purpose of altering our direction more to the eastward, and in a line for Paris.

comme nous montions assez haut pour dominer toutes les falaises et nous trouver soumis à l'action plus prochaine des rayons du soleil, notre ascension devenait de plus en plus rapide. Cependant je désirais ne pas perdre de gaz dès le commencement de notre tentative, et je résolus qu'il fallait monter pour le moment présent. Nous retirâmes bien vite à nous notre *guide-rope* ; mais, même après l'avoir absolument enlevé de terre, nous continuâmes à monter très-rapidement. Le ballon marchait avec une assurance singulière et avait un aspect magnifique. Dix minutes environ après notre départ, le baromètre indiquait une hauteur de 15 000 pieds.

Le temps était remarquablement beau, et l'aspect de la campagne placée sous nos pieds, – un des plus romantiques à tous les points de vue, – était alors particulièrement sublime. Les gorges nombreuses et profondes présentaient l'apparence de lacs, en raison des épaisses vapeurs dont elles étaient remplies, et les hauteurs et les rochers situés au sud-est, empilés dans un inextricable chaos, ressemblaient absolument aux cités géantes de la fable orientale. Nous approchions rapidement des montagnes vers le sud ; mais notre élévation était plus que suffisante pour nous permettre de les dépasser en toute sûreté. En quelques minutes, nous planâmes au-dessus magnifiquement, et M. Ainsworth ainsi que les marins furent frappés de leur apparence peu élevée, vue ainsi de la nacelle ; une grande élévation en ballon ayant pour résultat de réduire les inégalités de la surface située au-dessous à un niveau presque uni. À onze heures et demie, nous dirigeant toujours vers le sud, ou à peu près, nous aperçûmes pour la première fois le canal de Bristol ; et, quinze minutes après, la ligne des brisants de la côte apparut brusquement au-dessous de nous, et nous marchâmes rondement au-dessus de la mer. Nous résolûmes alors de lâcher assez de gaz pour laisser notre *guide-rope* traîner dans l'eau avec les bouées attenantes. Cela fut fait à la minute, et nous commençâmes à descendre graduellement. Au bout de vingt minutes environ, notre première bouée toucha, et, au plongeon de la seconde, nous restâmes à une élévation fixe. Nous étions tous très-inquiets de vérifier l'efficacité du gouvernail et de la vis, et nous les mîmes immédiatement en réquisition dans le but de déterminer davantage notre route vers l'est et de *mettre le cap* sur Paris.

Edgar Allan Poe

By means of the rudder we instantly effected the necessary change of direction, and our course was brought nearly at right angles to that of the wind; when we set in motion the spring of the screw, and were rejoiced to find it propel us readily as desired. Upon this we gave nine hearty cheers, and dropped in the sea a bottle, enclosing a slip of parchment with a brief account of the principle of the invention. Hardly, however, had we done with our rejoicings, when an unforeseen accident occurred which discouraged us in no little degree.

The steel rod connecting the spring with the propeller was suddenly jerked out of place, at the car end, (by a swaying of the car through some movement of one of the two seamen we had taken up,) and in an instant hung dangling out of reach, from the pivot of the axis of the screw. While we were endeavoring to regain it, our attention being completely absorbed, we became involved in a strong current of wind from the East, which bore us, with rapidly increasing force, towards the Atlantic.

We soon found ourselves driving out to sea at the rate of not less, certainly, than fifty or sixty miles an hour, so that we came up with Cape Clear, at some forty miles to our North, before we had secured the rod, and had time to think what we were about. It was now that Mr. Ainsworth made an extraordinary, but to my fancy, a by no means unreasonable or chimerical proposition, in which he was instantly seconded by Mr. Holland—viz.: that we should take advantage of the strong gale which bore us on, and in place of beating back to Paris, make an attempt to reach the coast of North America.

After slight reflection I gave a willing assent to this bold proposition, which (strange to say) met with objection from the two seamen only.

Au moyen du gouvernail, nous effectuâmes à l'instant le changement nécessaire de direction, et notre route se trouva presque à angle droit avec le vent ; puis nous mîmes en mouvement le ressort de la vis, et nous fûmes ravis de voir qu'elle nous portait docilement dans le sens voulu. Là-dessus, nous poussâmes neuf fois un fort vivat, et nous jetâmes à la mer une bouteille qui contenait une bande de parchemin avec le bref compte rendu du principe de l'invention. Toutefois, nous en avions à peine fini avec nos manifestations de triomphe qu'il survint un accident imprévu qui n'était pas peu propre à nous décourager.

La verge d'acier qui reliait le levier au propulseur fut soudainement jetée hors de sa place par le bout qui confinait à la nacelle (ce fut l'effet de l'inclinaison de la nacelle par suite de quelque mouvement de l'un des marins que nous avions pris avec nous), et, en un instant, se trouva suspendue et dansante hors de notre portée, loin du pivot de l'axe de la vis. Pendant que nous nous efforcions de la rattraper, et que toute notre attention y était absorbée, nous fûmes enveloppés dans un violent courant d'air de l'est qui nous porta avec une force rapide et croissante du côté de l'Atlantique.

Nous nous trouvâmes chassés en mer par une vitesse qui n'était certainement pas moins de cinquante ou de soixante milles à l'heure, si bien que nous atteignîmes le cap Clear, à quarante milles vers notre nord, avant d'avoir pu assurer la verge d'acier et d'avoir eu le temps de penser à virer de bord. Ce fut alors que M. Ainsworth fit une proposition extraordinaire, mais qui, dans mon opinion, n'était nullement déraisonnable ni chimérique, dans laquelle il fut immédiatement encouragé par M. Holland, – à savoir, que nous pourrions profiter de la forte brise qui nous emportait, et tenter, au lieu de rabattre sur Paris, d'atteindre la côte du Nord-Amérique.

Après une légère réflexion, je donnai de bon gré mon assentiment à cette violente proposition, qui, chose étrange à dire, ne trouva d'objections que dans les deux marins.

As the stronger party, however, we over-ruled their fears, and kept resolutely upon our course. We steered due West; but as the trailing of the buoys materially impeded our progress, and we had the balloon abundantly at command, either for ascent or descent, we first threw out fifty pounds of ballast, and then wound up (by means of a windlass) so much of a rope as brought it quite clear of the sea. We perceived the effect of this manœuvre immediately, in a vastly increased rate of progress; and, as the gale freshened, we flew with a velocity nearly inconceivable; the guide-rope flying out behind the car, like a streamer from a vessel. It is needless to say that a very short time sufficed us to lose sight of the coast. We passed over innumerable vessels of all kinds, a few of which were endeavoring to beat up, but the most of them lying to. We occasioned the greatest excitement on board all—an excitement greatly relished by ourselves, and especially by our two men, who, now under the influence of a dram of Geneva, seemed resolved to give all scruple, or fear, to the wind. Many of the vessels fired signal guns; and in all we were saluted with loud cheers (which we heard with surprising distinctness) and the waving of caps and handkerchiefs. We kept on in this manner throughout the day, with no material incident, and, as the shades of night closed around us, we made a rough estimate of the distance traversed. It could not have been less than five hundred miles, and was probably much more. The propeller was kept in constant operation, and, no doubt, aided our progress materially. As the sun went down, the gale freshened into an absolute hurricane, and the ocean beneath was clearly visible on account of its phosphorescence. The wind was from the East all night, and gave us the brightest omen of success. We suffered no little from cold, and the dampness of the atmosphere was most unpleasant; but the ample space in the car enabled us to lie down, and by means of cloaks and a few blankets, we did sufficiently well.

Toutefois, comme nous étions la majorité, nous maîtrisâmes leurs appréhensions, et nous maintînmes résolument notre route. Nous gouvernâmes droit à l'ouest ; mais, comme le traînage des bouées faisait un obstacle matériel à notre marche, et que nous étions suffisamment maîtres du ballon, soit pour monter, soit pour descendre, nous jetâmes tout d'abord cinquante livres de lest, et nous ramenâmes, au moyen d'une manivelle, toute la corde hors de la mer. Nous constatâmes immédiatement l'effet de cette manœuvre par un prodigieux accroissement de vitesse ; et, comme la brise fraîchissait, nous filâmes avec une vélocité presque inconcevable ; le *guide-rope* s'allongeait derrière la nacelle comme un sillage de navire. Il est superflu de dire qu'il nous suffit d'un très-court espace de temps pour perdre la côte de vue. Nous passâmes au-dessus d'innombrables navires de toute espèce, dont quelques-uns louvoyaient avec peine, mais dont la plupart restaient en panne. Nous causâmes à leur bord le plus grand enthousiasme, – enthousiasme fortement savouré par nous-mêmes, et particulièrement par nos deux hommes, qui, maintenant, sous l'influence de quelques petits verres de genièvre, semblaient résolus à jeter au vent toutes craintes et tous scrupules. Plusieurs navires tirèrent le canon de signal ; et tous nous saluèrent par de grands vivats que nous entendions avec une netteté surprenante, et par l'agitation des chapeaux et des mouchoirs. Nous marchâmes ainsi tout le jour, sans incident matériel, et, comme les premières ombres se formaient autour de nous, nous fîmes une estimation approximative de la distance parcourue. Elle ne pouvait pas être de moins de cinq cents milles, probablement davantage. Pendant tout ce temps le propulseur fonctionna et, sans aucun doute, aida positivement notre marche. Quand le soleil se coucha, la brise fraîchit et se transforma en une vraie tempête. Au-dessous de nous, l'Océan était parfaitement visible en raison de sa phosphorescence. Le vent souffla de l'est toute la nuit, et nous donna les plus brillants présages de succès. Nous ne souffrîmes pas peu du froid, et l'humidité de l'atmosphère nous était fort pénible ; mais la place libre dans la nacelle était assez vaste pour nous permettre de nous coucher, et au moyen de nos manteaux et de quelques couvertures nous nous tirâmes passablement d'affaire.

P.S. (by Mr. Ainsworth). The last nine hours have been unquestionably the most exciting of my life. I can conceive nothing more sublimating than the strange peril and novelty of an adventure such as this. May God grant that we succeed! I ask not success for mere safety to my insignificant person, but for the sake of human knowledge and—for the vastness of the triumph. And yet the feat is only so evidently feasible that the sole wonder is why men have scrupled to attempt it before. One single gale such as now befriends us—let such a tempest whirl forward a balloon for four or five days (these gales often last longer) and the voyager will be easily borne, in that period, from coast to coast. In view of such a gale the broad Atlantic becomes a mere lake. I am more struck, just now, with the supreme silence which reigns in the sea beneath us, notwithstanding its agitation, than with any other phenomenon presenting itself. The waters give up no voice to the heavens. The immense flaming ocean writhes and is tortured uncomplainingly. The mountainous surges suggest the idea of innumerable dumb gigantic fiends struggling in impotent agony. In a night such as is this to me, a man lives—lives a whole century of ordinary life—nor would I forego this rapturous delight for that of a whole century of ordinary existence.

Sunday, the seventh. *[Mr. Mason's MS.]* This morning the gale, by 10, had subsided to an eight or nine knot breeze, (for a vessel at sea,) and bears us, perhaps, thirty miles per hour, or more. It has veered however, very considerably to the north; and now, at sundown, we are holding our course due west, principally by the screw and rudder, which answer their purposes to admiration. I regard the project as thoroughly successful, and the easy navigation of the air in any direction (not exactly in the teeth of a gale) as no longer problematical. We could not have made head against the strong wind of yesterday; but, by ascending, we might have got out of its influence, if requisite. Against a pretty stiff breeze, I feel convinced, we can make our way with the propeller. At noon, to-day, ascended to

Charles Baudelaire

Post-scriptum (par M. Ainsworth). – Ces neuf dernières heures ont été incontestablement les plus enflammées de ma vie. Je ne peux rien concevoir de plus enthousiasmant que l'étrange péril et la nouveauté d'une pareille aventure. Dieu veuille nous donner le succès ! Je ne demande pas le succès pour le simple salut de mon insignifiante personne, mais pour l'amour de la science humaine et pour l'immensité du triomphe. Et cependant l'exploit est si évidemment faisable que mon seul étonnement est que les hommes aient reculé jusqu'à présent devant la tentative. Qu'une simple brise comme celle qui nous favorise maintenant, – qu'une pareille rafale pousse un ballon pendant quatre ou cinq jours (ces brises durent quelquefois plus longtemps), et le voyageur sera facilement porté, dans ce laps de temps, d'une rive à l'autre. Avec une pareille brise, le vaste Atlantique n'est plus qu'un lac. Je suis plus frappé, au moment où j'écris, du silence suprême qui règne sur la mer, malgré son agitation, que d'aucun autre phénomène. Les eaux ne jettent pas de voix vers les cieux. L'immense Océan flamboyant au-dessous de nous se tord et se tourmente sans pousser une plainte. Les houles montagneuses donnent l'idée d'innombrables démons, gigantesques et muets, qui se tordaient dans une impuissante agonie. Dans une nuit telle qu'est pour moi celle-ci, un homme vit, – il vit un siècle de vie ordinaire, – et je ne donnerais pas ce délice ravissant pour ce siècle d'existence vulgaire.

Dimanche, 7 (manuscrit de M. Mason). – Ce matin, vers dix heures, la tempête n'était plus qu'une brise de huit ou neuf nœuds (pour un navire en mer), et elle nous fait parcourir peut-être trente milles à l'heure, peut-être davantage. Néanmoins, elle a tourné ferme vers le nord ; et, maintenant, au coucher du soleil, nous nous dirigeons droit à l'ouest, grâce surtout à la vis et au gouvernail, qui fonctionnent admirablement. Je regarde l'entreprise comme entièrement réussie, et la navigation aérienne dans toutes les directions (si ce n'est peut-être avec le vent absolument debout) comme un problème résolu. Nous n'aurions pas pu faire tête à la rude brise d'hier ; mais, en montant, nous aurions pu sortir du champ de son action, si nous en avions eu besoin. Je suis convaincu qu'avec notre propulseur, nous pourrions

an elevation of nearly 25,000 feet, by discharging ballast. Did this to search for a more direct current, but found none so favorable as the one we are now in. We have an abundance of gas to take us across this small pond, even should the voyage last three weeks. I have not the slightest fear for the result. The difficulty has been strangely exaggerated and misapprehended. I can choose my current, and should I find all *currents against me, I can make very tolerable headway with the propeller. We have had no incidents worth recording. The night promises fair.*

P.S. [By Mr. Ainsworth.] I have little to record, except the fact (to me quite a surprising one) that, at an elevation equal to that of Cotopaxi, I experienced neither very intense cold, nor headache, nor difficulty of breathing; neither, I find, did Mr. Mason, nor Mr. Holland, nor Sir Everard. Mr. Osborne complained of constriction of the chest—but this soon wore off. We have flown at a great rate during the day, and we must be more than half way across the Atlantic. We have passed over some twenty or thirty vessels of various kinds, and all seem to be delightfully astonished. Crossing the ocean in a balloon is not so difficult a feat after all. Omne ignotum pro magnifico.

Mem: at 25,000 feet elevation the sky appears nearly black, and the stars are distinctly visible; while the sea does not seem convex (as one might suppose) but absolutely and most unequivocally concave.[1]

Monday, the 8th. *[Mr. Mason's MS.] This morning we had again some little trouble with the rod of the propeller, which must be entirely remodelled, for fear of serious accident—I mean the steel rod—not the vanes. The latter could not be improved. The wind has been blowing steadily and strongly from the north-east all day; and so far fortune seems bent upon favoring us. Just before day, we were all somewhat alarmed at some odd noises and concussions in the*

marcher contre une jolie brise carabinée. Aujourd'hui, à midi, nous nous sommes élevés à une hauteur de 25 000 pieds, en jetant du lest. Nous avons agi ainsi pour chercher un courant plus direct, mais nous n'en avons pas trouvé de plus favorable que celui dans lequel nous sommes à présent. Nous avons surabondamment de gaz pour traverser ce petit lac, dût le voyage durer trois semaines. Je n'ai pas la plus légère crainte relativement à l'issue de notre entreprise. Les difficultés ont été étrangement exagérées et incomprises. Je puis choisir mon courant, et, eussé-je contre moi tous les courants, je puis faire passablement ma route avec mon propulseur. Nous n'avons pas eu d'incidents notables. La nuit s'annonce bien.

Post-scriptum (par M. Ainsworth). – J'ai peu de chose à noter, excepté le fait (fort surprenant pour moi) qu'à une élévation égale à celle du Cotopaxi, je n'ai éprouvé ni froid trop intense, ni migraine, ni difficulté de respiration ; M. Mason, M. Holland, sir Everard n'ont pas plus souffert que moi, je crois. M. Osborne s'est plaint d'une constriction de la poitrine, – mais cela a disparu assez vite. Nous avons filé avec une grande vitesse toute la journée, et nous devons être à plus de moitié chemin de l'Atlantique. Nous avons passé au-dessus de vingt ou trente navires de toute sorte, et tous semblaient délicieusement étonnés. Traverser l'Océan en ballon n'est pas une affaire si difficile après tout ! *Omne ignotum pro magnifico.*

Nota. – À une hauteur de 25 000 pieds, le ciel apparaît presque noir, et les étoiles se voient distinctement ; pendant que la mer, au lieu de paraître convexe, comme on pourrait le supposer, semble absolument et entièrement concave.[1]

Lundi, 8 (manuscrit de M. Mason). – Ce matin, nous avons encore eu quelque embarras avec la tige du propulseur, qui devra être entièrement modifiée, de crainte de sérieux accidents ; – je parle de la tige d'acier et non pas des palettes ; ces dernières ne laissaient rien à désirer. Le vent a soufflé tout le jour du nord-est, roide et sans interruption, tant la fortune semble résolue à nous favoriser. Juste avant le jour, nous fûmes tous un peu alarmés par quelques bruits

balloon, accompanied with the apparent rapid subsidence of the whole machine. These phenomena were occasioned by the expansion of the gas, through increase of heat in the atmosphere, and the consequent disruption of the minute particles of ice with which the network had become encrusted during the night. Threw down several bottles to the vessels below. Saw one of them picked up by a large ship—seemingly one of the New York line packets. Endeavored to make out her name, but could not be sure of it. Mr. Osborne's telescope made it out something like "Atalanta." It is now 12, at night, and we are still going nearly west, at a rapid pace. The sea is peculiarly phosphorescent.

P.S. [By Mr. Ainsworth.] It is now 2, a. m., and nearly calm, as well as I can judge—but it is very difficult to determine this point, since we move with the air so completely. I have not slept since quitting Wheal-Vor, but can stand it no longer, and must take a nap. We cannot be far from the American coast.

Tuesday, the 9th. *[Mr. Ainsworth's M. S.] One*, P.M. We are in full view of the low coast of South Carolina. *The great problem is accomplished. We have crossead the Atlantic—fairly and easily crossed it in a balloon! God be praised! Who shall say that anything is impossible hereafter?*

The Journal here ceases. Some particulars of the descent were communicated, however, by Mr. Ainsworth to Mr. Forsyth. It was nearly dead calm when the voyagers first came in view of the coast, which was immediately recognised by both the seamen, and by Mr. Osborne. The latter gentleman having acquaintances at Fort Moultrie, it was immediately resolved to descend in its vicinity.

singuliers et quelques secousses dans le ballon, accompagnés de la soudaine interruption du jeu de la machine. Ces phénomènes étaient occasionnés par l'expansion du gaz, résultant d'une augmentation de chaleur dans l'atmosphère, et la débâcle naturelle des particules de glace dont le filet s'était incrusté pendant la nuit. Nous avons jeté quelques bouteilles aux navires que nous avons aperçus. L'une d'elles a été recueillie par un grand navire, vraisemblablement un des paquebots qui font le service de New York. Nous avons essayé de déchiffrer son nom, mais nous ne sommes pas sûrs d'y avoir réussi. Le télescope de M. Osborne nous a laissé lire quelque chose comme l'Atalante. Il est maintenant minuit, et nous marchons toujours à peu près vers l'ouest d'une allure rapide. La mer est singulièrement phosphorescente.

Post-scriptum (par M. Ainsworth). – Il est maintenant deux heures du matin, et il fait presque calme, autant du moins que j'en peux juger ; – mais c'est un point qu'il est fort difficile d'apprécier, depuis que nous nous mouvons si complètement avec et dans l'air. Je n'ai point dormi depuis que j'ai quitté Weal-Vor, mais je ne peux plus y tenir, et je vais faire un somme. Nous ne pouvons pas être loin de la côte d'Amérique.

Mardi, 9 (manuscrit de M. Ainsworth). – Une heure de l'après-midi. – Nous sommes en vue de la côte basse de la Caroline du Sud ! Le grand problème est résolu. Nous avons traversé l'Atlantique, – nous l'avons traversé en ballon, facilement, rondement ! Dieu soit loué ! Qui osera dire maintenant qu'il y a quelque chose d'impossible ?

Ici finit le journal. Quelques détails sur la descente ont été communiqués toutefois par M. Ainsworth à M. Forsyth. Il faisait presque un calme plat quand les voyageurs arrivèrent en vue de la côte, qui fut immédiatement reconnue par les deux marins et par M. Osborne. Ce gentleman ayant des connaissances au fort Moultrie, on résolut immédiatement de descendre dans le voisinage.

Edgar Allan Poe

The balloon was brought over the beach (the tide being out and the sand hard, smooth, and admirably adapted for a descent,) and the grapnel let go, which took firm hold at once. The inhabitants of the island, and of the fort, thronged out, of course, to see the balloon; but it was with the greatest difficulty that any one could be made to credit the actual voyage—the crossing of the Atlantic. The grapnel caught at 2, P.M., precisely; and thus the whole voyage was completed in seventy-five hours; or rather less, counting from shore to shore. No serious accident occurred. No real danger was at any time apprehended. The balloon was exhausted and secured without trouble; and when the MS. from which this narrative is compiled was despatched from Charleston, the party were still at Fort Moultrie. Their farther intentions were not ascertained; but we can safely promise our readers some additional information either on Monday or in the course of the next day, at farthest.

This is unquestionably the most stupendous, the most interesting, and the most important undertaking, ever accomplished or even attempted by man. What magnificent events may ensue, it would be useless now to think of determining.

Charles Baudelaire

Le ballon fut porté vers la plage ; la marée était basse, le sable ferme, uni, admirablement approprié à une descente, et le grappin mordit du premier coup et tint bon. Les habitants de l'île et du fort se pressaient naturellement pour voir le ballon ; mais ce n'était qu'avec difficulté qu'on ajoutait foi au voyage accompli, – *la traversée de l'Atlantique !* L'ancre mordait à deux heures de l'après-midi ; ainsi le voyage entier avait duré soixante-quinze heures ; ou plutôt un peu moins, si on compte simplement le trajet d'un rivage à l'autre. Il n'était arrivé aucun accident sérieux. On n'avait eu à craindre aucun danger réel. Le ballon fut dégonflé et serré sans peine ; et ces messieurs étaient encore au fort Moultrie, quand les manuscrits d'où ce récit est tiré partaient par le courrier de Charleston. On ne sait rien de positif sur leurs intentions ultérieures ; mais nous pouvons promettre en toute sûreté à nos lecteurs quelques informations supplémentaires, soit pour lundi, soit pour le jour suivant au plus tard.

Voilà certainement l'entreprise la plus prodigieuse, la plus intéressante, la plus importante qui ait jamais été accomplie ou même tentée par un homme. Quels magnifiques résultats on en peut tirer, n'est-il pas superflu maintenant de le déterminer ?

Edgar Allan Poe

Note :

1. Mr. Ainsworth has not attempted to account for this phenomena, which, however, is quite susceptible of explanation. A line dropped from an elevation of 25,000 feet, perpendicularly to the surface of the earth (or sea), would form the perpendicular of a right-angled triangle, of which the base would extend from the right angle to the horizon, and the hypothenuse from the horizon to the balloon. But the 25,000 feet of altitude is little or nothing, in comparison with the extent of the prospect. In other words, the base and hypothenuse of the supposed triangle would be so long when compared with the perpendicular, that the two former may be regarded as nearly parallel. In this manner the horizon of the æronaut would appear to be on a level with the car. But, as the point immediately beneath him seems, and is, at a great distance below him, it seems, of course, also, at a great distance below the horizon. Hence the impression of concavity; and this impression must remain, until he elevation shall bear so great a proportion to the extent of prospect, that the apparet parallelism of the base and hypothenuse disappears—when the earth's real convexity must become apparent.

Charles Baudelaire

Note :

1. M. Ainsworth n'a pas essayé de se rendre compte de ce phénomène, dont l'explication est cependant bien simple. Une ligne abaissée perpendiculairement sur la surface de la terre (ou de la mer) d'une hauteur de 25 000 pieds formerait la perpendiculaire d'un triangle rectangle, dont la base s'étendrait de l'angle droit à l'horizon, et l'hypoténuse de l'horizon au ballon. Mais les 25 000 pieds de hauteur sont peu de chose ou presque rien relativement à l'étendue de la perspective. En d'autres termes, la base et l'hypoténuse du triangle supposé seraient si longues, comparées avec la perpendiculaire, qu'elles pourraient être regardées comme presque parallèles. De cette façon, l'horizon de l'aéronaute devait lui apparaître de niveau avec la nacelle. Mais, comme le point situé immédiatement au-dessous de lui paraît et est en effet à grande distance, il lui semble naturellement à une grande distance au-dessous de l'horizon. De là l'impression de concavité, et cette impression durera jusqu'à ce que l'élévation se trouve dans une telle proportion avec l'étendue de l'horizon que le parallélisme apparent de la base et de l'hypoténuse disparaisse, – alors la réelle convexité de la terre deviendra sensible. (E. A. P.)

The Unparalleled Adventure of One Hans Pfaall

1835

Aventure sans pareille d'un certain Hans Pfaall

Edgar Allan Poe

With a heart of furious fancies,
Whereof I am commander,
With a burning spear and a horse of air,
To the wilderness I wander.

Tom O'Bedlam's Song.

By late accounts from Rotterdam, that city seems to be in a high state of philosophical excitement. Indeed, phenomena have there occurred of a nature so completely unexpected—so entirely novel—so utterly at variance with preconceived opinions—as to leave no doubt on my mind that long ere this all Europe is in an uproar, all physics in a ferment, all reason and astronomy together by the ears.

It appears that on the... day of..., (I am not positive about the date,) a vast crowd of people, for purposes not specifically mentioned, were assembled in the great square of the Exchange in the well-conditioned city of Rotterdam. The day was warm—unusually so for the season—there was hardly a breath of air stirring; and the multitude were in no bad humor at being now and then besprinkled with friendly showers of momentary duration, that fell from large white masses of cloud profusely distributed about the blue vault of the firmament. Nevertheless, about noon, a slight but remarkable agitation became apparent in the assembly; the clattering of ten thousand tongues succeeded; and, in an instant afterwards, ten thousand faces were upturned towards the heavens, ten thousand pipes descended simultaneously from the corners of ten thousand mouths, and a shout, which could be compared to nothing but the roaring of Niagara, resounded long, loudly and furiously, through all the city and through all the environs of Rotterdam.

The origin of this hubbub soon became sufficiently evident. From behind the huge bulk of one of those sharply defined masses of cloud

Charles Baudelaire

Avec un cœur plein de fantaisies délirantes
Dont je suis le capitaine,
Avec une lance de feu et un cheval d'air,
À travers l'immensité je voyage.

Chanson de Tom O'Bedlam.

D'après les nouvelles les plus récentes de Rotterdam, il paraît que cette ville est dans un singulier état d'effervescence philosophique. En réalité, il s'y est produit des phénomènes d'un genre si complètement inattendu, si entièrement nouveau, si absolument en contradiction avec toutes les opinions reçues que je ne doute pas qu'avant peu toute l'Europe ne soit sens dessus dessous, toute la physique en fermentation, et que la raison et l'astronomie ne se prennent aux cheveux.

Il paraît que le… du mois de… (je ne me rappelle pas positivement la date), une foule immense était rassemblée, dans un but qui n'est pas spécifié, sur la grande place de la Bourse de la confortable ville de Rotterdam. La journée était singulièrement chaude pour la saison, il y avait à peine un souffle d'air, et la foule n'était pas trop fâchée de se trouver de temps à autre aspergée d'une ondée amicale de quelques minutes, qui s'épanchait des vastes masses de nuages blancs abondamment éparpillés à travers la voûte bleue du firmament. Toutefois, vers midi, il se manifesta dans l'assemblée une légère mais remarquable agitation, suivie du brouhaha de dix mille langues ; une minute après, dix mille visages se tournèrent vers le ciel, dix mille pipes descendirent simultanément du coin de dix mille bouches, et un cri, qui ne peut être comparé qu'au rugissement du Niagara, retentit longuement, hautement, furieusement, à travers toute la cité et tous les environs de Rotterdam.

L'origine de ce vacarme devint bientôt suffisamment manifeste. On vit déboucher et entrer dans une des lacunes de l'étendue azurée, du

already mentioned, was seen slowly to emerge into an open area of blue space, a queer, heterogeneous, but apparently solid substance, so oddly shaped, so whimsically put together, as not to be in any manner comprehended, and never to be sufficiently admired, by the host of sturdy burghers who stood open-mouthed below. What could it be? In the name of all the devils in Rotterdam, what could it possibly portend? No one knew; no one could imagine; no one—not even the burgomaster Mynheer Superbus Von Underduk—had the slightest clew by which to unravel the mystery; so, as nothing more reasonable could be done, every one to a man replaced his pipe carefully in the corner of his mouth, and maintaining an eye steadily upon the phenomenon, puffed, paused, waddled about, and grunted significantly-then waddled back, grunted, paused, and finally—puffed again.

In the meantime, however, lower and still lower towards the goodly city, came the object of so much curiosity, and the cause of so much smoke. In a very few minutes it arrived near enough to be accurately discerned. It appeared to be—yes! it was undoubtedly a species of balloon; but surely no such balloon had ever been seen in Rotterdam before. For who, let me ask, ever heard of a balloon manufactured entirely of dirty newspapers? No man in Holland certainly; yet here, under the very noses of the people, or rather at some distance above their noses, was the identical thing in question, and composed, I have it on the best authority, of the precise material which no one had ever before known to be used for a similar purpose.—It was an egregious insult to the good sense of the burghers of Rotterdam. As to the shape of the phenomenon, it was even still more reprehensible. Being little or nothing better than a huge fool's-cap turned upside down. And this similitude was regarded as by no means lessened, when upon nearer inspection, the crowd saw a large tassel depending from its apex, and,

fond d'une de ces vastes masses de nuages, aux contours vigoureusement définis, un être étrange, hétérogène, d'une apparence solide, si singulièrement configuré, si fantastiquement organisé que la foule de ces gros bourgeois qui le regardaient d'en bas, bouche béante, ne pouvait absolument y rien comprendre ni se lasser de l'admirer. Qu'est-ce que cela pouvait être ? Au nom de tous les diables de Rotterdam, qu'est-ce que cela pouvait présager ? Personne ne le savait, personne ne pouvait le deviner ; personne, – pas même le bourgmestre Mynheer Superbus Von Underduk, – ne possédait la plus légère donnée pour éclaircir ce mystère ; en sorte que, n'ayant rien de mieux à faire, tous les Rotterdamois, à un homme près, remirent sérieusement leurs pipes dans le coin de leurs bouches, et gardant toujours un œil braqué sur le phénomène, se mirent à pousser leur fumée, firent une pause, se dandinèrent de droite à gauche, et grognèrent significativement, – puis se dandinèrent de gauche à droite, grognèrent, firent une pause, et finalement, se remirent à pousser leur fumée.

Cependant, on voyait descendre, toujours plus bas vers la béate ville de Rotterdam, l'objet d'une si grande curiosité et la cause d'une si grosse fumée. En quelques minutes, la chose arriva assez près pour qu'on pût la distinguer exactement. Cela semblait être, – oui ! *c'était* indubitablement une espèce de ballon, mais jusqu'alors, à coup sûr, Rotterdam n'avait pas vu de pareil ballon. Car qui – je vous le demande – a jamais entendu parler d'un ballon entièrement fabriqué avec des journaux crasseux ? Personne en Hollande, certainement ; et cependant, là, sous le nez même du peuple ou plutôt à quelque distance au-dessus de son nez, apparaissait la chose en question, la chose elle-même, faite – j'ai de bonnes autorités pour l'affirmer – avec cette même matière à laquelle personne n'avait jamais pensé pour un pareil dessein. C'était une énorme insulte au bon sens des bourgeois de Rotterdam. Quant à la forme du phénomène, elle était encore plus répréhensible, – ce n'était guère qu'un gigantesque bonnet de fou tourné sens dessus dessous. Et cette similitude fut loin d'être amoindrie, quand, en l'inspectant de plus près, la foule vit un énorme gland pendu à la pointe, et autour du bord supérieur ou de la

around the upper rim or base of the cone, a circle of little instruments, resembling sheep-bells, which kept up a continual tinkling to the tune of Betty Martin. But still worse.—Suspended by blue ribbons to the end of this fantastic machine, there hung, by way of car, an enormous drab beaver hat, with a brim superlatively broad, and a hemispherical crown with a black band and a silver buckle. It is, however, somewhat remarkable that many citizens of Rotterdam swore to having seen the same hat repeatedly before; and indeed the whole assembly seemed to regard it with eyes of familiarity; while the vrow Grettel Pfaall, upon sight of it, uttered an exclamation of joyful surprise, and declared it to be the identical hat of her good man himself. Now this was a circumstance the more to be observed, as Pfaall, with three companions, had actually disappeared from Rotterdam about five years before, in a very sudden and unaccountable manner, and up to the date of this narrative all attempts at obtaining intelligence concerning them had failed. To be sure, some bones which were thought to be human, mixed up with a quantity of odd-looking rubbish, had been lately discovered in a retired situation to the east of the city; and some people went so far as to imagine that in this spot a foul murder had been committed, and that the sufferers were in all probability Hans Pfaall and his associates.—But to return.

The balloon (for such no doubt it was) had now descended to within a hundred feet of the earth, allowing the crowd below a sufficiently distinct view of the person of its occupant. This was in truth a very singular somebody. He could not have been more than two feet in height; but this altitude, little as it was, would have been sufficient to destroy his equilibrium, and tilt him over the edge of his tiny car, but for the intervention of a circular rim reaching as high as the breast, and rigged on to the cords of the balloon. The body of the little man was more than proportionally broad, giving to his entire figure a rotundity highly absurd. His feet, of course, could not be seen at all. His hands were enormously large. His hair was gray, and collected

base du cône un rang de petits instruments qui ressemblaient à des clochettes de brebis et tintinnabulaient incessamment sur l'air de Betty Martin. Mais voilà qui était encore plus violent : – suspendu par des rubans bleus au bout de la fantastique machine, se balançait, en manière de nacelle, un immense chapeau de castor gris américain, à bords superlativement larges, à calotte hémisphérique, avec un ruban noir et une boucle d'argent. Chose assez remarquable toutefois, maint citoyen de Rotterdam aurait juré qu'il connaissait déjà ce chapeau, et, en vérité, toute l'assemblée le regardait presque avec des yeux familiers ; pendant que dame Grettel Pfaall poussait en le voyant une exclamation de joie et de surprise, et déclarait que c'était positivement le chapeau de son cher homme lui-même. Or, c'était une circonstance d'autant plus importante à noter que Pfaall, avec ses trois compagnons, avait disparu de Rotterdam, depuis cinq ans environ, d'une manière soudaine et inexplicable, et, jusqu'au moment où commence ce récit, tous les efforts pour obtenir des renseignements sur eux avaient échoué. Il est vrai qu'on avait découvert récemment, dans une partie retirée de la ville, à l'est, quelques ossements humains, mêlés à un amas de décombres d'un aspect bizarre ; et quelques profanes avaient été jusqu'à supposer qu'un hideux meurtre avait dû être commis en cet endroit, et que Hans Pfaall et ses camarades en avaient été très-probablement les victimes. Mais revenons à notre récit.

Le ballon (car c'en était un, décidément) était maintenant descendu à cent pieds du sol, et montrait distinctement à la foule le personnage qui l'habitait. Un singulier individu, en vérité. Il ne pouvait guère avoir plus de deux pieds de haut. Mais sa taille, toute petite qu'elle était, ne l'aurait pas empêché de perdre l'équilibre, et de passer par-dessus le bord de sa toute petite nacelle, sans l'intervention d'un rebord circulaire qui lui montait jusqu'à la poitrine, et se rattachait aux cordes du ballon. Le corps du petit homme était volumineux au delà de toute proportion, et donnait à l'ensemble de son individu une apparence de rotondité singulièrement absurde. De ses pieds, naturellement, on n'en pouvait rien voir. Ses mains étaient monstrueusement grosses, ses cheveux, gris et rassemblés par derrière

into a queue *behind. His nose was prodigiously long, crooked and inflammatory; his eyes full, brilliant, and acute; his chin and cheeks, although wrinkled with age, were broad, puffy, and double: but of ears of any kind there was not semblance to be discovered upon any portion of his head. This odd little gentleman was dressed in a loose surtout of sky-blue satin, with tight breeches to match, fastened with silver buckles at the knees. His vest was of some bright yellow material; a white taffety cap was set jauntily on one side of his head; and, to complete his equipment, a blood-red silk handkerchief enveloped his throat, and fell down, in a dainty manner, upon his bosom, in a fantastic bow-knot of super-eminent dimensions.*

Having descended, as I said before, to about one hundred feet from the surface of the earth, the little old gentleman was suddenly seized with a fit of trepidation, and appeared disinclined to make any nearer approach to terra firma, *Throwing out therefore, a quantity of sand from a canvass bag, which he lifted with great difficulty, he became stationary in an instant. He then proceeded in a hurried and agitated manner, to extract from a side-pocket in his surtout a large morocco pocket-book. This he poised suspiciously in his hand; then eyed it with an air of extreme surprise, and was evidently astonished at its weight. He at length opened it, and, drawing therefrom a huge letter sealed with red sealing-wax and tied carefully with red tape, let it fall precisely at the feet of the burgomaster Superbus Von Underduk. His Excellency stooped to take it up. But the æronaut, still greatly discomposed, and having apparently no further business to detain him in Rotterdam, began at this moment to make busy preparations for departure; and, it being necessary to discharge a portion of ballast to enable him to reascend, the half dozen bags which he threw out, one after another, without taking the trouble to empty their contents, tumbled, every one of them, most unfortunately, upon the back of the burgomaster, and rolled him over and over no less than half a dozen times, in the face of every individual in Rotterdam. It is not to be supposed, however, that the great Underduk suffered this impertinence on the part of the little old man to pass off with*

en une queue ; son nez, prodigieusement long, crochu et empourpré ; ses yeux bien fendus, brillants et perçants, son menton et ses joues, – quoique ridées par la vieillesse, – larges, boursouflés, doubles ; mais, sur les deux côtés de sa tête, il était impossible d'apercevoir le semblant d'une oreille. Ce drôle de petit monsieur était habillé d'un paletot-sac de satin bleu de ciel et de culottes collantes assorties, serrées aux genoux par une boucle d'argent. Son gilet était d'une étoffe jaune et brillante ; un bonnet de taffetas blanc était gentiment posé sur le côté de sa tête ; et, pour compléter cet accoutrement, un foulard écarlate entourait son cou, et, contourné en un nœud superlatif, laissait traîner sur sa poitrine ses bouts prétentieusement longs.

Étant descendu, comme je l'ai dit, à cent pieds environ du sol, le vieux petit monsieur fut soudainement saisi d'une agitation nerveuse, et parut peu soucieux de s'approcher davantage de la *terre ferme*. Il jeta donc une quantité de sable d'un sac de toile qu'il souleva à grand-peine, et resta stationnaire pendant un instant. Il s'appliqua alors à extraire de la poche de son paletot, d'une manière agitée et précipitée, un grand portefeuille de maroquin. Il le pesa soupçonneusement dans sa main, l'examina avec un air d'extrême surprise, comme évidemment étonné de son poids. Enfin, il l'ouvrit, en tira une énorme lettre scellée de cire rouge et soigneusement entortillée de fil de même couleur, et la laissa tomber juste aux pieds du bourgmestre Superbus Von Underduk. Son Excellence se baissa pour la ramasser. Mais l'aéronaute, toujours fort inquiet, et n'ayant apparemment pas d'autres affaires qui le retinssent à Rotterdam, commençait déjà à faire précipitamment ses préparatifs de départ ; et, comme il fallait décharger une portion de son lest pour pouvoir s'élever de nouveau, une demi-douzaine de sacs qu'il jeta l'un après l'autre, sans se donner la peine de les vider, tombèrent coup sur coup sur le dos de l'infortuné bourgmestre, et le culbutèrent juste une demi-douzaine de fois à la face de tout Rotterdam. Il ne faut pas supposer toutefois que le grand Underduk ait laissé passer impunément cette impertinence de la part du vieux petit bonhomme.

impunity. It is said, on the contrary, that during each of his half dozen circumvolutions, he emitted no less than half a dozen distinct and furious whiffs from his pipe, to which he held fast the whole time with all his might, and to which he intends holding fast, (God willing,) until the day of his decease.

In the meantime the balloon arose like a lark, and, soaring far away above the city, at length drifted quietly behind a cloud similar to that from which it had so oddly emerged, and was thus lost forever to the wondering eyes of the good citizens of Rotterdam. All attention was now directed to the letter, the descent of which, and the consequences attending thereupon, had proved so fatally subversive of both person and personal dignity to his Excellency, Von Underduk. That functionary, however, had not failed, during his circumgyratory movements, to bestow a thought upon the important object of securing the epistle, which was seen, upon inspection, to have fallen into the most proper hands, being actually addressed to himself and Professor Rubadub, in their official capacities of President and Vice-President of the Rotterdam College of Astronomy. It was accordingly opened by those dignitaxies upon the spot, and found to contain the following extraordinary, and indeed very serious, communication:

To their Excellencies Von Underduk and Rubadub, President and Vice-President of the States' College of Astronomers, in the city of Rotterdam.

Your Excellencies may perhaps be able to remember an humble artizan, by name Hans Pfaall, and by occupation a mender of bellows, who, with three others, disappeared from Rotterdam, about five years ago, in a manner which must have been considered unaccountable. If, however, it so please your Excellencies, I, the writer of this communication, am the identical Hans Pfaall himself. It is well known to most of my fellow-citizens, that for the period of forty years I continued to occupy the little square brick building, at the head of the alley called Sauerkraut, in which I resided at the time of

On dit, au contraire, qu'à chacune de ses six culbutes il ne poussa pas moins de six bouffées, distinctes et furieuses, de sa chère pipe qu'il retenait pendant tout ce temps et de toutes ses forces, et qu'il se propose de tenir ainsi – si Dieu le permet – jusqu'au jour de sa mort.

Cependant, le ballon s'élevait comme une alouette, et, planant au-dessus de la cité, finit par disparaître tranquillement derrière un nuage semblable à celui d'où il avait si singulièrement émergé, et fut ainsi perdu pour les yeux éblouis des bons citoyens de Rotterdam. Toute l'attention se porta alors sur la lettre, dont la transmission avec les accidents qui la suivirent avait failli être si fatale à la personne et à la dignité de Son Excellence Von Underduk. Toutefois, ce fonctionnaire n'avait pas oublié durant ses mouvements giratoires de mettre en sûreté l'objet important, – la lettre, – qui, d'après la suscription, était tombée dans des mains légitimes, puisqu'elle était adressée à lui d'abord, et au professeur Rudabub, en leurs qualités respectives de président et de vice-président du Collège astronomique de Rotterdam. Elle fut donc ouverte sur-le-champ par ces dignitaires, et ils y trouvèrent la communication suivante, très-extraordinaire, et, ma foi, très-sérieuse :

À Leurs Excellences Von Underduk et Rudabub, président et vice-président du Collège national astronomique de la ville de Rotterdam.

Vos Excellences se souviendront peut-être d'un humble artisan, du nom de Hans Pfaall, raccommodeur de soufflets de son métier, qui disparut de Rotterdam, il y a environ cinq ans, avec trois individus et d'une manière qui a dû être regardée comme inexplicable. C'est moi, Hans Pfaall lui-même – n'en déplaise à Vos Excellences – qui suis l'auteur de cette communication. Il est de notoriété parmi la plupart de mes concitoyens que j'ai occupé, quatre ans durant, la petite maison de briques placée à l'entrée de la ruelle dite *Sauerkraut*, et que j'y demeurais encore au moment de ma disparition. Mes aïeux y

my disappearance. My ancestors have also resided therein time out of mind—they, as well as myself, steadily following the respectable and indeed lucrative profession of mending of bellows: for, to speak the truth, until of late years, that the heads of all the people have been set agog with politics, no better business than my own could an honest citizen of Rotterdam either desire or deserve. Credit was good, employment was never wanting, and there was no lack of either money or good will. But, as I was saying, we soon began to feel the effects of liberty, and long speeches, and radicalism, and all that sort of thing. People who were formerly the very best customers in the world, had now not a moment of time to think of us at all. They had as much as they could do to read about the revolutions, and keep up with the march of intellect and the spirit of the age. If a fire wanted fanning, it could readily be fanned with a newspaper; and as the government grew weaker, I have no doubt that leather and iron acquired durability in proportion—for, in a very short time, there was not a pair of bellows in all Rotterdam that ever stood in need of a stitch or required the assistance of a hammer. This was a state of things not to be endured. I soon grew as poor as a rat, and, having a wife and children to provide for, my burdens at length became intolerable, and I spent hour after hour in reflecting upon the most convenient method of putting an end to my life. Duns, in the meantime, left me little leisure for contemplation. My house was literally besieged from morning till night. There were three fellows in particular, who worried me beyond endurance, keeping watch continually about my door, and threatening me with the law. Upon these three I vowed the bitterest revenge, if ever I should be so happy as to get them within my clutches; and I believe nothing in the world but the pleasure of this anticipation prevented me from putting my plan of suicide into immediate execution, by blowing my brains out with a blunderbuss. I thought it best, however, to dissemble my wrath, and to treat them with promise and fair words, until, by some good turn of fate, an opportunity of vengeance should be afforded me.

ont toujours résidé, de temps immémorial, et ils y ont invariablement exercé comme moi-même la très-respectable et très-lucrative profession de raccommodeurs de soufflets ; car, pour dire la vérité, jusqu'à ces dernières années, où toutes les têtes de la population ont été mises en feu par la politique, jamais plus fructueuse industrie n'avait été exercée par un honnête citoyen de Rotterdam, et personne n'en était plus digne que moi. Le crédit était bon, la pratique donnait ferme, on ne manquait ni d'argent ni de bonne volonté. Mais, comme je l'ai dit, nous ressentîmes bientôt les effets de la liberté, des grands discours, du radicalisme et de toutes les drogues de cette espèce. Les gens qui jusque-là avaient été les meilleures pratiques du monde n'avaient plus un moment pour penser à nous. Ils en avaient à peine assez pour apprendre l'histoire des révolutions et pour surveiller dans sa marche l'intelligence et l'idée du siècle. S'ils avaient besoin de souffler leur feu, ils se faisaient un soufflet avec un journal. À mesure que le gouvernement devenait plus faible, j'acquérais la conviction que le cuir et le fer devenaient de plus en plus indestructibles ; et bientôt il n'y eut pas dans tout Rotterdam un seul soufflet qui eût besoin d'être repiqué, ou qui réclamât l'assistance du marteau. C'était un état de choses impossible. Je fus bientôt aussi gueux qu'un rat, et, comme j'avais une femme et des enfants à nourrir, mes charges devinrent à la longue intolérables, et je passai toutes mes heures à réfléchir sur le mode le plus convenable pour me débarrasser de la vie. Cependant, mes chiens de créanciers me laissaient peu de loisir pour la méditation. Ma maison était littéralement assiégée du matin au soir. Il y avait particulièrement trois gaillards qui me tourmentaient au delà du possible, montant continuellement la garde devant ma porte, et me menaçant toujours de la loi. Je me promis de tirer de ces trois êtres une vengeance amère, si jamais j'étais assez heureux pour les tenir dans mes griffes ; et je crois que cette espérance ravissante fut la seule chose qui m'empêcha de mettre immédiatement à exécution mon plan de suicide, qui était de me faire sauter la cervelle d'un coup d'espingole. Toutefois, je jugeai qu'il valait mieux dissimuler ma rage, et les bourrer de promesses et de belles paroles, jusqu'à ce que, par un caprice heureux de la destinée, l'occasion de la vengeance vînt s'offrir à moi.

Edgar Allan Poe

One day, having given them the slip, and feeling more than usually dejected, I continued for a long time to wander about the most obscure streets without object, until at length I chanced to stumble against the corner of a bookseller's stall. Seeing a chair close at hand, for the use of customers, I threw myself doggedly into it, and, hardly knowing why, opened the pages of the first volume which came within my reach. It proved to be a small pamphlet treatise on Speculative Astronomy, written either by Professor Encke of Berlin, or by a Frenchman of somewhat similar name. I had some little tincture of information on matters of this nature, and soon became more and more absorbed in the contents of the book—reading it actually through twice before I awoke to a recollection of what was passing around me. By this time it began to grow dark, and I directed my steps toward home. But the treatise (in conjunction with a discovery in pneumatics, lately communicated to me as an important secret by a cousin from Nantz,) had made an indelible impression. on my mind, and, as I sauntered along the dusky streets, I revolved carefully over in my memory the wild and sometimes unintelligible reasonings of the writer. There are some particular passages which affected my imagination in an extraordinary manner. The longer I meditated upon these, the more intense grew the interest which had been excited within me. The limited nature of my education in general, and more especially my ignorance on subjects connected with natural philosophy, so far from rendering me diffident of my own ability to comprehend what I had read, or inducing me to mistrust the many vague notions which had arisen in consequence, merely served as a farther stimulus to imagination; and I was vain enough, or perhaps reasonable enough, to doubt whether those crude ideas which, arising in ill-regulated minds, have all the appearance, may not often in effect possess all the force, the reality, and other inherent properties of instinct or intuition.

Charles Baudelaire

Un jour que j'étais parvenu à leur échapper, et que je me sentais encore plus abattu que d'habitude, je continuai à errer pendant longtemps encore et sans but à travers les rues les plus obscures, jusqu'à ce qu'enfin je butai contre le coin d'une échoppe de bouquiniste. Trouvant sous ma main un fauteuil à l'usage des pratiques, je m'y jetai de mauvaise humeur, et, sans savoir pourquoi, j'ouvris le premier volume qui me tomba sous la main. Il se trouva que c'était une petite brochure traitant de l'astronomie spéculative, et écrite, soit par le professeur Encke, de Berlin, soit par un Français dont le nom ressemblait beaucoup au sien. J'avais une légère teinture de cette science, et je fus bientôt tellement absorbé par la lecture de ce livre que je le lus deux fois d'un bout à l'autre avant de revenir au sentiment de ce qui se passait autour de moi. Cependant, il commençait à faire nuit, et je repris le chemin de mon logis. Mais la lecture de ce petit traité (coïncidant avec une découverte pneumatique qui m'avait été récemment communiquée par un cousin de Nantes, comme un secret d'une haute importance) avait fait sur mon esprit une impression indélébile ; et, tout en flânant à travers les rues crépusculeuses, je repassais minutieusement dans ma mémoire les raisonnements étranges, et quelquefois inintelligibles, de l'écrivain. Il y avait quelques passages qui avaient affecté mon imagination d'une manière extraordinaire. Plus j'y rêvais, plus intense devenait l'intérêt qu'ils avaient excité en moi. Mon éducation, généralement fort limitée, mon ignorance spéciale des sujets relatifs à la philosophie naturelle, loin de m'ôter toute confiance dans mon aptitude à comprendre ce que j'avais lu, ou de m'induire à mettre en suspicion les notions confuses et vagues qui avaient surgi naturellement de ma lecture, devenaient simplement un aiguillon plus puissant pour mon imagination ; et j'étais assez vain, ou peut-être assez raisonnable, pour me demander si ces idées indigestes qui surgissent dans les esprits mal réglés ne contiennent pas souvent en elles – comme elles en ont la parfaite apparence – toute la force, toute la réalité, et toutes les autres propriétés inhérentes à l'instinct et à l'intuition.

Edgar Allan Poe

It was late when I reached home, and I went immediately to bed. My mind, however, was too much occupied to sleep, and I lay the whole night buried in meditation. Arising early in the morning, I repaired eagerly to the bookseller's stall, and laid out what little ready money I possessed, in the purchase of some volumes of Mechanics and Practical Astronomy. Having arrived at home safely with these, I devoted every spare moment to their perusal, and soon made such proficiency in studies of this nature as I thought sufficient for the execution of a certain design with which either the devil or my better genius had inspired me. In the intervals of this period, I made every endeavor to conciliate the three creditors who had given me so much annoyance. In this I finally succeeded—partly by selling enough of my household furniture to satisfy a moiety of their claim, and partly by a promise of paying the balance upon completion of a little project which I told them I had in view, and for assistance in which I solicited their services. By these means (for they were ignorant men) I found little difficulty in gaining them over to my purpose.

Matters being thus arranged, I contrived, by the aid of my wife, and with the greatest secrecy and caution, to dispose of what property I had remaining, and to borrow, in small sums, under various pretences, and without giving any attention (I am ashamed to say) to my future means of repayment, no inconsiderable quantity of ready money. With the means thus accruing I proceeded to procure at intervals, cambric muslin, very fine, in pieces of twelve yards each; twine; a lot of the varnish of caoutchouc; a large and deep basket of wicker-work, made to order; and several other articles necessary in the construction and equipment of a balloon of extraordinary dimensions. This I directed my wife to make up as soon as possible, and gave her all requisite information as to the particular method of proceeding, In the meantime I worked up the twine into net-work of sufficient dimensions; rigged it with a hoop and the necessary cords; and made purchase of numerous instruments and materials for

Charles Baudelaire

Il était tard quand j'arrivai à la maison, et je me mis immédiatement au lit. Mais mon esprit était trop préoccupé pour que je pusse dormir, et je passai la nuit entière en méditations. Je me levai de grand matin, et je courus vivement à l'échoppe du bouquiniste, où j'employai tout le peu d'argent qui me restait à l'acquisition de quelques volumes de mécanique et d'astronomie pratiques. Je les transportai chez moi comme un trésor, et je consacrai à les lire tous mes instants de loisir. Je fis ainsi assez de progrès dans mes nouvelles études pour mettre à exécution certain projet qui m'avait été inspiré par le diable ou par mon bon génie. Pendant tout ce temps, je fis tous mes efforts pour me concilier les trois créanciers qui m'avaient causé tant de tourments. Finalement, j'y réussis, tant en vendant une assez grande partie de mon mobilier pour satisfaire à moitié leurs réclamations qu'en leur faisant la promesse de solder la différence après la réalisation d'un petit projet qui me trottait dans la tête, et pour l'accomplissement duquel je réclamais leurs services. Grâce à ces moyens (car c'étaient des gens fort ignorants), je n'eus pas grand-peine à les faire entrer dans mes vues.

Les choses ainsi arrangées, je m'appliquai, avec l'aide de ma femme, avec les plus grandes précautions et dans le plus parfait secret, à disposer du bien qui me restait, et à réaliser par de petits emprunts, et sous différents prétextes, une assez bonne quantité d'argent comptant, sans m'inquiéter le moins du monde, je l'avoue à ma honte, des moyens de remboursement. Grâce à cet accroissement de ressources, je me procurai, en diverses fois, plusieurs pièces de très-belle batiste, de douze yards chacune, – de la ficelle, – une provision de vernis de caoutchouc, – un vaste et profond panier d'osier, fait sur commande, – et quelques autres articles nécessaires à la construction et à l'équipement d'un ballon d'une dimension extraordinaire. Je chargeai ma femme de le confectionner le plus rapidement possible, et je lui donnai toutes les instructions nécessaires pour la manière de procéder. En même temps, je fabriquais avec de la ficelle un filet d'une dimension suffisante, j'y adaptais un cerceau et des cordes, et je faisais l'emplette des nombreux instruments et des matières nécessaires pour faire des expériences dans les plus hautes régions de

experiment in the upper regions of the upper atmosphere. I then took opportunities of conveying by night, to a retired situation east of Rotterdam, five iron-bound casks, to contain about fifty gallons each, and one of a larger size; six tin tubes, three inches in diameter, properly shaped, and ten feet in length; a quanty of a particular metallic substance, or semi-metal which I shall not name, and a dozen demijohns of a very common acid. The gas to be formed from these latter materials is a gas never yet generated by any other person than myself or at least never applied to any similar purpose. I can only venture to say here, that it is a constituent of azote, so long considered irreducible, and that its density is about 37.4 times less than that of hydrogen. It is tasteless, but not odorless; burns, when pure, with a greenish flame, and is instantaneously fatal to animal life. Its full secret I would make no difficulty in disclosing, but that it of right belongs (as I have before hinted) to a citizen of Nantz, in France, by whom it was conditionally communicated to myself. The same individual submitted to me, without being at all aware of my intentions, a method of constructing balloons from the membrane of a certain animal, through which substance any escape of gas was nearly an impossibility. I found it, however, altogether too expensive, and was not sure, upon the whole, whether cambric muslin with a coating of gum caoutchouc, was not equally as good. I mention this circumstance, because I think it probable that hereafter the individual in question may attempt a balloon ascension with the novel gas and material I have spoken of, and I do not wish to deprive him of the honor of a very singular invention.

On the spot which I intended each of the smaller casks to occupy respectively during the inflation of the balloon, I privately dug a small hole; the holes forming in this manner a circle twenty-five feet in diameter. In the centre of this circle, being the station designed for the large cask, I also dug a hole of greater depth. In each of the five smaller holes, I deposited a canister containing fifty pounds, and in the larger one a keg holding one hundred and fifty pounds of cannon

l'atmosphère. Une nuit, je transportai prudemment dans un endroit retiré de Rotterdam, à l'est, cinq barriques cerclées de fer, qui pouvaient contenir chacune environ cinquante gallons, et une sixième d'une dimension plus vaste ; six tubes en fer-blanc, de trois pouces de diamètre et de quatre pieds de long, façonnés *ad hoc ; une bonne quantité d'une certaine substance métallique ou demi-métal,* que je ne nommerai pas, et une douzaine de dames-jeannes remplies d'un acide très-commun. Le gaz qui devait résulter de cette combinaison est un gaz qui n'a jamais été, jusqu'à présent, fabriqué que par moi, ou du moins qui n'a jamais été appliqué à un pareil objet. Tout ce que je puis dire, c'est qu'il est *une des parties constituantes de l'azote,* qui a été si longtemps regardé comme irréductible, et que sa densité est moindre que celle de l'hydrogène d'environ trente-sept fois et quatre dixièmes. Il est sans saveur, mais non sans odeur ; il brûle, quand il est pur, avec une flamme verdâtre ; il attaque instantanément la vie animale. Je ne ferais aucune difficulté d'en livrer tout le secret, mais il appartient de droit, comme je l'ai déjà fait entendre, à un citoyen de Nantes, en France, par qui il m'a été communiqué sous condition. Le même individu m'a confié, sans être le moins du monde au fait de mes intentions, un procédé pour fabriquer les ballons avec un certain tissu animal, qui rend la fuite du gaz chose presque impossible ; mais je trouvai ce moyen beaucoup trop dispendieux, et, d'ailleurs, il se pouvait que la batiste, revêtue d'une couche de caoutchouc, fût tout aussi bonne. Je ne mentionne cette circonstance que parce que je crois probable que l'individu en question tentera, un de ces jours, une ascension avec le nouveau gaz et la matière dont j'ai parlé, et que je ne veux pas le priver de l'honneur d'une invention très-originale.

À chacune des places qui devaient être occupées par l'un des petits tonneaux, je creusai secrètement un petit trou ; les trous formant de cette façon un cercle de vingt-cinq pieds de diamètre. Au centre du cercle, qui était la place désignée pour la plus grande barrique, je creusai un trou plus profond. Dans chacun des cinq petits trous, je disposai une boîte de fer-blanc, contenant cinquante livres de poudre à canon, et dans le plus grand un baril qui en tenait cent cinquante. Je

powder. These—the keg and the canisters—I connected in a proper manner with covered trains; and having let into one of the canisters the end of about four feet of slow-match, I covered up the hole, and placed the cask over it, leaving the other end of the match protruding about an inch, and barely visible beyond the cask. I then filled up the remaining hole, and placed the barrels over them in their destined situation!

Besides the articles above enumerated, I conveyed to the dêpot, *and there secreted, one of M. Grimm's improvements upon the apparatus for condensation of the atmospheric air. I found this machine, however, to require considerable alteration before it could be adapted to the purposes to which I intended making it applicable. But, with severe labor and unremitting perseverance, I at length met with entire success in all my preparations. My balloon was soon completed. It would contain more than forty thousand cubic feet of gas; would take me up easily, I calculated, with all my implements, and, if I managed rightly, with one hundred and seventy-five pounds of ballast into the bargain. It had received three coats of varnish, and I found the cambric muslin to answer all the purposes of silk itself, being quite as strong and a good deal less expensive.*

Everything being now ready, I exacted from my wife an oath of secrecy in relation to all my actions from the day of my first visit to the bookseller's stall; and promising, on my part, to return as soon as circumstance would permit, I gave her what little money I had left, and bade her farewell. Indeed I had no fear on her account. She was what people call a notable woman, and could manage matters in the world without my assistance. I believe, to tell the truth, she always looked upon me as an idle body—a mere make-weight—good for nothing but building castles in the air—and was rather glad to get rid of me. It was a dark night when I bade her good bye, and taking with me, as aides-de-camp, *the three creditors who had given me so much*

reliai convenablement le baril et les cinq boîtes par des traînées couvertes, et, ayant fourré dans l'une des boîtes le bout d'une mèche longue de quatre pieds environ, je comblai le trou et plaçai la barrique par-dessus, laissant dépasser l'autre bout de la mèche d'un pouce à peu près au delà de la barrique, et d'une manière presque invisible. Je comblai successivement les autres trous, et disposai chaque barrique à la place qui lui était destinée.

Outre les articles que j'ai énumérés, je transportai à mon dépôt général et j'y cachai un des appareils perfectionnés de Grimm pour la condensation de l'air atmosphérique. Toutefois, je découvris que cette machine avait besoin de singulières modifications pour devenir propre à l'emploi auquel je la destinais. Mais, grâce à un travail entêté et à une incessante persévérance, j'arrivai à des résultats excellents dans tous mes préparatifs. Mon ballon fut bientôt parachevé. Il pouvait contenir plus de quarante mille pieds cubes de gaz ; il pouvait facilement m'enlever, selon mes calculs, moi et tout mon attirail, et même, en le gouvernant convenablement, cent soixante-quinze livres de lest par-dessus le marché. Il avait reçu trois couches de vernis, et je vis que la batiste remplissait parfaitement l'office de la soie ; elle était également solide et coûtait beaucoup moins cher.

Tout étant prêt, j'exigeai de ma femme qu'elle me jurât le secret sur toutes mes actions depuis le jour de ma première visite à l'échoppe du bouquiniste, et je lui promis de mon côté de revenir aussitôt que les circonstances me le permettraient. Je lui donnai le peu d'argent qui me restait et je lui fis mes adieux. En réalité, je n'avais pas d'inquiétude sur son compte. Elle était ce que les gens appellent une maîtresse femme, et pouvait très-bien faire ses affaires sans mon assistance. Je crois même, pour tout dire, qu'elle m'avait toujours regardé comme un triste fainéant, – un simple complément de poids, – un remplissage, – une espèce d'homme bon pour bâtir des châteaux en l'air, et rien de plus, – et qu'elle n'était pas fâchée d'être débarrassée de moi. Il faisait nuit sombre quand je lui fis mes adieux, et, prenant avec moi, en manière d'aides de camp, les trois créanciers

trouble, we carried the balloon, with the car and accoutrements, by a roundabout way, to the station where the other articles were deposited. We there found them all unmolested, and I proceeded immediately to business.

It was the first of April. The night, as I said before, was dark; there was not a star to be seen; and a drizzling rain, falling at intervals, rendered us very uncomfortable. But my chief anxiety was concerning the balloon, which, in spite of the varnish with which it was defended, began to grow rather heavy with the moisture; the powder also was liable to damage. I therefore kept my three duns working with great diligence, pounding down ice around the central cask, and stirring the acid in the others. They did not cease, however, importuning me with questions as to what I intended to do with all this apparatus, and expressed much dissatisfaction at the terrible labor I made them undergo. They could not perceive (so they said) what good was likely to result from their getting wet to the skin, merely to take a part in such horrible incantations. I began to get uneasy, and worked away with all my might; for I verily believe the idiots supposed that I had entered into a compact with the devil, and that, in short, what I was now doing was nothing better than it should be. I was, therefore, in great fear of their leaving me altogether. I contrived, however, to pacify them by promises of payment of all scores in full, as soon as I could bring the present business to a termination. To these speeches they gave of course their own interpretation; fancying, no doubt, that at all events I should come into possession of vast quantities of ready money; and provided I paid them all I owed, and a trifle more, in consideration of their services, I dare say they cared very little what became of either my soul or my carcass.

In about four hours and a half I found the balloon sufficiently inflated. I attached the car, therefore, and put all my implements in it—a telescope; a barometer, with some important modifications; a thermometer; an electrometer; a compass; a magnetic needle; a

qui m'avaient causé tant de souci, nous portâmes le ballon avec sa nacelle et tous ses accessoires par une route détournée, à l'endroit où j'avais déposé les autres articles. Nous les y trouvâmes parfaitement intacts, et je me mis immédiatement à la besogne.

Nous étions au 1er avril. La nuit, comme je l'ai dit, était sombre ; on ne pouvait pas apercevoir une étoile ; et une bruine épaisse, qui tombait par intervalles, nous incommodait fort. Mais ma grande inquiétude, c'était le ballon, qui, en dépit du vernis qui le protégeait, commençait à s'alourdir par l'humidité ; la poudre aussi pouvait s'avarier. Je fis donc travailler rudement mes trois gredins, je leur fis piler de la glace autour de la barrique centrale et agiter l'acide dans les autres. Cependant, ils ne cessaient de m'importuner de questions pour savoir ce que je voulais faire avec tout cet attirail, et exprimaient un vif mécontentement de la terrible besogne à laquelle je les condamnais. Ils ne comprenaient pas – disaient-ils – ce qu'il pouvait résulter de bon à leur faire ainsi se mouiller la peau uniquement pour les rendre complices d'une aussi abominable incantation. Je commençais à être un peu inquiet, et j'avançais l'ouvrage de toute ma force ; car, en vérité, ces idiots s'étaient figuré, j'imagine, que j'avais fait un pacte avec le diable, et que dans tout ce que je faisais maintenant il n'y avait rien de bien rassurant. J'avais donc une très-grande crainte de les voir me planter là. Toutefois, je m'efforçai de les apaiser en leur promettant de les payer jusqu'au dernier sou, aussitôt que j'aurais mené à bonne fin la besogne en préparation. Naturellement ils interprétèrent ces beaux discours comme ils voulurent, s'imaginant sans doute que de toute manière j'allais me rendre maître d'une immense quantité d'argent comptant ; et, pourvu que je leur payasse ma dette, et un petit brin en plus, en considération de leurs services, j'ose affirmer qu'ils s'inquiétaient fort peu de ce qui pouvait advenir de mon âme ou de ma carcasse.

Au bout de quatre heures et demie environ, le ballon me parut suffisamment gonflé. J'y suspendis donc la nacelle, et j'y plaçai tous mes bagages, un télescope, un baromètre avec quelques modifications importantes, un thermomètre, un électromètre, un compas, une

seconds watch; a bell; a speaking trumpet, etc., etc.—also a globe of glass, exhausted of air, and carefully closed with a stopper—not forgetting the condensing apparatus, some unslacked lime, a stick of sealing wax, a copious supply of water, and a large quantity of provisions, such as pemmican, in which much nutriment is contained in comparatively little bulk. I also secured in the car a pair of pigeons and a cat.

It was now nearly daybreak, and I thought it high time to take my departure. Dropping a lighted cigar on the ground, as if by accident, I took the opportunity, in stooping to pick it up, of igniting privately the piece of slow match, the end of which, as I said before, protruded a little beyond the lower rim of one of the smaller casks. This manœuvre-was totally unperceived on the part of the three duns; and, jumping into the car, I immediately cut the single cord which held me to the earth, and was pleased to find that I shot upwards with inconceivable rapidity, carrying with all ease one hundred and seventy-five pounds of leaden ballast, and able to have carried up as many more. As I left the earth, the barometer stood at thirty inches, and the centigrade thermometer at 19°.

Scarcely, however, had I attained the height of fifty yards, when, roaring and rumbling up after me in the most tumultuous and terrible manner, came so dense a hurricane of fire, and gravel, and burning wood, and blazing metal, and mangled limbs, that my very heart sunk within me, and I fell down in the bottom of the car, trembling with terror. Indeed, I now perceived that I had entirely overdone the business, and that the main consequences of the shock were yet to be experienced. Accordingly, in less than a second, I felt all the blood in my body rushing to my temples, and, immediately thereupon, a concussion, which I shall never forget, burst abruptly through the night and seemed to rip the very firmament asunder. When I afterwards had time for reflection, I did not fail to attribute the extreme violence of the explosion, as regarded myself, to its proper cause—my situation directly above it, and in the line of its greatest

boussole, une montre à secondes, une cloche, un porte-voix, etc., etc., ainsi qu'un globe de verre où j'avais fait le vide, et hermétiquement bouché, sans oublier l'appareil condensateur, de la chaux vive, un bâton de cire à cacheter, une abondante provision d'eau, et des vivres en quantité, tels que le *pemmican*, qui contient une énorme matière nutritive comparativement à son petit volume. J'installai aussi dans ma nacelle un couple de pigeons et une chatte.

Nous étions presque au point du jour, et je pensai qu'il était grandement temps d'effectuer mon départ. Je laissai donc tomber par terre, comme par accident, un cierge allumé et, en me baissant pour le ramasser, j'eus soin de mettre sournoisement le feu à la mèche, dont le bout, comme je l'ai dit, dépassait un peu le bord inférieur d'un des petits tonneaux. J'exécutai cette manœuvre sans être vu le moins du monde par mes trois bourreaux ; je sautai dans la nacelle, je coupai immédiatement l'unique corde qui me retenait à la terre, et je m'aperçus avec bonheur que j'étais enlevé avec une inconcevable rapidité ; le ballon emportait très-facilement ses cent soixante-quinze livres de lest de plomb ; il aurait pu en porter le double. Quand je quittai la terre, le baromètre marquait trente pouces, et le thermomètre centigrade 19 degrés.

Cependant, j'étais à peine monté à une hauteur de cinquante yards, quand arriva derrière moi, avec un rugissement et un grondement épouvantables, une si épaisse trombe de feu et de gravier, de bois et de métal enflammés, mêlés à des membres humains déchirés, que je sentis mon cœur défaillir, et que je me jetai tout au fond de ma nacelle tremblant de terreur. Alors, je compris que j'avais horriblement chargé la mine, et que j'avais encore à subir les principales conséquences de la secousse. En effet, en moins d'une seconde, je sentis tout mon sang refluer vers mes tempes, et immédiatement, inopinément, une commotion que je n'oublierai jamais éclata à travers les ténèbres et sembla déchirer en deux le firmament lui-même. Plus tard, quand j'eus le temps de la réflexion, je ne manquai pas d'attribuer l'extrême violence de l'explosion relativement à moi, à sa véritable cause, – c'est-à-dire à ma position,

power. But at the time, I thought only of preserving my life. The balloon at first collapsed, then furiously expanded, then whirled round and round with sickening velocity, and finally, reeling and staggering like a drunken man, hurled me over the rim of the car, and left me dangling, at a terrific height, with my head downward, and my face outward, by a piece of slender cord about three feet in length, which hung accidentally through a crevice near the bottom of the wicker-work, and in which, as I fell, my left foot became most providentially entangled. It is impossible—utterly impossible—to form any adequate idea of the horror of my situation. I gasped convulsively for breath—a shudder resembling a fit of the ague agitated every nerve and muscle in my frame—I felt my eyes starting from their sockets—a horrible nausea overwhelmed me—and at length I lost all consciousness in a swoon.

How long I remained in this state it is impossible to say. It must, however, have been no inconsiderable time, for when I partially recovered the sense of existence, I found the day breaking, the balloon at a prodigious height over a wilderness of ocean, and not a trace of land to be discovered far and wide within the limits of the vast horizon. My sensations, however, upon thus recovering, were by no means so replete with agony as might have been anticipated. Indeed, there was much of madness in the calm survey which I began to take of my situation. I drew up to my eyes each of my hands, one after the other, and wondered what occurrence could have given rise to the swelling of the veins, and the horrible blackness of the finger nails. I afterwards carefully examined my head, shaking it repeatedly, and feeling it with minute attention, until I succeeded in satisfying myself that it was not, as I had more than half suspected, larger than my balloon. Then, in a knowing manner, I felt in both my breeches pockets, and, missing therefrom a set of tablets and a tooth-pick case,

directement au-dessus de la mine et dans la ligne de son action la plus puissante. Mais, en ce moment, je ne songeais qu'à sauver ma vie. D'abord, le ballon s'affaissa, puis il se dilata furieusement, puis il se mit à pirouetter avec une vélocité vertigineuse, et finalement, vacillant et roulant comme un homme ivre, il me jeta par-dessus le bord de la nacelle, et me laissa accroché à une épouvantable hauteur, la tête en bas par un bout de corde fort mince, haut de trois pieds de long environ, qui pendait par hasard à travers une crevasse, près du fond du panier d'osier, et dans lequel, au milieu de ma chute, mon pied gauche s'engagea providentiellement. Il est impossible, absolument impossible, de se faire une idée juste de l'horreur de ma situation. J'ouvrais convulsivement la bouche pour respirer, un frisson ressemblant à un accès de fièvre secouait tous les nerfs et tous les muscles de mon être, – je sentais mes yeux jaillir de leurs orbites, une horrible nausée m'envahit, – enfin je m'évanouis et perdis toute conscience.

Combien de temps restai-je dans cet état, il m'est impossible de le dire. Il s'écoula toutefois un assez long temps, car, lorsque je recouvrai en partie l'usage de mes sens, je vis le jour qui se levait ; – le ballon se trouvait à une prodigieuse hauteur au-dessus de l'immensité de l'Océan, et dans les limites de ce vaste horizon, aussi loin que pouvait s'étendre ma vue, je n'apercevais pas trace de terre. Cependant, mes sensations, quand je revins à moi, n'étaient pas aussi étrangement douloureuses que j'aurais dû m'y attendre. En réalité, il y avait beaucoup de folie dans la contemplation placide avec laquelle j'examinai d'abord ma situation. Je portai mes deux mains devant mes yeux, l'une après l'autre, et me demandai avec étonnement quel accident pouvait avoir gonflé mes veines et noirci si horriblement mes ongles. Puis j'examinai soigneusement ma tête, je la secouai à plusieurs reprises, et la tâtai avec une attention minutieuse, jusqu'à ce que je me fusse heureusement assuré qu'elle n'était pas, ainsi que j'en avais eu l'horrible idée, plus grosse que mon ballon. Puis, avec l'habitude d'un homme qui sait où sont ses poches, je tâtai les deux poches de ma culotte, et, m'apercevant que j'avais perdu mon calepin et mon étui à cure-dent, je m'efforçai de me rendre compte de leur

endeavored to account for their disappearance, and, not being able to do so, felt inexpressibly chained. It now occurred to me that I suffered great uneasiness in the joint of my left ankle, and a dim consciousness of my situation began to glimmer through my mind. But, strange to say! I was neither astonished nor horror-stricken. If I felt any emotion at all, it was a kind of chuckling satisfaction at the cleverness I was about to display in extricating myself from this dilemma; and never, for a moment, did I look upon my ultimate safety as a question susceptible of doubt. For a few minutes I remained wrapped in the profoundest meditation. I have a distinct recollection of frequently compressing my lips, putting my fore-finger to the side of my nose, and making use of other gesticulations and grimaces common to men who, at ease in their arm-chairs, meditate upon matters of intricacy or importance. Having, as I thought, sufficiently collected my ideas, I now, with great caution and deliberation, put my hands behind my back, and unfastened the large iron buckle which belonged to the waistband of my pantaloons. This buckle had three teeth, which, being somewhat rusty, turned with great difficulty on their axis. I brought them, however, after some trouble, at right angles to the body of the buckle, and was glad to find them remain firm in that position. Holding within my teeth the instrument thus obtained, I now proceeded to untie the knot of my cravat. I had to rest several times before I could accomplish this manœuvre; but it was at length accomplished. To one end of the cravat I then made fast the buckle, and the other end I tied, for greater security, tightly around my wrist. Drawing now my body upwards, with a prodigious exertion of muscular force, I succeeded, at the very first trial, in throwing the buckle over the car, and entangling it, as I had anticipated, in the circular rim of the wicker-work.

My body was now inclined towards the side of the car, at aft angle of about forty-five degrees; but it must not be understood that I was therefore only forty-five degrees below the perpendicular. So far from it, I still lay nearly level with the plane of the horizon; for the change

disparition, et, ne pouvant y réussir, j'en ressentis un inexprimable chagrin. Il me sembla alors que j'éprouvais une vive douleur à la cheville de mon pied gauche, et une obscure conscience de ma situation commença à poindre dans mon esprit. Mais – chose étrange ! – je n'éprouvai ni étonnement ni horreur. Si je ressentis une émotion quelconque, ce fut une espèce de satisfaction ou d'épanouissement en pensant à l'adresse qu'il me faudrait déployer pour me tirer de cette singulière alternative ; et je ne fis pas de mon salut définitif l'objet d'un doute d'une seconde. Pendant quelques minutes, je restai plongé dans la plus profonde méditation. Je me rappelle distinctement que j'ai souvent serré les lèvres, que j'ai appliqué mon index sur le côté de mon nez, et j'ai pratiqué les gesticulations et grimaces habituelles aux gens qui, installés tout à leur aise dans leur fauteuil, méditent sur des matières embrouillées ou importantes. Quand je crus avoir suffisamment rassemblé mes idées, je portai avec la plus grande précaution, la plus parfaite délibération, mes mains derrière mon dos, et je détachai la grosse boucle de fer qui terminait la ceinture de mon pantalon. Cette boucle avait trois dents qui, étant un peu rouillées, tournaient difficilement sur leur axe. Cependant, avec beaucoup de patience, je les amenai à angle droit avec le corps de la boucle et m'aperçus avec joie qu'elles restaient fermes dans cette position. Tenant entre mes dents cette espèce d'instrument, je m'appliquai à dénouer le nœud de ma cravate. Je fus obligé de me reposer plus d'une fois avant d'avoir accompli cette manœuvre ; mais, à la longue, j'y réussis. À l'un des bouts de la cravate, j'assujettis la boucle, et, pour plus de sécurité, je nouai étroitement l'autre bout autour de mon poing. Soulevant alors mon corps par un déploiement prodigieux de force musculaire, je réussis du premier coup à jeter la boucle par-dessus la nacelle et à l'accrocher, comme je l'avais espéré, dans le rebord circulaire de l'osier.

Mon corps faisait alors avec la paroi de la nacelle un angle de quarante-cinq degrés environ ; mais il ne faut pas entendre que je fusse à quarante-cinq degrés au-dessous de la perpendiculaire ; bien loin de là, j'étais toujours placé dans un plan presque parallèle au

of situation which I had acquired, had forced the bottom of the car considerably outward from my position, which was accordingly one of the most imminent peril. It should be remembered, however, that when I fell, in the first instance, from the car, if I had fallen with my face turned toward the balloon, instead of turned outwardly from it as it actually was—or if, in the second place, the cord by which I was suspended had chanced to hang over the upper edge, instead of through a crevice near the bottom of the car—I say it may readily be conceived that, in either of these supposed eases, I should have been unable to accomplish even as much as I had now accomplished, and the disclosures now made would have been utterly lost to posterity. I had therefore every reason to be grateful; although, in point of fact, I was still too stupid to be any thing at all, and hung for, perhaps, a quarter of an hour, in that extraordinary manner, without making the slightest farther exertion, and in a singularly tranquil state of idiotic enjoyment. But this feeling did not fail to die rapidly away, and thereunto succeeded horror, and dismay, and a sense of utter helplessness and ruin. In fact, the blood so long accumulating in the vessels of my head and throat, and which had hitherto buoyed up my spirits with delirium, had now begun to retire within their proper channels, and the distinctness which was thus added to my perception of the danger, merely served to deprive me of the self-possession and courage to encounter it. But this weakness was, luckily for me, of no very long duration. In good time came to my rescue the spirit of despair, and, with frantic cries and struggles, I jerked my way bodily upwards, till, at length, clutching with a vice-like grip the long-desired rim, I writhed my person over it, and fell headlong and shuddering within the car.

It was not until some time afterward that I recovered myself sufficiently to attend to the ordinary cares of the balloon. I then, however, examined it with attention, and found it, to my great relief, uninjured. My implements were all safe, and, fortunately, I had lost neither ballast nor provisions. Indeed, I had so well secured them in

niveau de l'horizon ; car la nouvelle position que j'avais conquise avait eu pour effet de chasser d'autant le fond de la nacelle, et conséquemment ma position était des plus périlleuses. Mais qu'on suppose que, dans le principe, lorsque je tombai de la nacelle, je fusse tombé la face tournée vers le ballon au lieu de l'avoir tournée du côté opposé, comme elle était maintenant, – ou, en second lieu, que la corde par laquelle j'étais accroché eût pendu par hasard du rebord supérieur, au lieu de passer par une crevasse du fond, – on concevra facilement que, dans ces deux hypothèses, il m'eût été impossible d'accomplir un pareil miracle, – et les présentes révélations eussent été entièrement perdues pour la postérité. J'avais donc toutes les raisons de bénir le hasard ; mais, en somme, j'étais tellement stupéfié que je me sentais incapable de rien faire, et que je restai suspendu, pendant un quart d'heure peut-être, dans cette extraordinaire situation, sans tenter de nouveau le plus léger effort, perdu dans un singulier calme et dans une béatitude idiote. Mais cette disposition de mon être s'évanouit bien vite et fit place à un sentiment d'horreur, d'effroi, d'absolue désespérance et de destruction. En réalité, le sang si longtemps accumulé dans les vaisseaux de la tête et de la gorge, et qui avait jusque-là créé en moi un délire salutaire dont l'action suppléait à l'énergie, commençait maintenant à refluer et à reprendre son niveau ; et la clairvoyance qui me revenait, augmentant la perception du danger, ne servait qu'à me priver du sang-froid et du courage nécessaires pour l'affronter. Mais, par bonheur pour moi, cette faiblesse ne fut pas de longue durée. L'énergie du désespoir me revint à propos, et, avec des cris et des efforts frénétiques, je m'élançai convulsivement et à plusieurs reprises par une secousse générale, jusqu'à ce qu'enfin, m'accrochant au bord si désiré avec des griffes plus serrées qu'un étau, je tortillai mon corps par-dessus et tombai la tête la première et tout pantelant dans le fond de la nacelle.

Ce ne fut qu'après un certain laps de temps que je fus assez maître de moi pour m'occuper de mon ballon. Mais alors je l'examinai avec attention et découvris, à ma grande joie, qu'il n'avait subi aucune avarie. Tous mes instruments étaient sains et saufs, et, très-heureusement, je n'avais perdu ni lest ni provisions. À la vérité, je les

their places, that such an accident was entirely out of the question. Looking at my watch, I found it six o'clock. I was still rapidly-ascending, and the barometer gave a present altitude of three and three-quarter miles. Immediately beneath me in the ocean, lay a small black object, slightly oblong in shape, seemingly about the size of a domino, and in every respect bearing a great resemblance to one of those toys. Bringing my telescope to bear upon it, I plainly discerned it to be a British ninety-four gun ship, close-hauled, and pitching heavily in the sea with her head to the W. S. W. Besides this ship, I saw nothing but the ocean and the sky, and the sun, which had long arisen.

It is now high time that I should explain to your Excellencies the object of my voyage. Your Excellencies will bear in mind that distressed circumstances in Rotterdam had at length driven me to the resolution of committing suicide. It was not, however, that to life itself I had any positive disgust, but that I was harassed beyond endurance by the adventitious miseries attending my situation. In this state of mind, wishing to live, yet wearied with life, the treatise at the stall of the bookseller, backed by the opportune discovery of my cousin of Nantz, opened a resource to my imagination. I then finally made up my mind. I determined to depart, yet live—to leave the world, yet continue to exist—in short, to drop enigmas, I resolved, let what would ensue, to force a passage, if I could, to the moon. Now, lest I should be supposed more of a madman than I actually am, I will detail, as well as I am able, the considerations which led me to believe that an achievement of this nature, although without doubt difficult, and full of danger, was not absolutely, to a bold spirit, beyond the confines of the possible.

The moon's actual distance from the earth was the first thing to be attended to. Now, the mean or average interval between the centres of the two planets is 59.9643 of the earth's equatorial radii, or only about 237,000 miles. I say the mean or average interval;—but it must

avais si bien assujettis à leur place qu'un pareil accident était chose tout à fait improbable. Je regardai à ma montre, elle marquait six heures. Je continuais à monter rapidement, et le baromètre me donnait alors une hauteur de trois milles trois quarts. Juste au-dessous de moi apparaissait dans l'Océan un petit objet noir, d'une forme légèrement allongée, à peu près de la dimension d'un domino, et ressemblant fortement, à tous égards, à l'un de ces petits joujoux. Je dirigeai mon télescope sur lui, et je vis distinctement que c'était un vaisseau anglais de quatre-vingt-quatorze canons tanguant lourdement dans la mer, au plus près du vent, et le cap à l'ouest-sud-ouest. À l'exception de ce navire, je ne vis rien que l'Océan et le ciel, et le soleil qui était levé depuis longtemps.

Il est grandement temps que j'explique à Vos Excellences l'objet de mon voyage. Vos Excellences se souviennent que ma situation déplorable à Rotterdam m'avait à la longue poussé à la résolution du suicide. Ce n'était pas cependant que j'eusse un dégoût positif de la vie elle-même, mais j'étais harassé, à n'en pouvoir plus, par les misères accidentelles de ma position. Dans cette disposition d'esprit, désirant vivre encore, et cependant fatigué de la vie, le traité que je lus à l'échoppe du bouquiniste, appuyé par l'opportune découverte de mon cousin de Nantes, ouvrit une ressource à mon imagination. Je pris enfin un parti décisif. Je résolus de partir, mais de vivre, – de quitter le monde, mais de continuer mon existence ; – bref, et pour couper court aux énigmes, je résolus, sans m'inquiéter du reste, de me frayer, si je pouvais, un passage *jusqu'à la lune*. Maintenant, pour qu'on ne me croie pas plus fou que je ne le suis, je vais exposer en détail, et le mieux que je pourrai, les considérations qui m'induisirent à croire qu'une entreprise de cette nature, quoique difficile sans doute et pleine de dangers, n'était pas absolument, pour un esprit audacieux, située au delà des limites du possible.

La première chose à considérer était la distance positive de la lune à la terre. Or, la distance moyenne ou approximative entre les centres de ces deux planètes est de cinquante-neuf fois, plus une fraction, le rayon équatorial de la terre, ou environ 237 000 milles. Je dis la

be borne in mind, that the form of the moon's orbit being an ellipse of eccentricity amounting to no less than 0.05484 of the major semi-axis of the ellipse itself, and the earth's centre being situated in its focus, if I could, in any manner, contrive to meet the moon in its perigee, the above-mentioned distance would be materially diminished. But to say nothing, at present, of this possibility, it was very certain that, at all events, from the 237,000 miles I would have to deduct the radius of the earth, say 4000, and the radius of the moon, say 1080, in all 5080, leaving an actual interval to be traversed, under average circumstances, of 231,920 miles. Now this, I reflected, was no very extraordinary distance. Travelling on the land has been repeatedly accomplished at the rate of sixty miles per hour; and indeed a much greater speed may be anticipated. But even at this velocity, it would take me no more than 161 days to reach the surface of the moon. There were, however, many particulars inducing me to believe that my average rate of travelling might possibly very much exceed that of sixty miles per hour, and, as these considerations did not fail to make a deep impression upon my mind, I will mention them more fully hereafter.

The next point to be regarded was one of far greater importance. From indications afforded by the barometer, we find that, in ascensions from the surface of the earth we have, at the height of a 1000 feet, left below us about one-thirtieth of the entire mass of atmospheric air; that at 10,600, we have ascended through nearly one-third; and that at 18,000, which is not far from the elevation of Cotopaxi, we have surmounted one-half the material, or, at all events, one-half the ponderable body of air incumbent upon our globe. It is also calculated, that at an altitude not exceeding the hundredth part of the earth's diameter—that is, not exceeding eighty miles—the rarefaction would be so excessive that animal life could in no manner be sustained, and, moreover, that the most delicate means we possess of ascertaining the presence of the atmosphere, would be inadequate to assure us of its existence. But I did not fail to perceive that these

distance moyenne ou approximative, mais il est facile de concevoir que, la forme de l'orbite lunaire étant une ellipse d'une excentricité qui n'est pas de moins de 0,05484 de son demi-grand axe, et le centre de la terre occupant le foyer de cette ellipse, si je pouvais réussir d'une manière quelconque à rencontrer la lune à son périgée, la distance ci-dessus évaluée se trouverait sensiblement diminuée. Mais, pour laisser de côté cette hypothèse, il était positif qu'en tout cas j'avais à déduire des 237 000 milles le rayon de la terre, c'est-à-dire 4 000, et le rayon de la lune, c'est-à-dire 1 080, en tout 5 080, et qu'il ne me resterait ainsi à franchir qu'une distance approximative de 231 920 milles. Cet espace, pensais-je, n'était pas vraiment extraordinaire. On a fait nombre de fois sur cette terre des voyages d'une vitesse de 60 milles par heure, et, en réalité, il y a tout lieu de croire qu'on arrivera à une plus grande vélocité ; mais, même en me contentant de la vitesse dont je parlais, il ne me faudrait pas plus de cent soixante et un jours pour atteindre la surface de la lune. Il y avait toutefois de nombreuses circonstances qui m'induisaient à croire que la vitesse approximative de mon voyage dépasserait de beaucoup celle de soixante milles à l'heure ; et, comme ces considérations produisirent sur moi une impression profonde, je les expliquerai plus amplement par la suite.

Le second point à examiner était d'une bien autre importance. D'après les indications fournies par le baromètre, nous savons que, lorsqu'on s'élève, au-dessus de la surface de la terre, à une hauteur de 1 000 pieds, on laisse au-dessous de soi environ un trentième de la masse atmosphérique ; qu'à 10 000 pieds, nous arrivons à peu près à un tiers ; et qu'à 18 000 pieds, ce qui est presque la hauteur du Cotopaxi, nous avons dépassé la moitié de la masse fluide, ou, en tout cas, la moitié de la partie pondérable de l'air qui enveloppe notre globe. On a aussi calculé qu'à une hauteur qui n'excède pas la centième partie du diamètre terrestre, – c'est-à-dire 80 milles, – la raréfaction devait être telle que la vie animale ne pouvait en aucune façon s'y maintenir ; et, de plus, que les moyens les plus subtils que nous ayons de constater la présence de l'atmosphère devenaient alors totalement insuffisants. Mais je ne manquai pas d'observer que ces

latter calculations are founded altogether on our experimental knowledge of the properties of air, and the mechanical laws regulating its dilation and compression, in what may be called, comparatively speaking, the immediate vicinity *of the earth itself; and, at the same time, it is taken for granted that animal life is and must be essentially* incapable of modification *at any given unattainable distance from the surface. Now, all such reasoning and from such* data, *must of course be simply analogical. The greatest height ever-reached by man was that of 25,000 feet, attained in the æronautic expedition of Messieurs Gay-Lussac and Biot. This is a moderate altitude, even when compared with the eighty miles in question; and I could not help thinking that the subject admitted room for doubt, and great latitude for speculation.*

But, in point of fact, an ascension being made to any given altitude, the ponderable quantity of air surmounted in any farther *ascension, is by no means in proportion to the additional height ascended, (as may be plainly seen from what has been stated before,) but in a* ratio constantly decreasing. *It is therefore evident that, ascend as high as we may, we cannot, literally speaking, arrive at a limit beyond which* no *atmosphere is to be found. It* must *exist, I argued; although it may exist in a state of infinite rarefaction.*

On the other hand, I was aware that arguments have not been wanting to prove the existence of a real and definite limit to the atmosphere, beyond which there is absolutely no air whatsoever. But a circumstance which has been left out of view by those who contend for such a limit, seemed to me, although no positive refutation of their creed, still a point worthy very serious investigation. On comparing the intervals between the successive arrivals of Encke's comet at its perihelion, after giving credit, in the most exact manner, for all the disturbances due to the attractions of the planets, it appears that the periods are gradually diminishing; that is to say, the major axis of the

derniers calculs étaient uniquement basés sur notre connaissance expérimentale des propriétés de l'air et des lois mécaniques qui régissent sa dilatation et sa compression dans ce qu'on peut appeler, comparativement parlant, la proximité immédiate de la terre. Et, en même temps, on regarde comme chose positive qu'à une distance quelconque donnée, mais inaccessible, de sa surface, la vie animale est et doit être essentiellement incapable de modification. Maintenant, tout raisonnement de ce genre, et d'après de pareilles données, doit évidemment être purement analogique. La plus grande hauteur où l'homme soit jamais parvenu est de 25 000 pieds ; je parle de l'expédition aéronautique de MM. Gay-Lussac et Biot. C'est une hauteur assez médiocre, même quand on la compare aux 80 milles en question ; et je ne pouvais m'empêcher de penser que la question laissait une place au doute et une grande latitude aux conjectures.

Mais, en fait, en supposant une ascension opérée à une hauteur donnée quelconque, la quantité d'air pondérable traversée dans toute période ultérieure de l'ascension n'est nullement en proportion avec la hauteur additionnelle acquise, comme on peut le voir d'après ce qui a été énoncé précédemment, mais dans une raison constamment décroissante. Il est donc évident que, nous élevant aussi haut que possible, nous ne pouvons pas, littéralement parlant, arriver à une limite au delà de laquelle l'atmosphère cesse absolument d'exister. Elle *doit exister*, concluais-je, quoiqu'elle *puisse*, il est vrai, exister à un état de raréfaction infinie.

D'un autre côté, je savais que les arguments ne manquent pas pour prouver qu'il existe une limite réelle et déterminée de l'atmosphère, au delà de laquelle il n'y a absolument plus d'air respirable. Mais une circonstance a été omise par ceux qui opinent pour cette limite, qui semblait, non pas une réfutation péremptoire de leur doctrine, mais un point digne d'une sérieuse investigation. Comparons les intervalles entre les retours successifs de la comète d'Encke à son périhélie, en tenant compte de toutes les perturbations dues à l'attraction planétaire, et nous verrons que les périodes diminuent graduellement, c'est-à-dire que le grand axe de l'ellipse de la comète va toujours se

comet's ellipse is growing shorter, in a low but perfectly regular decrease. Now, this is precisely what ought to be the case, if we suppose a resistance experienced from the comet from an extremely rare ethereal medium *pervading the regions of its orbit.* For it is evident that such a medium must, in retarding the comet's velocity, increase its centripetal, by weakening its centrifugal force. In other words, the sun's attraction would be constantly attaining greater power, and the comet would. be drawn nearer at every revolution. Indeed, there is no other way of accounting for the variation in question. But again:—The real diameter of the same comet's nebulosity, is observed to contract rapidly as it approaches the sun, and dilate with equal rapidity in its departure toward its aphelion. Was I not justifiable in supposing, with M. Valz, that this apparent condensation of volume has its origin in the compression of the same ethereal medium I have spoken of before, and which is dense in proportion to its vicinity to the sun? The lenticular-shaped phenomenon, also, called the zodiacal light, was a matter worthy of attention. This radiance, so apparent in the tropics, and which cannot be mistaken for any meteoric lustre, extends from the horizon obliquely upwards, and follows generally the direction of the sun's equator. It appeared to me evidently in the nature of a rare atmosphere extending from the sun outwards, beyond the orbit of Venus at least, and I believed indefinitely farther[1]. Indeed, this medium I could not suppose confined to the path of the comet's ellipse, or to the immediate neighborhood of the sun. It was easy, on the contrary, to imagine it pervading the entire regions of our planetary system, condensed into what we call atmosphere at the planets themselves, and perhaps at some of them modified by considerations purely geological; that is to say, modified, or varied in its proportions (or absolute nature) by matters volatilized from the respective orbs.

Having adopted this view of the subject, I had little farther hesitation. Granting that on my passage I should meet with atmosphere

raccourcissant dans une proportion lente, mais parfaitement régulière. Or, c'est précisément le cas qui doit avoir lieu, si nous supposons que la comète subisse une résistance par le fait d'*un milieu éthéré excessivement rare* qui pénètre les régions de son orbite. Car il est évident qu'un pareil milieu doit, en retardant la vitesse de la comète, accroître sa force centripète et affaiblir sa force centrifuge. En d'autres termes, l'attraction du soleil deviendrait de plus en plus puissante, et la comète s'en rapprocherait davantage à chaque révolution. Véritablement, il n'y a pas d'autre moyen de se rendre compte de la variation en question. Mais voici un autre fait : on observe que le diamètre réel de la partie nébuleuse de cette comète se contracte rapidement à mesure qu'elle approche du soleil, et se dilate avec la même rapidité quand elle repart vers son aphélie. N'avais-je pas quelque raison de supposer avec M. Valz que cette apparente condensation de volume prenait son origine dans la compression de ce milieu éthéré dont je parlais tout à l'heure, et dont la densité est en proportion de la proximité du soleil ? Le phénomène qui affecte la forme lenticulaire et qu'on appelle la lumière zodiacale était aussi un point digne d'attention. Cette lumière si visible sous les tropiques, et qu'il est impossible de prendre pour une lumière météorique quelconque, s'élève obliquement de l'horizon et suit généralement la ligne de l'équateur du soleil. Elle me semblait évidemment provenir d'une atmosphère rare qui s'étendrait depuis le soleil jusque par delà l'orbite de Vénus au moins, et même, selon moi, indéfiniment plus loin. Je ne pouvais pas supposer que ce milieu fût limité par la ligne du parcours de la comète, ou fût confiné dans le voisinage immédiat du soleil. Il était si simple d'imaginer au contraire qu'il envahissait toutes les régions de notre système planétaire, condensé autour des planètes en ce que nous appelons atmosphère, et peut-être modifié chez quelques-unes par des circonstances purement géologiques, c'est-à-dire modifié ou varié dans ses proportions ou dans sa nature essentielle par les matières volatilisées émanant de leurs globes respectifs.

Ayant pris la question sous ce point de vue, je n'avais plus guère à hésiter. En supposant que dans mon passage je trouvasse une

essentially *the same as at the surface of the earth, conceived that, by means of the very ingenious apparatus of M. Grimm, I should readily be enabled to condense it in sufficient quantity for the purposes of respiration. This would remove the chief obstacle in a journey to the moon. I had indeed spent some money and great labor in adapting the apparatus to the object intended, and confidently looked forward to its successful application, if I could manage to complete the voyage within any reasonable period.—This brings me back to the* rate *at which it would be possible to travel.*

It is true that balloons, in the first stage of their ascensions from the earth, are known to rise with a velocity comparatively moderate. Now, the power of elevation lies altogether in the superior gravity of the atmospheric air compared with the gas in the balloon; and, at first sight, it does not appear probable that, as the balloon acquires altitude, and consequently arrives successively in atmospheric strata *of densities rapidly diminishing—I say, it does not appear at all reasonable that, in this its progress upward, the original velocity should be accelerated. On the other hand, I was not aware that, in any recorded ascension, a* diminution *had been proved to be apparent in the absolute rate of ascent; although such should have been the case, if on account of nothing else, on account of the escape of gas through balloons ill-constructed, and varnished with no better material than the ordinary varnish. It seemed, therefore, that the effect of such escape was only sufficient to counterbalance the effect of the acceleration attained in the diminishing of the balloon's distance from the gravitating centre. I now considered that, provided in my passage I found the medium I had imagined, and provided it should prove to be essentially what we denominate atmospheric air, it could make comparatively little difference at what extreme state of rarefaction I should discover it—that is to say, in regard to my power of ascending—for the gas in the balloon would not only be itself subject to similar rarefaction, (in proportion to the occurrence of which, I could suffer an escape of so much as would be requisite to prevent explosion,) but, being what it was, would, at all events, continue specitically lighter than any compound whatever of mere*

atmosphère *essentiellement* semblable à celle qui enveloppe la surface de la terre, je réfléchis qu'au moyen du très-ingénieux appareil de M. Grimm je pourrais facilement la condenser en suffisante quantité pour les besoins de la respiration. Voilà qui écartait le principal obstacle à un voyage à la lune. J'avais donc dépensé quelque argent et beaucoup de peine pour adapter l'appareil au but que je me proposais, et j'avais pleine confiance dans son application, pourvu que je pusse accomplir le voyage dans un espace de temps suffisamment court. Ceci me ramène à la question de la vitesse possible.

Tout le monde sait que les ballons, dans la première période de leur ascension, s'élèvent avec une vélocité comparativement modérée. Or la force d'ascension consiste uniquement dans la pesanteur de l'air ambiant relativement au gaz du ballon ; et, à première vue, il ne paraît pas du tout probable ni vraisemblable que le ballon, à mesure qu'il gagne en élévation et arrive successivement dans des couches atmosphériques d'une densité décroissante, puisse gagner en vitesse et accélérer sa vélocité primitive. D'un autre côté, je n'avais pas souvenir que, dans un compte rendu quelconque d'une expérience antérieure, l'on eût jamais constaté une diminution apparente dans la vitesse absolue de l'ascension, quoique tel eût pu être le cas, en raison de la fuite du gaz à travers un aérostat mal confectionné et généralement revêtu d'un vernis insuffisant, ou pour toute autre cause. Il me semblait donc que l'effet de cette déperdition pouvait seulement contrebalancer l'accélération acquise par le ballon à mesure qu'il s'éloignait du centre de gravitation. Or, je considérai que, pourvu que dans ma traversée je trouvasse *le milieu* que j'avais imaginé, et pourvu qu'il fût de même essence que ce que nous appelons l'air atmosphérique, il importait relativement assez peu que je le trouvasse à tel ou tel degré de raréfaction, c'est-à-dire relativement à ma force ascensionnelle ; car non seulement le gaz du ballon serait soumis à la même raréfaction (et, dans cette occurrence, je n'avais qu'à lâcher une quantité proportionnelle de gaz, suffisante pour prévenir une explosion), mais, par la nature de ses parties intégrantes, il devait, en tout cas, être toujours spécifiquement plus

nitrogen and oxygen. Thus there was a chance—in fact, there was a strong probability—that, at no epoch of my ascent, I should reach a point where the united weights of my immense balloon, the inconceivably rare gas within it, the ear, and its contents, should equal the weight of the mass of the surrounding atmosphere displaced; and this will be readily understood as the sole condition upon which my upward flight would be arrested. But, if this point were even attained, I could dispense with ballast and other weight to the amount of nearly 300 pounds. In the meantime, the force of gravitation would be constantly diminishing, in proportion to the squares of the distances, and so, with a velocity prodigiously accelerating, I should at length arrive in those distant regions where the force of the earth's attraction would be superseded by that of the moon.

There was another difficulty however, which occasioned me some little disquietude. It has been observed, that, in balloon ascensions to any considerable height, besides the pain attending respiration, great uneasiness is experienced about the head and body, often accompanied with bleeding at the nose, and other symptoms of an alarming kind, and growing more and more inconvenient in proportion to the altitude attained[2]. *This was a reflection of a nature somewhat startling. Was it not probable that these symptoms would increase until terminated by death itself. I finally thought not. Their origin was to be looked for in the progressive removal of the* customary *atmospheric pressure upon the surface of the body, and consequent distention of the superficial blood-vessels—not in any positive disorganization of the animal system, as in the case of difficulty in breathing, where the atmospheric density is* chemically insufficient *for the due renovation of blood in a ventricle of the heart. Unless for default of this renovation, I could see no reason, therefore, why life could not be sustained even in a vacuum; for the expansion and compression of chest, commonly called breathing, is action*

léger qu'un composé quelconque de pur azote et d'oxygène. Il y avait donc une chance, – et même, en somme, une forte probabilité, *pour qu'à aucune période de mon ascension je n'arrivasse à un point où les différentes pesanteurs réunies de mon immense ballon, du gaz inconcevablement rare qu'il renfermait, de sa nacelle et de son contenu pussent égaler la pesanteur de la masse d'atmosphère ambiante déplacée* ; et l'on conçoit facilement que c'était là l'unique condition qui pût arrêter ma fuite ascensionnelle. Mais encore, si jamais j'atteignais ce point imaginaire, il me restait la faculté d'user de mon lest et d'autres poids montant à peu près à un total de 300 livres. En même temps, la force centripète devait toujours décroître en raison du carré des distances, et ainsi je devais, avec une vélocité prodigieusement accélérée, arriver à la longue dans ces lointaines régions où la force d'attraction de la lune serait substituée à celle de la terre.

Il y avait une autre difficulté qui ne laissait pas de me causer quelque inquiétude. On a observé que dans les ascensions poussées à une hauteur considérable, outre la gêne de la respiration, on éprouvait dans la tête et dans tout le corps un immense malaise, souvent accompagné de saignements de nez et d'autres symptômes passablement alarmants, et qui devenait de plus en plus insupportable à mesure qu'on s'élevait[1]. C'était là une considération passablement effrayante. N'était-il pas probable que ces symptômes augmenteraient jusqu'à ce qu'ils se terminassent par la mort elle-même ? Après mûre réflexion, je conclus que non. Il fallait en chercher l'origine dans la disparition progressive de la pression atmosphérique, à laquelle est accoutumée la surface de notre corps, et dans la distension inévitable des vaisseaux sanguins superficiels, – et non dans une désorganisation positive du système animal, comme dans le cas de difficulté de respiration, où la densité atmosphérique est chimiquement insuffisante pour la rénovation régulière du sang dans un ventricule du cœur. Excepté dans le cas où cette rénovation ferait défaut, je ne voyais pas de raison pour que la vie ne se maintînt pas, même dans le vide ; car l'expansion et la compression de la poitrine, qu'on appelle communément respiration, est une action

purely muscular, and the cause, not the effect, of respiration. In a word, I conceived that, as the body should become habituated to the want of atmospheric pressure, these sensations of pain would gradually diminish—and to endure them while they continued, I relied with confidence upon the iron hardihood of my constitution.

Thus, may it please your Excellencies, I have detailed some, though by no means all, the considerations which led me to form the project of a lunar voyage. I shall now proceed to lay before you the result of an attempt so apparently audacious in conception, and, at all events, so utterly unparalleled in the annals of mankind.

Having attained the altitude before mentioned—that is to say, three miles and three quarters—I threw out from the car a quantity of feathers, and found that I still ascended with sufficient rapidity; there was, therefore, no necessity for discharging any ballast. I was glad of this, for I wished to retain with me as much weight as I could carry, for the obvious reason that I could not be positive either about the gravitation or the atmospheric density of the moon. I as yet suffered no bodily inconvenience, breathing with great freedom, and feeling no pain whatever in the head. The cat was lying very demurely upon my coat, which I had taken off, and eyeing the pigeons with an air of nonchalance. These latter being tied by the leg, to prevent their escape, were busily employed in picking up some grains of rice scattered for them in the bottom of the car.

At twenty minutes past six o'clock, the barometer showed an elevation of 26,400 feet, or five miles to a fraction. The prospect seemed unbounded. Indeed, it is very easily calculated by means of spherical geometry, how great an extent of the earth's area I beheld. The convex surface of any segment of a sphere is, to the entire surface of the sphere itself, as the versed sine of the segment to the diameter of the sphere. Now, in my case, the versed sine—that is to say, the thickness of the segment beneath me—was about equal to my elevation, or the

purement musculaire ; elle est la cause et non l'effet de la respiration. En un mot, je concevais que, le corps s'habituant à l'absence de pression atmosphérique, ces sensations douloureuses devaient diminuer graduellement ; et, pour les supporter tant qu'elles dureraient, j'avais toute confiance dans la solidité de fer de ma constitution.

J'ai donc exposé quelques-unes des considérations – non pas toutes certainement – qui m'induisirent à former le projet d'un voyage à la lune. Je vais maintenant, s'il plaît à Vos Excellences, vous exposer le résultat d'une tentative dont la conception paraît si audacieuse, et qui, dans tous les cas, n'a pas sa pareille dans les annales de l'humanité.

Ayant atteint la hauteur dont il a été parlé ci-dessus, c'est-à-dire trois milles trois quarts, je jetai hors de la nacelle une quantité de plumes, et je vis que je montais toujours avec une rapidité suffisante ; il n'y avait donc pas nécessité de jeter du lest. J'en fus très-aise, car je désirais garder avec moi autant de lest que j'en pourrais porter, par la raison bien simple que je n'avais aucune donnée positive sur la puissance d'attraction et sur la densité atmosphérique. Je ne souffrais jusqu'à présent d'aucun malaise physique, je respirais avec une parfaite liberté et n'éprouvais aucune douleur dans la tête. La chatte était couchée fort solennellement sur mon habit, que j'avais ôté, et regardait les pigeons avec un air de nonchaloir. Ces derniers, que j'avais attachés par la patte, pour les empêcher de s'envoler, étaient fort occupés à piquer quelques grains de riz éparpillés pour eux au fond de la nacelle.

À six heures vingt minutes, le baromètre donnait une élévation de 26 400 pieds, ou cinq milles, à une fraction près. La perspective semblait sans bornes. Rien de plus facile d'ailleurs que de calculer à l'aide de la trigonométrie sphérique l'étendue de surface terrestre qu'embrassait mon regard. La surface convexe d'un segment de sphère est à la surface entière de la sphère comme le sinus verse du segment est au diamètre de la sphère. Or, dans mon cas, le sinus verse – c'est-à-dire l'épaisseur du segment situé au-dessous de moi était à

elevation of the point of eight above the surface. "As five miles, then, to eight thousand," would express the proportion of the earth's area seen by me. In other words, I beheld as much sixteen-hundredth part of the whole surface of the globe. the sea appeared unruffled part as a mirror, although, by means of the telescope, I could perceive it to be in a state of violent agitation. The ship was no longer visible, having drifted away, apparently, to the eastward. I now began to experience, at intervals, severe pain in the head, especially about the ears—still, however, breathing with tolerable freedom. The cat and pigeons seemed to suffer no inconvenience whatsoever.

At twenty minutes before seven, the balloon entered a long series of dense cloud, which put me to great trouble, by damaging my condensing apparatus, and wetting me to the skin. This was, to be sure, a singular rencontre, *for I had not believed it possible that a cloud of this nature could be sustained at so great an elevation. I thought it best, however, to throw out five-pound pieces of ballast, reserving still a weight of one hundred and sixty-five pounds. Upon so doing, I soon rose above the difficulty and perceived immediately, that I had obtained a great increase in my rate of ascent. In a few seconds after my leaving the cloud, a flash of vivid lightning shot from one end of it to the other, and caused it to kindle up, throughout its vast extent, like a man of ignited charcoal. This, it must be remembered, was in the broad light of day. No fancy may picture the sublimity which might have been exhibited by a similar phenomenon taking place amid the darkness of the night. Hell itself might then have found a fitting image. Even as it was, my hair stood on end, while I gazed afar down within the yawning abysses, letting imagination descend, and stalk about in the strange vaulted halls, and ruddy gulfs, and red ghastly chasm: of the hideous and unfathomable fire. I had indeed made a narrow escape. Had the balloon remained a very short while longer within the cloud—that is to say, had not the inconvenience of getting wet, determined me to discharge the ballast—my destruction might, and probably would, have been the consequence. Such perils, although little considered, are perhaps the greatest which must be encountered in balloons. I*

peu près égal à mon élévation, ou à l'élévation du point de vue au-dessus de la surface. La proportion de cinq milles à huit milles exprimerait donc l'étendue de la surface que j'embrassais, c'est-à-dire que j'apercevais la seize centième partie de la surface totale du globe. La mer apparaissait polie comme un miroir, bien qu'à l'aide du télescope je découvrisse qu'elle était dans un état de violente agitation. Le navire n'était plus visible, il avait sans doute dérivé vers l'est. Je commençai dès lors à ressentir par intervalles une forte douleur à la tête, bien que je continuasse à respirer à peu près librement. La chatte et les pigeons semblaient n'éprouver aucune incommodité.

À sept heures moins vingt, le ballon entra dans la région d'un grand et épais nuage qui me causa beaucoup d'ennui ; mon appareil condensateur en fut endommagé, et je fus trempé jusqu'aux os. C'est, à coup sûr, une singulière rencontre, car je n'aurais pas supposé qu'un nuage de cette nature pût se soutenir à une si grande élévation. Je pensai faire pour le mieux en jetant deux morceaux de lest de cinq livres chaque, ce qui me laissait encore cent soixante-cinq livres de lest. Grâce à cette opération, je traversai bien vite l'obstacle, et je m'aperçus immédiatement que j'avais gagné prodigieusement en vitesse. Quelques secondes après que j'eus quitté le nuage, un éclair éblouissant le traversa d'un bout à l'autre et l'incendia dans toute son étendue, lui donnant l'aspect d'une masse de charbon en ignition. Qu'on se rappelle que ceci se passait en plein jour. Aucune pensée ne pourrait rendre la sublimité d'un pareil phénomène se déployant dans les ténèbres de la nuit. L'enfer lui-même aurait trouvé son image exacte. Tel que je le vis, ce spectacle me fit dresser les cheveux. Cependant, je dardais au loin mon regard dans les abîmes béants ; je laissais mon imagination plonger et se promener sous d'étranges et immenses voûtes dans des gouffres empourprés, dans les abîmes rouges et sinistres d'un feu effrayant et insondable. Je l'avais échappé belle. Si le ballon était resté une minute de plus dans le nuage, – c'est-à-dire si l'incommodité dont je souffrais ne m'avait pas déterminé à jeter du lest, – ma destruction pouvait en être et en eût très-probablement été la conséquence. De pareils dangers, quoiqu'on y fasse peu d'attention, sont les plus grands peut-être qu'on puisse

had by this time, however, attained too great an elevation to be any longer uneasy on this head.

I was now rising rapidly, and by seven o'clock the barometer indicated an altitude of no less than nine miles and a half. I began to find great difficulty in drawing my breath. My head, too, was excessively painful; and, having felt for some time a moisture about my cheeks, I at length discovered it to be blood, which was oozing quite fast from the drums of my ears. My eyes, also, gave me great uneasiness. Upon passing the hand over them they seemed to have protruded from their sockets in no inconsiderable degree; and all objects in the car, and even the balloon itself appeared distorted to my vision. These symptoms were more than I had expected, and occasioned me some alarm. At this juncture, very imprudently, and without consideration, I threw out from the car three five-pound pieces of ballast. The accelerated rate of ascent thus obtained, carried me too rapidly, and without sufficient gradation, into a highly rarefied stratum *of the atmosphere, and the result had nearly proved fatal to my expedition and to myself. I was suddenly seized with a spasm which lasted for more than five minutes, and even when this, in a measure, ceased, I could catch my breath only at long intervals, and in a gasping manner,—bleeding all the while copiously at the nose and ears, and even slightly at the eyes. The pigeons appeared distressed in the extreme, and struggled to escape; while the cat mewed piteously, and, with her tongue hanging out of her mouth, staggered to and fro in the car as if under the influence of poison. I now too late discovered the great rashness of which I had been guilty in discharging the ballast, and my agitation was excessive. I anticipated nothing less than death, and death in a few minutes. The physical suffering I underwent contributed also to render me nearly incapable of making any exertion for the preservation of my life. I had, indeed, little power of reflection left, and the violence of the pain in my head seemed to be greatly on the increase. Thus I found that my senses would shortly give way altogether, and I had already clutched*

courir en ballon. J'avais pendant ce temps atteint une hauteur assez grande pour n'avoir aucune inquiétude à ce sujet.

Je m'élevais alors très-rapidement, et à sept heures le baromètre donnait une hauteur qui n'était pas moindre de neuf milles et demi. Je commençais à éprouver une grande difficulté de respiration. Ma tête aussi me faisait excessivement souffrir ; et, ayant senti depuis quelque temps de l'humidité sur mes joues, je découvris à la fin que c'était du sang qui suintait continuellement du tympan de mes oreilles. Mes yeux me donnaient aussi beaucoup d'inquiétude. En passant ma main dessus, il me sembla qu'ils étaient poussés hors de leurs orbites, et à un degré assez considérable ; et tous les objets contenus dans la nacelle et le ballon lui-même se présentaient à ma vision sous une forme monstrueuse et faussée. Ces symptômes dépassaient ceux auxquels je m'attendais, et me causaient quelque alarme. Dans cette conjoncture, très-imprudemment et sans réflexion, je jetai hors de la nacelle trois morceaux de lest de cinq livres chaque. La vitesse dès lors accélérée de mon ascension m'emporta, trop rapidement et sans gradation suffisante, dans une couche d'atmosphère singulièrement raréfiée, ce qui faillit amener un résultat fatal pour mon expédition et pour moi-même. Je fus soudainement pris par un spasme qui dura plus de cinq minutes, et, même quand il eut en partie cessé, il se trouva que je ne pouvais plus aspirer qu'à de longs intervalles et d'une manière convulsive, saignant copieusement pendant tout ce temps par le nez, par les oreilles, et même légèrement par les yeux. Les pigeons semblaient en proie à une excessive angoisse et se débattaient pour s'échapper, pendant que la chatte miaulait lamentablement, chancelant çà et là à travers la nacelle comme sous l'influence d'un poison. Je découvris alors trop tard l'immense imprudence que j'avais commise en jetant du lest, et mon trouble devint extrême. Je n'attendais pas moins que la mort, et la mort dans quelques minutes. La souffrance physique que j'éprouvais contribuait aussi à me rendre presque incapable d'un effort quelconque pour sauver ma vie. Il me restait à peine la faculté de réfléchir, et la violence de mon mal de tête semblait augmenter de minute en minute. Je m'aperçus alors que mes sens allaient bientôt m'abandonner tout à

one of the valve ropes with the view of attempting a descent, when the recollection of the trick I had played the three creditors, and the possible consequences to myself, should I return, operated to deter me for the moment. I lay down in the bottom of the car, and endeavored to collect my faculties. In this I so far succeeded as to determine upon the experiment of losing blood. Having no lancet, however, I was constrained to perform the operation in the best manner I was able, and finally succeeded in opening a vein in my left arm, with the blade of my penknife. The blood had hardly commenced flowing when I experienced a sensible relief, and by the time I had lost about half a moderate basin-full, most of the worst symptoms had abandoned me entirely. I nevertheless did not think it expedient to attempt getting on my feet immediately; but, having tied up my arm as well as I could, I lay still for about a quarter of an hour. At the end of this time I arose, and found myself freer from absolute pain of any kind than I had been during the last hour and a quarter of my ascension. The difficulty of breathing, however, was diminished in a very slight degree, and I found that it would soon be positively necessary to make use of my condenser. In the meantime, looking towards the cat, who was again snugly stowed away upon my coat, I discovered, to my infinite surprise, that she had taken the opportunity of my indisposition to bring into light a litter of three little kittens. This was an addition to the number of passengers on my part altogether unexpected; but I was pleased at the occurrence. It would afford me a chance of bringing to a kind of test the truth of a surmise, which, more than any thing else, had influenced me in attempting this ascension. I had imagined that the habitual endurance of the atmospheric pressure at the surface of the earth was the cause, or nearly so, of the pain attending animal existence at a distance above the surface. Should the kittens be found to suffer uneasiness in an equal degree with their mother, I must consider my theory in fault, but a failure to do so I should look upon as a strong confirmation of my idea.

By eight o'clock I had actually attained an elevation of seventeen miles above the surface of the earth. Thus it seemed to me evident

fait, et j'avais déjà empoigné une des cordes de la soupape, quand le souvenir du mauvais tour que j'avais joué aux trois créanciers et la crainte des conséquences qui pouvaient m'accueillir à mon retour m'effrayèrent et m'arrêtèrent pour le moment. Je me couchai au fond de la nacelle et m'efforçai de rassembler mes facultés. J'y réussis un peu, et je résolus de tenter l'expérience d'une saignée. Mais, comme je n'avais pas de lancette, je fus obligé de procéder à cette opération tant bien que mal, et finalement j'y réussis en m'ouvrant une veine au bras gauche avec la lame de mon canif. Le sang avait à peine commencé à couler que j'éprouvais un soulagement notable, et, lorsque j'en eus perdu à peu près la valeur d'une demi-cuvette de dimension ordinaire, les plus dangereux symptômes avaient pour la plupart entièrement disparu. Cependant, je ne jugeai pas prudent d'essayer de me remettre immédiatement sur mes pieds ; mais, ayant bandé mon bras du mieux que je pus, je restai immobile pendant un quart d'heure environ. Au bout de ce temps je me levai et me sentis plus libre, plus dégagé de toute espèce de malaise que je ne l'avais été depuis une heure un quart. Cependant la difficulté de respiration n'avait que fort peu diminué, et je pensai qu'il y aurait bientôt nécessité urgente à faire usage du condensateur. En même temps, je jetai les yeux sur ma chatte qui s'était commodément réinstallée sur mon habit, et, à ma grande surprise, je découvris qu'elle avait jugé à propos, pendant mon indisposition, de mettre au jour une ventrée de cinq petits chats. Certes, je ne m'attendais pas le moins du monde à ce supplément de passagers, mais, en somme, l'aventure me fit plaisir. Elle me fournissait l'occasion de vérifier une conjecture qui, plus qu'aucune autre, m'avait décidé à tenter cette ascension. J'avais imaginé que l'*habitude* de la pression atmosphérique à la surface de la terre était en grande partie la cause des douleurs qui attaquaient la vie animale à une certaine distance au-dessus de cette surface. Si les petits chats éprouvaient du malaise *au même degré que leur mère*, je devais considérer ma théorie comme fausse, mais je pouvais regarder le cas contraire comme une excellente confirmation de mon idée.

À huit heures, j'avais atteint une élévation de dix-sept milles. Ainsi il me parut évident que ma vitesse ascensionnelle non seulement

that my rate of ascent was not only on the increase, but that the progression would have been apparent in a slight degree even had I not discharged the ballast which I did. The pains in my head and ears returned, at intervals, with violence, and I still continued to bleed occasionally at the nose: but, upon the whole, I suffered much less than might have been expected. I breathed, however, at every moment, with more and more difficulty, and each inhalation was attended with a troublesome spasmodic action of the chest. I now unpacked the condensing apparatus, and got it ready for immediate use.

The view of the earth, at this period of my ascension, was beautiful indeed. To the westward, the northward, and the southward, as far as I could see, lay a boundless sheet of apparently unruffled ocean, which every moment gained a deeper and deeper tint of blue. At a vast distance to the eastward, although perfectly discernible, extended the islands of Great Britain, the entire Atlantic coasts of France and Spain, with a small portion of the northern part of the continent of Africa. Of individual edifices not a trace could be discovered, and the proudest cities of mankind had utterly faded away from the face of the earth.

What mainly astonished me, in the appearance of things below, was the seeming concavity of the surface of the globe. I had, thoughtlessly enough, expected to see its real convexity become evident as I ascended; but a very little reflection sufficed to explain the discrepancy. A line, dropped from my position perpendicularly to the earth, would have formed the perpendicular of a right-angled triangle, of which the base would have extended from the right-angle to the horizon, and the hypothenuse from the horizon to my position. But my height was little or nothing in comparison with my prospect. In other words, the base and hypothenuse of the supposed triangle would, in my case, have been so long, when compared to the perpendicular, that the two former might have been regarded as nearly parallel. In this manner the horizon of the æronaut appears

augmentait, mais que cette augmentation eût été légèrement sensible, même dans le cas où je n'aurais pas jeté de lest, comme je l'avais fait. Les douleurs de tête et d'oreilles revenaient par intervalles avec violence, et, de temps à autre, j'étais repris par mes saignements de nez ; mais, en somme, je souffrais beaucoup moins que je ne m'y étais attendu. Cependant, de minute en minute, ma respiration devenait plus difficile, et chaque inhalation était suivie d'un mouvement spasmodique de la poitrine des plus fatigants. Je déployai alors l'appareil condensateur, de manière à le faire fonctionner immédiatement.

L'aspect de la terre, à cette période de mon ascension, était vraiment magnifique. À l'ouest, au nord et au sud, aussi loin que pénétrait mon regard, s'étendait une nappe illimitée de mer en apparence immobile, qui, de seconde en seconde, prenait une teinte bleue plus profonde. À une vaste distance vers l'est, s'allongeaient très-distinctement les îles Britanniques, les côtes occidentales de la France et de l'Espagne, ainsi qu'une petite portion de la partie nord du continent africain. Il était impossible de découvrir une trace des édifices particuliers, et les plus orgueilleuses cités de l'humanité avaient absolument disparu de la surface de la terre.

Ce qui m'étonna particulièrement dans l'aspect des choses situées au-dessous de moi, ce fut la concavité apparente de la surface du globe. Je m'attendais, assez sottement, à voir sa convexité réelle se manifester plus distinctement à proportion que je m'élèverais ; mais quelques secondes de réflexion me suffirent pour expliquer cette contradiction. Une ligne abaissée perpendiculairement sur la terre du point où je me trouvais aurait formé la perpendiculaire d'un triangle rectangle dont la base se serait étendue de l'angle droit à l'horizon, et l'hypoténuse de l'horizon au point occupé par mon ballon. Mais l'élévation où j'étais placé n'était rien ou presque rien comparativement à l'étendue embrassée par mon regard ; en d'autres termes, la base et l'hypoténuse du triangle supposé étaient si longues, comparées à la perpendiculaire, qu'elles pouvaient être considérées comme deux lignes presque parallèles. De cette façon l'horizon de

always to be upon a level with the car. But as the point immediately beneath him seems, and is, at a great distance below him, it seems, of course, also at a great listance below the horizon. Hence the impression of concavity; and this impression must remain, until the elevation shall bear so great a proportion to, the prospect, that the apparent parallelism of the base and hypothenuse, disappears.

The pigeons about this time seeming to undergo much suffering, I determined upon giving them their liberty. I first untied one of them, a beautiful gray-mottled pigeon, and placed him upon the rim of the wicker-work. He appeared extremely uneasy, looking anxiously around him, fluttering his wings, and making a loud cooing noise, but could not be persuaded to trust himself from the car. I took him up at last, and threw him to about half-a-dozen yards from the balloon. He made, however, no attempt to descend as I had expected, but struggled with great vehemence to get back, uttering at the same time very shrill and piercing cries. He at length succeeded in regaining his former station on the rim, but had hardly done so when his head dropped upon his breast, and he fell dead within the car. The other one did not prove so unfortunate. To prevent his following the example of his companion, and accomplishing a return, I threw him downwards with all my force, and was pleased to find him continue his descent, with great velocity, making use of his wings with ease, and in a perfectly natural manner. In a very short time he was out of sight, and I have no doubt he reached home in safety. Puss, who seemed in a great measure recovered from her illness, now made a hearty meal of the dead bird, and then went to sleep with much apparent satisfaction. Her kittens were quite lively, and so far evinced not the slightest sign of any uneasiness.

At a quarter-past eight, being able no longer to draw breath without the most intolerable paint, I proceeded, forthwith, to adjust around the car the apparatus belonging to the condenser. This apparatus will

l'aéronaute lui apparaît toujours au niveau de sa nacelle. Mais, comme le point situé immédiatement au-dessous de lui lui apparaît et est, en effet, à une immense distance, naturellement il lui paraît aussi à une immense distance au-dessous de l'horizon. De là, l'impression de concavité ; et cette impression durera jusqu'à ce que l'élévation se trouve relativement à l'étendue de la perspective dans une proportion telle que le parallélisme apparent de la base et de l'hypoténuse disparaisse.

Cependant, comme les pigeons semblaient souffrir horriblement, je résolus de leur donner la liberté. Je déliai d'abord l'un d'eux, un superbe pigeon gris saumoné, et le plaçai sur le bord de la nacelle. Il semblait excessivement mal à son aise, regardait anxieusement autour de lui, battait des ailes, faisait entendre un roucoulement très-accentué, mais ne pouvait pas se décider à s'élancer hors de la nacelle. À la fin, je le pris et le jetai à six yards environ du ballon. Cependant, bien loin de descendre, comme je m'y attendais, il fit des efforts véhéments pour rejoindre le ballon, poussant en même temps des cris très-aigus et très-perçants. Enfin, il réussit à rattraper sa première position sur le bord du panier ; mais à peine s'y était-il posé qu'il pencha sa tête sur sa gorge et tomba mort au fond de la nacelle. L'autre n'eut pas un sort aussi déplorable. Pour l'empêcher de suivre l'exemple de son camarade et d'effectuer un retour vers le ballon, je le précipitai vers la terre de toute ma force, et vis avec plaisir qu'il continuait à descendre avec une grande vélocité, faisant usage de ses ailes très-facilement et d'une manière parfaitement naturelle. En très-peu de temps, il fut hors de vue, et je ne doute pas qu'il ne soit arrivé à bon port. Quant à la minette, qui semblait en grande partie remise de sa crise, elle se faisait maintenant un joyeux régal de l'oiseau mort, et finit par s'endormir avec toutes les apparences du contentement. Les petits chats étaient parfaitement vivants et ne manifestaient pas le plus léger symptôme de malaise.

À huit heures un quart, ne pouvant pas respirer plus longtemps sans une douleur intolérable, je commençai immédiatement à ajuster autour de la nacelle l'appareil attenant au condensateur. Cet appareil

require some little explanation, and your Excellencies will please to bear in mind that my object, in the first place, was to surround myself and car entirely with a barricade against the highly rarefied atmosphere in which I was existing, with the intention of introducing within this barricade, by means of my condenser, a quantity of this same atmosphere sufficiently condensed for the purposes of respiration. With this object in view I had prepared a very strong, perfectly air-tight, but flexible gum-elastic bag. In this bag, which was of sufficient dimensions, the entire car was in a manner placed. That is to say, it (the bag) was drawn over the whole bottom of the car, up its sides, and so on, along the outside of the ropes, to the upper rim or hoop where the net-work is attached. Having pulled the bag up in this way, and formed a complete enclosure on all sides, and at bottom, it was now necessary to fasten up its top or mouth, by passing its material over the hoop of the net-work,—in other words, between the net-work and the hoop. But if the net-work were separated from the hoop to admit this passage, what was to sustain the car in the meantime? Now the net-work was not permanently fastened to the hoop, but attached by a series of running loops or nooses. I therefore undid only a few of these loops at one time, leaving the car suspended by the remainder. Having thus inserted a portion of the cloth forming the upper part of the bag, I refastened the loops—not to the hoop, for that would have been impossible, since the cloth now intervened,—but to a series of large buttons, affixed to the cloth itself, about three feet below the mouth of the bag; the intervals between the buttons having been made to correspond to the intervals between the loops. This done, a few more of the loops were unfastened from the rim, a farther portion of the cloth introduced, and the disengaged loops then connected with their proper buttons. In this way it was possible to insert the whole upper part of the bag between the net-work and the hoop. It is evident that the hoop would now drop down within the car, while the whole weight of the car itself, with all its contents, would be held up merely by the strength of the buttons. This, at first sight, would seem an inadequate dependence; but it was by no means so, for the buttons were not only very strong in themselves, but so close together that a very slight portion of the

demande quelques explications, et Vos Excellences voudront bien se rappeler que mon but, en premier lieu, était de m'enfermer entièrement, moi et ma nacelle, et de me barricader contre l'atmosphère singulièrement raréfiée au sein de laquelle j'existais, et enfin d'introduire à l'intérieur, à l'aide de mon condensateur, une quantité de cette même atmosphère suffisamment condensée pour les besoins de la respiration. Dans ce but, j'avais préparé un vaste sac de caoutchouc très-flexible, très-solide, absolument imperméable. La nacelle tout entière se trouvait en quelque sorte placée dans ce sac dont les dimensions avaient été calculées pour cet objet, c'est-à-dire qu'il passait sous le fond de la nacelle, s'étendait sur ses bords, et montait extérieurement le long des cordes jusqu'au cerceau où le filet était attaché. Ayant ainsi déployé le sac et fait hermétiquement la clôture de tous les côtés, il fallait maintenant assujettir le haut ou l'ouverture du sac en faisant passer le tissu de caoutchouc au-dessus du cerceau, en d'autres termes, entre le filet et le cerceau. Mais, si je détachais le filet du cerceau pour opérer ce passage, comment la nacelle pourrait-elle se soutenir ? Or le filet n'était pas ajusté au cerceau d'une manière permanente, mais attaché par une série de brides mobiles ou de nœuds coulants. Je ne défis donc qu'un petit nombre de ces brides à la fois, laissant la nacelle suspendue par les autres. Ayant fait passer ce que je pus de la partie supérieure du sac, je rattachai les brides, – non pas au cerceau, car l'interposition de l'enveloppe de caoutchouc rendait cela impossible, – mais à une série de gros boutons fixés à l'enveloppe elle-même, à trois pieds environ au-dessous de l'ouverture du sac, les intervalles des boutons correspondant aux intervalles des brides. Cela fait, je détachai du cerceau quelques autres brides, j'introduisis une nouvelle portion de l'enveloppe, et les brides dénouées furent à leur tour assujetties à leurs boutons respectifs. Par ce procédé, je pouvais faire passer toute la partie supérieure du sac entre le filet et le cerceau. Il est évident que le cerceau devait dès lors tomber dans la nacelle, tout le poids de la nacelle et de son contenu n'étant plus supporté que par la force des boutons. À première vue, ce système pouvait ne pas offrir une garantie suffisante ; mais il n'y avait aucune raison de s'en défier, car non seulement les boutons étaient solides par eux-mêmes, mais, de

whole weight was supported by any one of them. Indeed, had the car and contents been three times heavier than they were, I should not have been at all uneasy. I now raised up the hoop again within the covering of gum-elastic, and propped it at nearly its former height by means of three light poles prepared for the occasion. This was done, of course, to keep the bag distended at the top, and to preserve the lower part of the net-work in its proper situation. All that now remained was to fasten up the mouth of the enclosure; and this was readily accomplished by gathering the folds of the material together, and twisting them up very tightly on the inside by means of a kind of stationary tourniquet.

In the sides of the covering thus adjusted round the car, had been inserted three circular panes of thick but clear glass, through which I could see without difficulty around me in every horizontal direction. In that portion of the cloth forming the bottom, was likewise a fourth window, of the same kind, and corresponding with a small aperture in the floor of the car itself. This enabled me to see perpendicularly down, but having found it impossible to place any similar contrivance overhead, on account of the peculiar manner of closing up the opening there, and the consequent wrinkles in the cloth, I could expect to see no objects situated directly in my zenith. This, of course, was a matter of little consequence; for, had I even been able to place a window at top, the balloon itself would have prevented my making any use of it.

About a foot below one of the side windows was a circular opening, three inches in diameter, and fitted with a brass rim adapted in its inner edge to the winding of a screw. In this rim was screwed the large tube of the condenser, the body of the machine being, of course, within the chamber of gum-elastic. Through this tube a quantity of the rare atmosphere circumjacent being drawn by means of a vacuum *created in the body of the machine, was thence discharged, in a state of condensation, to mingle with the thin air already in the chamber. This operation, being repeated several times, at length filled the*

plus, ils étaient si rapprochés que chacun ne supportait en réalité qu'une très-légère partie du poids total. La nacelle et son contenu auraient pesé trois fois plus que je n'en aurais pas été inquiet le moins du monde. Je relevai alors le cerceau le long de l'enveloppe de caoutchouc et je l'étayai sur trois perches légères préparées pour cet objet. Cela avait pour but de tenir le sac convenablement distendu par le haut, et de maintenir la partie inférieure du filet dans la position voulue. Tout ce qui me restait à faire maintenant était de nouer l'ouverture du sac, – ce que j'opérai facilement en rassemblant les plis du caoutchouc, et en les tordant étroitement ensemble au moyen d'une espèce de tourniquet à demeure.

Sur les côtés de l'enveloppe ainsi déployée autour de la nacelle, j'avais fait adapter trois carreaux de verre ronds, très-épais, mais très-clairs, au travers desquels je pouvais voir facilement autour de moi dans toutes les directions horizontales. Dans la partie du sac qui formait le fond était une quatrième fenêtre analogue, correspondant à une petite ouverture pratiquée dans le fond de la nacelle elle-même. Celle-ci me permettait de regarder perpendiculairement au-dessous de moi. Mais il m'avait été impossible d'ajuster une invention du même genre au-dessus de ma tête, en raison de la manière particulière dont j'étais obligé de fermer l'ouverture et des plis nombreux qui en résultaient ; j'avais donc renoncé à voir les objets situés dans mon zénith. Mais c'était là une chose de peu d'importance ; car, lors même que j'aurais pu placer une fenêtre au-dessus de moi, le ballon aurait fait obstacle à ma vue et m'aurait empêché d'en faire usage.

À un pied environ au-dessous d'une des fenêtres latérales était une ouverture circulaire de trois pouces de diamètre, avec un rebord de cuivre façonné intérieurement pour s'adapter à la spirale d'une vis. Dans ce rebord se vissait le large tube du condensateur, le corps de la machine étant naturellement placé dans la chambre de caoutchouc. En faisant le vide dans le corps de la machine, on attirait dans ce tube une masse d'atmosphère ambiante raréfiée, qui de là était déversée à l'état condensé et mêlée à l'air subtil déjà contenu dans la chambre. Cette opération, répétée plusieurs fois, remplissait à la longue la

chamber with atmosphere proper for all the purposes of respiration. But in so confined a space it would, in a short time, necessarily become foul, and unfit for use from frequent contact with the lungs. It was then ejected by a small valve at the bottom of the car;—the dense air readily sinking into the thinner atmosphere below. To avoid the inconvenience of making a total vacuum *at any moment within the chamber, this purification was never accomplished all at one, but in a gradual manner,—the valve being opened only for a few seconds, then closed again, until one or two strokes from the pump of the condenser had supplied the place of the atmosphere ejected. For the sake of experiment I had put the cat and kittens in a small basket, and suspended it outside the car to a Sutton at the bottom, close by the valve, through which I could feed them at any moment when necessary. I did this at some little risk, and before closing the mouth of the chamber, by reaching under the car with one of the poles before mentioned to which a hook had been attached. As soon as dense air was admitted in the chamber, the hoop and poles became unnecessary; the expansion of the enclosed atmosphere powerfully distending the gum-elastic.*

By the time I had fully completed these arrangements and filled the chamber as explained, it wanted only ten minutes of nine o'clock. During the whole period of my being thus employed, I endured the most terrible distress from difficulty of respiration; and bitterly did I repent the negligence, or rather fool-hardiness, of which I had been guilty, of putting off to the last moment a matter of so much importance. But having at length accomplished it, I soon began to reap the benefit of my invention. Once again I breathed with perfect freedom and ease—and indeed why should I not? I was also agreeably surprised to find myself, in a great measure, relieved from the violent pains which had hitherto tormented me. A slight headache, accompanied with a sensation of fulness or distention about the

chambre d'une atmosphère suffisant aux besoins de la respiration. Mais, dans un espace aussi étroit que celui-ci, elle devait nécessairement, au bout d'un temps très-court, se vicier et devenir impropre à la vie par son contact répété avec les poumons. Elle était alors rejetée par une petite soupape placée au fond de la nacelle, l'air dense se précipitant promptement dans l'atmosphère raréfiée. Pour éviter à un certain moment l'inconvénient d'un vide total dans la chambre, cette purification ne devait jamais être effectuée en une seule fois, mais graduellement, la soupape n'étant ouverte que pour quelques secondes, puis refermée, jusqu'à ce qu'un ou deux coups de pompe du condensateur eussent fourni de quoi remplacer l'atmosphère expulsée. Par amour des expériences, j'avais placé la chatte et ses petits dans un petit panier, et les avais suspendus en dehors de la nacelle par un bouton placé près du fond, tout auprès de la soupape, à travers laquelle je pouvais leur faire passer de la nourriture quand besoin était. J'accomplis cette manœuvre avant de fermer l'ouverture de la chambre, et non sans quelque difficulté, car il me fallut, pour atteindre le dessous de la nacelle, me servir d'une des perches dont j'ai parlé, à laquelle était fixé un crochet. Aussitôt que l'air condensé eut pénétré dans la chambre, le cerceau et les perches devinrent inutiles : l'expansion de l'atmosphère incluse distendit puissamment le caoutchouc.

Quand j'eus fini tous ces arrangements et rempli la chambre d'air condensé, il était neuf heures moins dix. Pendant tout le temps qu'avaient duré ces opérations, j'avais horriblement souffert de la difficulté de respiration, et je me repentais amèrement de la négligence ou plutôt de l'incroyable imprudence dont je m'étais rendu coupable en remettant au dernier moment une affaire d'une si haute importance. Mais enfin, lorsque j'eus fini, je commençai à recueillir, et promptement, les bénéfices de mon invention. Je respirai de nouveau avec une aisance et une liberté parfaites ; et vraiment, pourquoi n'en eût-il pas été ainsi ? Je fus aussi très-agréablement surpris de me trouver en grande partie soulagé des vives douleurs qui m'avaient affligé jusqu'alors. Un léger mal de tête accompagné d'une sensation de plénitude ou de distension dans les poignets, les

wrists, the ankles, and the throat, was nearly all of which I had now to complain. Thus it seemed evident that a greater part of the uneasiness attending the removal of atmospheric pressure had actually worn off, as I had expected, and that much of the pain endured for the last two hours should have been attributed altogether to the effects of a deficient respiration.

At twenty minutes before nine o'clock—that is to say, a short time prior to my closing up the mouth of the chamber, the mercury attained its limit, or ran down, in the barometer, which, as I mentioned before, was one of an extended construction. It then indicated an altitude on my part of 132,000 feet, or five-and-twenty miles, and I consequently surveyed at that time an extent of the earth's area amounting to no less than the three-hundred-and-twentieth part of its entire superficies. At nine o'clock I had again lost sight of land to the eastward, but not before I became aware that the balloon was drifting rapidly to the N. N. W. The ocean beneath me still retained its apparent concavity, although my view was often interrupted by the masses of cloud which floated to and fro.

At half past nine I tried the experiment of throwing out a handful of feathers through the valve. They did not float as I had expected; but dropped down perpendicularly, like a bullet, en massse, and with the greatest velocity,—being out of sight in a very few seconds. I did not at first know what to make of this extraordinary phenomenon; not being able to believe that my rate of ascent had, of a sudden, met with so prodigious an acceleration. But it soon occurred to me that the atmosphere was now far too rare to sustain even the feathers; that they actually fell, as they appeared to do, with great rapidity; and that I had been surprised by the united velocities of their descent and my own elevation.

By ten o'clock I found that I had very little to occupy my immediate attention. Affairs went on swimmingly, and I believed the balloon to be going upwards with a speed increasing momently, although I had

chevilles et la gorge était à peu près tout ce dont j'avais à me plaindre maintenant. Ainsi, il était positif qu'une grande partie du malaise provenant de la disparition de la pression atmosphérique s'était absolument évanouie, et que presque toutes les douleurs que j'avais endurées pendant les deux dernières heures devaient être attribuées uniquement aux effets d'une respiration insuffisante.

À neuf heures moins vingt – c'est-à-dire peu de temps après avoir fermé l'ouverture de ma chambre – le mercure avait atteint son extrême limite et était retombé dans la cuvette du baromètre, qui, comme je l'ai dit, était d'une vaste dimension. Il me donnait alors une hauteur de 132 000 pieds ou de 25 milles, et conséquemment mon regard en ce moment n'embrassait pas moins de la 320e partie de la superficie totale de la terre. À neuf heures, j'avais de nouveau perdu de vue la terre dans l'est, mais pas avant de m'être aperçu que le ballon dérivait rapidement vers le nord-nord-ouest. L'Océan, au-dessous de moi, gardait toujours son apparence de concavité ; mais sa vue était souvent interceptée par des masses de nuées qui flottaient çà et là.

À neuf heures et demie, je recommençai l'expérience des plumes, j'en jetai une poignée à travers la soupape. Elles ne voltigèrent pas, comme je m'y attendais, mais tombèrent perpendiculairement, en masse, comme un boulet et avec une telle vélocité que je les perdis de vue en quelques secondes. Je ne savais d'abord que penser de cet extraordinaire phénomène ; je ne pouvais croire que ma vitesse ascensionnelle se fût si soudainement et si prodigieusement accélérée. Mais je réfléchis bientôt que l'atmosphère était maintenant trop raréfiée pour soutenir même des plumes, – qu'elles tombaient réellement, ainsi qu'il m'avait semblé, avec une excessive rapidité, – et que j'avais été simplement surpris par les vitesses combinées de leur chute et de mon ascension.

À dix heures, il se trouva que je n'avais plus grand-chose à faire et que rien ne réclamait mon attention immédiate. Mes affaires allaient donc comme sur des roulettes, et j'étais persuadé que le ballon

no longer any means of ascertaining the progression of the increase. I suffered no pain or uneasiness of any kind, and enjoyed better spirits than I had at any period since my departure from Rotterdam; busying myself now in examining the state of my various apparatus, and now in regenerating the atmosphere within the chamber. This latter point I determined to attend to at regular interval of forty minutes, more on account of the preservation of my health, than from so frequent a renovation being absolutely necessary. In the meanwhile I could not help making anticipations. Fancy revelled in the wild and dreamy regions of the moon. Imagination, feeling herself for once unshackled, roamed at will among the ever-changing wonders of a shadowy and unstable land. Now there were hoary and time-honored forests, and craggy precipices, and waterfalls tumbling with a loud noise into abysses without a bottom. Then I came suddenly into still noonday solitudes, where no wind of heaven ever intruded, and where vast meadows of poppies, and slender, lily-looking flowers spread themselves out a weary distance, all silent and motionless for ever. Then again I journeyed far down away into another country where it was all one dim and vague lake, with a boundary-line of clouds. But fancies such as these were not the sole possessors of my brain. Horrors of a nature most stern and most appalling would too frequently obtrude themselves upon my mind, and shake the innermost depths of my soul with the bare supposition of their possibility. Yet I would not suffer my thoughts for any length of time to dwell upon these latter speculations, rightly judging the real and palpable dangers of the voyage sufficient for my undivided attention.

At five o'clock, p. m., being engaged in regenerating the atmosphere within the chamber, I took that opportunity of observing the cat and kittens through the valve. The cat herself appeared to suffer again very much, and I had no hesitation in attributing her uneasiness chiefly to a difficulty in breathing; but my experiment with the kittens

montait avec une vitesse incessamment croissante, quoique je n'eusse plus aucun moyen d'apprécier cette progression de vitesse. Je n'éprouvais de peine ni de malaise d'aucune espèce ; je jouissais même d'un bien-être que je n'avais pas encore connu depuis mon départ de Rotterdam. Je m'occupais tantôt à vérifier l'état de tous mes instruments, tantôt à renouveler l'atmosphère de la chambre. Quant à ce dernier point, je résolus de m'en occuper à des intervalles réguliers de quarante minutes, plutôt pour garantir complètement ma santé que par une absolue nécessité. Cependant, je ne pouvais pas m'empêcher de faire des rêves et des conjectures. Ma pensée s'ébattait dans les étranges et chimériques régions de la lune. Mon imagination, se sentant une bonne fois délivrée de toute entrave, errait à son gré parmi les merveilles multiformes d'une planète ténébreuse et changeante. Tantôt c'étaient des forêts chenues et vénérables, des précipices rocailleux et des cascades retentissantes s'écroulant dans des gouffres sans fond. Tantôt j'arrivais tout à coup dans de calmes solitudes inondées d'un soleil de midi, où ne s'introduisait jamais aucun vent du ciel, et où s'étalaient à perte de vue de vastes prairies de pavots et de longues fleurs élancées semblables à des lis, toutes silencieuses et immobiles pour l'éternité. Puis je voyageais longtemps, et je pénétrais dans une contrée qui n'était tout entière qu'un lac ténébreux et vague, avec une frontière de nuages. Mais ces images n'étaient pas les seules qui prissent possession de mon cerveau. Parfois des horreurs d'une nature plus noire, plus effrayante s'introduisaient dans mon esprit, et ébranlaient les dernières profondeurs de mon âme par la simple hypothèse de leur possibilité. Cependant, je ne pouvais permettre à ma pensée de s'appesantir trop longtemps sur ces dernières contemplations ; je pensais judicieusement que les dangers réels et palpables de mon voyage suffisaient largement pour absorber toute mon attention.

À cinq heures de l'après-midi, comme j'étais occupé à renouveler l'atmosphère de la chambre, je pris cette occasion pour observer la chatte et ses petits à travers la soupape. La chatte semblait de nouveau souffrir beaucoup, et je ne doutai pas qu'il ne fallût attribuer particulièrement son malaise à la difficulté de respirer ; mais mon

had resulted very strangely. I had expected, of course, to see them betray a sense of pain, although in a less degree than their mother; and this would have been sufficient to confirm my opinion concerning the habitual endurance of atmospheric pressure. But I was not prepared to find them, upon close examination, evidently enjoying a high degree of health, breathing with the greatest ease and perfect regularity, and evincing not the slightest sign of any uneasiness. I could only account for all this by extending my theory, and supposing that the highly rarefied atmosphere around, might perhaps not be, as I had taken for granted, chemically insufficient for the purposes of life, and that a person born in such a medium might, possibly, be unaware of any inconvenience attending its inhalation, while, upon removal to the denser strata near the earth, he might endure tortures of a similar nature to those I had so lately experienced. It has since been to me a matter of deep regret that an awkward accident, at this time, occasioned me the loss of my little family of cats, and deprived me of the insight into this matter which a continued experiment might have afforded. In passing my hand through the valve, with a cup of water for the old puss, the sleeve of my shirt became entangled in the loop which sustained the basket, and thus, in a moment, loosened it from the button. Had the whole actually vanished into air, it could not have shot from my sight in a more abrupt and instantaneous manner. Positively, there could not have intervened the tenth part of a second between the disengagement of the basket and its absolute disappearance with all that it contained. My good wishes followed it to the earth, but, of course, I had no hope that either cat or kittens would ever live to tell the tale of their misfortune.

At six o'clock, I perceived a great portion of the earth's visible area to the eastward involved in thick shadow, which continued to advance with great rapidity, until, at five minutes before seven, the whole surface in view was enveloped in the darkness of night. It was not, however, until long after this time that the rays of the setting sun ceased to illumine the balloon; and this circumstance, although of

expérience relativement aux petits avait eu un résultat des plus étranges. Naturellement je m'attendais à les voir manifester une sensation de peine, quoique à un degré moindre que leur mère, et cela eût été suffisant pour confirmer mon opinion touchant l'habitude de la pression atmosphérique. Mais je n'espérais pas les trouver, après un examen scrupuleux, jouissant d'une parfaite santé et ne laissant pas voir le plus léger signe de malaise. Je ne pouvais me rendre compte de cela qu'en élargissant ma théorie, et en supposant que l'atmosphère ambiante hautement raréfiée pouvait bien, contrairement à l'opinion que j'avais d'abord adoptée comme positive, n'être pas chimiquement insuffisante pour les fonctions vitales, et qu'une personne née dans un pareil milieu pourrait peut-être ne s'apercevoir d'aucune incommodité de respiration, tandis que, ramenée vers les couches plus denses avoisinant la terre, elle souffrirait vraisemblablement des douleurs analogues à celles que j'avais endurées tout à l'heure. Ç'a été pour moi, depuis lors, l'occasion d'un profond regret qu'un accident malheureux m'ait privé de ma petite famille de chats et m'ait enlevé le moyen d'approfondir cette question par une expérience continue. En passant ma main à travers la soupape avec une tasse pleine d'eau pour la vieille minette, la manche de ma chemise s'accrocha à la boucle qui supportait le panier, et du coup la détacha du bouton. Quand même tout le panier se fût absolument évaporé dans l'air, il n'aurait pas été escamoté à ma vue d'une manière plus abrupte et plus instantanée. Positivement, il ne s'écoula pas la dixième partie d'une seconde entre le moment où le panier se décrocha et celui où il disparut complètement avec tout ce qu'il contenait. Mes souhaits les plus heureux l'accompagnèrent vers la terre, mais, naturellement, je n'espérais guère que la chatte et ses petits survécussent pour raconter leur odyssée.

À six heures, je m'aperçus qu'une grande partie de la surface visible de la terre, vers l'est, était plongée dans une ombre épaisse, qui s'avançait incessamment avec une grande rapidité ; enfin, à sept heures moins cinq, toute la surface visible fut enveloppée dans les ténèbres de la nuit. Ce ne fut toutefois que quelques instants plus tard que les rayons du soleil couchant cessèrent d'illuminer le ballon ; et

course fully anticipated, did not fail to give me an infinite deal of pleasure. It was evident that, in the morning, I should behold the rising luminary many hours at least before the citizens of Rotterdam, in spite of their situation so much farther to the eastward, and thus; day after day, in proportion to the height ascended, would I enjoy the light of the sun for a longer and a longer period. I now determined to keep a journal of my passage, reckoning the days from one to twenty-four hours continuously, without taking into consideration the intervals of darkness.

At ten o'clock, feeling sleepy, I determined to lie down for the rest of the night but here a difficulty presented itself, which, obvious as it may appear, had escaped my attention up to the very moment of which I am now speaking. If I went to sleep as I proposed, how could the atmosphere in the chamber be regenerated in the interim? *To breathe it for more than an hour, at the farthest, would be a matter of impossibility; or, if even this term could be extended to an hour and a quarter, the most ruinous consequences might ensue. The consideration of this dilemma gave me no little disquietude; and it will hardly be believed, that, after the dangers I had undergone, I should look upon this business in so serious a light, as to give up all hope of accomplishing my ultimate design, and finally make up my mind to the necessity of a descent. But this hesitation was only momentary. I reflected that man is the veriest slave of custom, and that many points in the routine of his existence are deemed* essentially *important, which are only so* at all *by his having rendered them habitual. It was very certain that I could not do without sleep; but I might easily bring myself to feel no inconvenience from being awakened at intervals of an hour during the whole period of my repose. It would require but five minutes at most, to regenerate the atmosphere in the fullest manner—and the only real difficulty was, to contrive a method of arousing myself at the proper moment for so doing. But this was a question which, I am willing to confess, occasioned me no little trouble in its solution. To be sure, I had heard of the student who, to prevent his falling asleep over his books, held*

cette circonstance, à laquelle je m'attendais parfaitement, ne manqua pas, de me causer un immense plaisir. Il était évident qu'au matin je contemplerais le corps lumineux à son lever plusieurs heures au moins avant les citoyens de Rotterdam, bien qu'ils fussent situés beaucoup plus loin que moi dans l'est, et qu'ainsi, de jour en jour, à mesure que je serais placé plus haut dans l'atmosphère, je jouirais de la lumière solaire pendant une période de plus en plus longue. Je résolus alors de rédiger un journal de mon voyage en comptant les jours de vingt-quatre heures consécutives, sans avoir égard aux intervalles de ténèbres.

À dix heures, sentant venir le sommeil, je résolus de me coucher pour le reste de la nuit ; mais ici se présenta une difficulté qui, quoique de nature à sauter aux yeux, avait échappé à mon attention jusqu'au dernier moment. Si je me mettais à dormir, comme j'en avais l'intention, comment renouveler l'air de la chambre pendant cet intervalle ? Respirer cette atmosphère plus d'une heure, au maximum, était une chose absolument impossible ; et, en supposant ce terme poussé jusqu'à une heure un quart, les plus déplorables conséquences pouvaient en résulter. Cette cruelle alternative ne me causa pas d'inquiétude ; et l'on croira à peine qu'après les dangers que j'avais essuyés je pris la chose tellement au sérieux que je désespérais d'accomplir mon dessein, et que finalement je me résignai à la nécessité d'une descente. Mais cette hésitation ne fut que momentanée. Je réfléchis que l'homme est le plus parfait esclave de l'habitude, et que mille cas de la routine de son existence sont considérés comme essentiellement importants, qui ne sont tels que parce qu'il en fait des nécessités de routine. Il était positif que je ne pouvais pas ne pas dormir ; mais je pouvais facilement m'accoutumer à me réveiller sans inconvénient d'heure en heure durant tout le temps consacré à mon repos. Il ne me fallait pas plus de cinq minutes au plus pour renouveler complètement l'atmosphère ; et la seule difficulté réelle était d'inventer un procédé pour m'éveiller au moment nécessaire. Mais c'était là un problème dont la solution, je le confesse, ne me causait pas peu d'embarras. J'avais certainement entendu parler de l'étudiant qui, pour s'empêcher de tomber de

in one hand a ball of copper, the din of whose descent into a basin of the same metal on the floor beside his chair, served effectually to startle him up, if, at any moment, he should be overcome with drowsiness. My own case, however, was very different indeed, and left me no room for any similar idea; for I did not wish to keep awake, but to be aroused from slumber at regular intervals of time. I at length hit upon the following expedient, which, simple as it may seem, was hailed by me, at the moment of discovery, as an invention fully equal to that of the telescope, the steam-engine, or the art of printing itself.

It is necessary to premise, that the balloon, at the elevation now attained, continued its course upwards with an even and undeviating ascent, and the car consequently followed with a steadiness so perfect that it would have been impossible to detect in it the slightest vacillation. This circumstance favored me greatly in the project I now determined to adopt. My supply of water had been put on board in kegs containing five gallons each, and ranged very securely around the interior of the car. I unfastened one of these, and taking two ropes, tied them tightly across the rim of the wicker-work from one side to the other; placing them about a foot apart and parallel, so as to form a kind of shelf, upon which I placed the keg, and steadied it in a horizontal position. About eight inches immediately below these ropes, and four feet from the bottom of the car, I fastened another shelf—but made of thin plank, being the only similar piece of wood I had. Upon this latter shelf, and exactly beneath one of the rims of the keg, a small earthen pitcher was deposited. I now bored a hole in the end of the keg over the pitcher, and fitted in a plug of soft wood, cut in a tapering or conical shape. This plug I pushed in or pulled out, as might happen, until, after a few experiments, It arrived at that exact degree of tightness, at which the water, oozing from the hole, and falling into the pitcher below, would fill the latter to the brim in the period of sixty minutes. This, of course, was a matter briefly and easily ascertained, by noticing the proportion of the pitcher filled in any given time. Having arranged all this, the rest of the plan is obvious. My bed was so contrived upon the floor of the ear, as to

sommeil sur ses livres, tenait dans une main une boule de cuivre, dont la chute retentissante dans un bassin de même métal placé par terre, à côté de sa chaise, servait à le réveiller en sursaut si quelquefois il se laissait aller à l'engourdissement. Mon cas, toutefois, était fort différent du sien et ne livrait pas de place à une pareille idée ; car je ne désirais pas rester éveillé, mais me réveiller à des intervalles réguliers. Enfin, j'imaginai l'expédient suivant qui, quelque simple qu'il paraisse, fut salué par moi, au moment de ma découverte, comme une invention absolument comparable à celle du télescope, des machines à vapeur, et même de l'imprimerie.

Il est nécessaire de remarquer d'abord que le ballon, à la hauteur où j'étais parvenu, continuait à monter en ligne droite avec une régularité parfaite, et que la nacelle le suivait conséquemment sans éprouver la plus légère oscillation. Cette circonstance me favorisa grandement dans l'exécution du plan que j'avais adopté. Ma provision d'eau avait été embarquée dans des barils qui contenaient chacun cinq gallons et étaient solidement arrimés dans l'intérieur de la nacelle. Je détachai l'un de ces barils et, prenant deux cordes, je les attachai étroitement au rebord d'osier, de manière qu'elles traversaient la nacelle, parallèlement, et à une distance d'un pied l'une de l'autre ; elles formaient ainsi une sorte de tablette, sur laquelle je plaçai le baril et l'assujettis dans une position horizontale. À huit pouces environ au-dessous de ces cordes et à quatre pieds du fond de la nacelle, je fixai une autre tablette, mais faite d'une planche mince, la seule de cette nature qui fût à ma disposition. Sur cette dernière, et juste au-dessous d'un des bords du baril, je déposai une petite cruche de terre. Je perçai alors un trou dans le fond du baril, au-dessus de la cruche, et j'y fichai une cheville de bois taillée en cône, ou en forme de bougie. J'enfonçai et je retirai cette cheville, plus ou moins, jusqu'à ce qu'elle s'adaptât, après plusieurs tâtonnements, juste assez pour que l'eau filtrant par le trou et tombant dans la cruche la remplît jusqu'au bord dans un intervalle de soixante minutes. Quant à ceci, il me fut facile de m'en assurer en peu de temps ; je n'eus qu'à observer jusqu'à quel point la cruche se remplissait dans un temps donné. Tout cela dûment arrangé, le reste se devine. Mon lit était disposé sur le fond de la

bring my head, in lying down, immediately below the mouth of the pitcher. It was evident, that, at the expiration of an hour, the pitcher, getting full, would be forced to run over, and to run over at the mouth which was somewhat lower than the rim. It was also evident, that the water, thus falling from a height of more than four feet, could not do otherwise than fall upon my face, and that the sure consequence would be, to waken me up instantaneously, even from the soundest slumber in the world.

It was fully eleven by the time I had completed these arrangements, and I immediately betook myself to bed, with full confidence in the efficiency of my invention. Nor in this matter was I disappointed. Punctually every sixty minutes was I aroused by my trusty chronometer, when, having emptied the pitcher into the bung-hole of the keg, and performed the duties of the condenser, I retired again to bed. These regular interruptions to my slumber caused me even less discomfort than I had anticipated; and when I finally arose for the day, it was seven o'clock, and the sun had attained many degrees above the line of my horizon.

April 3d. I found the balloon at an immense height indeed, and the earth's convexity had now become strikingly manifest. Below me in the ocean lay a cluster of black specks, which undoubtedly were islands. Overhead, the sky was of a jetty black, and the stars were brilliantly visible; indeed they had been so constantly since the first day of ascent. Far away to the northward I perceived a thin, white, and exceedingly brilliant line, or streak, on the edge of the horizon, and I had no hesitation in supposing it to be the southern disc of the ices of the Polar sea. My curiosity was greatly excited, for I had hopes of passing on much farther to the north, and might possibly, at some period, find myself placed directly above the Pole itself. I now lamented that my great elevation would, in this case, prevent my taking accurate a survey as I could wish. Much, however, might be ascertained.

nacelle de manière que ma tête, quand j'étais couché, se trouvait immédiatement au-dessous de la gueule de la cruche. Il était évident qu'au bout d'une heure la cruche remplie devait déborder, et le trop-plein s'écouler par la gueule qui était un peu au-dessous du niveau du bord. Il était également certain que l'eau tombant ainsi d'une hauteur de plus de quatre pieds ne pouvait pas ne pas tomber sur ma face, et que le résultat devait être un réveil instantané, quand même j'aurais dormi du plus profond sommeil.

Il était au moins onze heures quand j'eus fini toute cette installation, et je me mis immédiatement au lit, plein de confiance dans l'efficacité de mon invention. Et je ne fus pas déçu dans mes espérances. De soixante en soixante minutes, je fus ponctuellement éveillé par mon fidèle chronomètre ; je vidais le contenu de la cruche par le trou de bonde du baril, je faisais fonctionner le condensateur, et je me remettais au lit. Ces interruptions régulières dans mon sommeil me causèrent même moins de fatigue que je ne m'y étais attendu ; et, quand enfin je me levai pour tout de bon, il était sept heures, et le soleil avait atteint déjà quelques degrés au-dessus de la ligne de mon horizon.

3 avril. – Je trouvai que mon ballon était arrivé à une immense hauteur, et que la convexité de la terre se manifestait enfin d'une manière frappante. Au-dessous de moi, dans l'Océan, se montrait un semis de points noirs qui devaient être indubitablement des îles. Au-dessus de ma tête, le ciel était d'un noir de jais, et les étoiles visibles et scintillantes ; en réalité, elles m'avaient toujours apparu ainsi depuis le premier jour de mon ascension. Bien loin vers le nord, j'apercevais au bord de l'horizon une ligne ou une bande mince, blanche et excessivement brillante, et je supposai immédiatement que ce devait être la limite sud de la mer de glaces polaires. Ma curiosité fut grandement excitée, car j'avais l'espoir de m'avancer beaucoup plus vers le nord, et peut-être, à un certain moment, de me trouver directement au-dessus du pôle lui-même. Je déplorai alors que l'énorme hauteur où j'étais placé m'empêchât d'en faire un examen aussi positif que je l'aurais désiré. Toutefois, il y avait encore quelques bonnes observations à faire.

Nothing else of an extraordinary nature occurred during the day. My apparatus all continued in good order, and the balloon still ascended without any perceptible vacillation. The cold was intense, and obliged me to wrap up closely in an overcoat. When darkness came over the earth, I betook myself to bed, although it was for many hour afterwards broad daylight all around my immediate situation. The water-clock was punctual in its duty, and I slept until next morning soundly, with the exception of the periodical interruption.

April 4th. *Arose in good health and spirits, and was astonished at the singular change which had taken place in the appearance of the sea. It had lost, in a great measure, the deep tint of blue it had hitherto worn, being now of a grayish-white, and of a lustre dazzling to the eye. The convexity of the ocean had become so evident, that the entire mass of the distant water seemed to be tumbling headlong over the abyss of the horizon, and I found myself listening on tiptoe for the echoes of the mighty cataract. The islands were no longer visible; whether they had passed down the horizon to the south-east, or whether my increasing elevation had left them out of sight, it is impossible to say. I was inclined, however, to the latter opinion. The rim of ice to the northward was growing more and more apparent. Cold by no means so intense. Nothing of importance occurred, and I passed the day in reading, having taken care to supply myself with books.*

April 5th. *Beheld the singular phenomenon of the sun rising while nearly the whole visible surface of the earth continued to be involved in darkness. In time, however, the light spread itself over all, and I again saw the line of ice to the northward. It was now very distinct, and appeared of a much darker hue than the waters of the ocean. I was evidently approaching it, and with great rapidity. Fancied I could again distinguish a strip of land to the eastward, and one also to-the westward, but could not be certain. Weather moderate. Nothing of any consequence happened during the day. Went early to bed.*

Il ne m'arriva d'ailleurs rien d'extraordinaire durant cette journée. Mon appareil fonctionnait toujours très-régulièrement, et le ballon montait toujours sans aucune vacillation apparente. Le froid était intense et m'obligeait de m'envelopper soigneusement d'un paletot. Quand les ténèbres couvrirent la terre, je me mis au lit, quoique je dusse être pour plusieurs heures encore enveloppé de la lumière du plein jour. Mon horloge hydraulique accomplit ponctuellement son devoir, et je dormis profondément jusqu'au matin suivant, sauf les interruptions périodiques.

4 avril. – Je me suis levé en bonne santé et en joyeuse humeur, et j'ai été fort étonné du singulier changement survenu dans l'aspect de la mer. Elle avait perdu, en grande partie, la teinte de bleu profond qu'elle avait revêtue jusqu'à présent ; elle était d'un blanc grisâtre et d'un éclat qui éblouissait l'œil. La convexité de l'Océan était devenue si évidente que la masse entière de ses eaux lointaines semblait s'écrouler précipitamment dans l'abîme de l'horizon, et je me surpris prêtant l'oreille et cherchant les échos de la puissante cataracte. Les îles n'étaient plus visibles, soit qu'elles eussent passé derrière l'horizon vers le sud-est, soit que mon élévation croissante les eût chassées au delà de la portée de ma vue ; c'est ce qu'il m'est impossible de dire. Toutefois j'inclinais vers cette dernière opinion. La bande de glace, au nord, devenait de plus en plus apparente. Le froid avait beaucoup perdu de son intensité. Il ne m'arriva rien d'important, et je passai tout le jour à lire, car je n'avais pas oublié de faire une provision de livres.

5 avril. – J'ai contemplé le singulier phénomène du soleil levant pendant que presque toute la surface visible de la terre restait enveloppée dans les ténèbres. Toutefois, la lumière commença à se répandre sur toutes choses, et je revis la ligne de glaces au nord. Elle était maintenant très-distincte, et paraissait d'un ton plus foncé que les eaux de l'Océan. Évidemment, je m'en rapprochais, et avec une grande rapidité. Je m'imaginai que je distinguais encore une bande de terre vers l'est, et une autre vers l'ouest, mais il me fut impossible de m'en assurer. Température modérée. Rien d'important ne m'arriva ce jour-là. Je me mis au lit de fort bonne heure.

Apri 6th. Was surprised at finding the rim of ice at a very moderate distance, and an immense field of the same material stretching away off to the horizon in the north. It was evident that if the balloon held its present course, it would soon arrive above the Frozen Ocean, and I had now little doubt of ultimately seeing the Pole. During the whole of the day I continued to near the ice. Towards night the limits of my horizon very suddenly and materially increased, owing undoubtedly to the earth's form being that of an oblate spheroid, and my arriving above the flattened regions in the vicinity of the Arctic circle. When darkness at length overtook me, I went to bed in great anxiety, fearing to pass over the object of so much curiosity when I should have no opportunity of observing it.

April 7th. Arose early, and, to my great joy, at length beheld what there could be no hesitation in supposing the northern Pole itself. It was there, beyond a doubt, and immediately beneath my feet; but, alas! I had now ascended to so vast a distance, that nothing could with accuracy be discerned. Indeed, to judge from the progression of the numbers indicating my various altitudes, respectively, at different periods, between six, a. m., on the second of April, and twenty minutes before nine, a. m., of the same day, (at which time the barometer ran down,) it might be fairly inferred that the balloon had now, at four o'clock in the morning of April the seventh, reached a height of not less, certainly, than 7254 miles above the surface of the sea. This elevation may appear immense, but the estimate upon which it is calculated gave a result in probability far inferior to the truth. At all events I undoubtedly beheld the whole of the earth's major diameter; the entire northern hemisphere lay beneath me like a chart orthographically projected; and the great circle of the equator itself formed the boundary line of my horizon. Your Excellencies may, however, readily imagine that the confined regions hitherto unexplored within the limits of the Arctic circle, although situated directly beneath me, and therefore seen without any appearance of being foreshortened, were still, in themselves, comparatively too

6 avril. – J'ai été fort surpris de trouver la bande de glace à une distance assez modérée, et un immense champ de glaces s'étendant à l'horizon vers le nord. Il était évident que, si le ballon gardait sa direction actuelle, il devait arriver bientôt au-dessus de l'Océan boréal, et maintenant j'avais une forte espérance de voir le pôle. Durant tout le jour, je continuai à me rapprocher des glaces. Vers la nuit, les limites de mon horizon s'agrandirent très-soudainement et très-sensiblement, ce que je devais sans aucun doute à la forme de notre planète qui est celle d'un sphéroïde écrasé, et parce que j'arrivais au-dessus des régions aplaties qui avoisinent le cercle arctique. À la longue, quand les ténèbres m'envahirent, je me mis au lit dans une grande anxiété, tremblant de passer au-dessus de l'objet d'une si grande curiosité sans pouvoir l'observer à loisir.

7 avril. – Je me levai de bonne heure et, à ma grande joie, je contemplai ce que je n'hésitai pas à considérer comme le pôle lui-même. Il était là, sans aucun doute, et directement sous mes pieds ; mais, hélas ! j'étais maintenant placé à une si grande hauteur que je ne pouvais rien distinguer avec netteté. En réalité, à en juger d'après la progression des chiffres indiquant mes diverses hauteurs à différents moments, depuis le 2 avril à six heures du matin jusqu'à neuf heures moins vingt de la même matinée (moment où le mercure retomba dans la cuvette du baromètre), il y avait vraisemblablement lieu de supposer que le ballon devait maintenant – 7 avril, quatre heures du matin – avoir atteint une hauteur qui était au moins de 7 254 milles au-dessus du niveau de la mer. Cette élévation peut paraître énorme ; mais l'estime sur laquelle elle était basée donnait très-probablement un résultat bien inférieur à la réalité. En tout cas, j'avais indubitablement sous les yeux la totalité du plus grand diamètre terrestre ; tout l'hémisphère nord s'étendait au-dessous de moi comme une carte en projection orthographique ; et le grand cercle même de l'équateur formait la ligne frontière de mon horizon. Vos Excellences, toutefois, concevront facilement que les régions inexplorées jusqu'à présent et confinées dans les limites du cercle arctique, quoique situées directement au-dessous de moi, et conséquemment aperçues sans aucune apparence de raccourci, étaient

diminutive, and at too great a distance from the point of sight, to admit of any very accurate examination. Nevertheless, what could be seen was of a nature singular and exciting. Northwardly from that huge rim before mentioned, and which, with slight qualification, may be called the limit of human discovery in these regions, one unbroken, or nearly unbroken sheet of ice continues to extend. In the first few degrees of this it progress, its surface is very sensibly flattened, farther on depressed into a plane, and finally, becoming not a little concave, it terminates, at the Pole itself, in a circular centre, sharply defined, whose apparent diameter subtended at the balloon an angle of about sixty-five seconds, and whose dusky hue, varying in intensity, was, at all times darker than any other spot upon the visible hemisphere, and occasionally deepened into the most absolute blackness. Farther than this, little could be ascertained. By twelve o'clock the circular centre had materially decreased in circumference, and by seven, p. m., I lost sight of it entirely; the balloon passing over the western limb of the ice, and floating away rapidly in the direction of the equator.

April 8th. *Found a sensible diminution in the earth's apparent diameter, besides a material alteration in its general color and appearance. The whole visible area partook in different degrees of a tint of pale yellow, and in some portions had acquired a brilliancy even painful to the eye. My view downwards was also considerably impeded by the dense atmosphere in the vicinity of the surface being loaded with clouds, between whose masses I could only now and then obtain a glimpse of the earth itself. This difficulty of direct vision had troubled me more or less for the last forty-eight hours; but my present enormous elevation brought closer together, as it were, the floating bodies of vapor, and the inconvenience became, of course, more and more palpable in proportion to my ascent. Nevertheless, I could easily perceive that the balloon now hovered above the range of great lakes in the continent of North America, and was holding a course,*

trop rapetissées et placées à une trop grande distance du point d'observation pour admettre un examen quelque peu minutieux. Néanmoins, ce que j'en voyais était d'une nature singulière et intéressante. Au nord de cette immense bordure dont j'ai parlé, et que l'on peut définir, sauf une légère restriction, la limite de l'exploration humaine dans ces régions, continue de s'étendre sans interruption ou presque sans interruption une nappe de glace. Dès son commencement, la surface de cette mer de glace s'affaisse sensiblement ; plus loin, elle est déprimée jusqu'à paraître plane, et finalement elle devient singulièrement concave, et se termine au pôle lui-même en une cavité centrale circulaire dont les bords sont nettement définis, et dont le diamètre apparent sous-tendait alors, relativement à mon ballon, un angle de soixante-cinq secondes environ ; quant à la couleur, elle était obscure, variant d'intensité, toujours plus sombre qu'aucun point de l'hémisphère visible, et s'approfondissant quelquefois jusqu'au noir parfait. Au delà, il était difficile de distinguer quelque chose. À midi, la circonférence de ce trou central avait sensiblement décru, et, à sept heures de l'après-midi, je l'avais entièrement perdu de vue ; le ballon passait vers le bord ouest des glaces et filait rapidement dans la direction de l'équateur.

8 avril. – J'ai remarqué une sensible diminution dans le diamètre apparent de la terre, sans parler d'une altération positive dans sa couleur et son aspect général. Toute la surface visible participait alors, à différents degrés, de la teinte jaune pâle, et dans certaines parties elle avait revêtu un éclat presque douloureux pour l'œil. Ma vue était singulièrement gênée par la densité de l'atmosphère et les amas de nuages qui avoisinaient cette surface ; c'est à peine si entre ces masses je pouvais de temps à autre apercevoir la planète. Depuis les dernières quarante-huit heures, ma vue avait été plus ou moins empêchée par ces obstacles ; mais mon élévation actuelle, qui était excessive, rapprochait et confondait ces masses flottantes de vapeur, et l'inconvénient devenait de plus en plus sensible à mesure que je montais. Néanmoins, je percevais facilement que le ballon planait maintenant au-dessus du groupe des grands lacs du Nord-Amérique et

due south, which would soon bring me to the tropics. This circumstance did not fail to give me the most heartfelt satisfaction, and I hailed it as a happy omen of ultimate success. Indeed, the direction I had hitherto taken, had filled me with uneasiness; for it was evident that. had I continu6d it much longer, there would have been no possibility of my arriving at the moon at all, whose orbit is inclined to the ecliptic at only the small angle of 5° 8' 48". Strange as it may seem, it was only at this late period that I began to understand the great error I had committed, in not taking my departure from earth at some point in the plane of the lunar ellipse.

April 9th. *To-day, the earth's diameter was greatly diminished, and the color of the surface assumed hourly a deeper tint of yellow. The balloon kept steadily on her course to the southward, and arrived, at nine, p. m., over the northern edge of the Mexican Gulf.*

April 10th. *I was suddenly aroused from slumber, about five o'clock this morning, by a loud, crackling, and terrific sound, for which I could in no manner account. It was of very brief duration, but, while it lasted, resembled nothing in the world of which I had any previous experience. It is needless to say that I became excessively alarmed, having, in the first instance, attributed the noise to the bursting of the balloon. I examined all my apparatus, however, with great attention, and could discover nothing out of order. Spent a great part of the day in meditating upon an occurrence so extraordinary, but could find no means whatever of accounting for it. Went to bed dissatisfied, and in a state of great anxiety and agitation.*

April 11th. *Found a startling diminution in the apparent diameter of the earth, and a considerable increase, now observable for the first time, in that of the moon itself, which wanted only a few days of being full. It now required long and excessive labor to condense within the chamber sufficient atmospheric air for the sustenance of life.*

courait droit vers le sud, ce qui devait m'amener bientôt vers les tropiques. Cette circonstance ne manqua pas de me causer la plus sensible satisfaction, et je la saluai comme un heureux présage de mon succès final. En réalité, la direction que j'avais prise jusqu'alors m'avait rempli d'inquiétude ; car il était évident que, si je l'avais suivie longtemps encore, je n'aurais jamais pu arriver à la lune, dont l'orbite n'est inclinée sur l'écliptique que d'un petit angle de 5 degrés 8 minutes 48 secondes. Quelque étrange que cela puisse paraître, ce ne fut qu'à cette période tardive que je commençai à comprendre la grande faute que j'avais commise en n'effectuant pas mon départ de quelque point terrestre situé dans le plan de l'ellipse lunaire.

9 avril. – Aujourd'hui, le diamètre de la terre est grandement diminué, et la surface prend d'heure en heure une teinte jaune plus prononcée. Le ballon a toujours filé droit vers le sud, et est arrivé à neuf heures de l'après-midi au-dessus de la côte nord du golfe du Mexique.

10 avril. – J'ai été soudainement tiré de mon sommeil vers cinq heures du matin par un grand bruit, un craquement terrible, dont je n'ai pu en aucune façon me rendre compte. Il a été de courte durée ; mais, tant qu'il a duré, il ne ressemblait à aucun bruit terrestre dont j'eusse gardé la sensation. Il est inutile de dire que je fus excessivement alarmé, car j'attribuai d'abord ce bruit à une déchirure du ballon. Cependant, j'examinai tout mon appareil avec une grande attention et je n'y pus découvrir aucune avarie. J'ai passé la plus grande partie du jour à méditer sur un accident aussi extraordinaire, mais je n'ai absolument rien trouvé de satisfaisant. Je me suis mis au lit fort mécontent et dans un état d'agitation et d'anxiété excessives.

11 avril. – J'ai trouvé une diminution sensible dans le diamètre apparent de la terre et un accroissement considérable, observable pour la première fois, dans celui de la lune, qui n'était qu'à quelques jours de son plein. Ce fut alors pour moi un très-long et très-pénible labeur de condenser dans la chambre une quantité d'air atmosphérique suffisante pour l'entretien de la vie.

April 12th. *A singular alteration took place in regard to the direction of the balloon, and although fully anticipated, afforded me the most unequivocal delight. Having reached, in its former course, about the twentieth parallel of southern latitude, it turned off suddenly, at an acute angle, to the eastward, and thus proceeded throughout the day, keeping nearly, if not altogether, in the exact plane of the lunar ellipse. What was worthy of remark, a very perceptible vacillation in the car was a consequence of this change of route,—a vacillation which prevailed, in a more or less degree, for a period of many hours.*

April 13th. *Was again very much alarmed by a repetition of the loud crackling noise which terrified me on the tenth. Thought long upon the subject, but was unable to form any satisfactory conclusion. Great decrease in the earth's apparent diameter, which now subtended from the balloon an angle of very little more than twenty-five degrees. The moon could not be seen at all, being nearly in my zenith. I still continued in the plane of the ellipse, but made little progress to the eastward.*

April 14th. *Extremely rapid decrease in the diameter of the earth. To-day I became strongly impressed with the idea, that the balloon was now actually running up the line of apsides to the point of perigee,—in other words, holding the direct course which would bring it immediately to the moon in that part of its orbit the nearest to the earth. The moon. itself was directly overhead, and consequently hidden from my view. Great and long continued labor necessary for the condensation of the atmosphere.*

April 15th. *Not even the outlines of continents and seas could now be traced upon the earth with distinctness. About twelve o'clock I became aware, for the third time, of that appalling sound which had so astonished me before. It now, however, continued for some moments, and gathered intensity as it continued. At length, while, stupified and terror-stricken, I stood in expectation of I knew not what hideous destruction, the car vibrated with excessive violence, and a*

12 avril. – Un singulier changement a eu lieu dans la direction du ballon, qui, bien que je m'y attendisse parfaitement, m'a causé le plus sensible plaisir. Il était parvenu dans sa direction première au vingtième parallèle de latitude sud, et il a tourné brusquement vers l'est, à angle aigu, et a suivi cette route tout le jour, en se tenant à peu près, sinon absolument, dans le plan exact de l'ellipse lunaire. Ce qui était digne de remarque, c'est que ce changement de direction occasionnait une oscillation très-sensible de la nacelle, – oscillation qui a duré plusieurs heures à un degré plus ou moins vif.

13 avril. – J'ai été de nouveau très-alarmé par la répétition de ce grand bruit de craquement qui m'avait terrifié le 10. J'ai longtemps médité sur ce sujet, mais il m'a été impossible d'arriver à une conclusion satisfaisante. Grand décroissement dans le diamètre apparent de la terre. Il ne sous-tendait plus, relativement au ballon, qu'un angle d'un peu plus de 25 degrés. Quant à la lune, il m'était impossible de la voir, elle était presque dans mon zénith. Je marchais toujours dans le plan de l'ellipse, mais je faisais peu de progrès vers l'est.

14 avril. – Diminution excessivement rapide dans le diamètre de la terre. Aujourd'hui, j'ai été fortement impressionné de l'idée que le ballon courait maintenant sur la ligne des apsides en remontant vers le périgée, – en d'autres termes, qu'il suivait directement la route qui devait le conduire à la lune dans cette partie de son orbite qui est la plus rapprochée de la terre. La lune était juste au-dessus de ma tête, et conséquemment cachée à ma vue. Toujours ce grand et long travail indispensable pour la condensation de l'atmosphère.

15 avril. – Je ne pouvais même plus distinguer nettement sur la planète les contours des continents et des mers. Vers midi, je fus frappé pour la troisième fois de ce bruit effrayant qui m'avait déjà si fort étonné. Cette fois-ci, cependant, il dura quelques moments et prit de l'intensité. À la longue, stupéfié, frappé de terreur, j'attendais anxieusement je ne sais quelle épouvantable destruction, lorsque la nacelle oscilla avec une violence excessive, et une masse de matière

gigantic and flaming mass of some material which I could not distinguish, came with a voice of a thousand thunders, roaring and booming by the balloon. When my fears and astonishment had in some degree subsided, I had little difficulty in supposing it to be some mighty volcanic fragment ejected from that world to which I was so rapidly approaching, and, in all probability, one of that singular class of substances occasionally picked up on the earth, and termed meteoric stones for want of a better appellation.

April 16th. *To-day, looking upwards as well as I could, through each of the side windows alternately, I beheld, to my great delight, a very small portion of the moon's disk protruding, as it were, on all sides beyond the huge circumference of the balloon. My agitation was extreme; for I had now little doubt of soon reaching the end of my perilous voyage. Indeed, the labor now required by the condenser, had increased to a most oppressive degree, and allowed me scarcely any respite from exertion. Sleep was a matter nearly out of the question. I became quite ill, and my frame trembled with exhaustion. It was impossible that human nature could endure this state of intense suffering much longer. During the now brief interval of darkness a meteoric stone again passed in my vicinity, and the frequency of these phenomena began to occasion me much apprehension.*

April 17th. *This morning proved an epoch in my voyage. It will be remembered, that, on the thirteenth, the earth subtended an angular breadth of twenty-five degrees. On the fourteenth, this had greatly diminished; on the fifteenth, a still more rapid decrease was observable; and, on retiring for the night of the sixteenth, I had noticed an angle of no more than about seven degrees and fifteen minutes. What, therefore, must have been my amazement, on awakening from a brief and disturbed slumber, on the morning of this day, the seventeenth, at finding the surface beneath me so suddenly and wonderfully* in the exact plane of the lunar ellipse *in volume, as*

que je n'eus pas le temps de distinguer passa à côté du ballon, gigantesque et enflammée, retentissante et rugissante comme la voix de mille tonnerres. Quand mes terreurs et mon étonnement furent un peu diminués, je supposai naturellement que ce devait être quelque énorme fragment volcanique vomi par ce monde dont j'approchais si rapidement, et, selon toute probabilité, un morceau de ces substances singulières qu'on ramasse quelquefois sur la terre, et qu'on nomme aérolithes, faute d'une appellation plus précise.

16 avril. – Aujourd'hui, en regardant au-dessous de moi, aussi bien que je pouvais, par chacune des deux fenêtres latérales alternativement, j'aperçus, à ma grande satisfaction, une très-petite portion du disque lunaire qui s'avançait, pour ainsi dire de tous les côtés, au delà de la vaste circonférence de mon ballon. Mon agitation devint extrême, car maintenant je ne doutais guère que je n'atteignisse bientôt le but de mon périlleux voyage. En vérité, le labeur qu'exigeait alors le condensateur s'était accru jusqu'à devenir obsédant, et ne laissait presque pas de répit à mes efforts. De sommeil, il n'en était, pour ainsi dire, plus question. Je devenais réellement malade, et tout mon être tremblait d'épuisement. La nature humaine ne pouvait pas supporter plus longtemps une pareille intensité dans la souffrance. Durant l'intervalle des ténèbres, bien court maintenant, une pierre météorique passa de nouveau dans mon voisinage, et la fréquence de ces phénomènes commença à me donner de fortes inquiétudes.

17 avril. – Cette matinée a fait époque dans mon voyage. On se rappellera que, le 13, la terre sous-tendait relativement à moi un angle de 25 degrés. Le 14, cet angle avait fortement diminué ; le 15, j'observai une diminution encore plus rapide ; et, le 16, avant de me coucher, j'avais estimé que l'angle n'était plus que de 7 degrés et 15 minutes. Qu'on se figure donc quelle dut être ma stupéfaction, quand, en m'éveillant ce matin, 17, et sortant d'un sommeil court et troublé, je m'aperçus que la surface planétaire placée au-dessous de moi avait si inopinément et si effroyablement *augmenté* de volume que son diamètre apparent sous-tendait un angle qui ne mesurait pas moins de

to subtend no less than thirty-nine degrees in apparent angular diameter! I was thunderstruck! No words can give any adequate idea of the extreme, the absolute horror and astonishment, with which I was seized, possessed, and altogether overwhelmed. My knees tottered beneath me—my teeth chattered—my hair started up on end. "The balloon, then, had actually burst!" These were the first tumultuous ideas which hurried through my mind: "The balloon had positively burst!—I was failing—falling with the most impetuous, the most unparalleled velocity! To judge from the immense distance already so quickly passed over, it could not be more than ten minutes, at the farthest, before I should meet the surface of the earth, and be hurled into annihilation!" But at length reflection came to my relief. I paused; I considered; and I began to doubt. The matter was impossible. I could not in any reason have so rapidly come down. Besides, although I was evidently approaching the surface below me, it was with a speed by no means commensurate with the velocity I had at first conceived. This consideration served to calm the perturbation of my mind, and I finally succeeded in regarding the phenomenon in its proper point of view. In fact, amazement must have fairly deprived me of my senses, when I could not see the vast difference, in appearance, between the surface below me, and the surface of my mother earth. The latter was indeed over my head, and completely hidden by the balloon, while the moon—the moon itself in all its glory—lay beneath me, and at my feet.

The stupor and surprise produced in my mind by this extraordinary change in the posture of affairs, was perhaps, after all, that part of the adventure least susceptible of explanation. For the bouleversement in itself was not only natural and inevitable, but had been long actually anticipated, as a circumstance to be expected whenever I should arrive at that exact point of my voyage where the attraction of the planet should be superseded by the attraction of the satellite—or, more precisely, where the gravitation of the balloon towards the earth should be less powerful than its gravitation towards

Charles Baudelaire

39 degrés ! J'étais foudroyé ! Aucune parole ne peut donner une idée exacte de l'horreur extrême, absolue, et de la stupeur dont je fus saisi, possédé, écrasé. Mes genoux vacillèrent sous moi, – mes dents claquèrent, – mon poil se dressa sur ma tête. – Le ballon a donc fait explosion ? Telles furent les premières idées qui se précipitèrent tumultueusement dans mon esprit. Positivement, le ballon a crevé ! – Je tombe, – je tombe avec la plus impétueuse, la plus incomparable vitesse ! À en juger par l'immense espace déjà si rapidement parcouru, je dois rencontrer la surface de la terre dans dix minutes au plus ; – dans dix minutes, je serai précipité, anéanti ! Mais, à la longue, la réflexion vint à mon secours. Je fis une pause, je méditai et je commençai à douter. La chose était impossible. Je ne pouvais en aucune façon être descendu aussi rapidement. En outre, bien que je me rapprochasse évidemment de la surface située au-dessous de moi, ma vitesse réelle n'était nullement en rapport avec l'épouvantable vélocité que j'avais d'abord imaginée. Cette considération calma efficacement la perturbation de mes idées, et je réussis finalement à envisager le phénomène sous son vrai point de vue. Il fallait que ma stupéfaction m'eût privé de l'exercice de mes sens pour que je n'eusse pas vu quelle immense différence il y avait entre l'aspect de cette surface placée au-dessous de moi et celui de ma planète natale. Cette dernière était donc au-dessus de ma tête et complètement cachée par le ballon, tandis que la lune, – la lune elle-même dans toute sa gloire, – s'étendait au-dessous de moi ; – je l'avais sous mes pieds !

L'étonnement et la stupeur produits dans mon esprit par cet extraordinaire changement dans la situation des choses étaient peut-être, après tout, ce qu'il y avait de plus étonnant et de moins explicable dans mon aventure. Car ce *bouleversement* en lui-même était non seulement naturel et inévitable, mais depuis longtemps même je l'avais positivement prévu comme une circonstance toute simple, comme une conséquence qui devait se produire quand j'arriverais au point exact de mon parcours où l'attraction de la planète serait remplacée par l'attraction du satellite, – ou, en termes plus précis, quand la gravitation du ballon vers la terre serait moins

the moon. To be sure I arose from a sound slumber, with all my senses in confusion, to the contemplation of a very startling phenomenon, and one which, although expected, was not expected at the moment. The revolution itself must, of course, have taken place in an easy and gradual manner, and it is by no means clear that, had I even been awake at the time of the occurrence, I should have been made aware of it by any internal *evidence of an inversion—that is to say, by any inconvenience or disarrangement, either about my person or about my apparatus.*

It is almost needless to say, that, upon coming to a due sense of my situation, and emerging from the terror which had absorbed every faculty of my soul, my attention was, in the first place, wholly directed to the contemplation of the general physical appearance of the moon. It lay beneath me like a chart—and although I judged it to be still at no inconsiderable distance, the indentures of its surface were defined to my vision with a most striking and altogether unaccountable distinctness. The entire absence of ocean or sea, and indeed of any lake or river, or body of water whatsoever, struck me, at the first glance, as the most extraordinary feature in its geological condition. Yet, strange to say, I beheld vast level regions of a character decidedly alluvial, although by far the greater portion of the hemisphere in sight was covered with innumerable volcanic mountains, conical in shape, and having more the appearance of artificial than of natural protuberances. The highest among them does not exceed three and three-quarter miles in perpendicular elevation; but a map of the volcanic districts of the Campi Phlegræi would afford to your Excellencies a better idea of their general surface than any unworthy description I might think proper to attempt. The greater part of them were in a state of evident eruption, and gave me fearfully to understand their fury and their power, by the repeated thunders of the mis-called meteoric stones, which now

puissante que sa gravitation vers la lune. Il est vrai que je sortais d'un profond sommeil, que tous mes sens étaient encore brouillés, quand je me trouvai soudainement en face d'un phénomène des plus surprenants, – d'un phénomène que j'attendais, mais que je n'attendais pas en ce moment. La révolution elle-même devait avoir eu lieu naturellement, de la façon la plus douce et la plus graduée, et il n'est pas le moins du monde certain que, lors même que j'eusse été éveillé au moment où elle s'opéra, j'eusse eu la conscience du sens dessus dessous, – que j'eusse perçu un symptôme *intérieur* quelconque de l'inversion, – c'est-à-dire une incommodité, un dérangement quelconque, soit dans ma personne, soit dans mon appareil.

Il est presque inutile de dire qu'en revenant au sentiment juste de ma situation, et émergeant de la terreur qui avait absorbé toutes les facultés de mon âme, mon attention s'appliqua d'abord uniquement à la contemplation de l'aspect général de la lune. Elle se développait au-dessous de moi comme une carte, – et, quoique je jugeasse qu'elle était encore à une distance assez considérable, les aspérités de sa surface se dessinaient à mes yeux avec une netteté très-singulière dont je ne pouvais absolument pas me rendre compte. L'absence complète d'océan, de mer, et même de tout lac et de toute rivière, me frappa, au premier coup d'œil, comme le signe le plus extraordinaire de sa condition géologique. Cependant, chose étrange à dire, je voyais de vastes régions planes, d'un caractère positivement alluvial, quoique la plus grande partie de l'hémisphère visible fût couverte d'innombrables montagnes volcaniques en forme de cônes, et qui avaient plutôt l'aspect d'éminences façonnées par l'art que de saillies naturelles. La plus haute d'entre elles n'excédait pas trois milles trois quarts en élévation perpendiculaire ; – d'ailleurs, une carte des régions volcaniques des *Campi Phlegræi* donnerait à Vos Excellences une meilleure idée de leur surface générale que toute description, toujours insuffisante, que j'essayerais d'en faire. – La plupart de ces montagnes étaient évidemment en état d'éruption, et me donnaient une idée terrible de leur furie et de leur puissance par les fulminations multipliées des pierres improprement dites météoriques qui

rushed upwards by the balloon with a frequency more and more appalling.

April 18th. *To-day I found an enormous increase in the moon's apparent bulk—and the evidently accelerated velocity of my descent, began to fill me with alarm. It will be remembered, that, in the earliest stage of my speculations upon the possibility of a passage to the moon, the existence, in its vicinity, of an atmosphere dense in proportion to the bulk of the planet, had entered largely into my calculations; this too in spite of many theories to the contrary, and, it may added, in spite of a general disbelief in the existence of any lunar atmosphere at all. But, in addition to what I have already urged in regard to Encke's comet and the zodiacal light, I had been strengthened in my opinion by certain observations of Mr. Schroeter, of Lilienthal. He observed the moon, when two days and a half old, in the evening soon after sunset, before the dark part was visible, and continued to watch it until it became visible. The two cusps appeared tapering in a very sharp faint prolongation, each exhibiting its farthest extremity faintly illuminated by the solar rays, before any part of the dark hemisphere was visible. Soon afterwards, the whole dark limb became illuminated. This prolongation of the cusps beyond the semicircle, I thought, must have arisen from the refraction of the sun's rays by the moon's atmosphere. I computed, also, the height of the atmosphere (which could refract light enough into its dark hemisphere, to produce a twilight more luminous than the light reflected from the earth when the moon is about 32° from the new,) to be 1356 Paris feet; in this view, I supposed the greatest height capable of refracting the solar ray, to be 5376 feet. My ideas upon this topic had also received confirmation by a passage in the eighty-second volume of the Philosophical Transactions, in which it is stated, that, at an occultation of Jupiter's satellites, the third disappeared after having been about 1" or 2" of time indistinct, and the fourth became indiscernible near the limb*[3]. *Upon the*

maintenant partaient d'en bas et filaient à côté du ballon avec une fréquence de plus en plus effrayante.

18 avril. – Aujourd'hui, j'ai trouvé un accroissement énorme dans le volume apparent de la lune, et la vitesse évidemment accélérée de ma descente a commencé à me remplir d'alarmes. On se rappellera que dans le principe, quand je commençai à appliquer mes rêveries à la possibilité d'un passage vers la lune, l'hypothèse d'une atmosphère ambiante dont la densité devait être proportionnée au volume de la planète avait pris une large part dans mes calculs ; et cela, en dépit de mainte théorie adverse, et même, je l'avoue, en dépit du préjugé universel contraire à l'existence d'une atmosphère lunaire quelconque. Mais outre les idées que j'ai déjà émises relativement à la comète d'Encke et à la lumière zodiacale, ce qui me fortifiait dans mon opinion, c'étaient certaines observations de M. Schroeter, de Lilienthal. Il a observé la lune, âgée de deux jours et demi, le soir, peu de temps après le coucher du soleil, avant que la partie obscure fût visible, et il continua à la surveiller jusqu'à ce que cette partie fût devenue visible. Les deux cornes semblaient s'affiler en une sorte de prolongement très-aigu, dont l'extrémité était faiblement éclairée par les rayons solaires, alors qu'aucune partie de l'hémisphère obscur n'était visible. Peu de temps après, tout le bord sombre s'éclaira. Je pensai que ce prolongement des cornes au delà du demi-cercle prenait sa cause dans la réfraction des rayons du soleil par l'atmosphère de la lune. Je calculai aussi que la hauteur de cette atmosphère (qui pouvait réfracter assez de lumière dans son hémisphère obscur pour produire un crépuscule plus lumineux que la lumière réfléchie par la terre quand la lune est environ à 32 degrés de sa conjonction) devait être de 1 356 pieds de roi ; d'après cela, je supposai que la plus grande hauteur capable de réfracter le rayon solaire était de 5 376 pieds. Mes idées sur ce sujet se trouvaient également confirmées par un passage du quatre-vingt-deuxième volume des *Transactions philosophiques*, dans lequel il est dit que, lors d'une occultation des satellites de Jupiter, le troisième disparut après avoir été indistinct pendant une ou deux secondes, et que le quatrième devint indiscernable en approchant du limbe[2]. C'était sur la résistance, ou, plus exactement,

resistance, or more properly, upon the support of an atmosphere, existing in the state of density imagined, I had, of course, entirely depended for the safety of my ultimate descent. Should I then, after all, prove to have been mistaken, I had in consequence nothing better to expect, as a finale to my adventure, than being dashed into atoms against the rugged surface of the satellite. And, indeed, I had now every reason to be terrified. My distance from the moon was comparatively trifling, while the labor required by the condenser was diminished not at all, and I could discover no indication whatever of a decreasing rarity in the air.

April 19th. This morning, to my great joy, about nine o'clock, the surface of the moon being frightfully near, and my apprehensions excited to the utmost, the pump of my condenser at length gave evident tokens of an alteration in the atmosphere. By ten, I had reason to believe its density considerably increased. By eleven, very little labor was necessary at the apparatus; and at twelve o'clock, with some hesitation, I ventured to unscrew the tournquuet, when, finding no inconvenience from having done so, I finally threw open the gum-elastic chamber, and unrigged it from around the car. As might have been expected, spasms and violent headache were the immediate consequences of, an experiment so precipitate and full of danger. But these and other difficulties attending respiration, as they were by no means so great as to put me in peril of my life, I determined to endure as I best could, in consideration of my leaving them behind me momently in my approach to the denser strata near the moon. This approach, however, was still impetuous in the extreme; and it soon became alarmingly certain that, although I had probably not been deceived in the expectation of an atmosphere dense in proportion to the mas of the satellite, still I had been wrong in supposing this density, even at the surface, at all adequate to the support of the great weight contained in the car of my balloon. Yet this should have been the case, and in an equal degree as at the

sur le support d'une atmosphère existant à un état de densité hypothétique, que j'avais absolument fondé mon espérance de descendre sain et sauf. Après tout, si j'avais fait une conjecture absurde, je n'avais rien de mieux à attendre, comme dénoûment de mon aventure, que d'être pulvérisé contre la surface raboteuse du satellite. Et, en somme, j'avais toutes les raisons possibles d'avoir peur. La distance où j'étais de la lune était comparativement insignifiante, tandis que le labeur exigé par le condensateur n'était pas du tout diminué et que je ne découvrais aucun indice d'une intensité croissante dans l'atmosphère.

19 avril. – Ce matin, à ma grande joie, vers neuf heures, – me trouvant effroyablement près de la surface lunaire, et mes appréhensions étant excitées au dernier degré, – le piston du condensateur a donné des symptômes évidents d'une altération de l'atmosphère. À dix heures, j'avais des raisons de croire sa densité considérablement augmentée. À onze heures, l'appareil ne réclamait plus qu'un travail très-minime ; et, à midi, je me hasardai, non sans quelque hésitation, à desserrer le tourniquet, et, voyant qu'il n'y avait à cela aucun inconvénient, j'ouvris décidément la chambre de caoutchouc, et je déshabillai la nacelle. Ainsi que j'aurais dû m'y attendre, une violente migraine accompagnée de spasmes fut la conséquence immédiate d'une expérience si précipitée et si pleine de dangers. Mais, comme ces inconvénients et d'autres encore relatifs à la respiration n'étaient pas assez grands pour mettre ma vie en péril, je me résignai à les endurer de mon mieux, d'autant plus que j'avais tout lieu d'espérer qu'ils disparaîtraient progressivement, chaque minute me rapprochant des couches plus denses de l'atmosphère lunaire. Toutefois, ce rapprochement s'opérait avec une impétuosité excessive, et bientôt il me fut démontré certitude fort alarmante – que, bien que très-probablement je ne me fusse pas trompé en comptant sur une atmosphère dont la densité devait être proportionnelle au volume du satellite, cependant j'avais eu bien tort de supposer que cette densité, même à la surface, serait suffisante pour supporter l'immense poids contenu dans la nacelle de mon ballon. Tel cependant *eût dû* être le cas, exactement comme à la surface de la

surface of the earth, the actual gravity of bodies at either planet supposed in the ratio of the atmospheric condensation. That it was not the case, however, my precipitous downfall gave testimony enough; why it was not so, can only be explained by a reference to those possible geological disturbances to which I have formerly alluded. At all events I was now close upon the planet, and coming down with the most terrible impetuosity. I lost not a moment, accordingly, in throwing overboard first my ballast, then my water-kegs, then my condensing apparatus and gum-elastic chamber, and finally every article within the car. But it was all to no purpose. I still fell with horrible rapidity, and was now not more than half a mile from the surface. As a last resource, therefore, having got rid of my coat, hat, and boots, I cut loose from the balloon the car itself, *which was of no inconsiderable weight, and thus, clinging with both hands to the net-work, I had barely time to observe that the whole country, as far as the eye could reach, was thickly interspersed with diminutive habitations, ere I tumbled headlong into the very heart of a fantastical-looking city, and into the middle of a vast crowd of ugly little people, who none of them uttered a single syllable, or gave themselves the least trouble to render me assistance, but stood, like a parcel of idiots, grinning in a ludicrous manner, and eyeing me and my balloon askant, with their arms set a-kimbo. I turned from them in contempt, and, gazing upwards at the earth so lately left, and left perhaps for ever, beheld it like a huge, dull, copper shield, about two degrees in diameter, fixed immovably in the heavens overhead, and tipped on one of its edges with a crescent border of the most brilliant gold. No traces of land or water could be discovered, and the whole was clouded with variable spots, and belted with tropical and equatorial zones.*

Thus, may it please your Excellencies, after a series of great anxieties, unheard-of dangers, and unparalleled escapes, I had, at length, on the nineteenth day of my departure from Rotterdam,

terre, si vous supposez, sur l'une et sur l'autre planète, la pesanteur réelle des corps en raison de la densité atmosphérique ; mais tel *n'était pas* le cas ; ma chute précipitée le démontrait suffisamment. Mais pourquoi ? C'est ce qui ne pouvait s'expliquer qu'en tenant compte de ces perturbations géologiques dont j'ai déjà posé l'hypothèse. En tout cas, je touchais presque à la planète, et je tombais avec la plus terrible impétuosité. Aussi je ne perdis pas une minute ; je jetai par-dessus bord tout mon lest, puis mes barriques d'eau, puis mon appareil condensateur et mon sac de caoutchouc, et enfin tous les articles contenus dans la nacelle. Mais tout cela ne servit à rien. Je tombais toujours avec une horrible rapidité, et je n'étais pas à plus d'un demi-mille de la surface. Comme expédient suprême, je me débarrassai de mon paletot, de mon chapeau et de mes bottes ; je détachai du ballon la nacelle elle-même, qui n'était pas un poids médiocre ; et, m'accrochant alors au filet avec mes deux mains, j'eus à peine le temps d'observer que tout le pays, aussi loin que mon œil pouvait atteindre, était criblé d'habitations lilliputiennes, – avant de tomber, comme une balle, au cœur même d'une cité d'un aspect fantastique et au beau milieu d'une multitude de vilain petit peuple, dont pas un individu ne prononça une syllabe ni ne se donna le moindre mal pour me prêter assistance. Ils se tenaient tous, les poings sur les hanches, comme un tas d'idiots, grimaçant d'une manière ridicule, et me regardant de travers, moi et mon ballon. Je me détournai d'eux avec un superbe mépris ; et, levant mes regards vers la terre que je venais de quitter, et dont je m'étais exilé pour toujours peut-être, je l'aperçus sous la forme d'un vaste et sombre bouclier de cuivre d'un diamètre de 2 degrés environ, fixe et immobile dans les cieux, et garni à l'un de ses bords d'un croissant d'or étincelant. On n'y pouvait découvrir aucune trace de mer ni de continent, et le tout était moucheté de taches variables et traversé par les zones tropicales et équatoriales, comme par des ceintures.

Ainsi, avec la permission de Vos Excellences, après une longue série d'angoisses, de dangers inouïs et de délivrances incomparables, j'étais enfin, dix-neuf jours après mon départ de Rotterdam, arrivé sain et sauf au terme de mon voyage, le plus extraordinaire, le plus

Edgar Allan Poe

arrived in safety at the conclusion of a voyage undoubtedly the most extraordinary, and the most momentous, ever accomplished, undertaken, or conceived by any denizen of earth. But my adventures yet remain to be related. And indeed your Excellencies may well imagine that, after a residence of five years upon planet not only deeply interesting in its own peculiar character, but rendered doubly so by its intimate connection, in capacity of satellite, with the world inhabited by man, I may have intelligence for the private ear of the States' College of Astronomers of far more importance than the details, however wonderful, of the mere voyage which so happily concluded. This is, in fact, the case. I have much—very much which it would give me the greatest pleasure to communicate. I have much to say of the climate of the planet; of its wonderful alternations of heat and cold; of unmitigated and burning sunshine for one fortnight, and more than polar frigidity for the next; of a constant transfer of moisture, by distillation like that in vacuo, *from the point beneath the sun to the point the farthest from it; of a variable zone of running water; of the people themselves; of their manners, customs, and political institutions; of their peculiar physical construction; of their ugliness; of their want of ears, those useless appendages in an atmosphere so peculiarly modified; of their consequent ignorance of the use and properties of speech; of their substitute for speech in a singular method of inter-communication; of the incomprehensible connection between each particular individual in the moon, with some particular individual on the earth—a connection analogous with, and depending upon that of the orbs of the planet and the satellite, and by means of which the lives and destines of the inhabitants of the one are interwoven with the lives and destinies of the inhabitants of the other; and above all, if it so please your Excellencies—above all of those dark and hideous mysteries which lie in the outer regions of the moon,—regions which, owing to the almost miraculous accordance of the satellite's rotation on its own axis with its sidereal revolution about the earth, have never yet been turned, and, by God's mercy, never shall be turned, to the scrutiny of the telescopes of man. All this, and more—much more—would I most willingly detail. But, to be brief, I must have my reward. I am pining*

important qui ait jamais été accompli, entrepris, ou même conçu par un citoyen quelconque de votre planète. Mais il me reste à raconter mes aventures. Car, en vérité, Vos Excellences concevront facilement qu'après une résidence de cinq ans sur une planète qui, déjà profondément intéressante par elle-même, l'est doublement encore par son intime parenté, en qualité de satellite, avec le monde habité par l'homme, je puisse entretenir avec le Collège national astronomique des correspondances secrètes d'une bien autre importance que les simples détails, si surprenants qu'ils soient, du voyage que j'ai effectué si heureusement. Telle est, en somme, la question réelle. J'ai beaucoup, beaucoup de choses à dire, et ce serait pour moi un véritable plaisir de vous les communiquer. J'ai beaucoup à dire sur le climat de cette planète ; – sur ses étonnantes alternatives de froid et de chaud ; – sur cette clarté solaire qui dure quinze jours, implacable et brûlante, et sur cette température glaciale, plus que polaire, qui remplit l'autre quinzaine ; – sur une translation constante d'humidité qui s'opère par distillation, comme dans le vide, du point situé au-dessous du soleil jusqu'à celui qui en est le plus éloigné ; – sur la race même des habitants, sur leurs mœurs, leurs coutumes, leurs institutions politiques ; sur leur organisme particulier, leur laideur, leur privation d'oreilles, appendices superflus dans une atmosphère si étrangement modifiée ; conséquemment, sur leur ignorance de l'usage et des propriétés du langage ; sur la singulière méthode de communication qui remplace la parole ; – sur l'incompréhensible rapport qui unit chaque citoyen de la lune à un citoyen du globe terrestre, – rapport analogue et soumis à celui qui régit également les mouvements de la planète et du satellite, et par suite duquel les existences et les destinées des habitants de l'une sont enlacées aux existences et aux destinées des habitants de l'autre ; – et par-dessus tout, s'il plaît à Vos Excellences, par-dessus tout, sur les sombres et horribles mystères relégués dans les régions de l'autre hémisphère lunaire, régions qui, grâce à la concordance presque miraculeuse de la rotation du satellite sur son axe avec sa révolution sidérale autour de la terre, n'ont jamais tourné vers nous, et, Dieu merci, ne s'exposeront jamais à la curiosité des télescopes humains. Voici tout ce que je voudrais raconter, – tout cela, et beaucoup plus

for a return to my family and to my home: and as the price of any farther communications on my part—in consideration of the light which I have it in my power to throw upon many very important branches of physical and metaphysical science—I must solicit, through the influence of your honorable body, a pardon for the crime of which I have been guilty in the death of the creditors upon my departure from Rotterdam. This, then, is the object the present paper. Its bearer, an inhabitant of the moon, whom I have prevailed upon, and properly instructed, to be my messenger to the earth, will await your Excellencies' pleasure, and return to me with the pardon in question, if it can, in any manner, be obtained.

I have the honor to be, &c., your Excellencies' very humble servant,

Hans Pfall.

Upon finishing the perusal of this very extraordinary document, Professor Rubadub, it is said, dropped his pipe upon the ground in the extremity of his surprise, and Mynheer Superbus Von Underduk having taken off his spectacles, wiped them, and deposited them in his pocket, so far forgot both himself and his dignity, as to turn round three times upon his heel in the quintessence of astonishment and admiration. There was no doubt about the matter—the pardon should be obtained. So at least swore, with a round oath, Professor Rubadub, and so finally thought the illustrious Von Underduk, as he took the arm of his brother in science, and without saying a word, began to make the best of his way home to deliberate upon the measures to be adopted. Having reached the door, however, of the burgomaster's dwelling, the professor ventured to suggest that as the messenger had thought proper to disappear—no doubt frightened to death by the savage appearance of the burghers of Rotterdam—the pardon would be of little use, as no one but a man of the moon would undertake a voyage to so vast a distance. To the truth of this observation the burgomaster assented, and the matter was therefore at an end. Not so,

encore. Mais, pour trancher la question, je réclame ma récompense. J'aspire à rentrer dans ma famille et mon chez moi ; et, comme prix de toute communication ultérieure de ma part, en considération de la lumière que je puis, s'il me plaît, jeter sur plusieurs branches importantes des sciences physiques et métaphysiques, je sollicite, par l'entremise de votre honorable corps, le pardon du crime dont je me suis rendu coupable en mettant à mort mes créanciers lorsque je quittai Rotterdam. Tel est donc l'objet de la présente lettre. Le porteur, qui est un habitant de la lune, que j'ai décidé à me servir de messager sur la terre, et à qui j'ai donné des instructions suffisantes, attendra le bon plaisir de Vos Excellences, et me rapportera le pardon demandé, s'il y a moyen de l'obtenir.

J'ai l'honneur d'être de Vos Excellences le très-humble serviteur,

HANS PFAALL.

En finissant la lecture de ce très-étrange document, le professeur Rudabub, dans l'excès de sa surprise, laissa, dit-on, tomber sa pipe par terre, et Mynheer Superbus Von Underduk, ayant ôté, essuyé et serré dans sa poche ses besicles, s'oublia, lui et sa dignité, au point de pirouetter trois fois sur son talon, dans la quintessence de l'étonnement et de l'admiration. On obtiendrait la grâce ; – cela ne pouvait pas faire l'ombre d'un doute. Du moins, il en fit le serment, le bon professeur Rudabub, il en fit le serment avec un parfait juron, et telle fut décidément l'opinion de l'illustre Von Underduk, qui prit le bras de son collègue et fit, sans prononcer une parole, la plus grande partie de la route vers son domicile pour délibérer sur les mesures urgentes. Cependant, arrivé à la porte de la maison du bourgmestre, le professeur s'avisa de suggérer que, le messager ayant jugé à propos de disparaître (terrifié sans doute jusqu'à la mort par la physionomie sauvage des habitants de Rotterdam), le pardon ne servirait pas à grand-chose, puisqu'il n'y avait qu'un homme de la lune qui pût entreprendre un voyage aussi lointain. En face d'une observation aussi sensée, le bourgmestre se rendit, et l'affaire n'eut pas d'autres

however, rumors and speculations. The letter, having been published, gave rise to a variety of gossip and opinion. Some of the over-wise even made themselves ridiculous by decrying the whole business as nothing better than a hoax. But hoax, with these sort of people, is, I believe, a general term for all matters above their comprehension. For my part, I cannot conceive upon what data they have founded such an accusation. Let us see what they say:

Imprimis. That certain wags in Rotterdam have certain especial antipathies to certain' burgomasters and astronomers.

Secondly. That an odd little dwarf and bottle conjurer, both of whose ears, for some misdemeanor, have been cut off close to his head, has been missing for several days from the neighboring city of Bruges.

Thirdly. That the newspapers which were stuck all over the little balloon, were newspapers of Holland, and therefore could not have been made in the moon. They were dirty papers—very dirty—and Gluck, the printer, would take his bible oath to their having been printed in Rotterdam.

Fourthly. That Hans Pfall himself, the drunken villain, and the three very idle gentlemen styled his creditors, were all seen, no longer than two or three days ago, in a tippling house in the suburbs, having just returned, with money in their pockets, from a trip beyond the sea.

Lastly. That it is an opinion very generally received, or which ought to be generally received, that the College of Astronomers in the city of Rotterdam, as well as all other colleges in all other parts of the world,—not to mention colleges and astronomers in general,—are, to say the least of the matter, not a whit better, nor greater, nor wiser than they ought to be.

suites. Cependant, il n'en fut pas de même des rumeurs et des conjectures. La lettre, ayant été publiée, donna naissance à une foule d'opinions et de cancans. Quelques-uns – des esprits par trop sages – poussèrent le ridicule jusqu'à discréditer l'affaire et à la présenter comme un pur *canard*. Mais je crois que le mot *canard* est, pour cette espèce de gens, un terme général qu'ils appliquent à toutes les matières qui passent leur intelligence. Je ne puis, quant à moi, comprendre sur quelle base ils ont fondé une pareille accusation. Voyons ce qu'ils disent :

Avant tout, – que certains farceurs de Rotterdam ont de certaines antipathies spéciales contre certains bourgmestres et astronomes.

Secundo, – qu'un petit nain bizarre, escamoteur de son métier, dont les deux oreilles avaient été, pour quelque méfait, coupées au ras de la tête, avait depuis quelques jours disparu de la ville de Bruges, qui est toute voisine.

Tertio, – que les gazettes collées tout autour du petit ballon étaient des gazettes de Hollande, et conséquemment n'avaient pas pu être fabriquées dans la lune. C'étaient des papiers sales, crasseux, – très-crasseux ; et Gluck, l'imprimeur, pouvait jurer sur sa Bible qu'ils avaient été imprimés à Rotterdam.

Quarto, – que Hans Pfaall lui-même, le vilain ivrogne, et les trois fainéants personnages qu'il appelle ses créanciers, avaient été vus ensemble, deux ou trois jours auparavant tout au plus, dans un cabaret mal famé des faubourgs, juste comme ils revenaient, avec de l'argent plein leurs poches, d'une expédition d'outre-mer.

Et, en dernier lieu, – que c'est une opinion généralement reçue, ou qui doit l'être, que le Collège des Astronomes de la ville de Rotterdam, – aussi bien que tous autres collèges astronomiques de toutes autres parties de l'univers, sans parler des collèges et des astronomes en général, – n'est, pour n'en pas dire plus, ni meilleur, ni plus fort, ni plus éclairé qu'il n'est nécessaire.

Note.

1. The zodiacal light is probably what the ancients called Trabes. Emicant Trabes quos docos vocant.—Pliny lib. 2, p. 26.

2. Since the original publication of Hans Pfaall, I find that Mr. Green, of Nassau balloon notoriety, and other late æronauts, deny the assertions of Humboldt, in this respect, and speak of a decreasing inconvenience, —precisely in accordance with the theory here urged.

3. Hevelius writes that he has several times found, in skies perfectly clear, when even stars of the sixth and seventh magnitude were conspicuous, that, at the same altitude of the moon, at the same elongation from the earth, and with one and the same excellent telescope, the moon and its maculæ did not appear equally lucid at all times. From the circumstances of the observation, it is evident that the cause of this phenomenon is not either in our air, in the tube, in the moon, or in the eye of the spectator, but must be looked for in something (an atmosphere?) existing about the moon. Cassini frequently observed Saturn, Jupiter, and the fixed stars, when approaching the moon to occultation, to have their circular figure changed into an oval one; and, in other occultations, he found no alteration of figure at all. Hence it might be supposed, that at some times, and not at others, there is a dense matter encompassing the moon wherein the rays of the stars are refracted.

Charles Baudelaire

Note :

1. Depuis la première publication de Hans Pfaall, j'apprends que M. Green, le célèbre aéronaute du ballon le Nassau, et d'autres expérimentateurs contestent à cet égard les assertions de M. de Humboldt, et parlent au contraire d'une incommodité toujours décroissante, ce qui s'accorde précisément avec la théorie présentée ici. — E.A.P.

2. Hévélius écrit qu'il a quelquefois observé dans des cieux parfaitement clairs, où des étoiles même de sixième et de septième grandeur brillaient visiblement, que — supposés la même hauteur de la lune, la même élongation de la terre, le même télescope, excellent, bien entendu, — la lune et ses taches ne nous apparaissent pas toujours aussi lumineuses. Ces circonstances données, il est évident que la cause du phénomène n'est ni dans notre atmosphère, ni dans le télescope, ni dans la lune, ni dans l'œil de l'observateur, mais qu'elle doit être cherchée dans quelque chose (une atmosphère ?) existant autour de la lune.
Cassini a constamment observé que Saturne, Jupiter et les étoiles fixes, au moment d'être occultés par la lune, changeaient leur forme circulaire en une forme ovale ; et dans d'autres occultations il n'a saisi aucun changement de forme. On pourrait donc en inférer que, dans quelques cas, mais pas toujours, la lune est enveloppée d'une matière dense où sont réfractés les rayons des étoiles. — E.A.P.

MS. Found in a Bottle

1833

Manuscrit trouvé dans une bouteille1

Edgar Allan Poe

*Qui n'a plus qu'un moment a vivre
N'a plus rien a dissimuler.*

Quinault—Atys.

O*f my country and of my family I have little to say. Ill usage and length of years have driven me from the one, and estranged me from the other. Hereditary wealth afforded me an education of no common order, and a contemplative turn of mind enabled me to methodise the stores which early study very diligently garnered up. Beyond all things, the works of the German moralists gave me great delight; not from any ill-advised admiration of their eloquent madness, but from the ease with which my habits of rigid thought enabled me to detect their falsities. I have often been reproached with the aridity of my genius; a deficiency of imagination has been imputed to me as a crime; and the Pyrrhonism of my opinions has at all times rendered me notorious. Indeed, a strong relish for physical philosophy has, I fear, tinctured my mind with a very common error of this age—I mean the habit of referring occurrences, even the least susceptible of such reference, to the principles of that science. Upon the whole, no person could be less liable than myself to be led away from the severe precincts of truth by the* ignes fatui *of superstition. I have thought proper to premise thus much, lest the incredible tale I have to tell should be considered rather the raving of a crude imagination, than the positive experience of a mind to which the reveries of fancy have been a dead letter and a nullity.*

After many years spent in foreign travel, I sailed in the year 18..., from the port of Batavia, in the rich and populous island of Java, on a voyage to the Archipelago of the Sunda islands. I went as passenger—having no other inducement than a kind of nervous

Charles Baudelaire

Qui n'a plus qu'un moment à vivre
N'a plus rien à dissimuler.

Quinault. — Alys.

De mon pays et de ma famille, je n'ai pas grand'chose à dire. De mauvais procédés et l'accumulation des années m'ont rendu étranger à l'un et à l'autre. Mon patrimoine me fit bénéficier d'une éducation peu commune, et un tour contemplatif d'esprit me rendit apte à classer méthodiquement tout ce matériel d'instruction diligemment amassé par une étude précoce. Par-dessus tout, les ouvrages des philosophes allemands me procuraient de grandes délices ; cela ne venait pas d'une admiration malavisée pour leur éloquente folie, mais du plaisir que, grâce à mes habitudes d'analyse rigoureuse, j'avais à surprendre leurs erreurs. On m'a souvent reproché l'aridité de mon génie ; un manque d'imagination m'a été imputé comme un crime, et le pyrrhonisme de mes opinions a fait de moi, en tout temps, un homme fameux. En réalité, une forte appétence pour la philosophie physique a, je le crains, imprégné mon esprit d'un des défauts les plus communs de ce siècle, — je veux dire de l'habitude de rapporter aux principes de cette science les circonstances même les moins susceptibles d'un pareil rapport. Par-dessus tout, personne n'était moins exposé que moi à se laisser entraîner hors de la sévère juridiction de la vérité par les feux follets de la superstition. J'ai jugé à propos de donner ce préambule, dans la crainte que l'incroyable récit que j'ai à faire ne soit considéré plutôt comme la frénésie d'une imagination indigeste que comme l'expérience positive d'un esprit pour lequel les rêveries de l'imagination ont été lettre morte et nullité.

Après plusieurs années dépensées dans un lointain voyage, je m'embarquai, en 18..., à Batavia, dans la riche et populeuse île de Java, pour une promenade dans l'archipel des îles de la Sonde. Je me mis en route comme passager, — n'ayant pas d'autre mobile qu'une

restlessness which haunted me as a fiend.

Our vessel was a beautiful ship of about four hundred tons, copper-fastened, and built at Bombay of Malabar teak. She was freighted with cotton-wool and oil, from the Lachadive islands. We had also on board coir, jaggeree, ghee, cocoa-nuts, and a few cases of opium. The stowage was clumsily done, and the vessel consequently crank.

We got under way with a mere breath of wind, and for many days stood along the eastern coast of Java, without any other incident to beguile the monotony of our course than the occasional meeting with some of the small grabs of the Archipelago to which we were bound.

One evening, leaning over the taffrail, I observed a very singular, isolated cloud, to the N. W. It was remarkable, as well for its color, as from its being the first we had seen since our departure from Batavia. I watched it attentively until sunset, when it spread all at once to the eastward and westward, girting in the horizon with a narrow strip of vapor, and looking like a long line of low beach. My notice was soon afterwards attracted by the dusky-red appearance of the moon, and the peculiar character of the sea. The latter was undergoing a rapid change, and the water seemed more than usually transparent. Although I could distinctly see the bottom, yet, heaving the lead, I found the ship in fifteen fathoms. The air now became intolerably hot, and was loaded with spiral exhalations similar to those arising from heated iron. As night came on, every breath of wind died away, and a more entire calm it is impossible to conceive. The flame of a candle burned upon the poop without the least perceptible motion, and a long hair, held between the finger and thumb, hung without the possibility of detecting a vibration. However, as the captain said he could perceive no indication of danger, and as we were drifting in bodily to shore, he ordered the sails to be furled, and the anchor let

nerveuse instabilité qui me *hantait* comme un mauvais esprit.

Notre bâtiment était un bateau d'environ quatre cents tonneaux, doublé en cuivre et construit à Bombay, en teck de Malabar. Il était chargé de coton, de laine et d'huile des Laquedives. Nous avions aussi à bord du filin de cocotier, du sucre de palmier, de l'huile de beurre bouilli, des noix de coco, et quelques caisses d'opium. L'arrimage avait été mal fait, et le navire conséquemment donnait de la bande.

Nous mîmes sous voiles avec un souffle de vent, et, pendant plusieurs jours, nous restâmes le long de la côte orientale de Java, sans autre incident pour tromper la monotonie de notre route que la rencontre de quelques-uns des petits grabs de l'archipel où nous étions confinés.

Un soir, comme j'étais appuyé sur le bastingage de la dunette, j'observai un très-singulier nuage, isolé, vers le nord-ouest. Il était remarquable autant par sa couleur que parce qu'il était le premier que nous eussions vu depuis notre départ de Batavia. Je le surveillai attentivement jusqu'au coucher du soleil ; alors, il se répandit tout d'un coup de l'est à l'ouest, cernant l'horizon d'une ceinture précise de vapeur, et apparaissant comme une longue ligne de côte très-basse. Mon attention fut bientôt après attirée par l'aspect rouge brun de la lune et le caractère particulier de la mer. Cette dernière subissait un changement rapide, et l'eau semblait plus transparente que d'habitude. Je pouvais distinctement voir le fond, et cependant, en jetant la sonde, je trouvai que nous étions sur quinze brasses. L'air était devenu intolérablement chaud et se chargeait d'exhalaisons spirales semblables à celles qui s'élèvent du fer chauffé. Avec la nuit, toute brise tomba, et nous fûmes pris par un calme plus complet qu'il n'est possible de le concevoir. La flamme d'une bougie brûlait à l'arrière sans le mouvement le moins sensible, et un long cheveu tenu entre l'index et le pouce tombait droit et sans la moindre oscillation. Néanmoins, comme le capitaine disait qu'il n'apercevait aucun symptôme de danger, et comme nous dérivions vers la terre par le travers, il commanda de carguer les voiles et de filer l'ancre. On ne

go. No watch was set, and the crew, consisting principally of Malays, stretched themselves deliberately upon deck. I went below—not without a full presentiment of evil. Indeed, every appearance warranted me in apprehending a Simoon. I told the captain my fears; but he paid no attention to what I said, and left me without deigning to give a reply. My uneasiness, however, prevented me from sleeping, and about midnight I went upon deck. As I placed my foot upon the upper step of the companion-ladder, I was startled by a loud, humming noise, like that occasioned by the rapid revolution of a mill-wheel, and before I could ascertain its meaning, I found the ship quivering to its centre. In the next instant, a wilderness of foam hurled us upon our beam-ends, and, rushing over us fore and aft, swept the entire decks from stem to stern.

The extreme fury of the blast proved, in a great measure, the salvation of the ship. Although completely water-logged, yet, as her masts had gone by the board, she rose, after a minute, heavily from the sea, and, staggering awhile beneath the immense pressure of the tempest, finally righted.

By what miracle I escaped destruction, it is impossible to say. Stunned by the shock of the water, I found myself, upon recovery, jammed in between the stern-post and rudder. With great difficulty I gained my feet, and looking dizzily around, was at first struck with the idea of our being among breakers; so terrific, beyond the wildest imagination, was the whirlpool of mountainous and foaming ocean within which we were ingulfed. After a while, I heard the voice of an old Swede, who had shipped with us at the moment of our leaving port. I hallooed to him with all my strength, and presently he came reeling aft. We soon discovered that we were the sole survivors of the accident. All on deck, with the exception of ourselves, had been swept overboard; the captain and mates must have perished as they slept, for the cabins were deluged with water. Without assistance, we could expect to do little for the security of the ship, and our exertions were

mit point de vigie de quart, et l'équipage, qui se composait principalement de Malais, se coucha délibérément sur le pont. Je descendis dans la chambre, — non sans le parfait pressentiment d'un malheur. En réalité, tous ces symptômes me donnaient à craindre un simoun. Je parlai de mes craintes au capitaine ; mais il ne fit pas attention à ce que je lui disais, et me quitta sans daigner me faire une réponse. Mon malaise, toutefois, m'empêcha de dormir, et, vers minuit, je montai sur le pont. Comme je mettais le pied sur la dernière marche du capot d'échelle, je fus effrayé par un profond bourdonnement semblable à celui que produit l'évolution rapide d'une roue de moulin, et, avant que j'eusse pu en vérifier la cause, je sentis que le navire tremblait dans son centre. Presque aussitôt, un coup de mer nous jeta sur le côté, et, courant par-dessus nous, balaya tout le pont de l'avant à l'arrière.

L'extrême furie du coup de vent fit, en grande partie, le salut du navire. Quoiqu'il fût absolument engagé dans l'eau, comme ses mâts s'en étaient allés par-dessus bord, il se releva lentement une minute après, et, vacillant quelques instants sous l'immense pression de la tempête, finalement il se redressa.
Par quel miracle échappai-je à la mort, il m'est impossible de le dire. Étourdi par le choc de l'eau, je me trouvai pris, quand je revins à moi, entre l'étambot et le gouvernail. Ce fut à grand'peine que je me remis sur mes pieds, et, regardant vertigineusement autour de moi, je fus d'abord frappé de l'idée que nous étions sur des brisants, tant était effrayant, au delà de toute imagination, le tourbillon de cette mer énorme et écumante dans laquelle nous étions engouffrés. Au bout de quelques instants, j'entendis la voix d'un vieux Suédois qui s'était embarqué avec nous au moment où nous quittions le port. Je le hélai de toute ma force, et il vint en chancelant me rejoindre à l'arrière. Nous reconnûmes bientôt que nous étions les seuls survivants du sinistre. Tout ce qui était sur le pont, nous exceptés, avait été balayé par-dessus bord ; le capitaine et les matelots avaient péri pendant leur sommeil, car les cabines avaient été inondées par la mer. Sans auxiliaires, nous ne pouvions pas espérer de faire grand'chose pour la sécurité du navire, et nos tentatives furent d'abord paralysées par la

at first paralyzed by the momentary expectation of going down. Our cable had, of course, parted like pack-thread, at the first breath of the hurricane, or we should have been instantaneously overwhelmed. We scudded with frightful velocity before the sea, and the water made clear breaches over us. The frame-work of our stern was shattered excessively, and, in almost every respect, we had received considerable injury; but to our extreme joy we found the pumps unchoked, and that we had made no great shifting of our ballast. The main fury of the blast had already blown over, and we apprehended little danger from the violence of the wind; but we looked forward to its total cessation with dismay; well believing, that in our shattered condition, we should inevitably perish in the tremendous swell which would ensue. But this very just apprehension seemed by no means likely to be soon verified. For five entire days and nights—during which our only subsistence was a small quantity of jaggeree, procured with great difficulty from the forecastle—the hulk flew at a rate defying computation, before rapidly succeeding flaws of wind, which, without equalling the first violence of the Simoon, were still more terrific than any tempest I had before encountered. Our course for the first four days was, with trifling variations, S. E. and by S.; and we must have run down the coast of New Holland. On the fifth day the cold became extreme, although the wind had hauled round a point more to the northward. The sun arose with a sickly yellow lustre, and clambered a very few degrees above the horizon—emitting no decisive light. There were no clouds apparent, yet the wind was upon the increase, and blew with a fitful and unsteady fury. About noon, as nearly as we could guess, our attention was again arrested by the appearance of the sun. It gave out no light, properly so called, but a dull and sullen glow without reflection, as if all its rays were polarized. Just before sinking within the turgid sea, its central fires suddenly went out, as if hurriedly extinguished by some unaccountable power. It was a dim, silver-like rim, alone, as it rushed down the unfathomable ocean.

croyance où nous étions que nous allions sombrer d'un moment à l'autre. Notre câble avait cassé comme un fil d'emballage au premier souffle de l'ouragan ; sans cela, nous eussions été engloutis instantanément. Nous fuyions devant la mer avec une vélocité effrayante, et l'eau nous faisait des brèches visibles. La charpente de notre arrière était excessivement endommagée, et, presque sous tous les rapports, nous avions essuyé de cruelles avaries ; mais, à notre grande joie, nous trouvâmes que les pompes n'étaient pas engorgées, et que notre chargement n'avait pas été très-dérangé. La plus grande furie de la tempête était passée, et nous n'avions plus à craindre la violence du vent ; mais nous pensions avec terreur au cas de sa totale cessation, bien persuadés que, dans notre état d'avarie, nous ne pourrions pas résister à l'épouvantable houle qui s'ensuivrait ; mais cette très-juste appréhension ne semblait pas si près de se vérifier. Pendant cinq nuits et cinq jours entiers, durant lesquels nous vécûmes de quelques morceaux de sucre de palmier tirés à grand'peine du gaillard d'avant, notre coque fila avec une vitesse incalculable devant des reprises de vent qui se succédaient rapidement, et qui, sans égaler la première violence du simoun, étaient cependant plus terribles qu'aucune tempête que j'eusse essuyée jusqu'alors. Pendant les quatre premiers jours, notre route, sauf de très-légères variations, fut au sud-est quart de sud, et ainsi nous serions allés nous jeter sur la côte de la Nouvelle-Hollande. Le cinquième jour, le froid devint extrême, quoique le vent eût tourné d'un point vers le nord. Le soleil se leva avec un éclat jaune et maladif, et se hissa à quelques degrés à peine au-dessus de l'horizon, sans projeter une lumière franche. Il n'y avait aucun nuage apparent, et cependant le vent fraîchissait, fraîchissait, et soufflait avec des accès de furie. Vers midi, ou à peu près, autant que nous en pûmes juger, notre attention fut attirée de nouveau par la physionomie du soleil. Il n'émettait pas de lumière, à proprement parler, mais une espèce de feu sombre et triste, sans réflexion, comme si tous les rayons étaient polarisés. Juste avant de se plonger dans la mer grossissante, son feu central disparut soudainement, comme s'il était brusquement éteint par une puissance inexplicable. Ce n'était plus qu'une roue pâle et couleur d'argent, quand il se précipita dans l'insondable Océan.

Edgar Allan Poe

We waited in vain for the arrival of the sixth day—that day to me has not arrived—to the Swede, never did arrive. Thenceforward we were enshrouded in pitchy darkness, so that we could not have seen an object at twenty paces from the ship. Eternal night continued to envelop us, all unrelieved by the phosphoric sea-brilliancy to which we had been accustomed in the tropics. We observed too, that, although the tempest continued to rage with unabated violence, there was no longer to be discovered the usual appearance of surf, or foam, which had hitherto attended us. All around were horror, and thick gloom, and a black sweltering desert of ebony. Superstitious terror crept by degrees into the spirit of the old Swede, and my own soul was wrapped up in silent wonder. We neglected all care of the ship, as worse than useless, and securing ourselves, as well as possible, to the stump of the mizen-mast, looked out bitterly into the world of ocean. We had no means of calculating time, nor could we form any guess of our situation. We were, however, well aware of having made farther to the southward than any previous navigators, and felt great amazement at not meeting with the usual impediments of ice. In the meantime every moment threatened to be our last—every mountainous billow hurried to overwhelm us. The swell surpassed anything I had imagined possible, and that we were not instantly buried is a miracle. My companion spoke of the lightness of our cargo, and reminded me of the excellent qualities of our ship; but I could not help feeling the utter hopelessness of hope itelf, and prepared myself gloomily for that death which I thought nothing could defer beyond an hour, as, with every knot of way the ship made, the swelling of the black stupendous seas became more dismally appalling. At times we gasped for breath at an elevation beyond the albatross—at times became dizzy with the velocity of our descent into some watery hell, where the air grew stagnant, and no sound disturbed the slumbers of the kraken.

Nous attendîmes en vain l'arrivée du sixième jour ; — ce jour n'est pas encore arrivé pour moi, — pour le Suédois il n'est jamais arrivé. Nous fûmes dès lors ensevelis dans des ténèbres de poix, si bien que nous n'aurions pas vu un objet à vingt pas du navire. Nous fûmes enveloppés d'une nuit éternelle que ne tempérait même pas l'éclat phosphorique de la mer auquel nous étions accoutumés sous les tropiques. Nous observâmes aussi que, quoique la tempête continuât à faire rage sans accalmie, nous ne découvrions plus aucune apparence de ce ressac et de ces moutons qui nous avaient accompagnés jusque-là. Autour de nous, tout n'était qu'horreur, épaisse obscurité, un noir désert d'ébène liquide. Une terreur superstitieuse s'infiltrait par degrés dans l'esprit du vieux Suédois, et mon âme, quant à moi, était plongée dans une muette stupéfaction. Nous avions abandonné tout soin du navire, comme chose plus qu'inutile, et nous attachant de notre mieux au tronçon du mât de misaine, nous promenions nos regards avec amertume sur l'immensité de l'Océan. Nous n'avions aucun moyen de calculer le temps, et nous ne pouvions former aucune conjecture sur notre situation. Nous étions néanmoins bien sûrs d'avoir été plus loin dans le sud qu'aucun des navigateurs précédents, et nous éprouvions un grand étonnement de ne pas rencontrer les obstacles ordinaires de glaces. Cependant, chaque minute menaçait d'être la dernière, — chaque énorme vague se précipitait pour nous écraser. La houle surpassait tout ce que j'avais imaginé comme possible, et c'était un miracle de chaque instant que nous ne fussions pas engloutis. Mon camarade parlait de la légèreté de notre chargement, et me rappelait les excellentes qualités de notre bateau ; mais je ne pouvais m'empêcher d'éprouver l'absolu renoncement du désespoir, et je me préparais mélancoliquement à cette mort que rien, selon moi, ne pouvait différer au delà d'une heure, puisque, à chaque nœud que filait le navire, la houle de cette mer noire et prodigieuse devenait plus lugubrement effrayante. Parfois, à une hauteur plus grande que celle de l'albatros, la respiration nous manquait, et d'autres fois nous étions pris de vertige en descendant avec une horrible vélocité dans un enfer liquide où l'air devenait stagnant, et où aucun son ne pouvait troubler les sommeils du kraken.

Edgar Allan Poe

We were at the bottom of one of these abysses, when a quick scream from my companion broke fearfully upon the night. "See! see!" cried he, shrieking in my ears, "Almighty God! see! see!" As he spoke, I became aware of a dull, sullen glare of red light which streamed down the sides of the vast chasm where we lay, and threw a fitful brilliancy upon our deck. Casting my eyes upwards, I beheld a spectacle which froze the current of my blood. At a terrific height directly above us, and upon the very verge of the precipitous descent, hovered a gigantic ship, of perhaps four thousand tons. Although upreared upon the summit of a wave more than a hundred times her own altitude, her apparent size still exceeded that of any ship of the line or East Indiaman in existence. Her huge hull was of a deep dingy black, unrelieved by any of the customary carvings of a ship. A single row of brass cannon protruded from her open ports, and dashed from their polished surfaces the fires of innumerable battle-lanterns, which swung to and fro about her rigging. But what mainly inspired us with horror and astonishment, was that she bore up under a press of sail in the very teeth of that supernatural sea, and of that ungovernable hurricane. When we first discovered her, her bows were alone to be seen, as she rose slowly from the dim and horrible gulf beyond her. For a moment of intense terror she paused upon the giddy pinnacle, as if in contemplation of her own sublimity, then trembled and tottered, and—came down.

At this instant, I know not what sudden self-possession came over my spirit. Staggering as far aft as I could, I awaited fearlessly the ruin that was to overwhelm. Our own vessel was at length ceasing from her struggles, and sinking with her head to the sea. The shock of the descending mass struck her, consequently, in that portion of her frame which was already under water, and the inevitable result was to hurl me, with irresistible violence, upon the rigging of the stranger.

As I fell, the ship hove in stays, and went about; and to the confusion

Charles Baudelaire

Nous étions au fond d'un de ces abîmes, quand un cri soudain de mon compagnon éclata sinistrement dans la nuit. "Voyez ! voyez !" me criait-il dans les oreilles ; "Dieu tout-puissant ! Voyez ! voyez !" Comme il parlait, j'aperçus une lumière rouge, d'un éclat sombre et triste, qui flottait sur le versant du gouffre immense où nous étions ensevelis, et jetait à notre bord un reflet vacillant. En levant les yeux, je vis un spectacle qui glaça mon sang. À une hauteur terrifiante, juste au-dessus de nous et sur la crête même du précipice, planait un navire gigantesque, de quatre mille tonneaux peut-être. Quoique juché au sommet d'une vague qui avait bien cent fois sa hauteur, il paraissait d'une dimension beaucoup plus grande que celle d'aucun vaisseau de ligne ou de la Compagnie des Indes. Son énorme coque était d'un noir profond que ne tempérait aucun des ornements ordinaires d'un navire. Une simple rangée de canons s'allongeait de ses sabords ouverts et renvoyait, réfléchis par leurs surfaces polies, les feux d'innombrables fanaux de combat qui se balançaient dans le gréement. Mais ce qui nous inspira le plus d'horreur et d'étonnement, c'est qu'il marchait toutes voiles dehors, en dépit de cette mer surnaturelle et de cette tempête effrénée. D'abord, quand nous l'aperçûmes, nous ne pouvions voir que son avant, parce qu'il ne s'élevait que lentement du noir et horrible gouffre qu'il laissait derrière lui. Pendant un moment, — moment d'intense terreur, — il fit une pause sur ce sommet vertigineux, comme dans l'enivrement de sa propre élévation, — puis trembla, — s'inclina, — et enfin — glissa sur la pente.

En ce moment, je ne sais quel sang-froid soudain maîtrisa mon esprit. Me rejetant autant que possible vers l'arrière, j'attendis sans trembler la catastrophe qui devait nous écraser. Notre propre navire, à la longue, ne luttait plus contre la mer et plongeait de l'avant. Le choc de la masse précipitée le frappa conséquemment dans cette partie de la charpente qui était déjà sous l'eau, et eut pour résultat inévitable de me lancer dans le gréement de l'étranger.

Comme je tombais, ce navire se souleva dans un temps d'arrêt, puis vira de bord ; et c'est, je présume, à la confusion qui s'ensuivit que je

ensuing I attributed my escape from the notice of the crew. With little difficulty I made my way, unperceived, to the main hatchway, which was partially open, and soon found an opportunity of secreting myself in the hold. Why I did so I can hardly tell. An indefinite sense of awe, which at first sight of the navigators of the ship had taken hold of my mind, was perhaps the principle of my concealment. I was unwilling to trust myself with a race of people who had offered, to the cursory glance I had taken, so many points of vague novelty, doubt, and apprehension. I therefore thought proper to contrive a hiding-place in the hold. This I did by removing a small portion of the shifting-boards, in such a manner as to afford me a convenient retreat between the huge timbers of the ship.

I had scarcely completed my work, when a footstep in the hold forced me to make use of it. A man passed by my place of concealment with a feeble and unsteady gait. I could not see his face, but had an opportunity of observing his general appearance. There was about it an evidence of great age and infirmity. His knees tottered beneath a load of years, and his entire frame quivered under the burthen. He muttered to himself, in a low broken tone, some words of a language which I could not understand, and groped in a corner among a pile of singular-looking instruments, and decayed charts of navigation. His manner was a wild mixture of the peevishness of second childhood and the solemn dignity of a God. He at length went on deck, and I saw him no more.

* * * * *

A feeling, for which I have no name, has taken possession of my soul—a sensation which will admit of no analysis, to which the lessons of by-gone time are inadequate, and for which I fear futurity itself will offer me no key. To a mind constituted like my own, the latter consideration is an evil. I shall never—I know that I shall never—be satisfied with regard to the nature of my conceptions. Yet it is not wonderful that these conceptions are indefinite, since they have their origin in sources so utterly novel. A new sense—a new entity is added to my soul.

dus d'échapper à l'attention de l'équipage. Je n'eus pas grand'peine à me frayer un chemin, sans être vu, jusqu'à la principale écoutille, qui était en partie ouverte, et je trouvai bientôt une occasion propice pour me cacher dans la cale. Pourquoi fis-je ainsi ? je ne saurais trop le dire. Ce qui m'induisit à me cacher fut peut-être un sentiment vague de terreur qui s'était emparé tout d'abord de mon esprit à l'aspect des nouveaux navigateurs. Je ne me souciais pas de me confier à une race de gens qui, d'après le coup d'œil sommaire que j'avais jeté sur eux, m'avaient offert le caractère d'une indéfinissable étrangeté, et tant de motifs de doute et d'appréhension. C'est pourquoi je jugeai à propos de m'arranger une cachette dans la cale. J'enlevai une partie du faux bordage, de manière à me ménager une retraite commode entre les énormes membrures du navire.

J'avais à peine achevé ma besogne, qu'un bruit de pas dans la cale me contraignit d'en faire usage. Un homme passa à côté de ma cachette d'un pas faible et mal assuré. Je ne pus pas voir son visage, mais j'eus le loisir d'observer son aspect général. Il y avait en lui tout le caractère de la faiblesse et de la caducité. Ses genoux vacillaient sous la charge des années, et tout son être en tremblait. Il se parlait à lui-même, marmottait d'une voix basse et cassée quelques mots d'une langue que je ne pus pas comprendre, et farfouillait dans un coin où l'on avait empilé des instruments d'un aspect étrange et des cartes marines délabrées. Ses manières étaient un singulier mélange de la maussaderie d'une seconde enfance et de la dignité solennelle d'un dieu. À la longue, il remonta sur le pont, et je ne le vis plus.

* * * * *

Un sentiment pour lequel je ne trouve pas de mot a pris possession de mon âme, — une sensation qui n'admet pas d'analyse, qui n'a pas sa traduction dans les lexiques du passé, et pour laquelle je crains que l'avenir lui-même ne trouve pas de clef. — Pour un esprit constitué comme le mien, cette dernière considération est un vrai supplice. Jamais je ne pourrai, — je sens que je ne pourrai jamais être édifié relativement à la nature de mes idées. Toutefois, il n'est pas étonnant que ces idées soient indéfinissables, puisqu'elles sont puisées à des sources si entièrement neuves. Un nouveau sentiment — une nouvelle entité — est ajouté à mon âme.

Edgar Allan Poe

* * * * *

It is long since I first trod the deck of this terrible ship, and the rays of my destiny are, I think, gathering to a focus. Incomprehensible men! Wrapped up in meditations of a kind which I cannot divine, they pass me by unnoticed. Concealment is utter folly on my part, for the people will not see. It was but just now that I passed directly before the eyes of the mate; it was no long while ago that I ventured into the captain's own private cabin, and took thence the materials with which I write, and have written. I shall from time to time continue this journal. It is true that I may not find an opportunity of transmitting it to the world, but I will not fail to make the endeavor. At the last moment I will enclose the MS. in a bottle, and cast it within the sea.

* * * * *

An incident has occurred which has given me new room for meditation. Are such things the operation of ungoverned chance? I had ventured upon deck and thrown myself down, without attracting any notice, among a pile of ratlin-stuff and old sails, in the bottom of the yawl. While musing upon th singularity of my fate, I unwittingly daubed with a tar-brush the edges of a neatly-folded studding-sail which lay near me on a barrel. The studding-sail is now bent upon the ship, and the thoughtless touches of the brush are spread out into the word DISCOVERY.

I have made many observations lately upon the structure of the vessel. Although well armed, she is not, I think, a ship of war. Her rigging, build, and general equipment, all negative a supposition of this kind. What she is not, I can easily perceive; what she is, I fear it is impossible to say. I know not how it is, but in scrutinizing her strange model and singular cast of spars, her huge size and overgrown suits of canvass, her severely simple bow and antiquated stern, there will occasionally flash across my mind a sensation of familiar things, and there is always mixed up with such indistinct shadows of recollection,

Charles Baudelaire
* * * * *

Il y a bien longtemps que j'ai touché pour la première fois le pont de ce terrible navire, et les rayons de ma destinée vont, je crois, se concentrant et s'engloutissant dans un foyer. Incompréhensibles gens ! Enveloppés dans des méditations dont je ne puis deviner la nature, ils passent à côté de moi sans me remarquer. Me cacher est pure folie de ma part, car ce monde-là *ne veut pas voir*. Il n'y a qu'un instant, je passais juste sous les yeux du second ; peu de temps auparavant, je m'étais aventuré jusque dans la cabine du capitaine lui-même, et c'est là que je me suis procuré les moyens d'écrire ceci et tout ce qui précède. Je continuerai ce journal de temps en temps. Il est vrai que je ne puis trouver aucune occasion de le transmettre au monde ; pourtant, j'en veux faire l'essai. Au dernier moment j'enfermerai le manuscrit dans une bouteille, et je jetterai le tout à la mer.

* * * * *

Un incident est survenu qui m'a de nouveau donné lieu à réfléchir. De pareilles choses sont-elles l'opération d'un hasard indiscipliné ? Je m'étais faufilé sur le pont et m'étais étendu, sans attirer l'attention de personne, sur un amas d'enfléchures et de vieilles voiles, dans le fond de la yole. Tout en rêvant à la singularité de ma destinée, je barbouillais, sans y penser, avec une brosse à goudron, les bords d'une bonnette soigneusement pliée et posée à côté de moi sur un baril. La bonnette est maintenant tendue sur ses bouts-dehors, et les touches irréfléchies de la brosse figurent le mot DÉCOUVERTE.

J'ai fait récemment plusieurs observations sur la structure du vaisseau. Quoique bien armé, ce n'est pas, je crois, un vaisseau de guerre. Son gréement, sa structure, tout son équipement, repoussent une supposition de cette nature. Ce qu'il n'est pas, je le perçois facilement ; mais ce qu'il est, je crains qu'il ne me soit impossible de le dire. Je ne sais comment cela se fait, mais, en examinant son étrange modèle et la singulière forme de ses espars, ses proportions colossales, cette prodigieuse collection de voiles, son avant sévèrement simple et son arrière d'un style suranné, il me semble parfois que la sensation d'objets qui ne me sont pas inconnus traverse mon esprit comme un éclair, et toujours à ces ombres flottantes de la

an unaccountable memory of old foreign chronicles and ages long ago.

* * * * *

I have been looking at the timbers of the ship. She is built of a material to which I am a stranger. There is a peculiar character about the wood which strikes me as rendering it unfit for the purpose to which it has been applied. I mean its extreme porousness, considered independently of the worm-eatean condition which is a consequence of navigation in these seas, and apart from the rottenness attendant upon age. It will appear perhaps an observation somewhat over-curious, but this wood would have every characteristic of Spanish oak, if Spanish oak were distended by any unnatural means.

In reading the above sentence, a curious apothegm of an old weather-beaten Dutch navigator comes full upon my recollection. "It is as sure," he was wont to say, when any doubt was entertained of his veracity, "as sure as there is a sea where the ship itself will grow in bulk like the living body of the seaman."

* * * * *

About an hour ago, I made bold to thrust myself among a group of the crew. They paid me no manner of attention, and, although I stood in the very midst of them all, seemed utterly unconscious of my presence. Like the one I had at first seen in the hold, they all bore about them the marks of a hoary old age. Their knees trembled with infirmity; their shoulders were bent double with decrepitude; their shrivelled skins rattled in the wind; their voices were low, tremulous, and broken; their eyes glistened with the rheum of years; and their gray hairs streamed terribly in the tempest. Around them, on every part of the deck, lay scattered mathematical instruments of the most quaint and obsolete contruction.

* * * * *

I mentioned, some time ago, the bending of a studding-sail. From that period, the ship, being thrown dead off the wind, has continued her terrific course due south, with every rag of canvass packed upon her,

mémoire est mêlé un inexplicable souvenir de vieilles légendes étrangères et de siècles très-anciens.
* * * * *

J'ai bien regardé la charpente du navire. Elle est faite de matériaux qui me sont inconnus. Il y a dans le bois un caractère qui me frappe, comme le rendant, ce me semble, impropre à l'usage auquel il a été destiné. Je veux parler de son extrême porosité, considérée indépendamment des dégâts faits par les vers, qui sont une conséquence de la navigation dans ces mers, et de la pourriture résultant de la vieillesse. Peut-être trouvera-t-on mon observation quelque peu subtile, mais il me semble que ce bois aurait tout le caractère du chêne espagnol, si le chêne espagnol pouvait être dilaté par des moyens artificiels.

En relisant la phrase précédente, il me revient à l'esprit un curieux apophtegme d'un vieux loup de mer hollandais. "Cela est positif, disait-il toujours quand on exprimait quelque doute sur sa véracité, comme il est positif qu'il y a une mer où le navire lui-même grossit comme le corps vivant d'un marin."
* * * * *

Il y a environ une heure, je me suis senti la hardiesse de me glisser dans un groupe d'hommes de l'équipage. Ils n'ont pas eu l'air de faire attention à moi, et, quoique je me tinsse juste au milieu d'eux, ils paraissaient n'avoir aucune conscience de ma présence. Comme celui que j'avais vu le premier dans la cale, ils portaient tous les signes d'une vieillesse chenue. Leurs genoux tremblaient de faiblesse ; leurs épaules étaient arquées par la décrépitude ; leur peau ratatinée frissonnait au vent ; leur voix était basse, chevrotante et cassée ; leurs yeux distillaient les larmes brillantes de la vieillesse, et leurs cheveux gris fuyaient terriblement dans la tempête. Autour d'eux, de chaque côté du pont, gisaient éparpillés des instruments mathématiques d'une structure très-ancienne et tout à fait tombée en désuétude.
* * * * *

J'ai parlé un peu plus haut d'une bonnette qu'on avait installée. Depuis ce moment, le navire, chassé par le vent, n'a pas discontinué sa terrible course droit au sud, chargé de toute sa toile disponible,

from her trucks to her lower studding-sail booms, and rolling every moment her top-gallant yard-arms into the most appalling hell of water which it can enter into the mind of man to imagine. I have just left the deck, where I find it impossible to maintain a footing, although the crew seem to eperience little inconvenience. It appears to me a miracle of miracles that our enormous bulk is not swallowed up at once and for ever. We are surely doomed to hover continually upon the brink of eternity, without taking a final plunge into the abyss. From billows a thousand times more stupendous than any I have ever seen, we glide away with the facility of the arrowy sea-gull; and the colossal waters rear their heads above us like demons of the deep, but like demons confined to simple threats, and forbidden to destroy. I am led to attribute these frequent escapes to the only natural cause which can account for such effect. I must suppose the ship to be within the influence of some strong current, or impetuous under-tow.

* * * * *

I have seen the captain face to face, and in his own cabin—but, as I expected, he paid me no attention. Although in his appearance there is, to a casual observer, nothing which might bespeak him more or less than man, still, a feeling of irrepressible reverence and awe mingled with the sensation of wonder with which I regarded him. In stature, he is nearly my own height; that is, about five feet eight inches. He is of a well-knit and compact frame of body, neither robust nor remarkable otherwise. But it is the singularity of the expression which reigns upon the face—it is the intense, the wonderful, the thrilling evidence of old age, so utter, so extreme, which excites within my spirit a sense—a sentiment ineffable. His forehead, although little wrinkled, seems to bear upon it the stamp of a myriad of years. His gray hairs are records of the past, and his grayer eyes are sybils of the future. The cabin floor was thickly strewn with strange, iron-clasped folios, and mouldering instruments of science, and obsolete long-forgotten charts. His head was bowed down upon his hands, and

depuis ses pommes de mâts jusqu'à ses bouts-dehors inférieurs, et plongeant ses bouts de vergues de perroquet dans le plus effrayant enfer liquide que jamais cervelle humaine ait pu concevoir. Je viens de quitter le pont, ne trouvant plus la place tenable ; cependant, l'équipage ne semble pas souffrir beaucoup. C'est pour moi le miracle des miracles qu'une si énorme masse ne soit pas engloutie tout de suite et pour toujours. Nous sommes condamnés, sans doute, à côtoyer éternellement le bord de l'éternité, sans jamais faire notre plongeon définitif dans le gouffre. Nous glissons avec la prestesse de l'hirondelle de mer sur des vagues mille fois plus effrayantes qu'aucune de celles que j'ai jamais vues ; et des ondes colossales élèvent leurs têtes au-dessus de nous comme des démons de l'abîme, mais comme des démons restreints aux simples menaces et auxquels il est défendu de détruire. Je suis porté à attribuer cette bonne chance perpétuelle à la seule cause naturelle qui puisse légitimer un pareil effet. Je suppose que le navire est soutenu par quelque fort courant ou remous sous-marin.

* * * * *

J'ai vu le capitaine face à face, et dans sa propre cabine ; mais, comme je m'y attendais, il n'a fait aucune attention à moi. Bien qu'il n'y ait rien dans sa physionomie générale qui révèle, pour l'œil du premier venu, quelque chose de supérieur ou d'inférieur à l'homme, toutefois l'étonnement que j'éprouvai à son aspect se mêlait d'un sentiment de respect et de terreur irrésistible. Il est à peu près de ma taille, c'est-à-dire de cinq pieds huit pouces environ. Il est bien proportionné, bien pris dans son ensemble ; mais cette constitution n'annonce ni vigueur particulière, ni quoi que ce soit de remarquable. Mais c'est la singularité de l'expression qui règne sur sa face, — c'est l'intense, terrible, saisissante évidence de la vieillesse, si entière, si absolue, qui crée dans mon esprit un sentiment, — une sensation ineffable. Son front, quoique peu ridé, semble porter le sceau d'une myriade d'années. Ses cheveux gris sont des archives du passé, et ses yeux, plus gris encore, sont des sibylles de l'avenir. Le plancher de sa cabine était encombré d'étranges in-folio à fermoirs de fer, d'instruments de science usés et d'anciennes cartes d'un style complètement oublié. Sa tête était appuyée sur ses mains, et d'un œil

Edgar Allan Poe

he pored, with a fiery, unquiet eye, over a paper which I took to be a commission, and which, at all events, bore the signature of a monarch. He muttered to himself—as did the first seaman whom I saw in the hold—some low peevish syllables of a foreign tongue; and although the speaker was close at my elbow, his voice seemed to reach my ears from the distance of a mile.

* * * * *

The ship and all in it are imbued with the spirit of Eld. The crew glide to and fro like he ghosts of buried centuries; their eyes have an eager and uneasy meaning; and when their fingers fall athwart my path in the wild glare of the battle-lanterns, I feel as I have never felt before, although I have been all my life a dealer in antiquities, and have imbibed the shadows of fallen columns at Balbec, and Tadmor, and Persepolis, until my very soul has become a ruin.

* * * * *

When I look around me, I feel ashamed of my former apprehensions. If I trembled at the blast which has hitherto attended us, shall I not stand aghast at a warring of wind and ocean, to convey any idea of which, the words tornado and simoon are trivial and ineffective? All in the immediate vicinity of the ship, is the blackness of eternal night, and a chaos of foamless water; but, about a league on either side of us, may be seen, indistinctly and at intervals, stupendous ramparts of ice, towering away into the desolate sky, and looking like the walls of the universe.

* * * * *

As I imagined, the ship proves to be in a current—if that appellation can properly be given to a tide which, howling and shrieking by the white ice, thunders on to the southward with a velocity like the headlong dashing of a cataract.

* * * * *

ardent et inquiet il dévorait un papier que je pris pour une commission, et qui, en tout cas, portait une signature royale. Il se parlait à lui-même, — comme le premier matelot que j'avais aperçu dans la cale, — et marmottait d'une voix basse et chagrine quelques syllabes d'une langue étrangère ; et, bien que je fusse tout à côté de lui, il me semblait que sa voix arrivait à mon oreille de la distance d'un mille.

* * * * *

Le navire avec tout ce qu'il contient est imprégné de l'esprit des anciens âges. Les hommes de l'équipage glissent çà et là comme les ombres des siècles enterrés ; dans leurs yeux vit une pensée ardente et inquiète ; et, quand, sur mon chemin, leurs mains tombent dans la lumière effarée des fanaux, j'éprouve quelque chose que je n'ai jamais éprouvé jusqu'à présent, quoique toute ma vie j'aie eu la folie des antiquités, et que je me sois baigné dans l'ombre des colonnes ruinées de Balbek, de Tadmor et de Persépolis, tant qu'à la fin mon âme elle-même est devenue une ruine.

* * * * *

Quand je regarde autour de moi, je suis honteux de mes premières terreurs. Si la tempête qui nous a poursuivis jusqu'à présent me fait trembler, ne devrais-je pas être frappé d'horreur devant cette bataille du vent et de l'Océan, dont les mots vulgaires : tourbillon et simoun, ne peuvent pas donner la moindre idée ? Le navire est littéralement enfermé dans les ténèbres d'une éternelle nuit et dans un chaos d'eau qui n'écume plus ; mais à une distance d'une lieue environ de chaque côté, nous pouvons apercevoir, indistinctement et par intervalles, de prodigieux remparts de glace qui montent vers le ciel désolé et ressemblent aux murailles de l'univers !

* * * * *

Comme je l'avais pensé, le navire est évidemment dans un courant, — si l'on peut proprement appeler ainsi une marée qui va mugissant et hurlant à travers les blancheurs de la glace, et fait entendre du côté du sud un tonnerre plus précipité que celui d'une cataracte tombant à pic.

* * * * *

Edgar Allan Poe

To conceive the horror of my sensations is, I presume, utterly impossible; yet a curiosity to penetrate the mysteries of these awful regions, predominates even over my despair, and will reconcile me to the most hideous aspect of death. It it evident that we are hurrying onwards to some exciting knowledge—some never-to-be-imparted secret, whose attainment is destruction. Perhaps this current leads us to the southern pole itself. It must be confessed that a supposition apparently so wild has every probability in its favor.

* * * * *

The crew pace the deck with unquiet and tremulous step; but there is upon their countenances an expression more of the eagerness of hope than of the apathy of despair.

In the meantime the wind is still in our poop, and, as we carry a crowd of canvass, the ship is at times lifted bodily from out the sea! Oh, horror upon horror!—the ice opens suddenly to the right, and to the left, and we are whirling dizzily, in immense concentric circles, round and round the borders of a gigantic amphitheatre, the summit of whose walls is lost in the darkness and the distance. But little time will be left me to ponder upon my destiny! The circles rapidly grow small—we are plunging madly within the grasp of the whirlpool—and amid a roaring, and bellowing, and thundering of ocean and of tempest, the ship is quivering—oh God! and ——going down!

Charles Baudelaire

Concevoir l'horreur de mes sensations est, je crois, chose absolument impossible ; cependant, la curiosité de pénétrer les mystères de ces effroyables régions surplombe encore mon désespoir et suffit à me réconcilier avec le plus hideux aspect de la mort. Il est évident que nous nous précipitons vers quelque entraînante découverte, — quelque incommunicable secret dont la connaissance implique la mort. Peut-être ce courant nous conduit-il au pôle sud lui-même. Il faut avouer que cette supposition, si étrange en apparence, a toute probabilité pour elle.

* * * * *

L'équipage se promène sur le pont d'un pas tremblant et inquiet ; mais il y a dans toutes les physionomies une expression qui ressemble plutôt à l'ardeur de l'espérance qu'à l'apathie du désespoir.

Cependant nous avons toujours le vent arrière, et, comme nous portons une masse de toile, le navire s'enlève quelquefois en grand hors de la mer. Oh ! horreur sur horreur ! — la glace s'ouvre soudainement à droite et à gauche, et nous tournons vertigineusement dans d'immenses cercles concentriques, tout autour des bords d'un gigantesque amphithéâtre, dont les murs perdent leur sommet dans les ténèbres et l'espace. Mais il ne me reste que peu de temps pour rêver à ma destinée ! Les cercles se rétrécissent rapidement, — nous plongeons follement dans l'étreinte du tourbillon, — et, à travers le mugissement, le beuglement et le détonnement de l'Océan et de la tempête, le navire tremble, — oh ! Dieu ! — il se dérobe, — il sombre !

Edgar Allan Poe

Note :

The "MS. Found in a Bottle," was originally published in 1831; and it was not until many years afterwards that I became acquainted with the maps of Mercator, in which the ocean is represented as rushing, by four mouths, into the (northern) Polar Gulf, to be absorbed into the bowels of the earth; the Pole itself being represented by a black rock, towering to a prodigious height.

Charles Baudelaire

Note :

Le Manuscrit trouvé dans une bouteille fut publié pour la première fois en 1831, et ce ne fut que bien des années plus tard que j'eus connaissance des cartes de Mercator, dans lesquelles on voit l'Océan se précipiter par quatre embouchures dans le gouffre polaire (au nord) et s'absorber dans les entrailles de la terre ; le pôle lui-même y est figuré par un rocher noir, s'élevant à une prodigieuse hauteur. — E.A.P.

A Descent into the Maelström

1841

Une descente dans le Maelstrom

Edgar Allan Poe

The ways of God in Nature, as in Providence, are not as our ways; nor are the models that we frame any way commensurate to the vastness, profundity, and unsearchableness of His works, which have a depth in them greater than the well of Democritus.

Joseph Glanville.

We had now reached the summit of the loftiest crag. For some minutes the old man seemed too much exhausted to speak.

"Not long ago," said he at length, "and I could have guided you on this route as well as the youngest of my sons; but, about three years past, there happened to me an event such as never happened to mortal man—or at least such as no man ever survived to tell of—and the six hours of deadly terror which I then endured have broken me up body and soul. You suppose me a very old man—but I am not. It took less than a single day to change these hairs from a jetty black to white, to weaken my limbs, and to unstring my nerves, so that I tremble at the least exertion, and am frightened at a shadow. Do you know I can scarcely look over this little cliff without getting giddy?"

The "little cliff," upon whose edge he had so carelessly thrown himself down to rest that the weightier portion of his body hung over it, while he was only kept from falling by the tenure of his elbow on its extreme and slippery edge—this "little cliff" arose, a sheer unobstructed precipice of black shining rock, some fifteen or sixteen hundred feet from the world of crags beneath us. Nothing would have tempted me to within half a dozen yards of its brink. In truth so deeply

Charles Baudelaire

> Les voies de Dieu, dans la nature comme dans l'ordre de la Providence, ne sont point nos voies ; et les types que nous concevons n'ont aucune mesure commune avec la vastitude, la profondeur et l'incompréhensibilité de ses œuvres, qui contiennent en elles un *abîme plus profond que le puits de Démocrite.*
>
> Joseph Glanvill.

Nous avions atteint le sommet du rocher le plus élevé. Le vieux homme, pendant quelques minutes, sembla trop épuisé pour parler.

— Il n'y a pas encore bien longtemps, — dit-il à la fin, — je vous aurais guidé par ici aussi bien que le plus jeune de mes fils. Mais, il y a trois ans, il m'est arrivé une aventure plus extraordinaire que n'en essuya jamais un être mortel, ou du moins telle que jamais homme n'y a survécu pour la raconter, et les six mortelles heures que j'ai endurées m'ont brisé le corps et l'âme. Vous me croyez très-vieux, mais je ne le suis pas. Il a suffi du quart d'une journée pour blanchir ces cheveux noirs comme du jais, affaiblir mes membres et détendre mes nerfs au point de trembler après le moindre effort et d'être effrayé par une ombre. Savez-vous bien que je puis à peine, sans attraper le vertige, regarder par-dessus ce petit promontoire.

Le petit promontoire sur le bord duquel il s'était si négligemment jeté pour se reposer, de façon que la partie la plus pesante de son corps surplombait, et qu'il n'était garanti d'une chute que par le point d'appui que prenait son coude sur l'arête extrême et glissante, — le petit promontoire s'élevait à quinze ou seize cents pieds environ d'un chaos de rochers situés au-dessous de nous, — immense précipice de granit luisant et noir. Pour rien au monde je n'aurais voulu me hasarder à six pieds du bord. Véritablement, j'étais si profondément

was I excited by the perilous position of my companion, that I fell at full length upon the ground, clung to the shrubs around me, and dared not even glance upward at the sky—while I struggled in vain to divest myself of the idea that the very foundations of the mountain were in danger from the fury of the winds. It was long before I could reason myself into sufficient courage to sit up and look out into the distance.

"You must get over these fancies," said the guide, "for I have brought you here that you might have the best possible view of the scene of that event I mentioned—and to tell you the whole story with the spot just under your eye."

"We are now," he continued, in that particularizing manner which distinguished him—"we are now close upon the Norwegian coast—in the sixty-eighth degree of latitude—in the great province of Nordland—and in the dreary district of Lofoden. The mountain upon whose top we sit is Helseggen, the Cloudy. Now raise yourself up a little higher—hold on to the grass if you feel giddy—so—and look out, beyond the belt of vapor beneath us, into the sea."

I looked dizzily, and beheld a wide expanse of ocean, whose waters wore so inky a hue as to bring at once to my mind the Nubian geographer's account of the Mare Tenebrarum. A panorama more deplorably desolate no human imagination can conceive. To the right and left, as far as the eye could reach, there lay outstretched, like ramparts of the world, lines of horridly black and beetling cliff, whose character of gloom was but the more forcibly illustrated by the surf which reared high up against its white and ghastly crest, howling and shrieking forever. Just opposite the promontory upon whose apex we were placed, and at a distance of some five or six miles out at sea, there was visible a small, bleak-looking island; or, more properly, its position was discernible through the wilderness of surge in which it was enveloped. About two miles nearer the land, arose another of smaller size, hideously craggy and barren, and encompassed at

agité par la situation périlleuse de mon compagnon, que je me laissai tomber tout de mon long sur le sol, m'accrochant à quelques arbustes voisins, n'osant pas même lever les yeux vers le ciel. Je m'efforçais en vain de me débarrasser de l'idée que la fureur du vent mettait en danger la base même de la montagne. Il me fallut du temps pour me raisonner et trouver le courage de me mettre sur mon séant et de regarder au loin dans l'espace.

— Il vous faut prendre le dessus sur ces lubies-là, me dit le guide, car je vous ai amené ici pour vous faire voir à loisir le théâtre de l'événement dont je parlais tout à l'heure, et pour vous raconter toute l'histoire avec la scène même sous vos yeux.

"Nous sommes maintenant, reprit-il avec cette manière minutieuse qui le caractérisait, nous sommes maintenant sur la côte même de Norvège, au 68e degré de latitude, dans la grande province de Nortland et dans le lugubre district de Lofoden. La montagne dont nous occupons le sommet est Helseggen, la Nuageuse. Maintenant, levez-vous un peu ; accrochez-vous au gazon, si vous sentez venir le vertige, — c'est cela, — et regardez au delà de cette ceinture de vapeurs qui nous cache la mer à nos pieds.

Je regardai vertigineusement, et je vis une vaste étendue de mer, dont la couleur d'encre me rappela tout d'abord le tableau du géographe Nubien et sa *Mer des Ténèbres*. C'était un panorama plus effroyablement désolé qu'il n'est donné à une imagination humaine de le concevoir. À droite et à gauche, aussi loin que l'œil pouvait atteindre, s'allongeaient, comme les remparts du monde, les lignes d'une falaise horriblement noire et surplombante, dont le caractère sombre était puissamment renforcé par le ressac qui montait jusque sur sa crête blanche et lugubre, hurlant et mugissant éternellement. Juste en face du promontoire sur le sommet duquel nous étions placés, à une distance de cinq ou six milles en mer, on apercevait une île qui avait l'air désert, ou plutôt on la devinait au moutonnement énorme des brisants dont elle était enveloppée. À deux milles environ plus près de la terre, se dressait un autre îlot plus petit, horriblement

Edgar Allan Poe

various intervals by a cluster of dark rocks.

The appearance of the ocean, in the space between the more distant island and the shore, had something very unusual about it. Although, at the time, so strong a gale was blowing landward that a brig in the remote offing lay to under a double-reefed trysail, and constantly plunged her whole hull out of sight, still there was here nothing like a regular swell, but only a short, quick, angry cross dashing of water in every direction—as well in the teeth of the wind as otherwise. Of foam there was little except in the immediate vicinity of the rocks.

"The island in the distance," resumed the old man, "is called by the Norwegians Vurrgh. The one midway is Moskoe. That a mile to the northward is Ambaaren. Yonder are Islesen, Hotholm, Keildhelm, Suarven, and Buckholm. Farther off—between Moskoe and Vurrgh—are Otterholm, Flimen, Sandflesen, and Stockholm. These are the true names of the places—but why it has been thought necessary to name them at all, is more than either you or I can understand. Do you hear anything? Do you see any change in the water?"

We had now been about ten minutes upon the top of Helseggen, to which we had ascended from the interior of Lofoden, so that we had caught no glimpse of the sea until it had burst upon us from the summit. As the old man spoke, I became aware of a loud and gradually increasing sound, like the moaning of a vast herd of buffaloes upon an American prairie; and at the same moment I perceived that what seamen term the chopping *character of the ocean beneath us, was rapidly changing into a current which set to the eastward. Even while I gazed, this current acquired a monstrous velocity. Each moment added to its speed—to its headlong impetuosity. In five minutes the whole sea, as far as Vurrgh, was lashed into ungovernable fury; but it was between Moskoe and the coast that the main uproar held its sway. Here the vast bed of the waters, seamed and scarred into a thousand conflicting channels,*

pierreux et stérile, et entouré de groupes interrompus de roches noires.

L'aspect de l'Océan, dans l'étendue comprise entre le rivage et l'île la plus éloignée, avait quelque chose d'extraordinaire. En ce moment même, il soufflait du côté de la terre une si forte brise, qu'un brick, tout au large, était à la cape avec deux ris dans sa toile et que sa coque disparaissait quelquefois tout entière ; et pourtant il n'y avait rien qui ressemblât à une houle faite, mais seulement, et en dépit du vent, un clapotement d'eau, bref, vif et tracassé dans tous les sens ; — très-peu d'écume, excepté dans le voisinage immédiat des rochers.

— L'île que vous voyez là-bas, reprit le vieux homme, est appelée par les Norvégiens Vurrgh. Celle qui est à moitié chemin est Moskoe. Celle qui est à un mille au nord est Ambaaren. Là-bas sont Islesen, Hotholm, Keildhelm, Suarven et Buckholm. Plus loin, — entre Moskoe et Vurrgh, — Otterholm, Flimen, Sandflesen et Stockholm. Tels sont les vrais noms de ces endroits ; — mais pourquoi ai-je jugé nécessaire de vous les nommer, je n'en sais rien, je n'y puis rien comprendre, — pas plus que vous. — Entendez-vous quelque chose ? Voyez-vous quelque changement sur l'eau ?

Nous étions depuis dix minutes environ au haut de Helseggen, où nous étions montés en partant de l'intérieur de Lofoden, de sorte que nous n'avions pu apercevoir la mer que lorsqu'elle nous avait apparu tout d'un coup du sommet le plus élevé. Pendant que le vieux homme parlait, j'eus la perception d'un bruit très-fort et qui allait croissant, comme le mugissement d'un immense troupeau de buffles dans une prairie d'Amérique ; et, au moment même, je vis ce que les marins appellent le caractère *clapoteux* de la mer se changer rapidement en un courant qui se faisait vers l'est. Pendant que je regardais, ce courant prit une prodigieuse rapidité. Chaque instant ajoutait à sa vitesse, — à son impétuosité déréglée. En cinq minutes, toute la mer, jusqu'à Vurrgh, fut fouettée par une indomptable furie ; mais c'était entre Moskoe et la côte que dominait principalement le vacarme. Là, le vaste lit des eaux, sillonné et couturé par mille courants contraires,

burst suddenly into phrensied convulsion—heaving, boiling, hissing—gyrating in gigantic and innumerable vortices, and all whirling and plunging on to the eastward with a rapidity which water never elsewhere assumes except in precipitous descents.

In a few minutes more, there came over the scene another radical alteration. The general surface grew somewhat more smooth, and the whirlpools, one by one, disappeared, while prodigious streaks of foam became apparent where none had been seen before. These streaks, at length, spreading out to a great distance, and entering into combination, took unto themselves the gyratory motion of the subsided vortices, and seemed to form the germ of another more vast. Suddenly—very suddenly—this assumed a distinct and definite existence, in a circle of more than a mile in diameter. The edge of the whirl was represented by a broad belt of gleaming spray; but no particle of this slipped into the mouth of the terrific funnel, whose interior, as far as the eye could fathom it, was a smooth, shining, and jet-black wall of water, inclined to the horizon at an angle of some forty-five degrees, speeding dizzily round and round with a swaying and sweltering motion, and sending forth to the winds an appalling voice, half shriek, half roar, such as not even the mighty cataract of Niagara ever lifts up in its agony to Heaven.

The mountain trembled to its very base, and the rock rocked. I threw myself upon my face, and clung to the scant herbage in an excess of nervous agitation.

"This," said I at length, to the old man—"this can *be nothing else than the great whirlpool of the Maelström."*

"So it is sometimes termed," said he. "We Norwegians call it the Moskoe-ström, from the island of Moskoe in the midway."

éclatait soudainement en convulsions frénétiques, — haletant, bouillonnant, sifflant, pirouettant en gigantesques et innombrables tourbillons, et tournoyant et se ruant tout entier vers l'est avec une rapidité qui ne se manifeste que dans des chutes d'eau précipitées.

Au bout de quelques minutes, le tableau subit un autre changement radical. La surface générale devint un peu plus unie, et les tourbillons disparurent un à un, pendant que de prodigieuses bandes d'écume apparurent là où je n'en avais vu aucune jusqu'alors. Ces bandes, à la longue, s'étendirent à une grande distance, et, se combinant entre elles, elles adoptèrent le mouvement giratoire des tourbillons apaisés et semblèrent former le germe d'un vortex plus vaste. Soudainement, très-soudainement, celui-ci apparut et prit une existence distincte et définie, dans un cercle de plus d'un mille de diamètre. Le bord du tourbillon était marqué par une large ceinture d'écume lumineuse ; mais pas une parcelle ne glissait dans la gueule du terrible entonnoir, dont l'intérieur, aussi loin que l'œil pouvait y plonger, était fait d'un mur liquide, poli, brillant et d'un noir de jais, faisant avec l'horizon un angle de 45 degrés environ, tournant sur lui-même sous l'influence d'un mouvement étourdissant, et projetant dans les airs une voix effrayante, moitié cri, moitié rugissement, telle que la puissante cataracte du Niagara elle-même, dans ses convulsions, n'en a jamais envoyé de pareille vers le ciel.

La montagne tremblait dans sa base même, et le roc remuait. Je me jetai à plat ventre, et, dans un excès d'agitation nerveuse, je m'accrochai au maigre gazon.

— Ceci, dis-je enfin au vieillard, ne peut pas être autre chose que le grand tourbillon du Maelstrom.

— On l'appelle quelquefois ainsi, dit-il ; mais nous autres Norvégiens, nous le nommons le Moskoe-Strom, de l'île de Moskoe, qui est située à moitié chemin.

Edgar Allan Poe

The ordinary accounts of this vortex had by no means prepared me for what I saw. That of Jonas Ramus, which is perhaps the most circumstantial of any, cannot impart the faintest conception either of the magnificence, or of the horror of the scene—or of the wild bewildering sense of the novel *which confounds the beholder. I am not sure from what point of view the writer in question surveyed it, nor at what time; but it could neither have been from the summit of Helseggen, nor during a storm. There are some passages of his description, nevertheless, which may be quoted for their details, although their effect is exceedingly feeble in conveying an impression of the spectacle.*

"Between Lofoden and Moskoe," he says, "the depth of the water is between thirty-six and forty fathoms; but on the other side, toward Ver (Vurrgh) this depth decreases so as not to afford a convenient passage for a vessel, without the risk of splitting on the rocks, which happens even in the calmest weather. When it is flood, the stream runs up the country between Lofoden and Moskoe with a boisterous rapidity; but the roar of its impetuous ebb to the sea is scarce equalled by the loudest and most dreadful cataracts; the noise being heard several leagues off, and the vortices or pits are of such an extent and depth, that if a ship comes within its attraction, it is inevitably absorbed and carried down to the bottom, and there beat to pieces against the rocks; and when the water relaxes, the fragments thereof are thrown up again. But these intervals of tranquility are only at the turn of the ebb and flood, and in calm weather, and last but a quarter of an hour, its violence gradually returning. When the stream is most boisterous, and its fury heightened by a storm, it is dangerous to come within a Norway mile of it. Boats, yachts, and ships have been carried away by not guarding against it before they were within its reach. It likewise happens frequently, that whales come too near the stream, and are overpowered by its violence; and then it is impossible to describe their howlings and bellowings in their fruitless struggles to disengage themselves. A bear once,

Charles Baudelaire

Les descriptions ordinaires de ce tourbillon ne m'avaient nullement préparé à ce que je voyais. Celle de Jonas Ramus, qui est peut-être plus détaillée qu'aucune, ne donne pas la plus légère idée de la magnificence et de l'horreur du tableau, — ni de l'étrange et ravissante sensation de nouveauté qui confond le spectateur. Je ne sais pas précisément de quel point de vue ni à quelle heure l'a vu l'écrivain en question ; mais ce ne peut être ni du sommet de Helseggen, ni pendant une tempête. Il y a néanmoins quelques passages de sa description qui peuvent être cités pour les détails, quoiqu'ils soient très-insuffisants pour donner une impression du spectacle.

— Entre Lofoden et Moskoe, dit-il, la profondeur de l'eau est de trente-six à quarante brasses ; mais, de l'autre côté, du côté de Ver (il veut dire Vurrgh), cette profondeur diminue au point qu'un navire ne pourrait y chercher un passage sans courir le danger de se déchirer sur les roches, ce qui peut arriver par le temps le plus calme. Quand vient la marée, le courant se jette dans l'espace compris entre Lofoden et Moskoe avec une tumultueuse rapidité ; mais le rugissement de son terrible reflux est à peine égalé par celui des plus hautes et des plus terribles cataractes ; le bruit se fait entendre à plusieurs lieues, et les tourbillons ou tournants creux sont d'une telle étendue et d'une telle profondeur, que, si un navire entre dans la région de son attraction, il est inévitablement absorbé et entraîné au fond, et, là, déchiré en morceaux contre les rochers ; et, quand le courant se relâche, les débris sont rejetés à la surface. Mais ces intervalles de tranquillité n'ont lieu qu'entre le reflux et le flux, par un temps calme, et ne durent qu'un quart d'heure ; puis la violence du courant revient graduellement. Quand il bouillonne le plus et quand sa force est accrue par une tempête, il est dangereux d'en approcher, même d'un mille norvégien. Des barques, des yachts, des navires ont été entraînés pour n'y avoir pas pris garde avant de se trouver à portée de son attraction. Il arrive assez fréquemment que des baleines viennent trop près du courant et sont maîtrisées par sa violence ; et il est impossible de décrire leurs mugissements et leurs beuglements dans leur inutile effort pour se dégager. Une fois, un ours, essayant de

attempting to swim from Lofoden to Moskoe, was caught by the stream and borne down, while he roared terribly, so as to be heard on shore. Large stocks of firs and pine trees, after being absorbed by the current, rise again broken and torn to such a degree as if bristles grew upon them. This plainly shows the bottom to consist of craggy rocks, among which they are whirled to and fro. This stream is regulated by the flux and reflux of the sea—it being constantly high and low water every six hours. In the year 1645, early in the morning of Sexagesima Sunday, it raged with such noise and impetuosity that the very stones of the houses on the coast fell to the ground."

In regard to the depth of the water, I could not see how this could have been ascertained at all in the immediate vicinity of the vortex. The "forty fathoms" must have reference only to portions of the channel close upon the shore either of Moskoe or Lofoden. The depth in the centre of the Moskoe-ström must be immeasurably greater; and no better proof of this fact is necessary than can be obtained from even the sidelong glance into the abyss of the whirl which may be had from the highest crag of Helseggen. Looking down from this pinnacle upon the howling Phlegethon below, I could not help smiling at the simplicity with which the honest Jonas Ramus records, as a matter difficult of belief, the anecdotes of the whales and the bears; for it appeared to me, in fact, a self-evident thing, that the largest ship of the line in existence, coming within the influence of that deadly attraction, could resist it as little as a feather the hurricane, and must disappear bodily and at once.

The attempts to account for the phenomenon—some of which, I remember, seemed to me sufficiently plausible in perusal—now wore a very different and unsatisfactory aspect. The idea generally received is that this, as well as three smaller vortices among the Ferroe islands, "have no other cause than the collision of waves rising and falling, at flux and reflux, against a ridge of rocks and shelves, which confines the water so that it precipitates itself like a cataract; and thus the higher the flood rises, the deeper must the fall

passer à la nage le détroit entre Lofoden et Moskoe, fut saisi par le courant et emporté au fond ; il rugissait si effroyablement qu'on l'entendait du rivage. De vastes troncs de pins et de sapins, engloutis par le courant, reparaissent brisés et déchirés, au point qu'on dirait qu'il leur a poussé des poils. Cela démontre clairement que le fond est fait de roches pointues sur lesquelles ils ont été roulés çà et là. Ce courant est réglé par le flux et le reflux de la mer, qui a constamment lieu de six en six heures. Dans l'année 1645, le dimanche de la Sexagésime, de fort grand matin, il se précipita avec un tel fracas et une telle impétuosité, que des pierres se détachaient des maisons de la côte...

En ce qui concerne la profondeur de l'eau, je ne comprends pas comment on a pu s'en assurer dans la proximité immédiate du tourbillon. Les *quarante brasses* doivent avoir trait seulement aux parties du canal qui sont tout près du rivage, soit de Moskoe, soit de Lofoden. La profondeur au centre du Moskoe-Strom doit être incommensurablement plus grande, et il suffit, pour en acquérir la certitude, de jeter un coup d'œil oblique dans l'abîme du tourbillon, quand on est sur le sommet le plus élevé de Helseggen. En plongeant mon regard du haut de ce pic dans le Phlégéthon hurlant, je ne pouvais m'empêcher de sourire de la simplicité avec laquelle le bon Jonas Ramus raconte, comme choses difficiles à croire, ses anecdotes d'ours et de baleines ; car il me semblait que c'était chose évidente de soi que le plus grand vaisseau de ligne possible arrivant dans le rayon de cette mortelle attraction, devait y résister aussi peu qu'une plume à un coup de vent et disparaître tout en grand et tout d'un coup.

Les explications qu'on a données du phénomène, — dont quelques-unes, je me le rappelle, me paraissaient suffisamment plausibles à la lecture, — avaient maintenant un aspect très-différent et très-peu satisfaisant. L'explication généralement reçue est que, comme les trois petits tourbillons des îles Féroë, celui-ci « n'a pas d'autre cause que le choc des vagues montant et retombant, au flux et au reflux, le long d'un banc de roches qui endigue les eaux et les rejette en cataracte ; et qu'ainsi, plus la marée s'élève, plus la chute est

be, and the natural result of all is a whirlpool or vortex, the prodigious suction of which is sufficiently known by lesser experiments."—These are the words of the Encyclopædia Britannica. Kircher and others imagine that in the centre of the channel of the Maelström is an abyss penetrating the globe, and issuing in some very remote part—the Gulf of Bothnia being somewhat decidedly named in one instance. This opinion, idle in itself, was the one to which, as I gazed, my imagination most readily assented; and, mentioning it to the guide, I was rather surprised to hear him say that, although it was the view almost universally entertained of the subject by the Norwegians, it nevertheless was not his own. As to the former notion he confessed his inability to comprehend it; and here I agreed with him—for, however conclusive on paper, it becomes altogether unintelligible, and even absurd, amid the thunder of the abyss.

"You have had a good look at the whirl now," said the old man, "and if you will creep round this crag, so as to get in its lee, and deaden the roar of the water, I will tell you a story that will convince you I ought to know something of the Moskoe-ström."

I placed myself as desired, and he proceeded.

"Myself and my two brothers once owned a schooner-rigged smack of about seventy tons burthen, with which we were in the habit of fishing among the islands beyond Moskoe, nearly to Vurrgh. In all violent eddies at sea there is good fishing, at proper opportunities, if one has only the courage to attempt it; but among the whole of the Lofoden coastmen, we three were the only ones who made a regular business of going out to the islands, as I tell you. The usual grounds are a great way lower down to the southward. There fish can be got at all hours, without much risk, and therefore these places are preferred. The choice spots over here among the rocks, however, not only yield

profonde, et que le résultat naturel est un tourbillon ou vortex, dont la prodigieuse puissance de succion est suffisamment démontrée par de moindres exemples. » Tels sont les termes de l'*Encyclopédie britannique*. Kircher et d'autres imaginent qu'au milieu du canal du Maelstrom est un abîme qui traverse le globe et aboutit dans quelque région très-éloignée ; — le golfe de Bothnie a même été désigné une fois un peu légèrement. Cette opinion assez puérile était celle à laquelle, pendant que je contemplais le lieu, mon imagination donnait le plus volontiers son assentiment ; et, comme j'en faisais part au guide, je fus assez surpris de l'entendre me dire que, bien que telle fût l'opinion presque générale des Norvégiens à ce sujet, ce n'était néanmoins pas la sienne. Quant à cette idée, il confessa qu'il était incapable de la comprendre, et je finis par être d'accord avec lui ; car, pour concluante qu'elle soit sur le papier, elle devient absolument inintelligible et absurde à côté du tonnerre de l'abîme.

— Maintenant que vous avez bien vu le tourbillon, me dit le vieil homme, si vous voulez que nous nous glissions derrière cette roche, sous le vent, de manière qu'elle amortisse le vacarme de l'eau, je vous conterai une histoire qui vous convaincra que je dois en savoir quelque chose, du Moskoe-Strom !

Je me plaçai comme il le désirait, et il commença :

— Moi et mes deux frères, nous possédions autrefois un semaque gréé en goëlette, de soixante et dix tonneaux à peu près, avec lequel nous pêchions habituellement parmi les îles au delà de Moskoe, près de Vurrgh. Tous les violents remous de mer donnent une bonne pêche, pourvu qu'on s'y prenne en temps opportun et qu'on ait le courage de tenter l'aventure ; mais, parmi tous les hommes de la côte de Lofoden, nous trois seuls, nous faisions notre métier ordinaire d'aller aux îles, comme je vous dis. Les pêcheries ordinaires sont beaucoup plus bas vers le sud. On y peut prendre du poisson à toute heure, sans courir grand risque, et naturellement ces endroits-là sont préférés ; mais les places de choix, par ici, entre les rochers, donnent non-seulement le poisson de la plus belle qualité, mais aussi en bien plus

the finest variety, but in far greater abundance; so that we often got in a single day, what the more timid of the craft could not scrape together in a week. In fact, we made it a matter of desperate speculation—the risk of life standing instead of labor, and courage answering for capital.

"We kept the smack in a cove about five miles higher up the coast than this; and it was our practice, in fine weather, to take advantage of the fifteen minutes' slack to push across the main channel of the Moskoe-ström, far above the pool, and then drop down upon anchorage somewhere near Otterholm, or Sandflesen, where the eddies are not so violent as elsewhere. Here we used to remain until nearly time for slack-water again, when we weighed and made for home. We never set out upon this expedition without a steady side wind for going and coming—one that we felt sure would not fail us before our return—and we seldom made a mis-calculation upon this point. Twice, during six years, we were forced to stay all night at anchor on account of a dead calm, which is a rare thing indeed just about here; and once we had to remain on the grounds nearly a week, starving to death, owing to a gale which blew up shortly after our arrival, and made the channel too boisterous to be thought of. Upon this occasion we should have been driven out to sea in spite of everything, (for the whirlpools threw us round and round so violently, that, at length, we fouled our anchor and dragged it) if it had not been that we drifted into one of the innumerable cross currents—here to-day and gone to-morrow—which drove us under the lee of Flimen, where, by good luck, we brought up.

"I could not tell you the twentieth part of the difficulties we encountered 'on the grounds'—it is a bad spot to be in, even in good weather—but we made shift always to run the gauntlet of the Moskoe-ström itself without accident; although at times my heart has been in my mouth when we happened to be a minute or so behind or before the slack. The wind sometimes was not as strong as we thought it at

grande abondance ; si bien que nous prenions souvent en un seul jour ce que les timides dans le métier n'auraient pas pu attraper tous ensemble en une semaine. En somme, nous faisions de cela une espèce de spéculation désespérée, — le risque de la vie remplaçait le travail, et le courage tenait lieu de capital.

"Nous abritions notre semaque dans une anse à cinq milles sur la côte au-dessus de celle-ci ; et c'était notre habitude, par le beau temps, de profiter du répit de quinze minutes pour nous lancer à travers le canal principal du Moskoe-Strom, bien au-dessus du trou, et d'aller jeter l'ancre quelque part dans la proximité d'Otterholm ou de Sandflesen, où les remous ne sont pas aussi violents qu'ailleurs. Là, nous attendions ordinairement, pour lever l'ancre et retourner chez nous, à peu près jusqu'à l'heure de l'apaisement des eaux. Nous ne nous aventurions jamais dans cette expédition sans un bon vent largue pour aller et revenir, — un vent dont nous pouvions être sûrs pour notre retour, — et nous nous sommes rarement trompés sur ce point. Deux fois, en six ans, nous avons été forcés de passer la nuit à l'ancre par suite d'un calme plat, ce qui est un cas bien rare dans ces parages ; et, une autre fois, nous sommes restés à terre près d'une semaine, affamés jusqu'à la mort, grâce à un coup de vent qui se mit à souffler peu de temps après notre arrivée et rendit le canal trop orageux pour songer à le traverser. Dans cette occasion, nous aurions été entraînés au large en dépit de tout (car les tourbillons nous ballottaient çà et là avec une telle violence, qu'à la fin nous avions chassé sur notre ancre faussée), si nous n'avions dérivé dans un de ces innombrables courants qui se forment, ici aujourd'hui, et demain ailleurs, et qui nous conduisit sous le vent de Flimen, où, par bonheur, nous pûmes mouiller.

"Je ne vous dirai pas la vingtième partie des dangers que nous essuyâmes dans les pêcheries, — c'est un mauvais parage, même par le beau temps, — mais nous trouvions toujours moyen de défier le Moskoe-Strom sans accident ; parfois pourtant le cœur me montait aux lèvres quand nous étions d'une minute en avance ou en retard sur l'accalmie. Quelquefois, le vent n'était pas aussi vif que nous

starting, and then we made rather less way than we could wish, while the current rendered the smack unmanageable. My eldest brother had a son eighteen years old, and I had two stout boys of my own. These would have been of great assistance at such times, in using the sweeps, as well as afterward in fishing—but, somehow, although we ran the risk ourselves, we had not the heart to let the young ones get into the danger—for, after all is said and done, it was a horrible danger, and that is the truth.

"It is now within a few days of three years since what I am going to tell you occurred. It was on the tenth day of July, 18—, a day which the people of this part of the world will never forget—for it was one in which blew the most terrible hurricane that ever came out of the heavens. And yet all the morning, and indeed until late in the afternoon, there was a gentle and steady breeze from the south-west, while the sun shone brightly, so that the oldest seaman among us could not have foreseen what was to follow.

"The three of us—my two brothers and myself—had crossed over to the islands about two o'clock P. M., and had soon nearly loaded the smack with fine fish, which, we all remarked, were more plenty that day than we had ever known them. It was just seven, by my watch, when we weighed and started for home, so as to make the worst of the Ström at slack water, which we knew would be at eight.

"We set out with a fresh wind on our starboard quarter, and for some time spanked along at a great rate, never dreaming of danger, for indeed we saw not the slightest reason to apprehend it. All at once we were taken aback by a breeze from over Helseggen. This was most unusual—something that had never happened to us before—and I began to feel a little uneasy, without exactly knowing why. We put the boat on the wind, but could make no headway at all for the eddies,

l'espérions en mettant à la voile, et alors nous allions moins vite que nous ne l'aurions voulu, pendant que le courant rendait le semaque plus difficile à gouverner. Mon frère aîné avait un fils âgé de dix-huit ans, et j'avais pour mon compte deux grands garçons. Ils nous eussent été d'un grand secours dans de pareils cas, soit qu'ils eussent pris les avirons, soit qu'ils eussent pêché à l'arrière ; — mais, vraiment, bien que nous consentissions à risquer notre vie, nous n'avions pas le cœur de laisser ces jeunesses affronter le danger ; — car, tout bien considéré, c'était un horrible danger, c'est la pure vérité.

"Il y a maintenant trois ans moins quelques jours qu'arriva ce que je vais vous raconter. C'était le 10 juillet 18…, un jour que les gens de ce pays n'oublieront jamais, — car ce fut un jour où souffla la plus horrible tempête qui soit jamais tombée de la calotte des cieux. Cependant, toute la matinée et même fort avant dans l'après-midi, nous avions eu une jolie brise bien faite du sud-ouest, le soleil était superbe, si bien que le plus vieux loup de mer n'aurait pas pu prévoir ce qui allait arriver.

"Nous étions passés tous les trois, mes deux frères et moi, à travers les îles à deux heures de l'après-midi environ, et nous eûmes bientôt chargé le semaque de fort beau poisson, qui — nous l'avions remarqué tous trois — était plus abondant ce jour-là que nous ne l'avions jamais vu. Il était juste sept heures *à ma montre* quand nous levâmes l'ancre pour retourner chez nous, de manière à faire le plus dangereux du Strom dans l'intervalle des eaux tranquilles, que nous savions avoir lieu à huit heures.

"Nous partîmes avec une bonne brise à tribord, et, pendant quelque temps, nous filâmes très-rondement, sans songer le moins du monde au danger ; car, en réalité, nous ne voyions pas la moindre cause d'appréhension. Tout à coup nous fûmes masqués par une saute de vent qui venait de Helseggen. Cela était tout à fait extraordinaire, — c'était une chose qui ne nous était jamais arrivée, — et je commençais à être un peu inquiet, sans savoir exactement pourquoi. Nous fîmes arriver au vent, mais nous ne pûmes jamais fendre les

and I was upon the point of proposing to return to the anchorage, when, looking astern, we saw the whole horizon covered with a singular copper-colored cloud that rose with the most amazing velocity.

"In the meantime the breeze that had headed us off fell away, and we were dead becalmed, drifting about in every direction. This state of things, however, did not last long enough to give us time to think about it. In less than a minute the storm was upon us—in less than two the sky was entirely overcast—and what with this and the driving spray, it became suddenly so dark that we could not see each other in the smack.

"Such a hurricane as then blew it is folly to attempt describing. The oldest seaman in Norway never experienced any thing like it. We had let our sails go by the run before it cleverly took us; but, at the first puff, both our masts went by the board as if they had been sawed off—the mainmast taking with it my youngest brother, who had lashed himself to it for safety.

"Our boat was the lightest feather of a thing that ever sat upon water. It had a complete flush deck, with only a small hatch near the bow, and this hatch it had always been our custom to batten down when about to cross the Ström, by way of precaution against the chopping seas. But for this circumstance we should have foundered at once—for we lay entirely buried for some moments. How my elder brother escaped destruction I cannot say, for I never had an opportunity of ascertaining. For my part, as soon as I had let the foresail run, I threw myself flat on deck, with my feet against the narrow gunwale of the bow, and with my hands grasping a ring-bolt near the foot of the fore-mast. It was mere instinct that prompted me to do this—which was undoubtedly the very best thing I could have done—for I was too much flurried to think.

remous, et j'étais sur le point de proposer de retourner au mouillage, quand, regardant à l'arrière, nous vîmes tout l'horizon enveloppé d'un nuage singulier, couleur de cuivre, qui montait avec la plus étonnante vélocité.

"En même temps, la brise qui nous avait pris en tête tomba, et, surpris alors par un calme plat, nous dérivâmes à la merci de tous les courants. Mais cet état de choses ne dura pas assez longtemps pour nous donner le temps d'y réfléchir. En moins d'une minute, la tempête était sur nous, — une minute après, le ciel était entièrement chargé, — et il devint soudainement si noir, qu'avec les embruns qui nous sautaient aux yeux nous ne pouvions plus nous voir l'un l'autre à bord.

"Vouloir décrire un pareil coup de vent, ce serait folie. Le plus vieux marin de Norvège n'en a jamais essuyé de pareil. Nous avions amené toute la toile avant que le coup de vent nous surprît ; mais, dès la première rafale, nos deux mâts vinrent par-dessus bord, comme s'ils avaient été sciés par le pied, — le grand mât emportant avec lui mon plus jeune frère qui s'y était accroché par prudence.

"Notre bateau était bien le plus léger joujou qui eût jamais glissé sur la mer. Il avait un pont effleuré avec une seule petite écoutille à l'avant, et nous avions toujours eu pour habitude de la fermer solidement en traversant le Strom, bonne précaution dans une mer clapoteuse. Mais, dans cette circonstance présente, nous aurions sombré du premier coup, — car, pendant quelques instants, nous fûmes littéralement ensevelis sous l'eau. Comment mon frère aîné échappa-t-il à la mort ? je ne puis le dire, je n'ai jamais pu me l'expliquer. Pour ma part, à peine avais-je lâché la misaine, que je m'étais jeté sur le pont à plat ventre, les pieds contre l'étroit plat-bord de l'avant, et les mains accrochées à un boulon, auprès du pied du mât de misaine. Le pur instinct m'avait fait agir ainsi, — c'était indubitablement ce que j'avais de mieux à faire, — car j'étais trop ahuri pour penser.

Edgar Allan Poe

"For some moments we were completely deluged, as I say, and all this time I held my breath, and clung to the bolt. When I could stand it no longer I raised myself upon my knees, still keeping hold with my hands, and thus got my head clear. Presently our little boat gave herself a shake, just as a dog does in coming out of the water, and thus rid herself, in some measure, of the seas. I was now trying to get the better of the stupor that had come over me, and to collect my senses so as to see what was to be done, when I felt somebody grasp my arm. It was my elder brother, and my heart leaped for joy, for I had made sure that he was overboard—but the next moment all this joy was turned into horror—for he put his mouth close to my ear, and screamed out the word 'Moskoe-ström!'

"No one ever will know what my feelings were at that moment. I shook from head to foot as if I had had the most violent fit of the ague. I knew what he meant by that one word well enough—I knew what he wished to make me understand. With the wind that now drove us on, we were bound for the whirl of the Ström, and nothing could save us!

"You perceive that in crossing the *Ström* channel, we always went a long way up above the whirl, even in the calmest weather, and then had to wait and watch carefully for the slack—but now we were driving right upon the pool itself, and in such a hurricane as this! 'To be sure,' I thought, 'we shall get there just about the slack—there is some little hope in that'—but in the next moment I cursed myself for being so great a fool as to dream of hope at all. I knew very well that we were doomed, had we been ten times a ninety-gun ship.

"By this time the first fury of the tempest had spent itself, or perhaps we did not feel it so much, as we scudded before it, but at all events the seas, which at first had been kept down by the wind, and lay flat

Charles Baudelaire

"Pendant quelques minutes, nous fûmes complètement inondés, comme je vous le disais, et, pendant tout ce temps, je retins ma respiration et me cramponnai à l'anneau. Quand je sentis que je ne pouvais pas rester ainsi plus longtemps sans être suffoqué, je me dressai sur mes genoux, tenant toujours bon avec mes mains, et je dégageai ma tête. Alors, notre petit bateau donna de lui-même une secousse, juste comme un chien qui sort de l'eau, et se leva en partie au-dessus de la mer. Je m'efforçais alors de secouer de mon mieux la stupeur qui m'avait envahi et de recouvrer suffisamment mes esprits pour voir ce qu'il y avait à faire, quand je sentis quelqu'un qui me saisissait le bras. C'était mon frère aîné, et mon cœur en sauta de joie, car je le croyais parti par-dessus bord ; — mais, un moment après, toute cette joie se changea en horreur, quand, appliquant sa bouche à mon oreille, il vociféra ce simple mot : *Le Moskoe-Strom !*

"Personne ne saura jamais ce que furent en ce moment mes pensées. Je frissonnai de la tête aux pieds, comme pris du plus violent accès de fièvre. Je comprenais suffisamment ce qu'il entendait par ce seul mot, — je savais bien ce qu'il voulait me faire entendre ! Avec le vent qui nous poussait maintenant, nous étions destinés au tourbillon du Strom, et rien ne pouvait nous sauver !

"Vous avez bien compris qu'en traversant le canal de Strom, nous faisions toujours notre route bien au-dessus du tourbillon, même par le temps le plus calme, et encore avions-nous bien soin d'attendre et d'épier le répit de la marée ; mais, maintenant, nous courions droit sur le gouffre lui-même, et avec une pareille tempête ! « À coup sûr, pensai-je, nous y serons juste au moment de l'accalmie, il y a là encore un petit espoir. » Mais, une minute après, je me maudissais d'avoir été assez fou pour rêver d'une espérance quelconque. Je voyais parfaitement que nous étions condamnés, eussions-nous été un vaisseau de je ne sais combien de canons !

"En ce moment, la première fureur de la tempête était passée, ou peut-être ne la sentions-nous pas autant parce que nous fuyions devant ; mais, en tout cas, la mer, que le vent avait d'abord maîtrisée,

and frothing, now got up into absolute mountains. A singular change, too, had come over the heavens. Around in every direction it was still as black as pitch, but nearly overhead there burst out, all at once, a circular rift of clear sky—as clear as I ever saw—and of a deep bright blue—and through it there blazed forth the full moon with a lustre that I never before knew her to wear. She lit up every thing about us with the greatest distinctness—but, oh God, what a scene it was to light up!

"I now made one or two attempts to speak to my brother—but, in some manner which I could not understand, the din had so increased that I could not make him hear a single word, although I screamed at the top of my voice in his ear. Presently he shook his head, looking as pale as death, and held up one of his finger, as if to say 'listen!'

"At first I could not make out what he meant—but soon a hideous thought flashed upon me. I dragged my watch from its fob. It was not going. I glanced at its face by the moonlight, and then burst into tears as I flung it far away into the ocean. It had run down at seven o'clock! We were behind the time of the slack, and the whirl of the Ström was in full fury!

"When a boat is well built, properly trimmed, and not deep laden, the waves in a strong gale, when she is going large, seem always to slip from beneath her—which appears very strange to a landsman—and this is what is called riding, in sea phrase. Well, so far we had ridden the swells very cleverly; but presently a gigantic sea happened to take us right under the counter, and bore us with it as it rose—up—up—as if into the sky. I would not have believed that any wave could rise so high. And then down we came with a sweep, a slide, and a plunge, that made me feel sick and dizzy, as if I was falling from some lofty mountain-top in a dream. But while we were up I had thrown a quick

plane et écumeuse, se dressait maintenant en véritables montagnes. Un changement singulier avait eu lieu aussi dans le ciel. Autour de nous, dans toutes les directions, il était toujours noir comme de la poix, mais presque au-dessus de nous il s'était fait une ouverture circulaire, — un ciel clair, — clair comme je ne l'ai jamais vu, — d'un bleu brillant et foncé, — et à travers ce trou resplendissait la pleine lune avec un éclat que je ne lui avais jamais connu. Elle éclairait toutes choses autour de nous avec la plus grande netteté, — mais, grand Dieu ! quelle scène à éclairer !

"Je fis un ou deux efforts pour parler à mon frère ; mais le vacarme, sans que je pusse m'expliquer comment, était accru à un tel point, que je ne pus lui faire entendre un seul mot, bien que je criasse dans son oreille de toute la force de mes poumons. Tout à coup il secoua la tête, devint pâle comme la mort, et leva un de ses doigts comme pour me dire : *Écoute !*

"D'abord, je ne compris pas ce qu'il voulait dire, — mais bientôt une épouvantable pensée se fit jour en moi. Je tirai ma montre de mon gousset. Elle ne marchait pas. Je regardai le cadran au clair de la lune, et je fondis en larmes en la jetant au loin dans l'Océan. *Elle s'était arrêtée à sept heures ! Nous avions laissé passer le répit de la marée, et le tourbillon du Strom était dans sa pleine furie !*

"Quand un navire est bien construit, proprement équipé et pas trop chargé, les lames, par une grande brise, et quand il est au large, semblent toujours s'échapper de dessous sa quille, — ce qui paraît très-étrange à un homme de terre, — et ce qu'on appelle, en langage de bord, chevaucher (*riding*). Cela allait bien, tant que nous grimpions lestement sur la houle ; mais, actuellement, une mer gigantesque venait nous prendre par notre arrière et nous enlevait avec elle, — haut, haut, — comme pour nous pousser jusqu'au ciel. Je n'aurais jamais cru qu'une lame pût monter si haut. Puis nous descendions en faisant une courbe, une glissade, un plongeon, qui me donnait la nausée et le vertige, comme si je tombais en rêve du haut d'une immense montagne. Mais, du haut de la lame, j'avais jeté un

glance around—and that one glance was all sufficient. I saw our exact position in an instant. The Moskoe-Ström whirlpool was about a quarter of a mile dead ahead—but no more like the every-day Moskoe-Ström, than the whirl as you now see it is like a mill-race. If I had not known where we were, and what we had to expect, I should not have recognised the place at all. As it was, I involuntarily closed my eyes in horror. The lids clenched themselves together as if in a spasm.

"It could not have been more than two minutes afterward until we suddenly felt the waves subside, and were enveloped in foam. The boat made a sharp half turn to larboard, and then shot off in its new direction like a thunderbolt. At the same moment the roaring noise of the water was completely drowned in a kind of shrill shriek—such a sound as you might imagine given out by the waste-pipes of many thousand steam-vessels, letting off their steam all together. We were now in the belt of surf that always surrounds the whirl; and I thought, of course, that another moment would plunge us into the abyss—down which we could only see indistinctly on account of the amazing velocity with which we wore borne along. The boat did not seem to sink into the water at all, but to skim like an air-bubble upon the surface of the surge. Her starboard side was next the whirl, and on the larboard arose the world of ocean we had left. It stood like a huge writhing wall between us and the horizon.

"It may appear strange, but now, when we were in the very jaws of the gulf, I felt more composed than when we were only approaching it. Having made up my mind to hope no more, I got rid of a great deal of that terror which unmanned me at first. I suppose it was despair that strung my nerves.

"It may look like boasting—but what I tell you is truth—I began to reflect how magnificent a thing it was to die in such a manner, and

rapide coup d'œil autour de moi, — et ce seul coup d'œil avait suffi. Je vis exactement notre position en une seconde. Le tourbillon de Moskoe-Strom était à un quart de mille environ, droit devant nous, mais il ressemblait aussi peu au Moskoe-Strom de tous les jours que ce tourbillon que vous voyez maintenant ressemble à un remous de moulin. Si je n'avais pas su où nous étions et ce que nous avions à attendre, je n'aurais pas reconnu l'endroit. Tel que je le vis, je fermai involontairement les yeux d'horreur ; mes paupières se collèrent comme dans un spasme.

"Moins de deux minutes après, nous sentîmes tout à coup la vague s'apaiser, et nous fûmes enveloppés d'écume. Le bateau fit un brusque demi-tour par bâbord, et partit dans cette nouvelle direction comme la foudre. Au même instant, le rugissement de l'eau se perdit dans une espèce de clameur aiguë, — un son tel que vous pouvez le concevoir en imaginant les soupapes de plusieurs milliers de steamers lâchant à la fois leur vapeur. Nous étions alors dans la ceinture moutonneuse qui cercle toujours le tourbillon ; et je croyais naturellement qu'en une seconde nous allions plonger dans le gouffre, au fond duquel nous ne pouvions pas voir distinctement, en raison de la prodigieuse vélocité avec laquelle nous y étions entraînés. Le bateau ne semblait pas plonger dans l'eau, mais la raser, comme une bulle d'air qui voltige sur la surface de la lame. Nous avions le tourbillon à tribord, et à bâbord se dressait le vaste Océan que nous venions de quitter. Il s'élevait comme un mur gigantesque se tordant entre nous et l'horizon.

"Cela peut paraître étrange ; mais alors, quand nous fûmes dans la gueule même de l'abîme, je me sentis plus de sang-froid que quand nous en approchions. Ayant fait mon deuil de toute espérance, je fus délivré d'une grande partie de cette terreur qui m'avait d'abord écrasé. Je suppose que c'était le désespoir qui raidissait mes nerfs.

"Vous prendrez peut-être cela pour une fanfaronnade, mais ce que je vous dis est la vérité : je commençai à songer quelle magnifique chose c'était de mourir d'une pareille manière, et combien il était sot

how foolish it was in me to think of so paltry a consideration as my own individual life, in view of so wonderful a manifestation of God's power. I do believe that I blushed with shame when this idea crossed my mind. After a little while I became possessed with the keenest curiosity about the whirl itself. I positively felt a wish to explore its depths, even at the sacrifice I was going to make; and my principal grief was that I should never be able to tell my old companions on shore about the mysteries I should see. These, no doubt, were singular fancies to occupy a man's mind in such extremity—and I have often thought since, that the revolutions of the boat around the pool might have rendered me a little light-headed.

"There was another circumstance which tended to restore my self-possession; and this was the cessation of the wind, which could not reach us in our present situation—for, as you saw yourself, the belt of surf is considerably lower than the general bed of the ocean, and this latter now towered above us, a high, black, mountainous ridge. If you have never been at sea in a heavy gale, you can form no idea of the confusion of mind occasioned by the wind and spray together. They blind, deafen, and strangle you, and take away all power of action or reflection. But we were now, in a great measure, rid of these annoyances—just us death-condemned felons in prison are allowed petty indulgences, forbidden them while their doom is yet uncertain.

"How often we made the circuit of the belt it is impossible to say. We careered round and round for perhaps an hour, flying rather than floating, getting gradually more and more into the middle of the surge, and then nearer and nearer to its horrible inner edge. All this time I had never let go of the ring-bolt. My brother was at the stern, holding on to a small empty water-cask which had been securely lashed under the coop of the counter, and was the only thing on deck

à moi de m'occuper d'un aussi vulgaire intérêt que ma conservation individuelle, en face d'une si prodigieuse manifestation de la puissance de Dieu. Je crois que je rougis de honte quand cette idée traversa mon esprit. Peu d'instants après, je fus possédé de la plus ardente curiosité relativement au tourbillon lui-même. Je sentis positivement le *désir* d'explorer ses profondeurs, même au prix du sacrifice que j'allais faire ; mon principal chagrin était de penser que je ne pourrais jamais raconter à mes vieux camarades les mystères que j'allais connaître. C'étaient là, sans doute, de singulières pensées pour occuper l'esprit d'un homme dans une pareille extrémité, — et j'ai souvent eu l'idée depuis lors que les évolutions du bateau autour du gouffre m'avaient un peu étourdi la tête.

"Il y eut une autre circonstance qui contribua à me rendre maître de moi-même ; ce fut la complète cessation du vent, qui ne pouvait plus nous atteindre dans notre situation actuelle : — car, comme vous pouvez en juger par vous-même, la ceinture d'écume est considérablement au-dessous du niveau général de l'Océan, et ce dernier nous dominait maintenant comme la crête d'une haute et noire montagne. Si vous ne vous êtes jamais trouvé en mer par une grosse tempête, vous ne pouvez vous faire une idée du trouble d'esprit occasionné par l'action simultanée du vent et des embruns. Cela vous aveugle, vous étourdit, vous étrangle et vous ôte toute faculté d'action ou de réflexion. Mais nous étions maintenant grandement soulagés de tous ces embarras, — comme ces misérables condamnés à mort, à qui on accorde dans leur prison quelques petites faveurs qu'on leur refusait tant que l'arrêt n'était pas prononcé.

"Combien de fois fîmes-nous le tour de cette ceinture, il m'est impossible de le dire. Nous courûmes tout autour, pendant une heure à peu près ; nous volions plutôt que nous ne flottions, et nous nous rapprochions toujours de plus en plus du centre du tourbillon, et toujours plus près, toujours plus près de son épouvantable arête intérieure. Pendant tout ce temps, je n'avais pas lâché le boulon. Mon frère était à l'arrière, se tenant à une petite barrique vide, solidement attachée sous l'échauguette, derrière l'habitacle ; c'était le seul objet

that had not been swept overboard when the gale first took us. As we approached the brink of the pit he let go his hold upon this, and made for the ring, from which, in the agony of his terror, he endeavored to force my hands, as it was not large enough to afford us both a secure grasp. I never felt deeper grief than when I saw him attempt this act—although I knew he was a madman when he did it—a raving maniac through sheer fright. I did not care, however, to contest the point with him. I knew it could make no difference whether either of us held on at all; so I let him have the bolt, and went astern to the cask. This there was no great difficulty in doing; for the smack flew round steadily enough, and upon an even keel—only swaying to and fro, with the immense sweeps and swelters of the whirl. Scarcely had I secured myself in my new position, when we gave a wild lurch to starboard, and rushed headlong into the abyss. I muttered a hurried prayer to God, and thought all was over.

"As I felt the sickening sweep of the descent, I had instinctively tightened my hold upon the barrel, and closed my eyes. For some seconds I dared not open them—while I expected instant destruction, and wondered that I was not already in my death-struggles with the water. But moment after moment elapsed. I still lived. The sense of falling had ceased; and the motion of the vessel seemed much as it had been before, while in the belt of foam, with the exception that she now lay more along. I took courage, and looked once again upon the scene.

"Never shall I forget the sensations of awe, horror, and admiration with which I gazed about me. The boat appeared to be hanging, as if by magic, midway down, upon the interior surface of a funnel vast in circumference, prodigious in depth, and whose perfectly smooth sides might have been mistaken for ebony, but for the bewildering rapidity

du bord qui n'eût pas été balayé quand le coup de temps nous avait surpris. Comme nous approchions de la margelle de ce puits mouvant, il lâcha le baril et tâcha de saisir l'anneau, que, dans l'agonie de sa terreur, il s'efforçait d'arracher de mes mains, et qui n'était pas assez large pour nous donner sûrement prise à tous deux. Je n'ai jamais éprouvé de douleur plus profonde que quand je le vis tenter une pareille action, — quoique je visse bien qu'alors il était insensé et que la pure frayeur en avait fait un fou furieux. Néanmoins, je ne cherchai pas à lui disputer la place. Je savais bien qu'il importait fort peu à qui appartiendrait l'anneau ; je lui laissai le boulon, et m'en allai au baril de l'arrière. Il n'y avait pas grande difficulté à opérer cette manœuvre ; car le semaque filait en rond avec assez d'aplomb et assez droit sur sa quille, poussé quelquefois çà et là par les immenses houles et les bouillonnements du tourbillon. À peine m'étais-je arrangé dans ma nouvelle position, que nous donnâmes une violente embardée à tribord, et que nous piquâmes la tête la première dans l'abîme. Je murmurai une rapide prière à Dieu, et je pensai que tout était fini.

"Comme je subissais l'effet douloureusement nauséabond de la descente, je m'étais instinctivement cramponné au baril avec plus d'énergie, et j'avais fermé les yeux. Pendant quelque secondes, je n'osai pas les ouvrir, — m'attendant à une destruction instantanée et m'étonnant de ne pas déjà en être aux angoisses suprêmes de l'immersion. Mais les secondes s'écoulaient ; je vivais encore. La sensation de chute avait cessé, et le mouvement du navire ressemblait beaucoup à ce qu'il était déjà, quand nous étions pris dans la ceinture d'écume, à l'exception que maintenant nous donnions davantage de la bande. Je repris courage et regardai une fois encore le tableau.

"Jamais je n'oublierai les sensations d'effroi, d'horreur et d'admiration que j'éprouvai en jetant les yeux autour de moi. Le bateau semblait suspendu comme par magie, à mi-chemin de sa chute, sur la surface intérieure d'un entonnoir d'une vaste circonférence, d'une profondeur prodigieuse, et dont les parois, admirablement polies, auraient pu être prises pour de l'ébène, sans

with which they spun around, and for the gleaming and ghastly radiance they shot forth, as the rays of the full moon, from that circular rift amid the clouds which I have already described, streamed in a flood of golden glory along the black walls, and far away down into the inmost recesses of the abyss.

"At first I was too much confused to observe anything accurately. The general burst of terrific grandeur was all that I beheld. When I recovered myself a little, however, my gaze fell instinctively downward. In this direction I was able to obtain an unobstructed view, from the manner in which the smack hung on the inclined surface of the pool. She was quite upon an even keel—that is to say, her deck lay in a plane parallel with that of the water—but this latter sloped at an angle of more than forty-five degrees, so that we seemed to be lying upon our beam-ends. I could not help observing, nevertheless, that I had scarcely more difficulty in maintaining my hold and footing in this situation, than if we had been upon a dead level; and this, I suppose, was owing to the speed at which we revolved.

"The rays of the moon seemed to search the very bottom of the profound gulf; but still I could make out nothing distinctly, on account of a thick mist in which everything there was enveloped, and over which there hung a magnificent rainbow, like that narrow and tottering bridge which Mussulmen say is the only pathway between Time and Eternity. This mist, or spray, was no doubt occasioned by the clashing of the great walls of the funnel, as they all met together at the bottom—but the yell that went up to the Heavens from out of that mist, I dare not attempt to describe.

"Our first slide into the abyss itself, from the belt of foam above, had carried us a great distance down the slope; but our farther descent was by no means proportionate. Round and round we swept—not with any uniform movement—but in dizzying swings and jerks, that sent us

l'éblouissante vélocité avec laquelle elles pirouettaient et l'étincelante et horrible clarté qu'elles répercutaient sous les rayons de la pleine lune, qui, de ce trou circulaire que j'ai déjà décrit, ruisselaient en un fleuve d'or et de splendeur le long des murs noirs et pénétraient jusque dans les plus intimes profondeurs de l'abîme.

"D'abord, j'étais trop troublé pour observer n'importe quoi avec quelque exactitude. L'explosion générale de cette magnificence terrifique était tout ce que je pouvais voir. Néanmoins, quand je revins un peu à moi, mon regard se dirigea instinctivement vers le fond. Dans cette direction, je pouvais plonger ma vue sans obstacle à cause de la situation de notre semaque qui était suspendu sur la surface inclinée du gouffre ; il courait toujours sur sa quille, c'est-à-dire que son pont formait un plan parallèle à celui de l'eau, qui faisait comme un talus incliné à plus de 45 degrés, de sorte que nous avions l'air de nous soutenir sur notre côté. Je ne pouvais m'empêcher de remarquer, toutefois, que je n'avais guère plus de peine à me retenir des mains et des pieds, dans cette situation, que si nous avions été sur un plan horizontal ; et cela tenait, je suppose, à la vélocité avec laquelle nous tournions.

"Les rayons de la lune semblaient chercher le fin fond de l'immense gouffre ; cependant, je ne pouvais rien distinguer nettement, à cause d'un épais brouillard qui enveloppait toutes choses, et sur lequel planait un magnifique arc-en-ciel, semblable à ce pont étroit et vacillant que les musulmans affirment être le seul passage entre le Temps et l'Éternité. Ce brouillard ou cette écume était sans doute occasionné par le conflit des grands murs de l'entonnoir, quand ils se rencontraient et se brisaient au fond ; — quant au hurlement qui montait de ce brouillard vers le ciel, je n'essayerai pas de le décrire.

"Notre première glissade dans l'abîme, à partir de la ceinture d'écume, nous avait portés à une grande distance sur la pente ; mais postérieurement notre descente ne s'effectua pas aussi rapidement, à beaucoup près. Nous filions toujours, toujours circulairement, non plus avec un mouvement uniforme, mais avec des élans qui parfois ne

sometimes only a few hundred yards—sometimes nearly the complete circuit of the whirl. Our progress downward, at each revolution, was slow, but very perceptible.

"Looking about me upon the wide waste of liquid ebony on which we were thus borne, I perceived that our boat was not the only object in the embrace of the whirl. Both above and below us were visible fragments of vessels, large masses of building timber and trunks of trees, with many smaller articles, such as pieces of house furniture, broken boxes, barrels and staves. I have already described the unnatural curiosity which had taken the place of my original terrors. It appeared to grow upon me as I drew nearer and nearer to my dreadful doom. I now began to watch, with a strange interest, the numerous things that floated in our company. I *must* have been delirious—for I even sought amusement in speculating upon the relative velocities of their several descents toward the foam below. 'This fir tree,' I found myself at one time saying, 'will certainly be the next thing that takes the awful plunge and disappears,'—and then I was disappointed to find that the wreck of a Dutch merchant ship overtook it and went down before. At length, after making several guesses of this nature, and being deceived in all—this fact—the fact of my invariable miscalculation—set me upon a train of reflection that made my limbs again tremble, and my heart beat heavily once more.

"It was not a new terror that thus affected me, but the dawn of a more exciting hope. This hope arose partly from memory, and partly from present observation. I called to mind the great variety of buoyant matter that strewed the coast of Lofoden, having been absorbed and then thrown forth by the Moskoe-ström. By far the greater number of the articles were shattered in the most extraordinary way—so chafed and roughened as to have the appearance of being stuck full of splinters—but then I distinctly recollected that there were some of

nous projetaient qu'à une centaine de yards, et d'autres fois nous faisaient accomplir une évolution complète autour du tourbillon. À chaque tour, nous nous rapprochions du gouffre, lentement, il est vrai, mais d'une manière très-sensible.

"Je regardai au large sur le vaste désert d'ébène qui nous portait, et je m'aperçus que notre barque n'était pas le seul objet qui fût tombé dans l'étreinte du tourbillon. Au-dessus et au-dessous de nous, on voyait des débris de navires, de gros morceaux de charpente, des troncs d'arbres, ainsi que bon nombre d'articles plus petits, tels que des pièces de mobilier, des malles brisées, des barils et des douves. J'ai déjà décrit la curiosité surnaturelle qui s'était substituée à mes primitives terreurs. Il me sembla qu'elle augmentait à mesure que je me rapprochais de mon épouvantable destinée. Je commençai alors à épier avec un étrange intérêt les nombreux objets qui flottaient en notre compagnie. Il *fallait* que j'eusse le délire, — car je trouvais même une sorte d'*amusement* à calculer les vitesses relatives de leur descente vers le tourbillon d'écume. — Ce sapin, me surpris-je une fois à dire, sera certainement la première chose qui fera le terrible plongeon et qui disparaîtra ; — et je fus fort désappointé de voir qu'un bâtiment de commerce hollandais avait pris les devants et s'était engouffré le premier. À la longue, après avoir fait quelques conjectures de cette nature, et m'être toujours trompé, — ce fait, — le fait de mon invariable mécompte, — me jeta dans un ordre de réflexions qui firent de nouveau trembler mes membres et battre mon cœur encore plus lourdement.

"Ce n'était pas une nouvelle terreur qui m'affectait ainsi, mais l'aube d'une espérance bien plus émouvante. Cette espérance surgissait en partie de la mémoire, en partie de l'observation présente. Je me rappelai l'immense variété d'épaves qui jonchaient la côte de Lofoden, et qui avaient toutes été absorbées et revomies par le Moskoe-Strom. Ces articles, pour la plus grande partie, étaient déchirés de la manière la plus extraordinaire, — éraillés, écorchés, au point qu'ils avaient l'air d'être tout garnis de pointes et d'esquilles. — Mais je me rappelais distinctement alors qu'il y en avait quelques-

them which were not disfigured at all. Now I could not account for this difference except by supposing that the roughened fragments were the only ones which had been completely absorbed—that the others had entered the whirl at so late a period of the tide, or, for some reason, had descended so slowly after entering, that they did not reach the bottom before the turn of the flood came, or of the ebb, as the case might be. I conceived it possible, in either instance, that they might thus be whirled up again to the level of the ocean, without undergoing the fate of those which had been drawn in more early, or absorbed more rapidly. I made, also, three important observations. The first was, that, as a general rule, the larger the bodies were, the more rapid their descent—the second, that, between two masses of equal extent, the one spherical, and the other of any other shape, the superiority in speed of descent was with the sphere—the third, that, between two masses of equal size, the one cylindrical, and the other of any other shape, the cylinder was absorbed the more slowly. Since my escape, I have had several conversations on this subject with an old school-master of the district; and it was from him that I learned the use of the words 'cylinder' and 'sphere.' He explained to me—although I have forgotten the explanation—how what I observed was, in fact, the natural consequence of the forms of the floating fragments—and showed me how it happened that a cylinder, swimming in a vortex, offered more resistance to its suction, and was drawn in with greater difficulty than an equally bulky body, of any form whatever.[1]

"There was one startling circumstance which went a great way in enforcing these observations, and rendering me anxious to turn them to account, and this was that, at every revolution, we passed something like a barrel, or else the yard or the mast of a vessel, while many of these things, which had been on our level when I first opened my eyes upon the wonders of the whirlpool, were now high up above us, and seemed to have moved but little from their original station.

uns qui n'étaient pas défigurés du tout. Je ne pouvais maintenant me rendre compte de cette différence qu'en supposant que les fragments écorchés fussent les seuls qui eussent été complètement absorbés, — les autres étant entrés dans le tourbillon à une période assez avancée de la marée, ou, après y être entrés, étant, pour une raison ou pour une autre, descendus assez lentement pour ne pas atteindre le fond avant le retour du flux ou du reflux, — suivant le cas. Je concevais qu'il était possible, dans les deux cas, qu'ils eussent remonté, en tourbillonnant de nouveau jusqu'au niveau de l'Océan, sans subir le sort de ceux qui avaient été entraînés de meilleure heure ou absorbés plus rapidement. Je fis aussi trois observations importantes : la première, que, — règle générale, — plus les corps étaient gros, plus leur descente était rapide ; — la seconde, que, deux masses étant données, d'une égale étendue, l'une sphérique et l'autre de *n'importe quelle autre forme*, la supériorité de vitesse dans la descente était pour la sphère ; — la troisième, — que, de deux masses d'un volume égal, l'une cylindrique et l'autre de n'importe quelle autre forme, le cylindre était absorbé le plus lentement. Depuis ma délivrance, j'ai eu à ce sujet quelques conversations avec un vieux maître d'école du district ; et c'est de lui que j'ai appris l'usage des mots cylindre et sphère. Il m'a expliqué — mais j'ai oublié l'explication — que ce que j'avais observé était la conséquence naturelle de la forme des débris flottants, et il m'a démontré comment un cylindre, tournant dans un tourbillon, présentait plus de résistance à sa succion et était attiré avec plus de difficulté qu'un corps d'une autre forme quelconque et d'un volume égal[1].

"Il y avait une circonstance saisissante qui donnait une grande force à ces observations, et me rendait anxieux de les vérifier : c'était qu'à chaque révolution nous passions devant un baril ou devant une vergue ou un mât de navire, et que la plupart de ces objets, nageant à notre niveau quand j'avais ouvert les yeux pour la première fois sur les merveilles du tourbillon, étaient maintenant situés bien au-dessus de nous et semblaient n'avoir guère bougé de leur position première.

"I no longer hesitated what to do. I resolved to lash myself securely to the water cask upon which I now held, to cut it loose from the counter, and to throw myself with it into the water. I attracted my brother's attention by signs, pointed to the floating barrels that came near us, and did everything in my power to make him understand what I was about to do. I thought at length that he comprehended my design—but, whether this was the case or not, he shook his head despairingly, and refused to move from his station by the ring-bolt. It was impossible to reach him; the emergency admitted of no delay; and so, with a bitter struggle, I resigned him to his fate, fastened myself to the cask by means of the lashings which secured it to the counter, and precipitated myself with it into the sea, without another moment's hesitation.

"The result was precisely what I had hoped it might be. As it is myself who now tell you this tale—as you see that I did escape—and as you are already in possession of the mode in which this escape was effected, and must therefore anticipate all that I have farther to say—I will bring my story quickly to conclusion. It might have been an hour, or thereabout, after my quitting the smack, when, having descended to a vast distance beneath me, it made three or four wild gyrations in rapid succession, and, bearing my loved brother with it, plunged headlong, at once and forever, into the chaos of foam below. The barrel to which I was attached sunk very little farther than half the distance between the bottom of the gulf and the spot at which I leaped overboard, before a great change took place in the character of the whirlpool. The slope of the sides of the vast funnel became momently less and less steep. The gyrations of the whirl grew, gradually, less and less violent. By degrees, the froth and the rainbow disappeared, and the bottom of the gulf seemed slowly to uprise. The sky was clear, the winds had gone down, and the full moon was setting radiantly in the west, when I found myself on the surface of the ocean, in full view of the shores of Lofoden, and above the spot where the pool of the Moskoe-ström had been. It was the hour of the slack—but the sea still heaved in mountainous waves from the effects of the hurricane. I was

Charles Baudelaire

"Je n'hésitai pas plus longtemps sur ce que j'avais à faire. Je résolus de m'attacher avec confiance à la barrique que je tenais toujours embrassée, de larguer le câble qui la retenait à la cage, et de me jeter avec elle à la mer. Je m'efforçai d'attirer par signes l'attention de mon frère sur les barils flottants auprès desquels nous passions, et je fis tout ce qui était en mon pouvoir pour lui faire comprendre ce que j'allais tenter. Je crus à la longue qu'il avait deviné mon dessein ; — mais, qu'il l'eût ou ne l'eût pas saisi, il secoua la tête avec désespoir et refusa de quitter sa place près du boulon. Il m'était impossible de m'emparer de lui ; la conjoncture ne permettait pas de délai. Ainsi, avec une amère angoisse, je l'abandonnai à sa destinée ; je m'attachai moi-même à la barrique avec le câble qui l'amarrait à l'échauguette, et, sans hésiter un moment de plus, je me précipitai avec dans la mer.

"Le résultat fut précisément ce que j'espérais. Comme c'est moi-même qui vous raconte cette histoire, — comme vous voyez que j'ai échappé, — et comme vous connaissez déjà le mode de salut que j'employai et pouvez dès lors prévoir tout ce que j'aurais de plus à vous dire, — j'abrégerai mon récit et j'irai droit à la conclusion. Il s'était écoulé une heure environ depuis que j'avais quitté le bord du semaque, quand, étant descendu à une vaste distance au-dessous de moi, il fit coup sur coup trois ou quatre tours précipités, et, emportant mon frère bien-aimé, piqua de l'avant décidément et pour toujours, dans le chaos d'écume. Le baril auquel j'étais attaché nageait presque à moitié chemin de la distance qui séparait le fond du gouffre de l'endroit où je m'étais précipité par-dessus bord, quand un grand changement eut lieu dans le caractère du tourbillon. La pente des parois du vaste entonnoir se fit de moins en moins escarpée. Les évolutions du tourbillon devinrent graduellement de moins en moins rapides. Peu à peu l'écume et l'arc-en-ciel disparurent, et le fond du gouffre sembla s'élever lentement. Le ciel était clair, le vent était tombé, et la pleine lune se couchait radieusement à l'ouest, quand je me retrouvai à la surface de l'Océan, juste en vue de la côte de Lofoden, et au-dessus de l'endroit où *était* naguère le tourbillon du Moskoe-Strom. C'était l'heure de l'accalmie, — mais la mer se soulevait toujours en vagues énormes par suite de la tempête. Je fus

borne violently into the channel of the Ström, and in a few minutes was hurried down the coast into the 'grounds' of the fishermen. A boat picked me up—exhausted from fatigue—and (now that the danger was removed) speechless from the memory of its horror. Those who drew me on board were my old mates and daily companions—but they knew me no more than they would have known a traveller from the spirit-land. My hair which had been raven-black the day before, was as white as you see it now. They say too that the whole expression of my countenance had changed. I told them my story—they did not believe it. I now tell it to you—and I can scarcely expect you to put more faith in it than did the merry fishermen of Lofoden."

Note :

1. See Archimedes, "De Incidentibus in Fluido."—lib. 2.

porté violemment dans le canal du Strom et jeté en quelques minutes à la côte, parmi les pêcheries. Un bateau me repêcha, — épuisé de fatigue ; — et, maintenant que le danger avait disparu, le souvenir de ces horreurs m'avait rendu muet. Ceux qui me tirèrent à bord étaient mes vieux camarades de mer et mes compagnons de chaque jour, — mais ils ne me reconnaissaient pas plus qu'ils n'auraient reconnu un voyageur revenu du monde des esprits. Mes cheveux, qui la veille étaient d'un noir de corbeau, étaient aussi blancs que vous les voyez maintenant. Ils dirent aussi que toute l'expression de ma physionomie était changée. Je leur contai mon histoire, — ils ne voulurent pas y croire. — Je vous la raconte, à vous, maintenant, et j'ose à peine espérer que vous y ajouterez plus de foi que les plaisants pêcheurs de Lofoden.

Note :

1. Archimède, *De occidentibus in fluido*. — E. A. P.

The Facts in the Case of M. Valdemar

1845

La Vérité sur le cas de M. Valdemar

Edgar Allan Poe

Of course I shall not pretend to consider it any matter for wonder, that the extraordinary case of M. Valdemar has excited discussion. It would have been a miracle had it not—especially under the circumstances. Through the desire of all parties concerned, to keep the affair from the public, at least for the present, or until we had farther opportunities for investigation—through our endeavors to effect this—a garbled or exaggerated account made its way into society, and became the source of many unpleasant misrepresentations; and, very naturally, of a great deal of disbelief.

It is now rendered necessary that I give the facts—as far as I comprehend them myself. They are, succinctly, these:

My attention, for the last three years, had been repeatedly drawn to the subject of Mesmerism; and about nine months ago, it occurred to me, quite suddenly, that in the series of experiments made hitherto, there had been a very remarkable and most unaccountable omission: no person had as yet been mesmerized in articulo mortis. It remained to be seen, first, whether, in such condition, there existed in the patient any susceptibility to the magnetic influence; secondly, whether, if any existed, it was impaired or increased by the condition; thirdly, to what extent, or for how long a period, the encroachments of Death might be arrested by the process. There were other points to be ascertained, but these most excited my curiosity—the last in especial, from the immensely important character of its consequences.

In looking around me for some subject by whose means I might test these particulars, I was brought to think of my friend, M. Ernest Valdemar, the well-known compiler of the "Bibliotheca Forensica," and author (under the nom de plume of Issachar Marz) of the Polish

Charles Baudelaire

Que le cas extraordinaire de M. Valdemar ait excité une discussion, il n'y a certes pas lieu de s'en étonner. C'eût été un miracle qu'il n'en fût pas ainsi, — particulièrement dans de telles circonstances. Le désir de toutes les parties intéressées à tenir l'affaire secrète, au moins pour le présent ou en attendant l'opportunité d'une nouvelle investigation, et nos efforts pour y réussir ont laissé place à un récit tronqué ou exagéré qui s'est propagé dans le public, et qui, présentant l'affaire sous les couleurs les plus désagréablement fausses, est naturellement devenu la source d'un grand discrédit.

Il est maintenant devenu nécessaire que je donne *les faits*, autant du moins que je les comprends moi-même. Succinctement les voici :

Mon attention, dans ces trois dernières années, avait été à plusieurs reprises attirée vers le magnétisme ; et, il y a environ neuf mois, cette pensée frappa presque soudainement mon esprit, que, dans la série des expériences faites jusqu'à présent, il y avait une très-remarquable et très-inexplicable lacune : — personne n'avait encore été magnétisé *in articulo mortis*. Restait à savoir, d'abord, si dans un pareil état existait chez le patient une réceptibilité quelconque de l'influx magnétique ; en second lieu, si, dans le cas de l'affirmative, elle était atténuée ou augmentée par la circonstance ; troisièmement, jusqu'à quel point et pour combien de temps les empiétements de la mort pouvaient être arrêtés par l'opération. Il y avait d'autres points à vérifier, mais ceux-ci excitaient le plus ma curiosité, — particulièrement le dernier, à cause du caractère immensément grave de ses conséquences.

En cherchant autour de moi un sujet au moyen duquel je pusse éclaircir ces points, je fus amené à jeter les yeux sur mon ami, M. Ernest Valdemar, le compilateur bien connu de la *Bibliotheca forensica*, et auteur (sous le pseudonyme d'Issachar Marx) des

versions of "Wallenstein" and "Gargantua." M. Valdemar, who has resided principally at Harlem, N. Y., since the year 1839, is (or was) particularly noticeable for the extreme spareness of his person—his lower limbs much resembling those of John Randolph; and, also, for the whiteness of his whiskers, in violent contrast to the blackness of his hair—the latter, in consequence, being very generally mistaken for a wig. His temperament was markedly nervous, and rendered him a good subject for mesmeric experiment. On two or three occasions I had put him to sleep with little difficulty, but was disappointed in other results which his peculiar constitution had naturally led me to anticipate. His will was at no period positively, or thoroughly, under my control, and in regard to clairvoyance, *I could accomplish with him nothing to be relied upon. I always attributed my failure at these points to the disordered state of his health. For some months previous to my becoming acquainted with him, his physicians had declared him in a confirmed phthisis. It was his custom, indeed, to speak calmly of his approaching dissolution, as of a matter neither to be avoided nor regretted.*

When the ideas to which I have alluded first occurred to me, it was of course very natural that I should think of M. Valdemar. I knew the steady philosophy of the man too well to apprehend any scruples from him; and he had no relatives in America who would be likely to interfere. I spoke to him frankly upon the subject; and to my surprise, his interest seemed vividly excited. I say to my surprise; for, although he had always yielded his person freely to my experiments, he had never before given me any tokens of sympathy with what I did. His disease was of that character which would admit of exact calculation in respect to the epoch of its termination in death; and it was finally arranged between us that he would send for me about twenty-four hours before the period announced by his physicians as that of his decease.

traductions polonaises de *Wallenstein* et de *Gargantua*. M. Valdemar, qui résidait généralement à Harlem (New-York) depuis l'année 1839, est ou était particulièrement remarquable par l'excessive maigreur de sa personne, — ses membres inférieurs ressemblant beaucoup à ceux de John Randolph, — et aussi par la blancheur de ses favoris qui faisait contraste avec sa chevelure noire, que chacun prenait conséquemment pour une perruque. Son tempérament était singulièrement nerveux et en faisait un excellent sujet pour les expériences magnétiques. Dans deux ou trois occasions, je l'avais amené à dormir sans grande difficulté ; mais je fus déçu quant aux autres résultats que sa constitution particulière m'avait naturellement fait espérer. Sa volonté n'était jamais positivement ni entièrement soumise à mon influence, et relativement à la *clairvoyance* je ne réussis à faire avec lui rien sur quoi l'on pût faire fond. J'avais toujours attribué mon insuccès sur ces points au dérangement de sa santé. Quelques mois avant l'époque où je fis sa connaissance, les médecins l'avaient déclaré atteint d'une phtisie bien caractérisée. C'était à vrai dire sa coutume de parler de sa fin prochaine avec beaucoup de sang-froid, comme d'une chose qui ne pouvait être ni évitée ni regrettée.

Quand ces idées, que j'exprimais tout à l'heure, me vinrent pour la première fois, il était très-naturel que je pensasse à M. Valdemar. Je connaissais trop bien la solide philosophie de l'homme pour redouter quelques scrupules de sa part, et il n'avait point de parents en Amérique qui pussent plausiblement intervenir. Je lui parlai franchement de la chose ; et, à ma grande surprise, il parut y prendre un intérêt très-vif. Je dis à ma grande surprise, car, quoiqu'il eût toujours gracieusement livré sa personne à mes expériences, il n'avait jamais témoigné de sympathie pour mes études. Sa maladie était de celles qui admettent un calcul exact relativement à l'époque de leur *dénoûment* ; et il fut finalement convenu entre nous qu'il m'enverrait chercher vingt-quatre heures avant le terme marqué par les médecins pour sa mort.

Edgar Allan Poe

It is now rather more than seven months since I received, from Valdemar himself, the subjoined note:

"My dear P...,

"You may as well come now. D... and F... are agreed that I cannot hold out beyond to-morrow midnight; and I think they have hit the time very nearly.

"Valdemar."

I received this note within half an hour after it was written, and in fifteen minutes more I was in the dying man's chamber. I had not seen him for ten days, and was appalled by the fearful alteration which the brief interval had wrought in him. His face wore a leaden hue; the eyes were utterly lustreless; and the emaciation was so extreme, that the skin had been broken through by the cheek-bones. His expectoration was excessive. The pulse was barely perceptible. He retained, nevertheless, in a very remarkable manner, both his mental power and a certain degree of physical strength. He spoke with distinctness, took some palliative medicines without aid—and, when I entered the room, was occupied in penciling memoranda in a pocketbook. He was propped up in the bed by pillows. Doctors D... and F... were in attendance.

After pressing Valdemar's hand, I took these gentlemen aside, and obtained from them a minute account of the patient's condition. The left lung had been for eighteen months in a semi osseous or cartilaginous state, and was, of course, entirely useless for all purposes of vitality. The right, in its upper portion, was also partially, if not thoroughly, ossified, while the lower region was merely a mass of purulent tubercles, running one into another. Several extensive perforations existed; and, at one point, permanent adhesion to the ribs had taken place. These appearances in the right lobe were of comparatively recent date. The ossification had proceeded with very unusual rapidity; no sign of it had been discovered a month before,

Charles Baudelaire

Il y a maintenant sept mois passés que je reçus de M. Valdemar le billet suivant :

"Mon cher P...,

"Vous pouvez aussi bien venir *maintenant*. D... et F... s'accordent à dire que je n'irai pas, demain, au delà de minuit ; et je crois qu'ils ont calculé juste, ou bien peu s'en faut.

"Valdemar."

Je recevais ce billet une demi-heure après qu'il m'était écrit, et, en quinze minutes au plus, j'étais dans la chambre du mourant. Je ne l'avais pas vu depuis dix jours, et je fus effrayé de la terrible altération que ce court intervalle avait produite en lui. Sa face était d'une couleur de plomb ; ses yeux étaient entièrement éteints, et l'amaigrissement était si remarquable, que les pommettes avaient crevé la peau. L'expectoration était excessive ; le pouls à peine sensible. Il conservait néanmoins d'une manière fort singulière toutes ses facultés spirituelles et une certaine quantité de force physique. Il parlait distinctement, — prenait sans aide quelques drogues palliatives, — et, quand j'entrai dans la chambre, il était occupé à écrire quelques notes sur un agenda. Il était soutenu dans son lit par des oreillers. Les docteurs D... et F... lui donnaient leurs soins.

Après avoir serré la main de Valdemar, je pris ces messieurs à part et j'obtins un compte rendu minutieux de l'état du malade. Le poumon gauche était depuis dix-huit mois dans un état semi-osseux ou cartilagineux, et conséquemment tout à fait impropre à toute fonction vitale. Le droit, dans sa partie supérieure, s'était aussi ossifié, sinon en totalité, du moins partiellement, pendant que la partie inférieure n'était plus qu'une masse de tubercules purulents, se pénétrant les uns les autres. Il existait plusieurs perforations profondes, et en un certain point il y avait adhérence permanente des côtes. Ces phénomènes du lobe droit étaient de date comparativement récente. L'ossification avait marché avec une rapidité très-insolite, — un mois auparavant on

and the adhesion had only been observed during the three previous days. Independently of the phthisis, the patient was suspected of aneurism of the aorta; but on this point the osseous symptoms rendered an exact diagnosis impossible. It was the opinion of both physicians that M. Valdemar would die about midnight on the morrow (Sunday). It was then seven o'clock on Saturday evening.

On quitting the invalid's bedside to hold conversation with myself, Doctors D... and F... had bidden him a final farewell. It had not been their intention to return; but at my request, they agreed to look in upon the patient about ten the next night.

When they had gone, I spoke freely with M. Valdemar on the subject of his approaching dissolution, as well as, more particularly, of the experiment proposed. He still professed himself quite willing and even anxious to have it made, and urged me to commence it at once. A male and a female nurse were in attendance; but I did not feel myself altogether at liberty to engage in a task of this character with no more reliable witnesses than these people, in case of sudden accident, might prove. I therefore postponed operations until about eight the next night, when the arrival of a medical student with whom I had some acquaintance (Mr. Theodore L...), relieved me from further embarrassment. It had been my design, originally, to wait for the physicians; but I was induced to proceed, first, by the urgent entreaties of M. Valdemar, and secondly, by my conviction that I had not a moment to lose, as he was evidently sinking fast.

Mr. L... was so kind as to accede to my desire that he would take notes of all that occurred; and it is from his memoranda that what I now have to relate is, for the most part, either condensed or copied verbatim.

It wanted about five minutes of eight when, taking the patient's hand, I begged him to state, as distinctly as he could, to Mr. L..., whether he

n'en découvrait encore aucun symptôme, — et l'adhérence n'avait été remarquée que dans ces trois derniers jours. Indépendamment de la phtisie, on soupçonnait un anévrisme de l'aorte, mais sur ce point les symptômes d'ossification rendaient impossible tout diagnostic exact. L'opinion des deux médecins était que M. Valdemar mourrait le lendemain dimanche vers minuit. Nous étions au samedi, et il était sept heures du soir.

En quittant le chevet du moribond pour causer avec moi, les docteurs D... et F... lui avaient dit un suprême adieu. Ils n'avaient pas l'intention de revenir ; mais, à ma requête, ils consentirent à venir voir le patient vers dix heures de la nuit.

Quand ils furent partis, je causai librement avec M. Valdemar de sa mort prochaine, et plus particulièrement de l'expérience que nous nous étions proposée. Il se montra toujours plein de bon vouloir ; il témoigna même un vif désir de cette expérience et me pressa de commencer tout de suite. Deux domestiques, un homme et une femme, étaient là pour donner leurs soins ; mais je ne me sentis pas tout à fait libre de m'engager dans une tâche d'une telle gravité sans autres témoignages plus rassurants que ceux que pourraient produire ces gens-là en cas d'accident soudain. Je renvoyais donc l'opération à huit heures, quand l'arrivée d'un étudiant en médecine, avec lequel j'étais un peu lié, M. Théodore L..., me tira définitivement d'embarras. Primitivement j'avais résolu d'attendre les médecins ; mais je fus induit à commencer tout de suite, d'abord par les sollicitations de M. Valdemar, en second lieu par la conviction que je n'avais pas un instant à perdre, car il s'en allait évidemment.

M. L... fut assez bon pour accéder au désir que j'exprimai qu'il prît des notes de tout ce qui surviendrait ; et c'est d'après son procès-verbal que je décalque pour ainsi dire mon récit. Quand je n'ai pas condensé, j'ai copié mot pour mot.

Il était environ huit heures moins cinq, quand, prenant la main du patient, je le priai de confirmer à M. L..., aussi distinctement qu'il le

Edgar Allan Poe

(M. Valdemar) was entirely willing that I should make the experiment of mesmerizing him in his then condition.

He replied feebly, yet quite audibly, "Yes, I wish to be mesmerized"—adding immediately afterward, "I fear you have deferred it too long."

While he spoke thus, I commenced the passes which I had already found most effectual in subduing him. He was evidently influenced with the first lateral stroke of my hand across his forehead; but although I exerted all my powers, no further perceptibie effect was induced until some minutes after ten o'clock when Doctors D... and F... called, according to appointment. I explained to them, in a few words, what I designed, and as they opposed no objection, saying that the patient was already in the death agony, I proceeded without hesitation—exchanging, however, the lateral passes for downward ones, and directing my gaze entirely into the right eye of the sufferer.

By this time his pulse was imperceptible and his breathing was stertorous, and at intervals of half a minute.

This condition was nearly unaltered for a quarter of an hour. At the expiration of this period, however, a natural although a very deep sigh escaped the bosom of the dying man, and the stertorous breathing ceased—that is to say, its stertorousness was no longer apparent; the intervals were undiminished. The patient's extremities were of an icy coldness.

At five minutes before eleven, I perceived unequivocal signs of the mesmeric influence. The glassy roll of the eye was changed for that expression of uneasy inward examination which is never seen except in cases of sleep-waking, and which it is quite impossible to mistake. With a few rapid lateral passes I made the lids quiver, as in incipient sleep, and with a few more I closed them altogether. I was not

pourrait, que c'était son formel désir, à lui Valdemar, que je fisse une expérience magnétique sur lui, dans de telles conditions.

Il répliqua faiblement, mais très-distinctement : "Oui, je désire être magnétisé ;" ajoutant immédiatement après : "Je crains bien que vous n'ayez différé trop longtemps."

Pendant qu'il parlait, j'avais commencé les passes que j'avais déjà reconnues les plus efficaces pour l'endormir. Il fut évidemment influencé par le premier mouvement de ma main qui traversa son front ; mais, quoique je déployasse toute ma puissance, aucun autre effet sensible ne se manifesta jusqu'à dix heures dix minutes, quand les médecins D… et F… arrivèrent au rendez-vous. Je leur expliquai en peu de mots mon dessein ; et, comme ils n'y faisaient aucune objection, disant que le patient était déjà dans sa période d'agonie, je continuai sans hésitation, changeant toutefois les passes latérales en passes longitudinales, et concentrant tout mon regard juste dans l'œil du moribond.

Pendant ce temps, son pouls devint imperceptible, et sa respiration obstruée et marquant un intervalle d'une demi-minute.

Cet état dura un quart d'heure, presque sans changement. À l'expiration de cette période, néanmoins, un soupir naturel, quoique horriblement profond, s'échappa du sein du moribond, et la respiration ronflante cessa, c'est-à-dire que son ronflement ne fut plus sensible ; les intervalles n'étaient pas diminués. Les extrémités du patient étaient d'un froid de glace.

À onze heures moins cinq minutes, j'aperçus des symptômes non équivoques de l'influence magnétique. Le vacillement vitreux de l'œil s'était changé en cette expression pénible de regard *en dedans* qui ne se voit jamais que dans les cas de somnambulisme, et à laquelle il est impossible de se méprendre ; avec quelques passes latérales rapides, je fis palpiter les paupières, comme quand le sommeil nous prend, et, en insistant un peu, je les fermai tout à fait.

satisfied, however, with this, but continued the manipulations vigorously, and with the fullest exertion of the will, until I had completely stiffened the limbs of the slumberer, after placing them in a seemingly easy position. The legs were at full length; the arms were nearly so, and reposed on the bed at a moderate distance from the loins. The head was very slightly elevated.

When I had accomplished this, it was fully midnight, and I requested the gentlemen present to examine M. Valdemar's condition. After a few experiments, they admitted him to be in an unusually perfect state of mesmeric trance. The curiosity of both the physicians was greatly excited. Dr. D... resolved at once to remain with the patient all night, while Dr. F... took leave with a promise to return at daybreak. Mr. L... and the nurses remained.

We left M. Valdemar entirely undisturbed until about three o'clock in the morning, when I approached him and found him in precisely the same condition as when Dr. F... went away—that is to say, he lay in the same position; the pulse was imperceptible; the breathing was gentle (scarcely noticeable, unless through the application of a mirror to the lips); the eyes were closed naturally; and the limbs were as rigid and as cold as marble. Still, the general appearance was certainly not that of death.

As I approached M. Valdemar I made a kind of half effort to influence his right arm into pursuit of my own. as I passed the latter gently to and fro above his person. In such experiments with this patient, I had never perfectly succeeded before, and assuredly I had little thought of succeeding now; but to my astonishmnt, his arm very readily, although feebly, followed every direction I assigned it with mine. I determined to hazard a few words of conversation.

Ce n'était pas assez pour moi, et continuai mes exercices vigoureusement et avec la plus intense projection de volonté, jusqu'à ce que j'eusse complètement paralysé les membres du dormeur, après les avoir placés dans une position en apparence commode. Les jambes étaient tout à fait allongées ; les bras à peu près étendus, et reposant sur le lit à une distance médiocre des reins. La tête était très-légèrement élevée.

Quand j'eus fait tout cela, il était minuit sonné, et je priai ces messieurs d'examiner la situation de M. Valdemar. Après quelques expériences, ils reconnurent qu'il était dans un état de catalepsie magnétique extraordinairement parfaite. La curiosité des deux médecins était grandement excitée. Le docteur D… résolut tout à coup de passer toute la nuit auprès du patient, pendant que le docteur F… prit congé de nous en promettant de revenir au petit jour ; M. L… et les gardes-malades restèrent.

Nous laissâmes M. Valdemar absolument tranquille jusqu'à trois heures du matin ; alors, je m'approchai de lui et le trouvai exactement dans le même état que quand le docteur F… était parti, — c'est-à-dire qu'il était étendu dans la même position ; que le pouls était imperceptible, la respiration douce, à peine sensible, — excepté par l'application d'un miroir aux lèvres ; les yeux fermés naturellement, et les membres aussi rigides et aussi froids que du marbre. Toutefois, l'apparence générale n'était certainement pas celle de la mort.

En approchant de M. Valdemar, je fis une espèce de demi-effort pour déterminer son bras droit à suivre le mien dans les mouvements que je décrivais doucement çà et là au-dessus de sa personne. Autrefois, quand j'avais tenté ces expériences avec le patient, elles n'avaient jamais pleinement réussi, et assurément je n'espérais guère mieux réussir cette fois ; mais, à mon grand étonnement, son bras suivit très-doucement, quoique les indiquant faiblement, toutes les directions que le mien lui assigna. Je me déterminai à essayer quelques mots de conversation.

Edgar Allan Poe

"M. Valdemar," I said, "are you asleep?" He made no answer, but I perceived a tremor about the lips, and was thus induced to repeat the question, again and again. At its third repetition, his whole frame was agitated by a very slight shivering; the eyelids unclosed themselves so far as to display a white line of a ball; the lips moved sluggishly, and from between them, in a barely audible whisper, issued the words:

"Yes;—asleep now. Do not wake me!—let me die so!"

I here felt the limbs and found them as rigid as ever. The right arm, as before, obeyed the direction of my hand. I questioned the sleep-waker again:

"Do you still feel pain in the breast, M. Valdemar?"

The answer now was immediate, but even less audible than before:

"No pain—I am dying."

I did not think it advisable to disturb him further just then, and nothing more was said or done until the arrival of Dr. F..., who came a little before sunrise, and expressed unbounded astonishment at finding the patient still alive. After feeling the pulse and applying a mirror to the lips, he requested me to speak to the sleep-waker again. I did so, saying:

"M, Valdemar, do you still sleep?"

As before, some minutes elapsed ere a reply was made; and during the interval the dying man seemed to be collecting his energies to speak. At my fourth repetition of the question, he said very faintly, almost inaudibiy:

Charles Baudelaire

— Monsieur Valdemar, dis-je, dormez-vous ? il ne répondit pas, mais j'aperçus un tremblement sur ses lèvres, et je fus obligé de répéter ma question une seconde et une troisième fois. À la troisième, tout son être fut agité d'un léger frémissement ; les paupières se soulevèrent d'elles-mêmes comme pour dévoiler une ligne blanche du globe ; les lèvres remuèrent paresseusement et laissèrent échapper ces mots dans un murmure à peine intelligible :

— Oui ; je dors maintenant. Ne m'éveillez pas ! — Laissez-moi mourir ainsi !

Je tâtai les membres et les trouvai toujours aussi rigides. Le bras droit, comme tout à l'heure, obéissait à la direction de ma main. Je questionnai de nouveau le somnambule.

— Vous sentez-vous toujours mal à la poitrine, monsieur Valdemar ?

La réponse ne fut pas immédiate ; elle fut encore moins accentuée que le première :

— Mal ? — non, — je meurs.

Je ne jugeai pas convenable de le tourmenter davantage pour le moment, et il ne se dit, il ne se fit rien de nouveau jusqu'à l'arrivée du docteur F..., qui précéda un peu le lever du soleil, et éprouva un étonnement sans bornes en trouvant le patient encore vivant. Après avoir tâté le pouls du somnambule et lui avoir appliqué un miroir sur les lèvres, il me pria de lui parler encore.

— Monsieur Valdemar, dormez-vous toujours ?

Comme précédemment, quelques minutes s'écoulèrent avant la réponse ; et, durant l'intervalle, le moribond sembla rallier toute son énergie pour parler. À ma question répétée pour la quatrième fois, il répondit très-faiblement, presque inintelligiblement :

"Yes; still asleep—dying."

It was now the opinion, or rather the wish, of the physicians, that M. Valdemar should be suffered to remain undisturbed in his present apparently tranquil condition, until death should supervene—and this, it was generally agreed, must now take place within a few minutes. I concluded, however, to speak to him once more, and merely repeated my previous question.

While I spoke, there came a marked change over the countenance of the sleep-waker. The eyes rolled themselves slowly open, the pupils disappearing upwardly; the skin generally assumed a cadaverous hue, resembling not so much parchment as white paper; and the circular hectic spots which, hitherto, had been strongly defined in the centre of each cheek, went out at once. I use this expression, because the suddenness of their departure put me in mind of nothing so much as the extinguishment of a candle by a puff of the breath. The upper lip, at the same time, writhed itself away from the teeth, which it had previously covered completely; while the lower jaw fell with an audible jerk, leaving the mouth widely extended, and disclosing in full view the swollen and blackened tongue. I presume that no member of the party then present had been unaccustomed to death-bed horrors; but so hideous beyond conception was the appearance of M. Valdemar at this moment, that there was a general shrinking back from the region of the bed.

I now feel that I have reached a point of this narrative at which every reader will be startled into positive disbelief. It is my business, however, simply to proceed.

There was no longer the faintest sign of vitality in M. Valdemar; and concluding him to be dead, we were consigning him to the charge of the nurses, when a strong vibratory motion was observable in the tongue. This continued for perhaps a minute. At the expiration of this period, there issued from the distended and motionless jaws a

Charles Baudelaire

— Oui, toujours ; — je dors, — je meurs.

C'était alors l'opinion, ou plutôt le désir des médecins, qu'on permit à M. Valdemar de rester sans être troublé dans cet état actuel de calme apparent, jusqu'à ce que la mort survînt ; et cela devait avoir lieu, — on fut unanime là-dessus, — dans un délai de cinq minutes. Je résolus cependant de lui parler encore une fois, et je répétai simplement ma question précédente.

Pendant que je parlais, il se fit un changement marqué dans la physionomie du somnambule. Les yeux roulèrent dans leurs orbites, lentement découverts par les paupières qui remontaient ; la peau prit un ton général cadavéreux, ressemblant moins à du parchemin qu'à du papier blanc ; et les deux taches hectiques circulaires, qui jusque-là étaient vigoureusement fixées dans le centre de chaque joue, *s'éteignirent* tout d'un coup. Je me sers de cette expression, parce que la soudaineté de leur disparition me fait penser à une bougie soufflée plutôt qu'à toute autre chose. La lèvre supérieure, en même temps, se tordit en remontant au dessus des dents que tout à l'heure elle couvrait entièrement, pendant que la mâchoire inférieure tombait avec une saccade qui put être entendue, laissant la bouche toute grande ouverte, et découvrant en plein la langue noire et boursouflée. Je présume que tous les témoins étaient familiarisés avec les horreurs d'un lit de mort ; mais l'aspect de M. Valdemar en ce moment était tellement hideux, hideux au delà de toute conception, que ce fut une reculade générale loin de la région du lit.

Je sens maintenant que je suis arrivé à un point de mon récit où le lecteur révolté me refusera toute croyance. Cependant, mon devoir est de continuer.

Il n'y avait plus dans M. Valdemar le plus faible symptôme de vitalité ; et, concluant qu'il était mort, nous le laissions aux soins des gardes-malades, quand un fort mouvement de vibration se manifesta dans la langue. Cela dura pendant une minute peut-être. À l'expiration de cette période, des mâchoires distendues et immobiles jaillit une voix,

voice—such as it would be madness in me to attempt describing. There are, indeed, two or three epithets which might be considered as applicable to it in part; I might say, for example, that the sound was harsh, and broken, and hollow; but the hideous whole is indescribable, for the simple reason that no similar sounds have ever jarred upon the ear of humanity. There were two particulars, nevertheless, which I thought then, and still think, might fairly be stated as characteristic of the intonation—as well adapted to convey some idea of its unearthly peculiarity. In the first place, the voice seemed to reach our ears—at least mine—from a vast distance, or from some deep cavern within the earth. In the second place it impressed me (I fear, indeed, that it will be impossible to make myself comprehended) as gelatinous or glutinous matters impress the sense of touch.

I have spoke both of "sound" and of "voice." I mean to say that the sound was one of distinct—of even wonderfully, thrillingly distinct—syllabification. M. Valdemar spoke—obviously in reply to the question I had propounded to him a few minutes before. I had asked him, it will be remembered, if he still slept. He now said:

"Yes;—no;—I have been sleeping—and now—now—I am dead!"

No person present even affected to deny, or attempted to repress, the unutterable, shuddering horror which these few words, thus uttered, were so well calculated to convey. Mr. L... (the student) swooned. The nurses immediately left the chamber, and could not be induced to return. My own impressions I would not pretend to render intelligible to the reader. For nearly an hour we busied ourselves, silently—without the utterance of a word—in endeavors to revive Mr. L... . When he came to himself we addressed ourselves again to an investigation of M. Valdemar's condition. It remained in all respects as I have at last described it, with the exception that the mirror no

— une voix telle que ce serait folie d'essayer de la décrire. Il y a cependant deux ou trois épithètes qui pourraient lui être appliquées comme des à-peu-près : ainsi, je puis dire que le son était âpre, déchiré, caverneux ; mais le hideux total n'est pas définissable, par la raison que de pareils sons n'ont jamais hurlé dans l'oreille de l'humanité. Il y avait cependant deux particularités qui — je le pensai alors, et je le pense encore, — peuvent être justement prises comme caractéristiques de l'intonation, et qui sont propres à donner quelque idée de son étrangeté extra-terrestre. En premier lieu, la voix semblait parvenir à nos oreilles, — aux miennes du moins, — comme d'une très-lointaine distance ou de quelque abîme souterrain. En second lieu, elle m'impressionna (je crains, en vérité, qu'il ne me soit impossible de me faire comprendre), de la même manière que les matières glutineuses ou gélatineuses affectent le sens du toucher.

J'ai parlé à la fois de son et de voix. Je veux dire que le son était d'une syllabisation distincte, et même terriblement, effroyablement distincte. M. Valdemar *parlait*, évidemment pour répondre à la question que je lui avais adressée quelques minutes auparavant. Je lui avais demandé, on s'en souvient, s'il dormait toujours. Il disait maintenant :

— Oui, — non, — *j'ai dormi,* — et maintenant, — maintenant, *je suis mort.*

Aucune des personnes présentes n'essaya de nier ni même de réprimer l'indescriptible, la frissonnante horreur que ces quelques mots ainsi prononcés étaient si bien faits pour créer. M. L…, l'étudiant, s'évanouit. Les gardes-malades s'enfuirent immédiatement de la chambre, et il fut impossible de les y ramener. Quant à mes propres impressions, je ne prétends pas les rendre intelligibles pour le lecteur. Pendant près d'une heure, nous nous occupâmes en silence (pas un mot ne fut prononcé) à rappeler M. L… à la vie. Quand il fut revenu à lui, nous reprîmes nos investigations sur l'état de M. Valdemar. Il était resté à tous égards tel que je l'ai décrit en dernier lieu, à l'exception que le miroir ne donnait plus aucun vestige de

longer afforded evidence of respiration. An attempt to draw blood from the arm failed. I should mention, too, that this limb was no farther subject to my will. I endeavored in vain to make it follow the direction of my hand. The only real indication, indeed, of the mesmeric influence, was now found in the vibratory movement of the tongue, whenever I addressed M. Valdemar a question. He seemed to be making an effort to reply, but had no longer sufficient volition. To queries put to him by any other person than myself he seemed utterly insensible—although I endeavored to place each member of the company in mesmeric rapport *with him. I believe that I have now related all that is necessary to an understanding of the sleep-waker's state at this epoch. Other nurses were procured; and at ten o'clock I left the house in company with the two physicians and Mr. L... .*

In the afternoon we all called again to see the patient. His condition remained precisely the same. We had now some discussion as to the propriety and feasibility of awakening him; but we had little difficulty in agreeing that no good purpose would be served by so doing. It was evident that, so far, death (or what is usually termed death) had been arrested by the mesmeric process. It seemed clear to us all that to awaken M. Valdemar would be merely to insure his instant, or at least his speedy dissolution.

From this period until the close of last week—an interval of nearly seven months—*we continued to make daily calls at M. Valdemar's house accompanied, now and then, by medical and other friends. All this time the sleep-waker remained* exactly as I have at last described him. *The nurses' attentions were continual.*

It was on Friday last that we finally resolved to make the experiment of awakening, or attempting to awaken him; and it is the (perhaps) unfortunate result of this latter experiment which has given rise to so much discussion in private circles—to so much of what I cannot help thinking unwarranted popular feeling.

respiration. Une tentative de saignée au bras resta sans succès. Je dois mentionner aussi que ce membre n'était plus soumis à ma volonté. Je m'efforçai en vain de lui faire suivre la direction de ma main. La seule indication réelle de l'influence magnétique se manifestait maintenant dans le mouvement vibratoire de la langue. Chaque fois que j'adressais une question à M. Valdemar, il semblait qu'il fît un effort pour répondre, mais que sa volition ne fût pas suffisamment durable. Aux questions faites par une autre personne que moi il paraissait absolument insensible, — quoique j'eusse tenté de mettre chaque membre de la société en rapport magnétique avec lui. Je crois que j'ai maintenant relaté tout ce qui est nécessaire pour faire comprendre l'état du somnambule dans cette période. Nous nous procurâmes d'autres infirmiers, et, à dix heures, je sortis de la maison, en compagnie des deux médecins et de M. L…

Dans l'après midi, nous revînmes tous voir le patient. Son état état absolument le même. Nous eûmes alors une discussion sur l'opportunité et la possibilité de l'éveiller ; mais nous fûmes bientôt d'accord en ceci qu'il n'en pouvait résulter aucune utilité. Il était évident que jusque-là, la mort, ou ce que l'on définit habituellement par le mot *mort*, avait été arrêtée par l'opération magnétique. Il nous semblait clair à tous qu'éveiller M. Valdemar, c'eût été simplement assurer sa minute suprême, ou au moins accélérer sa désorganisation.

Depuis lors jusqu'à la fin de la semaine dernière, — *un intervalle de sept mois à peu près,* — nous nous réunîmes journellement dans la maison de M. Valdemar, accompagnés de médecins et d'autres amis. Pendant tout ce temps, le somnambule resta *exactement* tel que je l'ai décrit. La surveillance des infirmiers était continuelle.

Ce fut vendredi dernier que nous résolûmes finalement de faire l'expérience du réveil, ou du moins d'essayer de l'éveiller ; et c'est le résultat, déplorable peut-être, de cette dernière tentative, qui a donné naissance à tant de discussions dans les cercles privés, à tant de bruits dans lesquels je ne puis m'empêcher de voir le résultat d'une crédulité populaire injustifiable.

Edgar Allan Poe

For the purpose of relieving M. Valdemar from the mesmeric trance, I made use of the customary passes. These, for a time, were unsuccessful. The first indication of revival was afforded by a partial descent of the iris. It was observed, as especially remarkable, that this lowering of the pupil was accompanied by the profuse out-flowing of a yellowish ichor (from beneath the lids) of a pungent and highly offensive odor.

It was now suggested that I should attempt to influence the patient's arm, as heretofore. I made the attempt and failed. Dr. F... then intimated a desire to have me put a question. I did so as follows:

"M. Valdemar, can you explain to us what are your feelings or wishes now?"

There was an instant return of the hectic circles on the cheeks; the tongue quivered, or rather rolled violently in the mouth (although the jaws and lips remained rigid as before); and at length the same hideous voice which I have already described, broke forth:

"For God's sake!—quick!—quick!—put me to sleep—or, quick!—waken me!—quick!—I say to you that I am dead!"

I was thoroughly unnerved, and for an instant remained undecided what to do. At first I made an endeavor to recompose the patient; but failing in this through total abeyance of the will, I retraced my steps and as earnestly struggled to awaken him. In this attempt I soon saw that I should be successful—or at least I soon fancied that my success would be complete—and I am sure that all in the room were prepared to see the patient awaken.

For what really occurred, however, it is quite impossible that any human being could have been prepared.

Charles Baudelaire

Pour arracher M. Valdemar à la catalepsie magnétique, je fis usage des passes accoutumées. Pendant quelque temps, elles furent sans résultat. Le premier symptôme de retour à la vie fut un abaissement partiel de l'iris. Nous observâmes comme un fait très-remarquable que cette descente de l'iris était accompagnée du flux très-abondant d'une liqueur jaunâtre (de dessous les paupières) d'une odeur âcre et fortement désagréable.

On me suggéra alors d'essayer d'influencer le bras du patient, comme par le passé. J'essayai, je ne pus. Le docteur F... exprima le désir que je lui adressasse une question. Je le fis de la manière suivante :

— Monsieur Valdemar, pouvez-vous nous expliquer quels sont maintenant vos sensations ou vos désirs ?

Il y eut un retour immédiat des cercles hectiques sur les joues ; la langue trembla ou plutôt roula violemment dans la bouche (quoique les mâchoires et les lèvres demeurassent toujours immobiles), et à la longue la même horrible voix que j'ai décrite fit éruption :

— Pour l'amour de Dieu ! — vite ! — vite ! — faites-moi dormir, — ou bien, vite ! éveillez-moi ! — vite ! *Je vous dis que je suis mort !*

J'étais totalement énervé, et pendant une minute je restai indécis sur ce que j'avais à faire. Je fis d'abord un effort pour calmer le patient ; mais, cette totale vacance de ma volonté ne me permettant pas d'y réussir, je fis l'inverse et m'efforçai aussi vivement que possible de le réveiller. Je vis bientôt que cette tentative aurait un plein succès, — ou du moins je me figurai bientôt que mon succès serait complet, — et je suis sûr que chacun dans la chambre s'attendait au réveil du somnambule.

Quant à ce qui arriva en réalité, aucun être humain n'aurait jamais pu s'y attendre ; c'est au delà de toute possibilité.

Edgar Allan Poe

As I rapidly made the mesmeric passes, amid ejaculations of "dead! dead!" absolutely bursting *from the tongue and not from the lips of the sufferer, his whole frame at once—within the space of a single minute, or even less, shrunk—crumbled—absolutely* rotted *away beneath my hands. Upon the bed, before that whole company, there lay a nearly liquid mass of loathsome—of detestable putrescence.*

Charles Baudelaire

Comme je faisais rapidement les passes magnétiques à travers les cris de « Mort ! mort ! » qui faisaient littéralement explosion sur la langue et non sur les lèvres du sujet, — tout son corps, — d'un seul coup, — dans l'espace d'une minute, et même moins, — se déroba, — s'émietta, — se *pourrit* absolument sous mes mains. Sur le lit, devant tous les témoins, gisait une masse dégoûtante et quasi liquide, — une abominable putréfaction.

Mesmeric Revelation

1844

Révélation magnétique

Edgar Allan Poe

Whatever doubt may still envelop the *rationale of mesmerism*, its startling facts *are* now almost universally admitted. Of these latter, those who doubt, are your mere doubters by profession—an unprofitable and disreputable tribe. There can be no more absolute waste of time than the attempt to *prove*, at the present day, that man, by mere exercise of will, can so impress his fellow, as to cast him into an abnormal condition, of which the phenomena resemble very closely those of death, or at least resemble them more nearly than they do the phenomena of any other normal condition within our cognizance; that, while in this state, the person so impressed employs only with effort, and then feebly, the external organs of sense, yet perceives, with keenly refined perception, and through channels supposed unknown, matters beyond the scope of the physical organs; that, moreover, his intellectual faculties are wonderfully exalted and invigorated; that his sympathies with the person so impressing him are profound; and, finally, that his susceptibility to the impression increases with its frequency, while, in the same proportion, the peculiar phenomena elicited are *more extended* and *more* pronounced.

I say that these—which are the laws of mesmerism in its general features—it would be supererogation to demonstrate; nor shall I inflict upon my readers so needless a demonstration; to-day. My purpose at present is a very different one indeed. I am impelled, even in the teeth of a world of prejudice, to detail without comment the very remarkable substance of a colloquy, occurring between a sleep-waker and myself.

Charles Baudelaire

Bien que les ténèbres du doute enveloppent encore toute la théorie positive du magnétisme, ses foudroyants effets sont maintenant presque universellement admis. Ceux qui doutent de ces effets sont de purs douteurs de profession, une impuissante et peu honorable caste. Ce serait absolument perdre son temps aujourd'hui que de s'amuser à prouver que l'homme, par un pur exercice de sa volonté, peut impressionner suffisamment son semblable pour le jeter dans une condition anomale, dont les phénomènes ressemblent littéralement à ceux de la mort, ou du moins leur ressemblent plus qu'aucun des phénomènes produits dans une condition anomale connue ; que, tout le temps que dure cet état, la personne ainsi influencée n'emploie qu'avec effort, et conséquemment avec peu d'aptitude, les organes extérieurs des sens, et que néanmoins elle perçoit, avec une perspicacité singulièrement subtile et par un canal mystérieux, des objets situés au delà de la portée des organes physiques ; que, de plus, ses facultés intellectuelles s'exaltent et se fortifient d'une manière prodigieuse ; que ses sympathies avec la personne qui agit sur elle sont profondes ; et que finalement sa *susceptibilité* des impressions magnétiques croit en proportion de leur fréquence, en même temps que les phénomènes particuliers obtenus s'étendent et se prononcent davantage et dans la même proportion.

Je dis qu'il serait superflu de démontrer ces faits divers, où est contenue la loi générale du magnétisme, et qui en sont les traits principaux. Je n'infligerai donc pas aujourd'hui à mes lecteurs une démonstration aussi parfaitement oiseuse. Mon dessein, quant à présent, est en vérité d'une tout autre nature. Je sens le besoin, en dépit de tout un monde de préjugés, de raconter, sans commentaires, mais dans tous ses détails, un très-remarquable dialogue qui eut lieu entre un somnambule et moi.

Edgar Allan Poe

I had been long in the habit of mesmerizing the person in question, (Mr. Vankirk,) and the usual acute susceptibility and exaltation of the mesmeric perception had supervened. For many months he had been laboring under confirmed phthisis, the more distressing effects of which had been relieved by my manipulations; and on the night of Wednesday, the fifteenth instant, I was summoned to his bedside.

The invalid was suffering with acute pain in the region of the heart, and breathed with great difficulty, having all the ordinary symptoms of asthma. In spasms such as these he had usually found relief from the application of mustard to the nervous centres, but to-night this had been attempted in vain.

As I entered his room he greeted me with a cheerful smile, and although evidently in much bodily pain, appeared to be, mentally, quite at ease.

"I sent for you to-night," he said, "not so much to administer to my bodily ailment, as to satisfy me concerning certain psychal impressions which, of late, have occasioned me much anxiety and surprise. I need not tell you how sceptical I have hitherto been on the topic of the soul's immortality. I cannot deny that there has always existed, as if in that very soul which I have been denying, a vague half-sentiment of its own existence. But this half-sentiment at no time amounted to conviction. With it my reason had nothing to do. All attempts at logical inquiry resulted, indeed, in leaving me more sceptical than before. I had been advised to study Cousin. I studied him in his own works as well as in those of his European and American echoes. The 'Charles Elwood' of Mr. Brownson, for example, was placed in my hands. I read it with profound attention. Throughout I found it logical, but the portions which were not merely logical were unhappily the initial arguments of the disbelieving hero of the book. In his summing up it seemed evident to me that the

Charles Baudelaire

J'avais depuis longtemps l'habitude de magnétiser la personne en question, M. Vankirk, et la *susceptibilité* vive, l'exaltation du sens magnétique, s'étaient déjà manifestées. Pendant plusieurs mois, M. Vankirk avait beaucoup souffert d'une phtisie avancée, dont les effets les plus cruels avaient été diminués par mes passes, et, dans la nuit du mercredi, 15 courant, je fus appelé à son chevet.

Le malade souffrait des douleurs vives dans la région du cœur et respirait avec une grande difficulté, ayant tous les symptômes ordinaires d'un asthme. Dans des spasmes semblables, il avait généralement trouvé du soulagement dans des applications de moutarde aux centres nerveux ; mais, ce soir-là, il y avait eu recours en vain.

Quand j'entrai dans sa chambre, il me salua d'un gracieux sourire, et, quoiqu'il fût en proie à des douleurs physiques aiguës, il me parut absolument calme quant au moral.

— Je vous ai envoyé chercher cette nuit, dit-il, non pas tant pour m'administrer un soulagement physique que pour me satisfaire relativement à de certaines impressions psychiques qui m'ont récemment causé beaucoup d'anxiété et de surprise. Je n'ai pas besoin de vous dire combien j'ai été sceptique jusqu'à présent sur le sujet de l'immortalité de l'âme. Je ne puis pas vous nier que, dans cette âme que j'allais niant, a toujours existé comme un demi-sentiment assez vague de sa propre existence. Mais ce demi-sentiment ne s'est jamais élevé à l'état de conviction. De tout cela ma raison n'avait rien à faire. Tous mes efforts pour établir là-dessus une enquête logique n'ont abouti qu'à me laisser plus sceptique qu'auparavant. Je me suis avisé d'étudier Cousin ; je l'ai étudié dans ses propres ouvrages aussi bien que dans ses échos européens et américains. J'ai eu entre les mains, par exemple, le *Charles Elwood* de M. Brownson. Je l'ai lu avec une profonde attention. Je l'ai trouvé logique d'un bout à l'autre ; mais les portions qui ne sont pas de la pure logique sont malheureusement les arguments primordiaux du héros incrédule du livre. Dans son résumé, il me parut évident que le

reasoner had not even succeeded in convincing himself. His end had plainly forgotten his beginning, like the government of Trinculo. In short, I was not long in perceiving that if man is to be intellectually convinced of his own immortality, he will never be so convinced by the mere abstractions which have been so long the fashion of the moralists of England, of France, and of Germany. Abstractions may amuse and exercise, but take no hold on the mind. Here upon earth, at least, philosophy, I am persuaded, will always in vain call upon us to look upon qualities as things. The will may assent—the soul—the intellect, never.

"I repeat, then, that I only half felt, and never intellectually believed. But latterly there has been a certain deepening of the feeling, until it has come so nearly to resemble the acquiescence of reason, that I find it difficult to distinguish between the two. I am enabled, too, plainly to trace this effect to the mesmeric influence. I cannot better explain my meaning than by the hypothesis that the mesmeric exaltation enables me to perceive a train of ratiocination which, in my abnormal existence, convinces, but which, in full accordance with the mesmeric phenomena, does not extend, except through its effect, into my normal condition. In sleep-waking, the reasoning and its conclusion—the cause and its effect—are present together. In my natural state, the cause vanishing, the effect only, and perhaps only partially, remains.

"These considerations have led me to think that some good results might ensue from a series of well-directed questions propounded to me while mesmerized. You have often observed the profound self-cognizance evinced by the sleep-waker—the extensive knowledge he displays upon all points relating to the mesmeric condition itself; and from this self-cognizance may be deduced hints for the proper conduct of a catechism."

raisonneur n'avait pas même réussi à se convaincre lui-même. La fin du livre a visiblement oublié le commencement, comme Trinculo son gouvernement. Bref je ne fus pas longtemps à m'apercevoir que, si l'homme doit être intellectuellement convaincu de sa propre immortalité, il ne le sera jamais par les pures abstractions qui ont été si longtemps la manie des moralistes anglais, français et allemands. Les abstractions peuvent être un amusement et une gymnastique, mais elles ne prennent pas possession de l'esprit. Tant que nous serons sur cette terre, la philosophie, j'en suis persuadé, nous sommera toujours en vain de considérer les qualités comme des êtres. La volonté peut consentir, — mais l'âme, — mais l'intellect, jamais.

Je répète donc que j'ai seulement senti à moitié, et que je n'ai jamais cru intellectuellement. Mais, dernièrement, il y eut en moi un certain renforcement de sentiment, qui prit une intensité assez grande pour ressembler à un acquiescement de la raison, au point que je trouve fort difficile de distinguer entre les deux. Je crois avoir le droit d'attribuer simplement cet effet à l'influence magnétique. Je ne saurais expliquer ma pensée que par une hypothèse, à savoir que l'exaltation magnétique me rend apte à concevoir un système de raisonnement qui dans mon existence anormale me convainc, mais qui, par une complète analogie avec le phénomène magnétique, ne s'étend pas, excepté par son *effet*, jusqu'à mon existence normale. Dans l'état somnambulique, il y a simultanéité et contemporanéité entre le raisonnement et la conclusion, entre la cause et son effet. Dans mon état naturel, la cause s'évanouissant, l'effet seul subsiste, et encore peut-être fort affaibli.

Ces considérations m'ont induit à penser que l'on pourrait tirer quelques bons résultats d'une série de questions bien dirigées, proposées à mon intelligence dans l'état magnétique. Vous avez souvent observé la profonde connaissance de soi-même manifestée par le somnambule et la vaste science qu'il déploie sur tous les points relatifs à l'état magnétique. De cette connaissance de soi-même on pourrait tirer des instructions suffisantes pour la rédaction rationnelle d'un catéchisme.

Edgar Allan Poe

I consented of course to make this experiment. A few passes threw Mr. Vankirk into the mesmeric sleep. His breathing became immediately more easy, and he seemed to suffer no physical uneasiness. The following conversation then ensued:—V. in the dialogue representing the patient, and P. myself.

P. Are you asleep?

V. Yes—no I would rather sleep more soundly.

P. [After a few more passes.] Do you sleep now?

V. Yes.

P. How do you think your present illness will result?

V. [After a long hesitation and speaking as if with effort.] I must die.

P. Does the idea of death afflict you?

V. [Very quickly.] No—no!

P. Are you pleased with the prospect? {{nop}

V. If I were awake I should like to die, but now it is no matter. The mesmeric condition is so near death as to content me.

P. I wish you would explain yourself, Mr. Vankirk.

V. I am willing to do so, but it requires more effort than I feel able to make. You do not question me properly.

Naturellement, je consentis à faire cette expérience. Quelques passes plongèrent M. Vankirk dans le sommeil magnétique. Sa respiration devint immédiatement plus aisée, et il ne parut plus souffrir aucun malaise physique. La conversation suivante s'engagea. — V dans le dialogue représentera le somnambule, et P, ce sera moi.

P. Êtes-vous endormi ?

V. Oui, — non. Je voudrais bien dormir plus profondément.

P. (*après quelques nouvelles passes*). Dormez-vous bien, maintenant ?

V. Oui.

P. Comment supposez-vous que finira votre maladie actuelle ?

V (*après une longue hésitation et parlant comme avec effort*). J'en mourrai.

P. Cette idée de mort vous afflige-t-elle ?

V (*avec vivacité*). Non, non !

P. Cette perspective vous réjouit-elle ?

V. Si j'étais éveillé, j'aimerais mourir. Mais maintenant il n'y a pas lieu de le désirer. L'état magnétique est assez près de la mort pour me contenter.

P. Je voudrais bien une explication un peu plus nette, monsieur Vankirk.

V. Je le voudrais bien aussi ; mais cela demande plus d'effort que je ne me sens capable d'en faire. Vous ne me questionnez pas convenablement.

Edgar Allan Poe

P. What then shall I ask?

V. You must begin at the beginning.

P. The beginning! but where is the beginning?

V. You know that the beginning is God. [This was said in a low, fluctuating tone, and with every sign of the most profound veneration.]

P. What then is God?

V. [Hesitating for many minutes.] *I cannot tell.*

P. Is not God spirit?

V. While I was awake I knew what you meant by "spirit," but now it seems only a word—such for instance as truth, beauty—a quality, I mean.

P. Is not God immaterial?

V. There is no immateriality—it is a mere word. That which is not matter, is not at all—unless qualities are things.

P. Is God, then, material?

V. No. [This reply startled me very much.]

P. What then is he?

V. [After a long pause, and mutteringly.] *I see—but it is a thing difficult to tell.* [Another long pause.] *He is not spirit, for he exists. Nor is he matter, as you understand it. But there are gradations of matter of which man knows nothing; the grosser impelling the finer,*

Charles Baudelaire

P. Alors, que faut-il vous demander ?

V. Il faut que vous commenciez par le commencement.

P. Le commencement ! Mais où est-il, le commencement ?

V. Vous savez bien que le commencement est Dieu. (*Ceci fut dit sur un ton bas, ondoyant, et avec tous les signes de la plus profonde vénération.*)

P. Qu'est-ce donc que Dieu ?

V (*hésitant quelques minutes*). Je ne puis pas le dire.

P. Dieu n'est-il pas un esprit ?

V. Quand j'étais éveillé, je savais ce que vous entendiez par esprit. Mais maintenant, cela ne me semble plus qu'un mot, — tel, par exemple, que vérité, beauté, — une qualité enfin.

P. Dieu n'est-il pas immatériel ?

V. Il n'y a pas d'immatérialité ; — c'est un simple mot. Ce qui n'est pas matière n'est pas, — à moins que les qualités ne soient des êtres.

P. Dieu est-il donc matériel ?

V. Non. (*Cette réponse m'abasourdit.*)

P. Alors qu'est-il ?

V. (*après une longue pause, et en marmottant*). Je le vois, — je le vois, — mais c'est une chose très-difficile à dire. (*Autre pause également longue.*) Il n'est pas esprit, car il existe. Il n'est pas non plus matière, *comme vous l'entendez*. Mais il y a des *gradations* de matière dont l'homme n'a aucune connaissance, la plus dense

the finer pervading the grosser. The atmosphere, for example, impels the electric principle, while the electric principle permeates the atmosphere. These gradations of matter increase in rarity or fineness, until we arrive at a matter unparticled—without particles—indivisible—one; and here the law of impulsion and permeation is modified. The ultimate, or unparticled matter, not only permeates all things but impels all things—and thus is all things within itself. This matter is God. What men attempt to embody in the word "thought," is this matter in motion.

P. The metaphysicians maintain that all action is reducible to motion and thinking, and that the latter is the origin of the former.

V. Yes; and I now see the confusion of idea. Motion is the action of mind—not of thinking. The unparticled matter, or God, in quiescence, is (as nearly as we can conceive it) what men call mind. And the power of self-movement (equivalent in effect to human volition) is, in the unparticled matter, the result of its unity and omniprevalence; how I know not, and now clearly see that I shall never know. But the unparticled matter, set in motion by a law, or quality, existing within itself, is thinking.

P. Can you give me no more precise idea of what you term the unparticled matter?

V. The matters of which man is cognizant, escape the senses in gradation. We have, for example, a metal, a piece of wood, a drop of water, the atmosphere, a gas, caloric, electricity, the luminiferous ether. Now we call all these things matter, and embrace all matter in one general definition; but in spite of this, there can be no two ideas more essentially distinct than that which we attach to a metal, and that which we attach to the luminiferous ether. When we reach the

entraînant la plus subtile, la plus subtile pénétrant la plus dense. L'atmosphère, par exemple, met en mouvement le principe électrique, pendant que le principe électrique pénètre l'atmosphère. Ces *gradations* de matière augmentent en raréfaction et en subtilité jusqu'à ce que nous arrivions à une matière *imparticulée*, — sans molécules, — indivisible, — *une* ; et ici la loi d'impulsion et de pénétration est modifiée. La matière suprême ou *imparticulée* non-seulement pénètre les êtres, mais met tous les êtres en mouvement, — et ainsi elle est tous les êtres en un, qui est elle-même. Cette matière est Dieu. Ce que les hommes cherchent à personnifier dans le mot *pensée*, c'est la matière en mouvement.

P. Les métaphysiciens maintiennent que toute action se réduit à mouvement et pensée, et que celle-ci est l'origine de celui-là.

V. Oui ; je vois maintenant la confusion d'idées. Le mouvement est l'action de l'esprit, non de la pensée. La matière imparticulée, ou Dieu à l'état de repos, est, autant que nous pouvons le concevoir, ce que les hommes appellent esprit. Et cette faculté d'automouvement — équivalente en effet à la volonté humaine — est dans la matière imparticulée le résultat de son unité et de son omnipotence ; comment, je ne le sais pas, et maintenant je vois clairement que je ne le saurai jamais ; mais la matière imparticulée, mise en mouvement par une loi ou une qualité contenue en elle, est pensante.

P. Ne pouvez-vous pas me donner une idée plus précise de ce que vous entendez par matière imparticulée ?

V. Les matières dont l'homme a connaissance échappent aux sens, à mesure que l'on monte l'échelle. Nous avons, par exemple, un métal, un morceau de bois, une goutte d'eau, l'atmosphère, un gaz, le calorique, l'électricité, l'éther lumineux. Maintenant, nous appelons toutes ces choses matière, et nous embrassons toute matière dans une définition générale ; mais, en dépit de tout ceci, il n'y a pas deux idées plus essentiellement distinctes que celle que nous attachons au métal, et celle que nous attachons à l'éther lumineux. Si nous prenons

latter, we feel an almost irresistible inclination to class it with spirit, or with nihility. The only consideration which restrains us is our conception of its atomic constitution; and here, even, we have to seek aid from our notion of an atom, as something possessing in infinite minuteness, solidity, palpability, weight. Destroy the idea of the atomic constitution and we should no longer be able to regard the ether as an entity, or at least as matter. For want of a better word we might term it spirit. Take, now, a step beyond the luminiferous ether—conceive a matter as much more rare than the ether, as this ether is more rare than the metal, and we arrive at once (in spite of all the school dogmas) at a unique mass—an unparticled matter. For although we may admit infinite littleness in the atoms themselves, the infinitude of littleness in the spaces between them is an absurdity. There will be a point—there will be a degree of rarity, at which, if the atoms are sufficiently numerous, the interspaces must vanish, and the mass absolutely coalesce. But the consideration of the atomic constitution being now taken away, the nature of the mass inevitably glides into what we conceive of spirit. It is clear, however, that it is as fully matter as before. The truth is, it is impossible to conceive spirit, since it is impossible to imagine what is not. When we flatter ourselves that we have formed its conception, we have merely deceived our understanding by the consideration of infinitely rarified matter.

P. There seems to me an insurmountable objection to the idea of absolute coalescence;—and that is the very slight resistance experienced by the heavenly bodies in their revolutions through space—a resistance now ascertained, it is true, to exist in some degree, but which is, nevertheless, so slight as to have been quite overlooked by the sagacity even of Newton. We know that the resistance of bodies is, chiefly, in proportion to their density. Absolute coalescence is absolute density. Where there are no interspaces, there can be no yielding. An ether, absolutely dense, would put an infinitely more effectual stop to the progress of a star than would an ether of

ce dernier, nous sentons une presque irrésistible tentation de le classer avec l'esprit ou avec le néant. La seule considération qui nous retient est notre conception de sa constitution atomique. Et encore, ici même, avons-nous besoin d'appeler à notre aide et de nous remémorer notre notion primitive de l'atome, c'est-à-dire de quelque chose possédant dans une infinie exiguïté la solidité, la tangibilité, la pesanteur. Supprimons l'idée de la constitution atomique, et il nous sera impossible de considérer l'éther comme une entité, ou au moins comme une matière. Faute d'un meilleur mot, nous pourrions l'appeler esprit. Maintenant, montons d'un degré au delà de l'éther lumineux, concevons une matière qui soit à l'éther, quant à la raréfaction, ce que l'éther est au métal, et nous arrivons enfin, en dépit de tous les dogmes de l'école, à une masse unique, — à une matière imparticulée. Car, bien que nous puissions admettre une infinie petitesse dans les atomes eux-mêmes, supposer une infinie petitesse dans les espaces qui les séparent est une absurdité. Il y aura un point, — il y aura un degré de raréfaction, où, si les atomes sont en nombre suffisant, les espaces s'évanouiront, et où la masse sera absolument une. Mais la considération de la constitution atomique étant maintenant mise de côté, la nature de cette masse glisse inévitablement dans notre conception de l'esprit. Il est clair, toutefois, qu'elle est tout aussi *matière* qu'auparavant. Le vrai est qu'il est aussi impossible de concevoir l'esprit que d'imaginer ce qui n'est pas. Quand nous nous flattons d'avoir enfin trouvé cette conception, nous avons simplement donné le change à notre intelligence par la considération de la matière infiniment raréfiée.

P. Il me semble qu'il y a une insurmontable objection à cette idée de cohésion absolue, — et c'est la très-faible résistance subie par les corps célestes dans leurs révolutions à travers l'espace, — résistance qui existe à un degré quelconque, cela est aujourd'hui démontré, — mais à un degré si faible, qu'elle a échappé à la sagacité de Newton lui-même. Nous savons que la résistance des corps est surtout en raison de leur densité. L'absolue cohésion est l'absolue densité ; là où il n'y a pas d'intervalles, il ne peut pas y avoir de passage. Un éther absolument dense constituerait un obstacle plus efficace à la marche

adamant or of iron.

V. Your objection is answered with an ease which is nearly in the ratio of its apparent unanswerability.—As regards the progress of the star, it can make no difference whether the star passes through the ether or the ether through it. There is no astronomical error more unaccountable than that which reconciles the known retardation of the comets with the idea of their passage through an ether: for, however rare this ether be supposed, it would put a stop to all sidereal revolution in a very far briefer period than has been admitted by those astronomers who have endeavored to slur over a point which they found it impossible to comprehend. The retardation actually experienced is, on the other hand, about that which might be expected from the friction *of the ether in the instantaneous passage through the orb. In the one case, the retarding force is momentary and complete within itself—in the other it is endlessly accumulative.*

P. But in all this—in this identification of mere matter with God—is there nothing of irreverence? [I was forced to repeat this question before the sleep-waker fully comprehended my meaning.]

V. Can you say why matter *should be less reverenced than mind? But you forget that the matter of which I speak is, in all respects, the very "mind" or "spirit" of the schools, so far as regards its high capacities, and is, moreover, the "matter" of these schools at the same time. God, with all the powers attributed to spirit, is but the perfection of matter.*

P. You assert, then, that the unparticled matter, in motion, is thought?

V. In general, this motion is the universal thought of the universal mind. This thought creates. All created things are but the thoughts of God.

P. You say, "in general."

d'une planète qu'un éther de diamant ou de fer.

V. Vous m'avez fait cette objection avec une aisance qui est à peu près en raison de son apparente irréfutabilité. — Une étoile marche ; qu'importe que l'étoile passe à travers l'éther ou l'éther à travers elle ? Il n'y a pas d'erreur astronomique plus inexplicable que celle qui concilie le retard connu des comètes avec l'idée de leur passage à travers l'éther ; car, quelque raréfié qu'on suppose l'éther, il fera toujours obstacle à toute révolution sidérale, dans une période singulièrement plus courte que ne l'ont admis tous ces astronomes qui se sont appliqués à glisser sournoisement sur un point qu'ils jugeaient insoluble. Le retard réel est d'ailleurs à peu près égal à celui qui peut résulter du frottement de l'éther dans son passage incessant à travers l'astre. La force de retard est donc double, d'abord momentanée et complète en elle-même, et en second lieu infiniment croissante.

P. Mais dans tout cela, — dans cette identification de la pure matière avec Dieu, n'a-t-il rien d'irrespectueux ? (*Je fus forcé de répéter cette question pour que le somnambule pût complètement saisir ma pensée.*)

V. Pouvez-vous dire pourquoi la matière est moins respectée que l'esprit ? Mais vous oubliez que la matière dont je parle est, à tous égards et surtout relativement à ses hautes propriétés, la véritable *intelligence* ou *esprit* des écoles et en même temps la *matière* de ces mêmes écoles. Dieu, avec tous les pouvoirs attribués à l'esprit, n'est que la perfection de la matière.

P. Vous affirmez donc que la matière imparticulée en mouvement est pensée ?

V. En général, ce mouvement est la pensée universelle de l'esprit universel ; cette pensée crée ; toutes les choses créées ne sont que les pensées de Dieu.

P. Vous dites : en général.

V. Yes. The universal mind is God. For new individualities, matter *is necessary.*

P. But you now speak of "mind" and "matter" as do the metaphysicians.

V. Yes—to avoid confusion. When I say "mind," I mean the unparticled or ultimate matter; by "matter," I intend all else.

P. You were saying that "for new individualities matter is necessary."

V. Yes; for mind, existing unincorporate, is merely God. To create individual, thinking beings, it was necessary to incarnate portions of the divine mind. Thus man is individualized. Divested of corporate investiture, he were God. Now, the particular motion of the incarnated portions of the unparticled matter is the thought of man; as the motion of the whole is that of God.

P. You say that divested of the body man will be God?

V. [After much hesitation.] I could not have said this; it is an absurdity.

P. [Referring to my notes.] You did say that "divested of corporate investiture man were God."

V. And this is true. Man thus divested would be God—would be unindividualized. But he can never be thus divested—at least never will be—else we must imagine an action of God returning upon itself—a purposeless and futile action. Man is a creature. Creatures are thoughts of God. It is the nature of thought to be irrevocable.

V. Oui, l'esprit universel est Dieu ; pour les nouvelles individualités, la *matière* est nécessaire.

P. Mais vous parlez maintenant d'esprit et de matière comme les métaphysiciens.

V. Oui, pour éviter la confusion. Quand je dis esprit, j'entends la matière imparticulée ou suprême ; sous le nom de matière, je comprends toutes les autres espèces.

P. Vous disiez : pour les nouvelles individualités la matière est nécessaire.

V. Oui, car l'esprit existant incorporellement, c'est Dieu. Pour créer des êtres individuels pensants, il était nécessaire d'incarner des portions de l'esprit divin. C'est ainsi que l'homme est individualisé ; dépouillé du vêtement corporel, il serait Dieu. Maintenant, le mouvement spécial des portions incarnées de la matière imparticulée, c'est la pensée de l'homme, comme le mouvement de l'ensemble est celle de Dieu.

P. Vous dites que, dépouillé de son corps, l'homme sera Dieu ?

V. (*Après quelque hésitation*). Je n'ai pas pu dire cela, c'est une absurdité.

P. (*Consultant mes notes*). Vous avez affirmé que, dépouillé du vêtement corporel, l'homme serait Dieu.

V. Et cela est vrai. L'homme ainsi dégagé serait Dieu, il serait désindividualisé ; mais il ne peut être ainsi dépouillé, — du moins il ne le sera jamais ; — autrement, il nous faudrait concevoir une action de Dieu revenant sur elle-même, une action futile et sans but. L'homme est une créature ; les créatures sont les pensées de Dieu, et c'est la nature d'une pensée d'être irrévocable.

Edgar Allan Poe

P. I do not comprehend. You say that man will never put off the body?

V. I say that he will never be bodiless.

P. Explain.

V. There are two bodies—the rudimental and the complete; corresponding with the two conditions of the worm and the butterfly. What we call "death," is but the painful metamorphosis. Our present incarnation is progressive, preparatory, temporary. Our future is perfected, ultimate, immortal. The ultimate life is the full design.

P. But of the worm's metamorphosis we are palpably cognizant.

V. We , certainly—but not the worm. The matter of which our rudimental body is composed, is within the ken of the organs of that body; or, more distinctly, our rudimental organs are adapted to the matter of which is formed the rudimental body; but not to that of which the ultimate is composed. The ultimate body thus escapes our rudimental senses, and we perceive only the shell which falls, in decaying, from the inner form; not that inner form itself; but this inner form, as well as the shell, is appreciable by those who have already acquired the ultimate life.

P. You have often said that the mesmeric state very nearly resembles death. How is this?

V. When I say that it resembles death, I mean that it resembles the ultimate life; for when I am entranced the senses of my rudimental life are in abeyance, and I perceive external things directly, without organs, through a medium which I shall employ in the ultimate, unorganized life.

P. Je ne comprends pas. Vous dites que l'homme ne pourra jamais rejeter son corps.

V. Je dis qu'il ne sera jamais sans corps.

P. Expliquez-vous.

V. Il y a deux corps : le rudimentaire et le complet, correspondant aux deux conditions de la chenille et du papillon. Ce que nous appelons mort n'est que la métamorphose douloureuse ; notre incarnation actuelle est progressive, préparatoire, temporaire ; notre incarnation future est parfaite, finale, immortelle. La vie finale est le but suprême.

P. Mais nous avons une notion palpable de la métamorphose de la chenille.

V. Nous, certainement, mais non la chenille. La matière dont notre corps rudimentaire est composé est à la portée des organes de ce même corps, ou, plus distinctement, nos organes rudimentaires sont appropriés à la matière dont est fait le corps rudimentaire, mais non à celle dont le corps suprême est composé. Le corps ultérieur ou suprême échappe donc à nos sens rudimentaires, et nous percevons seulement la coquille qui tombe en dépérissant et se détache de la forme intérieure, et non la forme intime elle-même ; mais cette forme intérieure, aussi bien que la coquille, est appréciable pour ceux qui ont déjà opéré la conquête de la vie ultérieure.

P. Vous avez dit souvent que l'état magnétique ressemblait singulièrement à la mort. Comment cela ?

V. Quand je dis qu'il ressemble à la mort, j'entends qu'il ressemble à la vie ultérieure, car, lorsque je suis magnétisé, les sens de ma vie rudimentaire sont en vacance, et je perçois les choses extérieures directement, sans organes, par un agent qui sera à mon service dans la vie ultérieure ou inorganique.

P. Unorganized?

V. Yes; organs are contrivances by which the individual is brought into sensible relation with particular classes and forms of matter, to the exclusion of other classes and forms. The organs of man are adapted to his rudimental condition, and to that only; his ultimate condition, being unorganized, is of unlimited comprehension in all points but one—the nature of the volition of God—that is to say, the motion of the unparticled matter. You will have a distinct idea of the ultimate body by conceiving it to be entire brain. This it is not; but a conception of this nature will bring you near a comprehension of what it is. A luminous body imparts vibration to the luminiferous ether. The vibrations generate similar ones within the retina; these again communicate similar ones to the optic nerve. The nerve conveys similar ones to the brain; the brain, also, similar ones to the unparticled matter which permeates it. The motion of this latter is thought, of which perception is the first undulation. This is the mode by which the mind of the rudimental life communicates with the external world; and this external world is, to the rudimental life, limited, through the idiosyncrasy of its organs. But in the ultimate, unorganized life, the external world reaches the whole body, (which is of a substance having affinity to brain, as I have said,) with no other intervention than that of an infinitely rarer ether than even the luminiferous; and to this ether—in unison with it—the whole body vibrates, setting in motion the unparticled matter which permeates it. It is to the absence of idiosyncratic organs, therefore, that we must attribute the nearly unlimited perception of the ultimate life. To rudimental beings, organs are the cages necessary to confine them until fledged.

P. You speak of rudimental "beings." Are there other rudimental thinking beings than man?

V. The multitudinous conglomeration of rare matter into nebulæ, planets, suns, and other bodies which are neither nebulæ, suns, nor

Charles Baudelaire

P. Inorganique ?

V. Oui. Les organes sont des mécanismes par lesquels l'individu est mis en rapport sensible avec certaines catégories et formes de la matière, à l'exclusion des autres catégories et des autres formes. Les organes de l'homme sont appropriés à sa condition rudimentaire, et à elle seule. Sa condition ultérieure, étant inorganique, est propre à une compréhension infinie de toutes choses, une seule exceptée, — qui est la nature de la volonté de Dieu, c'est-à-dire le mouvement de la matière imparticulée. Vous aurez une idée distincte du corps définitif en le concevant tout cervelle ; il n'est pas cela, mais une conception de cette nature vous rapprochera de l'idée de sa constitution réelle. Un corps lumineux communique une vibration à l'éther chargé de transmettre la lumière ; cette vibration en engendre de semblables dans la rétine, lesquelles en communiquent de semblables au nerf optique ; le nerf les traduit au cerveau, et le cerveau à la matière imparticulée qui le pénètre ; le mouvement de cette dernière est la pensée, et sa première vibration, c'était la perception. Tel est le mode par lequel l'esprit de la vie rudimentaire communique avec le monde extérieur, et ce monde extérieur est, dans la vie rudimentaire, limité par l'idiosyncrasie des organes. Mais, dans la vie ultérieure, inorganique, le monde extérieur communique avec le corps entier, — qui est d'une substance ayant quelque affinité avec le cerveau, comme je vous l'ai dit, — sans autre intervention que celle d'un éther infiniment plus subtil que l'éther lumineux ; et le corps tout entier vibre à l'unisson avec cet éther et met en mouvement la matière imparticulée dont il est pénétré. C'est donc à l'absence d'organes idiosyncrasiques qu'il faut attribuer la perception quasi illimitée de la vie ultérieure. Les organes sont des cages nécessaires où sont enfermés les êtres rudimentaires jusqu'à ce qu'ils soient garnis de toutes leurs plumes.

P. Vous parlez d'êtres rudimentaires, y a-t-il d'autres êtres rudimentaires pensants que l'homme ?
V. L'incalculable agglomération de matière subtile dans les nébuleuses, les planètes, les soleils, et autres corps qui ne sont ni

planets, is for the sole purpose of supplying pabulum *for the idiosyncrasy of the organs of an infinity of rudimental beings. But for the necessity of the rudimental, prior to the ultimate life, there would have been no bodies such as these. Each of these is tenanted by a distinct variety of organic, rudimental, thinking creatures. In all, the organs vary with the features of the place tenanted. At death, or metamorphosis, these creatures, enjoying the ultimate life—immortality—and cognizant of all secrets but* the one, *act all things and pass everywhere by mere volition:—indwelling, not the stars, which to us seem the sole palpabilities, and for the accommodation of which we blindly deem space created—but that* SPACE *itself—that infinity of which the truly substantive vastness swallows up the star-shadows—blotting them out as non-entities from the perception of the angels.*

P. You say that "but for the necessity *of the rudimental life" there would have been no stars. But why this necessity?*

V. In the inorganic life, as well as in the inorganic matter generally, there is nothing to impede the action of one simple unique *law—the Divine Volition. With the view of producing impediment, the organic life and matter, (complex, substantial, and law-encumbered,) were contrived.*

P. But again—why need this impediment have been produced?

V. The result of law inviolate is perfection—right—negative happiness. The result of law violate is imperfection, wrong, positive pain. Through the impediments afforded by the number, complexity, and substantiality of the laws of organic life and matter, the violation of law is rendered, to a certain extent, practicable. Thus pain, which in the inorganic life is impossible, is possible in the organic.

nébuleuses, ni soleils, ni planètes, a pour unique destination de servir d'aliment aux organes idiosyncrasiques d'une infinité d'êtres rudimentaires ; mais, sans cette nécessité de la vie rudimentaire, acheminement à la vie définitive, de pareils mondes n'auraient pas existé ; chacun de ces mondes est occupé par une variété distincte de créatures organiques, rudimentaires, pensantes ; dans toutes, les organes varient avec les caractères généraux de l'habitacle. À la mort ou métamorphose, ces créatures, jouissant de la vie ultérieure, de l'immortalité, et connaissant tous les secrets, excepté l'*unique*, opèrent tous leurs actes et se meuvent dans tous les sens par un pur effet de leur volonté ; elles habitent, — non plus les étoiles qui nous paraissent les seuls mondes palpables, et pour la commodité desquelles nous croyons stupidement que l'espace a été créé, mais l'espace lui-même, cet infini dont l'immensité véritablement substantielle absorbe les étoiles comme des ombres et pour l'œil des anges les efface comme des non-entités.

P. Vous dites que, sans la *nécessité* de la vie rudimentaire, les astres n'auraient pas été créés. Mais pourquoi cette nécessité ?

V. Dans la vie inorganique, aussi bien que généralement dans la matière inorganique, il n'y a rien qui puisse contredire l'action d'une loi simple, unique, qui est la Volition divine. La vie et la matière organiques, — complexes, substantielles et gouvernées par une loi multiple, — ont été constituées dans le but de créer un empêchement.

P. Mais encore, — où était la nécessité de créer cet empêchement ?

V. Le résultat de la loi inviolée est perfection, justice, bonheur négatif. Le résultat de la loi violée est imperfection, injustice, douleur positive. Grâce aux empêchements apportés par le nombre, la complexité ou la substantialité des lois de la vie et de la matière organiques, la violation de la loi devient jusqu'à un certain point praticable. Ainsi la douleur, qui est impossible dans la vie inorganique, est possible dans l'organique.

Edgar Allan Poe

P. But to what good end is pain thus rendered possible?

V. All things are either good or bad by comparison. A sufficient analysis will show that pleasure, in all cases, is but the contrast of pain. Positive pleasure is a mere idea. To be happy at any one point we must have suffered at the same. Never to suffer would have been never to have been blessed. But it has been shown that, in the inorganic life, pain cannot be thus the necessity for the organic. The pain of the primitive life of Earth, is the sole basis of the bliss of the ultimate life in Heaven.

P. Still, there is one of your expressions which I find it impossible to comprehend—"the truly substantive vastness of infinity."

V. This, probably, is because you have no sufficiently generic conception of the term "substance" itself. We must not regard it as a quality, but as a sentiment:—it is the perception, in thinking beings, of the adaptation of matter to their organization. There are many things on the Earth, which would be nihility to the inhabitants of Venus—many things visible and tangible in Venus, which we could not be brought to appreciate as existing at all. But to the inorganic beings—to the angels—the whole of the unparticled matter is substance, that is to say, the whole of what we term "space" is to them the truest substantiality;—the stars, meantime, through what we consider their materiality, escaping the angelic sense, just in proportion as the unparticled matter, through what we consider its immateriality, eludes the organic.

As the sleep-waker pronounced these latter words, in a feeble tone, I observed on his countenance a singular expression, which somewhat alarmed me, and induced me to awake him at once. No sooner had I

P. Mais en vue de quel résultat satisfaisant la possibilité de la douleur a-t-elle été créée ?

V. Toutes choses sont bonnes ou mauvaises par comparaison. Une suffisante analyse démontrera que le plaisir, dans tous les cas, n'est que le contraste de la peine. Le plaisir positif est une pure idée. Pour être heureux jusqu'à un certain point, il faut que nous ayons souffert jusqu'au même point. Ne jamais souffrir serait équivalent à n'avoir jamais été heureux. Mais il est démontré que dans la vie inorganique la peine ne peut pas exister ; de là la nécessité de la peine dans la vie organique. La douleur de la vie primitive sur la terre est la seule base, la seule garantie du bonheur dans la vie ultérieure, dans le ciel.

P. Mais encore il y a une de vos expressions que je ne puis absolument pas comprendre : l'immensité véritablement *substantielle* de l'infini.

V. C'est probablement parce que vous n'avez pas une notion suffisamment générique de l'expression *substance* elle-même. Nous ne devons pas la considérer comme une qualité, mais comme un sentiment ; c'est la perception, dans les êtres pensants, de l'appropriation de la matière à leur organisation. Il y a bien des choses sur la terre qui seraient néant pour les habitants de Vénus, bien des choses visibles et tangibles dans Vénus, dont nous sommes incompétents à apprécier l'existence. Mais, pour les êtres inorganiques, — pour les anges, — la totalité de la matière imparticulée est substance, c'est-à-dire que, pour eux, la totalité de ce que nous appelons espace est la plus véritable substantialité. Cependant, les astres, pris au point de vue matériel, échappent au sens angélique dans la même proportion que la matière imparticulée, prise au point de vue immatériel, échappé aux sens organiques.

Comme le somnambule, d'une voix faible, prononçait ces derniers mots, j'observai dans sa physionomie une singulière expression qui m'alarma un peu et me décida à le réveiller immédiatement. Je ne

done this, than, with a bright smile irradiating all his features, he fell back upon his pillow and expired. I noticed that in less than a minute afterward his corpse had all the stern rigidity of stone. His brow was of the coldness of ice. Thus, ordinarily, should it have appeared, only after long pressure from Azrael's hand. Had the sleep-waker, indeed, during the latter portion of his discourse, been addressing me from out the region of the shadows?

l'eus pas plus tôt fait, qu'il tomba en arrière sur son oreiller et expira, avec un brillant sourire qui illuminait tous ses traits. Je remarquai que moins d'une minute après son corps avait l'immuable rigidité de la pierre ; son front était d'un froid de glace, tel sans doute je l'eusse trouvé après une longue pression de la main d'Azraël. Le somnambule, pendant la dernière partie de son discours, m'avait-il donc parlé du fond de la région des ombres ?

A Tale of the Ragged Mountains

1844

Souvenirs de M. Auguste Bedloe

Edgar Allan Poe

During the fall of the year 1827, while residing near Charlottesville, Virginia, I casually made the acquaintance of Mr. Augustus Bedloe. This young gentleman was remarkable in every respect, and excited in me a profound interest and curiosity. I found it impossible to comprehend him either in his moral or his physical relations. Of his family I could obtain no satisfactory account. Whence he came, I never ascertained. Even about his age—although I call him a young gentleman—there was something which perplexed me in no little degree. He certainly seemed *young*—and he made a point of speaking about his youth—yet there were moments when I should have had little trouble in imagining him a hundred years of age. But in no regard was he more peculiar than in his personal appearance. He was singularly tall and thin. He stooped much. His limbs were exceedingly long and emaciated. His forehead was broad and low. His complexion was absolutely bloodless. His mouth was large and flexible, and his teeth were more widely uneven, although sound, than I had ever before seen teeth in a human head. The expression of his smile, however, was by no means unpleasing, as might be supposed; but it had no variation whatever. It was one of profound melancholy—of a phaseless and unceasing gloom. His eyes were abnormally large, and round like those of a cat. The pupils, too, upon any accession or diminution of light, underwent contraction or dilation, just such as is observed in the feline tribe. In moments of excitement the orbs grew bright to a degree almost inconceivable; seeming to emit luminous rays, not of a reflected, but of an intrinsic lustre, as does a candle or the sun; yet their ordinary condition was so totally vapid, filmy, and dull, as to convey the idea of the eyes of a long-interred corpse.

Charles Baudelaire

Vers la fin de l'année 1827, pendant que je demeurais près de Charlottesville, dans la Virginie, je fis par hasard la connaissance de M. Auguste Bedloe. Ce jeune gentleman était remarquable à tous égards et excitait en moi une curiosité et un intérêt profonds. Je jugeai impossible de me rendre compte de son être tant physique que moral. Je ne pus obtenir sur sa famille aucun renseignement positif. D'où venait-il ? je ne le sus jamais bien. Même relativement à son âge, quoique je l'aie appelé un jeune gentleman, il y avait quelque chose qui m'intriguait au suprême degré. Certainement il semblait jeune, et même il affectait de parler de sa jeunesse ; cependant, il y avait des moments où je n'aurais guère hésité à le supposer âgé d'une centaine d'années. Mais c'était surtout son extérieur qui avait un aspect tout à fait particulier. Il était singulièrement grand et mince ; — se voûtant beaucoup ; — les membres excessivement longs et émaciés ; — le front large et bas ; — une complexion absolument exsangue ; — sa bouche, large et flexible, et ses dents, quoique saines, plus irrégulières que je n'en vis jamais dans aucune bouche humaine. L'expression de son sourire, toutefois, n'était nullement désagréable, comme on pourrait le supposer ; mais elle n'avait aucune espèce de nuance. C'était une profonde mélancolie, une tristesse sans phases et sans intermittences. Ses yeux étaient d'une largeur anormale et ronds comme ceux d'un chat. Les pupilles elles-mêmes subissaient une contraction et une dilatation proportionnelles à l'accroissement et à la diminution de la lumière, exactement comme on l'a observé dans les races félines. Dans les moments d'excitation, les prunelles devenaient brillantes à un degré presque inconcevable et semblaient émettre des rayons lumineux d'un éclat non réfléchi, mais intérieur, comme fait un flambeau ou le soleil ; toutefois, dans leur condition habituelle, elles étaient tellement ternes, inertes et nuageuses, qu'elles faisaient penser aux yeux d'un corps enterré depuis longtemps.

These peculiarities of person appeared to cause him much annoyance, and he was continually alluding to them in a sort of half explanatory, half apologetic strain, which, when I first heard it, impressed me very painfully. I soon, however, grew accustomed to it, and my uneasiness wore off. It seemed to be his design rather to insinuate, than directly to assert that, physically, he had not always been what he was—that a long series of neuralgic attacks had reduced him from a condition of more than usual personal beauty, to that which I saw. For many years past he had been attended by a physician, named Templeton—an old gentleman, perhaps seventy years of age—whom he had first encountered at Saratoga, and from whose attention, while there, he either received, or fancied that he received, great benefit. The result was that Bedloe, who was wealthy, had made an arrangement with Doctor Templeton, by which the latter, in consideration of a liberal annual allowance, had consented to devote his time and medical experience exclusively to the care of the invalid.

Doctor Templeton had been a traveller in his younger days, and, at Paris, had become a convert, in great measure, to the doctrines of Mesmer. It was altogether by means of magnetic remedies that he had succeeded in alleviating the acute pains of his patient; and this success had very naturally inspired the latter with a certain degree of confidence in the opinions from which the remedies had been educed. The Doctor, however, like all enthusiasts, had struggled hard to make a thorough convert of his pupil, and finally so far gained his point as to induce the sufferer to submit to numerous experiments.—By a frequent repetition of these, a result had arisen, which of late days has become so common as to attract little or no attention, but which, at the period of which I write, had very rarely been known in America. I mean to say, that between Doctor Templeton and Bedloe there had grown up, little by little, a very distinct and strongly-marked rapport, *or magnetic relation. I am not prepared to assert, however, that this* rapport *extended beyond the limits of the simple sleep-producing power; but this power itself had attained great intensity. At the first attempt to induce the magnetic somnolency, the*

Ces particularités personnelles semblaient lui causer beaucoup d'ennui, et il y faisait continuellement allusion dans un style semi-explicatif, semi-justificatif, qui, la première fois que je l'entendis, m'impressionna très-péniblement. Toutefois, je m'y accoutumai bientôt, et mon déplaisir se dissipa. Il semblait avoir l'intention d'insinuer, plutôt que d'affirmer positivement, que physiquement il n'avait pas toujours été ce qu'il était ; qu'une longue série d'attaques névralgiques l'avait réduit d'une condition de beauté personnelle non commune à celle que je voyais. Depuis plusieurs années, il recevait les soins d'un médecin nommé Templeton, — un vieux gentleman âgé de soixante et dix ans, peut-être, — qu'il avait pour la première fois rencontré à Saratoga, et des soins duquel il tira dans ce temps, ou crut tirer un grand secours. Le résultat fut que Bedloe, qui était riche, fit un arrangement avec le docteur Templeton, par lequel ce dernier, en échange d'une généreuse rémunération annuelle, consentit à consacrer exclusivement son temps et son expérience médicale à soulager le malade.

Le docteur Templeton avait voyagé dans les jours de sa jeunesse, et était devenu à Paris un des sectaires les plus ardents des doctrines de Mesmer. C'était uniquement par le moyen des remèdes magnétiques qu'il avait réussi à soulager les douleurs aiguës de son malade ; et ce succès avait très-naturellement inspiré à ce dernier une certaine confiance dans les opinions qui servaient de base à ces remèdes. D'ailleurs, le docteur, comme tous les enthousiastes, avait travaillé de son mieux à faire de son pupille un parfait prosélyte, et finalement il réussit si bien qu'il décida le patient à se soumettre à de nombreuses expériences. Fréquemment répétées, elles amenèrent un résultat qui, depuis longtemps, est devenu assez commun pour n'attirer que peu ou point l'attention, mais qui, à l'époque dont je parle, s'était très-rarement manifesté en Amérique. Je veux dire qu'entre le docteur Templeton et Bedloe s'était établi peu à peu un rapport magnétique très-distinct et très-fortement accentué. Je n'ai pas toutefois l'intention d'affirmer que ce rapport s'étendît au delà des limites de la puissance somnifère ; mais cette puissance elle-même avait atteint une grande intensité. À la première tentative faite pour produire le

mesmerist entirely failed. In the fift or sixth he succeeded very partially, and after long continued effort. Only at the twelfth was the triumph complete. After this the will of the patient succumbed rapidly to that of the physician, so that, when I first became acquainted with the two, sleep was brought about almost instantaneously, by the mere volition of the operator, even when the invalid was unaware of his presence. It is only now in the year 1845, when similar miracles are witnessed daily by thousands, that I dare venture to record this apparent impossibility as a matter of serious fact.

The temperament of Bedloe was, in the highest degree, sensitive, excitable, enthusiastic. His imagination was singularly vigorous and creative; and no doubt it derived additional force from the habitual use of morphine, which he swallowed in great quantity, and without which he would have found it impossible to exist. It was his practice to take a very large dose of it immediately after breakfast, each morning—or rather immediately after a cup of strong coffee, for he ate nothing in the forenoon—and then set forth alone, or attended only by a dog, upon a long ramble among the chain of wild and dreary hills that lie westward and southward of Charlottesville, and are there dignified by the title of the Ragged Mountains.

Upon a dim, warm, misty day, towards the close of November, and during the strange interregnum *of the seasons which in America is termed the Indian Summer, Mr. Bedloe departed as usual for the hills. The day passed, and still he did not return.*

About eight o'clock at night, having become seriously alarmed at his protracted absence, we were about setting out in search of him, when he unexpectedly made his appearance, in health no worse than usual, and in rather more than ordinary spirits. The account which he gave of his expedition, and of the events which had detained him, was a singular one indeed.

sommeil magnétique, le disciple de Mesmer échoua complètement. À la cinquième ou sixième, il ne réussit que très-imparfaitement, et après des efforts opiniâtres. Ce fut seulement à la douzième que le triomphe fut complet. Après celle-là, la volonté du patient succomba rapidement sous celle du médecin, si bien que, lorsque je fis pour la première fois leur connaissance, le sommeil arrivait presque instantanément par un pur acte de volition de l'opérateur, même quand le malade n'avait pas conscience de sa présence. C'est seulement maintenant, en l'an 1845, quand de semblables miracles ont été journellement attestés par des milliers d'hommes, que je me hasarde à citer cette apparente impossibilité comme un fait positif.

Le tempérament de Bedloe était au plus haut degré sensitif, excitable, enthousiaste. Son imagination, singulièrement vigoureuse et créatrice, tirait sans doute une force additionnelle de l'usage habituel de l'opium, qu'il consommait en grande quantité, et sans lequel l'existence lui eût été impossible. C'était son habitude d'en prendre une bonne dose immédiatement après son déjeuner, chaque matin, — ou plutôt immédiatement après une tasse de fort café, car il ne mangeait rien dans l'avant-midi, — et alors il partait seul, ou seulement accompagné d'un chien, pour une longue promenade à travers la chaîne de sauvages et lugubres hauteurs qui courent à l'ouest et au sud de Charlottesville, et qui sont décorées ici du nom de *Ragged Mountains*[1].

Par un jour sombre, chaud et brumeux, vers la fin de novembre, et durant l'étrange interrègne de saisons que nous appelons en Amérique l'été indien, M. Bedloe partit, suivant son habitude, pour les montagnes. Le jour s'écoula, et il ne revint pas.

Vers huit heures du soir, étant sérieusement alarmés par cette absence prolongée, nous allions nous mettre à sa recherche, quand il reparut inopinément, ni mieux ni plus mal portant, et plus animé que de coutume. Le récit qu'il fit de son expédition et des événements qui l'avaient retenu fut en vérité des plus singuliers :

"You will remember," said he, "that it was about nine in the morning when I left Charlottesville. I bent my steps immediately to the mountains, and, about ten, entered a gorge which was entirely new to me. I followed the windings of this pass with much interest. The scenery which presented itself on all sides, although scarcely entitled to be called grand, had about it an indescribable, and to me, a delicious aspect of dreary desolation. The solitude seemed absolutely virgin. I could not help believing that the green sods and the grey rocks upon which I trod, had never before been trodden by the foot of a human being. So entirely secluded, and in fact inaccessible, except through a series of accidents, is the entrance of the ravine, that it is by no means impossible that I was indeed the first adventurer—the very first and sole adventurer—who had ever penetrated its recesses.

"The thick and peculiar mist or smoke which distinguishes the Indian Summer, and which now hung heavily over all objects, served no doubt to deepen the vague impressions which these objects created. So dense was this pleasant fog that I could at no time see more than a dozen yards of the path before me. This path was excessively sinuous, and as the sun could not be seen, I soon lost all idea of the direction in which I journeyed. In the meantime the morphine had its customary effect—that of enduing all the external world with an intensity of interest. In the quivering of a leaf—in the hue of a blade of grass—in the shape of a trefoil—in the humming of a bee—in the gleaming of a dew-drop—in the breathing of the wind—in the faint odours that came from the forest—there came a whole universe of suggestion—a gay and motley train of rhapsodical and immethodical thought.

"Busied in this, I walked on for several hours, during which the mist deepened around me to so great an extent that at length I was reduced to an absolute groping of the way. And now an indescribable uneasiness possessed me—a species of nervous hesitation and tremor,—I feared to tread, lest I should be precipitated into some

— Vous vous rappelez, dit-il, qu'il était environ neuf heures du matin quand je quittai Charlottesville. Je dirigeai immédiatement mes pas vers la montagne et, vers dix heures, j'entrai dans une gorge qui était entièrement nouvelle pour moi. Je suivis toutes les sinuosités de cette passe avec beaucoup d'intérêt. — Le théâtre qui se présentait de tous côtés, quoique ne méritant peut-être pas l'appellation de sublime, portait en soi un caractère indescriptible, et pour moi délicieux, de lugubre désolation. La solitude semblait absolument vierge. Je ne pouvais m'empêcher de croire que les gazons verts et les roches grises que je foulais n'avaient jamais été foulés par un pied humain. L'entrée du ravin est si complètement cachée, et de fait inaccessible, excepté à travers une série d'accidents, qu'il n'était pas du tout impossible que je fusse en vérité le premier aventurier, — le premier et le seul qui eût jamais pénétré ces solitudes.

"L'épais et singulier brouillard ou fumée qui distingue l'été indien, et qui s'étendait alors pesamment sur tous les objets, approfondissait sans doute les impressions vagues que ces objets créaient en moi. Cette brume poétique était si dense, que je ne pouvais jamais voir au delà d'une douzaine de yards de ma route. Ce chemin était excessivement sinueux, et, comme il était impossible de voir le soleil, j'avais perdu toute idée de la direction dans laquelle je marchais. Cependant, l'opium avait produit son effet accoutumé, qui est de revêtir tout le monde extérieur d'une intensité d'intérêt. Dans le tremblement d'une feuille, — dans la couleur d'un brin d'herbe, — dans la forme d'un trèfle, — dans le bourdonnement d'une abeille, — dans l'éclat d'une goutte de rosée, — dans le soupir du vent, — dans les vagues odeurs qui venaient de la forêt, — se produisait tout un monde d'inspirations, — une procession magnifique et bigarrée de pensées désordonnées et rapsodiques.

"Tout occupé par ces rêveries, je marchai plusieurs heures, durant lesquelles le brouillard s'épaissit autour de moi à un degré tel que je fus réduit à chercher mon chemin à tâtons. Et alors un indéfinissable malaise s'empara de moi, — une espèce d'irritation nerveuse et de tremblement. Je craignais d'avancer, de peur d'être précipité dans

abyss. I remembered, too, strange stories told about these Ragged Hills, and of the uncouth and fierce races of men who tenanted their groves and caverns. A thousand vague fancies oppressed and disconcerted me—fancies the more distressing because vague. Very suddenly my attention was arrested by the loud beating of a drum.

"My amazement was, of course, extreme. A drum in these hills was a thing unknown. I could not have been more surprised at the sound of the trump of the Archangel. But a new and still more astounding source of interest and perplexity arose. There came a wild rattling or jingling sound, as if of a bunch of large keys—and upon the instant a dusky-visaged and half-naked man rushed past me with a shriek. He came so close to my person that I felt his hot breath upon my face. He bore in one hand an instrument composed of an assemblage of steel rings, and shook them vigorously as he ran. Scarcely had he disappeared in the mist, before, panting after him, with open mouth and glaring eyes, there darted a huge beast. I could not be mistaken in its character. It was a hyena.

"The sight of this monster rather relieved than heightened my terrors—for I now made sure that I dreamed, and endeavored to arouse myself to waking consciousness. I stepped boldly and briskly forward. I rubbed my eyes. I called aloud. I pinched my limbs. A small spring of water presented itself to my view, and here stooping, I bathed my hands and my head and neck. This seemed to dissipate the equivocal sensations which had hitherto annoyed me. I arose, as I thought, a new man, and proceeded steadily and complacently on my unknown way.

"At length, quite overcome by exertion, and by a certain oppressive closeness of the atmosphere, I seated myself beneath a tree. Presently there came a feeble gleam of sunshine, and the shadow of the leaves

quelque abîme. Je me souvins aussi d'étranges histoires sur ces *Ragged Mountains*, et de races d'hommes bizarres et sauvages qui habitaient leurs bois et leurs cavernes. Mille pensées vagues me pressaient et me déconcertaient, — pensées que leur vague rendait encore plus douloureuses. Tout à coup mon attention fut arrêtée par un fort battement de tambour.

"Ma stupéfaction, naturellement, fut extrême. Un tambour, dans ces montagnes, était chose inconnue. Je n'aurais pas été plus surpris par le son de la trompette de l'Archange. Mais une nouvelle et bien plus extraordinaire cause d'intérêt et de perplexité se manifesta. J'entendais s'approcher un bruissement sauvage, un cliquetis, comme d'un trousseau de grosses clefs, — et à l'instant même un homme à moitié nu, au visage basané, passa devant moi en poussant un cri aigu. Il passa si près de ma personne que je sentis le chaud de son haleine sur ma figure. Il tenait dans sa main un instrument composé d'une série d'anneaux de fer et les secouait vigoureusement en courant. À peine avait-il disparu dans le brouillard, que, haletante derrière lui, la gueule ouverte et les yeux étincelants, s'élança une énorme bête. Je ne pouvais pas me méprendre sur son espèce : c'était une hyène.

"La vue de ce monstre soulagea plutôt qu'elle n'augmenta mes terreurs ; — car j'étais bien sûr maintenant que je rêvais, et je m'efforçai, je m'excitai moi-même à réveiller ma conscience. Je marchai délibérément et lestement en avant. Je me frottai les yeux. Je criai très-haut. Je me pinçai les membres. Une petite source s'étant présentée à ma vue, je m'y arrêtai, et je m'y lavai les mains, la tête et le cou. Je crus sentir se dissiper les sensations équivoques qui m'avaient tourmenté jusque-là. Il me parut, quand je me relevai, que j'étais un nouvel homme, et je poursuivis fermement et complaisamment ma route inconnue.

"À la longue, tout à fait épuisé par l'exercice et par la lourdeur oppressive de l'atmosphère, je m'assis sous un arbre. En ce moment parut un faible rayon de soleil, et l'ombre des feuilles de l'arbre

of the tree fell faintly but definitely upon the grass. At this shadow I gazed wonderingly for many minutes. Its character stupefied me with astonishment. I looked upward. The tree was a palm.

"I now arose hurriedly, and in a state of fearful agitation—for the fancy that I dreamed would serve me no longer. I saw—I felt that I had perfect command of my senses—and these senses now brought to my soul a world of novel and singular sensation. The heat became all at once intolerable. A strange odour loaded the breeze.—A low continuous murmur, like that arising from a full, but gently flowing river, came to my ears, intermingled with the peculiar hum of multitudinous human voices.

"While I listened in an extremity of astonishment which I need not attempt to describe, a strong and brief gust of wind bore off the incumbent fog as if by the wand of an enchanter.

"I found myself at the foot of a high mountain, and looking down into a vast plain, through which wound a majestic river. On the margin of this river stood an Eastern-looking city, such as we read of in the Arabian Tales, but of a character even more singular than any there described. From my position, which was far above the level of the town, I could perceive its every nook and corner, as if delineated on a map. The streets seemed innumerable, and crossed each other irregularly in all directions, but were rather long winding alleys than streets, and absolutely swarmed with inhabitants. The houses were wildly picturesque. On every hand was a wilderness of balconies, of verandahs, of minarets, of shrines, and fantastically carved oriels. Bazaars abounded; and in these were displayed rich wares in infinite variety and profusion—silks, muslins, the most dazzling cutlery, the most magnificent jewels and gems. Besides these things, were seen on all sides, banners and palanquins, litters with stately dames close

tomba sur le gazon, légèrement mais suffisamment définie. Pendant quelques minutes, je fixai cette ombre avec étonnement. Sa forme me comblait de stupeur. Je levai les yeux. L'arbre était un palmier.

"Je me levai précipitamment et dans un état d'agitation terrible, — car l'idée que je rêvais n'était plus désormais suffisante. Je vis, — je sentis que j'avais le parfait gouvernement de mes sens, — et ces sens apportaient maintenant à mon âme un monde de sensations nouvelles et singulières. La chaleur devint tout d'un coup intolérable. Une étrange odeur chargeait la brise. — Un murmure profond et continuel, comme celui qui s'élève d'une rivière abondante, mais coulant régulièrement, vint à mes oreilles, entremêlé du bourdonnement particulier d'une multitude de voix humaines.

"Pendant que j'écoutais, avec un étonnement qu'il est bien inutile de vous décrire, un fort et bref coup de vent enleva, comme une baguette de magicien, le brouillard qui chargeait la terre.

"Je me trouvai au pied d'une haute montagne dominant une vaste plaine, à travers laquelle coulait une majestueuse rivière. Au bord de cette rivière s'élevait une ville d'un aspect oriental, telle que nous en voyons dans *Les Mille et une Nuits*, mais d'un caractère encore plus singulier qu'aucune de celles qui y sont décrites. De ma position, qui était bien au-dessus du niveau de la ville, je pouvais apercevoir tous ses recoins et tous ses angles, comme s'ils eussent été dessinés sur une carte. Les rues paraissaient innombrables et se croisaient irrégulièrement dans toutes les directions, mais ressemblaient moins à des rues qu'à de longues allées contournées, et fourmillaient littéralement d'habitants. Les maisons étaient étrangement pittoresques. De chaque côté, c'était une véritable débauche de balcons, de vérandas, de minarets, de niches et de tourelles fantastiquement découpées. Les bazars abondaient ; les plus riches marchandises s'y déployaient avec une variété et une profusion infinie : soies, mousselines, la plus éblouissante coutellerie, diamants et bijoux des plus magnifiques. À côté de ces choses, on voyait de tous côtés des pavillons, des palanquins, des litières où se trouvaient

veiled, elephants gorgeously caparisoned, idols grotesquely hewn, drums, banners and gongs, spears, silver and gilded maces. And amid the crowd, and the clamour, and the general intricacy and confusion—amid the million of black and yellow men, turbaned and robed, and of flowing beard, there roamed a countless multitude of holy filleted bulls, while vast legions of the filthy but sacred ape clambered, chattering and shrieking, about the cornices of the mosques, or clung to the minarets and oriels. From the swarming streets to the banks of the river there descended innumerable flights of steps leading to bathing places, while the river itself seemed to force a passage with difficulty through the vast fleets of deeply-burthened ships that far and wide encumbered its surface. Beyond the limits of the city arose, in frequent majestic groups, the palm and the cocoa, with other gigantic and weird trees, of vast age; and here and there might be seen a field of rice, the thatched hut of a peasant, a tank, a stray temple, a gipsy camp, or a solitary graceful maiden taking her way, with a pitcher upon her head, to the banks of the magnificent river.

"You will say now, of course, that I dreamed; but not so. What I saw—what I heard—what I felt—what I thought—had about it nothing of the unmistakeable idiosyncrasy of the dream. All was rigorously self-consistent. At first doubting that I was really awake, I entered into a series of tests which soon convinced me that I really was. Now, when one dreams, and in the dream suspects that he dreams, the suspicion never fails to confirm itself, *and the sleeper is almost immediately aroused.* Thus Novalis errs not in saying that 'we are near waking when we dream that we dream.' Had the vision occurred to me as I describe it, without my suspecting it as a dream, then a dream it might absolutely have been, but occurring as it did, and suspected and tested as it was, I am forced to class it among other phenomena."

de magnifiques dames sévèrement voilées, des éléphants fastueusement caparaçonnés, des idoles grotesquement taillées, des tambours, des bannières et des gongs, des lances, des casse-tête dorés et argentés. Et parmi la foule, la clameur, la mêlée et la confusion générales, parmi un million d'hommes noirs et jaunes, en turban et en robe, avec la barbe flottante, circulait une multitude innombrable de bœufs saintement enrubannés, pendant que des légions de singes malpropres et sacrés grimpaient, jacassant et piaillant, après les corniches des mosquées, ou se suspendaient aux minarets et aux tourelles. Des rues fourmillantes aux quais de la rivière descendaient d'innombrables escaliers qui conduisaient à des bains, pendant que la rivière elle-même semblait avec peine se frayer un passage à travers les vastes flottes de bâtiments surchargés qui tourmentaient sa surface en tous sens. Au delà des murs de la ville s'élevaient fréquemment en groupes majestueux, le palmier et le cocotier, avec d'autres arbres d'un grand âge, gigantesques et solennels ; et çà et là on pouvait apercevoir un champ de riz, la hutte de chaume d'un paysan, une citerne, un temple isolé, un camp de gypsies, ou une gracieuse fille solitaire prenant sa route, avec une cruche sur sa tête, vers les bords de la magnifique rivière.

"Maintenant, sans doute, vous direz que je rêvais ; mais nullement. Ce que je voyais, — ce que j'entendais, — ce que je sentais, — ce que je pensais n'avait rien en soi de l'idiosyncrasie non méconnaissable du rêve. Tout se tenait logiquement et faisait corps. D'abord, doutant si j'étais réellement éveillé, je me soumis à une série d'épreuves qui me convainquirent bien vite que je l'étais réellement. Or, quand quelqu'un rêve, et que dans son rêve il soupçonne qu'il rêve, le soupçon ne manque jamais de se confirmer et le dormeur est presque immédiatement réveillé. Ainsi, Novalis ne se trompe pas en disant que *nous sommes près de nous réveiller quand nous rêvons que nous rêvons*. Si la vision s'était offerte à moi telle que je l'eusse soupçonnée d'être un rêve, alors elle eût pu être purement un rêve ; mais, se présentant comme je l'ai dit, et suspectée et vérifiée comme elle le fut, je suis forcé de la classer parmi d'autres phénomènes.

Edgar Allan Poe

"In this I am not sure that you are wrong," observed Dr. Templeton, "but proceed. You arose and descended into the city."

"I arose," continued Bedloe, regarding the Doctor with an air of profound astonishment, "I arose, as you say, and descended into the city. On my way, I fell in with an immense populace, crowding through every avenue, all in the same direction, and exhibiting in every action the wildest excitement. Very suddenly, and by some inconceivable impulse, I became intensely imbued with personal interest in what was going on. I seemed to feel that I had an important part to play, without exactly understanding what it was. Against the crowd which environed me, however, I experienced a deep sentiment of animosity. I shrank from amid them, and, swiftly, by a circuitous path, reached and entered the city. Here all was the wildest tumult and contention. A small party of men, clad in garments half Indian, half European, and officered by a gentleman in a uniform partly British, were engaged, at great odds, with the swarming rabble of the alleys. I joined the weaker party, arming myself with the weapons of a fallen officer, and fighting I knew not whom with the nervous ferocity of despair. We were soon overpowered by numbers, and driven to seek refuge in a species of kiosk. Here we barricaded ourselves, and, for the present, were secure. From a loop-hole near the summit of the kiosk, I perceived a vast crowd, in furious agitation, surrounding and assaulting a gay palace that overhung the river. Presently from an upper window of this palace, there descended an effeminate-looking person, by means of a string made of the turbans of his attendants. A boat was at hand, in which he escaped to the opposite bank of the river.

"And now a new object took possession of my soul. I spoke a few hurried but energetic words to my companions, and, having succeeded in gaining over a few of them to my purpose, made a frantic sally from the kiosk. We rushed amid the crowd that

— En cela, je n'affirme pas que vous ayez tort, remarqua le docteur Templeton. Mais poursuivez. Vous vous levâtes, et vous descendîtes dans la cité.

— Je me levai, continua Bedloe regardant le docteur avec un air de profond étonnement ; je me levai, comme vous dîtes, et descendis dans la cité. Sur ma route, je tombai au milieu d'une immense populace qui encombrait chaque avenue, se dirigeant toute dans le même sens, et montrant dans son action la plus violente animation. Très-soudainement, et sous je ne sais quelle pression inconcevable, je me sentis profondément pénétré d'un intérêt personnel dans ce qui allait arriver. Je croyais sentir que j'avais un rôle important à jouer, sans comprendre exactement quel il était. Contre la foule qui m'environnait j'éprouvai toutefois un profond sentiment d'animosité. Je m'arrachai du milieu de cette cohue, et rapidement, par un chemin circulaire, j'arrivai à la ville, et j'y entrai. Elle était en proie au tumulte et à la plus violente discorde. Un petit détachement d'hommes ajustés moitié à l'indienne, moitié à l'européenne, et commandés par des gentlemen qui portaient un uniforme en partie anglais, soutenait un combat très-inégal contre la populace fourmillante des avenues. Je rejoignis cette faible troupe, je me saisis des armes d'un officier tué, et je frappai au hasard avec la férocité nerveuse du désespoir. Nous fûmes bientôt écrasés par le nombre et contraints de chercher un refuge dans une espèce de kiosque. Nous nous y barricadâmes, et nous fûmes pour le moment en sûreté. Par une meurtrière, près du sommet du kiosque, j'aperçus une vaste foule dans une agitation furieuse, entourant et assaillant un beau palais qui dominait la rivière. Alors, par une fenêtre supérieure du palais, descendit un personnage d'une apparence efféminée, au moyen d'une corde faite avec les turbans de ses domestiques. Un bateau était tout près, dans lequel il s'échappa vers le bord opposé de la rivière.

"Et alors un nouvel objet prit possession de mon âme. J'adressai à mes compagnons quelques paroles précipitées, mais énergiques, et, ayant réussi à en rallier quelques-uns à mon dessein, je fis une sortie furieuse hors du kiosque. Nous nous précipitâmes sur la foule qui

surrounded it. They retreated at first before us. They rallied, fought madly, and retreated again. In the meantime we were borne far from the kiosk, and became bewildered and entangled among the narrow streets of tall overhanging houses, into the recesses of which the sun had never been able to shine. The rabble pressed impetuously upon us, harassing us with their spears, and overwhelming us with flights of arrows. These latter were very remarkable, and resembled in some respects the writhing creese of the Malay. They were made to imitate the body of the creeping serpent, and were long and black, with a poisoned barb. One of them struck me upon the right temple. I reeled and fell. An instantaneous and dreadful sickness seized me. I struggled—I gasped—I died."

"You will hardly persist now," said I, smiling, "that the whole of your adventure was not a dream. You are not prepared to maintain that you are dead?"

When I said these words, I of course expected some lively sally from Bedloe in reply; but, to my astonishment, he hesitated, trembled, became fearfully pallid, and remained silent. I looked towards Templeton. He sat erect and rigid in his chair—his teeth chattered, and his eyes were starting from their sockets. "Proceed!" he at length said hoarsely to Bedloe.

"For many minutes," continued the latter, "my sole sentiment—my sole feeling—was that of darkness and nonentity, with the consciousness of death. At length, there seemed to pass a violent and sudden shock through my soul, as if of electricity. With it came the sense of elasticity and of light. This latter I felt—not saw. In an instant I seemed to rise from the ground. But I had no bodily, no visible, audible, or palpable presence. The crowd had departed. The tumult had ceased. The city was in comparative repose. Beneath me lay my corpse, with the arrow in my temple, the whole head greatly

l'assiégeait. Ils s'enfuirent d'abord devant nous. Ils se rallièrent, combattirent comme des enragés, et firent une nouvelle retraite. Cependant, nous avions été emportés loin du kiosque, et nous étions perdus et embarrassés dans des rues étroites, étouffées par de hautes maisons, dans le fond desquelles le soleil n'avait jamais envoyé sa lumière. La populace se pressait impétueusement sur nous, nous harcelait avec ses lances, et nous accablait de ses volées de flèches. Ces dernières étaient remarquables et ressemblaient en quelque sorte au kriss tortillé des Malais ; — imitant le mouvement d'un serpent qui rampe, — longues et noires, avec une pointe empoisonnée. L'une d'elles me frappa à la tempe droite. Je pirouettai, je tombai. Un mal instantané et terrible s'empara de moi. Je m'agitai, — je m'efforçai de respirer, — je mourus.

— Vous ne vous obstinerez plus sans doute, dis-je en souriant, à croire que toute votre aventure n'est pas un rêve ? Êtes-vous décidé à soutenir que vous êtes mort ?

Quand j'eus prononcé ces mots, je m'attendais à quelque heureuse saillie de Bedloe, en manière de réplique ; mais, à mon grand étonnement, il hésita, trembla, devint terriblement pâle, et garda le silence. Je levai les yeux sur Templeton. Il se tenait droit et roide sur sa chaise ; — ses dents claquaient, et ses yeux s'élançaient de leurs orbites.

— Continuez, dit-il enfin à Bedloe d'une voix rauque. Pendant quelques minutes, poursuivit ce dernier, ma seule impression, — ma seule sensation, — fut celle de la nuit et du non-être, avec la conscience de la mort. À la longue, il me sembla qu'une secousse violente et soudaine comme l'électricité traversait mon âme. Avec cette secousse vint le sens de l'élasticité et de la lumière. Quant à cette dernière, je la sentis, je ne la vis pas. En un instant, il me sembla que je m'élevais de terre ; mais je ne possédais pas ma présence corporelle, visible, audible ou palpable. La foule s'était retirée. Le tumulte avait cessé. La ville était comparativement calme. Au-dessous de moi gisait mon corps, avec la flèche dans ma tempe, toute

swollen and disfigured. But all these things I felt—not saw. I took interest in nothing. Even the corpse seemed a matter in which I had no concern. Volition I had none, but appeared to be impelled into motion, and flitted buoyantly out of the city, retracing the circuitous path by which I had entered it. When I had attained that point of the ravine in the mountains at which I had encountered the hyena, I again experienced a shock as of a galvanic battery; the sense of weight, of volition, of substance, returned. I became my original self, and bent my steps eagerly homewards—but the past had not lost the vividness of the real—and not now, even for an instant, can I compel my understanding to regard it as a dream."

"Nor was it," said Templeton, with an air of deep solemnity, "yet it would be difficult to say how otherwise it should be termed. Let us suppose only, that the soul of the man of to-day is upon the verge of some stupendous psychal discoveries. Let us content ourselves with this supposition. For the rest I have some explanation to make. Here is a water-colour drawing, which I should have shown you before, but which an unaccountable sentiment of horror has hitherto prevented me from showing."

We looked at the picture which he presented. I saw nothing in it of an extraordinary character; but its effect upon Bedloe was prodigious. He nearly fainted as he gazed. And yet it was but a miniature portrait—a miraculously accurate one, to be sure—of his own very remarkable features. At least this was my thought as I regarded it.

"You will perceive," said Templeton, "the date of this picture—it is here, scarcely visible, in this corner—1780. In this year was the portrait taken. It is the likeness of a dead friend—a Mr. Oldeb—to whom I became much attached at Calcutta, during the administration of Warren Hastings. I was then only twenty years old. When I first

la tête grandement enflée et défigurée. Mais toutes ces choses, je les sentis, — je ne les vis pas. Je ne pris d'intérêt à rien. Et même le cadavre me semblait un objet avec lequel je n'avais rien de commun. Je n'avais aucune volonté, mais il me sembla que j'étais mis en mouvement et que je m'envolais légèrement hors de l'enceinte de la ville par le même circuit que j'avais pris pour y entrer. Quand j'eus atteint, dans la montagne, l'endroit du ravin où j'avais rencontré l'hyène, j'éprouvai de nouveau un choc comme celui d'une pile galvanique ; le sentiment de la pesanteur, celui de substance, rentrèrent en moi. Je redevins moi-même, mon propre individu, et je dirigeai vivement mes pas vers mon logis ; — mais le passé n'avait pas perdu l'énergie vivante de la réalité, — et maintenant encore je ne puis contraindre mon intelligence, même pour une minute, à considérer tout cela comme un songe.

— Ce n'en était pas un, dit Templeton, avec un air de profonde solennité ; mais il serait difficile de dire quel autre terme définirait le mieux le cas en question. Supposons que l'âme de l'homme moderne est sur le bord de quelques prodigieuses découvertes psychiques. Contentons-nous de cette hypothèse. Quant au reste, j'ai quelques éclaircissements à donner. Voici une peinture à l'aquarelle que je vous aurais déjà montrée si un indéfinissable sentiment d'horreur ne m'en avait pas empêché jusqu'à présent.

Nous regardâmes la peinture qu'il nous présentait. Je n'y vis aucun caractère bien extraordinaire ; mais son effet sur Bedloe fut prodigieux. À peine l'eut-il regardée, qu'il faillit s'évanouir. Et cependant, ce n'était qu'un portrait à la miniature, un portrait merveilleusement fini, à vrai dire, de sa propre physionomie si originale. Du moins, telle fut ma pensée en la regardant.

— Vous apercevez la date de la peinture, dit Templeton ; elle est là, à peine visible, dans ce coin, — 1780. C'est dans cette année que cette peinture fut faite. C'est le portrait d'un ami défunt, — un M. Oldeb, — à qui je m'attachai très-vivement à Calcutta, durant l'administration de Warren Hastings. Je n'avais alors que vingt ans.

saw you, Mr. Bedloe, at Saratoga, it was the miraculous similarity which existed between yourself and the painting which induced me to accost you, to seek your friendship, and to bring about those arrangements which resulted in my becoming your constant companion. In accomplishing this point I was urged partly, and perhaps principally, by a regretful memory of the deceased, but also, in part, by an uneasy and not altogether horrorless curiosity respecting yourself.

"In your detail of the vision which presented itself to you amid the hills, you have described with the minutest accuracy, the Indian city of Benares upon the holy river. The riots, the combats, the massacre, were the actual events of the insurrection of Cheyte Sing, which took place in 1780, when Hastings was put in imminent peril of his life. The man escaping by the string of turbans was Cheyte Sing himself. The party in the kiosk were sepoys and British officers headed by Hastings. Of this party I was one, and did all I could to prevent the rash and fatal sally of the officer who fell, in the crowded alleys, by the poisoned arrow of a Bengalee. That officer was my dearest friend. It was Oldeb. You will perceive by these manuscripts" (here the speaker produced a notebook in which several pages appeared to have been, freshly written) "that at the very period in which you fancied these things amid the hills, I was engaged in detailing them upon paper here at home."

In about a week after this conversation, the following paragraphs appeared in a Charlottesville paper:

"We have the painful duty of announcing the death of MR. AUGUSTUS BEDLO, a gentleman whose amiable manners and many virtues have long endeared him to the citizens of Charlottesville.

"Mr. B., for some years past, has been subject to neuralgia, which has often threatened to terminate fatally; but this can be regarded only as

Quand je vous vis pour la première fois, monsieur Bedloe, à Saratoga, ce fut la miraculeuse similitude qui existait entre vous et le portrait qui me détermina à vous aborder, à rechercher votre amitié et à amener ces arrangements qui firent de moi votre compagnon perpétuel. En agissant ainsi, j'étais poussé en partie, et peut-être principalement, par les souvenirs pleins de regrets du défunt, mais d'une autre part aussi par une curiosité inquiète à votre endroit, et qui n'était pas dénuée d'une certaine terreur.

"Dans votre récit de la vision qui s'est présentée à vous dans les montagnes, vous avez décrit, avec le plus minutieux détail, la ville indienne de Bénarès, sur la Rivière-Sainte. Les rassemblements, les combats, le massacre, c'étaient les épisodes réels de l'insurrection de Cheyte-Sing, qui eut lieu en 1780, alors que Hastings courut les plus grands dangers pour sa vie. L'homme qui s'est échappé par la corde faite de turbans, c'était Cheyte-Sing lui-même. La troupe du kiosque était composée de cipayes et d'officiers anglais, Hastings à leur tête. Je faisais partie de cette troupe, et je fis tous mes efforts pour empêcher cette imprudente et fatale sortie de l'officier qui tomba dans la bagarre sous la flèche empoisonnée d'un Bengali. Cet officier était mon plus cher ami. C'était Oldeb. Vous verrez par ce manuscrit, — ici le narrateur produisit un livre de notes, dans lequel quelques pages paraissaient d'une date toute fraîche, — que, pendant que vous *pensiez* ces choses au milieu de la montagne, j'étais occupé ici, à la maison, à les *décrire* sur le papier.

Une semaine environ après cette conversation, l'article suivant parut dans un journal de Charlottesville :

"C'est pour nous un devoir douloureux d'annoncer la mort de M. Auguste Bedlo, un gentleman que ses manières charmantes et ses nombreuses vertus avaient depuis longtemps rendu cher aux citoyens de Charlottesville.

"M. B., depuis quelques années, souffrait d'une névralgie qui avait souvent menacé d'aboutir fatalement ; mais elle ne peut être regardée

the mediate cause of his decease. The approximate cause was one of especial singularity. In an excursion to the Ragged Mountains, a few days since, a slight cold and fever were contracted, attended with great determination of blood to the head. To relieve this, Dr. Tempieton resorted to topical bleeding. Leeches were applied to the temples. In a fearfully brief period the patient died, when it appeared that, in the jar containing the leeches, had been introduced, by accident, one of the venomous vermicular sangsues which are now and then found in the neighbouring ponds. This creature fastened itself upon a small artery in the right temple. Its close resemblance to the medicinal leech caused the mistake to be overlooked until too late.

"N. B.—The poisonous sangsue of Charlottesville may always be distinguished from the medicinal leech by its blackness, and especially by its writhing or vermicular motions which very nearly resembles those of a snake."

I was speaking with the editor of the paper in question, upon the topic of this remarkable accident, when it occurred to me to ask how it happened that the name of the deceased had been given as Bedlo.

"I presume," said I, "you have authority for this spelling, but I have always supposed the name to be written with an e at the end."

"Authority?—no," he replied. "It is a mere typographical error. The name is Bedlo with an e, all the world over, and I never knew it to be spelt otherwise in my life."

"Then," said I mutteringly, as I turned upon my heel, "then indeed has it come to pass that one truth is stranger than any fiction—for Bedlo without the e, what is it but Oldeb conversed? And this man tells me it is a typographical error."

que comme la cause indirecte de sa mort. La cause immédiate fut d'un caractère singulier et spécial. Dans une excursion qu'il fit dans les *Ragged Mountains*, il y a quelques jours, il contracta un léger rhume avec de la fièvre, qui fut suivi d'un grand mouvement du sang à la tête. Pour le soulager, le docteur Templeton eut recours à la saignée locale. Des sangsues furent appliquées aux tempes. Dans un délai effroyablement court, le malade mourut, et l'on s'aperçut que, dans le bocal qui contenait les sangsues, avait été introduite par hasard une de ces sangsues vermiculaires venimeuses qui se rencontrent çà et là dans les étangs circonvoisins. Cette bête se fixa d'elle-même sur une petite artère de la tempe droite. Son extrême ressemblance avec la sangsue médicinale fit que la méprise fut découverte trop tard.

"*N.-B.* — La sangsue venimeuse de Charlottesville peut toujours se distinguer de la sangsue médicinale par sa noirceur, et spécialement par ses tortillements, ou mouvements vermiculaires, qui ressemblent beaucoup à ceux d'un serpent."

Je me trouvais avec l'éditeur du journal en question, et nous causions de ce singulier accident, quand il me vint à l'idée de lui demander pourquoi l'on avait imprimé le nom du défunt avec l'orthographe : *Bedlo*.

— Je présume, dis-je, que vous avez quelque autorité pour l'orthographier ainsi ; j'ai toujours cru que le nom devait s'écrire avec un e à la fin.

— Autorité ? non, répliqua-t-il. C'est une simple erreur du typographe. Le nom est Bedloe avec un e ; c'est connu de tout le monde, et je ne l'ai jamais vu écrit autrement.

— Il peut donc se faire, murmurai-je en moi-même, comme je tournai sur mes talons, qu'une vérité soit plus étrange que toutes les fictions ; — car qu'est-ce que Bedlo sans e, si ce n'est Oldeb retourné ? Et cet homme me dit que c'est une faute typographique !

Edgar Allan Poe

Charles Baudelaire

Note:

1. *Montagnes déchirées* ; une branche des Montagnes bleues, Blue Ridge, partie orientale des Alleghanys. — C. B.

Morella

1835

Morella

Edgar Allan Poe

*Auto kath' auto meth' autou, mono eides aei on.
Itself—alone by itself—eternally one and single.*

Plato. Sympos.

With a feeling of deep but most singular affection I regarded my friend Morella. Thrown by accident into her society many years ago, my soul, from our first meeting, burned with fires it had never known—but the fires were not of Eros—and bitter and tormenting to my eager spirit was the gradual conviction that I could in no manner define their unusual meaning, or regulate their vague intensity. Yet we met: and Fate bound us together at the altar: and I never spoke of love, or thought of passion. She, however, shunned society, and, attaching herself to me alone, rendered me happy. It is a happiness to wonder. It is a happiness to dream.

Morella's erudition was profound. As I hope to live, her talents were of no common order—her powers of mind were gigantic. I felt this, and in many matters became her pupil. I soon, however, found that Morella, perhaps on account of her Presburg education, laid before me a number of those mystical writings which are usually considered the mere dross of the early German literature. These, for what reasons I could not imagine, were her favorite and constant study: and that in process of time they became my own, should be attributed to the simple but effectual influence of habit and example.

In all this, if I err not, my reason had little to do. My convictions, or I forget myself, were in no manner acted upon by my imagination, nor was any tincture of the mysticism which I read, to be discovered,

Charles Baudelaire

Lui-même, par lui-même, avec lui-même, homogène éternel.

Platon.

Ce que j'éprouvais relativement à mon amie Morella était une profonde mais très-singulière affection. Ayant fait sa connaissance par hasard, il y a nombre d'années, mon âme, dès notre première rencontre, brûla de feux qu'elle n'avait jamais connus ; — mais ces feux n'étaient point ceux d'Éros, et ce fut pour mon esprit un amer tourment que la conviction croissante que je ne pourrais jamais définir leur caractère insolite, ni régulariser leur intensité errante. Cependant, nous nous convînmes, et la destinée nous fit nous unir à l'autel. Jamais je ne parlai de passion, jamais je ne songeai à l'amour. Néanmoins, elle fuyait la société, et, s'attachant à moi seul, elle me rendit heureux. Être étonné, c'est un bonheur ; — et rêver, n'est-ce pas un bonheur aussi ?

L'érudition de Morella était profonde. Comme, j'espère le montrer, ses talents n'étaient pas d'un ordre secondaire ; la puissance de son esprit était gigantesque. Je le sentis, et, dans mainte occasion, je devins son écolier. Toutefois, je m'aperçus bientôt que Morella, en raison de son éducation faite à Presbourg, étalait devant moi bon nombre de ces écrits mystiques qui sont généralement considérés comme l'écume de la première littérature allemande. Ces livres, pour des raisons que je ne pouvais concevoir, faisaient son étude constante et favorite ; — et, si avec le temps ils devinrent aussi la mienne, il ne faut attribuer cela qu'à la simple mais très-efficace influence de l'habitude et de l'exemple.

En toutes ces choses, si je ne me trompe, ma raison n'avait presque rien à faire. Mes convictions, ou je ne me connais plus moi-même, n'étaient en aucune façon basées sur l'idéal, et on n'aurait pu

unless I am greatly mistaken, either in my deeds or in my thoughts. Feeling deeply persuaded of this I abandoned myself more implicitly to the guidance of my wife, and entered with a bolder spirit into the intricacy of her studies. And then—then, when poring over forbidden pages I felt the spirit kindle within me, would Morella place her cold hand upon my own, and rake up from the ashes of a dead philosophy some low singular words, whose strange meaning burnt themselves in upon my memory: and then hour after hour would I linger by her side, and dwell upon the music of her thrilling voice, until at length its melody was tinged with terror and fell like a shadow upon my soul, and I grew pale, and shuddered inwardly at those too unearthly tones—and thus Joy suddenly faded into Horror, and the most beautiful became the most hideous, as Hinnon became Ge-Henna.

It is unnecessary to state the exact character of these disquisitions, which, growing out of the volumes I have mentioned, formed, for so long a time, almost the sole conversation of Morella and myself. By the learned in what might be termed theological morality they will be readily conceived, and by the unlearned they would, at all events, be little understood. The will Pantheism of Fitche—the modified Παλιγγεννεσια of the Pythagoreans—and, above all, the doctrines of Identity *as urged by Schelling were generally the points of discussion presenting the most of beauty to the imaginative Morella. That* Identity *which is not improperly called* Personal, *I think Mr. Locke truly defines to consist in the sameness of a rational being. And since by person we understand an intelligent essence having reason, and since there is a consciousness which always accompanies thinking, it is this which makes us all to be that which we call* ourselves—*thereby distinguishing us from other beings that think, and giving us our personal identity. But the Principium Individuationis—the notion of that Identity which at death is, or is not lost forever, was to me, at all times, a consideration of intense interest, not more from the mystical*

découvrir, à moins que je ne m'abuse grandement, aucune teinture du mysticisme de mes lectures, soit dans mes actions, soit dans mes pensées. Persuadé de cela, je m'abandonnai aveuglément à la direction de ma femme, et j'entrai avec un cœur imperturbé dans le labyrinthe de ses études. Et alors, — quand, me plongeant dans des pages maudites, je sentais un esprit maudit qui s'allumait en moi, — Morella venait, posant sa main froide sur la mienne et ramassant dans les cendres d'une philosophie morte quelques graves et singulières paroles qui, par leur sens bizarre, s'incrustaient dans ma mémoire. Et alors, pendant des heures, je m'étendais rêveur à son côté, et je me plongeais dans la musique de sa voix, — jusqu'à ce que cette mélodie à la longue s'infectât de terreur ; — et une ombre tombait sur mon âme, et je devenais pâle, et je frissonnais intérieurement à ces sons trop extra-terrestres. Et ainsi, la jouissance s'évanouissait soudainement dans l'horreur, et l'idéal du beau devenait l'idéal de la hideur, comme la vallée de Hinnom est devenue la Géhenne.

Il est inutile d'établir le caractère exact des problèmes qui, jaillissant des volumes dont j'ai parlé, furent pendant longtemps presque le seul objet de conversation entre Morella et moi. Les gens instruits dans ce que l'on peut appeler la morale théologique les concevront facilement, et ceux qui sont illettrés n'y comprendraient que peu de chose en tout cas. L'étrange panthéisme de Fichte, la Palingénésie modifiée des Pythagoriciens, et, par-dessus tout, la doctrine de l'*identité* telle qu'elle est présentée par Schelling, étaient généralement les points de discussion qui offraient le plus de charmes à l'imaginative Morella. Cette identité, dite personnelle, M. Locke, je crois, la fait judicieusement consister dans la permanence de l'être rationnel. En tant que par personne nous entendons une essence pensante, douée de raison, et en tant qu'il existe une conscience qui accompagne toujours la pensée, c'est elle, — cette conscience, — qui nous fait tous être ce que nous appelons *nous-même*, — nous distinguant ainsi des autres êtres pensants, et nous donnant notre identité personnelle. Mais le *principium individuationis*, — la notion de cette identité *qui, à la mort, est, ou n'est pas perdue à jamais*, fut pour moi, en tout temps, un problème du plus intense intérêt, non-

and exciting nature of its consequences, than from the marked and agitated manner in which Morella mentioned them.

But, indeed, the time had now arrived when the mystery of my wife's manner oppressed me like a spell. I could no longer bear the touch of her wan fingers, nor the low tone of her musical language, nor the lustre of her melancholy eyes. And she knew all this but did not upbraid. She seemed conscious of my weakness, or my folly—and, smiling, called it Fate. She seemed also conscious of a cause, to me unknown, for the gradual alienation of my regard; but she gave me no hint or token of its nature. Yet was she woman, and pined away daily. In time the crimson spot settled steadily upon the cheek, and the blue veins upon the pale forehead became prominent: and one instant my nature melted into pity, but in the next I met the glance of her meaning eyes, and my soul sickened and became giddy with the giddiness of one who gazes downward into some dreary and fathomless abyss.

Shall I then say that I longed with an earnest and consuming desire for the moment of Morella's decease? I did. But the fragile spirit clung to its tenement of clay for many days—for many weeks and irksome months—until my tortured nerves obtained the mastery over my mind, and I grew furious with delay, and with the heart of a fiend I cursed the days, and the hours, and the bitter moments which seemed to lengthen, and lengthen as her gentle life declined—like shadows in the dying of the day.

But one autumnal evening, when the winds lay still in Heaven, Morella called me to her side. There was a dim mist over all the earth, and a warm glow upon the waters, and amid the rich October leaves of the forest a rainbow from the firmament had surely fallen.

seulement à cause de la nature inquiétante et embarrassante de ses conséquences, mais aussi à cause de la façon singulière et agitée dont en parlait Morella.

Mais, en vérité, le temps était maintenant arrivé où le mystère de la nature de ma femme m'oppressait comme un charme. Je ne pouvais plus supporter l'attouchement de ses doigts pâles, ni le timbre profond de sa parole musicale, ni l'éclat de ses yeux mélancoliques. Et elle savait tout cela, mais ne m'en faisait aucun reproche ; elle semblait avoir conscience de ma faiblesse ou de ma folie, et, tout en souriant, elle appelait cela la Destinée. Elle semblait aussi avoir conscience de la cause, à moi inconnue, de l'altération graduelle de mon amitié ; mais elle ne me donnait aucune explication et ne faisait aucune allusion à la nature de cette cause. Morella toutefois n'était qu'une femme, et elle dépérissait journellement. À la longue, une tache pourpre se fixa immuablement sur sa joue, et les veines bleues de son front pâle devinrent proéminentes. Et ma nature se fondait parfois en pitié ; mais, un moment après, je rencontrais l'éclair de ses yeux chargés de pensées, et alors mon âme se trouvait mal et éprouvait le vertige de celui dont le regard a plongé dans quelque lugubre et insondable abîme.

Dirai-je que, j'aspirais, avec un désir intense et dévorant, au moment de la mort de Morella ? Cela fut ainsi ; mais le fragile esprit se cramponna à son habitacle d'argile pendant bien des jours, bien des semaines et bien des mois fastidieux, si bien qu'à la fin mes nerfs torturés remportèrent la victoire sur ma raison ; et je devins furieux de tous ces retards, et avec un cœur de démon je maudis les jours, et les heures, et les minutes amères qui semblaient s'allonger et s'allonger sans cesse, à mesure que sa noble vie déclinait, comme les ombres dans l'agonie du jour.

Mais, un soir d'automne, comme l'air dormait immobile dans le ciel, Morella m'appela à son chevet. Il y avait un voile de brume sur toute la terre, et un chaud embrasement sur les eaux, et, à voir les splendeurs d'octobre dans le feuillage de la forêt, on eût dit qu'un bel

Edgar Allan Poe

As I came, she was murmuring in a low under-tone, which trembled with fervor, the words of a Catholic hymn:

Sancta Maria! turn thine eyes
Upon the sinner's sacrifice
Of fervent prayer, and humble love,
From thy holy throne above.

At morn, at noon, at twilight dim,
Maria! thou hast heard my hymn.
In joy and wo, in good and ill,
Mother of God! be with me still.

When my hours flew gently by.
And no storms were in the sky,
My soul, lest it should truant be,
Thy love did guide to thine and thee.

Now, when clouds of Fate o'ercast
All my Present, and my Past,
Let my Future radiant shine
With sweet hopes of thee and thine.

'It is a day of days'—said Morella—'a day of all days either to live or die. It is a fair day for the sons of Earth and Life—ah! more fair for the daughters of Heaven and Death.'

I turned towards her, and she continued.

'I am dying—yet shall I live. Therefore for me, Morella, thy wife, hath the charnel house no terrors—mark me!—not even the terrors of the worm. The days have never been when thou couldst love me; but her whom in life thou didst abhor, in death thou shalt adore.'

'Morella!'

arc-en-ciel s'était laissé choir du firmament.

— Voici le jour des jours, dit-elle quand j'approchai, le plus beau des jours pour vivre ou pour mourir. C'est un beau jour pour les fils de la terre et de la vie, — ah ! plus beau encore pour les filles du ciel et de la mort !

Je baisai son front, et elle continua :

— Je vais mourir, cependant je vivrai. Morella ! Ils n'ont jamais été, ces jours où il t'aurait été permis de m'aimer ; — mais celle que, dans la vie, tu abhorras, dans la mort tu l'adoreras.

— Morella !

Edgar Allan Poe

'I repeat that I am dying. But within me is a pledge of that affection—ah, how little! which you felt for me, Morella. And when my spirit departs shall the child live—thy child and mine, Morella's. But thy days shall be days of sorrow—that sorrow which is the most lasting of impressions, as the cypress is the most enduring of trees. For the hours of thy happiness are over, and Joy is not gathered twice in a life, as the roses of Pæstum twice in a year. Thou shall not, then, play the Teian with Time, but, being ignorant of the myrtle and the vine, thou shalt bear about with thee thy shroud on earth, like the Moslemin at Mecca.'

'Morella!'—I cried—'Morella! how knowest thou this?' but she turned away her face upon the pillow, and, a slight tremor coming over her limbs, she thus died, and I heard her voice no more.

Yet, as she had foreseen, her child—to which in dying she had given birth, and which breathed not till the mother breathed no more—her child, a daughter, lived. And she grew strangely in size and intellect, and was the perfect resemblance of her who had departed, and I loved her with a love more fervent and more intense than I believed it possible to feel on earth.

But ere long the Heaven of this pure affection became overcast; and Gloom, and Horror, and Grief came over it in clouds. I said the child grew strangely in stature and intelligence. Strange indeed was her rapid increase in bodily size—but terrible, oh! terrible were the tumultuous thoughts which crowded upon me while watching the development of her mental being. Could it be otherwise, when I daily discovered in the conceptions of the child the adult powers and faculties of the woman?—when the lessons of experience fell from the lips of infancy? and when the wisdom or the passions of maturity I found hourly gleaming from its full and speculative eye? When, I say,

— Je répète que je vais mourir. Mais en moi est un gage de cette affection — ah ! quelle mince affection ! — que vous avez éprouvée pour moi, Morella. Et, quand mon esprit partira, l'enfant vivra, — ton enfant, mon enfant à moi, Morella. Mais tes jours seront des jours pleins de chagrin, — de ce chagrin qui est la plus durable des impressions, comme le cyprès est le plus vivace des arbres ; car les heures de ton bonheur sont passées, et la joie ne se cueille pas deux fois dans une vie, comme les roses de Pæstum deux fois dans une année. Tu ne joueras plus avec le temps le jeu de l'homme de Téos ; le myrte et la vigne te seront choses inconnues, et partout sur la terre tu porteras avec toi ton suaire, comme le musulman de la Mecque.

— Morella ! m'écriai-je, Morella ! comment sais-tu cela ? mais elle retourna son visage sur l'oreiller ; un léger tremblement courut sur ses membres, elle mourut, et je n'entendis plus sa voix.

Cependant, comme elle l'avait prédit, son enfant, — auquel en mourant elle avait donné naissance, et qui ne respira qu'après que la mère eut cessé de respirer, — son enfant, une fille, vécut. Et elle grandit étrangement en taille et en intelligence, et devint la parfaite ressemblance de celle qui était partie, et je l'aimai d'un plus fervent amour que je ne me serais cru capable d'en éprouver pour aucune habitante de la terre.

Mais, avant qu'il fût longtemps, le ciel de cette pure affection s'assombrit, et la mélancolie, et l'horreur, et l'angoisse, y défilèrent en nuages. J'ai dit que l'enfant grandit étrangement en taille et en intelligence. Étrange, en vérité, fut le rapide accroissement de sa nature corporelle, — mais terribles, oh ! terribles furent les tumultueuses pensées qui s'amoncelèrent sur moi, pendant que je surveillais le développement de son être intellectuel. Pouvait-il en être autrement, quand je découvrais chaque jour dans les conceptions de l'enfant la puissance adulte et les facultés de la femme ? — quand les leçons de l'expérience tombaient des lèvres de l'enfance ? — quand je voyais à chaque instant la sagesse et les passions de la maturité jaillir de cet œil noir et méditatif ? Quand, dis-je, tout cela

all this became evident to my appalled senses—when I could no longer hide it from my soul, nor throw it off from those perceptions which trembled to receive it, is it to be wondered at that suspicions of a nature fearful, and exciting, crept in upon my spirit, or that my thoughts fell back aghast upon the wild tales and thrilling theories of the entombed Morella? I snatched from the scrutiny of the world a being whom Destiny compelled me to adore, and in the rigid seclusion of my ancestral home, I watched with an agonizing anxiety over all which concerned my daughter.

And as years rolled away. and daily I gazed upon her eloquent and mild and holy face, and pored orer her maturing form, did I discover new points of resemblance in the child to her mother—the melancholy, and the dead. And hourly grew darker these shadows, as it were, of similitude, and became more full, and more definite, and more perplexing, and to me more terrible in their aspect. For that her smile was like her mother's I could bear—but then I shuddered at its too perfect identity: *that her eyes were Morella's own I could endure—but then they looked down too often into the depths of my soul with Morella's intense and bewildering meaning. And in the contour of the high forehead, and in the ringlets of the silken hair, and in the wan fingers which buried themselves therein, and in the musical tones of her speech, and above all—oh! above all, in the phrases and expressions of the dead on the lips of the loved and the living, I found food for consuming thought and horror—for a worm that would not die.*

Thus passed away two lustrums of her life, yet my daughter remained nameless upon the earth. 'My child' and 'my love' were the designations usually prompted by a father's affection, and the rigid seclusion of her days precluded all other intercourse. Morella's name died with her at her death. Of the mother I had never spoken to the

frappa mes sens épouvantés, — quand il fut impossible à mon âme de se le dissimuler plus longtemps, — à mes facultés frissonnantes de repousser cette certitude, — y a-t-il lieu de s'étonner que des soupçons d'une nature terrible et inquiétante se soient glissés dans mon esprit, ou que mes pensées se soient reportées avec horreur vers les contes étranges et les pénétrantes théories de la défunte Morella ? J'arrachai à la curiosité du monde un être que la destinée me commandait d'adorer, et, dans la rigoureuse retraite de mon intérieur, je veillai avec une anxiété mortelle sur tout ce qui concernait la créature aimée.

Et comme les années se déroulaient, et comme chaque jour je contemplais son saint, son doux, son éloquent visage, et comme j'étudiais ses formes mûrissantes, chaque jour je découvrais de nouveaux points de ressemblance entre l'enfant et sa mère, la mélancolique et la morte. Et, d'instant en instant, ces ombres de ressemblance s'épaississaient, toujours plus pleines, plus définies, plus inquiétantes et plus affreusement terribles dans leur aspect. Car, que son sourire ressemblât au sourire de sa mère, je pouvais l'admettre ; mais cette ressemblance était une *identité* qui me donnait le frisson ; — que ses yeux ressemblassent à ceux de Morella, je devais le supporter ; mais aussi ils pénétraient trop souvent dans les profondeurs de mon âme avec l'étrange et intense pensée de Morella elle-même. Et dans le contour de son front élevé, et dans les boucles de sa chevelure soyeuse, et dans ses doigts pâles qui s'y plongeaient *d'habitude*, et dans le timbre grave et musical de sa parole, et par-dessus tout, — oh ! par-dessus tout, — dans les phrases et les expressions de la morte sur les lèvres de l'aimée, de la vivante, je trouvais un aliment pour une horrible pensée dévorante, — pour un ver qui ne voulait pas mourir.

Ainsi passèrent deux lustres de sa vie, et toujours ma fille restait sans nom sur la terre. *Mon enfant* et *mon amour* étaient les appellations habituellement dictées par l'affection paternelle, et la sévère reclusion de son existence s'opposait à toute autre relation. Le nom de Morella était mort avec elle. De la mère, je n'avais jamais parlé à la fille ;

daughter—it was impossible to speak. Indeed during the brief period of her existence the latter had received no impressions from the outward world but such as might have been afforded by the narrow limits of her privacy. But at length the ceremony of baptism presented to my mind in its unnerved and agitated condition, a present deliverance from the horrors of my destiny. And at the baptismal font I hesitated for a name. And many titles of the wise and beautiful, of antique and modern times, of my own and foreign lands, came thronging to my lips—and many, many fair titles of the gentle, and the happy and the good. What prompted me then to disturb the memory of the buried dead? What demon urged me to breathe that sound, which, in its very recollection, was wont to make ebb and flow the purple blood in tides from the temples to the heart? What fiend spoke from the recesses of my soul, when amid those dim aisles, and in the silence of the night, I shrieked within the ears of the holy man the syllables, Morella? What more than fiend convulsed the features of my child and overspread them with the hues of death, as, starting at that sound, she turned her glassy eyes from the Earth to Heaven, and falling prostrate upon the black slabs of her ancestral vault, responded 'I am here!'

Distinct, coldly, calmly distinct—like a knell of death—horrible, horrible death, sank the eternal sounds within my soul. Years—years may roll away, but the memory of that epoch—never! Now was I indeed ignorant of the flowers and the vine—but the hemlock and the cypress overshadowed me night and day. And I kept no reckoning of time or place, and the stars of my Fate faded from Heaven, and, therefore, my spirit grew dark, and the figures of the earth passed by me like flitting shadows, and among them all I beheld only—Morella. The winds of the firmament breathed but one sound within my ears, and the ripples upon the sea murmured evermore—Morella. But she died, and with my own hands I bore her to the tomb, and I laughed, with a long and bitter laugh as I found no traces of the firat in the charnel where I laid the second—Morella.

— il m'était impossible d'en parler. En réalité, durant la brève période de son existence, cette dernière n'avait reçu aucune impression du monde extérieur, excepté celles qui avaient pu lui être fournies dans les étroites limites de sa retraite. À la longue, cependant, la cérémonie du baptême s'offrit à mon esprit, dans cet état d'énervation et d'agitation, comme l'heureuse délivrance des terreurs de ma destinée. Et, aux fonts baptismaux, j'hésitai sur le choix d'un nom. Et une foule d'épithètes de sagesse et de beauté, de noms tirés des temps anciens et modernes, de mon pays et des pays étrangers, vint se presser sur mes lèvres, et une multitude d'appellations charmantes de noblesse, de bonheur et de bonté. Qui m'inspira donc alors d'agiter le souvenir de la morte enterrée ? Quel démon me poussa à soupirer un son dont le simple souvenir faisait toujours refluer mon sang par torrents des tempes au cœur ? Quel méchant esprit parla du fond des abîmes de mon âme, quand, sous ces voûtes obscures et dans le silence de la nuit, je chuchotai dans l'oreille du saint homme les syllabes « Morella » ? Quel être, plus que démon, convulsa les traits de mon enfant et les couvrit des teintes de la mort, quand, tressaillant à ce nom à peine perceptible, elle tourna ses yeux limpides du sol vers le ciel, et, tombant prosternée sur les dalles noires de notre caveau de famille, répondit : *Me voilà !*
Ces simples mots tombèrent distincts, froidement, tranquillement distincts, dans mon oreille, et, de là, comme du plomb fondu, roulèrent en sifflant dans ma cervelle. Les années, les années peuvent passer, mais le souvenir de cet instant, — jamais ! Ah ! les fleurs et la vigne n'étaient pas choses inconnues pour moi ; — mais l'aconit et le cyprès m'ombragèrent nuit et jour. Et je perdis tout sentiment du temps et des lieux, et les étoiles de ma destinée disparurent du ciel, et dès lors la terre devint ténébreuse, et toutes les figures terrestres passèrent près de moi comme des ombres voltigeantes, et parmi elles je n'en voyais qu'une, — Morella ! Les vents du firmament ne soupiraient qu'un son à mes oreilles, et le clapotement de la mer murmurait incessamment : « Morella ! » Mais elle mourut, et, de mes propres mains je la portai à sa tombe, et je ris d'un amer et long rire, quand, dans le caveau où je déposai la seconde, je ne découvris aucune trace de la première — Morella.

Ligeia

1838

Ligeia

Edgar Allan Poe

And the will therein lieth, which dieth not. Who knoweth the mysteries of the will, with its vigor? For God is but a great will pervading all things by nature of its intentness. Man doth not yield himself to the angels, nor unto death utterly, save only through the weakness of his feeble will.

Joseph Glanvill.

I CANNOT, for my soul, remember how, when, or even precisely where, I first became acquainted with the lady Ligeia. Long years have since elapsed, and my memory is feeble through much suffering. Or, perhaps, I cannot now bring these points to mind, because, in truth, the character of my beloved, her rare learning, her singular yet placid caste of beauty, and the thrilling and enthralling eloquence of her low musical language, made their way into my heart by paces so steadily and stealthily progressive, that they have been unnoticed and unknown. Yet I believe that I met her first and most frequently in some large, old, decaying city near the Rhine. Of her family—I have surely heard her speak. That it is of a remotely ancient date cannot be doubted. Ligeia! Ligeia! Buried in studies of a nature more than all else adapted to deaden impressions of the outward world, it is by that sweet word alone—by Ligeia—that I bring before mine eyes in fancy the image of her who is no more. And now, while I write, a recollection flashes upon me that I have never known the paternal name of her who was my friend and my betrothed, and who became the partner of my studies, and finally the wife of my bosom. Was it a playful charge on the part of my Ligeia? or was it a test of my strength of affection, that I should institute no inquiries upon this point? or was it rather a caprice of my own—a wildly romantic offering on the shrine of the most passionate devotion? I but

Charles Baudelaire

> Et il y a là-dedans la volonté, qui ne meurt pas. Qui donc connaît les mystères de la volonté, ainsi que sa vigueur ? Car Dieu n'est qu'une grande volonté pénétrant toutes choses par l'intensité qui lui est propre. L'homme ne cède aux anges et ne se rend entièrement à la mort que par l'infirmité de sa pauvre volonté.
>
> Joseph Glanvill.

Je ne puis pas me rappeler, sur mon âme, comment, quand, ni même où je fis pour la première fois connaissance avec lady Ligeia. De longues années se sont écoulées depuis lors, et une grande souffrance a affaibli ma mémoire. Ou peut-être ne puis-je plus *maintenant* me rappeler ces points, parce qu'en vérité le caractère de ma bien-aimée, sa rare instruction, son genre de beauté, si singulier et si placide, et la pénétrante et subjuguante éloquence de sa profonde parole musicale, ont fait leur chemin dans mon cœur d'une manière si patiente, si constante, si furtive, que je n'y ai pas pris garde et n'en ai pas eu conscience. Cependant, je crois que je la rencontrai pour la première fois, et plusieurs fois depuis lors, dans une vaste et antique ville délabrée sur les bords du Rhin. Quant à sa famille, — très-certainement elle m'en a parlé. Qu'elle fût d'une date excessivement ancienne, je n'en fais aucun doute. — Ligeia ! Ligeia ! — Plongé dans des études qui par leur nature sont plus propres que toute autre à amortir les impressions du monde extérieur, — il me suffit de ce mot si doux, — Ligeia ! — pour ramener devant les yeux de ma pensée l'image de celle qui n'est plus. Et maintenant, pendant que j'écris, il me revient, comme une lueur, que je n'ai *jamais su* le nom de famille de celle qui fut mon amie et ma fiancée, qui devint mon compagnon d'études, et enfin l'épouse de mon cœur. Était-ce par suite de quelque injonction folâtre de ma Ligeia, — était-ce une preuve de la force de mon affection, que je ne pris aucun renseignement sur ce point ? Ou plutôt était-ce un caprice à moi, — une offrande bizarre et romantique sur l'autel du culte le plus passionné ? Je ne me rappelle le fait que

indistinctly recall the fact itself—what wonder that I have utterly forgotten the circumstances which originated or attended it? And, indeed, if ever that spirit which is entitled Romance—if ever she, the wan and the misty-winged Ashtophet *of idolatrous Egypt, presided, as they tell, over marriages ill-omened, then most surely she presided over mine.*

There is one dear topic, however, on which my memory fails me not. It is the person *of Ligeia. In stature she was tall, somewhat slender, and, in her latter days, even emaciated. I would in vain attempt to portray the majesty, the quiet ease, of her demeanor, or the incomprehensible lightness and elasticity of her footfall. She came and departed as a shadow. I was never made aware of her entrance into my closed study, save by the dear music of her low sweet voice, as she placed her marble hand upon my shoulder. In beauty of face no maiden ever equalled her. It was the radiance of an opium-dream—an airy and spirit-lifting vision more wildly divine than the phantasies which hovered about the slumbering souls of the daughters of Delos. Yet her features were not of that regular mould which we have been falsely taught to worship in the classical labors of the heathen. "There is no exquisite beauty," says Bacon, Lord Verulam, speaking truly of all the forms and* genera *of beauty, "without some* strangeness *in the proportion." Yet, although I saw that the features of Ligeia were not of a classic regularity—although I perceived that her loveliness was indeed "exquisite," and felt that there was much of "strangeness" pervading it, yet I have tried in vain to detect the irregularity and to trace home my own perception of "the strange." I examined the contour of the lofty and pale forehead—it was faultless—how cold indeed that word when applied to a majesty so divine!—the skin rivalling the purest ivory, the commanding extent and repose, the gentle prominence of the regions above the temples; and then the raven-black, the glossy, the luxuriant and naturally-curling tresses, setting forth the full force of the Homeric epithet, "hyacinthine!" I looked at the delicate outlines of the nose—and nowhere but in the*

confusément ; — faut-il donc s'étonner si j'ai entièrement oublié les circonstances qui lui donnèrent naissance ou qui l'accompagnèrent ? Et, en vérité, si jamais l'esprit de roman, — si jamais la pâle *Ashtophet* de l'idolâtre Égypte, aux ailes ténébreuses, ont présidé, comme on dit, aux mariages de sinistre augure, — très-sûrement ils ont présidé au mien.

Il est néanmoins un sujet très-cher sur lequel ma mémoire n'est pas en défaut. C'est la *personne* de Ligeia. Elle était d'une grande taille, un peu mince, et même dans les derniers jours très-amaigrie. J'essayerais en vain de dépeindre la majesté, l'aisance tranquille de sa démarche, et l'incompréhensible légèreté, l'élasticité de son pas ; elle venait et s'en allait comme une ombre. Je ne m'apercevais jamais de son entrée dans mon cabinet de travail que par la chère musique de sa voix douce et profonde, quand elle posait sa main de marbre sur mon épaule. Quant à la beauté de la figure, aucune femme ne l'a jamais égalée. C'était l'éclat d'un rêve d'opium, une vision aérienne et ravissante, plus étrangement céleste que les rêveries qui voltigent dans les âmes assoupies des filles de Délos. Cependant, ses traits n'étaient pas jetés dans ce moule régulier qu'on nous a faussement enseigné à révérer dans les ouvrages classiques du paganisme. « Il n'y a pas de beauté exquise, dit lord Verulam, parlant avec justesse de toutes les formes et de tous les genres de beauté, sans une certaine *étrangeté* dans les proportions. » Toutefois, bien que je visse que les traits de Ligeia n'étaient pas d'une régularité classique, quoique je sentisse que sa beauté était véritablement *exquise* et fortement pénétrée de cette *étrangeté*, je me suis efforcé en vain de découvrir cette irrégularité et de poursuivre jusqu'en son gîte ma perception de l'étrange. J'examinais le contour du front haut et pâle, — un front irréprochable, — combien ce mot est froid appliqué à une majesté aussi divine ! — la peau rivalisant avec le plus pur ivoire, la largeur imposante, le calme, la gracieuse proéminence des régions au-dessus des tempes, et puis cette chevelure d'un noir de corbeau, lustrée, luxuriante, naturellement bouclée et démontrant toute la force de l'expression homérique : *chevelure d'hyacinthe*. Je considérais les lignes délicates du nez, et nulle autre part que dans les gracieux

graceful medallions of the Hebrews had I beheld a similar perfection. There were the same luxurious smoothness of surface, the same scarcely perceptible tendency to the aquiline, the same harmoniously curved nostrils speaking the free spirit. I regarded the sweet mouth. Here was indeed the triumph of all things heavenly—the magnificent turn of the short upper lip—the soft, voluptuous slumber of the under—the dimples which sported, and the color which spoke—the teeth glancing back, with a brilliancy almost startling, every ray of the holy light which fell upon them in her serene and placid, yet most exultingly radiant of all smiles. I scrutinized the formation of the chin—and here, too, I found the gentleness of breadth, the softness and the majesty, the fulness and the spirituality, of the Greek—the contour which the god Apollo revealed but in a dream, to Cleomenes, the son of the Athenian. And then I peered into the large eyes of Ligeia.

For eyes we have no models in the remotely antique. It might have been, too, that in these eyes of my beloved lay the secret to which Lord Verulam alludes. They were, I must believe, far larger than the ordinary eyes of our own race. They were even fuller than the fullest of the gazelle eyes of the tribe of the valley of Nourjahad. Yet it was only at intervals—in moments of intense excitement—that this peculiarity became more than slightly noticeable in Ligeia. And at such moments was her beauty—in my heated fancy thus it appeared perhaps—the beauty of beings either above or apart from the earth—the beauty of the fabulous Houri of the Turk. The hue of the orbs was the most brilliant of black, and, far over them, hung jetty lashes of great length. The brows, slightly irregular in outline, had the same tint. The "strangeness," however, which I found in the eyes, was of a nature distinct from the formation, or the color, or the brilliancy of the features, and must, after all, be referred to the expression. Ah, word of no meaning! behind whose vast latitude of mere sound we intrench our ignorance of so much of the spiritual. The expression of the eyes of Ligeia! How for long hours have I pondered upon it! How have I, through the whole of a midsummer night, struggled to fathom it! What was it—that something more profound than the well of Democritus—which lay far within the pupils

médaillons hébraïques je n'avais contemplé une semblable perfection ; c'était ce même jet, cette même surface unie et superbe, cette même tendance presque imperceptible à l'aquilin, ces mêmes narines harmonieusement arrondies et révélant un esprit libre. Je regardais la charmante bouche : c'était là qu'était le triomphe de toutes les choses célestes ; le tour glorieux de la lèvre supérieure, un peu courte, l'air doucement, voluptueusement reposé de l'inférieure, les fossettes qui se jouaient et la couleur qui parlait, les dents, réfléchissant comme une espèce d'éclair chaque rayon de la lumière bénie qui tombait sur elles dans ses sourires sereins et placides, mais toujours radieux et triomphants. J'analysais la forme du menton, et, là aussi, je trouvais la grâce dans la largeur, la douceur et la majesté, la plénitude et la spiritualité grecques, ce contour que le dieu Apollon ne révéla qu'en rêve à Cléomènes, fils de Cléomènes d'Athènes ; et puis je regardais dans les grands yeux de Ligeia.

Pour les yeux, je ne trouve pas de modèles dans la plus lointaine antiquité. Peut-être bien était-ce dans les yeux de ma bien-aimée que sa cachait le mystère dont parle lord Verulam : ils étaient, je crois, plus grands que les yeux ordinaires de l'humanité ; mieux fendus que les plus beaux yeux de gazelle de la tribu de la vallée de Nourjahad ; mais ce n'était que par intervalles des moments d'excessive animation, que cette particularité devenait singulièrement frappante. Dans ces moments-là, sa beauté était — du moins, elle apparaissait telle à ma pensée enflammée, — la beauté de la fabuleuse houri des Turcs. Les prunelles étaient du noir le plus brillant et surplombées par des cils de jais très-longs ; ses sourcils, d'un dessin légèrement irrégulier, avaient la même couleur ; toutefois, l'*étrangeté* que je trouvais dans les yeux était indépendante de leur forme, de leur couleur et de leur éclat, et devait décidément être attribuée à l'*expression*. Ah ! mot qui n'a pas de sens ! un pur son ! vaste latitude où se retranche toute notre ignorance du spirituel ! L'expression des yeux de Ligeia !… Combien de longues heures ai-je médité dessus ! combien de fois, durant toute une nuit d'été, me suis-je efforcé de les sonder ! Qu'était donc ce je ne sais quoi, ce quelque chose plus profond que le puits de Démocrite, qui gisait au fond des pupilles de

of my beloved? What was it? I was possessed with a passion to discover. Those eyes! those large, those shining, those divine orbs! they became to me twin stars of Leda, and I to them devoutest of astrologers.

There is no point, among the many incomprehensible anomalies of the science of mind, more thrillingly exciting than the fact—never, I believe, noticed in the schools—that, in our endeavors to recall to memory something long forgotten, we often find ourselves upon the very verge *of remembrance, without being able, in the end, to remember. And thus how frequently, in my intense scrutiny of Ligeia's eyes, have I felt approaching the full knowledge of their expression—felt it approaching—yet not quite be mine—and so at length entirely depart! And (strange, oh strangest mystery of all!) I found, in the commonest objects of the universe, a circle of analogies to that expression. I mean to say that, subsequently to the period when Ligeia's beauty passed into my spirit, there dwelling as in a shrine, I derived, from many existences in the material world, a sentiment such as I felt always around, within me, by her large and luminous orbs. Yet not the more could I define that sentiment, or analyze, or even steadily view it. I recognised it, let me repeat, sometimes in the survey of a rapidly-growing vine—in the contemplation of a moth, a butterfly, a chrysalis, a stream of running water. I have felt it in the ocean; in the falling of a meteor. I have felt it in the glances of unusually aged people. And there are one or two stars in heaven—(one especially, a star of the sixth magnitude, double and changeable, to be found near the large star in Lyra,) in a telescopic scrutiny of which I have been made aware of the feeling. I have been filled with it by certain sounds from stringed instruments, and not unfrequently by passages from books. Among innumerable other instances, I well remember something in a volume of Joseph Glanvill, which (perhaps merely from its quaintness—who shall say?) never failed to inspire me with the sentiment:* "And the will therein

ma bien-aimée ? Qu'était cela ?... J'étais possédé de la passion de le découvrir. Ces yeux ! ces larges, ces brillantes, ces divines prunelles ! elles étaient devenues pour moi les étoiles jumelles de Léda, et moi, j'étais pour elles le plus fervent des astrologues.

Il n'y a pas de cas parmi les nombreuses et incompréhensibles anomalies de la science psychologique, qui soit plus excitant que celui, — négligé, je crois, dans les écoles, — où, dans nos efforts pour ramener dans notre mémoire une chose oubliée depuis longtemps, nous nous trouvons *sur le bord même* du souvenir, sans pouvoir toutefois nous souvenir. Et ainsi que de fois, dans mon ardente analyse des yeux de Ligeia, ai-je senti s'approcher la complète connaissance de leur expression ! — Je l'ai sentie s'approcher, mais elle n'est pas devenue tout à fait mienne, et à la longue elle a disparu entièrement ! Et étrange, oh ! le plus étrange des mystères ! j'ai trouvé dans les objets les plus communs du monde une série d'analogies pour cette expression. Je veux dire qu'après l'époque où la beauté de Ligeia passa dans mon esprit et s'y installa comme dans un reliquaire, je puisai dans plusieurs êtres du monde matériel une sensation analogue à celle qui se répandait sur moi, en moi, sous l'influence de ses larges et lumineuses prunelles. Cependant, je n'en suis pas moins incapable de définir ce sentiment, de l'analyser, ou même d'en avoir une perception nette. Je l'ai reconnu quelquefois, je le répète, à l'aspect d'une vigne rapidement grandie, dans la contemplation d'une phalène, d'un papillon, d'une chrysalide, d'un courant d'eau précipité. Je l'ai trouvé dans l'Océan, dans la chute d'un météore ; je l'ai senti dans les regards de quelques personnes extraordinairement âgées. Il y a dans le ciel une ou deux étoiles, plus particulièrement une étoile de sixième grandeur, double et changeante, qu'on trouvera près de la grande étoile de la Lyre, qui, vues au télescope, m'ont donné un sentiment analogue. Je m'en suis senti rempli par certains sons d'instruments à cordes, et quelquefois aussi par des passages de mes lectures. Parmi d'innombrables exemples, je me rappelle fort bien quelque chose dans un volume de Joseph Glanvill, qui, peut-être simplement à cause de sa bizarrerie, — qui sait ? — m'a toujours inspiré le même sentiment : "Et il y a là

lieth, which dieth not. Who knoweth the mysteries of the will, with its vigor? For God is but a great will pervading all things by nature of its intentness. Man doth not yield him to the angels, nor unto death utterly, save only through the weakness of his feeble will."

Length of years, and subsequent reflection, have enabled me to trace, indeed, some remote connection between this passage in the English moralist and a portion of the character of Ligeia. An intensity in thought, action, or speech, was possibly, in her, a result, or at least an index, of that gigantic volition which, during our long intercourse, failed to give other and more immediate evidence of its existence. Of all the women whom I have ever known, she, the outwardly calm, the ever-placid Ligeia, was the most violently a prey to the tumultuous vultures of stern passion. And of such passion I could form no estimate, save by the miraculous expansion of those eyes which at once so delighted and appalled me—by the almost magical melody, modulation, distinctness, and placidity of her very low voice—and by the fierce energy (rendered doubly effective by contrast with her manner of utterance,) of the wild words which she habitually uttered.

I have spoken of the learning of Ligeia: it was immense—such as I have never known in woman. In the classical tongues was she deeply proficient, and as far as my own acquaintance extended in regard to the modern dialects of Europe, I have never known her at fault. Indeed upon any theme of the most admired, because simply the most abstruse of the boasted erudition of the academy, have I ever found Ligeia at fault? How singularly—how thrillingly, this one point in the nature of my wife has forced itself, at this late period only, upon my attention! I said her knowledge was such as I have never known in woman—but where breathes the man who has traversed, and successfully, all the wide areas of moral, physical, and mathematical science? I saw not then what I now clearly perceive, that the acquisitions of Ligeia were gigantic, were astounding; yet I was

dedans la volonté qui ne meurt pas. Qui donc connaît les mystères de la volonté, ainsi que sa vigueur ? car Dieu n'est qu'une grande volonté pénétrant toutes choses par l'intensité qui lui est propre ; l'homme ne cède aux anges et ne se rend *entièrement à la mort* que par l'infirmité de sa pauvre volonté."

Par la suite des temps et par des réflexions subséquentes, je suis parvenu à déterminer un certain rapport éloigné entre ce passage du philosophe anglais et une partie du caractère de Ligeia. Une *intensité* singulière dans la pensée, dans l'action, dans la parole, était peut-être en elle le résultat ou au moins l'indice de cette gigantesque puissance de volition qui, durant nos longues relations, eût pu donner d'autres et plus positives preuves de son existence. De toutes les femmes que j'ai connues, elle, la toujours placide Ligeia, à l'extérieur si calme, était la proie la plus déchirée par les tumultueux vautours de la cruelle passion. Et je ne pouvais évaluer cette passion que par la miraculeuse expansion de ces yeux qui me ravissaient et m'effrayaient en même temps, par la mélodie presque magique, la modulation, la netteté et la placidité de sa voix profonde, et par la sauvage énergie des étranges paroles qu'elle prononçait habituellement, et dont l'effet était doublé par le contraste de son débit.

J'ai parlé de l'instruction de Ligeia ; elle était immense, telle que jamais je n'en vis de pareille dans une femme. Elle connaissait à fond les langues classiques, et, aussi loin que s'étendaient mes propres connaissances dans les langues modernes de l'Europe, je ne l'ai jamais prise en faute. Véritablement, sur n'importe quel thème de l'érudition académique si vantée, si admirée, uniquement à cause qu'elle est plus abstruse, ai-je jamais trouvé Ligeia en faute ? Combien ce trait unique de la nature de ma femme, seulement dans cette dernière période, avait frappé, subjugué mon attention ! J'ai dit que son instruction dépassait celle d'aucune femme que j'eusse connue, — mais où est l'homme qui a traversé avec succès tout le vaste champ des sciences morales, physiques et mathématiques ? Je ne vis pas alors ce que maintenant je perçois clairement, que les connaissances de Ligeia étaient gigantesques, étourdissantes ;

sufficiently aware of her infinite supremacy to resign myself, with a child-like confidence, to her guidance through the chaotic world of metaphysical investigation at which I was most busily occupied during the earlier years of our marriage. With how vast a triumph—with how vivid a delight—with how much of all that is ethereal in hope—did I feel, as she bent over me in studies but little sought—but less known—that delicious vista by slow degrees expanding before me, down whose long, gorgeous, and all untrodden path, I might at length pass onward to the goal of a wisdom too divinely precious not to be forbidden!

How poignant, then, must have been the grief with which, after some years, I beheld my well-grounded expectations take wings to themselves and fly away! Without Ligeia I was but as a child groping benighted. Her presence, her readings alone, rendered vividly luminous the many mysteries of the transcendentalism in which we were immersed. Wanting the radiant lustre of her eyes, letters, lambent and golden, grew duller than Saturnian lead. And now those eyes shone less and less frequently upon the pages over which I pored. Ligeia grew ill. The wild eyes blazed with a too—too glorious effulgence; the pale fingers became of the transparent waxen hue of the grave; and the blue veins upon the lofty forehead swelled and sank impetuously with the tides of the most gentle emotion. I saw that she must die—and I struggled desperately in spirit with the grim Azrael. And the struggles of the passionate wife were, to my astonishment, even more energetic than my own. There had been much in her stern nature to impress me with the belief that, to her, death would have come without its terrors; but not so. Words are impotent to convey any just idea of the fierceness of resistance with which she wrestled with the Shadow. I groaned in anguish at the pitiable spectacle. I would have soothed—I would have reasoned; but, in the intensity of her wild desire for life—for life—but for life—solace and reason were alike the uttermost of folly. Yet not until the last instance, amid the most convulsive writhings of her fierce

cependant, j'avais une conscience suffisante de son infinie supériorité pour me résigner, avec la confiance d'un écolier, à me laisser guider par elle à travers le monde chaotique des investigations métaphysiques dont je m'occupais avec ardeur dans les premières années de notre mariage. Avec quel vaste triomphe, avec quelles vives délices, avec quelle espérance éthéréenne sentais-je, — ma Ligiea penchée sur moi au milieu d'études si peu frayées, si peu connues, — s'élargir par degrés cette admirable perspective, cette longue avenue, splendide et vierge, par laquelle je devais enfin arriver au terme d'une sagesse trop précieuse et trop divine pour n'être pas interdite !

Aussi, avec quelle poignante douleur ne vis-je pas, au bout de quelques années, mes espérances si bien fondées prendre leur vol et s'enfuir ! Sans Ligeia, je n'étais qu'un enfant tâtonnant dans la nuit. Sa présence, ses leçons, pouvaient seules éclairer d'une lumière vivante les mystères du transcendantalisme dans lesquels nous nous étions plongés. Privée du lustre rayonnant de ses yeux, toute cette littérature, ailée et dorée naguère, devenait maussade, saturnienne et lourde comme le plomb. Et maintenant, ces beaux yeux éclairaient de plus en plus rarement les pages que je déchiffrais. Ligeia tomba malade. Les étranges yeux flamboyèrent avec un éclat trop splendide ; les pâles doigts prirent la couleur de la mort, la couleur de la cire transparente ; les veines bleues de son grand front palpitèrent impétueusement au courant de la plus douce émotion : je vis qu'il lui fallait mourir, et je luttai désespérément en esprit avec l'affreux Azraël. Et les efforts de cette femme passionnée furent, à mon grand étonnement, encore plus énergiques que les miens. Il y avait certes dans sa sérieuse nature de quoi me faire croire que pour elle la mort viendrait sans son monde de terreurs. Mais il n'en fut pas ainsi ; les mots sont impuissants pour donner une idée de la férocité de résistance qu'elle déploya dans sa lutte avec l'Ombre. Je gémissais d'angoisse à ce lamentable spectacle. J'aurais voulu la calmer, j'aurais voulu la raisonner ; mais dans l'intensité de son sauvage désir de vivre, — de vivre, — de *rien* que vivre, — toute consolation et toutes raisons eussent été le comble de la folie. Cependant, jusqu'au dernier moment, au milieu des tortures et des convulsions de son

spirit, was shaken the external placidity of her demeanor. Her voice grew more gentle—grew more low—yet I would not wish to dwell upon the wild meaning of the quietly uttered words. My brain reeled as I hearkened, entranced, to a melody more than mortal—to assumptions and aspirations which mortality had never before known.

That she loved me I should not have doubted; and I might have been easily aware that, in a bosom such as her's, love would have reigned no ordinary passion. But in death only, was I fully impressed with the strength of her affection. For long hours, detaining my hand, would she pour out before me the overflowing of a heart whose more than passionate devotion amounted to idolatry. How had I deserved to be so blessed by such confessions?—how had I deserved to be so cursed with the removal of my beloved in the hour of her making them? But upon this subject I cannot bear to dilate. Let me say only, that in Ligeia's more than womanly abandonment to a love, alas! all unmerited, all unworthily bestowed, I at length recognised the principle of her longing, with so wildly earnest a desire, for the life which was now fleeing so rapidly away. It is this wild longing—it is this eager vehemence of desire for life—but for life—that I have no power to portray—no utterance capable of expressing.

At high noon of the night in which she departed, beckoning me, peremptorily, to her side, she bade me repeat certain verses composed by herself not many days before. I obeyed her. They were these:

Lo! 'tis a gala night
Within the lonesome latter years!
An angel throng, bewinged, bedight
In veils, and drowned in tears,
Sit in a theatre, to see
A play of hopes and fears,

sauvage esprit, l'apparente placidité de sa conduite ne se démentit pas. Sa voix devenait plus douce, — devenait plus profonde, — mais je ne voulais pas m'appesantir sur le sens bizarre de ces mots prononcés avec tant de calme. Ma cervelle tournait quand je prêtais l'oreille en extase à cette mélodie surhumaine, à ces ambitions et à ces aspirations que l'humanité n'avait jamais connues jusqu'alors.

Qu'elle m'aimât, je n'en pouvais douter, et il m'était aisé de deviner que, dans une poitrine telle que la sienne, l'amour ne devait pas régner comme une passion ordinaire. Mais, dans la mort seulement, je compris toute la force et toute l'étendue de son affection. Pendant de longues heures, ma main dans la sienne, elle épanchait devant moi le trop-plein d'un cœur dont le dévouement plus que passionné montait jusqu'à l'idolâtrie. Comment avais-je mérité la béatitude d'entendre de pareils aveux ? Comment avais-je mérité d'être damné à ce point que ma bien-aimée me fût enlevée à l'heure où elle m'en octroyait la jouissance ? Mais il ne m'est pas permis de m'étendre sur ce sujet. Je dirai seulement que dans l'abandonnement plus que féminin de Ligeia à un amour, hélas ! non mérité, accordé tout à fait gratuitement, je reconnus enfin le principe de son ardent, de son sauvage regret de cette vie qui fuyait maintenant si rapidement. C'est cette ardeur désordonnée, cette véhémence dans son désir de vie, — et de *rien* que la vie, — que je n'ai pas la puissance de décrire ; les mots me manqueraient pour l'exprimer.

Juste au milieu de la nuit pendant laquelle elle mourut, elle m'appela avec autorité auprès d'elle, et me fit répéter certains vers composés par elle peu de jours auparavant. Je lui obéis. Ces vers, les voici :

Voyez ! C'est nuit de gala
    Depuis ces dernières années désolées !
Une multitude d'anges, ailés, ornés
    De voiles, et noyés dans les larmes,
Est assise dans un théâtre, pour voir
    Un drame d'espérance et de craintes,

Edgar Allan Poe

While the orchestra breathes fitfully
The music of the spheres.

Mimes, in the form of God on high,
Mutter and mumble low,
And hither and thither fly;
Mere puppets they, who come and go
At bidding of vast formless things
That shift the scenery to and fro,
Flapping from out their condor wings
Invisible Wo!

That motley drama!—oh, be sure
It shall not be forgot!
With its Phantom chased for evermore,
By a crowd that seize it not,
Through a circle that ever returneth in
To the self-same spot;
And much of Madness, and more of Sin
And horror, the soul of the plot!

But see, amid the mimic rout
A crawling shape intrude!
A blood-red thing that writhes from out
The scenic solitude!
It writhes!—it writhes!—with mortal pangs
The mimes become its food,
And the seraphs sob at vermin fangs
In human gore imbued.

Out—out are the lights—out all!
And over each quivering form,
The curtain, a funeral pall,
Comes down with the rush of a storm—
And the angels, all pallid and wan,
Uprising, unveiling, affirm

Charles Baudelaire

Pendant que l'orchestre soupire par intervalles
    La musique des sphères.

Des mimes, faits à l'image du Dieu très-haut,
    Marmottent et marmonnent tout bas
Et voltigent de côté et d'autre ;
    Pauvres poupées qui vont et viennent
Au commandement de vastes êtres sans forme
    Qui transportent la scène çà et là,
Secouant de leurs ailes de condor
    L'invisible Malheur !

Ce drame bigarré ! oh ! à coup sûr,
    Il ne sera pas oublié,
Avec son Fantôme éternellement pourchassé
    Par une foule qui ne peut pas le saisir,
À travers un cercle qui toujours retourne
    Sur lui-même, exactement au même point !
Et beaucoup de Folie, et encore plus de Péché
    Et d'Horreur font l'âme de l'intrigue !

Mais voyez à travers la cohue des mimes,
    Une forme rampante fait sont entrée !
Une chose rouge de sang qui vient en se tordant
    De la partie solitaire de la scène !
Elle se tord ! elle se tord ! — Avec des angoisses mortelles
    Les mimes deviennent sa pâture,
Et les séraphins sanglotent en voyant les dents du ver
    Mâcher des caillots de sang humain.

Toutes les lumières s'éteignent, — toutes, toutes !
    Et sur chaque forme frissonnante,
Le rideau, vaste drap mortuaire,
    Descend avec la violence d'une tempête,
— Et les anges, tous pâles et blêmes,
    Se levant et se dévoilant, affirment

Edgar Allan Poe

That the play is the tragedy, "Man,"
And its hero, the conqueror Worm.

"O God!" half shrieked Ligeia, leaping to her feet and extending her arms aloft with a spasmodic movement, as I made an end of these lines—"O God! O Divine Father!—shall these things be undeviatingly so?—shall this conqueror be not once conquered? Are we not part and parcel in Thee? Who—who knoweth the mysteries of the will with its vigor? Man doth not yield him to the angels, nor unto death utterly, *save only through the weakness of his feeble will.*"

And now, as if exhausted with emotion, she suffered her white arms to fall, and returned solemnly to her bed of death. And as she breathed her last sighs, there came mingled with them a low murmur from her lips. I bent to them my ear, and distinguished, again, the concluding words of the passage in Glanvill:—"Man doth not yield him to the angels, *or unto death utterly, save only through the weakness of his feeble will.*"

She died: and I, crushed into the very dust with sorrow, could no longer endure the lonely desolation of my dwelling in the dim and decaying city by the Rhine. I had no lack of what the world calls wealth. Ligeia had brought me far more, very far more, than ordinarily falls to the lot of mortals. After a few months, therefore, of weary and aimless wandering, I purchased, and put in some repair, an abbey, which I shall not name, in one of the wildest and least frequented portions of fair England. The gloomy and dreary grandeur of the building, the almost savage aspect of the domain, the many melancholy and time-honored memories connected with both, had much in unison with the feelings of utter abandonment which had driven me into that remote and unsocial region of the country. Yet although the external abbey, with its verdant decay hanging about it, suffered but little alteration, I gave way, with a child-like perversity,

Charles Baudelaire

Que ce drame est une tragédie qui s'appelle l'Homme,
   Et dont le héros est le ver conquérant.

— Ô Dieu ! cria presque Ligeia, se dressant sur ses pieds et étendant ses bras vers le ciel dans un mouvement spasmodique, comme je finissais de réciter ces vers, ô Dieu ! ô Père céleste ! — ces choses s'accompliront-elles irrémissiblement ? — Ce conquérant ne sera-t-il jamais vaincu ? — Ne sommes-nous pas une partie et une parcelle de Toi ! Qui donc connaît les mystères de la volonté ainsi que sa vigueur ? L'homme ne cède aux anges et ne se rend entièrement à la mort que par l'infirmité de sa pauvre volonté.

Et alors, comme épuisée par l'émotion, elle laissa retomber ses bras blancs, et retourna solennellement à son lit de mort. Et, comme elle soupirait ses derniers soupirs, il s'y mêla sur ses lèvres comme un murmure indistinct. Je tendis l'oreille, et je reconnus de nouveau la conclusion du passage de Glanvill : *L'homme ne cède aux anges et ne se rend entièrement à la mort que par l'infirmité de sa pauvre volonté.*

Elle mourut ; et moi, anéanti, pulvérisé par la douleur, je ne pus pas supporter plus longtemps l'affreuse désolation de ma demeure dans cette sombre cité délabrée au bord du Rhin. Je ne manquais pas de ce que le monde appelle la fortune. Ligeia m'en avait apporté plus, beaucoup plus que n'en comporte la destinée ordinaire des mortels. Aussi, après quelques mois perdus dans un vagabondage fastidieux et sans but, je me jetai dans une espèce de retraite dont je fis l'acquisition, — une abbaye dont je ne veux pas dire le nom, — dans une des parties les plus incultes et les moins fréquentées de la belle Angleterre. La sombre et triste grandeur du bâtiment, l'aspect presque sauvage du domaine, les mélancoliques et vénérables souvenirs qui s'y rattachaient, étaient à l'unisson du sentiment de complet abandon qui m'avait exilé dans cette lointaine et solitaire région. Cependant, tout en laissant à l'extérieur de l'abbaye son caractère primitif presque intact et le verdoyant délabrement qui tapissait ses murs, je me mis avec une perversité enfantine, et peut-être avec une faible

and perchance with a faint hope of alleviating my sorrows, to a display of more than regal magnificence within. For such follies, even in childhood, I had imbibed a taste, and now they came back to me as if in the dotage of grief. Alas, I feel how much even of incipient madness might have been discovered in the gorgeous and fantastic draperies, in the solemn carvings of Egypt, in the wild cornices and furniture, in the Bedlam patterns of the carpets of tufted gold! I had become a bounden slave in the trammels of opium, and my labors and my orders had taken a coloring from my dreams. But these absurdities I must not pause to detail. Let me speak only of that one chamber, ever accursed, whither in a moment of mental alienation, I led from the altar as my bride—as the successor of the unforgotten Ligeia—the fair-haired and blue-eyed Lady Rowena Trevanion, of Tremaine.

There is no individual portion of the architecture and decoration of that bridal chamber which is not now visibly before me. Where were the souls of the haughty family of the bride, when, through thirst of gold, they permitted to pass the threshold of an apartment so bedecked, a maiden and a daughter so beloved? I have said, that I minutely remember the details of the chamber—yet I am sadly forgetful on topics of deep moment; and here there was no system, no keeping, in the fantastic display, to take hold upon the memory. The room lay in a high turret of the castellated abbey, was pentagonal in shape, and of capacious size. Occupying the whole southern face of the pentagon was the sole window—an immense sheet of unbroken glass from Venice—a single pane, and tinted of a leaden hue, so that the rays of either the sun or moon passing through it, fell with a ghastly lustre on the objects within. Over the upper portion of this huge window, extended the trellice-work of an aged vine, which clambered up the massy walls of the turret. The ceiling, of gloomy-looking oak, was excessively lofty, vaulted, and elaborately fretted with the wildest and most grotesque specimens of a semi-Gothic, semi-Druidical device. From out the most central recess of this

espérance de distraire mes chagrins, à déployer au dedans des magnificences plus que royales. Je m'étais, depuis l'enfance, pénétré d'un grand goût pour ces folies, et maintenant elles me revenaient comme un radotage de la douleur. Hélas ! je sens qu'on aurait pu découvrir un commencement de folie dans ces splendides et fantastiques draperies, dans ces solennelles sculptures égyptiennes, dans ces corniches et ces ameublements bizarres, dans les extravagantes arabesques de ces tapis tout fleuris d'or ! J'étais devenu un esclave de l'opium, il me tenait dans ses liens, — et tous mes travaux et mes plans avaient pris la couleur de mes rêves. Mais je ne m'arrêterai pas au détail de ces absurdités. Je parlerai seulement de cette chambre, maudite à jamais, où dans un moment d'aliénation mentale je conduisis à l'autel et pris pour épouse, — après l'inoubliable Ligeia ! — lady Rowena Trevanion de Tremaine, à la blonde chevelure et aux yeux bleus.

Il n'est pas un détail d'architecture ou de la décoration de cette chambre nuptiale qui ne soit maintenant présent à mes yeux. Où donc la hautaine famille de la fiancée avait-elle l'esprit, quand, mue par la soif de l'or, elle permit à une fille si tendrement chérie de passer le seuil d'un appartement décoré de cette étrange façon ? J'ai dit que je me rappelais minutieusement les détails de cette chambre, bien que ma triste mémoire perde souvent des choses d'une rare importance ; et pourtant il n'y avait pas dans ce luxe fantastique de système ou d'harmonie qui pût s'imposer au souvenir. La chambre faisait partie d'une haute tour de cette abbaye, fortifiée comme un château ; elle était d'une forme pentagone et d'une grande dimension. Tout le côté sud du pentagone était occupé par une fenêtre unique, faite d'une immense glace de Venise, d'un seul morceau et d'une couleur sombre, de sorte que les rayons du soleil ou de la lune qui la traversaient jetaient sur les objets intérieurs une lumière sinistre. Au-dessus de cette énorme fenêtre se prolongeait le treillis d'une vieille vigne qui grimpait sur les murs massifs de la tour. Le plafond, de chêne presque noir, était excessivement élevé, façonné en voûte et curieusement sillonné d'ornements des plus bizarres et des plus fantastiques, d'un style semi-gothique, semi-druidique. Au fond de

melancholy vaulting, depended, by a single chain of gold with long links, a huge censer of the same metal, Saracenic in pattern, and with many perforations so contrived that there writhed in and out of them, as if endued with a serpent vitality, a continual succession of parti-colored fires.

Some few ottomans and golden candelabra, of Eastern figure, were in various stations about; and there was the couch, too—the bridal couch—of an Indian model, and low, and sculptured of solid ebony, with a pall-like canopy above. In each of the angles of the chamber stood on end a gigantic sarcophagus of black granite, from the tombs of the kings over against Luxor, with their aged lids full of immemorial sculpture. But in the draping of the apartment lay, alas! the chief phantasy of all. The lofty walls, gigantic in height—even unproportionably so—were hung from summit to foot, in vast folds, with a heavy and massive-looking tapestry—tapestry of a material which was found alike as a carpet on the floor, as a covering for the ottomans and the ebony bed, as a canopy for the bed, and as the gorgeous volutes of the curtains which partially shaded the window. The material was the richest cloth of gold. It was spotted all over, at irregular intervals, with arabesque figures, about a foot in diameter, and wrought upon the cloth in patterns of the most jetty black. But these figures partook of the true character of the arabesque only when regarded from a single point of view. By a contrivance now common, and indeed traceable to a very remote period of antiquity, they were made changeable in aspect. To one entering the room, they bore the appearance of simple monstrosities; but upon a farther advance, this appearance gradually departed; and, step by step, as the visiter moved his station in the chamber, he saw himself surrounded by an endless succession of the ghastly forms which belong to the superstition of the Norman, or arise in the guilty slumbers of the monk. The phantasmagoric effect was vastly heightened by the artificial introduction of a strong continual current of wind behind the draperies—giving a hideous and uneasy animation to the whole.

cette voûte mélancolique, au centre même, était suspendue, par une seule chaîne d'or faite de longs anneaux, une vaste lampe de même métal en forme d'encensoir, conçue dans le goût sarrasin et brodée de perforations capricieuses, à travers lesquelles on voyait courir et se tortiller avec la vitalité d'un serpent les lueurs continues d'un feu versicolore.

Quelques rares ottomanes et des candélabres d'une forme orientale occupaient différents endroits, et le lit aussi, — le lit nuptial, — était dans le style indien, — bas, sculpté en bois d'ébène massif, et surmonté d'un baldaquin qui avait l'air d'un drap mortuaire. À chacun des angles de la chambre se dressait un gigantesque sarcophage de granit noir, tiré des tombes des rois en face de Louqsor, avec son antique couvercle chargé de sculptures immémoriales. Mais c'était dans la tenture de l'appartement, hélas ! qu'éclatait la fantaisie capitale. Les murs, prodigieusement hauts, — au delà même de toute proportion, — étaient tendus du haut jusqu'en bas d'une tapisserie lourde et d'apparence massive qui tombait par vastes nappes, — tapisserie faite avec la même matière qui avait été employée pour le tapis du parquet, les ottomanes, le lit d'ébène, le baldaquin du lit et les somptueux rideaux qui cachaient en partie la fenêtre. Cette matière était un tissu d'or des plus riches, tacheté, par intervalles irréguliers, de figures arabesques, d'un pied de diamètre environ, qui enlevaient sur le fond leurs dessins d'un noir de jais. Mais ces figures ne participaient du caractère arabesque que quand on les examinait à un seul point de vue. Par un procédé aujourd'hui fort commun, et dont on retrouve la trace dans la plus lointaine antiquité, elles étaient faites de manière à changer d'aspect. Pour une personne qui entrait dans la chambre, elles avaient l'air de simples monstruosités ; mais, à mesure qu'on avançait, ce caractère disparaissait graduellement, et, pas à pas, le visiteur changeant de place se voyait entouré d'une procession continue de formes affreuses, comme celles qui sont nées de la superstition du Nord, ou celles qui se dressent dans les sommeils coupables des moines. L'effet fantasmagorique était grandement accru par l'introduction artificielle d'un fort courant d'air continu derrière la tenture, — qui donnait au tout une hideuse et inquiétante animation.

Edgar Allan Poe

In halls such as these—in a bridal chamber such as this—I passed, with the Lady of Tremaine, the unhallowed hours of the first month of our marriage—passed them with but little disquietude. That my wife dreaded the fierce moodiness of my temper—that she shunned me, and loved me but little—I could not help perceiving; but it gave me rather pleasure than otherwise. I loathed her with a hatred belonging more to demon than to man. My memory flew back, (oh, with what intensity of regret!) to Ligeia, the beloved, the august, the beautiful, the entombed. I revelled in recollections of her purity, of her wisdom, of her lofty, her ethereal nature, of her passionate, her idolatrous love. Now, then, did my spirit fully and freely burn with more than all the fires of her own. In the excitement of my opium dreams, (for I was habitually fettered in the shackles of the drug,) I would call aloud upon her name, during the silence of the night, or among the sheltered recesses of the glens by day, as if, through the wild eagerness, the solemn passion, the consuming ardor of my longing for the departed, I could restore her to the pathway she had abandoned—ah, could it be for ever?—upon the earth.

About the commencement of the second month of the marriage, the Lady Rowena was attacked with sudden illness, from which her recovery was slow. The fever which consumed her, rendered her nights uneasy; and in her perturbed state of half-slumber, she spoke of sounds, and of motions, in and about the chamber of the turret, which I concluded had no origin save in the distemper of her fancy, or perhaps in the phantasmagoric influences of the chamber itself. She became at length convalescent—finally, well. Yet but a brief period elapsed, ere a second more violent disorder again threw her upon a bed of suffering; and from this attack her frame, at all times feeble, never altogether recovered. Her illnesses were, after this epoch, of alarming character, and of more alarming recurrence, defying alike the knowledge and the great exertions of her physicians. With the increase of the chronic disease, which had thus, apparently, taken too sure hold upon her constitution to be eradicated by human

Telle était la demeure, telle était la chambre nuptiale où je passai avec la dame de Tremaine les heures impies du premier mois de notre mariage, — et je les passai sans trop d'inquiétude. Que ma femme redoutât mon humeur farouche, qu'elle m'évitât, qu'elle ne m'aimât que très-médiocrement, — je ne pouvais pas me le dissimuler ; mais cela me faisait presque plaisir. Je la haïssais d'une haine qui appartient moins à l'homme qu'au démon. Ma mémoire se retournait, — oh ! avec quelle intensité de regret ! — vers Ligeia, l'aimée, l'auguste, la belle, la morte. Je faisais des orgies de souvenirs ; je me délectais dans sa pureté, dans sa sagesse, dans sa haute nature éthéréenne, dans son amour passionné, idolâtrique. Maintenant, mon esprit brûlait pleinement et largement d'une flamme plus ardente que n'avait été la sienne. Dans l'enthousiasme de mes rêves opiacés, — car j'étais habituellement sous l'empire du poison, — je criais son nom à haute voix durant le silence de la nuit, et, le jour, dans les retraites ombreuses des vallées, comme si, par l'énergie sauvage, la passion solennelle, l'ardeur dévorante de ma passion pour la défunte je pouvais la ressusciter dans les sentiers de cette vie qu'elle avait abandonnés ; pour *toujours* ? était-ce vraiment *possible* ?

Au commencement du second mois de notre mariage, lady Rowena fut attaquée d'un mal soudain dont elle ne se releva que lentement. La fièvre qui la consumait rendait ses nuits pénibles, et, dans l'inquiétude d'un demi-sommeil, elle parlait de sons et de mouvements qui se produisaient çà et là dans la chambre de la tour, et que je ne pouvais vraiment attribuer qu'au dérangement de ses idées ou peut-être aux influences fantasmagoriques de la chambre. À la longue, elle entra en convalescence, et finalement elle se rétablit. Toutefois, il ne s'était écoulé qu'un laps de temps fort court quand une nouvelle attaque plus violente la rejeta sur son lit de douleur, et, depuis cet accès, sa constitution, qui avait toujours été faible, ne put jamais se relever complètement. Sa maladie montra, dès cette époque, un caractère alarmant et des rechutes plus alarmantes encore, qui défiaient toute la science et tous les efforts de ses médecins. À mesure qu'augmentait ce mal chronique qui, dès lors sans doute, s'était trop bien emparé de sa constitution pour en être arraché par des mains

means, I could not fail to observe a similar increase in the nervous irritation of her temperament, and in her excitability by trivial causes of fear. She spoke again, and now more frequently and pertinaciously, of the sounds—of the slight sounds—and of the unusual motions among the tapestries, to which she had formerly alluded.

One night, near the closing in of September, she pressed this distressing subject with more than usual emphasis upon my attention. She had just awakened from an unquiet slumber, and I had been watching, with feelings half of anxiety, half of vague terror, the workings of her emaciated countenance. I sat by the side of her ebony bed, upon one of the ottomans of India. She partly arose, and spoke, in an earnest low whisper, of sounds which she then *heard, but which I could not hear—of motions which she* then *saw, but which I could not perceive. The wind was rushing hurriedly behind the tapestries, and I wished to show her (what, let me confess it, I could not all believe) that those almost inarticulate breathings, and those very gentle variations of the figures upon the wall, were but the natural effects of that customary rushing of the wind. But a deadly pallor, overspreading her face, had proved to me that my exertions to reassure her would be fruitless. She appeared to be fainting, and no attendants were within call. I remembered where was deposited a decanter of light wine which had been ordered by her physicians, and hastened across the chamber to procure it. But, as I stepped beneath the light of the censer, two circumstances of a startling nature attracted my attention. I had felt that some palpable although invisible object had passed lightly by my person; and I saw that there lay upon the golden carpet, in the very middle of the rich lustre thrown from the censer, a shadow—a faint, indefinite shadow of angelic aspect—such as might be fancied for the shadow of a shade. But I was wild with the excitement of an immoderate dose of opium, and heeded these things but little, nor spoke of them to Rowena. Having found the wine, I recrossed the chamber, and poured out a goblet-ful, which I held to the lips of the fainting lady. She had now*

humaines, je ne pouvais m'empêcher de remarquer une irritation nerveuse croissante dans son tempérament et une excitabilité telle, que les causes les plus vulgaires lui étaient des sujets de peur. Elle parla encore, et plus souvent alors, avec plus d'opiniâtreté, des bruits, — des légers bruits, — et des mouvements insolites dans les rideaux, dont elle avait, disait-elle, déjà souffert.

Une nuit, — vers la fin de septembre, — elle attira mon attention sur ce sujet désolant avec une énergie plus vive que de coutume. Elle venait justement de se réveiller d'un sommeil agité, et j'avais épié, avec un sentiment moitié d'anxiété, moitié de vague terreur, le jeu de sa physionomie amaigrie. J'étais assis au chevet du lit d'ébène, sur un des divans indiens. Elle se dressa à moitié, et me parla à voix basse, dans un chuchotement anxieux, de sons qu'elle venait d'entendre, mais que je ne pouvais pas entendre, — de mouvements qu'elle venait d'apercevoir, mais que je ne pouvais apercevoir. Le vent courait activement derrière les tapisseries, et je m'appliquai à lui démontrer — ce que, je le confesse, je ne pouvais pas croire entièrement, — que ces soupirs à peine articulés et ces changements presque insensibles dans les figures du mur n'étaient que les effets naturels du courant d'air habituel. Mais une pâleur mortelle qui inonda sa face me prouva que mes efforts pour la rassurer seraient inutiles. Elle semblait s'évanouir, et je n'avais pas de domestiques à ma portée. Je me souvins de l'endroit où avait été déposé un flacon de vin léger ordonné par les médecins, et je traversai vivement la chambre pour me le procurer. Mais, comme je passais sous la lumière de la lampe, deux circonstances d'une nature saisissante attirèrent mon attention. J'avais senti que quelque chose de palpable, quoique invisible, avait frôlé légèrement ma personne, et je vis sur le tapis d'or, au centre même du riche rayonnement projeté par l'encensoir, une ombre, — une ombre faible, indéfinie, d'un aspect angélique, — telle qu'on peut se figurer l'ombre d'une Ombre. Mais, comme j'étais en proie à une dose exagérée d'opium, je ne fis que peu d'attention à ces choses, et je n'en parlai point à Rowena. Je trouvai le vin, je traversai de nouveau la chambre, et je remplis un verre que je portai aux lèvres de ma femme défaillante. Cependant, elle était un peu

partially recovered, however, and took the vessel herself, while I sank upon an ottoman near me, with my eyes fastened upon her person. It was then that I became distinctly aware of a gentle foot-fall upon the carpet, and near the couch; and in a second thereafter, as Rowena was in the act of raising the wine to her lips, I saw, or may have dreamed that I saw, fall within the goblet, as if from some invisible spring in the atmosphere of the room, three or four large drops of a brilliant and ruby colored fluid. If this I saw—not so Rowena. She swallowed the wine unhesitatingly, and I forbore to speak to her of a circumstance which must, after all, I considered, have been but the suggestion of a vivid imagination, rendered morbidly active by the terror of the lady, by the opium, and by the hour.

Yet I cannot conceal it from my own perception that, immediately subsequent to the fall of the ruby-drops, a rapid change for the worse took place in the disorder of my wife; so that, on the third subsequent night, the hands of her menials prepared her for the tomb, and on the fourth, I sat alone, with her shrouded body, in that fantastic chamber which had received her as my bride.—Wild visions, opium-engendered, flitted, shadow-like, before me. I gazed with unquiet eye upon the sarcophagi in the angles of the room, upon the varying figures of the drapery, and upon the writhing of the parti-colored fires in the censer overhead. My eyes then fell, as I called to mind the circumstances of a former night, to the spot beneath the glare of the censer where I had seen the faint traces of the shadow. It was there, however, no longer; and breathing with greater freedom, I turned my glances to the pallid and rigid figure upon the bed. Then rushed upon me a thousand memories of Ligeia—and then came back upon my heart, with the turbulent violence of a flood, the whole of that unutterable wo with which I had regarded her thus enshrouded. The night waned; and still, with a bosom full of bitter thoughts of the one only and supremely beloved, I remained gazing upon the body of Rowena.

remise, et elle prit le verre elle-même, pendant que je me laissais tomber sur l'ottomane, les yeux fixés sur sa personne. Ce fut alors que j'entendis distinctement un léger bruit de pas sur le tapis et près du lit ; et, une seconde après, comme Rowena allait porter le vin à ses lèvres, je vis, — je puis l'avoir rêvé, — je vis tomber dans le verre, comme de quelque source invisible suspendue dans l'atmosphère de la chambre, trois ou quatre grosses gouttes d'un fluide brillant et couleur de rubis. Si je le vis, — Rowena ne le vit pas. Elle avala le vin sans hésitation, et je me gardai bien de lui parler d'une circonstance que je devais, après tout, regarder comme la suggestion d'une imagination surexcitée, et dont tout, — les terreurs de ma femme, l'opium et l'heure, augmentait l'activité morbide.

Cependant, je ne puis pas me dissimuler qu'immédiatement après la chute des gouttes rouges, un rapide changement — en mal — s'opéra dans la maladie de ma femme ; si bien que, la troisième nuit, les mains de ses serviteurs la préparaient pour la tombe, et que j'étais assis seul, son corps enveloppé dans le suaire, dans cette chambre fantastique qui avait reçu la jeune épouse. — D'étranges visions, engendrées par l'opium, voltigeaient autour de moi comme des ombres. Je promenais un œil inquiet sur les sarcophages, dans les coins de la chambre, sur les figures mobiles de la tenture et sur les lueurs vermiculaires et changeantes de la lampe du plafond. Mes yeux tombèrent alors, — comme je cherchais à me rappeler les circonstances d'une nuit précédente, — sur le même point du cercle lumineux, là où j'avais vu les traces légères d'une ombre. Mais elle n'y était plus ; et, respirant avec plus de liberté, je tournai mes regards vers la pâle et rigide figure allongée sur le lit. Alors, je sentis fondre sur moi mille souvenirs de Ligeia, — je sentis refluer vers mon cœur, avec la tumultueuse violence d'une marée, toute cette ineffable douleur que j'avais sentie quand je l'avais vue, elle aussi, dans son suaire. La nuit avançait, et toujours, — le cœur plein des pensées les plus amères dont *elle* était l'objet, *elle*, mon unique, mon suprême amour, — je restais les yeux fixés sur le corps de Rowena.

Edgar Allan Poe

It might have been midnight, or perhaps earlier, or later, for I had taken no note of time, when a sob, low, gentle, but very distinct, startled me from my revery. I felt that it came from the bed of ebony—the bed of death. I listened in an agony of superstitious terror—but there was no repetition of the sound. I strained my vision to detect any motion in the corpse—but there was not the slightest perceptible. Yet I could not have been deceived. I had heard the noise, however faint, and my soul was awakened within me. I resolutely and perseveringly kept my attention riveted upon the body. Many minutes elapsed before any circumstance occurred tending to throw light upon the mystery. At length it became evident that a slight, a very feeble, and barely noticeable tinge of color had flushed up within the cheeks, and along the sunken small veins of the eyelids. Through a species of unutterable horror and awe, for which the language of mortality has no sufficiently energetic expression, I felt my heart cease to beat, my limbs grow rigid where I sat. Yet a sense of duty finally operated to restore my self-possession. I could no longer doubt that we had been precipitate in our preparations—that Rowena still lived. It was necessary that some immediate exertion be made; yet the turret was altogether apart from the portion of the abbey tenanted by the servants—there were none within call—I had no means of summoning them to my aid without leaving the room for many minutes—and this I could not venture to do. I therefore struggled alone in my endeavors to call back the spirit still hovering. In a short period it was certain, however, that a relapse had taken place; the color disappeared from both eyelid and cheek, leaving a wanness even more than that of marble; the lips became doubly shrivelled and pinched up in the ghastly expression of death; a repulsive clamminess and coldness overspread rapidly the surface of the body; and all the usual rigorous stiffness immediately supervened. I fell back with a shudder upon the couch from which I had been so startlingly aroused, and again gave myself up to passionate waking visions of Ligeia.

Charles Baudelaire

Il pouvait bien être minuit, peut-être plus tôt, peut-être plus tard, car je n'avais pas pris garde au temps, quand un sanglot, très-bas, très-léger, mais très-distinct, me tira en sursaut de ma rêverie. Je *sentis* qu'il venait du lit d'ébène, — du lit de mort. Je tendis l'oreille, dans une angoisse de terreur superstitieuse, mais le bruit ne se répéta pas. Je forçai mes yeux à découvrir un mouvement quelconque dans le corps, mais je n'en aperçus pas le moindre. Cependant, il était impossible que je me fusse trompé. J'avais entendu le bruit, faible à la vérité, et mon esprit était bien éveillé en moi. Je maintins résolûment et opiniâtrement mon attention clouée au cadavre. Quelques minutes s'écoulèrent sans aucun incident qui pût jeter un peu de jour sur ce mystère. À la longue, il devint évident qu'une coloration légère, très-faible, à peine sensible, était montée aux joues et avait filtré le long des petites veines déprimées des paupières. Sous la pression d'une horreur et d'une terreur inexplicables, pour lesquelles le langage de l'humanité n'a pas d'expression suffisamment énergique, je sentis les pulsations de mon cœur s'arrêter et mes membres se roidir sur place. Cependant, le sentiment du devoir me rendit finalement mon sang-froid. Je ne pouvais pas douter plus longtemps que nous n'eussions fait prématurément nos apprêts funèbres ; — Rowena vivait encore. Il était nécessaire de pratiquer immédiatement quelques tentatives ; mais la tour était tout à fait séparée de la partie de l'abbaye habitée par les domestiques, — il n'y en avait aucun à portée de la voix, — je n'avais aucun moyen de les appeler à mon aide, à moins de quitter la chambre pendant quelques minutes, — et, quant à cela, je ne pouvais m'y hasarder. Je m'efforçai donc de rappeler à moi seul et de fixer l'âme voltigeante. Mais, au bout d'un laps de temps très-court, il y eut une rechute évidente ; la couleur disparut de la joue et de la paupière, laissant une pâleur plus que marmoréenne ; les lèvres se serrèrent doublement et se recroquevillèrent dans l'expression spectrale de la mort ; une froideur et une viscosité répulsives se répandirent rapidement sur toute la surface du corps, et la complète rigidité cadavérique survint immédiatement. Je retombai en frissonnant sur le lit de repos d'où j'avais été arraché si soudainement, et je m'abandonnai de nouveau à mes rêves, à mes contemplations passionnées de Ligeia.

An hour thus elapsed, when (could it be possible?) I was a second time aware of some vague sound issuing from the region of the bed. I listened—in extremity of horror. The sound came again—it was a sigh. Rushing to the corpse, I saw—distinctly saw—a tremor upon the lips. In a minute afterward they relaxed, disclosing a bright line of the pearly teeth. Amazement now struggled in my bosom with the profound awe which had hitherto reigned there alone. I felt that my vision grew dim, that my reason wandered; and it was only by a violent effort that I at length succeeded in nerving myself to the task which duty thus once more had pointed out. There was now a partial glow upon the forehead and upon the cheek and throat; a perceptible warmth pervaded the whole frame; there was even a slight pulsation at the heart. The lady lived; *and with redoubled ardor I betook myself to the task of restoration. I chafed and bathed the temples and the hands, and used every exertion which experience, and no little medical reading, could suggest. But in vain. Suddenly, the color fled, the pulsation ceased, the lips resumed the expression of the dead, and, in an instant afterward, the whole body took upon itself the icy chilliness, the livid hue, the intense rigidity, the sunken outline, and all the loathsome peculiarities of that which has been, for many days, a tenant of the tomb.*

And again I sunk into visions of Ligeia—and again, (what marvel that I shudder while I write?) again *there reached my ears a low sob from the region of the ebony bed. But why shall I minutely detail the unspeakable horrors of that night? Why shall I pause to relate how, time after time, until near the period of the gray dawn, this hideous drama of revivication was repeated; how each terrific relapse was only into a sterner and apparently more irredeemable death; how each agony wore the aspect of a struggle with some invisible foe; and how each struggle was succeeded by I know not what of wild change in the personal appearance of the corpse? Let me hurry to a conclusion.*

Charles Baudelaire

Une heure s'écoula ainsi, quand — était-ce, grand Dieu ! possible ? — j'eus de nouveau la perception d'un bruit vague qui partait de la région du lit. J'écoutai, au comble de l'horreur. Le son se fit entendre de nouveau, c'était un soupir. Je me précipitai vers le corps, je vis, — je vis distinctement un tremblement sur les lèvres. Une minute après, elles se relâchaient, découvrant une ligne brillante de dents de nacre. La stupéfaction lutta alors dans mon esprit avec la profonde terreur qui jusque-là l'avait dominé. Je sentis que ma vue s'obscurcissait, que ma raison s'enfuyait ; et ce ne fut que par un violent effort que je trouvai à la longue le courage de me roidir à la tâche que le devoir m'imposait de nouveau. Il y avait maintenant une carnation imparfaite sur le front, la joue et la gorge ; une chaleur sensible pénétrait tout le corps ; et même une légère pulsation remuait imperceptiblement la région du cœur. *Ma* femme *vivait* ; et, avec un redoublement d'ardeur, je me mis en devoir de la ressusciter. Je frictionnai et je bassinai les tempes et les mains, et j'usai de tous les procédés que l'expérience et de nombreuses lectures médicales pouvaient me suggérer. Mais ce fut en vain. Soudainement, la couleur disparut, la pulsation cessa, l'expression de mort revint aux lèvres, et, un instant après, tout le corps reprenait sa froideur de glace, son ton livide, sa rigidité complète, son contour amorti, et toute la hideuse caractéristique de ce qui a habité la tombe pendant plusieurs jours.

Et puis je retombai dans mes rêves de Ligeia, — et de nouveau — s'étonnera-t-on que je frissonne en écrivant ces lignes ? — *de nouveau* un sanglot étouffé vint à mon oreille de la région du lit d'ébène. Mais à quoi bon détailler minutieusement les ineffables horreurs de cette nuit ? Raconterai-je combien de fois, coup sur coup, presque jusqu'au petit jour, se répéta ce hideux drame de ressuscitation ; que chaque effrayante rechute se changeait en une mort plus rigide et plus irrémédiable ; que chaque nouvelle agonie ressemblait à une lutte contre quelque invisible adversaire, et que chaque lutte était suivie de je ne sais quelle étrange altération dans la physionomie du corps ? Je me hâte d'en finir.

Edgar Allan Poe

The greater part of the fearful night had worn away, and she who had been dead, one again stirred—and now more vigorously than hitherto, although arousing from a dissolution more appalling in its utter hopelessness than any. I had long ceased to struggle or to move, and remained sitting rigidly upon the ottoman, a helpless prey to a whirl of violent emotions, of which extreme awe was perhaps the least terrible, the least consuming. The corpse, I repeat, stirred, and now more vigorously than before. The hues of life flushed up with unwonted energy into the countenance—the limbs relaxed—and, save that the eyelids were yet pressed heavily together, and that the bandages and draperies of the grave still imparted their charnel character to the figure, I might have dreamed that Rowena had indeed shaken off, utterly, the fetters of Death. But if this idea was not, even then, altogether adopted, I could at least doubt no longer, when, arising from the bed, tottering, with feeble steps, with closed eyes, and with the manner of one bewildered in a dream, the thing that was enshrouded advanced boldly and palpably into the middle of the apartment.

I trembled not—I stirred not—for a crowd of unutterable fancies connected with the air, the stature, the demeanor of the figure, rushing hurriedly through my brain, had paralyzed—had chilled me into stone. I stirred not—but gazed upon the apparition. There was a mad disorder in my thoughts—a tumult unappeasable. Could it, indeed, be the living *Rowena who confronted me? Could it indeed be Rowena at all—the fair-haired, the blue-eyed Lady Rowena Trevanion of Tremaine? Why, why should I doubt it? The bandage lay heavily about the mouth—but then might it not be the mouth of the breathing Lady of Tremaine? And the cheeks—there were the roses as in her noon of life—yes, these might indeed be the fair cheeks of the living Lady of Tremaine. And the chin, with its dimples, as in health, might it not be hers?—but* had *she then grown taller since her malady? What inexpressible madness seized me with that thought? One bound, and I*

Charles Baudelaire

La plus grande partie de la terrible nuit était passée, et celle qui était morte remua de nouveau, — et, cette fois-ci, plus énergiquement que jamais quoique se réveillant d'une mort plus effrayante et plus irréparable. J'avais depuis longtemps cessé tout effort et tout mouvement, et je restais cloué sur l'ottomane, désespérément englouti dans un tourbillon d'émotions violentes, dont la moins terrible peut-être, la moins dévorante, était un suprême effroi. Le corps, je le répète, remuait, et maintenant plus activement qu'il n'avait fait jusque-là. Les couleurs de la vie montaient à la face avec une énergie singulière, — les membres se relâchaient, — et, sauf que les paupières restaient toujours lourdement fermées, et que les bandeaux et les draperies funèbres communiquaient encore à la figure leur caractère sépulcral, j'aurais rêvé que Rowena avait entièrement secoué les chaînes de la Mort. Mais si, dès lors, je n'acceptai pas entièrement cette idée, je ne pus pas douter plus longtemps, quand, — se levant du lit, — et vacillant, — d'un pas faible, — les yeux fermés, — à la manière d'une personne égarée dans un rêve, — l'être qui était enveloppé du suaire s'avança audacieusement et palpablement dans le milieu de la chambre.

Je ne tremblai pas, — je ne bougeai pas, — car une foule de pensées inexprimables, causées par l'air, la stature, l'allure du fantôme, se ruèrent à l'improviste dans mon cerveau, et me paralysèrent, — me pétrifièrent. Je ne bougeais pas, je contemplais l'apparition. C'était dans mes pensées un désordre fou, un tumulte inapaisable. Était-ce bien la *vivante* Rowena que j'avais en face de moi ? *cela* pouvait-il être vraiment Rowena, — lady Rowena Trevanion de Tremaine, à la chevelure blonde, aux yeux bleus ? Pourquoi, oui, *pourquoi* en doutais-je ? — Le lourd bandeau oppressait la bouche ; — pourquoi donc cela n'eût-il pas été la bouche respirante de la dame de Tremaine ? — Et les joues ? — oui, c'étaient bien là les roses du midi de sa vie ; — oui, ce pouvaient être les belles joues de la vivante lady de Tremaine. — Et le menton, avec les fossettes de la santé, ne pouvait-il pas être le sien ? Mais *avait-elle donc grandi depuis sa maladie ?* Quel inexprimable délire s'empara de moi à cette idée ! D'un bond, j'étais à ses pieds ! Elle se retira à mon contact, et elle

had reached her feet! Shrinking from my touch, she let fall from her head, unloosened, the ghastly cerements which had confined it, and there streamed forth, into the rushing atmosphere of the chamber, huge masses of long and dishevelled hair; it was blacker than the raven wings of midnight! *And now slowly opened* the eyes *of the figure which stood before me.* "Here then, at least," I shrieked aloud, "can I never—can I never be mistaken—these are the full, and the black, and the wild eyes—of my lost love—of the Lady—of the Lady Ligeia."

dégagea sa tête de l'horrible suaire qui l'enveloppait ; et alors déborda dans l'atmosphère fouettée de la chambre une masse énorme de longs cheveux désordonnés ; *ils étaient plus noirs que les ailes de minuit, l'heure au plumage de corbeau !* Et alors je vis la figure qui se tenait devant moi ouvrir lentement, lentement *les yeux*. "Enfin, les voilà donc !" criai-je d'une voix retentissante ;" pourrais-je jamais m'y tromper ? — Voilà bien les yeux adorablement fendus, les yeux noirs, les yeux étranges de mon amour perdu, — de lady — de lady Ligeia !"

Metzengerstein

1832

Metzengerstein

Edgar Allan Poe

Pestis eram vivus—moriens tua mors ero.

Martin Luther.

HORROR *and fatality have been stalking abroad in all ages. Why then give a date to the story I have to tell? Let it suffice to say, that at the period of which I speak, there existed, in the interior of Hungary, a settled although hidden belief in the doctrines of the Metempsychosis. Of the doctrines themselves—that is, of their falsity, or of their probability—I say nothing. I assert, however, that much of our incredulity (as La Bruyere says of all our unhappiness) "vient de ne pouvoir etre seuls."[1]*

But there were some points in the Hungarian superstition which were fast verging to absurdity. They—the Hungarians—differed very essentially from their Eastern authorities. For example. "The soul," said the former—I give the words of an acute and intelligent Parisian—"ne demure qu'un seul fois dans un corps sensible: au reste—un cheval, un chien, un homme meme, n'est que la ressemblance peu tangible de ces animaux."

The families of Berlifitzing and Metzengerstein had been at variance for centuries. Never before were two houses so illustrious, mutually embittered by hostility so deadly. The origin of this enmity seems to be found in the words of an ancient prophecy—"A lofty name shall have a fearful fall when, as the rider over his horse, the mortality of Metzengerstein shall triumph over the immortality of Berlifitzing."

To be sure the words themselves had little or no meaning. But more trivial causes have given rise—and that no long while ago—to consequences equally eventful. Besides, the estates, which were

Charles Baudelaire

Pestis eram vivus, — moriens tua mors ero.

Martin Luther.

L'horreur et la fatalité se sont donné carrière dans tous les siècles. À quoi bon mettre une date à l'histoire que j'ai à raconter ? Qu'il me suffise de dire qu'à l'époque dont je parle existait dans le centre de la Hongrie une croyance secrète, mais bien établie, aux doctrines de la métempsycose. De ces doctrines elles-mêmes, de leur fausseté ou de leur probabilité, — je ne dirai rien. J'affirme, toutefois, qu'une bonne partie de notre crédulité *vient*, comme dit la Bruyère, qui attribue tout notre malheur à cette cause unique, *de ne pouvoir être seuls*[1].

Mais il y avait quelques points dans la superstition hongroise qui tendaient fortement à l'absurde. Les Hongrois différaient très-essentiellement de leurs autorités d'Orient. Par exemple, — l'*âme*, à ce qu'ils croyaient, — je cite les termes d'un subtil et intelligent Parisien, — *ne demeure qu'une seule fois dans un corps sensible. Ainsi, un cheval, un chien, un homme même, ne sont que la ressemblance illusoire de ces êtres*[2].

Les familles Berlifitzing et Metzengerstein avaient été en discorde pendant des siècles. Jamais on ne vit deux maisons aussi illustres réciproquement aigries par une inimitié aussi mortelle. Cette haine pouvait tirer son origine des paroles d'une ancienne prophétie : — *Un grand nom tombera d'une chute terrible, quand, comme le cavalier sur son cheval, la mortalité de Metzengerstein triomphera de l'immortalité de Berlifitzing.*

Certes, les termes n'avaient que peu ou point de sens. Mais des causes plus vulgaires ont donné naissance — et cela, sans remonter bien haut, — à des conséquences également grosses d'événements. En outre, les deux maisons, qui étaient voisines, avaient longtemps

contiguous, had long exercised a rival influence in the affairs of a busy government. Moreover, near neighbors are seldom friends; and the inhabitants of the Castle Berlifitzing might look, from their lofty buttresses, into the very windows of the Palace Metzengerstein. Least of all had the more than feudal magnificence thus discovered, a tendency to allay the irritable feelings of the less ancient and less wealthy Berlifitzings. What wonder, then, that the words, however silly, of that prediction, should have succeeded in setting and keeping at variance two families already predisposed to quarrel by every instigation of hereditary jealousy? The prophecy seemed to imply—if it implied anything—a final triumph on the part of the already more powerful house; and was of course remembered with the more bitter animosity by the weaker and less influential.

Wilhelm, Count Berlifitzing, although loftily descended, was, at the epoch of this narrative, an infirm and doting old man, remarkable for nothing but an inordinate and inveterate personal antipathy to the family of his rival, and so passionate a love of horses, and of hunting, that neither bodily infirmity, great age, nor mental incapacity, prevented his daily participation in the dangers of the chase.

Frederick, Baron Metzengerstein, was, on the other hand, not yet of age. His father, the Minister G..., died young. His mother, the Lady Mary, followed him quickly. Frederick was, at that time, in his eighteenth year. In a city, eighteen years are no long period: but in a wilderness—in so magnificent a wilderness as that old principality, the pendulum vibrates with a deeper meaning.

From some peculiar circumstances attending the administration of his father, the young Baron, at the decease of the former, entered immediately upon his vast possessions. Such estates were seldom held before by a nobleman of Hungary. His castles were without number. The chief in point of splendor and extent was the "Palace Metzengerstein." The boundary line of his dominions was never

exercé une influence rivale dans les affaires d'un gouvernement tumultueux. De plus, des voisins aussi rapprochés sont rarement amis ; et, du haut de leurs terrasses massives, les habitants du château Berlifitzing pouvaient plonger leurs regards dans les fenêtres mêmes du palais Metzengerstein. Enfin, le déploiement d'une magnificence plus que féodale était peu fait pour calmer les sentiments irritables des Berlifitzing, moins anciens et moins riches. Y a-t-il donc lieu de s'étonner que les termes de cette prédiction, bien que tout à fait saugrenus, aient si bien créé et entretenu la discorde entre deux familles déjà prédisposées aux querelles par toutes les instigations d'une jalousie héréditaire ? La prophétie semblait impliquer, — si elle impliquait quelque chose, — un triomphe final du côté de la maison déjà plus puissante, et naturellement vivait dans la mémoire de la plus faible et de la moins influente, et la remplissait d'une aigre animosité.

Wilhelm, comte Berlifitzing, bien qu'il fût d'une haute origine, n'était, à l'époque de ce récit, qu'un vieux radoteur infirme, et n'avait rien de remarquable, si ce n'est une antipathie invétérée et folle contre la famille de son rival, et une passion si vive pour les chevaux et la chasse, que rien, ni ses infirmités physiques, ni son grand âge, ni l'affaiblissement de son esprit, ne pouvait l'empêcher de prendre journellement sa part des dangers de cet exercice. De l'autre côté, Frédérick, baron Metzengerstein, n'était pas encore majeur. Son père, le ministre G..., était mort jeune. Sa mère, madame Marie, le suivit bientôt. Frédérick était à cette époque dans sa dix-huitième année. Dans une ville, dix-huit ans ne sont pas une longue période de temps ; mais dans une solitude, dans une aussi magnifique solitude que cette vieille seigneurie, le pendule vibre avec une plus profonde et plus significative solennité.

Par suite de certaines circonstances résultant de l'administration de son père, le jeune baron, aussitôt après la mort de celui-ci, entra en possession de ses vastes domaines. Rarement on avait vu un noble de Hongrie posséder un tel patrimoine. Ses châteaux étaient innombrables. Le plus splendide et le plus vaste était le palais Metzengerstein. La ligne frontière de ses domaines n'avait jamais été

clearly defined; but his principal park embraced a circuit of fifty miles.

Upon the succession of a proprietor so young, with a character so well known, to a fortune so unparalleled, little speculation was afloat in regard to his probable course of conduct. And, indeed, for the space of three days, the behaviour of the heir out-heroded Herod, and fairly surpassed the expectations of his most enthusiastic admirers. Shameful debaucheries—flagrant treacheries—unheard-of atrocities—gave his trembling vassals quickly to understand that no servile submission on their part—no punctilios of conscience on his own—were thenceforward to prove any security against the remorseless fangs of a petty Caligula. On the night of the fourth day, the stables of the Castle Berlifitzing were discovered to be on fire; and the unanimous opinion of the neighborhood added the crime of the incendiary to the already hideous list of the Baron's misdemeanors and enormities.

But during the tumult occasioned by this occurrence, the young nobleman himself, sat apparently buried in meditation, in a vast and desolate upper apartment of the family palace of Metzengerstein. The rich although faded tapestry hangings which swung gloomily upon the walls, represented the shadowy and majestic forms of a thousand illustrious ancestors. Here, rich-ermined priests, and pontifical dignitaries, familiarly seated with the autocrat and the sovereign, put a veto on the wishes of a temporal king, or restrained with the fiat of papal supremacy the rebellious sceptre of the Arch-enemy. There, the dark, tall statures of the Princes Metzengerstein—their muscular war-coursers plunging over the carcasses of fallen foes—startled the steadiest nerves with their vigorous expression: and here, again, the voluptuous and swan-like figures of the dames of days gone by, floated away in the mazes of an unreal dance to the strains of imaginary melody.

clairement définie ; mais son parc principal embrassait un circuit de cinquante milles.

L'avénement d'un propriétaire si jeune, et d'un caractère si bien connu, à une fortune si incomparable laissait peu de place aux conjectures relativement à sa ligne probable de conduite. Et, en vérité, dans l'espace de trois jours, la conduite de l'héritier fit pâlir le renom d'Hérode et dépassa magnifiquement les espérances de ses plus enthousiastes admirateurs. De honteuses débauches, de flagrantes perfidies, des atrocités inouïes, firent bientôt comprendre à ses vassaux tremblants que rien, — ni soumission servile de leur part, ni scrupules de conscience de la sienne, — ne leur garantirait désormais de sécurité contre les griffes sans remords de ce petit Caligula. Vers la nuit du quatrième jour, on s'aperçut que le feu avait pris aux écuries du château Berlifitzing, et l'opinion unanime du voisinage ajouta le crime d'incendie à la liste déjà horrible des délits et des atrocités du baron.

Quant au jeune gentilhomme, pendant le tumulte occasionné par cet accident, il se tenait, en apparence plongé dans une méditation, au haut du palais de famille des Metzengerstein, dans un vaste appartement solitaire. La tenture de tapisserie, riche, quoique fanée, qui pendait mélancoliquement aux murs, représentait les figures fantastiques et majestueuses de mille ancêtres illustres. Ici des prêtres richement vêtus d'hermine, des dignitaires pontificaux, siégeaient familièrement avec l'autocrate et le souverain, opposaient leur veto aux caprices d'un roi temporel, ou contenaient avec le *fiat* de la toute-puissance papale le sceptre rebelle du Grand Ennemi, prince des ténèbres. Là, les sombres et grandes figures des princes Metzengerstein — leurs musculeux chevaux de guerre piétinant sur les cadavres des ennemis tombés — ébranlaient les nerfs les plus fermes par leur forte expression ; et ici, à leur tour, voluptueuses et blanches comme des cygnes, les images des dames des anciens jours flottaient au loin dans les méandres d'une danse fantastique aux accents d'une mélodie imaginaire.

But as the Baron listened, or affected to listen, to the gradually increasing uproar in the stables of Berlifitzing—or perhaps pondered upon some more novel, some more decided act of audacity—his eyes were turned unwittingly to the figure of an enormous, and unnaturally colored horse, represented in the tapestry as belonging to a Saracen ancestor of the family of his rival. The horse itself, in the fore-ground of the design, stood motionless and statue-like—while, farther back, its discomfited rider perished by the dagger of a Metzengerstein.

On Frederick's lip arose a fiendish expression, as he became aware of the direction which his glance had, without his consciousness, assumed. Yet he did not remove it. On the contrary, he could by no means account for the overwhelming anxiety which appeared falling like a pall upon his senses. It was with difficulty that he reconciled his dreamy and incoherent feelings with the certainty of being awake. The longer he gazed, the more absorbing became the spell—the more impossible did it appear that he could ever withdraw his glance from the fascination of that tapestry. But the tumult without becoming suddenly more violent, with a compulsory exertion he diverted his attention to the glare of ruddy light thrown full by the flaming stables upon the windows of the apartment.

The action, however, was but momentary; his gaze returned mechanically to the wall. To his extreme horror and astonishment, the head of the gigantic steed had, in the meantime, altered its position. The neck of the animal, before arched, as if in compassion, over the prostrate body of its lord, was now extended, at full length, in the direction of the Baron. The eyes, before invisible, now wore an energetic and human expression, while they gleamed with a fiery and unusual red; and the distended lips of the apparently enraged horse left in full view his sepulchral and disgusting teeth.

Charles Baudelaire

Mais, pendant que le baron prêtait l'oreille ou affectait de prêter l'oreille au vacarme toujours croissant des écuries de Berlifitzing, — et peut-être méditait quelque trait nouveau, quelque trait décidé d'audace, — ses yeux se tournèrent machinalement vers l'image d'un cheval énorme, d'une couleur hors nature, et représenté dans la tapisserie comme appartenant à un ancêtre sarrasin de la famille de son rival. Le cheval se tenait sur le premier plan du tableau, — immobile comme une statue, — pendant qu'un peu plus loin, derrière lui, son cavalier déconfit mourait sous le poignard d'un Metzengerstein.

Sur la lèvre de Frédérick surgit une expression diabolique, comme s'il s'apercevait de la direction que son regard avait pris involontairement. Cependant, il ne détourna pas les yeux. Bien loin de là, il ne pouvait d'aucune façon avoir raison de l'anxiété accablante qui semblait tomber sur ses sens comme un drap mortuaire. Il conciliait difficilement ses sensations incohérentes comme celles des rêves avec la certitude d'être éveillé. Plus il contemplait, plus absorbant devenait le charme, — plus il lui paraissait impossible d'arracher son regard à la fascination de cette tapisserie. Mais le tumulte du dehors devenant soudainement plus violent, il fit enfin un effort, comme à regret, et tourna son attention vers une explosion de lumière rouge, projetée en plein des écuries enflammées sur les fenêtres de l'appartement.

L'action toutefois ne fut que momentanée ; son regard retourna machinalement au mur. À son grand étonnement, la tête du gigantesque coursier — chose horrible ! — avait pendant ce temps changé de position. Le cou de l'animal, d'abord incliné comme par la compassion vers le corps terrassé de son seigneur, était maintenant étendu, roide et dans toute sa longueur, dans la direction du baron. Les yeux, tout à l'heure invisibles, contenaient maintenant une expression énergique et humaine, et ils brillaient d'un rouge ardent et extraordinaire ; et les lèvres distendues de ce cheval à la physionomie enragée laissaient pleinement apercevoir ses dents sépulcrales et dégoûtantes.

Edgar Allan Poe

Stupified with terror, the young nobleman tottered to the door. As he threw it open, a flash of red light, streaming far into the chamber, flung his shadow with a clear outline against the quivering tapestry; and he shuddered to perceive that shadow—as he staggered awhile upon the threshold—assuming the exact position, and precisely filling up the contour, of the relentless and triumphant murderer of the Saracen Berlifitzing.

To lighten the depression of his spirits, the Baron hurried into the open air. At the principal gate of the palace he encountered three equerries. With much difficulty, and at the imminent peril of their lives, they were restraining the convulsive plunges of a gigantic and fiery-colored horse.

"Whose horse? Where did you get him?" demanded the youth, in a querulous and husky tone, as he became instantly aware that the mysterious steed in the tapestried chamber was the very counterpart of the furious animal before his eyes.

"He is your own property, sire," replied one of the equerries, "at least he is claimed by no other owner. We caught him flying, all smoking and foaming with rage, from the burning stables of the Castle Berlifitzing. Supposing him to have belonged to the old Count's stud of foreign horses, we led him back as an estray. But the grooms there disclaim any title to the creature; which is strange, since he bears evident marks of having made a narrow escape from the flames."

"The letters W. V. B. are also branded very distinctly on his forehead," interrupted a second equerry; "I supposed them, of course, to be the initials of Wilhelm Von Berlifitzing—but all at the castle are positive in denying any knowledge of the horse."

"Extremely singular!" said the young Baron, with a musing air, and apparently unconscious of the meaning of his words. "He is, as you

Stupéfié par la terreur, le jeune seigneur gagna la porte en chancelant. Comme il l'ouvrait, un éclat de lumière rouge jaillit au loin dans la salle, qui dessina nettement son reflet sur la tapisserie frissonnante ; et, comme le baron hésitait un instant sur le seuil, il tressaillit en voyant que ce reflet prenait la position exacte et remplissait précisément le contour de l'implacable et triomphant meurtrier du Berlifitzing sarrasin.

Pour alléger ses esprits affaissés, le baron Frédérick chercha précipitamment le plein air. À la porte principale du palais, il rencontra trois écuyers. Ceux-ci, avec beaucoup de difficulté et au péril de leur vie, comprimaient les bonds convulsifs d'un cheval gigantesque couleur de feu.

— À qui est ce cheval ? Où l'avez-vous trouvé ? demanda le jeune homme d'une voix querelleuse et rauque, reconnaissant immédiatement que le mystérieux coursier de la tapisserie était le parfait pendant du furieux animal qu'il avait devant lui.

— C'est votre propriété, monseigneur, répliqua l'un des écuyers, du moins il n'est réclamé par aucun autre propriétaire. Nous l'avons pris comme il s'échappait, tout fumant et écumant de rage, des écuries brûlantes du château Berlifitzing. Supposant qu'il appartenait au haras des chevaux étrangers du vieux comte, nous l'avons ramené comme épave. Mais les domestiques désavouent tout droit sur la bête ; ce qui est étrange, puisqu'il porte des traces évidentes du feu, qui prouvent qu'il l'a échappé belle.

— Les lettres W. V. B. sont également marquées au fer très-distinctement sur son front, interrompit un second écuyer ; je supposais donc qu'elles étaient les initiales de Wilhelm von Berlifitzing, mais tout le monde au château affirme positivement n'avoir aucune connaissance du cheval.

— Extrêmement singulier ! dit le jeune baron, avec un air rêveur et comme n'ayant aucune conscience du sens de ses paroles. C'est,

say, a remarkable horse—a prodigious horse! although, as you very justly observe, of a suspicious and untractable character; let him be mine, however," he added, after a pause, "perhaps a rider like Frederick of Metzengerstein, may tame even the devil from the stables of Berlifitzing."

"You are mistaken, my lord; the horse, as I think we mentioned, is not from the stables of the Count. If such had been the case, we know our duty better than to bring him into the presence of a noble of your family."

"True!" observed the Baron, drily; and at that instant a page of the bed-chamber came from the palace with a heightened color, and a precipitate step. He whispered into his master's ear an account of the sudden disappearance of a small portion of the tapestry, in an apartment which he designated; entering, at the same time, into particulars of a minute and circumstantial character; but from the low tone of voice in which these latter were communicated, nothing escaped to gratify the excited curiosity of the equerries.

The young Frederick, during the conference, seemed agitated by a variety of emotions. He soon, however, recovered his composure, and an expression of determined malignancy settled upon his countenance, as he gave peremptory orders that the apartment in question should be immediately locked up, and the key placed in his own possession.

"Have you heard of the unhappy death of the old hunter Berlifitzing?" said one of his vassals to the Baron, as, after the departure of the page, the huge steed which that nobleman had adopted as his own, plunged and curveted, with redoubled fury, down the long avenue which extended from the palace to the stables of Metzengerstein.

comme vous dites, un remarquable cheval, — un prodigieux cheval ! bien qu'il soit, comme vous le remarquez avec justesse, d'un caractère ombrageux et intraitable ; allons ! qu'il soit à moi, je le veux bien, ajouta-t-il après une pause ; peut-être un cavalier tel que Frédérick de Metzengerstein pourra-t-il dompter le diable même des écuries de Berlifitzing.

— Vous vous trompez, monseigneur ; le cheval, comme nous vous l'avons dit, je crois, n'appartient pas aux écuries du comte. Si tel eût été le cas, nous connaissons trop bien notre devoir pour l'amener en présence d'une noble personne de votre famille.

— C'est vrai ! observa le baron sèchement. Et, à ce moment, un jeune valet de chambre arriva du palais, le teint échauffé et à pas précipités. Il chuchota à l'oreille de son maître l'histoire de la disparition soudaine d'un morceau de la tapisserie, dans une chambre qu'il désigna, entrant alors dans des détails d'un caractère minutieux et circonstancié ; mais, comme tout cela fut communiqué d'une voix très-basse, pas un mot ne transpira qui pût satisfaire la curiosité excitée des écuyers.

Le jeune Frédérick, pendant l'entretien, semblait agité d'émotions variées. Néanmoins, il recouvra bientôt son calme, et une expression de méchanceté décidée était déjà fixée sur sa physionomie, quand il donna des ordres péremptoires pour que l'appartement en question fût immédiatement condamné et la clef remise entre ses mains propres.

— Avez-vous appris la mort déplorable de Berlifitzing, le vieux chasseur ? dit au baron un de ses vassaux, après le départ du page, pendant que l'énorme coursier que le gentilhomme venait d'adopter comme sien s'élançait et bondissait avec une furie redoublée à travers la longue avenue qui s'étendait du palais aux écuries de Metzengerstein.

"No!" said the Baron, turning abruptly towards the speaker; "dead! say you?"

"It is indeed true, my lord; and, to the noble of your name, will be, I imagine, no unwelcome intelligence."

A rapid smile shot over the countenance of the listener. "How died he?"

"In his rash exertions to rescue a favorite portion of his hunting stud, he has himself perished miserably in the flames."

"I—n—d—e—e—d—!" ejaculated the Baron, as if slowly and deliberately impressed with the truth of some exciting idea.

"Indeed;" repeated the vassal.

"Shocking!" said the youth, calmly, and turned quietly into the palace.

From this date a marked alteration took place in the outward demeanor of the dissolute young Baron Frederick Von Metzengerstein. Indeed, his behaviour disappointed every expectation, and proved little in accordance with the views of many a manœuvring mamma; while his habits and manners, still less than formerly, offered anything congenial with those of the neighboring aristocracy. He was never to be seen beyond the limits of his own domain, and, in this wide and social world, was utterly companionless—unless, indeed, that unnatural, impetuous, and fiery-colored horse, which he henceforward continually bestrode, had any mysterious right to the title of his friend.

Numerous invitations on the part of the neighborhood for a long time, however, periodically came in. "Will the Baron honor our festivals

— Non, dit le baron se tournant brusquement vers celui qui parlait ; mort ! dis-tu ?

— C'est la pure vérité, monseigneur ; et je présume que, pour un seigneur de votre nom, ce n'est pas un renseignement trop désagréable.

Un rapide sourire jaillit sur la physionomie du baron.— Comment est-il mort ?

— Dans ses efforts imprudents pour sauver la partie préférée de son haras de chasse, il a péri misérablement dans les flammes.

— En... vé... ri... té... ! exclama le baron, comme impressionné lentement et graduellement par quelque évidence mystérieuse.

— En vérité, répéta le vassal.

— Horrible ! dit le jeune homme avec beaucoup de calme. Et il rentra tranquillement dans le palais.

À partir de cette époque, une altération marquée eut lieu dans la conduite extérieure du jeune débauché, baron Frédérick von Metzengerstein. Véritablement, sa conduite désappointait toutes les espérances et déroutait les intrigues de plus d'une mère. Ses habitudes et ses manières tranchèrent de plus en plus et, moins que jamais, n'offrirent d'analogie sympathique quelconque avec celle de l'aristocratie du voisinage. On ne le voyait jamais au delà des limites de son propre domaine, et, dans le vaste monde social, il était absolument sans compagnon, — à moins que ce grand cheval impétueux, hors nature, couleur de feu, qu'il monta continuellement à partir de cette époque, n'eût en réalité quelque droit mystérieux au titre d'ami.

Néanmoins, de nombreuses invitations de la part du voisinage lui arrivaient périodiquement. — "Le baron honorera-t-il notre fête de sa

with his presence? "Will the Baron join us in a hunting of the boar?"—"Metzengerstein does not hunt;" " Metzengerstein will not attend," were the haughty and laconic answers.

These repeated insults were not to be endured by an imperious nobility. Such invitations became less cordial—less frequent—in time they ceased altogether. The widow of the unfortunate Count Berlifitzing was even heard to express a hope "that the Baron might be at home when he did not wish to be at home, since he disdained the company of his equals; and ride when he did not wish to ride, since he preferred the society of a horse." This to be sure was a very silly explosion of hereditary pique; and merely proved how singularly unmeaning our sayings are apt to become, when we desire to be unusually energetic.

The charitable, nevertheless, attributed the alteration in the conduct of the young nobleman to the natural sorrow of a son for the untimely loss of his parents;—forgetting, however, his atrocious and reckless behaviour during the short period immediately succeeding that bereavement. Some there were, indeed, who suggested a too haughty idea of self-consequence and dignity. Others again (among whom may be mentioned the family physician) did not hesitate in speaking of morbid melancholy, and hereditary ill-health; while dark hints, of a more equivocal nature, were current among the multitude.

Indeed, the Baron's perverse attachment to his lately-acquired charger—an attachment which seemed to attain new strength from every fresh example of the animal's ferocious and demon-like propensities—at length became, in the eyes of all reasonable men, a hideous and unnatural fervor. In the glare of noon—at the dead hour of night—in sickness or in health—in calm or in tempest—the young Metzengerstein seemed riveted to the saddle of that colossal horse, whose intractable audacities so well accorded with his own spirit.

présence ?" — "Le baron se joindra-t-il à nous pour une chasse au sanglier ?" — "Metzengerstein ne chasse pas ;" — "Metzengerstein n'ira pas," — telles étaient ses hautaines et laconiques réponses.

Ces insultes répétées ne pouvaient pas être endurées par une noblesse impérieuse. De telles invitations devinrent moins cordiales, — moins fréquentes ; — avec le temps elles cessèrent tout à fait. On entendit la veuve de l'infortuné comte Berlifitzing exprimer le vœu « que le baron fût au logis quand il désirerait n'y pas être, puisqu'il dédaignait la compagnie de ses égaux ; et qu'il fût à cheval quand il voudrait n'y pas être, puisqu'il leur préférait la société d'un cheval. » Ceci à coup sûr n'était que l'explosion niaise d'une pique héréditaire et prouvait que nos paroles deviennent singulièrement absurdes quand nous voulons leur donner une forme extraordinairement énergique.

Les gens charitables, néanmoins, attribuaient le changement de manières du jeune gentilhomme au chagrin naturel d'un fils privé prématurément de ses parents, — oubliant toutefois son atroce et insouciante conduite durant les jours qui suivirent immédiatement cette perte. Il y en eut quelques-uns qui accusèrent simplement en lui une idée exagérée de son importance et de sa dignité. D'autres, à leur tour (et parmi ceux-là peut être cité le médecin de la famille), parlèrent sans hésiter d'une mélancolie morbide et d'un mal héréditaire ; cependant, des insinuations plus ténébreuses, d'une nature plus équivoque, couraient parmi la multitude.

En réalité, l'attachement pervers du baron pour sa monture de récente acquisition, — attachement qui semblait prendre une nouvelle force dans chaque nouvel exemple que l'animal donnait de ses féroces et démoniaques inclinations, — devint à la longue, aux yeux de tous les gens raisonnables, une tendresse horrible et contre nature. Dans l'éblouissement du midi, — aux heures profondes de la nuit, — malade ou bien portant, — dans le calme ou dans la tempête, — le jeune Metzengerstein semblait cloué à la selle du cheval colossal dont les intraitables audaces s'accordaient si bien avec son propre caractère.

Edgar Allan Poe

There were circumstances, moreover, which, coupled with late events, gave an unearthly and portentous character to the mania of the rider, and to the capabilities of the steed. The space passed over in a single leap had been accurately measured, and was found to exceed by an astounding difference, the wildest expectations of the most imaginative. The Baron, besides, had no particular name for the animal, although all the rest in his collection were distinguished by characteristic appellations. His stable, too, was appointed at a distance from the rest; and with regard to grooming and other necessary offices, none but the owner in person had ventured to officiate, or even to enter the enclosure of that horse's particular stall. It was also to be observed, that although the three grooms, who had caught the steed as he fled from the conflagration at Berlifitzing, had succeeded in arresting his course, by means of a chain-bridle and noose—yet no one of the three could with any certainty affirm that he had, during that dangerous struggle, or at any period thereafter, actually placed his hand upon the body of the beast. Instances of peculiar intelligence in the demeanor of a noble and high-spirited horse are not to be supposed capable of exciting unreasonable attention, but there were certain circumstances which intruded themselves per force upon the most skeptical and phlegmatic; and it is said there were times when the animal caused the gaping crowd who stood around to recoil in horror from the deep and impressive meaning of his terrible stamp—times when the young Metzengerstein turned pale and shrunk away from the rapid and searching expression of his earnest and human-looking eye.

Among all the retinue of the Baron, however, none were found to doubt the ardor of that extraordinary affection which existed on the part of the young nobleman for the fiery qualities of his horse; at least, none but an insignificant and misshapen little page, whose deformities were in every body's way, and whose opinions were of the least possible importance. He (if his ideas are worth mentioning at all,) had the effrontery to assert that his master never vaulted into the saddle, without an unaccountable and almost imperceptible shudder; and that, upon his return from every long-continued and habitual

Charles Baudelaire

Il y avait, de plus, des circonstances qui, rapprochées des événements récents, donnaient un caractère surnaturel et monstrueux à la manie du cavalier et aux capacités de la bête. L'espace qu'elle franchissait d'un seul saut avait été soigneusement mesuré, et se trouva dépasser d'une différence stupéfiante les conjectures les plus larges et les plus exagérées. Le baron, en outre, ne se servait pour l'animal d'aucun *nom* particulier, quoique tous les chevaux de son haras fussent distingués par des appellations caractéristiques. Ce cheval-ci avait son écurie à une certaine distance des autres ; et, quant au pansement et à tout le service nécessaire, nul, excepté le propriétaire en personne, ne s'était risqué à remplir ces fonctions, ni même à entrer dans l'enclos où s'élevait son écurie particulière. On observa aussi que, quoique les trois palefreniers qui s'étaient emparés du coursier, quand il fuyait l'incendie de Berlifitzing, eussent réussi à arrêter sa course à l'aide d'une chaîne à nœud coulant, cependant aucun des trois ne pouvait affirmer avec certitude que, durant cette dangereuse lutte, ou à aucun moment depuis lors, il eût jamais posé la main sur le corps de la bête. Des preuves d'intelligence particulière dans la conduite d'un noble cheval plein d'ardeur ne suffiraient certainement pas à exciter une attention déraisonnable ; mais il y avait ici certaines circonstances qui eussent violenté les esprits les plus sceptiques et les plus flegmatiques ; et l'on disait que parfois l'animal avait fait reculer d'horreur la foule curieuse devant la profonde et frappante signification de sa marque, — que parfois le jeune Metzengerstein était devenu pâle et s'était dérobé devant l'expression soudaine de son œil sérieux et quasi humain.

Parmi toute la domesticité du baron, il ne se trouva néanmoins personne pour douter de la ferveur extraordinaire d'affection qu'excitaient dans le jeune gentilhomme les qualités brillantes de son cheval ; personne, excepté du moins un insignifiant petit page malvenu, dont on rencontrait partout l'offusquante laideur, et dont les opinions avaient aussi peu d'importance qu'il est possible. Il avait l'effronterie d'affirmer — si toutefois ses idées valent la peine d'être mentionnées, — que son maître ne s'était jamais mis en selle sans un inexplicable et presque imperceptible frisson, et qu'au retour de

ride, an expression of triumphant malignity distorted every muscle in his countenance.

One tempestuous night, Metzengerstein, awaking from heavy slumber, descended like a maniac from his chamber, and, mounting in hot haste, bounded away into the mazes of the forest. An occurrence so common attracted no particular attention, but his return was looked for with intense anxiety on the part of his domestics, when, after some hours' absence, the stupendous and magnificent battlements of the Palace Metzengerstein, were discovered crackling and rocking to their very foundation, under the influence of a dense and livid mass of ungovernable fire.

As the flames, when first seen, had already made so terrible a progress that all efforts to save any portion of the building were evidently futile, the astonished neighborhood stood idly around in silent, if not apathetic wonder. But a new and fearful object soon riveted the attention of the multitude, and proved how much more intense is the excitement wrought in the feelings of a crowd by the contemplation of human agony, than that brought about by the most appalling spectacles of inanimate matter.

Up the long avenue of aged oaks which led from the forest to the main entrance of the Palace Metzengerstein, a steed, bearing an unbonneted and disordered rider, was seen leaping with an impetuosity which outstripped the very Demon of the Tempest.

The career of the horseman was indisputably, on his own part, uncontrollable. The agony of his countenance, the convulsive struggle of his frame, gave evidence of superhuman exertion: but no sound, save a solitary shriek, escaped from his lacerated lips, which were bitten through and through in the intensity of terror. One instant, and the clattering of hoofs resounded sharply and shrilly above the roaring of the flames and the shrieking of the winds—another, and,

chacune de ses longues et habituelles promenades une expression de triomphante méchanceté faussait tous les muscles de sa face.

Pendant une nuit de tempête, Metzengerstein, sortant d'un lourd sommeil, descendit comme un maniaque de sa chambre, et, montant à cheval en toute hâte, s'élança en bondissant à travers le labyrinthe de la forêt. Un événement aussi commun ne pouvait pas attirer particulièrement l'attention ; mais son retour fut attendu avec une intense anxiété par tous ses domestiques, quand, après quelques heures d'absence, les prodigieux et magnifiques bâtiments du palais Metzengerstein se mirent à craqueter et à trembler jusque dans leurs fondements, sous l'action d'un feu immense et immaîtrisable, — une masse épaisse et livide.

Comme les flammes, quand on les aperçut pour la première fois, avaient déjà fait un si terrible progrès que tous les efforts pour sauver une portion quelconque des bâtiments eussent été évidemment inutiles, toute la population du voisinage se tenait paresseusement à l'entour, dans une stupéfaction silencieuse, sinon apathique. Mais un objet terrible et nouveau fixa bientôt l'attention de la multitude, et démontra combien est plus intense l'intérêt excité dans les sentiments d'une foule par la contemplation d'une agonie humaine que celui qui est créé par les plus effrayants spectacles de la matière inanimée.

Sur la longue avenue de vieux chênes qui commençait à la forêt et aboutissait à l'entrée principale du palais Metzengerstein, un coursier, portant un cavalier décoiffé et en désordre, se faisait voir bondissant avec une impétuosité qui défiait le démon de la tempête lui-même.

Le cavalier n'était évidemment pas le maître de cette course effrénée. L'angoisse de sa physionomie, les efforts convulsifs de tout son être, rendaient témoignage d'une lutte surhumaine ; mais aucun son, excepté un cri unique, ne s'échappa de ses lèvres lacérées, qu'il mordait d'outre en outre dans l'intensité de sa terreur. En un instant, le choc des sabots retentit avec un bruit aigu et perçant, plus haut que le mugissement des flammes et le glapissement du vent ; — un

clearing at a single plunge the gate-way and the moat, the steed bounded far up the tottering staircases of the palace, and, with its rider, disappeared amid the whirlwind of chaotic fire.

The fury of the tempest immediately died away, and a dead calm sullenly succeeded. A white flame still enveloped the building like a shroud, and, streaming far away into the quiet atmosphere, shot forth a glare of preternatural light; while a cloud of smoke settled heavily over the battlements in the distinct colossal figure of—a horse.

Note :

1. Mercier, in L'an deux mille quatre cents quarante," *seriously maintains the doctrines of the Metempsychosis, and J. D'Israeli says that "no system is so simple and so little repugnant to the understanding." Colonel Ethan Allen, the "Green Mountain Boy," is also said to have been a serious metempsychosist.*

instant encore, et, franchissant d'un seul bond la grande porte et le fossé, le coursier s'élança sur les escaliers branlants du palais et disparut avec son cavalier dans le tourbillon de ce feu chaotique.

La furie de la tempête s'apaisa tout à coup et un calme absolu prit solennellement sa place. Une flamme blanche enveloppait toujours le bâtiment comme un suaire, et, ruisselant au loin dans l'atmosphère tranquille, dardait une lumière d'un éclat surnaturel, pendant qu'un nuage de fumée s'abattait pesamment sur les bâtiments sous la forme distincte d'un gigantesque *cheval*.

Note :

1. Mercier, dans *l'An deux mil quatre cent quarante*, soutient sérieusement les doctrines de la métempsycose, et J. d'Israeli dit qu'*il n'y a pas de système aussi simple et qui répugne moins à l'intelligence*. Le colonel Ethan Allen, le *Green Mountain Boa*, passe aussi pour avoir été un sérieux métempsycosiste. — E. A. P.

2. J'ignore quel est l'auteur de ce texte bizarre et obscur ; cependant, je me suis permis de le rectifier légèrement, en l'adaptant au sens moral du récit. Poe cite quelquefois de mémoire et incorrectement. Le sens, après tout, me semble se rapprocher de l'opinion attribuée au père Kircher, — que les animaux sont des Esprits enfermés. — C. B.

EDGAR POE
SA VIE ET SES ŒUVRES

...... Quelque maître malheureux à qui l'inexorable Fatalité a donné une chasse acharnée, toujours plus acharnée, jusqu'à ce que ses chants n'aient plus qu'un unique refrain, jusqu'à ce que les chants funèbres de son Espérance aient adopté ce mélancolique refrain : « Jamais ! Jamais plus ! »

Edgar Poe. — *Le Corbeau*.

Sur son trône d'airain le Destin, qui s'en raille,
Imbibe leur éponge avec du fiel amer,
Et la nécessité les tord dans sa tenaille.

Théophile Gautier. — *Ténèbres*.

I

Dans ces derniers temps, un malheureux fut amené devant nos tribunaux, dont le front était illustré d'un rare et singulier tatouage : *Pas de chance !* Il portait ainsi au-dessus de ses yeux l'étiquette de sa vie, comme un livre son titre, et l'interrogatoire prouva que ce bizarre écriteau était cruellement véridique. Il y a, dans l'histoire littéraire, des destinées analogues, de vraies damnations, — des hommes qui portent le mot *guignon* écrit en caractères mystérieux dans les plis sinueux de leur front. L'Ange

aveugle de l'expiation s'est emparé d'eux et les fouette à tour de bras pour l'édification des autres. En vain leur vie montre-t-elle des talents, des vertus, de la grâce ; la Société a pour eux un anathème spécial, et accuse en eux les infirmités que sa persécution leur a données. — Que ne fit pas Hoffmann pour désarmer la destinée, et que n'entreprit pas Balzac pour conjurer la fortune ? — Existe-t-il donc une Providence diabolique qui prépare le malheur dès le berceau, — qui jette avec *préméditation* des natures spirituelles et angéliques dans des milieux hostiles, comme des martyrs dans les cirques ? Y a-t-il donc des âmes *sacrées*, vouées à l'autel, condamnées à marcher à la mort et à la gloire à travers leurs propres ruines ? Le cauchemar des *Ténèbres* assiégera-t-il éternellement ces âmes de choix ? Vainement elles se débattent, vainement elles se forment au monde, à ses prévoyances, à ses ruses ; elles perfectionneront la prudence, boucheront toutes les issues, matelasseront les fenêtres contre les projectiles du hasard ; mais le Diable entrera par une serrure ; une perfection sera le défaut de leur cuirasse, et une qualité superlative le germe de leur damnation.

L'aigle, pour le briser, du haut du firmament,
Sur leur front découvert lâchera la tortue,
Car *ils* doivent périr inévitablement.

Leur destinée est écrite dans toute leur constitution, elle brille d'un éclat sinistre dans leurs regards et dans leurs gestes, elle circule dans leurs artères avec chacun de leurs globules sanguins.

Un écrivain célèbre de notre temps a écrit un livre pour démontrer que le poëte ne pouvait trouver une bonne place ni dans une société démocratique ni dans une aristocratique, pas plus dans une république que dans une monarchie absolue ou tempérée. Qui donc a su lui répondre péremptoirement ? J'apporte aujourd'hui une nouvelle légende à l'appui de sa thèse, j'ajoute un saint nouveau au martyrologe ; j'ai à écrire l'histoire d'un de ces illustres malheureux, trop riche de poésie et de passion, qui est venu, après tant d'autres,

faire en ce bas monde le rude apprentissage du génie chez les âmes inférieures.

Lamentable tragédie que la vie d'Edgar Poe ! Sa mort, dénûment horrible dont l'horreur est accrue par la trivialité ! — De tous les documents que j'ai lus est résultée pour moi la conviction que les États-Unis ne furent pour Poe qu'une vaste prison qu'il parcourait avec l'agitation fiévreuse d'un être fait pour respirer dans un monde plus aromal, — qu'une grande barbarie éclairée au gaz, — et que sa vie intérieure, spirituelle de poëte ou même d'ivrogne, n'était qu'un effort perpétuel pour échapper à l'influence de cette atmosphère antipathique. Impitoyable dictature que celle de l'opinion dans les sociétés démocratiques ; n'implorez d'elle ni charité ni indulgence, ni élasticité quelconque dans l'application de ses lois aux cas multiples et complexes de la vie morale. On dirait que de l'amour impie de la liberté est née une tyrannie nouvelle, la tyrannie des bêtes, ou zoocratie, qui par son insensibilité féroce ressemble à l'idole de Jaggernaut. — Un biographe nous dira gravement — il est bien intentionné, le brave homme — que Poe, s'il avait voulu régulariser son génie et appliquer ses facultés créatrices d'une manière plus appropriée au sol américain, aurait pu devenir un auteur à argent, *a money making author* ; — un autre, — un naïf cynique, celui-là, — que, quelque beau que soit le génie de Poe, il eût mieux valu pour lui n'avoir que du talent, le talent s'escomptant toujours plus facilement que le génie. Un autre, qui a dirigé des journaux et des revues, un ami du poëte, avoue qu'il était difficile de l'employer et qu'on était obligé de le payer moins que d'autres, parce qu'il écrivait dans un style trop au-dessus de vulgaire. *Quelle odeur de magasin !* comme disait Joseph de Maistre.

Quelques-uns ont osé davantage, et, unissant l'inintelligence la plus lourde de son génie à la férocité de l'hypocrisie bourgeoise, l'ont insulté à l'envi ; et, après sa soudaine disparition, ils ont rudement morigéné ce cadavre, — particulièrement M. Rufus Griswold, qui, pour rappeler ici l'expression vengeresse de M. George Graham, a commis alors une immortelle infamie. Poe, éprouvant peut-être le sinistre pressentiment d'une fin subite, avait désigné MM. Griswold

et Willis pour mettre ses œuvres en ordre, écrire sa vie et restaurer sa mémoire. Ce pédagogue-vampire a diffamé longuement son ami dans un énorme article, plat et haineux, juste en tête de l'édition posthume de ses œuvres. — Il n'existe donc pas en Amérique d'ordonnance qui interdise aux chiens l'entrée des cimetières ? — Quant à M. Willis, il a prouvé, au contraire, que la bienveillance et la décence marchaient toujours avec le véritable esprit, et que la charité envers nos confrères, qui est un devoir moral, était aussi un des commandements du goût.

Causez de Poe avec un Américain, il avouera peut-être son génie, peut-être même s'en montrera-t-il fier ; mais, avec un ton sardonique supérieur qui sent son homme positif, il vous parlera de la vie débraillée du poëte, de son haleine alcoolisée qui aurait pris feu à la flamme d'une chandelle, de ses habitudes vagabondes ; il vous dira que c'était un être erratique et hétéroclite, une planète désorbitée, qu'il roulait sans cesse de Baltimore à New-York, de New-York à Philadelphie, de Philadelphie à Boston, de Boston à Baltimore, de Baltimore à Richmond. Et si, le cœur ému par ces préludes d'une histoire navrante, vous donnez à entendre que l'individu n'est peut-être pas seul coupable et qu'il doit être difficile de penser et d'écrire commodément dans un pays où il y a des millions de souverains, un pays sans capitale à proprement parler, et sans aristocratie, — alors vous verrez ses yeux s'agrandir et jeter des éclairs, la bave du patriotisme souffrant lui monter aux lèvres, et l'Amérique, par sa bouche, lancer des injures à l'Europe, sa vieille mère, et à la philosophie des anciens jours.

Je répète que pour moi la persuasion s'est faite qu'Edgar Poe et sa patrie n'étaient pas de niveau. Les États-Unis sont un pays gigantesque et enfant, naturellement jaloux du vieux continent. Fier de son développement matériel, anormal et presque monstrueux, ce nouveau venu dans l'histoire a une foi naïve dans la toute-puissance de l'industrie ; il est convaincu, comme quelques malheureux parmi nous, qu'elle finira par manger le Diable. Le temps et l'argent ont là-bas une valeur si grande ! L'activité matérielle, exagérée jusqu'aux proportions d'une manie nationale, laisse dans les esprits bien peu de

place pour les choses qui ne sont pas de la terre. Poe, qui était de bonne souche, et qui d'ailleurs professait que le grand malheur de son pays était de n'avoir pas d'aristocratie de race, attendu, disait-il, que chez un peuple sans aristocratie le culte du Beau ne peut que se corrompre, s'amoindrir et disparaître, — qui accusait chez ses concitoyens, jusque dans leur luxe emphatique et coûteux, tous les symptômes du mauvais goût caractéristique des parvenus, — qui considérait le Progrès, la grande idée moderne, comme une extase de gobe-mouches, et qui appelait les *perfectionnements* de l'habitacle humain des cicatrices et des abominations rectangulaires, — Poe était là-bas un cerveau singulièrement solitaire. Il ne croyait qu'à l'immuable, à l'éternel au *self-same*, et il jouissait — cruel privilége dans une société amoureuse d'elle-même ! — de ce grand bon sens à la Machiavel qui marche devant le sage, comme une colonne lumineuse, à travers le désert de l'histoire. — Qu'eût-il pensé, qu'eût-il écrit, l'infortuné, s'il avait entendu la théologienne du sentiment supprimer l'Enfer par amitié pour le genre humain, le philosophe du chiffre proposer un système d'assurances, une souscription à un sou par tête pour la suppression de la guerre, — et l'abolition de la peine de mort et de l'orthographe, ces deux folies corrélatives ! — et tant d'autres malades qui écrivent, *l'oreille inclinée au vent*, des fantaisies giratoires aussi flatueuses que l'élément qui les leur dicte ? — Si vous ajoutez à cette vision impeccable du vrai, véritable infirmité dans de certaines circonstances, une délicatesse exquise de sens qu'une note fausse torturait, une finesse de goût que tout, excepté l'exacte proportion, révoltait, un amour insatiable du Beau, qui avait pris la puissance d'une passion morbide, vous ne vous étonnerez pas que pour un pareil homme la vie soit devenue un enfer, et qu'il ait mal fini ; vous admirerez qu'il ait pu *durer* aussi longtemps.

II

La famille de Poe était une des plus respectables de Baltimore. Son grand-père maternel avait servi comme *quarter-master-general* dans la guerre de l'indépendance, et la Fayette l'avait en haute estime et

amitié. Celui-ci, lors de son dernier voyage aux États-Unis, voulut voir la veuve du général et lui témoigner sa gratitude pour les services que lui avait rendus son mari. Le bisaïeul avait épousé une fille de l'amiral anglais Mac Bride, qui était allié avec les plus nobles maisons d'Angleterre. David Poe, père d'Edgar et fils du général, s'éprit violemment d'une actrice anglaise, Élisabeth Arnold, célèbre par sa beauté ; il s'enfuit avec elle et l'épousa. Pour mêler plus intimement sa destinée à la sienne, il se fit comédien et parut avec sa femme sur différents théâtres, dans les principales villes de l'Union. Les deux époux moururent à Richmond, presque en même temps, laissant dans l'abandon et le dénûment le plus complet trois enfants en bas âge, dont Edgar.

Edgar Poe était né à Baltimore, en 1813. — C'est d'après son propre dire que je donne cette date, car il a réclamé contre l'affirmation de Griswold, qui place sa naissance en 1811. — Si jamais l'esprit de roman, pour me servir d'une expression de notre poëte, a présidé à une naissance, — esprit sinistre et orageux ! — certes il présida à la sienne. Poe fut véritablement l'enfant de la passion et de l'aventure. Un riche négociant de la ville, M. Allan, s'éprit de ce joli malheureux que la nature avait doté d'une manière charmante, et, comme il n'avait pas d'enfants, il l'adopta. Celui-ci s'appela donc désormais Edgar Allan Poe. Il fut ainsi élevé dans une belle aisance et dans l'espérance légitime d'une de ces fortunes qui donnent au caractère une superbe certitude. Ses parents adoptifs l'emmenèrent dans un voyage qu'ils firent en Angleterre, en Écosse et en Irlande, et, avant de retourner dans leur pays, ils le laissèrent chez le docteur Bransby, qui tenait une importante maison d'éducation à Stoke-Newington, près de Londres. — Poe a lui-même, dans *William Wilson*, décrit cette étrange maison bâtie dans le vieux style d'Élisabeth, et les impressions de sa vie d'écolier.

Il revint à Richmond en 1822, et continua ses études en Amérique, sous la direction des meilleurs maîtres de l'endroit. À l'université de Charlottesville, où il entra en 1825, il se distingua non-seulement par une intelligence quasi miraculeuse, mais aussi par une abondance presque sinistre de passions, — une précocité vraiment américaine,

— qui, finalement, fut la cause de son expulsion. Il est bon de noter en passant que Poe avait déjà, à Charlottesville, manifesté une aptitude des plus remarquables pour les sciences physiques et mathématiques. Plus tard, il en fera un usage fréquent dans ses étranges contes, et en tirera des moyens très-inattendus. Mais j'ai des raisons de croire que ce n'est pas à cet ordre de compositions qu'il attachait le plus d'importance, et que — peut-être même à cause de cette précoce aptitude — il n'était pas loin de les considérer comme de *faciles* jongleries, comparativement aux ouvrages de pure imagination. — Quelques malheureuses dettes de jeu amenèrent une brouille momentanée entre lui et son père adoptif, et Edgar — fait des plus curieux et qui prouve, quoi qu'on ait dit, une dose de chevalerie assez forte dans son impressionnable cerveau, — conçut le projet de se mêler à la guerre des Hellènes et d'aller combattre les Turcs. Il partit donc pour la Grèce. — Que devint-il en Orient ? qu'y fit-il ? Étudia-t-il les rivages classiques de la Méditerranée ? — pourquoi le trouvons-nous à Saint-Pétersbourg, sans passe-port, compromis, et dans quelle sorte d'affaire, obligé d'en appeler au ministre américain, Henry Middleton, pour échapper à la pénalité russe et retourner chez lui ? — on l'ignore ; il y a là une lacune que lui seul aurait pu combler. La vie d'Edgar Poe, sa jeunesse, ses aventures en Russie et sa correspondance ont été longtemps annoncées par les journaux américains et n'ont jamais paru.

Revenu en Amérique en 1829, il manifesta le désir d'entrer à l'école militaire de West-Point ; il y fut admis en effet, et, là comme ailleurs, il donna les signes d'une intelligence admirablement douée, mais indisciplinable, et, au bout de quelques mois, il fut rayé. — En même temps se passait dans sa famille adoptive un événement qui devait avoir les conséquences les plus graves sur toute sa vie. Mme Allan, pour laquelle il semble avoir éprouvé une affection réellement filiale, mourait, et M. Allan épousait une femme toute jeune. Une querelle domestique prend ici place, — une histoire bizarre et ténébreuse que je ne peux pas raconter, parce qu'elle n'est clairement expliquée par aucun biographe. Il n'y a donc pas lieu de s'étonner qu'il se soit définitivement séparé de M. Allan, et que celui-ci, qui eut des enfants de son second mariage, l'ait complètement frustré de sa succession.

Peu de temps après avoir quitté Richmond, Poe publia un petit volume de poésies ; c'était en vérité une aurore éclatante. Pour qui sait sentir la poésie anglaise, il y a là déjà l'accent extraterrestre, le calme dans la mélancolie, la solennité délicieuse, l'expérience précoce, — j'allais, je crois, dire *expérience innée*, — qui caractérisent les grands poëtes.

La misère le fit quelque temps soldat, et il est présumable qu'il se servit des lourds loisirs de la vie de garnison pour préparer les matériaux de ses futures compositions, — compositions étranges, qui semblent avoir été créées pour nous démontrer que l'étrangeté est une des parties intégrantes du beau. Rentré dans la vie littéraire, le seul élément où puissent respirer certains êtres déclassés, Poe se mourait dans une misère extrême, quand un hasard heureux le releva. Le propriétaire d'une revue venait de fonder deux prix, l'un pour le meilleur conte, l'autre pour le meilleur poëme. Une écriture singulièrement belle attira les yeux de M. Kennedy, qui présidait le comité, et lui donna l'envie d'examiner lui-même les manuscrits. Il se trouva que Poe avait gagné les deux prix ; mais un seul lui fut donné. Le président de la commission fut curieux de voir l'inconnu. L'éditeur du journal lui amena un jeune homme d'une beauté frappante, en guenilles, boutonné jusqu'au menton, et qui avait l'air d'un gentilhomme aussi fier qu'affamé. Kennedy se conduisit bien. Il fit faire à Poe la connaissance d'un M. Thomas White, qui fondait à Richmond le *Southern Literary Messenger*. M. White était un homme d'audace, mais sans aucun talent littéraire ; il lui fallait un aide. Poe se trouva donc tout jeune, — à vingt-deux ans, — directeur d'une revue dont la destinée reposait tout entière sur lui. Cette prospérité, il la créa. Le *Southern Literary Messenger* a reconnu depuis lors que c'était à cet excentrique maudit, à cet ivrogne incorrigible qu'il devait sa clientèle et sa fructueuse notoriété. C'est dans ce magasin que parut pour la première fois l'*Aventure sans pareille d'un certain Hans Pfaall*, et plusieurs autres contes que nos lecteurs verront défiler sous leurs yeux. Pendant près de deux ans, Edgar Poe, avec une ardeur merveilleuse, étonna son public par une série de compositions d'un genre nouveau et par des articles critiques dont la vivacité, la netteté,

la sévérité raisonnées étaient bien faites pour attirer les yeux. Ces articles portaient sur des livres de tout genre, et la forte éducation que le jeune homme s'était faite ne le servit pas médiocrement. Il est bon qu'on sache que cette besogne considérable se faisait pour cinq cents dollars, c'est-à-dire deux mille sept cents francs par an. — *Immédiatement,* — dit Griswold, ce qui veut dire : « Il se croyait donc assez riche, l'imbécile ! » — il épousa une jeune fille, belle, charmante, d'une nature aimable et héroïque, mais *ne possédant pas un sou,* — ajoute le même Griswold avec une nuance de dédain. C'était une demoiselle Virginia Clemm, sa cousine.

Malgré les services rendus à son journal, M. White se brouilla avec Poe au bout de deux ans, à peu près. La raison de cette séparation se trouve évidemment dans les accès d'hypocondrie et les crises d'ivrognerie du poëte, — accidents caractéristiques qui assombrissaient son ciel spirituel, comme ces nuages lugubres qui donnent soudainement au plus romantique paysage un air de mélancolie en apparence irréparable. — Dès lors, nous verrons l'infortuné déplacer sa tente, comme un homme du désert, et transporter ses légers pénates dans les principales villes de l'Union. Partout, il dirigera des revues ou y collaborera d'une manière éclatante. Il répandra avec une éblouissante rapidité des articles critiques, philosophiques, et des contes pleins de magie qui paraissent réunis sous le titre de *Tales of the Grotesque and the Arabesque,* — titre remarquable et intentionnel, car les ornements grotesques et arabesques repoussent la figure humaine, et l'on verra qu'à beaucoup d'égards la littérature de Poe est extra ou suprahumaine. Nous apprendrons par des notes blessantes et scandaleuses insérées dans les journaux, que M. Poe et sa femme se trouvent dangereusement malades à Fordham et dans une absolue misère. Peu de temps après la mort de madame Poe, le poëte subit les premières attaques du *delirium tremens.* Une note nouvelle paraît soudainement dans un journal, — celle-là, plus que cruelle, — qui accuse son mépris et son dégoût du monde, et lui fait un de ces procès de tendance, véritables réquisitoires de l'opinion, contre lesquels il eut toujours à se défendre, — une des luttes les plus stérilement fatigantes que je connaisse.

Sans doute il gagnait de l'argent, et ses travaux littéraires pouvaient à peu près le faire vivre. Mais j'ai les preuves qu'il avait sans cesse de dégoûtantes difficultés à surmonter. Il rêva, comme tant d'autres écrivains, une *Revue* à lui, il voulut être *chez lui,* et le fait est qu'il avait suffisamment souffert pour désirer ardemment cet abri définitif pour sa pensée. Pour arriver à ce résultat, pour se procurer une somme d'argent suffisante, il eut recours aux *lectures.* On sait ce que sont ces lectures, — une espèce de spéculation, le Collège de France mis à la disposition de tous les littérateurs, l'auteur ne publiant sa *lecture* qu'après qu'il en a tiré toutes les recettes qu'elle peut rendre. Poe avait déjà donné à New-York une *lecture* d'*Eureka,* son poëme cosmogonique, qui avait même soulevé de grosses discussions. Il imagina cette fois de donner des *lectures* dans son pays, dans la Virginie. Il comptait, comme il l'écrivait à Willis, faire une tournée dans l'Ouest et le Sud, et il espérait le concours de ses amis littéraires et de ses anciennes connaissances de collège et de West-Point. Il visita donc les principales villes de la Virginie, et Richmond revit celui qu'on y avait connu si jeune, si pauvre, si délabré. Tous ceux qui n'avaient pas vu Poe depuis les jours de son obscurité accoururent en foule pour contempler leur illustre compatriote. Il apparut, beau, élégant, correct comme le génie. Je crois même que, depuis quelque temps, il avait poussé la condescendance jusqu'à se faire admettre dans une société de tempérance. Il choisit un thème aussi large qu'élevé : *le Principe de la Poésie,* et il le développa avec cette lucidité qui est un de ses priviléges. Il croyait, en vrai poëte qu'il était, que le but de la poésie est de même nature que son principe, et qu'elle ne doit pas avoir en vue autre chose qu'elle-même.

Le bel accueil qu'on lui fit inonda son pauvre cœur d'orgueil et de joie ; il se montrait tellement enchanté qu'il parlait de s'établir définitivement à Richmond et de finir sa vie dans les lieux que son enfance lui avait rendus chers. Cependant, il avait affaire à New-York, et il partit le 4 octobre, se plaignant de frissons et de faiblesses. Se sentant toujours assez mal en arrivant à Baltimore, le 6, au soir, il fit porter ses bagages à l'embarcadère d'où il devait se diriger sur Philadelphie, et entra dans une taverne pour y prendre un excitant

quelconque. Là, malheureusement, il rencontra de vieilles connaissances et s'attarda. Le lendemain matin, dans les pâles ténèbres du petit jour, un cadavre fut trouvé sur la voie, — est-ce ainsi qu'il faut dire ? — non, un corps vivant encore, mais que la Mort avait déjà marqué de sa royale estampille. Sur ce corps, dont on ignorait le nom, on ne trouva ni papiers ni argent, et on le porta dans un hôpital. C'est là que Poe mourut, le soir même du dimanche 7 octobre 1849, à l'âge de trente-sept ans, vaincu par le *delirium tremens*, ce terrible visiteur qui avait déjà hanté son cerveau une ou deux fois. Ainsi disparut de ce monde un des plus grands héros littéraires, l'homme de génie qui avait écrit dans *le Chat noir* ces mots fatidiques : *Quelle maladie est comparable à l'alcool !*

Cette mort est presque un suicide, — un suicide préparé depuis longtemps. Du moins, elle en causa le scandale. La clameur fut grande, et la *vertu* donna carrière à son *cant* emphatique, librement et voluptueusement. Les oraisons funèbres les plus indulgentes ne purent pas ne pas donner place à l'inévitable morale bourgeoise qui n'eut garde de manquer une si admirable occasion. M. Griswold diffama ; M. Willis, sincèrement affligé, fut mieux que convenable. — Hélas ! celui qui avait franchi les hauteurs les plus ardues de l'esthétique et plongé dans les abîmes les moins explorés de l'intellect humain, celui qui, à travers une vie qui ressemble à une tempête sans accalmie, avait trouvé des moyens nouveaux, des procédés inconnus pour étonner l'imagination, pour séduire les esprits assoiffés de Beau, venait de mourir en quelques heures dans un lit d'hôpital, — quelle destinée ! Et tant de grandeur et tant de malheur, pour soulever un tourbillon de phraséologie bourgeoise pour devenir la pâture et le thème des journalistes vertueux !

Ut declamatio fias !

Ces spectacles ne sont pas nouveaux ; il est rare qu'une sépulture fraîche et illustre ne soit pas un rendez-vous de scandales. D'ailleurs, la société n'aime pas ces enragés malheureux, et, soit qu'ils troublent

ses fêtes, soit qu'elle les considère naïvement comme des remords, elle a incontestablement raison. Qui ne se rappelle les déclamations parisiennes lors de la mort de Balzac, qui cependant mourut correctement ? — Et plus récemment encore, — il y a aujourd'hui, 26 janvier, juste un an, — quand un écrivain d'une honnêteté admirable, d'une haute intelligence, et *qui fut toujours lucide*, alla discrètement, sans déranger personne, — si discrètement que sa discrétion ressemblait à du mépris, — délier son âme dans la rue la plus noire qu'il put trouver, — quelles dégoûtantes homélies ! — quel assassinat raffiné ! Un journaliste célèbre, à qui Jésus n'enseignera jamais les manières généreuses, trouva l'aventure assez joviale pour la célébrer en un gros calembour. — Parmi l'énumération nombreuse des *droits de l'homme* que la sagesse du xixe siècle recommence si souvent et si complaisamment, deux assez importants ont été oubliés, qui sont le droit de se contredire et le droit de *s'en aller*. Mais la *société* regarde celui qui s'en va comme un insolent ; elle châtierait volontiers certaines dépouilles funèbres, comme ce malheureux soldat, atteint de vampirisme, que la vue d'un cadavre exaspérait jusqu'à la fureur. — Et cependant, on peut dire que, sous la pression de certaines circonstances, après un sérieux examen de certaines incompatibilités, avec de fermes croyances à de certains dogmes et métempsycoses, — on peut dire, sans emphase et sans jeu de mots, que le suicide est parfois l'action la plus raisonnable de la vie. — Et ainsi se forme une compagnie de fantômes déjà nombreuse, qui nous hante familièrement, et dont chaque membre vient nous vanter son repos actuel et nous verser ses persuasions.

Avouons toutefois que la lugubre fin de l'auteur d'*Eureka* suscita quelques consolantes exceptions, sans quoi il faudrait désespérer, et la place ne serait plus tenable. M. Willis, comme je l'ai dit, parla honnêtement, et même avec émotion, des bons rapports qu'il avait toujours eus avec Poe. MM. John Neal et George Graham rappelèrent M. Griswold à la pudeur. M. Longfellow — et celui-ci est d'autant plus méritant que Poe l'avait cruellement maltraité — sut louer d'une manière digne d'un poëte sa haute puissance comme poëte et comme prosateur. Un inconnu écrivit que l'Amérique littéraire avait perdu sa plus forte tête.

Mais le cœur brisé, le cœur déchiré, le cœur percé des sept glaives fut celui de madame Clemm. Egdar était à la fois son fils et sa fille. Rude destinée, dit Willis, à qui j'emprunte ces détails, presque mot pour mot, rude destinée que celle qu'elle surveillait et protégeait. Car Edgar Poe était un homme embarrassant ; outre qu'il écrivait avec une fastidieuse difficulté et *dans un style trop au-dessus du niveau intellectuel commun pour qu'on pût le payer cher*, il était toujours plongé dans des embarras d'argent, et souvent lui et sa femme malade manquaient des choses les plus nécessaires à la vie. Un jour, Willis vit entrer dans son bureau une femme, vieille, douce, grave. C'était madame Clemm. Elle *cherchait de l'ouvrage* pour son cher Edgar. Le biographe dit qu'il fut sincèrement frappé, non pas seulement de l'éloge parfait, de l'appréciation exacte qu'elle faisait des talents de son fils, mais aussi de tout son être extérieur, — de sa voix douce et triste, de ses manières un peu surannées, mais belles et grandes. Et pendant plusieurs années, ajoute-t-il, nous avons vu cet infatigable serviteur du génie, pauvrement et insuffisamment vêtu, allant de journal en journal pour vendre tantôt un poëme, tantôt un article, disant quelquefois qu'*il* était malade, — unique explication, unique raison, invariable excuse qu'elle donnait quand son fils se trouvait frappé momentanément d'une de ces stérilités que connaissent les écrivains nerveux, — et ne permettant jamais à ses lèvres de lâcher une syllabe qui pût être interprétée comme un doute, comme un amoindrissement de confiance dans le génie et la volonté de son bien-aimé. Quand sa fille mourut, elle s'attacha au survivant de la désastreuse bataille avec une ardeur maternelle renforcée, elle vécut avec lui, prit soin de lui, le surveillant, le défendant contre la vie et contre lui-même. Certes, — conclut Willis avec une haute et impartiale raison, — si le dévouement de la femme, né avec un premier amour et entretenu par la passion humaine, glorifie et consacre son objet, que ne dit pas en faveur de celui qui l'inspira un dévouement comme celui-ci, pur, désintéressé et saint comme une sentinelle divine ? Les détracteurs de Poe auraient dû en effet remarquer qu'il est des séductions si puissantes qu'elles ne peuvent être que des vertus.

On devine combien terrible fut la nouvelle pour la malheureuse femme. Elle écrivit à Willis une lettre dont voici quelques lignes :

« J'ai appris ce matin la mort de mon bien-aimé Eddie… Pouvez-vous me transmettre quelques détails, quelques circonstances ?… Oh ! n'abandonnez pas votre pauvre amie dans cette amère affliction… Dites à M. … de venir me voir ; j'ai à m'acquitter envers lui d'une commission de la part de mon pauvre Eddie… Je n'ai pas besoin de vous prier d'annoncer sa mort, et de parler bien de lui. Je sais que vous le ferez. *Mais dites bien quel fils affectueux il était pour moi*, sa pauvre mère désolée… »

Cette femme m'apparaît grande et plus qu'antique. Frappée d'un coup irréparable, elle ne pense qu'à la réputation de celui qui était tout pour elle, et il ne suffit pas, pour la contenter, qu'on dise qu'il était un génie, il faut qu'on sache qu'il était un homme de devoir et d'affection. Il est évident que cette mère — flambeau et foyer allumé par un rayon du plus haut ciel — a été donnée en exemple à nos races trop peu soigneuses du dévouement, de l'héroïsme, et de tout ce qui est plus que le devoir. N'était-ce pas justice d'inscrire au-dessus des ouvrages du poète le nom de celle qui fut le soleil moral de sa vie ? Il embaumera dans sa gloire le nom de la femme dont la tendresse savait panser ses plaies, et dont l'image voltigera incessamment au-dessus du martyrologe de la littérature.

III

La vie de Poe, ses mœurs, ses manières, son être physique, tout ce qui constitue l'ensemble de son personnage, nous apparaissent comme quelque chose de ténébreux et de brillant à la fois. Sa personne était singulière, séduisante et, comme ses ouvrages, marquée d'un indéfinissable cachet de mélancolie. Du reste, il était remarquablement bien doué de toutes façons. Jeune, il avait montré une rare aptitude pour tous les exercices physiques, et, bien qu'il fût petit, avec des pieds et des mains de femme, tout son être portant

d'ailleurs ce caractère de délicatesse féminine, il était plus que robuste et capable de merveilleux traits de force. Il a, dans sa jeunesse, gagné un pari de nageur qui dépasse la mesure ordinaire du possible. On dirait que la Nature fait à ceux dont elle veut tirer de grandes choses un tempérament énergique, comme elle donne une puissante vitalité aux arbres qui sont chargés de symboliser le deuil et la douleur. Ces hommes-là, avec des apparences quelquefois chétives, sont taillés en athlètes, bons pour l'orgie et pour le travail, prompts aux excès et capables d'étonnantes sobriétés.

Il est quelques points relatifs à Edgar Poe, sur lesquels il y a accord unanime, par exemple sa haute distinction naturelle, son éloquence et sa beauté, dont, à ce qu'on dit, il tirait un peu vanité. Ses manières, mélange singulier de hauteur avec une douceur exquise, étaient pleines de certitude. Physionomie, démarche, gestes, airs de tête, tout le désignait, surtout dans ses bons jours, comme une créature d'élection. Tout son être respirait une solennité pénétrante. Il était réellement marqué par la nature, comme ces figures de passants qui tirent l'œil de l'observateur et préoccupent sa mémoire. Le pédant et aigre Griswold lui-même avoue que, lorsqu'il alla rendre visite à Poe, et qu'il le trouva pâle et malade encore de la mort et de la maladie de sa femme, il fut frappé outre mesure, non-seulement de la perfection de ses manières, mais encore de la physionomie aristocratique, de l'atmosphère parfumée de son appartement, d'ailleurs assez modestement meublé. Griswold ignore que le poëte a plus que tous les hommes ce merveilleux privilége attribué à la femme parisienne et à l'Espagnole, de savoir se parer avec un rien, et que Poe, amoureux du beau en toutes choses, aurait trouvé l'art de transformer une chaumière en un palais d'une espèce nouvelle. N'a-t-il pas écrit, avec l'esprit le plus original et le plus curieux, des projets de mobiliers, des plans de maisons de campagne, de jardins et de réformes de paysages ?

Il existe une lettre charmante de madame Frances Osgood, qui fut une des amies de Poe, et qui nous donne sur ses mœurs, sur sa personne et sur sa vie de ménage, les plus curieux détails. Cette femme, qui était elle-même un littérateur distingué, nie courageusement tous les vices

et toutes les fautes reprochés au poëte.

« Avec les hommes, dit-elle à Griswold, peut-être était-il tel que vous le dépeignez, et comme homme vous pouvez avoir raison. Mais je pose en fait qu'avec les femmes il était tout autre, et que jamais femme n'a pu connaître M. Poe sans éprouver pour lui un profond intérêt. Il ne m'a jamais apparu que comme un modèle d'élégance, de distinction et de générosité…

» La première fois que nous nous vîmes, ce fut à *Astor-House*. Willis m'avait fait passer à table d'hôte *le Corbeau*, sur lequel l'auteur, me dit-il, désirait connaître mon opinion. La musique mystérieuse et surnaturelle de ce poëme étrange me pénétra si intimement, que, lorsque j'appris que Poe désirait m'être présenté, j'éprouvai un sentiment singulier et qui ressemblait à de l'effroi. Il parut avec sa belle et orgueilleuse tête, ses yeux sombres qui dardaient une lumière d'élection, une lumière de sentiment et de pensée, avec ses manières qui étaient un mélange intraduisible de hauteur et de suavité, — il me salua, calme, grave, presque froid ; mais sous cette froideur vibrait une sympathie si marquée, que je ne pus m'empêcher d'en être profondément impressionnée. À partir de ce moment jusqu'à sa mort, nous fûmes amis…, et je sais que, dans ses dernières paroles, j'ai eu ma part de souvenir, et qu'il m'a donné, avant que sa raison ne fût culbutée de son trône de souveraine, une preuve suprême de sa fidélité en amitié.

» C'était surtout dans son intérieur, à la fois simple et poétique, que le caractère d'Edgar Poe apparaissait pour moi dans sa plus belle lumière. Folâtre, affectueux, spirituel, tantôt docile et tantôt méchant comme un enfant gâté, il avait toujours pour sa jeune, douce et adorée femme, et pour tous ceux qui venaient, même au milieu de ses plus fatigantes besognes littéraires, un mot aimable, un sourire bienveillant, des attentions gracieuses et courtoises. Il passait d'interminables heures à son pupitre, sous le portrait de sa *Lenore*, l'aimée et la morte, toujours assidu, toujours résigné et fixant avec son admirable écriture les brillantes fantaisies qui traversaient son étonnant cerveau incessamment en éveil. — Je me rappelle l'avoir vu

un matin plus joyeux et plus allègre que de coutume. Virginia, sa douce femme, m'avait priée d'aller les voir et il m'était impossible de résister à ses sollicitations... Je le trouvai travaillant à la série d'articles qu'il a publiés sous le titre : *the Literati of New-York*. « Voyez, » me dit-il, en déployant avec un rire de triomphe plusieurs petits rouleaux de papier (il écrivait sur des bandes étroites, sans doute pour conformer sa copie à la *justification* des journaux), « je vais vous montrer par la différence des longueurs les divers degrés d'estime que j'ai pour chaque membre de votre gent littéraire. Dans chacun de ces papiers, l'un de vous est peloté et proprement discuté. — Venez ici, Virginia, et aidez-moi ! » Et ils les déroulèrent tous un à un. À la fin, il y en avait un qui semblait interminable. Virginia, tout en riant, reculait jusqu'à un coin de la chambre le tenant par un bout, et son mari vers un autre coin avec l'autre bout. « Et quel est l'heureux, dis-je, que vous avez jugé digne de cette incommensurable douceur ? — L'entendez-vous, s'écriait-il, comme si son vaniteux petit cœur ne lui avait pas déjà dit que c'est elle-même ! »

» Quand je fus obligée de voyager pour ma santé, j'entretins une correspondance régulière avec Poe, obéissant en cela aux vives sollicitations de sa femme, qui croyait que je pouvais obtenir sur lui une influence et un ascendant salutaires... Quant à l'amour et à la confiance qui existaient entre sa femme et lui, et qui étaient pour moi un spectacle délicieux, je n'en saurais parler avec trop de conviction, avec trop de chaleur. Je néglige quelques petits épisodes poétiques dans lesquels le jeta son tempérament romanesque. Je pense qu'elle était la seule femme qu'il ait toujours véritablement aimée... »

Dans les Nouvelles de Poe, il n'y a jamais d'amour. Du moins *Ligeia*, *Eleonora*, ne sont pas, à proprement parler, des histoires d'amour, l'idée principale sur laquelle pivote l'œuvre étant tout autre. Peut-être croyait-il que la prose n'est pas une langue à la hauteur de ce bizarre et presque intraduisible sentiment ; car ses poésies, en revanche, en sont fortement saturées. La divine passion y apparaît magnifique, étoilée, et toujours voilée d'une irrémédiable mélancolie. Dans ses articles, il parle quelquefois de l'amour, et même comme d'une chose dont le nom fait frémir la plume. Dans *the Domain of Arnhaim*, il

affirmera que les quatre conditions élémentaires du bonheur sont : la vie en plein air, *l'amour d'une femme*, le détachement de toute ambition et la création d'un Beau nouveau. — Ce qui corrobore l'idée de Mme Frances Osgood relativement au respect chevaleresque de Poe pour les femmes, c'est que, malgré son prodigieux talent pour le grotesque et l'horrible, il n'y a pas dans toute son œuvre un seul passage qui ait trait à la lubricité ou même aux jouissances sensuelles. Ses portraits de femmes sont, pour ainsi dire, auréolés ; ils brillent au sein d'une vapeur surnaturelle et sont peints à la manière emphatique d'un adorateur. — Quant aux *petits épisodes romanesques*, y a-t-il lieu de s'étonner qu'un être aussi nerveux, dont la soif du Beau était peut-être le trait principal, ait parfois, avec une ardeur passionnée, cultivé la galanterie, cette fleur volcanique et musquée pour qui le cerveau bouillonnant des poëtes est un terrain de prédilection ?

De sa beauté personnelle singulière dont parlent plusieurs biographes, l'esprit peut, je crois, se faire une idée approximative en appelant à son secours toutes les notions vagues, mais cependant caractéristiques, contenues dans le mot *romantique*, mot qui sert généralement à rendre les genres de beauté consistant surtout dans l'expression. Poe avait un front vaste, dominateur, où certaines protubérances trahissaient les facultés débordantes qu'elles sont chargées de représenter, — construction, comparaison, causalité, — et où trônait dans un orgueil calme le sens de l'idéalité, le sens esthétique par excellence. Cependant, malgré ces dons, ou même à cause de ces priviléges exorbitants, cette tête vue de profil n'offrait peut-être pas un aspect agréable. Comme dans toutes les choses excessives par un sens, un déficit pouvait résulter de l'abondance, une pauvreté de l'usurpation. Il avait de grands yeux à la fois sombres et pleins de lumière, d'une couleur indécise et ténébreuse, poussée au violet, le nez noble et solide, la bouche fine et triste, quoique légèrement souriante, le teint brun clair, la face généralement pâle, la physionomie un peu distraite et imperceptiblement grimée par une mélancolie habituelle.

Sa conversation était des plus remarquables et essentiellement nourrissante. Il n'était pas ce qu'on appelle un beau parleur, — une

chose horrible, — et d'ailleurs sa parole comme sa plume avaient horreur du convenu ; mais un vaste savoir, une linguistique puissante, de fortes études, des impressions ramassées dans plusieurs pays faisaient de cette parole un enseignement. Son éloquence, essentiellement poétique, pleine de méthode, et se mouvant toutefois hors de toute méthode connue, un arsenal d'images tirées d'un monde peu fréquenté par la foule des esprits, un art prodigieux à déduire d'une proposition évidente et absolument acceptable des aperçus secrets et nouveaux, à ouvrir d'étonnantes perspectives, et, en un mot, l'art de ravir, de faire penser, de faire rêver, d'arracher les âmes des bourbes de la routine, telles étaient les éblouissantes facultés dont beaucoup de gens ont gardé le souvenir. Mais il arrivait parfois — on le dit, du moins, — que le poëte, se complaisant dans un caprice destructeur, rappelait brusquement ses amis à la terre par un cynisme affligeant et démolissait brutalement son œuvre de spiritualité. C'est d'ailleurs une chose à noter, qu'il était fort peu difficile dans le choix de ses auditeurs, et je crois que le lecteur trouvera sans peine dans l'histoire d'autres intelligences grandes et originales, pour qui toute compagnie était bonne. Certains esprits, solitaires au milieu de la foule, et qui se repaissent dans le monologue, n'ont que faire de la délicatesse en matière de public. C'est, en somme, une espèce de fraternité basée sur le mépris.

De cette ivrognerie, — célébrée et reprochée avec une insistance qui pourrait donner à croire que tous les écrivains des États-Unis, excepté Poe, sont des anges de sobriété, — il faut cependant en parler. Plusieurs versions sont plausibles, et aucune n'exclut les autres. Avant tout, je suis obligé de remarquer que Willis et madame Osgood affirment qu'une quantité fort minime de vin ou de liqueur suffisait pour perturber complètement son organisation. Il est d'ailleurs facile de supposer qu'un homme aussi réellement solitaire, aussi profondément malheureux, et qui a pu souvent envisager tout le système social comme un paradoxe et une imposture, un homme qui, harcelé par une destinée sans pitié, répétait souvent que la société n'est qu'une cohue de misérables (c'est Griswold qui rapporte cela, aussi scandalisé qu'un homme qui peut penser la même chose, mais qui ne la dira jamais), — il est naturel, dis-je, de supposer que ce

poëte jeté tout enfant dans les hasards de la vie libre, le cerveau cerclé par un travail âpre et continu, ait cherché parfois une volupté d'oubli dans les bouteilles. Rancunes littéraires, vertiges de l'infini, douleurs de ménage, insultes de la misère, Poe fuyait tout dans le noir de l'ivresse comme dans une tombe préparatoire. Mais, quelque bonne que paraisse cette explication, je ne la trouve pas suffisamment large, et je m'en défie à cause de sa déplorable simplicité.

J'apprends qu'il ne buvait pas en gourmand, mais en barbare, avec une activité et une économie de temps tout à fait américaines, comme accomplissant une fonction homicide, comme ayant en lui *quelque chose* à tuer, *a worm that would not die*. On raconte d'ailleurs qu'un jour, au moment de se remarier (les bans étaient publiés, et, comme on le félicitait sur une union qui mettait dans ses mains les plus hautes conditions de bonheur et de bien-être, il avait dit : « Il est possible que vous ayez vu des bans, mais notez bien ceci : je ne me marierai pas ! »), il alla, épouvantablement ivre, scandaliser le voisinage de celle qui devait être sa femme, ayant ainsi recours à son vice pour se débarrasser d'un parjure envers la pauvre morte dont l'image vivait toujours en lui et qu'il avait admirablement chantée dans son *Annabel Lee*. Je considère donc, dans un grand nombre de cas, le fait infiniment précieux de préméditation comme acquis et constaté.

Je lis d'autre part, dans un long article du *Southern Literary Messenger*, — cette même revue dont il avait commencé la fortune, — que jamais la pureté, le fini de son style, jamais la netteté de sa pensée, jamais son ardeur au travail, ne furent altérés par cette terrible habitude ; que la confection de la plupart de ses excellents morceaux a précédé ou suivi une de ses crises ; qu'après la publication d'*Eureka*, il sacrifia déplorablement à son penchant, et qu'à New-York, le matin même où paraissait *le Corbeau*, pendant que le nom du poëte était dans toutes les bouches, il traversait Broadway en trébuchant outrageusement. Remarquez que les mots : *précédé* ou *suivi*, impliquent que l'ivresse pouvait servir d'excitant aussi bien que de repos.

Or, il est incontestable que — semblables à ces impressions fugitives

et frappantes, d'autant plus frappantes dans leurs retours qu'elles sont plus fugitives, qui suivent quelquefois un symptôme extérieur, une espèce d'avertissement comme un son de cloche, une note musicale ou un parfum oublié, et qui sont elles-mêmes suivies d'un événement semblable à un événement déjà connu et qui occupait la même place dans une chaîne antérieurement révélée, — semblables à ces singuliers rêves périodiques qui fréquentent nos sommeils, — il existe dans l'ivresse non-seulement des enchaînements de rêves, mais des séries de raisonnements, qui ont besoin, pour se reproduire, du milieu qui leur a donné naissance. Si le lecteur m'a suivi sans répugnance, il a déjà deviné ma conclusion : je crois que, dans beaucoup de cas, non pas certainement dans tous, l'ivrognerie de Poe était un moyen mnémonique, une méthode de travail, méthode énergique et mortelle, mais appropriée à sa nature passionnée. Le poëte avait appris à boire, comme un littérateur soigneux s'exerce à faire des cahiers de notes. Il ne pouvait résister au désir de retrouver les visions merveilleuses ou effrayantes, les conceptions subtiles qu'il avait rencontrées dans une tempête précédente ; c'étaient de vieilles connaissances qui l'attiraient impérativement, et, pour renouer avec elles, il prenait le chemin le plus dangereux, mais le plus direct. Une partie de ce qui fait aujourd'hui notre jouissance est ce qui l'a tué.

IV

Des ouvrages de ce singulier génie, j'ai peu de chose à dire ; le public fera voir ce qu'il en pense. Il me serait difficile, peut-être, mais non pas impossible de débrouiller sa méthode, d'expliquer son procédé, surtout dans la partie de ses œuvres dont le principal effet gît dans une analyse bien ménagée. Je pourrais introduire le lecteur dans les mystères de sa fabrication, m'étendre longuement sur cette portion de génie américain qui le fait se réjouir d'une difficulté vaincue, d'une énigme expliquée, d'un tour de force réussi, — qui le pousse à se jouer avec une volupté enfantine et presque perverse dans le monde des probabilité et des conjectures, et à créer des *canards* auxquels son art subtil a donné une vie vraisemblable. Personne ne niera que Poe

ne soit un jongleur merveilleux, et je sais qu'il donnait surtout son estime à une autre partie de ses œuvres. J'ai quelques remarques plus importantes à faire, d'ailleurs très-brèves.

Ce n'est pas par ses miracles matériels, qui pourtant ont fait sa renommée, qu'il lui sera donné de conquérir l'admiration des gens qui pensent, c'est par son amour du Beau, par sa connaissance des conditions harmoniques de la beauté, par sa poésie profonde et plaintive, ouvragée néanmoins, transparente et correcte comme un bijou de cristal, — par son admirable style, pur et bizarre, — serré comme les mailles d'une armure, — complaisant et minutieux, — et dont la plus légère intention sert à pousser doucement le lecteur vers un but voulu, — et enfin surtout par ce génie tout spécial, par ce tempérament unique qui lui a permis de peindre et d'expliquer, d'une manière impeccable, saisissante, terrible, l'*exception dans l'ordre moral*. — Diderot, pour prendre un exemple entre cent, est un auteur sanguin ; Poe est l'écrivain des nerfs, et même de quelque chose de plus, — et le meilleur que je connaisse.

Chez lui, toute entrée en matière est attirante sans violence, comme un tourbillon. Sa solennité surprend et tient l'esprit en éveil. On sent tout d'abord qu'il s'agit de quelque chose de grave. Et lentement, peu à peu, se déroule une histoire dont tout l'intérêt repose sur une imperceptible déviation de l'intellect, sur une hypothèse audacieuse, sur un dosage imprudent de la Nature dans l'amalgame des facultés. Le lecteur, lié par le vertige, est contraint de suivre l'auteur dans ses entraînantes déductions.

Aucun homme, je le répète, n'a raconté avec plus de magie les *exceptions* de la vie humaine et de la nature ; — les ardeurs de curiosité de la convalescence ; — les fins de saisons chargées de splendeurs énervantes, les temps chauds, humides et brumeux, où le vent du sud amollit et détend les nerfs comme les cordes d'un instrument, où les yeux se remplissent de larmes qui ne viennent pas du cœur ; — l'hallucination laissant d'abord place au doute, bientôt convaincue et raisonneuse comme un livre ; — l'absurde s'installant dans l'intelligence et la gouvernant avec une épouvantable logique ;

— l'hystérie usurpant la place de la volonté, la contradiction établie entre les nerfs et l'esprit, et l'homme désaccordé au point d'exprimer la douleur par le rire. Il analyse ce qu'il y a de plus fugitif, il soupèse l'impondérable et décrit, avec cette manière minutieuse et scientifique dont les effets sont terribles, tout cet imaginaire qui flotte autour de l'homme nerveux et le conduit à mal.

L'ardeur même avec laquelle il se jette dans le grotesque pour l'amour du grotesque et dans l'horrible pour l'amour de l'horrible, me sert à vérifier la sincérité de son œuvre et l'accord de l'homme avec le poëte. — J'ai déjà remarqué que, chez plusieurs hommes, cette ardeur était souvent le résultat d'une vaste énergie vitale inoccupée, quelquefois d'une opiniâtre chasteté, et aussi d'une profonde sensibilité refoulée. La volupté surnaturelle que l'homme peut éprouver à voir couler son propre sang, les mouvements soudains, violents, inutiles, les grands cris jetés en l'air, sans que l'esprit ait commandé au gosier, sont des phénomènes à ranger dans le même ordre.

Au sein de cette littérature où l'air est raréfié, l'esprit peut éprouver cette vague angoisse, cette peur prompte aux larmes et ce malaise du cœur qui habitent les lieux immenses et singuliers. Mais l'admiration est la plus forte, et d'ailleurs l'art est si grand ! Les fonds et les accessoires y sont appropriés aux sentiments des personnages. Solitude de la nature ou agitation des villes, tout y est décrit nerveusement et fantastiquement. Comme notre Eugène Delacroix, qui a élevé son art à la hauteur de la grande poésie, Edgar Poe aime à agiter ses figures sur des fonds violâtres et verdâtres où se révèlent la phosphorescence de la pourriture et la senteur de l'orage. La nature dite inanimée participe de la nature des êtres vivants, et, comme eux, frissonne d'un frisson surnaturel et galvanique. L'espace est approfondi par l'opium ; l'opium y donne un sens magique à toutes les teintes, et fait vibrer tous les bruits avec une plus significative sonorité. Quelquefois, des échappées magnifiques, gorgées de lumière et de couleur, s'ouvrent soudainement dans ses paysages, et l'on voit apparaître au fond de leurs horizons des villes orientales et des architectures, vaporisées par la distance, où le soleil jette des

pluies d'or.

Les personnages de Poe, ou plutôt le personnage de Poe, l'homme aux facultés suraiguës, l'homme aux nerfs relâchés, l'homme dont la volonté ardente et patiente jette un défi aux difficultés, celui dont le regard est tendu avec la roideur d'une épée sur des objets qui grandissent à mesure qu'il les regarde, — c'est Poe lui-même. — Et ses femmes, toutes lumineuses et malades, mourant de maux bizarres et parlant avec une voix qui ressemble à une musique, c'est encore lui ; ou du moins, par leurs aspirations étranges, par leur savoir, par leur mélancolie inguérissable, elles participent fortement de la nature de leur créateur. Quant à sa femme idéale, à sa Titanide, elle se révèle sous différents portraits éparpillés dans ses poésies trop peu nombreuses, portraits, ou plutôt manières de sentir la beauté, que le tempérament de l'auteur rapproche et confond dans une unité vague mais sensible, et où vit plus délicatement peut-être qu'ailleurs cet amour insatiable du Beau, qui est son grand titre, c'est-à-dire le résumé de ses titres à l'affection et au respect des poëtes.

Nous rassemblons sous le titre : *Histoires extraordinaires*, divers contes choisis dans l'œuvre général de Poe. Cet œuvre se compose d'un nombre considérable de Nouvelles, d'une quantité non moins forte d'articles critiques et d'articles divers, d'un poème philosophique (*Eureka*), de poésies et d'un roman purement humain (*la Relation d'Arthur Gordon Pym*). Si je trouve encore, comme je l'espère, l'occasion de parler de ce poëte, je donnerai l'analyse de ses opinions philosophiques et littéraires, ainsi que généralement des œuvres dont la traduction complète aurait peu de chances de succès auprès d'un public qui préfère de beaucoup l'amusement et l'émotion à la plus importante vérité philosophique.
C. B.

Cette traduction est dédiée à Maria Clemm

À LA MÈRE ENTHOUSIASTE ET DÉVOUÉE
À CELLE POUR QUI LE POËTE A ÉCRIT CES VERS

Parce que je sens que, là-haut dans les Cieux,
Les Anges, quand ils se parlent doucement à l'oreille,
Ne trouvent pas, parmi leurs termes brûlants d'amour,
D'expression plus fervente que celle de mère,
Je vous ai dès longtemps justement appelée de ce grand nom,
Vous qui êtes plus qu'une mère pour moi
Et remplissez le sanctuaire de mon cœur où la Mort vous a installée
En affranchissant l'âme de ma Virginia.
Ma mère, ma propre mère, qui mourut de bonne heure,
N'était que ma mère, à moi ; mais vous,
Vous êtes la mère de celle que j'aimais si tendrement,
Et ainsi vous m'êtes plus chère que la mère que j'ai connue
De tout un infini, – juste comme ma femme
Était plus chère à mon âme que celle-ci à sa propre essence.

C. B.

Printed in Great Britain
by Amazon